U0466935

一纸命令　YIZHI MINGLING

时代出版传媒股份有限公司
安徽文艺出版社

YIZHI MINGLING
Gaosu Ni Yige Zhenshi De Junying

中国人民解放军建军90周年献礼

一纸命令

告诉你一个真实的军营

王礼光 ◎ 著

时代出版传媒股份有限公司
安徽文艺出版社

图书在版编目（CIP）数据

一纸命令：告诉你一个真实的军营/王礼光著. —合肥：安徽文艺出版社，2017.9（2018.8 重印）

ISBN 978-7-5396-6181-0

Ⅰ．①一… Ⅱ．①王… Ⅲ．①长篇小说－中国－当代 Ⅳ．①I247.5

中国版本图书馆 CIP 数据核字（2017）第 205328 号

出 版 人：朱寒冬　　　　策　　划：岑　杰
责任编辑：张妍妍　　　　装帧设计：丁　明　张诚鑫

出版发行：时代出版传媒股份有限公司　　www.press-mart.com
安徽文艺出版社　　www.awpub.com
地　　　址：合肥市翡翠路 1118 号　　邮政编码：230071
营　销　部：(0551)63533889
印　　　制：合肥创新印务有限公司　　(0551)64456946

开本：710×1010　1/16　印张：24.5　字数：450 千字
版次：2017 年 9 月第 1 版　2018 年 8 月第 4 次印刷
定价：38.60 元

（如发现印装质量问题，影响阅读，请与出版社联系调换）
版权所有，侵权必究

告诉你一个真实的军营（代序）

读了王礼光创作的《一纸命令》，第一感觉是很真实、接地气，充满浓浓的兵味，仿佛是对军营生活的一种梳理、一种回味、一种浓缩。这些事情似曾发生过，或者自己就曾亲身经历过。但这又不完全等同于生活，有总结、有升华、有凝练，总能给人一种出乎意料又在情理之中的感觉。

这是一部充满正能量的真情告白。党的十八大以来，随着军队一些高级将领落马，一些人对我们这支从战争年代成长壮大起来的英雄部队有误解、有成见、有抵触，觉得部队被他们把控多年，流毒肯定是污染了肌体。不可否认，部队确实存在着一些问题，但主流还是好的，这个时候更需要呈现给大家一个相对真实的军营。《一纸命令》将思想性、故事性、新闻性、趣味性融为一体，一路记载着基层官兵的生活轨迹，人物形象突出、故事跌宕起伏，又充满了浓浓的正能量。如一面镜子，映照着军人的灵魂，又如一把除尘的刷子，净化着军人的心灵。尽管有杜长伟那样偷奸耍滑、投机钻营者，但更多的是像王春阳、关舜、江耀武、海明军这样正直的军人。他们在军营不仅奉献了青春年华，牺牲了自己的情感，甚至像关舜这样的红二代还牺牲了生命。正是他们的牺牲奉献，挺起了军人的脊梁，支撑着我们这个绿色的钢铁长城。

这是一部接地气的良心之作。近年来，党对文艺创作空前重视，习近平主席亲自出席文艺座谈会，并发表了重要讲话。正如习主席所说："任何一个时代的经典文艺，都是那个时代社会生活和精神的写照，都具有那个时代的烙印和特征。"军人以服从命令为天职，大到晋职晋衔、工作调动、入党考学、执行重大任务，乃至走上战场都要听命令；小到集合站队、外出、休假，甚至吃饭、睡觉都要听号令，令行禁止可谓是军人的标配。《一纸命令》既展现了平凡的军营、平凡的军旅人生，也是这个时代对本真的一种呼唤。2003至2015年,两次大裁军间隔12年,也是一个基层营长成长的轨迹。"好的文艺作品就应该像蓝天上的阳光、春季里的清风一样,能够启迪思想、温润心灵、陶冶人生,能够扫除颓废萎靡之风"。在这本书里,每名军人都能找到自己的影子,勾起无限的军旅回忆,也容易产生情感上的共鸣。在这本书里,没有当过兵的人,仿佛品尝到了军人的酸甜苦辣,走进了军人的内心世界,萌发一种投身军旅的冲动。

这是一部军旅人生的励志宣言。作品的背后,是作者的思想和情怀。国防和军队改革正在深化,眼见曾经相识的、未知的一些"笔杆子"们,纷纷脱下了军装,这也促使作者思考:如果有一天脱下了军装,能给部队留下点什么,或者更往后了说,如果有一天离开了这个世界,能给世人留下些什么?是考问,是反思,也是责任。巴尔扎克说:"生活是最过硬的。"文学说到底就是参与,每个当过兵的人,讲起自己的军旅人生,总能滔滔不绝,讲也讲不完,但如何很好地去总结、去挖掘、去升华凝练,将这些碎片化的内容编织在一起,形成一部文学作品?对于"两眼一睁,忙到熄灯"的基层官兵来说,即便有创作的冲动和才华,或许时间上也不允许;躲在象牙塔里不能自拔,或者蜻蜓点水般体验军营生活的作家们,也很难写出具有真情实感的优秀作品来。王礼光同志在一线作战部队工作生活了近十年,又从事了多年的新闻工作,亲眼见证品味了这些年部队的变化,笔端下凝聚了不少感人、风趣、有意义的故事,便有了创作的冲动和源泉。

只有不断回味初心,才能不忘初心;只有了解真实的军营,才能更好地继续前进。《一纸命令》就是告诉你一个相对真实的军营,值得你去拥抱,去品咂。

向建军九十周年献礼!向党的十九大献礼!

(中国作协会员,军旅作家)
2017年6月30日

目录

告诉你一个真实的军营(代序)　　裴指海 / 001

第一章　　毕业报到 / 001

第二章　　上山驻训 / 006

第三章　　专业训练 / 010

第四章　　即兴教育 / 015

第五章　　封闭集训 / 020

第六章　　信任无价 / 026

第七章　　请假偶遇 / 031

第八章　　野外过年 / 036

第九章　　条令竞赛 / 040

第十章　　花样体能 / 045

第十一章　　女兵比武 / 049

第十二章　　坦克打靶 / 054

第十三章　　等级考评 / 058

第十四章　　拉练·徒步行军 / 062

第十五章　　拉练·野外宿营 / 067

第十六章　　拉练·畅谈收获 / 071

第十七章　　奇葩规定 / 076

第十八章　　技师之争 / 080

第十九章　　实弹投掷 / 084

第二十章　老兵相亲 / 088

第二十一章　迎考备战 / 093

第二十二章　考一级旅 / 097

第二十三章　提升遇坎 / 101

第二十四章　留守风波 / 105

第二十五章　情投意合 / 110

第二十六章　长征趣话 / 114

第二十七章　新训·点验风波 / 118

第二十八章　新训·整理内务 / 123

第二十九章　新训·规范称呼 / 127

第三十章　新训·调剂伙食 / 131

第三十一章　新训·叫响口号 / 135

第三十二章　新训·体能测试 / 139

第三十三章　新训·战术观摩 / 143

第三十四章　新训·紧急集合 / 147

第三十五章　新训·新兵授衔 / 151

第三十六章　新训·越级提升 / 155

第三十七章　新训·女友来队 / 159

第三十八章　新训·新兵下连 / 164

第三十九章　两个女人 / 168

第四十章　练胆秘籍 / 172

第四十一章　用网轶事 / 176

第四十二章　缴纳党费 / 181

第四十三章　海训·铁路输送 / 186

第四十四章　海训·下海游泳 / 190

第四十五章　海训·武装泅渡 / 194

第四十六章　海训·登岛观光 / 198

第四十七章　海训·装卸训练 / 203

第四十八章　海训归来 / 207

第四十九章　迎接检查 / 211

第五十章　老兵退伍 / 215

第五十一章　老家探亲 / 220

第五十二章　抗震救灾·千里挺进 / 224

第五十三章　抗震救灾·抢救生命 / 228

第五十四章　抗震救灾·畅通指挥 / 233

第五十五章　抗震救灾·转移群众 / 238

第五十六章　抗震救灾·上山搜救 / 243

第五十七章　抗震救灾·转运物资 / 247

第五十八章　抗震救灾·安置群众 / 252

第五十九章　抗震救灾·重建家园 / 256

第六十章　抗震救灾·军民鱼水 / 260

第六十一章　抗震救灾·论功行赏 / 264

第六十二章　抗震救灾·悄然回撤 / 269

第六十三章　美丽约定 / 274

第六十四章　伤心分手 / 278

第六十五章　提前退伍 / 282

第六十六章　修整菜地 / 287

第六十七章　比武夺冠 / 291

第六十八章　典型宣传 / 296

第六十九章　一场晚宴 / 300

第七十章　光缆施工 / 304

第七十一章　调进机关 / 308

第七十二章　蹲点帮抓 / 312

第七十三章　纯属意外 / 316

第七十四章　家事国事 / 320

第七十五章　代理科长 / 324

第七十六章　人生谷底 / 328

第七十七章　喜得千金 / 332

第七十八章　会风文风 / 337

第七十九章　送菜上门 / 341

第八十章　装备换代 / 346

第八十一章　挑选司机 / 351

第八十二章　甲午殇思 / 355

第八十三章　只说兵事 / 359

第八十四章　一家团聚 / 363

第八十五章　特殊命令 / 368

第八十六章　福祸相依 / 372

第八十七章　参加阅兵 / 376

第八十八章　铭记初心 / 380

第一章　毕业报到

公元 2003 年，世界上发生了很多大事：全球爆发了 SARS 疫情、美军占领了巴格达、"神舟"五号载人飞船安全着陆、中国宣布裁军 20 万……还有，这年 6 月，在坦克兵指挥学院组织的一场演习之后，王春阳从军校毕业了，一纸命令将他甩向了千里之外的红旗旅。

随着改革大潮的滚滚向前，与学员离队命令一起宣布的，还有这座有着"坦克兵摇篮"美誉的军校也加入了裁撤的行列，全院官兵史无前例地举行了一场盛大的向军旗告别仪式，场面气壮山河，却又催人泪下。王春阳和大多数学员一样，虽然有点留恋、伤感，却也对军校单调、枯燥的生活深感厌烦，恨不得立马离开。王春阳一遍遍憧憬着到作战部队一展抱负。

距离报到最后期限还有 3 天，王春阳顺路回了趟安徽河阳县老家。他的父母都是老实巴交的农民，他上一次回家，还是半年前的寒假。

王春阳老家虽然叫河阳，但没有什么河，只有村东头的一条用于蓄水浇地，小时候经常洗澡、捉螃蟹的路边长河沟而已，那里留下了他很多童年记忆。自从上了高中后，他就再也没在那"河"里洗过澡。

6 月 30 日，是王春阳到河南红阳市红港县红旗旅报到的日子。他一大早起来，上身穿着带条纹的短袖，下身穿着一条浅灰色裤子，脚穿部队发的制式皮鞋，瘦高的他，略有点清瘦，却也显得格外精神。

河阳虽然离红港只有 400 多公里，却没有直达的火车或者汽车。

家人送他到村头，王春阳背着打好的背包、手拉一个部队配发的拉杆箱，早早到了汽车站，先是到了县城，又转车到红阳。到达红阳市已是下午 3 点，听车站人员说，这儿距离红港还有 50 多公里，坐车还需要 1 个多小时。王春阳顾不上吃饭，直接坐上了去红港的中巴车。

天气闷热得要命,一丝风也没有,稠乎乎的空气好像凝住了,虫鸟也懒得叫了。但在王春阳心里,四年的军校生活终于结束了,虽然肩上挂着的只是红牌牌,走出校门可就是军官了,再也不用学习考试了,最重要的是能拿工资,可以补贴家用了。

想到这,王春阳并不觉得一路上有多辛苦,心里还是美滋滋的。在去往红港的中巴车上,王春阳心里时不时盘算着,红港,红色的港湾,会不会是一个美丽的地方?

从红港县一个十字路口下了车,王春阳不知往哪里去,只好喊了一辆三轮车:"去红旗旅。"

"好嘞!你坐稳了。"三轮车晃晃荡荡开得飞快,声音跟拖拉机一般,还没等王春阳缓过神来,师傅又说,"下车吧,我们进不去,只能送你到这了。"

"这么近!"王春阳揉揉眼下了车,抬头一看,果然是一座军营的大门,门楼上有闪耀的"八一"字样的红五星,两旁各站着一个卫兵,一眼望不到头的主干道两旁插满了彩旗。凭王春阳的经验,这是迎接哪位大首长或是欢送部队出征的场面。

王春阳走到卫兵前,将自己来此报到的介绍信恭恭敬敬地呈上。

"你先到值班室登记一下吧,我们联系一下。"卫兵打了一通电话,又说,"排长,您今天来得真不巧,部队下午都去野外驻训了。政治部有通知,说是有新毕业排长报到,先在值班室等一会儿。"

这一等就是两个多小时,在院校也快到了吃晚饭的时间,何况,王春阳早上只吃了半个馒头,喝了一碗妈妈做的疙瘩面汤,中午更是粒米未进,便让卫兵帮忙照看一下物品,出去吃饭了。王春阳寻思:自己的头发也长了,第一次到连队报到,要给人留个好印象,趁吃饭的机会拾掇一下头发。

也许是坐车久了疲倦,也许是值班室的通风不好。走出大门,天气虽还炎热,但王春阳分明感到了丝丝的惬意。

王春阳靠路的右侧边走边瞧,发现几个小餐馆和一个店面好点的餐厅,他都没进去。不知不觉中,他走到了刚下中巴车的那个十字路口,这才发现,距离大门口也就七八百米远。不能再往前走了,他依稀记得来时坐车上看到前面都是五金店和一些商业区,根本没有吃饭的地方。王春阳随便找个餐馆凑合着吃了点,吃完了他还要理发呢。

"能理发吗?"王春阳来到一家理发店,里面一个客人没有。屋里有个楼梯通向二楼,迎接他的是一个年轻漂亮的姑娘,圆圆的脸,大大的眼睛,穿着粉色的连衣裙。姑娘抬头一看:"过来我帮你洗洗吧。"目光正冲着王春阳,像清泉抚过鹅卵石,淡淡的、甜甜的。

王春阳像是得了指令一样,跟着姑娘来到洗头的地方,躺在洗头的沙发上。姑娘调节好水温,轻轻洗了起来。可能是因为真的累了,或者是太舒服了,长这么大,还没有这么漂亮的姑娘给自己洗过头,还有洗发水的香味夹杂着姑娘身上的脂粉香拂面而来,幸福的滋味让王春阳几乎入梦了。

"洗好了,你自己擦擦吧。"王春阳接过姑娘递过来的毛巾,使劲地擦头。

姑娘随手拉开一把转椅,王春阳端端正正坐了下来,等着姑娘给他理发。

"理什么发型?"姑娘边给王春阳系遮头发的围巾,边问道。

"平头就行。"

眼见漂亮姑娘要动手了,王春阳怦怦直跳的心,更是提到了嗓子眼。

"爸,客人头发洗好了,您下来给他理发吧。"姑娘说着上楼去了,下来的是一个中年男子。

王春阳紧张的神经这才放松,心里念叨,自己是不是有点鹌鹑想吃红樱桃——想得太美了?

"你是部队上的吧?"中年男子一看王春阳这坐姿、这发型,就猜个八九不离十。

"我今天刚来报到。"王春阳依旧端坐着。

中年男子没问王春阳理什么发型,就直接理起来了。他知道,部队上一准是要理板寸。

中年男子果然是半天云中拍巴掌——高手,不一会儿就理好了,王春阳对着镜子照了照,也感觉精神了不少。只是那个姑娘再也没有出现,最后帮他洗头的是眼前的这位理发师。

返回门岗值班室,老远就听到了《新闻联播》那段熟悉的开头,王春阳知道已经7点了。卫兵队也在组织大家看新闻。一名卫兵说:"排长,刚才政治部值班室来电话了,说是让您去那里。"

王春阳打听好路线,就带着行李走了。

天已擦黑,走在大马路上,空无一人,不知何时刮起了微风,下起了细雨,彩旗随风飘动。王春阳顺着路尽力张望,能望见的只是无限延伸的路和树,不免感叹:这营区真大呀!

大约走了1公里,好不容易到了机关办公楼门前,四周都是树,王春阳心里嘀咕着:"不愧为野战部队呀,隐蔽工作做得这么好,别说晚上了,白天离远了也难辨认。"

王春阳短暂停留了一下，直接来到了二楼政治部值班室，屋里已经有了两个"红牌"，还有一个政治部的公务员。

王春阳刚放下行李，一双热情的手就伸了过来："你好，我叫关舜，通信专业，老家山东的。"

王春阳细细打量了一下关舜——个头和自己差不多，只是白白净净的，不像是一个在军校里吃过苦的人，倒像一个国防生。他也简单做了自我介绍。

王春阳的猜测不假。关舜确实是一个国防生，父亲关尧是总部一名将军，母亲是国家公务员。本来他是可以留京的，叛逆的关舜不想一直生活在父母的庇护下，坚持来了这里。在他心中有过誓言：要靠自己闯出一片天，决不再依仗父母。

"我叫杜长伟，步兵专业，本地人。"刚松下关舜的手，又一只手握了上来。此人中等个头，握着手，眼睛却并没有看王春阳，大热的天还一手插兜，身体往后仰着，浑身上下透露出一种傲慢之情。他父亲是做建材生意的，家境殷实。和王春阳、关舜不一样，杜长伟当过两年兵，是从部队考学的，年龄偏大了些，也显得老成。

负责分配的干事，还没过来。3人在值班室边看电视边聊天，似乎有说不完的话，看起来并不像刚认识的，或许这就是部队天生的战友情，走到哪里都是一家人吧。

"什么鸟红港，我还以为是多好的地方呢，原来就是一个破县城。"关舜心直口快地说。

杜长伟却不断向公务员打听旅长是谁、政委是谁、主任叫什么、干部科长叫什么，又都是哪里人。关舜不耐烦了："你是包打听呀，你打听那么多干什么？"

杜长伟这才有所收敛，转身问王春阳："兄弟，你哪年出生的？"

"1981年8月1日。"王春阳丝毫没有隐瞒。

"好生日呀，两个八一，一听就是当兵的料。我1982年7月出生，你是哥。"关舜又看了看杜长伟说，"你问别人，自己怎么不报上生辰八字？"

"在我面前，你们都是小字辈，我们不是一个时代的人，我，我，我是1979年出生的。"杜长伟很不情愿地说出自己的出生时间。

除了聊生活，王春阳并不发表政见，来之前，他谨记着学员队教导员的告诫："紧开口，慢张言。作战部队人多嘴杂，言多必失。"

整个聊天，听得最多的就是关舜发表的感慨，一番又一番。

不知不觉中，晚上十点钟已过。终于等到负责分配工作的干事回来了，赶紧给3人按专业进行了对口分配：王春阳坦克营，关舜通信营，杜长伟步兵一营。

不一会儿,3个营都来了留守干部,各自将3人领了回去。来接王春阳的是负责留守的坦克二连郭副连长。

路灯在树丛下显得特别昏暗,有的路段根本没有路灯。郭副连长打着手电筒在前面走着,王春阳跟在后面,穿过一条细长的小路,又走了好像比进大门时还长的一段路。

终于到了坦克营。这是一个三层楼的营区,二楼三楼住着一连,营部在一楼,后面还有一栋三层楼,住着二、三连。王春阳忍不住说了句:"真远呀。"

"那是,我们营是最远的。"郭副连长带王春阳来到三楼一个房间,里面连一张床也没有,地上凌乱地铺着3张凉席,好像以前住过人,还没来得及收,吊扇还呼呼地转着,"你就先住这吧,我们这是新营房,新床还没配发到位,旧床都被拉山上去了,明天正好有车下来拉东西,你随车上山吧。"王春阳还想问点什么,郭副连长已经走出了房门。末了,郭副连长回头来了句:"明天七点半开饭,我会让小值日带你去饭堂。"

王春阳快速打开被子,铺好"床",到洗漱间胡乱地洗了洗,倒头就睡了。

第二章　上山驻训

一觉醒来,天已大亮,远处传来几声喜鹊叫声,像是有什么好事要发生一样。尽管睡在地铺上,因为整夜吹着风扇,王春阳觉得睡得还是蛮舒服的。王春阳换上夏短袖,快速洗漱完毕、收拾好被褥。来时没戴手表,也没有手机,又不好意思去问,此刻他根本不知道几点了。他有点饿了,估摸着快开饭了,便坐在背包上一边等人来喊他,一边想着上山的事。

在王春阳心里,上山是一件多么美好的事情。自小生活在平原大地上的他,最渴望的就是山了,小时候最羡慕邻居家后院有一片小竹林,还曾因为偷砍了一棵竹子被父亲惩罚过。山上会不会也有竹子?正憧憬着,一个肩扛"两道拐"的清瘦面孔的人站在门口喊他吃饭。

饭堂并不远,后面那栋楼后面就是了,距离不过百余米。按照营里规定,一个连留守2个人,3个连6个人,加上负责人郭副连长、营部1名炊事员,总共8人。

饭菜并不丰盛,炒绿豆芽、炒小青菜,还有一个咸菜,主食倒是馒头、米饭都有,已经用铝盆放在了一个简易的饭桌上。王春阳用小值日给他提供的一个并不干净的不锈钢盘子,简单打了点饭菜,吃了,喝了点像开水一样的米汤,就感觉饱了。

再次返回营部,门口停着一辆大卡车,上面还盖着篷布。几个身穿迷彩短袖的人已经开始装东西了。

王春阳赶紧上楼将自己的东西拿下来,见车上一名战士在不停接、摆放物品,听底下战士喊他尚班长,王春阳见机说:"班长,帮我接一下吧,我今天也上山。"

尚班长接过物品,随手往车上一扔,王春阳欲言又止。

带车干部是营部一个军医,见装载完了,就指挥着大家返回。来时尚班长是坐在驾驶室的,这次他主动爬向了大车厢。王春阳眼瞅着这个像是小白脸,又肯定是个老兵的家伙,着实有点可爱,也跟着坐在了后面。

车子很快驶出了营区,走的并不是王春阳昨天进来的大门。尚班长说:"这是部队的东大门,部队正门是南大门,还有一个南小门,平时外出走的都是南小门。"

王春阳听得一头雾水,不过,他相信自己很快就会搞明白这些。现在王春阳只知道上山,却并不知道去哪里,有多远。

"我们这是去哪里?"王春阳忍不住问了句。

"却山。"

"鹊山?是喜鹊的'鹊',还是麻雀的'雀'?应该是喜鹊的'鹊',早上我听到喜鹊叫了。"

"什么呀,排长,是却山,确实有山,却不是山的却。"尚班长自己也说糊涂了,一旁的两名年轻战士忍不住笑出声来。

"就是这个'却'字。"尚班长拉过王春阳的手,干脆在王春阳手心上比画着,这下终于说清楚了。王春阳"哦"了一句:"原来跟鸟没有什么关系呀。"

有了这么一段小插曲,王春阳感觉一下子和尚班长距离拉近了,两人的话越来越多。

交谈中得知,尚班长叫尚思远,湖南人,今年入伍第6年。这次,他带领2名义务兵来拉训练物资,营里其他干部忙,正好营部军医要回来拿药品,就顺便当了回带车干部。行车必须由干部带车,这是一条死规定。

车子一路疾驶,过了一个多小时,进入了一个县城,尚思远告诉王春阳:"这就是却山县城,我们平时外出都到这里来。"

"你们多长时间出来一次?"

"外训点管理松,周末想出来就出来,平时有事也可以出来,你们干部就更方便了,和营长或者教导员说一声就行了。"尚思远实话实说。

车子穿过县城,一路向西,路越来越弯曲,远处隐隐有山的影子,路的两旁时不时也会闪过小山坡,种植着长不大的松树。

2名义务兵已经打起瞌睡,任由大车颠簸,惺忪的眼始终不愿睁开。尚思远的话也越来越少,后来,只要王春阳不问,尚思远也不主动说话了。王春阳也不再没话找话,两眼不停地瞄向远方和路的两旁,像是搜寻着什么。

行驶了七八公里,车子转向一个右岔路口,一阵剧烈颠簸,尚思远睁开眼,瞅瞅车外:"马上就到了。"

王春阳伸头往外看了看:路的右边是一条小河,左边是连绵不断的小山丘。行驶了不到2公里,再左拐,就见到了一个营区。大门口有一名卫兵,门是开着的,车稍微减速,直接开了进去,又沿着营区主干道行驶了大约1公里,在一排平房前停了下来。

"排长,到营部了,下车吧。"尚思远说着,自己先跳下了车,王春阳紧跟着也下了车。

这时,只见从平房里走出一个中年高个,上身穿着带花纹的老式体能训练服,下身穿着军绿色大裤头,脚上趿了双凉拖鞋。右手夹着烟,左手背在身后。

"营长好。"尚思远站直了给中年男子敬礼。

营长米向前并没有还礼,只是摆了摆手:"好!"他径直走到王春阳面前,王春阳赶紧立正敬礼。营长依旧没有还礼,简单地问了问,对尚思远说:"把一连长喊来!"

大约过了3分钟,从东侧四合院里走来一个同样穿着迷彩短袖的年轻军官,皮肤白净,比营长稍矮。"新民,你们连不是缺一个排长吗?现在正好给你们配一个。"营长指了指站在一旁的王春阳。

"太好了。"连长何新民上下打量着王春阳,看模样很是满意,伸出手说:"非常欢迎。"两名战士过来帮王春阳拿物品,何连长交代说,"将东西放到一排。"

王春阳跟着何新民往四合院走,这个四合院东西南北都是平房,南北两排各有七八间房,东西两排各有5间房,出口在西侧。

听说来个新排长,大家都出来看,王春阳简单做了自我介绍,就跟着一排的同志去了宿舍。尚思远边走边给王春阳介绍:"我们一排一大一小两个房间,连队其他人都住在北侧,对面住的是三连。"

来到一排的小房间,房间内有两个高低床,靠门的一侧放着一个老式笨重的床头柜,不过很实用,4个抽屉下有4个柜子。4个铺位只有右侧空着一个上铺。

一名三级士官先做了自我介绍:"我叫魏磊,今年10年兵,是一排的代理排长,噢,现在你来了,我这代理排长就自动免职了。"魏磊有气无力地说,"我们排一共有10个人,5名士官、5个义务兵,噢,现在连你一共11个人。"

大家也都做了自我介绍,王春阳印象最深的是新战士杨松。

"从今以后我们就是一家人了,我相信我们待在一起的时间,比和家人待在一起的时间都多,这就是缘分,希望大家珍惜。"王春阳忍不住发表了几句感慨。

"排长,您就睡这行吗?我睡那边上铺了。"尚思远说着指了指对面的上铺。

来报到前,听人说过,有些老兵可能会对新排长"不敬",得先睡上铺。王春阳一时不知道说什么好,只是说了句:"谢谢。"

"窝"安在了下铺,工作开展得却不是很顺。连队周末出公差,王春阳安排了两名士官去,魏磊却说有义务兵在,就让他们去。王春阳说平时义务兵辛苦,应该多休息,魏磊却说,大家都是这么过来的。周末王春阳想让大家多看书学习,魏磊却招呼大家打牌,还理直气壮地说:"周末就要好好休息。"弄得王春阳一点儿脾气也没有。

和王春阳一同报到的杜长伟更惨,连个下铺都没有,落了个睡"二楼"的命。

到步兵一营报到当晚,杜长伟被安排和留守人员住在一个房间,一进房间,就指使一名新兵:"帮我打盆洗脚水,累死我了。"那名新兵只好用自己的脸盆打来半盆水,供这位"排座"洗脚。

"没被子,怎么睡觉?"杜长伟被褥是邮寄的,还没到。这下没人接话,大家都装睡。杜长伟见上铺没人,便把被褥给卷了下来。

负责站岗的新战士回来,他下午刚犯了错,见被褥没了,想着是连队干部惩罚自己,也没敢声张,只好在床板上躺了一夜。

第二天一早,杜长伟又指示一名新兵去服务社给他买早点,被班长当场顶了回去:"服务社没有早点,吃饭自己到饭堂打去。"杜长伟这是面汤里煮寿桃——混蛋出尖了。他的"英雄事迹"很快在营连传开了,从营区又传到驻训点,连队战士觉得新来的排长有点"烧",得治!

下午,杜长伟到了另外一个驻训点——圆山,被分到步兵一营三连二排任排长,原先的代理排长开门见山说:"我们这里有规定,新排长要睡3个月上铺,我们已经给你留好了。"

代理排长这么说,杜长伟心中有火也不便发作,又问:"咱排里有多余的被子吗?我被褥邮寄的,还没到。"

"大热天盖什么被子呀,我们都不盖。"可山里夜晚风大,战士都悄悄盖着被子,没法子,杜长伟只好自己到服务社买了被褥,却是被窝里磨牙——怀恨在心。"一帮兔崽子,走着瞧,看我怎么收拾你们。"

第三章　专业训练

　　新的一周开始,坦克一连负责营里值班,又恰逢一排负责连队值班,连队值班的任务就落到了王春阳这个新排长头上,何新民交代:"营里值班也多担待一下。"
　　值班也没有什么,就是到点吹吹哨、查查岗、安排个公差勤务,遇有集会集合一下队伍、报告之类的。营里值班也是这样,只不过人数多点少点而已,关键是操心,最起码要比别人提前10分钟起床,晚睡半个小时,时不时还要半夜起来查个岗。
　　连队"资格老"的干部往往会把营值班任务推给值班排长,老排长又把连队值班任务交给手下班长,因此,跑腿的活都让班长给干了。因为担负值班,往队伍前面一站能发号施令,只查岗又不用站岗,还真有不少班长乐享这差事。
　　"今天,我们主要是进行专业训练,为迎接上级考核和实弹射击做准备,大家要用心训练。"早饭过后,王春阳将人员带至车场后,进行训前动员。
　　"讲也没用,还不是老样子!"
　　"情况不熟悉,慢慢熟悉了就好……"
　　王春阳在前面讲,他隐约听见队伍中有人在窃窃私语,又不便点名,或许他此刻根本就叫不上名字来,只好让带开训练了。
　　人员按专业各自被带开后,准备车辆、准备器材,忙活了一阵,很快又消停了。
　　"怎么就这么几个人?"王春阳看车上车下训练的也就十余个人,不免生气地问道,"其他人都去哪了?"
　　尚思远拉他到一边小声说:"排长,他们都在车库后面呢。"
　　"不训练,在车库后面干什么?"
　　"我也不知道啊。"
　　"你们好好训练,我去后面看看。"说着,王春阳转身走了。
　　到了车库后面一看,王春阳这才发现,连队六七个老士官扎在一堆,有抽烟的、有看小说的、有聊天的,也有打瞌睡的。

见王春阳过来,他们好像并没有当回事,魏磊还盛情"邀请":"排长,过来吹会。"

王春阳强压心头怒火,勉强笑笑:"咋都在这里,聊什么呢?"

"这里凉快呀,车库里热得很哟。"魏磊说道。

"你们这么不训练行吗,连队不管吗?"

"有啥子不行哩,只要考试过关不就行了?"王春阳知道魏磊是四川人,这是他故意拿着腔说话,便又问道:"不训练,考核就能过关吗?"

"开什么玩笑,我新兵学的就是驾驶,十多年了,三大专业都练熟烂了,闭着眼也能过关。"魏磊又用手划过眼前的一排士官,"这里哪个不是训练好几年了,就那些东西,我们米营长就说过,'坦克操纵杆上挂块肉——狗都会开',有一年的训练时间就够了,我们就不跟着掺和了,让新同志多训训吧。"

"排长,你也坐这聊会吧,就咱这老坦克,训练再好有啥用?"魏磊越说越激动,"你看干部哪有训练的? 早不知野到哪去了。"

魏磊说得不无道理,由于考核不是很正规,很多都是流于形式,又缺乏有效的奖惩机制,致使训练也正规不起来。对坦克兵来说,三大专业中任何一个专业,只要下功夫训练2个月,就2个月,就足以应付考核。加上这一年宣布要裁军20万,说不定啥时候就脱军装走人了,谁还有心思训练? 出现训练时间干部溜边、老兵扎堆聊天、看小说等现象也就不足为怪了。

听尚思远说,连队也是一个英雄的连队,还有一个响亮的名字——红旗连。如今沦落到这等地步,甚至不少人不知道连队还有这个称号,王春阳不免心痛,心里想着如何调动大家的训练积极性,最起码要给大家找点事做,不能在这里白白浪费了时光。

这不正是老话说的"紧步兵,松炮兵,稀稀拉拉坦克兵"吗? 怎么办? 怎么办? 王春阳找了一个僻静的地方来回走着。突然,他眼前一亮:考核不是不正规吗,那咱就组织正规考核;不是缺乏有效机制吗,那咱就开展评比竞赛,严格奖惩。

做成这件事必须要连长同意才行,何新民会同意吗? 此刻,他也不在训练场。王春阳反复思忖着,想着中午如何向连长汇报。

王春阳也无心训练,好不容易挨到了中午,去连长宿舍时,何新民张口就问:"今天的训练怎么样,不错吧?"

王春阳只好道出实情,并说出了自己的想法:"我觉得,每天可利用最后半小时组织各专业考核,开展评比竞赛,比赛成绩好的有奖……"

"好,你放手干吧,连队全力支持你。"没等王春阳说完,何新民就打断了他的话。何新民平时没什么爱好,也不贪图享受,他今年报了个法律自考,想以后转业了多条路。此时他更看重的是,只要把人管住就行了,至于专业训练如何,就由着王春阳去折腾吧。

王春阳这算是拿到了尚方宝剑。

下午训练很快开始,依旧是新兵训练,老兵扎堆。

"魏班长,听说你是三大专业样样精通,咱俩比比如何?"王春阳这次来到老兵中间,并不打算聊天,而是直接下了战书。

魏磊也感到很新奇:一个新兵蛋子,敢挑战我专业水平,以前还没有哪个新排长敢挑战自己,连队干部也没这么说过,真是老虎不发威,当我是病猫呢。魏磊也想借机杀杀眼前这个"红牌"的威风,便说道:"比什么,怎么比?"

"内容随你挑,只要是训练大纲上有的,比什么都可以。"

"排长,你不是说大话吧,我们也别挑了,就按照今天的训练计划,训练什么咱俩比什么。"魏磊的这个主意,倒是很公平,也很切合实际。

"那你输了怎么办?"

"那你输了怎么办?"魏磊并没有正面回答王春阳的话,而是反问了一句。

"我输了,只要我值班,随你以后怎么办,你输了以后训练就得听我的。"王春阳说出了自己的条件。

"那咱可都说好了,兄弟们可都听着呢。"魏磊根本不相信他会输,在他看来,新排长大多心高气傲,尤其是王春阳这种高中毕业直接考上军校的学生兵。赢他还不是坛子里捉乌龟——手到擒来!

两人剑拔弩张,几名老士官也都来了精神头,嚷嚷着:"有好戏看喽,有好戏看喽!"

他们就从射击开始比,在炮口下设置一标靶,炮口装上击针,在一分钟内比谁刺中的点多,这可是一项硬功夫。魏磊不知道,这是王春阳最擅长的,眼准手快的他考个二级真是屈才了,无奈,院校最多只能考二级,他也知道这是魏磊的短板。何况,魏磊这个科目近两年都没怎么练过了,自然不是王春阳的对手。

接下来比通信,为了公平起见,故障由对手出,主台请的是全营唯一的特级无线电手,干扰机也使用上了。

先失一局的魏磊,有点迫不及待了,待王春阳设置好电台故障,他说了句:"排长,那我就当仁不让了。"然后就跳上了坦克。

面板预置、完好状态检查、通话……魏磊一套漂亮动作下来,考上特级无线电手都没问题。

能否赢魏磊,王春阳毫无把握,但也得赶鸭子上架呀。魏磊感觉此局胜券在握,就随便给王春阳出了个故障,这为王春阳排除故障争取了时间,也为他取胜提供了可乘之机。

王春阳上车后,快速排除了故障,通信中虽然有几处卡壳,可也找不出明显扣分的理由。众人都感觉用时会比较长,一看时间:"妈呀,比魏磊还快10秒。"

魏磊不服气,可在现实面前又不得不低头,只得向排长保证以后老老实实训练。

王春阳心里最清楚不过了,要不是那位老士官帮忙,此局他根本赢不了魏磊。

原来,作为营里唯一的特级无线电手,老士官既感到荣耀,又感到惋惜。老士官今年年底就要退伍了,老兵们一直这个状态下去,他很担心营里的专业训练跟不上。当王春阳说明缘由请他当主台,他不仅爽快答应,还故意在干扰时间上放水,计时也少计了30秒。老士官帮的不仅仅是王春阳,他帮的是坦克专业的训练,这也是他一直想做的事,无奈自己只是一个兵,力不从心。生性耿直的他以前从未作过弊,这是第一次也是最后一次,就算折了颜面,他也认了。还好,没有人发现,或许根本就没有人注意他,大家把精力都集中到了王春阳、魏磊两个"主角"上了。

这才有了王春阳的胜出。王春阳也十分渴望这场胜利,他明白,要是打成一比一平手,接下来就要比驾驶,这可是魏磊的强项,王春阳根本没有赢他的可能,唯一能避免的办法,就是先下两局,驾驶就不用再比了。

"我认输了,从现在开始,训练上都听你的,你让怎么训就怎么训。"王春阳要的就是这个结果,心里美滋滋的。

"我们一起努力,把咱连队训练搞好才是正理。"王春阳说的是官话,也是他最想说的心里话。

"驯服"了桀骜不驯的魏磊,王春阳又在连队开展了比武竞赛活动,训练好的有奖,王春阳自己掏腰包,一人一瓶饮料。训练差的罚周末给大家洗衣服。一些专业技术过硬的同志想:这周终于有人给洗衣服。一些平时训练不好的同志却在暗暗较劲:一定要抓紧时间训练,要不然还得替人洗衣服,多丢人。

本周的训练热火朝天,训练成绩也突飞猛进。战士们服他,何新民夸他"训练很有一套"。有了这些,王春阳觉得再辛苦都值了!

仿佛冰山上画画——好景不长！下周换成了二排长值班,刚被唤醒的训练热情瞬间被浇灭了。王春阳心里也明白,单凭自己这个新人推动,是管不了多久的,他只能在心里呼唤着从体制上解决这一问题,可那一天何时才能到来呢？王春阳无法想象。

第四章　即兴教育

关舜被分到通信营后,素有"老江湖"之称的于华教导员早把他的底细摸得一清二楚,只是旅领导有交代,大家肚脐眼儿点灯——心照不宣罢了。连队的排长也都是满编,为了不委屈这位"太子爷",营里就把关舜放在营部,负责管理营部和通信站人员。

营部加上通信站一共20多人,其中女兵占了一半多。平时大家各自忙各自的,只是吃饭、晚点名时集合在一起,关舜整天闲着也没事。时间过得飞快,转眼一个月过去了。于教导员担心关舜闲着出问题,就临时让他带队周末去洗澡。

全旅属于集中洗澡型,每周末澡堂开放,为了规范洗澡秩序,机关每周会给各个营连下发洗澡时间,女兵和家属则不受时间限制。各连队一般都必须严格遵守洗澡时间,澡堂前有卫兵看着,如果有的连队有事不能来或者洗得比较快,卫兵也会打电话通知下一个单位。通信营这周的洗澡时间是星期天13:00~14:00。

一看到这个时间,关舜就嚷嚷开了:"安排的什么鸟时间,还让不让人睡觉了?"

周日吃完早饭,关舜就坐在通信营值班室,一直愁眉不展的,合计着如何避开这个时间,却始终没能想出法子来。大约10点钟,关舜看见通信站的女兵一个个端着脸盆回来,便喊住了带队的二级女士官:"冷一欣,洗澡的人多不多?"

"不多,我们刚回来,就几个人。"冷一欣边说边上楼去了。

关舜心想,偌大的一个澡堂就几个人洗澡,还不赶紧去洗了,正好不耽误中午吃饭,回来还能把衣服洗了,中午再美美睡上一觉,就赶紧让人集合了,带着十几个人直奔澡堂。还没到就傻眼了,前面有三四个连队在等着呢,队伍都排到主干道了。关舜上前一问,澡堂里还有两个连队,上午根本洗不成了,卫兵正给下面连队打电话,让他们推迟洗澡时间呢。

关舜只好带着人打道回府,刚到营区,正碰上冷一欣下来晒衣服,他气都不打一处出,大声质问冷一欣:"什么情况,你不是说没人洗澡吗,我怎么去了都是人?"

"是没人呀!"

"还说没人,好几个连队在那等着呢。"

"就有几个家属,哪有什么连队?"

"还有家属?你说的什么澡堂?"关舜有点纳闷了。

"我说的是女澡堂,我们女澡堂是没人呀。"

"乱弹琴,大姐,我说的是男澡堂。"关舜一拍脑袋,"糊涂呀,被你给耍了。"

"叫姐也没有用,男澡堂我又没进去,我咋知道里面有没有人?"冷一欣得理不饶人。

关舜一时语塞,只好自认倒霉。可他又不甘心,便故意岔开话题问冷一欣:"你知道,你父母为什么给你取名冷一欣吗?"

冷一欣乘着胜利之气,甩了甩头说:"希望我欣欣向荣呗!"

"什么欣欣向荣,一欣,一斤欠,一斤东西都欠别人的,是不是有点欠抽呀?"关舜说完得意扬扬地笑了起来。

冷一欣还是第一次听别人这么解读自己的名字,对这种挖苦讽刺的解读,她自然是气不过。这时,前面路上警侦连战士牵着一条狗路过,狗汪汪叫了几声。冷一欣强压制着怒火,笑嘻嘻地问关舜:"你知道狗为什么汪汪叫吗?"

"因为它高兴呗!"

"不对,因为它不会说人话!"冷一欣说完,气呼呼地走了。

关舜知道这是在骂他,还想发火,见于教导员回来,关舜连忙迎了上去。

"关舜,这回给你个任务,全旅组织开展时事政治教育,你给全营上一课吧。"于教导员这就算是给关舜派了任务。

"我哪会讲课呀,教导员您看能不能找别人。"关舜颇感为难。

"哎,旅领导专门强调,要多给新人机会,尤其是你们这些新排长,知识丰富,见多识广,也好利用这个机会展示一下自己。"于教导员边走边说。

旅领导的意思,关舜不好意思再推脱。

如何备课?他可一点经验没有,他记得报到当天在政治部值班室和王春阳聊天时,王春阳说他在院校备课不少,何不向他"化缘"?

关舜和王春阳通上话,先是一阵寒暄,继而说出了打电话的目的:"我们教导员想让我给全营上一堂教育课,你那有没有教案,给我借鉴一下。"

"我们营里也给了我这个任务,我教案写好后,让人给你捎一份。"王春阳爽快答应了。

"王哥,仗义!"关舜心里的一块石头像是落了地。

王春阳的任务其实更急,因为坦克营下周要转入综合训练阶段,正好明天上午搞动员教育,米营长想让王春阳一并把政治教育课讲了,一是能节省时间,二是来考验一下这位新排长的能力。王春阳前一阶段抓训练不错,米向前也看过他写的东西,觉得他是个人才。

安排新毕业排长讲课是很正常的,每个单位都会择机安排,主要是锻炼一下新排长,可安排这么着急的却很少见。

写教案是来不及了,在外训点这个相对闭塞的环境里,想找点资料都难。讲什么呢?这次营长并没有给定内容,自己想讲什么就讲什么。王春阳躺在床上是辗转反侧,几乎一夜都没睡着,可还是没有想出个结果来。

"昨天你们俩谁赢了?"早饭后,魏磊边收拾卫生边问尚思远。

王春阳知道他们说的是昨晚尚思远和杨松下棋的事。

"第一局我没赢,第二局他没输,第三局我还是没赢。"尚思远棋艺不怎么样,却是一肚子歪理,明明三盘皆输,从他嘴里说出来,好像自己还占了上风似的。

听着他们的谈话,王春阳脑子里突然闪过一个火花:"有了,就讲它了。"

米向前做了简要工作安排,比王春阳想象的要短得多,讲了些什么,王春阳一个字也没记住,还在构思着他的讲课内容。

"下面欢迎一连的王春阳排长给大家上课。我昨天刚安排的,今天没给他备课时间,就是想让他临场发挥一下,看看我们的排长应变能力如何?"听营长把话说开了,王春阳心里反倒轻松了,反正讲好讲坏估计大家都不会怪罪。这时,台上只剩下一张桌子、两个凳子和一块营长用过又擦过的黑板,这显然是给王春阳讲课用的。有人开始议论:"训练是一把好手,还能会讲课?"

"没准备能讲什么,说不定三两句就结束了……"

王春阳快步走上讲台,在黑板上写了一个大大的"赢"字。"今天的政治教育由我来给大家讲,中国汉字寓意丰富、奥妙无穷,我们今天就来讲一讲这个'赢'字。"王春阳稍微停顿了一下接着说:"'赢'字由亡、口、月、贝、凡五个汉字组成,包含赢家必备的素质。肩负着'打赢'使命的当代革命军人,当从'赢'字中悟出一些人生哲理。"

大家谁也没把政治课当回事,即使米向前自己上课,多半人也忍不住打瞌睡。米向前有时也发火,但是讲一次只能好一阵子,不抓又会回到老样子,久而久之,政治教育成了抄笔记。王春阳这会儿写个"赢"字,大家不明白他葫芦里卖的是什么药,一个个盯着黑板上的字看。

王春阳指着"赢"字说:"我们先看看这个'亡',亡是什么?亡,就是死亡、灭亡的意思,除了正常的生老病死,那为什么会死亡,为什么会灭亡呢?"

"生于忧患,死于安乐呗!"尚思远随口接了一句,没想到歪打正着。王春阳看了看他说:"你说得非常正确,古今中外,生于忧患、死于安乐是一条无法回避的铁律,尤其对我们军人而言,要始终保持清醒头脑,谨记'昌必有衰,兴必有废''丰于此者,必缺于彼'的警世箴言。

"我们瑞士公民迈出右脚时是一个公民,迈出左脚时就是一个战士。如果要问为什么我们600多年没有打过仗,其主要原因就是我们随时都在准备打仗。"王春阳除了引用瑞士外交官的这句经典名言,还给大家讲了个故事:"法国大革命时期有一张著名的图画,画上是一个用餐的场面,老人孩子团团围坐在一起。当他们看到门口飞进一张纸条,上面写着'祖国危险了',男人们二话不说,放下饭碗夺门而出,踊跃奔赴战场。凭着这种随时准备战斗的精神状态,法国在拿破仑未出世之前,在当时各方面还比较落后的情况下,就已经可以抵抗全欧洲的敌人。精神的力量于此可见一斑。

"我们再来看看这个'口',口是什么?"王春阳指着"赢"字,依旧自问自答:"口,是说,一种沟通能力,讲到说的重要性,我也给大家讲一个故事。相传春秋战国时期,纵横家张仪被人打得半死不活,醒来后问他媳妇的第一句话就是:'你看看,我嘴里的舌头还在不在?'媳妇忙说:'还在,还在呢。'张仪这才释怀道:'在就足矣。'这才有了三寸不烂之舌的说法。

"我们开展工作,不会说怎么能行,比如我们的'四会'教学、舆论战,说也是一项基本功,所以,我们平时要加强学习,有意识加强沟通能力锻炼。"王春阳说。

"月,是时间观念,都说战场上瞬息万变,战机稍纵即逝,未来战场更是越来越短,几分钟就可结束一场战斗,所以,我们更要强化我们的时间观念,如果战时迟到1分钟,哪怕是1秒钟,都生死攸关,关系胜败啊!请问,你进入战斗状态了吗?"并没有人接话,王春阳觉得这不难理解,接着说,"贝,就是钱,我们生活要钱,军人打仗也要靠金钱保障后勤供应,但'君子爱财,取之有道',金钱如明镜,可以照出一个人精神境界的高低。切记:人不会把金钱带入坟墓,但金钱却能把人送入坟墓。军人花钱、用钱却不能钻钱眼,军人自有军人正确的金钱观。

"凡,就是平凡,我们穿上军装就意味着牺牲奉献,要甘于平凡,面对外面的花花世界,抵得住诱惑。"王春阳最后又解释了凡的内涵。

真可谓一个字一堂课,一堂精彩的课。不知不觉一个多小时过去了,竟没有一个打瞌睡的。王春阳讲完后,米向前带头鼓起了掌。

王春阳把讲课内容简单整理出来给关舜,关舜再一发挥,更是精彩。课后几个女兵围着他:"排长,你太了不起了,给签个名吧。"关舜一时间在营里像百尺高竿挂红灯——红到顶了。这让关舜有点措手不及,又有点扬扬得意。不过,关舜倒还算清醒:这多亏了王哥呀!

第五章　封闭集训

实弹射击很快要开始了,王春阳接到却是另一个命令——集训。

按照惯例,新排长毕业后,都会有一个短期集训,少则数天,多则两三个月,什么时候集训、集训多长时间,一般由师旅级单位自己定,内容安排上也不一而足。主要了解一下部队特别是本单位的优良传统,听听优秀机关和基层干部介绍一下带兵经验,再就是集中强化训练一下,当然,也有机关"赛场选马"的意思。

今年的集训比去年提前了不少,时间也延长为 30 天。这刚毕业还不到 2 个月,听老排长说去年集训都在 11 月份了,匆匆训了 7 天了事。

第二天,王春阳和另外 3 名新排长乘坐营里大卡车出发了,临行前,米营长对大家说:"到那里好好学,别给坦克营丢人。"车子经过一路颠簸,驶进了红港县郊区的一个"大杂院",院内有一块大石头静静地屹立在草地上,上面刻着"精武"二字,高大的树木、矮小的灌木丛中掩映着几处破旧营房,营院像是荒废许久了。

卡车停在了一排平房前面的篮球场上,一个篮球架立着,另外一个斜躺着,还锈迹斑斑,看样子是很长时间没有人使用了。

王春阳一行人下了车,营里的大卡车就开走了。他们走进一个摆满高低床的大房间里,房间里已有人在收拾床铺,每个床铺的床头都贴着用红纸标签打印的名字。王春阳很快找到了自己位于里面靠窗的下铺,便打开背囊,整理起内务。

午饭前,除了 2 名新排长有事不能来请假外,其他的人都到齐了,一共 56 人,编 7 个班。这次与以往按单位分班不同,分班是打乱建制分的。军营流传着"战士怕单溜,干部怕聚团"的说法,旅领导说:"从官之初就要搞五湖四海。"

生命本是一场漂泊的旅程,遇见谁,都是美丽的意外。巧的是,王春阳、关舜、杜长伟都被分到了五班,王春阳任班长。

"这是什么破地方,能住人吗?睡得腰疼。"下午起床哨刚响,就听睡在上铺的杜长伟嚷嚷开了,"一中午都没睡着,下午还打扫什么卫生?!"

"你就省省力气吧,既来之,则安之。"紧挨着杜长伟、睡在王春阳上铺的关舜虽然也不满,但还是接受现实了。

他们扶正篮球架,打扫好周围卫生、整理好个人内务……经过一番收拾,还真有点军营模样了,关舜面对"杰作"不禁唱了起来:"我爱你,我的家,我的家……"

清晨的军营,鸟儿声叽叽喳喳叫个不停。起床号一响,大家纷纷快速穿衣,不一会儿,篮球场上就响起了"一二三四"的呼号声,不算整齐的步伐,不算嘹亮的口号,却让这破旧的营院沸腾了起来。

"俗话说,良好的开端是成功的一半。集训是你们作为干部的起步,也期待你们在各自的岗位上继续不懈努力,为红旗旅的建设贡献自己的一份力量。"上午是旅长江耀武亲自动员的,可见旅领导很重视。从旅首长所提的"吃兵苦、练兵艺、悟兵道"要求看,王春阳心里明白,接下来,便是吃苦的时刻了。

果不其然,下午的体能训练,他们就组织了一次5公里长跑,很多人没能坚持下来,或许根本就不想坚持。接下来的训练量更大,集训计划上写得清清楚楚:一三五早操队列训练,二四六早操体能训练,上午有理论学习、集中授课、参观见学之类的,下午有战术训练、实弹射击、400米障碍等,晚上安排理论学习、集中讨论,要命的是还会安排紧急集合。

幸运的是,一周过去6天了,一次紧急结合也没拉过,大家紧绷的神经稍稍有点放松。"快点睡吧,明天就星期天了,咱们终于可以休息了。"劳累了一天的关舜正想着明天干点什么。

"嘟嘟嘟……"突然,一阵紧急哨声响起。

"什么情况?"

"紧急集合!"

"该死的!有背囊也不让用,还得打背包。"杜长伟忍不住骂了一句。

听到这刺耳的哨声,大家赶紧穿衣、打背包,俨然又回到了新兵时代。

紧急集合睡在下铺的同志明显占有优势,站在地上打背包总比跪在上铺快得多、捆得结实。房间里骂声、抱怨声,打背包声,取脸盆、水壶、挎包噼里啪啦声不绝于耳。王春阳是第一个冲出去的,其他人也陆续冲了出来。

"沿着营区跑10圈。"值班员整完队伍又命令说。

要是在平时,10圈也不多,一圈也就300来米,对于这群血气方刚的年轻小伙来说,3000米根本就是小菜一碟。可是,情况紧急,跑到第二圈时就不断有人掉东西,不断有人捡东西,10圈下来,已分不清哪是头,哪是尾,三分之一的人是抱着被褥的。解散时,集训队赵队长撂下一句话:"欠练!"

大家快速返回宿舍,抱着被子回来的关舜骂道:"王八蛋,折腾了这回,该消停了吧。"

王春阳刚躺下,想着队长当时的表情和那句"欠练":"同志们,先别忙着睡,说不准还会紧急集合。"王春阳小声提醒大家说。

"不可能吧?这不刚拉过吗?"关舜半信半疑,却没敢脱衣服,物品也都摆在了随手可取之处。

"嘟嘟嘟……"大约30分钟后,又一阵紧急哨声响起。

关舜先是快速腾起,边打背包边不时回头说:"王哥,大智慧!"

这一次,明显比上一次要快,队长看背包捆得也算结实,跑了5圈就解散了。

经这么一折腾,哪还有睡意?他们干脆把灯打开,是挑战?是抗议?估计赵队长也困了,假装没看见,回去睡了。

在赵队长内心深处,他任教导队队长已经3年多了,带过很多集训队,新排长队长是最难当的。这些人的底细他都不清楚,万一管理太严了,不小心得罪了哪位"太子爷",年底提职的事,可就泡汤了。反正明天休息,都折腾到凌晨1点多了,困了自然就睡了,也就由着他们吧。

又过了一周,训练量越来越大,轻装跑已全部改为负重跑,大多数人点名后倒头就睡。而王春阳每次回来,总爱趴在桌子上写东西。下午刚跑了一个5公里武装越野,关舜像散了架。晚点后洗漱完就躺在床上了,却又睡不着,他看王春阳已经写了半个多小时,忍不住问:"写什么呢?我看看。"

"没有什么,就是随便写的。"

"拿过来吧!"关舜趁王春阳不在意,一把抢过了本子,只见上面写着:

负重跑

身着单薄的衣服,
肩负沉重的背包。
微弯着腰,
迈着坚实的步子,喘着粗重的气,
艰难地向前移动。

一步紧跟一步，一圈复又一圈。
几时许，
汗水如雨，满面尘灰。
几时许，
肚腹渐胀，腿脚微酸。
此时，
多么想停下来走走，躺在路边草地上休息会儿。
仿佛，又觉得心不甘，
因为，那是懦弱的表现。
咬紧牙关，直至终点。

"王哥，你写的怎么那么像我呢？"关舜一口气读完，又想了想自己这些天的训练，不免对号入座了，又冲着王春阳说，"王哥，你太有才了，这送给我吧。"

"你喜欢就拿去吧！"王春阳随手递给了关舜。

寝室的灯一直亮着，有的人连背包也没拆，枕着就睡了。

"'精武石'犹如一面旗帜，引领我们爱军习武；'精武石'又像一把尺子，比量着自己的差距。"训练进入疲惫期，赵队长将大家带到"精武石"旁，在说明"精武石"的意义后，又讲了一番颇具哲理的话："肯吃苦是一种态度。一位哲人说过，'人生所有的能力必须排在态度之后'。苦难如同挡在通往成功道路上的石头，肯吃苦，它就是一块'垫脚石'，越过之后，虽不能立即成功，但踏上了新的征程；怯吃苦，它便成了一块'绊脚石'，让人停步不前，难以在人生道路上实现新的突破。"

"等大家成绩都合格后，我在这给大家免费照相。"赵队长说。

王春阳深受触动，暗暗起誓：一定要踢开所有"绊脚石"。

"今天我们组织一次5公里武装越野考核，大家要尽力跑，不合格者集训结束后补考。"近一个月的训练后，机关来组织考核，也算是结业考试吧。大家整理好行装，站在起跑线上，只听砰的一声，关舜快速冲了出去，王春阳紧随其后，关舜越跑越快，王春阳在后面喊："关舜，悠着点跑，那样你会吃不消的。"

关舜只顾着往前冲，跑了1公里多，明显减速了。王春阳赶上后，见关舜捂着肚子，连忙问："怎么了？"

"我肚子疼，可能跑岔气了。"

"慢慢调整呼吸，来，把背包给我。"王春阳欲解关舜的背包，他执意不肯，因为关舜心里清楚,王春阳的体能比他好不到哪里去,要不是平时训练刻苦,可能还不如自己呢。

"你们俩没事吧。"追上来的是杜长伟,别看他平时训练老偷懒,可就是体能好,看杜长伟大气都不喘,关舜很想把背包甩给他。

"帮我拿一下背包……"还没等关舜说完,杜长伟像装作没听见一样,头也不回地说:"我先走了,你们慢慢跑吧。"一溜烟蹿出好几米。

"八斤半的瘪犊子吞了大秤砣,你个狠心王八,见死不救。"关舜骂道。

"别骂了,我陪你就是了,还是省点力气吧。"王春阳劝道。

"别管我了,这样会影响你训练成绩的,我下次补考就是了。"

"什么影响不影响的,我是你班长,能不管你吗?要补考我也陪你。"说完,硬是把关舜的背包抢了过来。

"你就得了吧,什么班长,还不是临时的?集训完,咱可就没关系了。"关舜嘴上这么说,心里还是觉得王春阳挺仗义的。

途中,关舜几次想放弃,王春阳在一旁一直鼓励着他:"你知道,1948年,英国牛津大学举办了一个'成功秘诀'讲座,邀请丘吉尔去演讲,丘吉尔讲了什么吗?"

"讲了什么?"关舜有点上气不接下气。

"丘吉尔说,我的成功秘诀有三个:第一是,决不放弃;第二是,决不、决不放弃;第三是,决不、决不、决不放弃!说完就离开了。"丘吉尔的话,正适合王春阳艰难地一字一句向外迸,他鼓励关舜,也鞭策着自己。

"那,那我,也决不放弃!"关舜也有了动力。

当王春阳、关舜到达终点时,人群中响起了雷鸣般的掌声,两人竟然及格了。

有了这次经历,关舜对王春阳那天写的《负重跑》感触更深了,两人也成了无话不说的朋友,经常聚在一起,谈理想、谈生活、谈家庭。

"王哥,你知道吗?要不是那天你说丘吉尔的什么'决不放弃',说不准我真的就放弃了。"

"不逼一逼自己,怎么能知道自己有多大潜力!"王春阳说,"那也是说给我自己听的,我也怕坚持不下去。"

"王哥,你太仗义了。你知道吗?那天你说,'补考也陪着我',我都感动得哭了,只是出汗多看不见,你说的那是真心话吗?"

"这么大的人了,就那点事还值得哭?"王春阳喊了一声,"说实话,谁想补考呀!我只是不想落下兄弟。"

关舜感激地说:"王哥,今后你就是我最好的兄弟,有什么事,尽管找我,我办不了,找老爷子也得办。"

关舜若有感触地说:"有时,我也在想,当初我是不是选择错了,家人原本给我联系好了总参的一个通信站,想让我留京的,是我执意要过来的,我就不想一直靠着他们,你说我是不是傻呀?"关舜回想起当初的选择,感到一种莫名的迷茫。

"可别这么说,路终归是要靠自己走的,脚下是平坦、是荆棘也只能走过了才知道,就像二万五千里长征,没走过的人永远体会不到多艰辛。"王春阳轻轻拍了拍关舜肩膀,"现在像你这样的'官二代'不多了,你能做到这样已经很不错了,加油!"

接下来,他们又组织了理论、战术、400米障碍等项目考核。王春阳和关舜都顺利通过了。而杜长伟却在战术上意外折戟,关舜狠狠道:"活该。"

分别前,王春阳和关舜在"精武石"前合了影。关舜羡慕王春阳的才气和能力,王春阳也欣赏关舜的直爽。江耀武旅长做了最后总结讲话:"聚是一团火,散若满天星。"王春阳心里明白,集训结束了,但他的军旅生涯才刚刚开始。

第六章　信任无价

王春阳集训结束后回到连队,连队实弹射击也结束了,王春阳肩上军衔由红牌换成了中尉,给王春阳整个人衬得越发精神,工作劲头也更足了。

"回来了,辛苦了,我们连的大才子!"见王春阳背着背包回来,连长何新民微笑着说。尚思远则大老远跑过来接王春阳的行李。

"这就是我们新来的排长?听说素质不错嘛!"站在何新民身边的一个军官说。

何新民指着那名军官说:"一排长,这是我们魏指导员。"

王春阳连忙敬礼说:"指导员好。"

指导员魏志吉还礼很随意,手刚过下巴就放下了,两人接着又握了握手,很快松开了。

王春阳是第一次见指导员,细细打量了一番:指导员中等个头,偏黑、偏胖,一双黑眼珠倒是贼溜溜地转。

"你先回去休息一下,改天我们一起坐坐,好给你接个风。"魏指导员故意看了看王春阳,好像话里有话。

真是"说者有心,听者无意",王春阳说了句:"指导员太客气了,不用啦。"转身就回宿舍了。

"排长,指导员那是让您请客!"回到宿舍,听见两人谈话的尚思远提醒王春阳。

"我请什么客?明明是指导员要给我接风的,我说不用了呀!"王春阳不解地问。

"那是指导员的客套话。"尚思远见排长不明其意,干脆说得直白些,"新毕业排长下来后,一般都要请连长、指导员吃顿饭的,二排长去年就请了好几顿,连营长、教导员都请了呢。"

"这是正常工作分配,干吗要请他们吃饭,再说了饭堂里吃饭不挺好吗?干吗非要浪费那钱。"王春阳边整理物品边说,就是不解风情。

"饭堂,哪有营养呀!指导员吃的可都是带营养的。"尚思远靠近王春阳耳边压低了声音神秘地说。

"人吃饭是为了活着,活着可不能光为了吃饭,什么营养不营养的,能吃饱不就行了?现在生活条件这么好,谁还缺营养!再说,你看咱指导员现在都营养过剩了。"这下王春阳更蒙了。

"咱指导员家是红阳本地人,结婚5年多了,一直没有小孩。这两年,他有事没事就往家跑,不是有重大活动,我们也很少看见他,听人说经常吃补品,什么狗鞭、驴鞭的也吃了不少,硬是没弄出个种来。"尚思远说完,连忙捂住嘴又松开说,"我听说的,听说的。"

"你想多了吧,以后少在这编派人。"王春阳不是心疼几百块钱,而是觉得根本没有必要,钱要花在办正事上。

请吃饭的事,王春阳揣着明白装糊涂,魏志吉也不好明说。几天后,指导员又要回家了,本以为这事就这样不了了之,临走前魏志吉却说:"回来再给你接风。"

真是玻璃上放花盆,明摆着变相敲诈。魏志吉走后,这事也就暂搁一边了。

魏磊家属孩子来队了,在外驻训,没有多余的住房,连队干部家属来队,多住在自己的宿舍里。王春阳忙前忙后和所在的训练基地协调了一间房子,里面什么都没有,王春阳又安排人,找来两个老式木头床拼在一起,还准备了些生活用品,让人买了些玩具、好吃的送去,利用一个周末晚上,全排好好庆祝了一番。这让魏磊一家人很是感动。

没想到,这事让临时回来的魏志吉知道了,他见王春阳出钱给战士庆祝,却一直不肯请自己撮一顿,看王春阳也是斜缝里看人——越看越不顺眼,有事没事总找他麻烦。这让王春阳郁闷不已。

尚思远等人心里明白,指导员其实就是个吃口樱桃肉塞了嗓子眼——一个非常小心眼的人,尽管在连队没有什么威信,可一旦得罪了他,以后一排的日子可就不好过了,就琢磨着如何化解这一矛盾。机会真是说来就来了。

"王排长,赶紧收拾一下,准备去军部出趟差。"第二天一起床,何新民就传达了营里的指示。营部一名卫生员调到了军部,为安全起见,营长米向前点名让王春阳将他送过去。

军部位于河南新州,距离这里300多公里。王春阳来不及吃早饭,就和那名卫生员去了火车站。大约下午2点他们出了站,拦了一辆出租车直奔军部。军部到处都在搞建设,一片狼藉,在这将校云集的大院,王春阳这个小小的中尉也不想多待。王春阳将那名卫生员交给了军部卫生所,便又返回到了新州火车站。

都说火车站吃饭贵,临近下午 4 点了,王春阳早已饥肠辘辘,他正四处寻觅吃饭地点,迎面走来一个 20 来岁的姑娘。

"解放军小哥,我是新州师范大学的学生,要在下午 5 点之前赶回学校,没想到刚才送同学上车时钱包被人偷走了,身上只剩 5 毛钱,还差 5 毛钱不能坐车回学校,而要步行回去就迟了,不知道你能不能给我 5 毛钱,让我……"姑娘红着脸,怯怯地问。

王春阳略感吃惊,不由得上下打量了她一番:长发披肩,圆圆的脸,大大的眼睛,模样俊秀,衣着朴素得体,身上还有一种不俗的气质。

钱包被偷,多么惯用的借口,也不找一个新鲜的借口?就在王春阳犹豫的当口,姑娘又开口了:"请你不要误会,我只需要 5 毛钱,我是看你穿着这身军装才来的。"

这话让王春阳心里一颤,不由自主地掏出一把钱,有 10 元的、5 元的、1 元的,也有 100 元一张的。"就冲你对我这身军装的信任,给你。"王春阳拿出一张 10 元的递了过去。

"谢谢!不,我不要这么多,我只要 5 毛钱,凑够 1 元钱坐公交车按时回校就行。"说着,姑娘从王春阳手里轻轻捏过一枚 1 元的硬币,同时将握在左手里的 5 毛钱递了过来,一脸真诚。

姑娘明亮的眸子里晶莹闪烁,她的眼睛适时地向上一迎说:"我真的只需要 5 毛钱,我是考虑了很久才鼓足勇气向你开口的,你能相信我,已经很让我感动了,世上还是好人多……"姑娘顿了顿又说,"我叫韩雪梅,是新州师大四年级的学生,我想记下你的姓名和你们部队的地址,以后好把钱还给你。"

"就为这 5 毛钱?没必要吧。"王春阳冲她一笑,把她递过来的学生证挡了回去说,"信任无价。其实,说感谢的人应该是我。"王春阳看着有些惘然的韩雪梅说:"我理解你的心情,你站在大街上,寻找开口的目标,也正是在确定谁是你最信任的人。谢谢你对我这身军装的信任、对我们军人的信任!说实话,开始我还怀疑你的动机,可当你退回 10 元钱,又用那 5 毛钱换我 1 元钱时,我为自己内心产生的信任危机感到惭愧。"

因为在外地出差,王春阳并未给姑娘留下地址和联系方式,却深深地记住了这个叫韩雪梅的姑娘。韩雪梅说了句"有缘再相见"的话,略感遗憾地走了。望着韩雪梅远去的背影,王春阳心头涌上一阵幸福,不吃饭也已经饱了,很快踏上了返程的列车……

趁王春阳出差之际,尚思远就发动排里凑份子:"排长花钱给咱搞训练发奖,平时对咱们也都很关照的,咱今天就凑钱帮排长请连长指导员吃顿饭,缓和一下关系行不行?"

因为家属来队,魏磊对王春阳的"盛情"也是心存感激,早想还他这个人情,只是一直没找到合适机会,尚思远的提议他当然赞同,其他人也都没有反对。这帮一排的人就请何新民、魏志吉到了一个小餐馆,说是排长事先安排好的。魏志吉酒足饭饱后说:"这就对了嘛,新来的排长,再能也不能不懂事呀。"

王春阳后来知道了这事,他明白这是排里兄弟的一片好心,也就挨揍打呼噜——装作不知道。

在尚思远等人的心里,他们请连长指导员吃饭并不单纯为了王春阳。魏磊作为连队老士官,不为别的,想着连队能多批几天假好回去陪陪老婆孩子;尚思远入伍已经第6年了,想趁年底入个党,他这个兵龄的,连队就他一个不是党员了;而杨松想在连队干部面前留下个好印象,明年争取转个士官。

尚思远已经多次写了入党申请书,也向王春阳和连队表达了想尽快加入党组织的愿望。

通过几个月的接触,王春阳发现尚思远是个很不错的战士,尽管有点爱八卦,说话做事往往不经过大脑,却也能干、人缘好,还有一副热心肠,对战友也比较贴心。尚思远的入党问题他一直想着。

"尚思远这小伙子还是不错的,本来上次都应该发展他的,上面只给了一个义务兵发展名额。这次只要有名额,连队肯定会优先考虑他。不过,这事还得指导员同意才行。"何新民骨子里是一个老实人,他知道王春阳是个实在人,也就实打实说了。

入党的名额很快下来了,这次连队果然有一个士官入党名额,何连长说的话是否可信,很快便见分晓。

党小组提名,投票、唱票、计票,尚思远都是一路领先,可就在连队党支部研究会上,支部书记魏志吉却突然提议二排的一名第3年度兵。那名第3年度兵是不错,可与尚思远比起来,无论从资历、能力,还是贡献上看还是有差距的。

"明明有一张弃权票,尚思远怎么能获全票?"按理说,王春阳不是支委,只有列席权,没有发言权。不过这倒也提醒了何新民副书记。

"对呀,把投票结果拿来再看看。"他们又当众验了验投票情况,查验得知,统计这张弃权票时,每人都是按照一票计的。要是在平时一票也不算什么,可去掉了这一票,二排的那名士官就不足半数了,也就失去了入党的资格。

"下面,请大家举手表决,同意尚思远入党的请举手。"事实面前,魏志吉虽然有私心,也只好作罢,不情愿地举起了手。最终党支部通过了尚思远入党的事。

填表的那一刻,尚思远激动地说:"排长,您了却了我一桩大事,我以后就跟您混了。"

"说的什么胡话!我们都是为了连队干工作,不是为了哪一个人。"不过,王春阳还是愉快地当了尚思远的入党介绍人。

第七章 请假偶遇

关舜集训完回到通信营后,像换了个人似的,不像以前屁股底下着火似的,整天坐不住了,有时能看半天书不挪屁股,有时对着王春阳送他的那首诗发愣,平时和战士沟通交流得也多了,看样子是长大成熟了不少。

"哟,看什么呢？这么入神。"冷一欣路过营部,看关舜又在发愣。

"一边去,别打扰我思考。"关舜手一摆说。

冷一欣见关舜这几天都这样,像是对这个大男孩有了怜悯之心:"这是咋的了,是不是集训给训傻了？"

"你才傻了呢,懒得理你！"关舜头也没抬,眼睛一直盯着那张活页纸。

这更加激起了冷一欣的好奇心,她蹑手蹑脚走到关舜面前,一把夺过关舜手里的那页纸,看了看说:"你写的？"

那正是王春阳集训时送他的诗,被关舜抄在了活页纸上了,关舜明知道自己没有那水平,可还就想在冷一欣面前显摆一把,仰起头说:"不行吗？"

"姐也多次参加过长跑的,写得蛮真实的嘛！"冷一欣边折叠着活页纸边说:"一个大男人盯着诗看有什么出息,这,我要了。"

"拿过来吧！"关舜趁冷一欣不注意,一把抢了过来,得意扬扬地说:"想要我的诗,想得美！"

"关舜,你,你不是人。"冷一欣气得直跺脚。

"我不是人,难道我是神？我只不过拿回我自己的东西。"

"你就不是人,有什么了不起的！不就是一首诗吗？给我还不要了呢。"冷一欣生气地走了,回头还来了句,"关舜,以后有事别求我。"

"喊,我求你什么事！"关舜摇摇头自言自语道:女兵就是事多,整天麻烦不断,谁让你上次说洗澡的事害我白跑一趟,还骂我是狗呢！

看着这首诗,关舜又想起了王春阳。正想着,于华教导员拿着营里的几名干部休假报告表过来:"关舜,把营里干部的休假报告送到干部科去。"

"好咧!"接过假条,关舜整理了一下着装就去了机关。

"咦,王哥,你怎么在这里呀?"关舜刚到干部科,便一眼看到了王春阳。

王春阳回头笑着说:"我来送假条呀。"

"我也是。"关舜上前拉着王春阳的手,"那行,咱先办正事,忙完再好好聊聊。"

这也不算什么巧合,按照旅里规定,正常情况下每周二、五给干部批假,由各营、直属队干部统一送到干部科。当然,紧急情况时可特事特办。一般周二休假的人很少,干部休假多集中在周五,好趁周末回去。王春阳、关舜代表各自营里送假条也不足为怪。

正事也没什么复杂的,休假报告表一交,领导能否批、什么时候批,批下来后机关自然有人通知你。很快,王春阳、关舜边说边并排走出机关楼。

"那我先回营里吃饭了。"王春阳看看表,差不多到了午饭时间。

"去营里吃什么饭? 走,去军人餐厅,我请你。"说着,关舜拽着王春阳就往军人餐厅方向走去。王春阳推辞不过,只好勉强答应了。

军人餐厅就在旅大院里,是承包给地方经营的对外餐厅,官兵有家属来队或者想改善伙食,往往来此小聚。当然,天下可没有免费的午餐,吃饭都是自费的,点多点少也随意。尽管这里的菜品种不多、口味一般,价格却很贵,但由于作战部队外出管理得严,这里的生意还是很不错的,尤其是节假日,往往是一座难求。

王春阳是第一次来这餐厅,倒是关舜很熟悉,一进门就跟服务员打招呼:"还有空房间吗?"

"有,还坐最里面的那间吧。"关舜是这里的常客,服务员都认识他,庆幸的是今天这里人不是很多。一个服务员递上简易菜单,王春阳看也没看,就又还给了关舜说:"你看着点两个菜够吃就行了。"

看王春阳实在不愿意点菜,关舜翻开菜单点了起来:"野猪肉火锅、红烧鱼块、宫保鸡丁……"

王春阳打断他,把菜单递给服务员:"就点一个野猪肉火锅。"

"在山上肯定伙食不好,你好不容易下来一趟,好给你改善一下伙食,怎么就点了一个?"关舜本想多点,被王春阳一把拽住。"兄弟的心意我领了,一个火锅足够咱俩吃了,天冷吃着暖和,真的就不要浪费了。"

王春阳点的野猪肉火锅,确实是正宗的,分量也很大,足够两人吃的。红旗旅靠近山区,丛林中经常有野猪出没,经常有当地老百姓抓住后贩卖。

不一会儿,热气腾腾的火锅端了上来。他们边吃边聊,王春阳吃了一块肉,自言道:"这野猪肉就是劲道。"

关舜抬抬头问:"王哥,在山上没吃吗?听说那里野味很多。"

"倒是有人喊过我,我没去。"王春阳继续说,"吃人家的嘴短,拿人家的手软嘛!不过,咱俩例外。"王春阳不想过多地谈论吃的,突然转移了话题问,"杜长伟怎么样了?"

"你可别提那王八蛋了,他也够倒霉的,在教导队又强化训练了一个星期,回来后被营长说了几句,出去喝酒被卫兵抓住,又和卫兵吵了一架,结果,被营长罚淘了一个星期的茅房,现在看谁都不顺眼。"关舜幸灾乐祸地讲道。

"也真是不容易呀,这事搁在谁身上都会气不过的。"王春阳很同情杜长伟的遭遇。

"咱不提他了,吃饭时说这事,恶心、扫兴。"一想起杜长伟集训时长跑没帮自己,关舜就觉得他是咎由自取。

聊着聊着,关舜就说起了他和冷一欣的事。王春阳早前就听关舜提过一个女士官,就问怎么回事。

关舜笑了笑说:"我今天可把她得罪了,她今天非要你集训时给我写的那首诗,我没给她,还要了她一回,报她上次要我的一箭之仇。"

王春阳好奇地问:"怎么耍的,还相互?"

接着,关舜把他和冷一欣相互耍的事眉飞色舞地描述了一遍。

听得王春阳都笑了:"洗澡的事怨你没问清楚,人家也没错呀!那诗她想要,给她不就是了,又不是什么值钱的东西。"

关舜脱口道:"那可不行,不值钱,可很珍贵,咱俩患难与共的见证,怎么能送给别人?她要我就不行,这下我和她算是扯平了,也结下梁子了。"

两人边说边聊,1个多小时过去了。关舜揉揉肚子说:"饱了!"

王春阳也摸摸肚子说:"我今天也吃撑了。"

说着,两人便起身走了。付账的时候,王春阳并没有和关舜客气,他了解关舜,抢着付账,关舜会和他急的。

两人到关舜的宿舍休息了一会儿,下午一上班,机关电话就打到营里,通知他们领取假条。王春阳拿着假条就回驻训点了,关舜想留也没有留住。

"这野猪肉就是耐饿。"王春阳晚饭没吃,一直到第二天早上,王春阳还觉得肚子鼓鼓的,丝毫不感觉饿。

新的一周开始,通信站今年退伍人员比较多,关舜也到站里参加值班。

"我觉得今天能收到16份传真报!"一上班,冷一欣就嚷嚷开了。

"瞎吹吧,谁不知道发往旅里的传真报少则几份,多则几十份,你是女孔明?怎么可能猜得准!"关舜一脸的不服气。

冷一欣脖子一梗:"怎么,不信?咱俩打个赌,16份传真报多1份少1份都算你赢。"

"赌什么?"关舜问。

冷一欣答:"谁输了谁帮站里人洗被子,必须本人亲自手洗。"

关舜觉得自己不可能输,就一口答应了下来,说好今天先送一天传真报。冷一欣一听,哼着歌走了。

从上午9点收到第一份传真报开始,关舜一刻也没闲着,接连收了6份传真报,等全部处理完毕,恰好11点。旅机关办公楼距收发室300多米远,加之上下楼的距离,一份电报送完要走1公里路,这腿都跑酸了。

刚想坐下来喝口水,哪知,屁股还没坐稳,又来了份加急电报,时间是11点18分。关舜一路小跑到了机关办公楼,正赶上机关开会,好不容易等到散了会,送达,12点已过。更糟糕的是,刚返回收发室,又来了一份特急传真报,关舜只好再打起精神,折回办公楼。

下午送报也不顺利,从14点35分到18点下班,关舜一共送了7份传真报,碰到2次人不在,1次开会,加上上午送的8份,全天共送了15份报。眼看自己要赢了,谁料,20点13分又来了一份特急电报。"哇!"这下,关舜彻底崩溃了!

"妈呀,怎么这么准?不会活见鬼了吧。"关舜一统计,这一天,不多不少,一共送了16份报。关舜一屁股瘫坐在椅子上,等待着冷一欣的判罚。

周末,大家纷纷拆被子,男兵的、女兵的,加起来十几床,关舜哪干过这事,颇感为难地说:"这也太多了吧。"

"怎么,想反悔了?"冷一欣盛气凌人地说。

"男子汉大丈夫,说话算话。"关舜表态好,却底气不足,"必须用手洗?"

"必须手洗!"冷一欣和全站人员监督,关舜也不好意思耍赖,只好软了下来:"能不能请人帮帮忙?"

"帮忙可以,那你得求我,看我心情喽!"关舜明知这是冷一欣借机报复,可眼前这关,不求人怕是过不去了,心想着大丈夫能屈能伸,又想着她们平时送报也确实辛苦,便屈尊道:"冷班长,求你了,让人把被子抱回去自己洗吧。"

冷一欣本想再难为一下关舜,见关舜已经脸红到脖子根了:"好吧,今天就放你一马,也让你知道本姑娘不是好惹的。"

冷一欣带着姐妹们很快抱走被子,心里一阵窃喜。讨诗的风波,让冷一欣犹如黑地里穿针——难过了好一阵子,决定找个机会给关舜点颜色。本来,晚上还有几份无关紧要的传真报,上级还要发过来,冷一欣私下沟通后让第二天才发的,要是正常发报的话,还应该多几份的。她着实耍了关舜一回,而关舜却一直被蒙在鼓里。

第八章　野外过年

2004年春节就要到了，听尚思远说，在部队过年没意思，也就是三件事：打扫卫生、战备值班、给领导拜年。

抛却与家人团聚，这也是人员过节扎堆休假的一个因素，有战士也有干部，能正常批假走的早早走了，正常批不了的想办法也要走。

小年还未到，就有人陆续离队，王春阳蛮想家的。可他听说，新排长第一个春节是不让回家的，也就不想回家这档子事了。

这是王春阳毕业之后的第一个春节，也是他在军营过的第一个春节。在军校4年里，一到放假他就回家了。这次他心甘情愿留下来，倒不是多么无私忘我，而是他很想在部队过一次春节，看看军营的春节到底是个什么样子，说不定还能省下一笔过节费，好尽快买台笔记本电脑。

"排长，你其实可以回家的。这里管理松，你找营长好好汇报一下，只要他同意你就可以走了。"回到宿舍，尚思远神秘地对王春阳说。

王春阳随口道："什么意思？"

"这天高皇帝远的，就和营长说家里有点急事，回去几天没有问题。去年二排长就回家了，回来还给我们带了不少海鲜呢。"尚思远干脆是服务员上茶——和盘托出了。

"他可能家里真有事吧，回去也应该。"

尚思远赶紧关上房门："有什么事，还不是回去见女朋友了！"

"我也没有女朋友呀，如今一人吃饱全家不饿，就在这儿陪大家吧。"王春阳今年确实没打算回家，问尚思远说："你有女朋友吗？干脆让她过来呗！"

"排长，你就别逗了，我当兵6年多了，总共才回家3趟，还都是大约在夏季，老家女孩都在外打工，连面都见不上，哪有女朋友呀？"听尚思远这话，王春阳明白他内心里也十分渴望爱情,只好宽慰他说:"好好干,等有了军功章,好姑娘等着你呢。"

"咱这都扯到哪跟哪了!"别看尚思远平时大大咧咧的,说起这个,反倒觉得有点不好意思了,便就此打住了,他心里其实也希望排长留下来一起过年。

每到节假日特别是春节,往往也是来队高峰期,有家属也有女朋友。干部不回去的,一般家属都会来队,有小孩的自然也一起带来,一家人可以团聚。

魏志吉早早就回家了。按照连队必须留一个主官在位的规定,连长何新民就不能回去了。去年是这样,今年也是这样。

何新民有苦说不出,只好把家属孩子接过来。部队免费吃住,既成全了他人,也节省了过节开支。想到这,何新民心里多少有点平衡。

新春的风,丝丝缕缕漫过原野,有一种纯粹的颗粒轻叩窗花,徘徊在烟花弥漫、张灯结彩的年俗中。营区远离旅部,远离城市,过节的气氛似乎来得也特别晚。

"明天就年三十了,总该布置一下,造点势。过节嘛,气氛总还是要有的。"连队没有经费,没法花钱置办过节物品。何新民安排王春阳带人把彩旗插上、灯笼挂起来。

"灯笼一共4个,连队门口和四合院门口各挂2个。"由于以前钉的钉子还都在,灯笼很快挂上,旁边还挂着小彩灯,也都亮了起来。

红灯闪闪,小彩灯在旁边叽叽喳喳的,猛一看还真有点闹新春的味道。只是那红润的光芒在这冬日的寒风中显得有些单薄。

王春阳顾不上欣赏这些,带着尚思远和杨松沿着门口往外插彩旗,彩旗也很快插完。彩旗猎猎,这么一飘,果然就显出一些欢乐的色彩了。山上的风本来就大,把旗子吹展开,热闹得很。

遇有重大节日,部队都要进行教育,紧接着是大扫除。

"杨松,你干什么呢?"看到杨松站在四合院平房顶上,王春阳冲他喊道。

"排长,我在打扫卫生呢。"

"上那么高,打扫什么卫生?赶紧下来!"

"这上面有好多树叶,不弄下来,风一吹会影响连队卫生。"

"赶紧下来,影响卫生有什么大不了的,安全第一!"王春阳大声说道。

看着这群不能回家过年的可爱战士,为了不影响连队的卫生,竟爬到房顶清扫几片树叶,王春阳心里有种说不出的滋味,虽然感觉他们有点迂腐,更多的还是感动、敬佩。

大年三十这天,中午营里进行会餐。会餐就是比平时多加几个菜,有整鸡整鱼,说是每人一瓶啤酒,营、连部和炊事班截留一些,实际上发的只够每人半瓶,王春阳对吃喝都不在乎,把发给他的啤酒也只倒了半杯,就全给尚思远喝了。晚饭和平时并没有多大区别,只是多了点水饺,还是速冻的。王春阳吃着水饺,感觉和妈妈包的差很多,也就没了胃口,简单吃了两个也就不吃了。

年过到了这个份上,还不如小时候的年有意义,王春阳想起和大人上街办年货、想起和小伙伴们放炮、想起偷吃爷爷奶奶煮熟的瘦肉,相比那些童年趣事,在部队过年真是太无聊了。

"打牌了,打牌的集合了!"晚饭后,听到有人在楼道里喊。王春阳不喜欢打牌,就和几名新战士到俱乐部里看电视去了。

说是俱乐部,其实就是一间大房子,里面放着一台上级配发的电视机,一张讲课用的旧桌子而已。电视只能收到几个台。除了聚在一起打牌、下棋,这就是连队官兵仅有的娱乐。

从年初二开始,有不少战士家属来军营。有真来看孩子的,也有醉翁之意不在酒的,趁这个机会请营连干部一起坐坐,顺便把孩子接回去待几天也是可以的。

这样一来,原本正常休假、请假回家的还没回来,又有一些人回去了,连队剩下的人更少了。王春阳所带的一排,最后就剩下他和尚思远、杨松了,全连也就剩下12个人了。

"这要是打仗了,怎么办呀?"

"排长,您想得太多了吧,现在什么年代,谁还想着打仗的事?"尚思远说。

"那,远的不说,就说点现实的,要是旅里来人检查怎么办?"

"那就不是咱操心的事了,营长总能搞定的。"

"怎么搞定?人员在位不都是有比例的?"

"机关人员也是人呀,他们也要过年的,谁来这里检查呀?"

"不是说机关人员肯定会来检查吗?"王春阳想起了节前战备教育时营长讲的。

"真检查也不妨事。"尚思远说,"偶尔来检查,营长说几句好话,再打点打点就行了。"那时,只要不是牵扯重大原则性问题,大家多是饭盒里装稀饭——稀里糊涂也就过去了。

大年初三,王春阳去营里值班。重大节日,营部值班室必须有干部值班,由每个连队的干部轮流担任,轮到一连值班,这差事自然落到了王春阳的头上。

王春阳知道战备值班的重要性,简单收拾一下后,就到了营部值班室,正襟危坐,丝毫不敢大意。

"排长,这值班没有什么事,有电话接一下就行了。"营部通讯员提醒说。

"真没事?"

"你就放一百个心吧,绝对不会有什么事,每年值班都一个样。"通讯员十分肯定地说。

果然,一天下来,除了旅司令部值班室打了一次电话,问了一下营里人员在位情况,王春阳按照营长事先交代的"人员全部在位"外,再也没有什么事。而各个连队,早上一起来,大家就打好背包,放在各自的床铺上,玩了一天,除了不让外出,其他没有什么变化。

除去战备时间,人员正常休息,按比例正常外出以外,旅里、营里通知的文体活动,没人执行,也没有人过问。王春阳感觉有点无聊,想看看书,受干扰不说,别人还说他假正经。在别人看来,放假是一件快乐开心的事,对王春阳来说却是一种煎熬,他不得不在这种煎熬中过了几天。

初六下午营里进行了收心教育,而后开始打扫卫生,这个假期就算过完了。然而,在一些人看来,正月十五未过,这假就还不算完。接下来近十天的时间,营里还处于"半放假"状态。这不,何新民的家属孩子一直待到正月十七才返回家,而在这期间,何新民未出过一次操、未到过训练场,连队生活训练能说正规吗?

"打扫卫生、战备值班、给领导拜年。"王春阳想着尚思远说的"节日三件事",不免感叹:还真是这样。

第九章　条令竞赛

　　每年的3月,是部队条令法规学习月,也是专业训练的开始,由这两件大事牵引着,也就拉开了一年紧张的序幕。

　　旅里下发通知,全旅要组织条令知识竞赛,此次条令知识竞赛要有一名干部、一名士官和一名义务兵参加。一般是连队推荐人,营里先组织比赛,再选人参加旅里的比赛。为了图省事,一接到通知,何新民就安排给了王春阳。

　　条令知识竞赛是一个苦差事,说白了就是背题比赛。干部当然是谁年轻谁参加,王春阳这个新毕业排长自然是逃脱不了,战士人选就不一样了,为了应付上级的各种检查、考核,连队成立了座谈组、考核组、背题组、站岗组等各种组织,连队有条不成文的规定:无论谁来考核、谁来座谈,都由他们这些人出马应对。

　　由于条令要进行普考,所以每个人都要背记,但像条令知识竞赛的活,自然由背题组承担。尚思远、杨松都是成员。他们将和王春阳一起备战这次竞赛,何新民交代3人说:"好好准备,争取拿个名次回来。"

　　何新民的标准看起来似乎并不高,尚思远听后直嘀咕:"我们坦克营这几年在条令知识竞赛中从未拿过奖,能不垫底就不错了。"王春阳当即表态说:"坚决完成任务!"不过,王春阳等人并未完全理解何新民的真意。全营就三个连队,何新民想能在营里不垫底就行,他未曾想到去旅里参加比赛,或者是拿个名次的。

　　受领任务后,3人坐在宿舍里,王春阳说:"我知道大家都不愿意背记条令,既然连队把这项任务交给了我们,大家就要全力以赴,至于成绩怎么样,我们只要尽力了就行。"

　　"排长,我其实最怕背题了,就是因为前年条令考核时我抄了100分,连队非让我参加背题组,现在看到条令题,我头都大了,背题有诀窍没有呀?"尚思远一脸无辜。

王春阳笑了笑:"背记条令,没有什么捷径可循,在那些枯燥的文字间,硬是让自己记住自身相当抗拒的东西,不反复背记怎么能行!当然,能结合实际理解,有些还是有些窍门的,不过,那应对条令知识竞赛就不灵了,因为条令知识竞赛是大比拼,需要一个字不差,甚至一个标点符号都不能错。"

"排长,你放心,我听您的,您让咋背我咋背。"杨松表态说。

王春阳说的也是实情,条令大多都是靠死记硬背的,就像 1＋1＝2 需要张口就来,有谁还会去问为什么?新兵一入伍,就要背记条令,这是大家的基本功。每年到了这个季节,总会看到这样一种现象:早上、中午、晚上、熄灯后、专业训练间隙,宿舍里、走廊里、学习室、俱乐部总会有人在背条令,也有背专业知识理论。那时,条令条例本配发得有限,打印也不方便,大部分还得靠手抄。

在宿舍里背记条令还好,一个宿舍的兄弟,坐在一起,背上不到 10 分钟,基本上就吹牛了,有人还会发牢骚。"天天背条令,怎么也没见按照条令落实。""机关的人只知道考核,他们也未必会背。""我要是在学校有这个学习劲头,早考上大学了,还能来当兵?"有人也可能会被瞌睡虫召将过去。因为大家明白,背记纯粹是为了应付考试,考好考坏都一个样,背记也不在一时,考过后这一篇也就翻过去了,谁也没有心思真去背记。

在俱乐部背记条令就不一样了,一般由连长或者值班排长组织,大家背上一段时间后,连队干部抽点或是逐个提问。有时连队也会玩些新鲜花招。比如,将所要背记的条令题标上号,采取抽扑克牌或纸条的方式进行。幸运的抽到会背的,背完了就可以回去了,要是回答不上来,那就得接着背。最糟糕的是,有时一个小小的背记一经连队干部借题发挥,乃至上纲上线,也可能会放大成态度问题,进而影响到一个人一天的心情。

王春阳、尚思远和杨松因为要参加条令知识竞赛,所以无论在哪里背记,他们都比较认真。几天后,3 人组在营里组织的条令知识竞赛选拔赛上独领风骚,当即被米向前确定到旅里参加竞赛。他交代何新民说:"这段时间,让他们3人其他工作都先放下,全力以赴准备比赛。"这让3人顿时有了压力,何新民还是那句话:"争取拿个名次回来。"

王春阳很不愿意沦为这种背题机器,可他心里又不甘,内心深处也渴望着能拿个名次回来。王春阳又了解到,关舜、杜长伟也都将代表各自的营参加比赛。

关舜竟还和冷一欣一个组。起初两人都表示不同意,要求换人,教导员于华指着上级新配发的通信车说,你们谁找到给轮胎充气的地方,就按谁的意见来,结果关舜和冷一欣找了半天也没找到,换人计划只好落空。望着两人远去的背影,于华诡笑道:"这种轮胎是特制的,根本不需要充气,真是傻得可爱。"

清晨,被一阵嘹亮的起床号唤醒,一群年轻的士兵,迎着晨曦,喊着响亮的号子开始了一天的操课,整个营院顿时沸腾起来。

王春阳漫步在营区小道上,呼吸着空气中泥土的芬芳,顿感清新而又爽朗。别人进行早操训练,3人找了一个僻静的地方背记条令。王春阳在军校时背记条令是出了名的,曾代表学员队参加院校组织的条令知识竞赛拿过冠军,这次竞赛他也是立过军令状的,便感慨道:"春天是种植希望的时节。一年的理想、计划、目标、愿望,都将从春天开始酝酿、憧憬、萌发、播撒,这次希望我们也能有收获。"

"有排长在,我们肯定能行!"杨松附和道,"可咱也不能属烟袋锅的,只顾着一头热乎了。"尚思远不知从哪里学了句歇后语,也是现学现卖。他看着王春阳说:"这么多年条令知识竞赛,坦克营之所以屡屡败北,背记只是一方面,更重要的是要和主办方以及评委们搞好关系,最好能把题库给要过来。"

"题库不就是三大条令吗?我们不要把背记条令当成一种负担,就当是一种学习了,不是说经历就是一种财富吗?我们参与了就是一种收获!"王春阳拍拍尚思远的肩膀说,"至于你说的要协调什么的,我看是挑柴进山——有点多余了。"

听排长这么一说,尚思远仿佛预感到,今年的条令知识竞赛肯定也好不到哪里去,既然是比赛,怎么可能没有题库呢?他心里嘀咕:"光背有什么用,我们在这只能是瞎费工夫。"看在排长一片赤诚的分上,他还是认真背记了起来。

这半个月,3人都在背题,他们有时各自背各自的,有时相互提问,背得天昏地暗、背得头晕脑涨,又背到柳暗花明,背到最后,王春阳都觉得自己成了背题机器了,连最讨厌背题的尚思远也能张口即来,成了条令通了,杨松有几次在梦里都喊着背题。

"各位领导,各代表队,大家好!根据旅里'条令学习月'活动的安排,今天,我们在这里以营为单位举行三大条令知识竞赛……"旅里条令知识竞赛如期举行,主持人一番开场白后,又介绍了参赛的7支代表队。代表队按照抽签顺序进行了号台确定,每个队基准分是100分。王春阳他们对号入座坐2号席。

第一轮进行的是必答题,分团体必答题和个人必答题。

真是刚扯帆就遇头顶风,有点出师不利。第一轮比赛中,王春阳、尚思远、杨松的必答题似乎都比别人的长,由于是限制在1分钟内回答完,杨松在一个必答题上由于紧张,稍微卡了点壳就被亮"红灯"了。关舜和杜长伟的代表队虽然中间也有不足,却也勉强过关了,冷一欣落落大方的回答,给人留下了很深的印象。

第二轮进行的是抢答题。

抢答题相对比较简单,王春阳他们平时没用过这种抢答器,总是比别人慢半拍,尚思远一着急,提前抢答还被倒扣了 10 分,总共 14 道题,他们才抢到一道题,加减相抵。此轮他们队得分为零。

前两轮过去,主持人又一次宣布了成绩。第一名是杜长伟代表队、第二名是关舜代表队,王春阳代表队排在倒数第二名,尚思远、杨松犹如冰雪流到肚皮上,顿时心里凉了半截。眼看没戏了,最后一轮进行的是风险题比赛,即便拿到满分也拿不到名次了,王春阳还是宽慰大家说:"输,也要输得有风度,尽力答好最后一道题!"

风险题只进行 1 轮,采取选择形式答题,分 10 分、20 分、30 分三种题型,由参赛队自行选择,也可以弃权。杜长伟只选择了一道 10 分题,在他看来已经领先很多了,答对了也就稳赢了,看来昨天挨个找评委和主持人的工作没有白做。王春阳选择了 30 分题型,自己上台抽了题,一气呵成回答完毕。

王春阳看了看成绩,应该是总分第 5 名,比刚才前进了 1 位。正当主持人欲公布最后得分时,会场上突然走来一个大校。主持人见是旅长江耀武,连忙说:"旅长好!"

江旅长走到会场中央,接过主持人递过的话筒说:"我们今天这个条令知识竞赛组织得很好,大家基本上都掌握了,我很高兴。"旅长放缓了语气说,"我们这支人民军队,一贯重视以条令条例为主体的军队法规建设,毛主席亲自审查和修改我军的共同条令,为我军条令条例建设奠定了基础,我们不仅要掌握好,也应该了解我军条令的历史。

"今天我再给大家加一题,谁能说说我军条令的历史,这就算是一道附加题吧,你们看行不行?"旅长提议,机关几个评委自然没人反对,还一片叫好声。

"报告,我来回答!"王春阳见没人吱声,就自告奋勇地站了起来。得到允许后,王春阳大声回答:"早在井冈山斗争之初,毛主席就为我军制定了第一部法规,即《三大纪律八项注意》。在 1929 年 12 月召开的古田会议上,毛主席提出'编制红军法规',9 个月后,我军第一批条令条例和其他法规就诞生了……"王春阳将我军条令的历史从头梳理了一遍,全场爆发了热烈的掌声。

这是冷一欣第一次见王春阳,她自始至终都在关注着他,冷一欣发现王春阳回答的任何问题都绝无瑕疵,只是一些技术原因加上队友的失误,造成了总分落后,不免暗生敬佩。

　　尽管最后一道附加题没有打分,因为是旅长提议,王春阳所在的坦克营代表队"意外"收获了冠军,一时间在全旅上下传为佳话。

第十章　花样体能

回到坦克营,米向前代表营里破天荒地"论功行赏",分别奖励王春阳、尚思远、杨松300元、200元、100元。米向前还交代说:"你们前一阶段背记条令比较辛苦,我给你们放3天假,好好地休息休息。"

"谢谢营长关心,这是我们应该的。"王春阳接过一个信封装的红包,立正给营长敬礼。

当天晚上,米向前安排炊事班"小灶"做了一顿丰盛的饭菜,营部小灶是营领导专门吃饭用的,一些节日和特殊情况下,营里有时也喊上各连的主官一起吃个饭,这就算对各连的"恩赐"了。何新民带着3人吃小灶,这是王春阳第一次在营里小灶上吃饭,领导越热情,王春阳越觉得不自在,勉强应付着。连队获奖,何新民也觉得很有面子,当着营长的面说:"今天是营长请你们吃饭,改天我请客。"

何新民心里一直惦记着营里奖励的那几百块钱,想让一排请客来着。王春阳却一直没有表态,压根就没提这钱的事,他也不能打着公鸡生蛋,太强人所难了。倒是尚思远和杨松拿到钱后,就去服务社买了一堆吃的,和兄弟们一起分享了。

第二天连队都带出去训练了,尚思远和杨松邀请王春阳到后山转转,王春阳不愿意去,说在家有点私事要处理,尚思远巴不得排长不去呢,就和杨松出去撒野了。

中午回来后,大家发现每个排门口多了个大红塑料桶,连队多了2部铁通电话。"咦,这是怎么回事,谁给我们发福利了?"在外驻训,用水不方便,连队门前仅有的一个水龙头经常停水,打电话也是,连队就一个公用电话,有时要排上好长时间。王春阳就用营里奖励给他的300元钱,买了3个大水桶,租了两部电话机。"真是有心人哪!"何新民点点头,又摇摇头自言自语道。

因为脱产近20天背记条令,王春阳感觉专业训练耽误不少,只休息了一天就准备训练了。见排长操课哨一响就往外走,尚思远上前劝道:"营长都给我们放假了,还那么积极干吗!"

"营长给我们放假,敌人能给我们放假吗?"王春阳知道尚思远也是好心,但还是忍不住说了这句平时只是喊在嘴上的口号,或是只是在教育中能听到的话。尚思远知道排长心里着急,也就没再相劝,也只好随王春阳去了训练场。

来到训练场,一切又是老样子,干部溜边、士官扎堆、几个义务兵在磨洋工。想想去年的专业训练,物质奖励计划也只管得了一时,王春阳这是白兔子打洞遇树根——彻底没招了,也没有心思管那么多了。不管别人训练不训练,王春阳只顾着自己忙活,他要把失去的20多天全部补回来。

"王排长,这周你辛苦一下,还是你值下班吧。"本来这周就该一排值班,既然王春阳放弃了休息,何新民还是希望他能把连队带好,最起码管住人就行。

何新民说这话时,眨眼间到了体能训练时间,在返回的路上,王春阳就一直在想,每天体能训练都是跑步,能坚持跑下来3000米的不足一半,根本起不到训练效果。

"排长,昨天我们去后山可好玩了,整个山都绿了。"尚思远的话让王春阳灵机一动:"体能训练不只是跑步呀,这都快4月份了,干脆今天带大家爬爬山。"

大家换好衣服就吹哨集合了,王春阳带着大家跑到一处山脚下,按照以前就应该原路返回的,谁知,他指着不远处的一座无名山说:"前面那座山,大家以前可能都上去玩过,今天我们来个爬山比赛,看谁最先爬上去,谁就是今天的体能训练之星,我回去给大家写在黑板上。"

听排长这么一说,大家欢呼声一片,一个劲地说"好",评体能训练之星次要,关键是能爬山,大家一个个摩拳擦掌、跃跃欲试。

王春阳大喊了一句:"我们山顶上见。"大家就撒丫子跑开了。

十几分钟后,王春阳和大家陆续冲到了山顶。王春阳解开衣襟坐在一块石头上,身边围了一群战士,也有的战士站在高处向远处望,尽管天气不热,但看到一个个气喘吁吁、汗流浃背的,王春阳知道这次训练目的达到了。

"平时爬山没觉得有多高多累,怎么冲个山头这么累呀?"人群中有人议论。

"不是山高,是你体力不行,要加强锻炼了。"

"是应该好好地锻炼锻炼了,毕竟身体是自己的。"

"这跑跑出出汗,也挺好的,跑的时候累,现在感觉舒服多了。"

"看着山上绿油油的,空气这么新鲜,人出来透透气,整个人心情都倍爽。"

大家你一言我一语,王春阳听出了差距,也听出了大家的觉悟,顿时也有了信心。

"我们以后体能训练就爬山了,这又锻炼身体又好玩,排长,你这招高,实在是高。"尚思远向王春阳做了一个竖大拇指的动作。

"天天都爬山,你们烦不烦?"没等尚思远回答,王春阳便又指着远处的一座高山道,"人生就像爬山,无限风光总在险峰。那些爬至山顶的人,才有资格感叹:敢问路在何方,路在脚下……"

"喂……大山""大山……喂""我爱红旗连",有几名战士大喊了起来。

"我们来个喊山比赛吧,评委嘛,我看就是大山。"王春阳拍拍屁股站了起来。

"大山怎么能当评委?"战士们个个面面相觑。

王春阳指着远处的山笑笑说:"我们每人大喊几声,以大山回应次数的多少定名次,不就是大山当评委了吗?"

真是和尚的住处——妙呀。听排长这么一解释,尚思远连说:"妙、妙、妙,太妙了。"大家清了清嗓子后,开始了"喊山"比赛。一时间,"红旗连,我爱你""红旗连,好样的""红旗连,我为你骄傲"……寂静的大山顿时震颤起来,虎啸般的吼叫声在山谷中久久回荡,不绝于耳。

在王春阳看来,通过"喊山",不仅能够增强大家对大山的感情,更重要的是,锻炼了战士们的胆量。

返回营区后,一个个也还是精神焕发、群情高涨,像打了鸡血似的。王春阳在黑板上写上了今天的体能训练之星,并预留专业训练之星。这个举动虽小,被评上的人心里还是喜滋滋的。第一次揭榜时,全连战士围了个一大圈,远远地盯着"评比栏"评头论足。第二天的专业训练,形势果然大有好转。

这周几天的体能训练,王春阳都在组织大家爬山,每次也都"喊山",谁想家了,谁心里不痛快了,便来到大山面前吼上几嗓子;谁挨批评了,谁遇上挠头事了,也在大山前叫上一阵子……战友们喊掉了心头的包袱,喊出了精神头儿,也喊出了男子汉的铮铮铁骨。

爬山喊山,让大山里的兵找到了山一样的力量与支撑。但王春阳不能让大家一味地爬山喊山,为了保持大家的热情,这回王春阳又想了个新招——捉野鸡野兔比赛。

连队处在大山深处,山里"野味"十足,驻地老百姓经常抓住野鸡野兔之类的活物到营区里叫卖。官兵有想改善伙食的,想休假带回家的,也经常购买一些。

又到了体能训练时间。王春阳宣布:"我们今天换个训练内容,以排为单位进行抓野兔比赛。"这下,大家的兴致更高了。一排在左、二排中间、三排在右,三个排齐头并进向深山跑去,他们仔细搜索着"猎物"。一眨眼工夫,已挺进了3公里多。

突然,二排发现了一只野鸡,一排、三排人马快速包抄过去。兔子急了会咬人,可野鸡急了会飞呀。全连人员追了大半个小时,眼看野鸡已无处可逃,野鸡使出全身力气飞到了对面的悬崖上,这下大家傻眼了。更气人的是,这只死里逃生的野鸡,竟然站在山对面,冲着官兵"咕咕咕"地叫了起来。

战士们虽然一无所获,却也奔跑了1个多小时。发誓明天再战。

王春阳看着大家说:"知道我们为什么让野鸡逃脱了吗,不是我们人少,也不是我们的体力不行,而是我们的战术不行,跑到最后我们三个排都在后面追了,没有人在前面堵截,肯定抓不住野鸡了,看来以后大家还得好好学习战术才行。"

"真是处处是课堂。没想到抓个野鸡还得讲战术。"尚思远接过话茬,"那我们明天再来,肯定不会让野鸡逃脱了。"

"体能训练最终目的就是强健官兵体魄,提高官兵素质。"围绕着这一目的,王春阳不断变换着训练方式方法,将各种球类、体操类、运动类活动纳入体能训练的范畴,并引入奖惩机制,一时间,连队的体能训练搞得风生水起。

驻地老百姓又来卖野兔,何新民自己掏了20元买了一只,让通讯员送到炊事班给炖了炖,一是犒劳一下王春阳训练方法灵活,提升了大家的训练积极性。二来也算是他兑现之前当着营长面许下的请客的承诺。

这事王春阳早忘得一干二净,不过,何新民也算是说话算话了。

"排长,我的专业训练之星,怎么没给我写上?"专业训练回来,本来魏磊表现不错的,被评为了训练之星,可回来后王春阳把别人的都写上了,故意把他给落下了。

王春阳半开玩笑说:"你不是说,又不晋级,又不入党,又不立功的,不就是一个小小的标兵嘛,反正你也不在乎?"

"谁说我不在乎!训练标兵是我,就得给我写上。"魏磊一下子急了,脸憋得通红。

王春阳在添上魏磊名字的那一刻,忽然明白:军人最可宝贵的是荣誉之心,要点燃它,呵护它,即使是一个不经意间的认可、一次微不足道的赞美。

第十一章　女兵比武

关舜、冷一欣组合在旅条令知识竞赛中拿到第三名,也算是给营里争了光,营里开会时专门表扬了他们。于华教导员感叹道:"干什么都讲究男女搭配呀!"

关舜犹如半道上捡个喇叭,这回有吹的了,在通信站遇到冷一欣,得意扬扬地说:"跟着哥混,不错吧,拿大奖受表扬多光荣!"

"你就少嘚瑟吧,才拿了个第三名就嘚瑟成这样,真替你害臊,你也不看看人家王春阳,连旅长都说好。"有了前两次的经历,冷一欣这次说话毫不留情,她觉得越是给关舜留面子,关舜越会变本加厉,干脆一上来就像舌头上长了酸枣树,说话夹棒带刺的、直戳关舜的痛处。

真是吃豆腐不用牙——好一张利口。没想到一向冷傲的冷一欣句句充满"火药味",活脱脱一个"带刺玫瑰"。

关舜一时也蒙了,冷不丁来了句:"你是不是看上人家王春阳了,那可是我好兄弟,要不我给你介绍介绍?"关舜嘿嘿一笑。

冷一欣伸出一只脚踹关舜,被关舜一闪躲过去了,她咬牙骂道:"关舜,你混蛋。"

"你怎么还打人骂人？一句玩笑话,至于吗?"关舜不解。

别看冷一欣长得白净秀气,她可是通信站出了名的女强人,站里男兵们都很怕她,从来没有人敢拿感情的事调侃她。关舜说她喜欢王春阳,虽然只是一句玩笑话,可冷一欣觉得这是对她莫大的挑衅,不免和关舜动起粗来。

话又说回来,冷一欣自从见了王春阳,看他一副文质彬彬的样子,儒雅气质中透露出一种刚毅,对王春阳还是蛮有好感的,只是她不愿别人说出来罢了,冷冷地说了句:"以后,少和我开这种玩笑,也别在我面前嘚瑟,姐拿奖时你还不知在哪儿呢。"说完,噘着嘴走了。

这会儿通信站一个老士官过来说:"排长,你怎么把冷大美人得罪了,她可不好惹呀!"

关舜道:"怎么了她,一句话而已,就生气了,以前和她开玩笑也没见咋的呀。"

"那是你不了解我们冷大美人,她有两个特点,一个是凡事不拿第一不罢休,另一个就是不能说她感情的事,她发过誓不在军营谈恋爱。"老士官又说,"冷一欣入伍第二年,参加旅里组织的条令知识竞赛就拿过第二名,气得她大哭一场,发誓不再参加条令知识竞赛,这次要不是教导员耍了一个花招,非让你们找什么轮胎充气口,她压根就不会参加,换人只不过一个借口罢了,这次拿第三名,她本就很生气,你还刺激她,她肯定没好脸色了。"

"难怪冷一欣说,拿了第三名没什么了不起的,还真是没什么可吹的。"关舜自言自语道,"何况,条令知识竞赛失分最多的还是我关舜。"

老士官停了停继续说:"过去,我们站话务员上线应答速度是3秒,可冷一欣自从5年前上机值勤之日起,就确立了'优秀不算数,破了纪录才是进步'的目标。她将电话代号和线路符号制作成小卡片,放在口袋里,走到哪儿,背到哪儿。她在机台上一练就是上万次,手指磨出了好几个血泡,手臂疼得连梳头都困难。那些别人看起来枯燥乏味的数据、数码,她学起来却津津有味,不到半年时间,便把上线应答时间缩短为2秒,至今还保持着这项纪录。"老士官说完,突然转了一个话题,"别看冷一欣现在口功好,是话务一口清,接电话时声音细腻甜美,和她本人的说话音调大不相同,背后也有故事哩。"

关舜突然想知道关于冷一欣的一切,迫不及待地问道:"有啥故事,你就别卖关子了,赶紧都说出来。"

"说起这声音的变化,那是一段'骇人听闻'的故事。"老士官故意渲染了一下气氛,"话说,下连1个月后,冷一欣就跟机值班了,可第一次接电话之后却得到了这样的评价:'总机声音怎么这么粗?跟个男的似的!'冷一欣非常难过,甚至有些沮丧,她虚心求教,得到了学猫叫练嗓音的'秘诀'。于是不论早晨还是夜晚,战友们都还在睡梦中时,她已悄悄潜入教室练习猫叫。一个晚上,一名战友起来上厕所,被这突如其来的'喵喵'声吓得一声尖叫……冷一欣受批评了,不过她这种精神得到了营里的肯定,后来营里专门设立了口功教室,配上镜子,方便她们练习。"

见关舜听得入神,老士官干脆把他知道的冷一欣的事,不管真的假的,亲眼见的还是道听途说的,一股脑儿都倒了出来:"冷一欣不仅业务技术呱呱叫,敬业精神也令人佩服。听说一天深夜值班,她接到一位已退休首长打来的电话,声音很微弱。突然,电话那头没了声音。冷一欣以为是老首长不小心挂断了,就试着回拨过去,却无人接听。强烈的责任感驱使她连续拨出31个电话,终于找到已休息的公务员,倒在电话机旁的老首长被及时送往医院救治,因为这事,老首长专门给她请功了呢。"

听老士官说了这些,冷一欣这个通信站的"女一号",还真不是浪得虚名,只是自从关舜来后,冷一欣一直没有施展技能,让关舜一时小看了她。关舜心里豁然明白:区区一个条令知识竞赛第三名,还在她面前炫耀,真是羞死人了,开始懊悔起自己有点关公门前耍大刀了,便又问老士官:"那不让说她感情的事,又作何解?"

老士官想了想说:"具体情况我也不太清楚,我也是听说的,当年冷一欣转士官时,女兵名额特别少,一名领导开玩笑说,'转什么士官呀,回去早点嫁人得了,你在部队一谈恋爱,男兵还有几个能安心训练呀',冷一欣就在申请书上加了句:'倘若能留队,坚决不在部队谈恋爱,要把全部青春抛洒在军营',正是这句话打动了旅首长,坚决给她转了士官。"

"说说不就行了吗?何必较真呢,之前就没人和她开过玩笑?"关舜觉得为了转士官,申请书写得煽情点也是可以的,转上了大可不必再当回事。

"谁敢和她开这种玩笑?几年前一名退伍男兵命令都宣布了,临走前向她表白,人家都坐上离队的车了,冷一欣还追着人家打,现役的就更不敢了,不过,这些年冷一欣脾气改了不少,要是在以前,她早拿东西砸你了。"关舜一脸的惊诧:"还有这事,她说话,还真是算话,能一直坚守着承诺,真是条女汉子。"

后来,关舜又翻看了冷一欣的简历,两次荣立三等功,什么"优秀话务员""军事训练标兵""先进个人"等全军、军区、集团军以及旅里颁发的荣誉,还真是不少,本来冷一欣有两次提干的机会,一次因为参加演习自愿放弃了,另一次因为生病住院给耽误了。看到这些,冷一欣的形象在关舜心中一下子高大了起来。冷一欣为何会形成这样的性格?关舜想不明白,却一直想揭开这个谜底。

军区下发了通信兵"万人百项"大比武通知,第一名的还能立功,女兵们个个跃跃欲试,谁不想拿个好名次呢。与以往不同的是,此次比武新增了光缆线路故障排除、电子键混合码拍发等内容,这让女兵们心里没了底儿。

每天天不亮,女兵们就起床了,背号码、记理论……

已经是深夜12点了,通信站机房的灯依旧亮着,里面传出了嘀嘀嗒嗒的声音。操作台前,冷一欣双手十指在百余个键位、按钮间自如切换,好似钢琴家在进行一场完美的演奏。

此时，离机房不远的学习室也是灯火通明，几个女兵正围坐在一起，每个人手里都捧着厚厚一沓资料。不知谁起了一个话头，不满情绪开始发酵、蔓延。

"背背背，嘴唇都磨出泡来了，咋还不让咱上机操作呢！"

"你说班长为啥不让咱上机操作？"

"八成是怕咱夺了她保持5年的纪录，撼动了她'大姐大'的地位！"

女兵们七嘴八舌地议论着，将资料弄得哗哗作响。

不知道冷一欣心里咋想的？她竟然下了一道莫名其妙的规定：这几天只能背理论，除了她谁也不准进机房。这让原本融洽的女兵之间，多了一道无形的墙。虽然没人戳破这层窗户纸，但是所有人都和冷一欣别着劲！

一周以后，冷一欣把女兵们叫到机房，面对着大家说："下面我给大家演示一下我总结的'通信故障速排法'，你们要仔细看，争取在最短的时间内熟练掌握。"

只见冷一欣十指飞速切换按钮，时上时下，忽左忽右，很快就锁定了故障点。开剥、去脂、融接、套管保护、盘纤收容……没多久，24根细如发丝的光纤全部实现"无缝对接"，故障排除，通信恢复畅通，足足比规定时间缩短了近一半。随后演示的报务专业课目训练更叫绝，冷一欣变传统的"单手五指"为"双手六指"，拍发速度大大提高。看得女兵们个个目瞪口呆！

女兵们按照冷一欣制定的训练计划，开始了上机操作练习，一个个是铆足了劲训练。冷一欣见缝插针说："号码，一个数字的误差，接转的就是另一通电话。我们必须时刻保持高度警惕，这是责任，更是本分。"冷一欣毫无保留地将毕生所学传授给女兵们，她们严抠细训，向精准要效益，训练成绩突飞猛进。

大比武如期而至。冷一欣和通信站一共10名女兵参加比赛。

比武场上，她们挑战的第一个课目是专业理论。每名选手端坐在电脑前，从200道试题中随机抽取60题，像闯关般每题限定时间，超时系统会自动跳过。女兵们认真审题、快速敲击键盘……随着时间一秒一秒地流逝，女兵们渐入佳境，平均分达到了98分。

接下来的耳功、手功等技能比武，更充满了浓浓的火药味。激烈的枪炮声、爆炸声、机动车轰鸣声与七大方言混淆入耳。女兵们头戴耳机凝神细辨，于嘈杂声中捕捉同频尾音；同时，手指在键盘上飞快地敲击，将淹没于"声音海洋"中的准确答案拎出来。短短30分钟，女兵们就攻克了方言听辨、抗干扰听辨、看打录入、听打录入等各大"堡垒"，以总分96.5分拔得头筹。

这次大比武，冷一欣个人独揽话务两金，团体总评第一名。站在领奖台上，冷一欣满怀豪情地说:"军人并不只是要在比武场上拿金牌,更重要的是要在未来战场上拿金牌。"

真是三尺机台尽显青春风采,一根银线谱写亮丽人生。这一次,按照上级要求,旅里给冷一欣记三等功一次。颁奖大会上,关舜第一个鼓掌,由衷地鼓掌。

第十二章　坦克打靶

不知何故,今年打靶时间大幅提前,7月底就要开始了。

对于坦克兵来说,打靶分为打炮弹和打机枪弹,一般一组设4个炮弹靶子,其中一个是移动靶,移动速度很慢,有的单位甚至设置成固定靶,炮靶自然用炮弹打,1个机枪靶子用机枪弹打。打靶,是坦克兵一年中最重要的实弹射击训练。王春阳带人精心准备着器材,他去年因为集训错过了打靶,今年要好好表现一把。

打靶通常一组编为4个人,分别为车长、一炮手、二炮手和驾驶员。车长负责通信指挥,一炮手负责射击,二炮手负责装弹,驾驶员负责开车。靶场大多在山区,靶子都是设在山坡上,背后也一定有大山挡着,要不然一发炮弹打过去,还不得落到几公里,乃至十几公里开外。

打靶提前半个月就开展了适应性训练,训练到最后靶子设在哪里、距离多远大家都一清二楚,王春阳对这种脱离实战的打靶陋习,提出了自己的看法:"难道敌人会告诉我们距离多远,停在那里等着我们打吗?"

不料却遭到了米向前营长的一顿批评:"打靶是非常危险的,万一出了问题谁负责?这么多年都是这样过来的,你就别瞎操心了!"打靶训练,各级都反复强调安全问题,其次才是成绩,至于打靶弊端,即便江耀武旅长来了也还是这样,王春阳这个小小的排长自然扭转不过来。

"训练怎么样?就看明天的了,大家要认真对待,杨松明天担任连值日。"训练了10余天后,何新民召开全连大会,既是为了动员,也对明天打靶事宜做了具体安排。

散会后,杨松找到王春阳说:"排长,明天不该我站岗呀,为什么不让我打靶?"王春阳一看岗哨本,果然不是杨松站岗,便问何新民何故安排杨松站岗。

"义务兵按惯例是不进行实弹射击的,明天打靶,听说旅首长要来看,考虑到杨松比较机灵,就安排他站岗吧。"何新民说。

遇到领导来检查,连队专门挑选头脑灵活、综合素质全面的战士全天候担任连值日,俗称迎接上级检查的"形象大使"。这种争彩头、图虚名、搞形式主义的做法,在各单位是一条不成文的规定,目的是能灵活处置各种情况,给检查人员留个好印象。这次打靶,何新民正是考虑了这点,才选定杨松担任连值日的。

"可杨松的训练成绩一直很好呀,上级又没有明文规定不让义务兵打靶,这样安排既是对杨松的不公平,也不利于培养新人。"王春阳据理力争,"就因为这样,很多坦克兵当了两年兵,直到退伍了都没打过炮弹,真是悲哀呀!"

何新民心里也明白,年底几名骨干可能就要退伍了,一炮手面临断层,打靶是培养新人的最好时机,他也知道杨松平时训练不错,又何尝不想让他打靶,可何新民敢冒这个险吗?他犹豫不决地问王春阳:"杨松打靶出了问题怎么办?"

"我排的兵,出了问题我负责!"王春阳一时着急,干脆给何新民写了张字据。

何新民拿起字据撕了:"真正出了问题,一张字据也不顶用,照样追究我的责任,干脆还是问问杨松本人的意见吧!"

杨松就在门口,听何新民这么一说,他推门进来敬礼说:"连长,我从小就喜欢坦克,做梦都想打靶,请领导相信我,我一定能打出好成绩!"

何新民只好同意杨松打靶,又重新安排了连值日。

当天下午炮弹就运送过来了,王春阳带着人忙着卸炮弹,然后启封、擦拭。擦拭这种炮弹,大家最讨厌的就是上面的黄油,尤其是弹头与弹壳的接合部用大量黄油密封着,用纸擦不掉,用木头片刮得到处都是。见大家情绪不高,王春阳笑着说:"别小看这黄油,关键时刻能当炮弹用呢!"

"排长,黄油还能当炮弹用?你开什么玩笑,我咋没听说过呢!"尚思远好奇地问。

"我可没骗大家,我是有根据的。"王春阳一边擦拭炮弹一边说,"1841年8月,在靠近阿根廷和乌拉圭的海面上,两国之间进行了一场激烈的海战。乌拉圭舰队由美国上尉约翰·科乌指挥,当战斗正打得难分难解时,突然弹药手报告:炮弹消耗殆尽。听到这个消息,科乌上尉几乎气得晕了过去。阿根廷舰队也发现了这一情况,他们全速逼近乌拉圭舰队,想给对手以致命的打击。一方是志在必得,一方是无任何还手之力,海面的气氛顿时异常紧张起来。"

"那这和黄油有什么关系呀?"尚思远一脸的疑惑。

"你着什么急呀!"王春阳瞪了一眼尚思远继续说:"绝望中的上尉失望地看了

看甲板炮塔边的废炮弹壳。突然,他的双眼被堆弃在大炮边的一堆荷兰黄油吸引住了。它们已经逐渐变硬,无法食用了,被当作废物随时准备丢弃。上尉灵机一动,马上下令把黄油填进炮弹里去。此时,舰上虽没有了炮弹,但是还有不少用来引火的火药。等阿根廷军舰靠近之时,突然向其舰队侧面猛烈开火。随着一阵齐射,焦脆的黄油粉末四飞,变成了几百发炮弹,吓得阿根廷舰队的水兵瑟瑟发抖。第二次齐射时,阿根廷舰队坚持不住了,惊惶失措,掉转方向狼狈逃窜。"

"黄油还真是能当炮弹用呀,那咱就这样把黄油给擦掉扔了,岂不可惜了?"听排长这么一说,尚思远倒是觉得黄油是个好东西,扔了还怪可惜的。

"再好的黄油,也不如炮弹呀!"王春阳看了看尚思远说,"你就好好擦你的吧。"

不一会儿,几百发炮弹擦拭一新,直立在各个炮弹箱上,煞是壮观。连队文书拿来照相机,大家纷纷合影留念,也顾不得保密不保密了。

第二天早饭后,打靶就开始了,到现场观看的旅首长不是别人,正是旅长江耀武。这让何新民着实担心了一把。第一车何新民打靶,以前都是百发百中的他,这次居然4发炮弹脱靶了一发,搞得他在旅长面前好没面子,不过还好,成绩还是优秀。

接下来又进行了3组,都是老炮手进行打靶,可奇怪的是竟没有一组4发4中,这让何新民面子更加挂不住了。盛夏的阳光真像蘸了辣椒水,靶场上没有一块阴凉地,坦克里温度高达40℃,大家下来后个个像水洗过一样。何新民向旅长汇报说:"今天天气太热了,这些都是老炮手,往年大家打得都挺好的。"

江耀武一言未发,继续拿着望远镜观察。何新民又说:"首长,天气太热,您先休息会儿吧。"谁料旅长说:"谁说我热了,我觉得一点都不热,热,不过是心中的错觉罢了。"旅长又说,"心静自然凉,靶没打好怪不得天气。"听旅长这么一说,又轮到杨松打靶,何新民更是把心提到嗓子眼了。

"刚才那是谁打的?"几发炮弹过后,江旅长大声问。

何新民心想,这下坏了,杨松肯定打得不好,小心翼翼地回答说:"是我们的一个义务兵,技术还不是很好……"

"什么技术不是很好,打得太准了,比你们打得都好,我从望远镜看得清清楚楚,4发炮弹全部命中靶心!"江旅长越说越激动,杨松从坦克上下来后,江旅长和杨松交谈了几句,亲自给他戴上了大红花。何新民提着的心总算落地了。

最后一组是王春阳打靶。车长发出"出发"命令,驾驶员魏磊油门一踩,低声轰鸣的坦克立即提高调门,"噌"地蹿了出去,王春阳仿佛被一双无形的手重重地推了一把。缓了下神,他赶紧把眼睛贴到激光瞄准镜上,紧张地搜索着视野中的每一片山林。

山路波浪起伏,瞄准镜中的视场也如同电影画面,一下子摇到半空,又一下子"咔嚓"甩回地面。坦克里像蒸笼一样,不一会儿人就全身湿透,他感觉看什么都是模糊的。突然,王春阳眼前闪过一个异样的轮廓,他知道那里是一个靶子。坦克迅速转弯,地势稍平,他仔细筛选那片区域:"左前方发现目标,机枪靶,请求迂回靠近!"

坦克加速前进,视野中的松树林被拉宽形成一堵深灰色的墙。王春阳用手揩了揩脸上的汗,又揉了揉眼睛,靶标越来越清晰,王春阳左手摁在击发按钮上,右手迅速打开射击开关。

"准备完毕,请求射击!"虽然树林很密,可供子弹飞行的通道很窄,但王春阳有信心首发命中。然而,就在他屏气凝神即将按下击发按钮时,机枪靶却被一阵风刮倒!虽说王春阳在院校打过几次靶,可这种事还是头一回碰到。

"咋回事?打,还是不打?打,靶子倒了,莫非等人扶起来,可战场上会有人扶靶吗?不打,顶着'光蛋'回去咋交代,旅长还在那看着呢。"短短五六秒时间,王春阳的脑袋却纠结难休。再不打,"敌人"就溜走了,说不定还会被敌人消灭呢!哪还有时间纠结,王春阳急中生智,也豁出去了,干脆先用炮轰!

"咣"的一声响,炮弹上膛,调整射向,锁定目标,王春阳果断按下击发按钮。火炮发出一声巨响,机枪靶被击得粉碎,连同黄土向四周飞散开去。

坦克继续前行,王春阳又发现了一个炮靶,这下新的问题来了:坦克车内的弹药是一个萝卜一个坑,用炮弹轰碎了机枪靶,只剩下3发炮弹了,却还有4个炮靶子,王春阳先是用3发炮弹打了3个炮靶,最后一个炮靶,王春阳不管三七二十一了,机枪弹是一阵突突突,弹弹上靶。

打靶结束回到待机地域,王春阳心想这次不光没按训练程序射击,还当着旅长的面把连队的机枪靶"报销"了,肯定会受到批评,说不定还会受到处分。

"这次打靶出了意外,但更出了彩。"没承想,王春阳刚一跳下坦克,就听见江旅长夸那一炮轰得好,"轰出了实战的硝烟味!"

第十三章　等级考评

　　打靶结束后,紧接着要进行坦克保养,尤其是火炮保养。火炮保养俗称捅炮,十几个,乃至几十个人将捅炮杆连接一个缠满纱布的刷子放在炮管里,像打气筒一样来回不停地刷,直至把炮膛刷得铮亮。

　　这活非常累,随着刷子上的纱布缠得越来越紧,需要用的力气也就越来越大,将捅炮杆以及拴在后面的加长绳子拉断,也是常有的事。快了一天能保养2~3门火炮,有时一天只能保养一门炮。

　　捅了一天炮,大家累得腰酸背痛的,休息间隙,尚思远问王春阳:"排长,听说不是研究出新式自动捅炮器了吗,咋不用呢?"

　　"是研制出来了呀,也正在用呀。"

　　"是什么?"

　　"你就是那个自动捅炮器呀!"王春阳笑了笑。

　　尚思远一时无语,只好召集大家继续捅炮。

　　连续保养了3天坦克,坦克营就返回驻地了,按理说今年的大事也算是完成了,大家本想好好休息一下。旅里却突然来了个通知,说是集团军要在年底前组织专业技术等级考评。还特别强调,专业考上特级的个人,营里记三等功一次、奖励1000元。

　　真是井无压力不出油,人无压力轻飘飘。以前的专业训练,王春阳是想尽办法也无人用心训练,这下,大家谁都想抓住这难得的机遇建功立业,不用动员,连队官兵训练热情彻底爆发了,自觉投入了紧张的专业训练中去。

　　一晃进入了11月上旬,集团军专业等级考评如期而至。

　　通过前一阵子强化训练,专业技术是没有问题了,魏磊等人担心的是会有人从中作梗。因为新的改革方案已经出来了,明确规定连队的技术员改由士官担任,这意味着谁考上特级,谁就能当上连队技术员,就能拿上技术员的岗位津贴。

见魏磊这几天心事重重的样子,王春阳安慰他说:"既然是改革定的大方案,大家肯定都比较关注,这个时候谁要小动作,必定是引火烧身,你安心考核就是了,有什么问题咱一起解决。"

魏磊不是不相信排长,而是他要面对现实。"你说得也有道理,只怕现实比想象复杂,利益面前人总会有私心的。"

魏磊的担心也不无道理,按规定应该两年考评一次,集团军3年了都没组织专业技术等级考评,这次突然又组织了,肯定有很多人憋着气要拿个等级来。能否公平起见,不在基层,在上面,因为他们是考官,有决定权。从以往考核看,里面还是有猫腻的,一些根本不懂专业的人,有的都能弄个一级二级什么的。

"该来的终究会来的,咱自己不能先乱了阵脚。"王春阳一时也想不出很好的主意。

但王春阳绝不是一个听天由命的主,为了排里的兄弟,通过多方打听,他得知此次负责驾驶专业考核的参谋是他河阳老乡,老乡说:"这次考核,是事关改革的大事,集团军首长都非常关注,绝不敢有人藏私心,最起码我这块你放心!"

在部队除了亲戚,就是老乡亲了,他们是一个县的老乡,王春阳自然相信老乡不会骗他。

"这下你放心了吧,考核绝对公平。"回去后,王春阳赶紧把这一好消息告诉魏磊,让魏磊安心训练,全力应对考核。

"放心吧排长,我绝对好好考核,绝对不会给你和连队丢人。"排长的话犹如一颗"定心丸",魏磊终于可以轻装上阵了,见排长对他的事那么上心,魏磊也是感动不已。再想想排长是既能干,人又好,他已经心甘情愿"臣服"于他。

"其实,那天的事我……我知道了。"魏磊吞吞吐吐的样子。

王春阳以为出了什么事,连忙问:"哪天的事,什么事?"

"就是那天咱俩考核比赛的事,老班长临走前都和我说了。"

王春阳这才想起老班长和他一起作弊的事,挠挠头对魏磊说:"真是不好意思,那是我不对,请你谅解。"

"排长,我知道你是为了兄弟们好,为了连队好,我们其实很感激你的。"魏磊说完,仿佛又放下了一桩心事。

按照这次考核规定,选报专业技术等级特级的,每人只能报一项专业。考虑到以前组织的专业技术等级评定少,没有专业技术等级的,可以报二级,也可以直接报一级。魏磊选择了他最拿手的驾驶专业。因为刚刚组织完实弹射击,又有旅长亲自观摩监考,旅里和集团军商定后,射击专业等级考评中不再另行组织实弹射击,成绩以上次打靶的为准,杨松上次是四发四中,直接报考了射击专业一级。

理论测试,两人都顺利过关了。重要的是实车操作,占分比重大,也容易出现意外。

考核当天,魏磊是信心满满、志在必得。只见,听到考官的命令,魏磊迅速发动车辆,跑弯道、过双直角、冲下坡桩、翻土岭、越车辙桥……近4公里的跑道,跑完全程仅用10分11秒,比大纲规定用时少了3分多钟。

跑到终点时,考官们率先竖起了大拇指,魏磊的成绩优秀无异,特级驾驶员已是板上钉钉了,技术员仿佛也是囊中之物了。

第二天,杨松也顺利通过了射击专业一级考核。

在焦急的等待中,又过了10多天,旅里的红头文件终于下来了,魏磊的特级驾驶员、杨松的一级射手都得到了十分明确的证实。

连队还为他们组织了颁奖仪式,魏磊等人身戴大红花,不仅领到了心仪已久的专业技术等级证书,还获得了1000元的现金奖。不过,营里并未兑现三等功,因为营里压根就没有这个审批权限。也许,魏磊一开始就知道,那就是个幌子。看他现在的高兴劲,真有点受宠若惊的样子。

这是排里的大事,王春阳跟着高兴。何新民也说:"这是连队的光荣,说明大家前期的训练很扎实、很过硬、很有效,我们要在年终总结上大力表彰。"

魏磊一高兴,一向吝啬的他竟拿出一半奖金请大家吃饭,何新民和魏志吉也都参加了。王春阳这次没有反对,他也要为排里的弟兄们多想想。

年终总结一眨眼就到了,连队有一个立功名额,按照工作成绩来评,非王春阳莫属,可在那个论资排辈的年代,连队私下商议后给了二排长。何新民找王春阳谈话时说:"你别有什么想法,有什么要求尽管提出来。"

王春阳心里十分清楚,干得再出色,连队也不会给他这个新排长立功的,二排长面临着提升,家庭条件好,又会处关系,立功是在情理之中的了,便对何新民说:"我个人没有什么想法,只是希望杨松转士官的事,连队里能多操操心。"

王春阳这几天看着杨松一直闷闷不乐的,知道杨松在为转士官的事发愁,王春阳找他谈过几次话,杨松说:"领导讲了,现在名额有限,要做好两手准备。"

王春阳知道尽管杨松入伍两年来一直拼命工作训练,样样表现出色,可事到临头了还得听天由命。

"那是自然，连队肯定会上报的，也会积极呼吁的。"说这话时，何新民自己都没了底气，因为研究上报士官人选时，连队一共上报了4名人选，杨松排到了最后，按照往年经验，一般能转上两个都不错了，看来杨松的事真有点悬了。

终究是天无绝人之路。

这天，江耀武旅长来连队检查，王春阳有意安排杨松担负连值日。江旅长一眼就认出了杨松："你就是那个打靶不错的战士，我还给你戴过大红花呢！"

杨松听后一阵感动，这是他入伍以来最大的荣耀，怎么可能不记得，眼泪差点掉了下来，却愣是一句话也没说出来，还是王春阳接下话，指了指杨松说："旅长对我们真是关心，我们都记着呢，前段时间杨松还通过了射击专业一级考核。"

江旅长见杨松佩戴的是二年兵衔："真是难得呀！"便又问杨松，"你有什么打算呀？"

杨松也顾不得那么多了，艰难地吐了句："我想转士官。"

"转士官好呀，部队正需要你这样的人才。"江旅长刚说完。王春阳趁热打铁说："我们连队已经报上去了。"

"那就好，这样的人才一定要留住，没有技术就没有装甲兵嘛！"江旅长又看了看站在一旁的米向前、何新民，两人虽然一直未言语，可把他们的谈话听得真真切切。米向前揣摩着旅长的心意，这分明就是冲着杨松转士官过来的，他不明白杨松和旅长究竟是什么关系，难怪杨松一直没找他"汇报"，原来有旅长撑腰。想到这，米向前倒吸了一口冷气，觉得营里的士官选改方案幸好还没报上去，回去后他就把杨松排在了第一位。

殊不知，江旅长这次来坦克营纯粹就是例行性看望部队，与杨松也是巧遇。不过，他敏锐地认识到装甲兵是旅里建设发展的重点，要进行好部队建设，没有人才是不行的，二年兵能在那么炎热的天气下打个"满堂彩"绝对不简单，所以就多问了几句。

江旅长或许根本不会想到，就是这么简单的几句问话，原本转士官希望渺茫的杨松留队了，改变了他一生的人生轨迹。

第十四章 拉练·徒步行军

老兵退完伍,部队就进入了训练预备期。往年这个时候,是大家最盼望的日子,一年的工作完成了,检查考核也结束了,大家可以放宽心休息了。军区却突然下发了通知,要全区部队组织信息化条件下冬季野营训练,说白了也就是拉练。通知明确规定:师(旅)以下部队露营不得少于3昼夜,总的行程不得少于200公里,拉练时间不少于12天。

大家都在忙着准备拉练的事,杨松拿着刚批的假条正准备外出,新转上士官的他一次性补发了几千块钱,他要到县城给家里寄钱,魏磊喊道:"杨松,给我买两包卫生巾回来。"

杨松不解地问:"班长,你要卫生巾干啥?"

王春阳也觉得纳闷,马上就拉练走了,魏磊家属不可能这个时间来队,难道是魏磊自己用?他也想知道魏磊要卫生巾到底干什么用。

"让你买,你就买,你最好自己也买两包,山人自有妙用。"魏磊嘿嘿一笑,并未正面回答。王春阳猜测魏磊是防止磨裆用的。在院校拉练时,就有战友因为长途行军磨裆厉害,不得已在裤裆里垫上卫生巾的,因为涉及个人隐私,王春阳也就不便多问了。

沉睡的大地睁开惺忪的睡眼,霞光微露,瑞气腾腾。2005年的新年钟声刚刚敲响,王春阳和他的战友们背着四五十斤重的行囊,迎着朝阳出发了!魏志吉不愿意拉练,就向营里软磨硬泡请假回家了。

不用说,"走",是拉练中最磨炼人的了。行军第一天,王春阳带着尚思远和杨松担任"尖刀班",就是负责在前面勘察路线,何新民带着连队余下人员一路跟着。

刚走出营区几公里,营里就接到通报:敌机实施高空侦察。杨松一把拽住尚思远钻进一片树林里,差点没摔个仰面朝天。

"又不是真打仗,至于这样吗?"尚思远心想。可是,当他扭头向不远处的一块草地望去时,发现王春阳正趴在乱草丛中,旁边就是一个村民用来积粪的池子。

队伍越走越长,演练却越来越多,脚下的土路渐渐变成了仅能容下一个人勉强通过的羊肠小道。

"报告营长,电台受干扰。"电台兵向营长米向前报告。

"迅速启动抗干扰设备和备份通信手段!"随着营长一声令下,电台兵迅速对电台"摆弄"了一番,命令很快传送了下去。

说时迟,那时快,一条绿色"长龙"眨眼间遁形于山谷丛林之中。

急行军、强行军,来回转换,简直让人喘不过气来。通过染毒地带、消灭拦阻之敌等险情不断,大家时时都处于高度紧张的实战状态。

中午,连队行军到一个小镇上,王春阳和一个中年妇女商定后,决定在她家开的简易招待所院子里野炊、休息。只见野战炊事车一到,中年妇女就拿出自家的电线接上电,搬出自家田里种的大葱、大白菜,说自家的菜干净、无污染,说什么也不让炊事班从车上卸菜。炊事班长执拗不过,只好拿出几斤大米回馈,但中年妇女坚决不要。

"大妈,做生意怎么不讲求效益呀?"王春阳笑着问。

"对军人啥时候都要讲大效益,没有军人保家卫国,哪有现在的好光景?一见到这些可爱的娃娃,我就想起了我在外当兵的儿子。"中年妇女说。

交谈中,王春阳得知,大妈的儿子去年到高原上当兵了,前几天打电话回来说也要拉练。难怪大妈这么热情。她很快将两菜一汤端了上来,疲劳又饥饿的官兵们,也顾不上文明之师的形象了,就席地而坐狼吞虎咽起来。大妈看着,既欣慰又心疼。

吃完饭,大家开始打扫院子、清理垃圾。下午1点,连队又开始行军。王春阳特意看了看,确保将大妈家的院子打扫一新后,悄悄丢下半袋米出发了。

行进在这个民风纯朴的小镇上,连队整齐有序地行进,歌声、口号声此起彼伏、豪气冲天;道路两旁挤满了夹道欢送的群众,隔不多远,就有交警在维持交通秩序。王春阳的"尖刀班"始终与大部队保持着500米左右的距离,不由得挺直了胸脯,油然而生的是作为军人的自豪感和荣誉感!

下午的行军途中,尖刀班打了场"遭遇战",战斗结束,尚思远赶紧撤离,被王春阳喊住:"回来,把踩歪的麦苗扶正!"

尚思远不以为然地说:"没必要吧,麦苗又踩不死,我们还要行军呢!"

"都说现在军民关系不如以前了,很多问题是我们自己造成的,现在老百姓生活条件好了,但我们也不能践踏他们的庄稼呀。"王春阳说着,弯下腰扶起了麦苗,尚思远、杨松也都跟着做了。接下来的行军中,他们都尽量避开村民的庄稼。

连队3天行军130多公里,大家普遍进入了疲劳期。野营第4天,这天按计划要连续行军50多公里,注定又是一次艰难的行军。王春阳继续带领尖刀班走在前面,他把几天来的行军体会编成了顺口溜,边走边读给大家听:山路崎岖坡陡峭,翻山越涧多学问;上坡需要深呼吸,上身前倾大步量;下坡保持低重心,身体后仰脚步稳。

估摸着急行军4个小时后,王春阳他们遇到一个岔路口。

"往左拐!穿过村子走近道!"王春阳眼瞅着临时宿营地就在前方,按捺不住心头的喜悦,当即做出了决定。

不料,王春阳的话音未落,杨松就发表了不同意见:"根据旅里刚才的'敌'情通报,前面的村子处于'敌'占区边缘,抄近道有暴露的危险。我建议向右转,绕过村子走远路。"

"多亏了你提醒,我差点把'敌情'给忘了,看来什么时候都必须做好战斗准备呀。"听了杨松的话,王春阳不由得警觉起来。

王春阳随即又做出了新的判断:前面的小村子"敌"情不明,为了不暴露己方宿营企图,应当绕远路。

很快,尖刀班再次前进,带领全连以"U"字路线行军,安全到达宿营地。事后他们得知,"蓝军"数百人正在村里埋伏,等着连队走近路,来个"瓮中捉鳖"。

中途休息1小时,连队官兵吃了点干粮算是午饭后,他们又出发了。气温骤然降至零下3摄氏度,雪花飞舞,寒风如刀。下午3时,王春阳一行人来到一处河边,本来上面有一处浮桥,此时却已经坍塌,河水不深但河面宽阔,水面上结了一层薄冰,上级命令必须在半小时内渡过河,绕道10公里外的大桥肯定来不及。何新民征求王春阳的意见后下达了准备涉水的命令。

为了防止涉水冻伤,王春阳带领大家做起了热身运动,快跑了400多米,做了50个俯卧撑和其他一些适应性训练,大家已是满头大汗。这时,大家开始整理着装,尚思远找了两块塑料布把脚给裹了个严实,杨松干脆脱了鞋袜、挽起裤管,炊事班则忙着分发白酒,每班一小瓶,每人都能喝上两口。

"开始渡河!"随着何新民一声令下,王春阳带头下了水,双脚一下去便陷进淤泥,冰凉的河水随之侵入身体,两脚冻得发疼,全身起了鸡皮疙瘩,大家依次入水,蹚水前行,大喊着"冲啊"向对岸冲去。

差不多10分钟后,连队人员陆续上了岸。但是,寒风吹在小腿上,像用刀子割。王春阳赶紧组织官兵隐身山凹处,用白酒揉搓膝盖和脚,篝火也被点起,大家都凑过去烘烤湿了的衣服,快速穿上,又继续前进。

刚翻过一个山坳,机关导调人员一声"敌机侦察",王春阳他们一下子便没了踪影。

"这里有个女兵。"尚思远发现一名女兵,正一动不动地趴在干枯的草丛中,便喊了起来。

"嘘……有敌情!"只见她做了一个示意安静的手势。

"敌情解除!"听到指挥员的口令,这名女兵艰难地站了起来。王春阳一看,对这个女兵似乎有印象:"你是,你是冷一欣?"

"我是冷一欣,你是王春阳吧?"经过条令知识竞赛,两人还是互相有点印象的。

见冷一欣一瘸一拐的,王春阳问道:"你这是怎么了?"

"我也不知道怎么了,只是刚出发时,我觉得鞋子里可能有一粒沙子,就没有在意,可行军不久,却把我的脚磨破了。"冷一欣说。

"可别小看了一粒沙子,人生的路上,能阻挡我们行万里的往往不是高山,很多时候就是因为一粒'沙子',让我们不能走得更远。"王春阳看着冷一欣,不知道如何是好,又是一番感慨,"倘若我们对'沙子'的危害估计不足,即便付出更多的汗水和辛劳,也未必能够取得令人满意的结果。"

"没有那么严重吧?我也不用行万里,能走几十公里就行了,坚持一下就好了。"冷一欣说着坐在路边的草地上,艰难地脱下鞋子,血水已经粘住了袜子。

"这么严重,怎么不坐救护车呀?"王春阳上前关切地问。

"营里安排我上去了,我坐了一会儿又自己下来了,我要自己走完全程,这不才落单了吗?"冷一欣一手扒住王春阳的肩膀站起来问,"这是什么地方?"

"这是我的肩膀呀!"王春阳扭头看了看身边的冷一欣说。

冷一欣不好意思地笑了笑,松开王春阳的肩膀又坐在草地上。

拉练中,后面都有救护车跟着,也叫收容车,受伤或者实在走不动的人,可以申请上车,不过,因为怕苦怕累上车是要扣连队分的,确实有病的就另当别论了。

冷一欣说完正想穿袜子,这时,驶来一辆救护车,两名军医下来看了看冷一欣的脚,也劝她上车,可冷一欣就是不肯,还倔强地说:"掉皮掉肉不能掉队,就是爬也爬到终点。"

车上下来一名挂着吊瓶的大校,看到冷一欣血肉模糊的右脚掌,大校的眼眶一下子红了,以强硬的口气对冷一欣说:"我命令你回到车上去!"继而又和蔼地说,"我知道你们女娃娃都是第一次拉练,缺乏长途行军的经验,你们受苦了。"

王春阳和冷一欣一眼就认出了大校是江旅长,江旅长拿着手里的吊瓶晃了晃说:"你看我不是也因为生病,上了救护车吗?我们要作风要战斗力,但更要身体健康!"说完,江旅长把吊瓶递给身边的医护人员,拿起对讲机下达了新的指令:"各级指挥员注意,各级指挥员注意,详细检查了解本单位官兵的身体状况,确有不适的务必送收容车进行医疗诊治。"

凛冽的寒风中,江旅长的话像一股暖流温暖着官兵的心,倔强的冷一欣含泪上了救护车。

第十五章　拉练·野外宿营

拉练进入第6天,行军速度明显放缓,旅里及时调整了行军路线和里程,这一天只计划行军30公里,但也通报了前期检查中存在的问题,有的连队行军缺乏敌情观念、装具不全、行军不注意群众纪律等,还重点批评了一个连队几名同志为减轻负重,竟将废纸箱塞进背囊。王春阳敏锐地意识到旅里将加大检查力度,便对大家说:"大家把物资都带齐全了,把水壶里的水都灌满,要能喝的水。"

果不其然,行军的路上明显多了检查人员,病愈后的江耀武旅长开始检查行军的秩序和大家携带的装具。此次,为了缩短行军距离,连队不再设尖刀班,原先的尖刀班跟着营里统一走,王春阳担任连队值班员。

队伍行至一个路口,机关检查人员示意大家停下,江旅长上前摸了摸大家的背囊,本以为他会命令大家打开背囊逐一检查,他却只说了句:"大家都尝尝自己水壶里的水!"

"呸呸呸!"坦克二连不少战士当即就吐了出来,有的战士水壶里的水还是拉练前灌的,早已腐败变质,散发着一股怪味儿,还有的是早上灌的自来水。

"战备工作不能一劳永逸做表面文章,而是要常抓常查、深抓细查,把每一个细节都做到无懈可击,这样才能随时接受实战的检验。"江旅长批评了二连抓战备工作不深不细的粗疏作风。

好在王春阳早上及时提醒,大家灌的都是早上刚烧的开水,见大家开心地喝着,江旅长频频点头。

按照军区野外宿营不少于3天的要求,前几天拉练,考虑到行军速度,大家住的都是学校、厂房之类的民房,但从今天开始,大家必须自己搭帐篷了。

黄昏来临,连队在一个山坳里停住了脚步。王春阳站在队伍前面说:"据上级要求,今晚我们要在这里露营,我们需要选好地方,搭建4顶帐篷。"

听到这个消息,杨松有点兴奋,因为这是他平生第一次冬天在外过夜。他的思绪回到了儿时与伙伴们在家乡的夜幕中捉萤火虫的情景,那滋味实在美妙,甚至还想到了古人的那句:"朔气传金柝,寒光照铁衣。"

"杨松,想什么呢,今晚不睡啦?"王春阳看了看发愣的杨松,继而提醒大家说,"冬季野外露营,一要注意避风保暖,二要按实战要求,注意隐蔽……"

经过一番勘察,王春阳他们选中了一个三面临坡、一面开口的小土坳。这里地势低,风速小,还比较隐蔽。尽管非常疲劳,但为了及早休息,大家还是立即忙开了,卸载、撑起、打钉、固定、挖排水沟,4顶帐篷很快搭好。

"最外面那个位置是我的,大家不要跟我争!"大家刚把帐篷搭好,王春阳就先声夺"位",他笑着对大家说,"这个位置方便,空气又好,我是排长自然是我睡了,大家不要有什么想法!"

"排长这是怎么了,平时挺替兄弟们着想的,今天怎么好事尽往自己身上揽?"杨松一时想不明白,反正好位置也轮不到自己,就没再多想。

经过了一个星期的急行军和途中演练,大家脚上普遍都起了泡,杨松脚上有5个血泡,他一边用热水泡脚,一边问魏磊:"班长,您脚上咋没起泡呢!"

魏磊从鞋里掏出早上垫的卫生巾,自豪地说:"让你买你不买,把它垫在鞋里又软和,还吸汗,脚底板还不会打泡,这是我新兵班长传给我的经验。"

"班长,能给我一片吗?明天让俺也试试呗!"杨松听后觉得有道理。

魏磊正准备给杨松拿卫生巾,被王春阳制止了,王春阳语重心长地说:"老魏,其实拉练第二天,我就知道你往鞋里垫那玩意了,我想着你是老同志,自己用也就算了,可他们还年轻,要练就一副铁脚板,不吃点苦是不行的。军人脚上打几个泡算什么,靠投机取巧算什么男子汉!"说着,王春阳给大家看了看自己的脚,也满是血泡。

魏磊一开始还想作为经验在连队传授,听排长这么一说,感到了无比地羞愧。"排长,你说得对,要做就做男子汉的事,明天我也不用了!"杨松也打消了用卫生巾垫脚的念头。

大家实在有些累了,一个个倒头便睡。半夜,杨松被尿憋醒,本想忍到天亮再解决,无奈憋着实在难受,就胡乱披上件大衣往帐篷门口摸索前行。

快接近门口时,杨松的脚被硌了一下,随着"嗯"的一声,他意识到自己踩着排长了。还好,排长没醒。这时,一阵寒风从"门缝"刮了进来,杨松不禁打了个寒战。他这才发现,那些哼着"呼啦调"的冬风,一直都在毫不客气地往里钻,外边这个位置并不像排长说得那样好。

068 / 一纸命令

"你们没冻着吧？睡得好才能走得好。"早上起来，王春阳笑着对大家说，"夜里，好像有个人被我硌了一下吧？"

杨松心头一热，发现帐篷门上结了一层冰，排长的被子和衣服上也潮乎乎的。再看看排长，两眼都是红的。杨松在心里狠狠地"捆"了自己一耳光，暗骂自己"不是玩意儿"。他想，晚上无论如何也要抢到排长的"好位置"。

大家照例行军，魏磊鞋里没再垫卫生巾，大家行军的速度却一点未减。他们途经一个村后的十字路口，迎面遇到由南向北和由东向西的两支迎亲队伍。

王春阳让队伍靠在一边，示意迎亲车队先过，但两个迎亲的车队却都示意队伍先行。东西方向的迎亲车队走下了身穿红色礼服的新娘。"解放军同志，你们先过吧！"新娘笑眯眯地说，"今天我要嫁的就是军人，在成为军属前，让我再拥一次军！"听到这儿，大家为她鼓起掌来。

南北方向的送亲队伍以为出了什么事，有人过来看个究竟。不一会儿，那边的新娘也缓步走了过来："解放军同志先过！几年前的长江大水，我被困在家里，当时孤立无援的，很是害怕，是抗洪的解放军救了我。今天是我大喜的日子，又在这里碰到你们，真是有缘啊！刚才那位姐姐说得对，今天你们一定得先走！"

连队官兵和迎亲的群众都被眼前的一幕感动了，全连官兵列队向两位新娘敬礼致意，王春阳带领队伍继续出发了，人群中响起了热烈的掌声。

"原地休息1小时，以班排为单位组织野炊！"机关导调组下达了大休息的命令。

今天出发前，上级安排连队随身带上便携式炊具和粮食给养等，原来是为了中午野炊呀。

王春阳赶紧安排人搭灶的搭灶、捡柴的捡柴、生火的生火，厨艺生疏的尚思远看到火苗燃起，锅里冒着热气，竟一时乱了手脚，慌乱地翻找着调料。

"先放肥肉片，熬出油后再放姜蒜！"王春阳接过尚思远手中的锅铲担当起"大厨"，大家很快就闻到一股诱人的香味。

"来来，加水！"大家纷纷把水壶中的水倒入锅中，杨松赶紧往锅下塞干柴，火顿时旺起来。10分钟后，锅里的水翻滚起来，王春阳把面条放入锅中。

不一会儿，锅里的面条翻滚起来。"面条熟了！"酱色的面汤引得众人垂涎欲滴，每人都盛了满满一碗，很快现了锅底。

吃完面条，王春阳又用水壶中剩下的水煮了半盆姜水。大家喝着姜汤感叹道："真暖和呀！"

下午,上级没有安排行军,接到的命令是利用就便器材就地宿营。山腰上、斜坡处、沟坎下,到处闪动着抢锹挥镐的身影。时间不长,王春阳他们便各自安好"家"。这些利用雨衣、枯草、树枝等就便器材搭建的"房舍",有屋脊形、斜坡形、拱形,还有坑道式、地穴式的,可谓千姿百态。

为了锤炼官兵野外露营的本领,旅里这次特意采取了"欠充分保障法",不让带制式帐篷,就是想逼着官兵们动脑筋、想办法,在恶劣的环境中求生存。

王春阳利用斜坡搭建的"多人间",里面铺满了厚厚的枯草、四周被沙土围得严严实实的。这时,同在一处宿营的杜长伟来探访,王春阳笑着问:"怎么样,我们的'开掘式'套房还行吧?"

"行是行,可费那老鼻子劲干什么?"杜长伟压低了声音,"昨天我们都是在老百姓家住的。我带了10来个人,一个人出了20块钱,老乡给我们腾出一间房,还给炖了只鸡吃,帐篷压根就没卸下来。"

"你怎么能干这种事,万一被查出来咋办?"王春阳一听,吓了一跳。

"机关我都打点好了,根本没有人去查。再说了机关也有人住老百姓家的。"

"那你们今晚还准备住老百姓家?"

"那是自然了,你没看我们有一个班没搭帐篷,准备跟我混的。"杜长伟一脸的得意样,王春阳摆摆手说:"赶紧走,别在我这里说你那些歪门邪道的,我可不想学。"

"我还告诉你一个秘密,一个绝对的机密。"见王春阳不买账,杜长伟想要一耍他。

本想让杜长伟快点走,王春阳还是忍不住问了句:"啥机密?"

"今天晚上可能搞紧急集合,旅领导要拉动。"王春阳半信半疑,杜长伟还特意强调,"情报绝对可靠,而且还有夜间行军。"

"夜间行军不是安排到明晚吗,难道是提前了?"想到这,王春阳赶紧让连队悄悄做好准备。见王春阳信以为真,杜长伟内心一阵窃喜,拍拍屁股走了,让他们白忙活吧,他要到附近村子找自己的"窝"去了。

"嘟嘟嘟……"谁知深夜23点,一阵急促紧急集合的哨声把大家从睡梦中惊醒,"接上级通知,明晚的夜间行军调整到今晚。"大部队集合完毕后,立即向深山开拔了。

杜长伟带领的一个班由于住在村里,接到通知较晚,带到集合地点已是凌晨以后,被江旅长抓个正着。第二天在全旅通报批评。杜长伟为自己的小聪明暗暗叫苦:唉,这不是自己耍自己吗?

第十六章　拉练·畅谈收获

杜长伟等人受通报批评是自作自受,可旅长江耀武也在反思:为何有令不行、有禁不止?第二天晚上的宿营,他下令严查各宿营地,要求做到不漏一处、不漏一人,人员都必须在野外露营。

不查不要紧,一查还真发现了不少端倪。当走到一个连队的露营地域时,听到一个用雨衣、篷布搭成的简易帐篷里,不时传来咳嗽声和悄悄的交谈声。"这么晚怎么还没睡着?"江旅长钻进帐篷,股股寒风直往脖子里钻,"室内"与"室外"温度相差无几。再用手电筒一照,"房间"里搞得非常整洁。江旅长问:"为什么不弄些杂草保暖?"

"连队有要求,不能搞得乱糟糟的。"一名战士回答。

"寒冬露营,保暖为要,在这样环境条件下还保持什么卫生?"见连队干部跑过来,江旅长说,"你们这样做也太死板了吧?赶紧让战士弄点柴草来,暖和暖和,别把大家冻坏了。"连队干部连忙照做。

江旅长挨个营区转着,走到一处停车场,发现车底下竟也睡着人,便问连队干部:"你们怎么把'家'安到了车底下?"

连队干部支支吾吾地说:"这样省事!"被旅长一顿批评后又重新支起了帐篷。

"露营点相距太近,即使伪装了也起不到作用。"江旅长发现一个营的宿营地,在一块平坦开阔地一字排开,虽然他们把帐篷"装扮"成了土包,但由于排列有序,相对密集,让人一眼就能看出破绽。

顶星星、冒寒风,江旅长来到坦克营宿营地域,连续转了好几圈,竟然没有发现宿营的官兵,正纳闷呢。

"站住!口令?"突然,一声大喝把江旅长吓了一大跳。当得知是旅长大驾光临时,哨兵杨松嘿嘿一笑:"首长,我们不好找吧?刚才机关人员来检查,差点掉进我们伪装严密的掩体里！"

江旅长对坦克营很是满意，他对米向前说："你们做得很好，这次拉练，上级对露营的伪装要求很高，刚才组织人员用夜视器材探视，就你们营没有被找到一个露营点，这说明你们隐蔽到位了。"

旅长的表扬听得米向前心里乐不停："还是王春阳的主意管用呀。"

江旅长随后"变本加厉"，他安排警侦连扮演成"蓝军"小分队四处"摸哨"，一个连的哨兵警惕性不高，在哨兵被"解决"后，"蓝军"进行了一次"武装袭扰"，该连很快乱作一团，连队指挥员不知组织抵抗，战士们更是木偶般地愣在那里。

望着这些狼狈不堪的官兵，江耀武感慨地说："多亏这是一次演练，如果是实战，后果就严重了。看来，军人睡觉确实要睁着一只眼啊！"

有了这支"蓝军"小分队四处袭扰，加上旅长的明察暗访，再也没有人敢大意了。

"基层重视了，机关也不能乱导调。"江旅长在基层转了一大圈，不少人向他反映了这一问题。这不，王春阳就道出了连队昨天上午的种种遭遇："我们是刚刚端上饭碗，导调组就通报遭遇化学袭击，大家只好放下饭碗戴防毒面具。没想到，情况刚一解除，又传来'敌'武装直升机临空突袭。"

"那你们是怎么执行的？"江旅长问。

"'敌情'就是命令。为了躲避'敌'空中打击，大家只得躲进树林里疏散隐蔽。"王春阳据实相告。旅长点了点头。

王春阳继续说："我们刚钻进树林，就传来了'西北28公里处蓝军一个连正向你方摩托化机动，请处置'。我们只好迅速占领有利地形，构筑工事，准备设伏围歼。仅过去10分钟，还没有构筑好工事，又接到'敌已接近你营前沿'的'敌情'通报。"

江旅长惊愕之余，说道："速度怎么这么快？10分钟能摩托化行军28公里山路吗？"

"还没等我们做好战斗准备，导调组再次发来'蓝军一个装甲排已攻破你营后方阵地'的情况通报。"王春阳越说越激动，"我就纳闷了，阵地背后是接近60度的陡壁，且有1个连居高坚守，装甲车是怎么爬上来的？"

"装甲车最大爬坡能超过60度吗？不熟悉战斗进程，不清楚战场环境，不了解装备性能，纯粹是瞎折腾、乱弹琴！"江耀武听后感觉导调简直就像过家家，太随心所欲了。

"打破常规导调本无可厚非,不过,打破常规、设难置险,并非搞疲劳战、瞎折腾部队,而应该讲究章法,视情'出牌',量情'调遣',方能达到练兵实效。"回到指挥所,江耀武立马召集导调人员开会,他把这些情况逐一呈现给机关,导调人员自己都觉得不可思议,可真真切切都是他们自己导调的,于是自觉开始了整改。

随后几天,机关科学导调,基层认真落实,他们一个科目一个脚印练得扎扎实实。江耀武看后很是满意,对身边人员说:"这就是我想看到的结果,也是我最大的收获。"

拉练最后一项是10公里奔袭,连续的劳累已经让大家筋疲力尽,这个时候进行奔袭就是挑战自我、挑战极限。本来是寒冬,可大家为了减轻负重,往往军装内仅穿衬衣衬裤,有的甚至"挂空挡",空气中似乎弥漫着一种"心忧炭贱愿天寒"的味道。

果然,奔袭前个个冻得瑟瑟发抖,可一旦跑开了,不到两公里,仿佛四季轮换。王春阳形容说:红瘦绿消冬正寒,倏然夏至光阴转。

拉练在一场奔袭后很快结束了,返回的路上,王春阳即兴诵读了一首诗:

风吹满头雨,跌落撒盐粒。口水咽迟呼,唯有随气吐。
腿僵脚发酸,五脏逼腰弯。欲停心不甘,谁晓其中缘?

"排长,这什么意思?"尚思远问。

"我记得当时刮着风的,咱在一个拐弯处顶着风跑,又是下坡,一阵风吹来,是不是头发湿得像雨打一样?额头上的汗时间长了都凝结了,跌下来可不是像撒盐一样?"王春阳回忆说。

"排长,您太有才了!"听着王春阳的讲解,尚思远佩服之至。

连队直接返回了旅部位于通信营后面的新营区,真真切切和关舜成了邻居。王春阳顾不上去见他这个老朋友,而是组织大家第一次在旅里大澡堂洗了个热水澡。

第二天的政治教育,王春阳向何新民汇报后,换成了由大家谈感受、话收获。

"今年拉练时间长、路途远、内容多,可我们连的同志没有一个叫苦怕累掉队的,任务完成得没话说,多次受到营里表扬,旅长都夸咱们呢!"王春阳进行了开场白,战士们兴奋地鼓起掌来。

"这些荣誉不算啥,关键是看大家的成长进步,今天的政治教育大家就围绕拉练收获展开发言。"王春阳继续说。

"我先带个头。"杨松抢先发言,"拉练期间,旅里设置了大量实战化训练课目,在排长组织大家行动时,我一边学一边想:如果换成我,我该咋指挥?所以一有空我就和排长讨论,在本子上记下心得。慢慢地,我也有了自己的体会。后来,排长有意安排我组织了几次行动,使我的心理素质和指挥技能都得到了锻炼提升。那天我在宿营地担负潜伏哨,旅长还表扬我警惕性高呢。"

"大家都知道,杨松平时爱思考、训练刻苦,军事素质过硬,经过这次锻炼,已经具备了士官的能力。"王春阳对杨松的收获表示赞同并提出新的希望,"虽然受了表扬,但也不能骄傲自满,还要在综合素质上多下功夫。"

一名拉练期间担任连队文书兼军械员的战士说:"都说部队出行,枪支管理是大事,可当了家才知柴米油盐贵。为了确保枪支安全,我将枪支定到人,行军中随时随地清点数量。每天宿营前我都认真组织大家对枪支进行擦拭保养。哪怕再累,我也要把电台、对讲机等装备器材检查完、充上电再睡。这十几天里,我收获的是一份耐心和对待烦琐工作的宝贵责任心。"

听说尚思远这次拉练双脚打了13个血泡,一走路就龇牙咧嘴,可眼前的他却一脸笑容。"其实我有好几次都快坚持不住了,两只脚肿得穿不进鞋,每一次落地都钻心地疼,是战友们的鼓励和帮助给了我力量,我不断地告诉自己坚持、再坚持,哪怕倒下,也要往前倒!我收获的不仅是沉甸甸的战友爱,还有战胜自我的勇气!"

"以前也拉练过,感觉那都是过家家,为了图舒服,前几天我还在鞋里垫了卫生巾,幸亏排长提醒得及时,开始我还不服气,现在想想还不如你们这些新同志觉悟高。"魏磊说出了自己的真切感受,"作为一名老同志、一名党员,任何时候都不能放松思想警惕,怕苦怕累思想更是要不得,我争取以后多带头,请大家多监督。"

二排的一名战士站起来颇为煽情地说:"十几天的野营拉练,给我留下了难以忘怀的记忆。难忘一路行军的相扶相持,难忘大山行军中定格的美丽画面,难忘野外就餐的饭菜香,难忘夜晚坑道里的酣睡声……"

"同志们,冬季野营训练虽然结束了,但我们要继续保持和发扬迎难而上的劲头,将收获用在接下来的训练工作中,为连队全面建设做出更大贡献。"王春阳的总结发言刚一说完,尚思远便问:"排长,您的收获是什么?"

王春阳笑了笑,变魔术般掏出一张纸:"我把收获写成了一首诗。"

"那给我们朗诵一下呗!"尚思远这么一说,其他战士也嚷嚷着让王春阳朗诵。

王春阳清了清嗓子,声情并茂地朗诵开来:

我们披星戴月,我们不辞辛劳,我们不惧那冰雪风霜;
　　脚踏着巍巍太行,
　　一路走来,军歌嘹亮、豪情万丈。
　　别问路有多长,前路迢迢我们用双脚丈量;
　　别问夜有多深,夜色茫茫我们携手向前方。

朗诵到这里,王春阳看了看大家,几名战士自觉地站了起来,看着王春阳手中的诗,一起大声朗诵了起来:

　　我们翻越蜿蜒高山,蹚过刺骨河流,
　　我们穿过密林村庄,走过黑夜迷雾。
　　把疼痛甩到身后,把疲惫装进行囊;
　　寒风为我们吹走困倦,星光为我们指引导航。
　　再深的河阻不住,我们信念的帆舵;
　　再高的山挡不住,我们飞翔的翅膀。

散会后,战士们还沉浸在一片无穷的回味中,津津乐道地谈论着、交流着,都说最大的收获是成长与进步,千金难买。也许,多少年以后,这次拉练经历还像一坛陈酒,一打开就醉人……

第十七章 奇葩规定

　　冬天,是一幅冷峻的山水写意画,萧瑟、肃穆、静谧、悠远,就像一位历经坎坷的老人,双目已浑浊,步履已蹒跚,哪怕心已淡定如石,可是面对最后无可回避、无可选择的结局,仍然难解落寞的枷锁。

　　坦克营终于结束了在外长达两年的漂泊,回到了属于自己的新营区。宿舍是崭新的,水房是崭新的,配套的床是崭新的,连卫生间也是崭新的,这里的一切都是崭新的。大家尽情享受着这崭新的气息,甚至不想把留在山上的那些破床、破柜、破水桶拉回来,以免破坏了这里的和谐。连队只是回去了几个人,把自己所需物资拉了回来。

　　新房新景带来的新鲜劲还未过,战士们却很快感觉到了新的不适应。

　　"排长,我去晒被子了!"尚思远吃完早饭回来,急忙抱着被子往外走。杨松早上起床时不慎将水杯碰翻,一满杯水几乎全部渗入尚思远被子里。王春阳说:"赶紧去吧,正好今天天气不错,可以好好晒晒。"

　　可不到5分钟,尚思远又抱着被子,耷拉着脸回来了。王春阳看他一脸的沮丧,便问:"出了什么事?干吗又把被子抱回来了?"

　　尚思远狠劲地把被子扔在床上说:"我刚把被子搭好,就来了一个上尉,说是司令部的什么参谋,批评我没到周末晒什么被子?"

　　"那你没和人家解释呀?"王春阳扭过头说。

　　"怎么没解释了?任凭我怎么说,他就是不听,还说这几天集团军领导要来检查,晒被子会影响内务秩序,等到了双休日再晒。"尚思远越说越生气,"什么玩意呀。"

　　杨松这时走到尚思远面前说:"尚班长,都是我不好,要不今晚你盖我的被子吧。要不是我大意,就不会出现这种事情了。"

看着两位战士无可奈何的样子,王春阳的内心蓦地一阵酸痛,可他们刚回到旅部,就在机关眼皮子底下,好些情况不熟悉,只能暂时忍气吞声了。晚上不得已,王春阳将二排一名休假在家的战士的被子借来给尚思远盖了。

这还只是一个开头,接下来王八翻跟头似的——一个规定连着一个规定,更是让他们始料不及。个别机关干部正课时间下基层检查,不切实际,吹毛求疵,稍有不足便严厉批评,还说他们是"在山上待久了,养成了土匪作风"。营连为了应付检查,也不得不规定:双休日统一晒被子,正课时间不准洗衣服,上级检查时厕所不得使用……

"条令条例上有这些规定吗?"王春阳找到连长何新民问。

"条令上没有规定,可王八倒立——上面有规定呀。胳膊始终拧不过大腿,我们多一事不如少一事吧,省得人家再说我们是土匪作风。"何新民也很无奈。

这些土规定五花八门,虽然迎接检查颇为管用,但令连队官兵叫苦不迭。

由于是前后营,关舜周末来找王春阳玩,看他还在为连队的事纠结。

"王哥,别想了,这么长时间了,我们都是这么过来的,刚开始我也不适应,习惯就好了。"关舜安慰他说。

"这不是习惯不习惯的问题,明明是王八跳迪斯科——乱规定,为何就没有人管?"王春阳有点愤愤不平。

"有人管呀,当然有人管了,旅领导天天讲呀,可落实起来就变样了呀。"关舜回应道。

"那就没人向旅领导反映吗?"王春阳又问。

"旅领导有时也下来了解情况,可座谈人员都是事先安排好的,什么该说什么不该说大家心里明镜似的,领导听到的都是过滤后的官话套话,即便反映问题也还是蜻蜓点水,净讲些不痛不痒的,领导根本听不到实话,查不到实情。"关舜的话让王春阳明白为什么一些问题久拖不决了。

新营房的绿化配套还没有跟上,按照旅里规划,营房四周都要植上树、种上草,天气暖和了些,这项工作就被提上了日程。

刚开完营里的绿化部署会,何新民就喊来王春阳,指着连队东侧的一片冬青树说:"王排长,带人把这片冬青树,移栽到连队门口的空地上。"

这片冬青树是新营房盖好后,连队留守人员移栽过来的,如今已经一年多了。王春阳受领任务后,当天下午就带人干了起来,一直忙到第二天晚上,冬青树终于按照机关要求移栽到位了。

谁知冬青树栽上没两天，司令部的人来连队检查环境卫生说："看这冬青树栽得歪歪扭扭的，太缺乏艺术感了，要横平竖直一条线才行。"临走时撂下一句话，"赶紧拔了重栽。"

王春阳只好带着人重新挖坑，距离都用尺子量好，前后左右也用绳子标齐。

挖好了树坑树苗却少了，王春阳正犯难，魏磊过来说："排长，这简单。"说着，拿起菜刀从主干道路边冬青树上砍下一些枝条来，往坑里一插，就成了一棵棵树。王春阳正想说什么，魏磊抢话说："我们以前栽树都是这么干的。"

王春阳感觉莫名其妙，却也无可奈何。又忙活了一整天，这片冬青树像哨兵一样整整齐齐地立在那里了。

"栽得过于死板，要是设计一个具有象征意义的图案就好了。"政治部的一名领导看了这片冬青树后，是一脸的不舒服。无奈，王春阳和大家又按照军徽图案设计重新栽种。

仅仅过了不到10天，营房部门来检查营区绿化工作，连队本想这次创意能获得好评，结果却出乎意料，检查组的领导又一次提出了"宝贵意见"："冬青树的栽种应该与整个营院的布局相协调，在这里栽冬青并设计图案显得不伦不类，要求连队将这片冬青树移到操场边。"

"我的天哪，我们到底应该听谁的？"听说又要移栽冬青树，尚思远几乎是崩溃了。对这种"一片冬青树，一个月不到挪三次"的做法，王春阳也是大伤脑筋。

当何新民再次找到王春阳要挪那片冬青树时，王春阳指了指树说："连长您看，还挪什么呀，冬青树几经移栽后，多半枯死了。"

何新民走近一看，一些冬青树的叶子已经干枯，无奈地说："拔掉都送到炊事班吧。"

连队营房周围杂草一片，按照司令部的要求，草要进行修剪。所谓修剪，就是草高不能超过10厘米。王春阳带领大家拿着镰刀割草，尚思远拽着一把草，猛地一使劲儿，手被草叶划破了，顿时鲜血直流。

王春阳上前看了看尚思远的手说："看你火急火燎的，着急什么呀，割草也要讲究要领啊！"

说着，王春阳弯下腰，一手抓草一手割，边示范边讲解要领："镰刀要稍向上斜，顺着草生长的方向割，费不了多大气力，就能割掉它。"

这让尚思远又学了一招。他们忙活了大半天，累得腰酸背痛的，眼看就要完工了。真是小王八压着老王八——上面又有了新规定。何新民慌忙跑过来说："别割了,营房部门有新的规划,说要种上'优良品种',草要全部挖掉,过几天发种子。"听连长这么一说,战士们一个个瘫坐在草地上。

有想法归有想法,可旅里的命令还得执行呀。王春阳很快又带领大家,将手中的镰刀换成了铁锹。翻土、捡草根、铲平……他们整整忙活了2天,终于完工了。旅里也真的把草种子送了过来,王春阳又带领大家撒种子、浇水,又忙活了小半天,总算是把草种上了。

紧接着,王春阳又和大家按照旅里的规划要求,设置了一条条绿化带。

半个月后,小草如雨后春笋般长了出来。可连队宿舍楼与篮球场被一条两米多宽的绿化带隔开,官兵们每天去篮球场都要走100多米"冤枉路"。

集体带队还好,单独行动问题就出来了,刚开始,大家还能守规矩,时间一长,便有一些战士偷偷走"捷径",穿越草坪,好好的绿化带硬是被踩出了一条若隐若现的路来。为了提醒大家不要踩草坪,连队特意制作了一个木牌插在草坪里,上面写着"小草笑招手,请您绕道走"。

牌子竖起来了,踩草坪的现象也少了,但大家的心里不免有些疙疙瘩瘩的。

世界著名建筑师格罗培斯在设计迪士尼乐园的草坪道路时,先在景点之间的空地上种草,让游人踩出宽窄不同的小道,再铺设成人行道。1971年,此项路径设计因充分体现人文关怀被评为世界最佳设计奖。看到这个故事,王春阳突然有了灵感,便找到何新民说:"我们能否在此修一条路?方便官兵们平时通行。"

"草坪的设计方案是经过领导审定的,如果我们在中间修一条路,上面追究下来怎么办?"何新民不敢贸然决定。

"不走直路,偏要绕什么圈圈?到底是设计的问题,还是人的素质问题?"趁着营房科长来检查之际,王春阳大着胆子把自己想法和盘托出,还把"播草觅路"的故事讲给营房科长听,没想到开明的营房科长听后说:"是我们考虑得不周,这个建议提得好!"并当即给连队协调来砖和水泥等所需材料。

听到这个消息,连队战士们可高兴了。尚思远说:"回来这么久,机关就这件事替我们着想了,看来机关还是有好人的。"

王春阳也是若有所思地说:"是呀,谁不想干好本职工作呢?有的只是不了解真实情况,缺乏沟通,才一厢情愿办事的。"

一条2米宽的小路,很快在宿舍与篮球场之间的草坪中修好了。后来,这条路进一步加宽成5米,连营部大卡车都能直接开进去了。

第十八章　技师之争

如初生婴儿的第一声啼哭,似空中偶尔投射到地面的鸟儿轻盈的身影,不期而至,如丝如缕。像烟,却没有烟的温热;像雾,却缺少雾的凄迷。2005年初春的一场细雨,就这样直白地、坦荡地、果决地,打湿了地面,打湿了房檐,打湿了远行者孑然的身影,连同心灵深处那一抹隐秘的渴望与期许。

在这样一个淫雨霏霏的日子,传言已久的连队取消副指导员编制、连队技术员改由士官担任的消息终于坐实了。连队的副指导员和技术员都转业了。

按照上级通知要求,要选举一名专业技术过硬,原则上是驾驶专业、最好是特级驾驶员的士官担任技术员,这简直就是给魏磊的私人订制。因为连队就他一个特级驾驶员,根本没有人和他竞争。魏磊也是笔杆子吞进肚,一副胸有成竹的样子。

选拔工作开始后,王春阳亲眼见到连队上报了魏磊,营里也报到了旅里,就等着旅里的一纸红头文件证实了。魏磊这段时间可谓是心情大好,见谁都笑,走路也神气。

"下面宣布连队技术员的任命名单,坦克一连朱宏运……"几天后,旅里红头文件下来了,却出了点意外。

"什么情况,是不是搞错了?朱宏运是谁?连队哪有朱宏运?"

大家从头听到尾就没听到魏磊的名字,一连串的疑问,连何新民都蒙圈了,王春阳更是丈二和尚摸不着头。

"新民,你过来一下!"营长米向前将技术员名单任命宣布完毕,喊住何新民说,"朱宏运是旅修理所的技师,四级士官,技术非常过硬,到你们连当技术员,这是旅领导亲自点名定的,营里事先也不知情,希望你不要有什么想法。"

"我能有什么想法?旅里给我们送来人才,我非常欢迎。"何新民见事已至此,多说也无用，便在营长面前积极表明了自己的态度。

何新民喊来王春阳，简单把技术员的事说了说，让王春阳做做魏磊的工作，让他别想不开。

这事儿来得太突然，王春阳此刻也像巴儿狗吃月亮——一时还真不知从哪儿下口。他只能向连长保证说："这事我尽力吧，毕竟他是我排里的人。"

再说，魏磊的经历像钱塘江大潮一样，这大涨大落的，心情也是糟到了极点。他把自己关在宿舍里，趴在床上不知是睡，是难过，还是羞于见人。

王春阳心里明白，魏磊现在肯定是谁的话也听不进去，他也不可能用"塞翁失马"等故事来开导他。作为一名老士官、老党员，这事还得靠魏磊自己消化。

王春阳回到自己的宿舍，深感也是造化弄人。

这会儿，尚思远跑到魏磊床前："班长，我给你讲个笑话吧。"

魏磊没吭声，尚思远自顾自说了起来："说是我们营炊事班战士小王训练时手腕骨折，司务长带着战友们前去探望。病床前，司务长关心地问道：'大家都来看你了，这么多的战友，感动不感动？'小王不假思索地回答：'不敢动，疼……'"

讲完，尚思远自己先笑了起来，魏磊翻过身来一摆手，大喊了一句："滚出去！"吓得尚思远赶紧跑了出来。其他人见状，也都没再相劝。

几天后，见魏磊的心情明显有好转，王春阳便写了一张字条，夹在了魏磊的政治教育笔记本里，他打算瞅个机会再找魏磊好好谈谈。那是一首《江城子·魏磊》，其内容为：

战国七雄有其一，三足鼎，魏蜀吴，一扫天下，江山谁人承？
故人归去新人起，奋其志，磊落人。

上阕突出一个"魏"字，下阕突出一个"磊"字，其目的是要告诉魏磊要振作起来，光明磊落做人，做一个堂堂正正之人。

下午的政治教育，王春阳发现魏磊一直看他写的字条，觉得事情有转机。

王春阳正寻思找魏磊好好谈谈心，没想到，晚上魏磊主动找上门："排长，你写的词我看了，很不错，也看得出你是用心良苦，心意我领了。"

王春阳看着眼前的老大哥、老战友说："我给你讲一个故事吧。"魏磊点点头。

王春阳慢慢讲了起来："有一位富翁，垂垂老矣。他把儿子叫到跟前，向儿子讲述了自己如何白手起家的故事，希望儿子也能奋发图强，靠自己的努力干出一番事业来。"

魏磊两眼放光,像是对故事很期待。王春阳继续讲:"儿子听了很感动,决定独自一人去闯荡天下。他跋山涉水历尽艰辛,最后在热带雨林中找到一种树木,这种树能散发一种无比的香气,放在水里不像别的树一样浮在水面,而是沉到水底。他心想,这一定是价值连城的宝物!于是就满怀信心地把香木运到市场上去卖,可是却无人问津,而隔壁摊位上的木炭却总是很快就能卖光。一开始他还能坚守自己的判断,但时间最终让他改变了自己的想法,他决定将香木烧成木炭来卖,结果也很快被一抢而空。他拿着卖木炭的钱,跑回家告诉他的父亲,父亲听了却不由得老泪纵横。原来,儿子烧成木炭的香木,正是世界上最珍贵的树木——沉香,只要切下一小块磨成粉屑,价值就超过了一整车的木炭。

"其实,每一个人都有自己的沉香,我们所要做的就是擦亮自己的双眼,找到并守护好自己生命中的沉香。但许多人往往不能发现并珍惜它,反而对别人的木炭羡慕不已,最终的结果只能是利令智昏、本末倒置,让蝇头小利蒙蔽了自己的双眼。"王春阳顿了顿终于说到正题了,"想一想当初,咱不就想考个特级吗?这咱的目的已经达到了,还有啥想不开的?"

魏磊若有所思道:"原以为当技术员是板上钉钉的事,就和家里人说了,我的那些战友都向我祝贺几次了,这些天我也想了,在哪儿干不是干,排长处处为弟兄们着想,在一排也挺好的,只是有点不甘心。"魏磊低头想了想又说,"放心,排长,我也会守住我生命中的沉香。"

"谢谢你对我的信任,没当上技术员,咱也要振作起来。消沉就像一支单调的画笔,只能给未来涂上一层灰色。只要你迈出自己心里这个关,就又会是一片晴天。"魏磊听后心里亮堂了些许。

两人沉默了一会儿,讲到信任,王春阳忍不住和魏磊讲述了压在心底的、发生在火车站那5毛钱的故事。这是王春阳第一次向人提起,也许是憋在心里太久了吧,王春阳也需要向人倾诉。

"艳遇呀!"魏磊听后挤出一丝微笑。

"什么艳遇呀,我连电话地址都没留,现在想想,嗨……"王春阳说着也低下了头。

魏磊看出了王春阳的心思,反过来安慰说:"后悔了吧!有缘还会相见的。"

"也没有什么后悔不后悔的,我只是觉得,当初不应该怀疑她。"王春阳对这件事至今还耿耿于怀,姑娘求助的眼神不时在他眼前闪现。王春阳刻意地不去想,用这样一种自我放逐的方式拒绝着什么,心中却暗含着某种连他自己也说不清的期待。

"在复杂的现实生活中,一个人接纳尚未接触的人或事物之前,总会有这样或那样的顾虑,而保护自己最有效的手段便是从怀疑开始的。特别是当一个人将自己的内心世界袒露给别人时,则会慎之又慎,这就是戒备心理。"魏磊翻开王春阳送给他的一本书,看到魏磊用红笔画的这句话,两人都会心地笑了。

老兵自有老兵的觉悟。魏磊不甘心归不甘心,工作还是照样干。只是,他一直忙着埋头苦干,很少和别人交流。

"全连集合!"新的技术员朱宏运到了,全连搞了一个欢迎仪式,魏磊很不情愿地参加了。"老班长,怎么是你呀,真是太意外了。"魏磊一看见朱宏运,一下子激动起来。原来,朱宏运是他在训练基地当学兵时的教练班长,不仅驾驶技术过硬,坦克维修技术也是一流,当初魏磊就十分佩服他,如今8年多都没联系了。

"想不到啊,你小子在这里,我也是刚到修理所不久,旅里一纸命令又把我派到这里来了。"两人一见如故。魏磊心情突然好了起来,他觉得在老班长手底下干不亏、一点也不委屈,甚至觉得有点儿幸福。

第十九章　实弹投掷

从多方得到消息,红旗旅今年要参加上级组织的"一级旅"考核。"一级旅"考核是对旅全面建设的一次全面检验,军事训练是第一位的,也是最重要的因素。尽管正式通知还没到,但旅里从入伍训练阶段明显抓细抓实了。

3月初,旅里就开始了手榴弹实投训练。营连长都参加了上级的培训,旅里为锻炼新人,明确要求,实投可以由排长组织。说是女兵今年也必须进行实投,关舜担心会出现意外,晚饭后便到王春阳宿舍向他"取经"。看到杜长伟也在这里,关舜一脸的不痛快:"你在这里干什么?"

杜长伟笑笑说:"允许你来,就不允许我来呀?我和王排长正讨论手榴弹实投呢!"

关舜单刀直入:"那正好,我过来也是向王哥讨教这一问题的,那咱们就一起讲讲呗。"

杜长伟问:"从哪儿说?"

关舜不耐烦地说:"你想从哪里说,就从哪里说,我怎么知道!"

"那咱就先谈谈这个实投的必要性吧。"杜长伟先声夺人,"我觉得和平年代……"

"哎、哎,咱这个问题不谈了啊!"王春阳知道杜长伟想说什么,刚才他们就这个问题争执了半天,杜长伟无非就是觉得,手榴弹已经过时了,投不投已经没有必要了。王春阳认为,既然旅里、集团军,乃至全军都还在训练这个科目,存在就有它的合理性,何况,军人以服从命令为天职,这个问题实在没有必要在这里掰扯了。"咱还是一起探讨一下,如何组织好实投吧。"

王春阳的提议得到关舜的赞同。

杜长伟接下话说:"这还不简单?把你们连心理素质不好的,还有那些娘子军全都集合起来,找一个山坡,下面挖一个大坑,安排几个教练员,从取弹到引弹,都交由教练员操作,战士仅仅在护墙内扬扬手,然后由教练员帮助隐蔽,只要听到响声就行,这样既安全,又完成了实投任务。"

"你小子别在这吃狗肉念佛经——假装善人了。还挖大坑呢,你埋人呢!"对杜长伟的建议,关舜是不屑一顾。

杜长伟反唇相讥道:"你别狗咬吕洞宾——不识好人心。我好心帮你支着,你还不领情。告诉你,我们连队以前都是这么干的,明天我还这样干,专门设一个'第三教练地',我看能咋的。"

"能不能靠谱点,你们这样干,肯定会挨旅长批评。"关舜吓唬说。

"你蒙谁呢,一个小小的投弹,旅长还会管哪?"杜长伟一副满不在乎的样子。

"我觉得训练还得实打实,杜长伟说的保姆式训练,让我想起了'楚人施粥'的故事。"王春阳听了两人的对话说。

"什么叫楚人施粥?"关舜、杜长伟异口同声问。

"从前,有一位楚人,心地善良。当他看到路上有一些饥肠辘辘的乞讨者时,便在自家门口支起一口大锅,做些粥给他们吃。第一天,楚人用一升米煮了粥,可是不够他们吃;第二天,他用一斗米煮了粥,却引来了更多的人;第三天,他用一石米煮了粥,结果门口排起了长队。楚人眼看自家粮仓也见底了,便赶忙到农村去购米,却发现田地已经荒芜,农夫们一个个悠闲自得地坐在树底下乘凉。楚人问他们为何不去种田,农夫们说:'城里有个好心人,天天给我们粥喝,不用劳动就有饭吃,傻瓜才下地干活呢!'"王春阳看了看二人继续说,"这就是'楚人施粥'的故事。好心的楚人养了一群懒汉,不值得我们深思?"

关舜应声道:"值得深思,太值得深思了!"又看了看杜长伟说,"说的就是你,让人给战士当保姆,这不是害了他们吗?"

"你们就会瞎联系,不和你们说了,简直是好心当成了驴肝肺!"说着,杜长伟起身走了。

王春阳站起身送他到门口,关舜动也没动。两人又聊了一会儿,其实王春阳以前也没组织过手榴弹实投,不过他相信,即使在避风的港湾里,破船也仍然会沉没,只告诉关舜一句话:"心里别紧张就行!"

天气晴朗,和风轻拂。第二天上午,杜长伟组织连队人员进行手榴弹投掷训练。训练场上一片热火朝天,第一教练地设在一块平地上,每名官兵都十分珍惜实投前练兵,把投弹动作要领发挥得淋漓尽致。第二教练地是学习讨论区,战士们进一步熟悉手榴弹的性能构造,交流心得体会。

但是在距两个教练地不远处,果真有一个"第三教练地",一批人正在一个居高临下的高地上组织训练。轮到一名战士投掷时,班长把取弹、捅破密封纸、套住拉火环等环节全部"包办"完毕,手榴弹清一色投向了高地下方的一个大坑中。

"现在投弹都是在平地进行,怎么能在这里设'战场'呢?"旅长江耀武 10 分钟前已经来到这里,只是没让人报告,他看了一会儿,仍不明白连队为何这样训练,便喊来了杜长伟。

"这些主要是'左撇子'和心理素质不强的人员。"面对旅长的质问,杜长伟十分紧张地解释说,"'左撇子'投弹方式与众不同,心理素质不强的容易出现意外,所以我们连队单独把他们挑出来,在这里实投会相对安全一些。"

"战场上有特殊人吗?站在山坡往下'丢'弹就是消极保安全,无疑给战斗力打折扣!"江旅长的一席话呛得杜长伟红了脸。

杜长伟只得按照旅长要求撤掉了"第三教练地",将所有人员都集中在第一教练地训练,心里却不住地骂道:"肯定是关舜这个王八蛋告的密。"

江旅长又来到综合训练场,关舜正组织通信站的战士实投。见旅长过来,关舜立即迎了上来。"我们先让男兵投弹。"又指了指一旁的女兵们说,"她们就不投了吧!女同志胆子小,心理素质也不好。"

"我们也是军人呀!"冷一欣站起来大声说,生怕旅长不让她们投弹。关舜不高兴地说:"冷一欣,你喊什么喊!"江旅长走近一看:"我认得你,拉练中脚受伤了,不愿上车的那个女娃娃。"

冷一欣不好意思地笑了笑,继而又大声说:"巾帼不让须眉,木兰从军四处征战,我们的女将还怕几颗手榴弹?你们说是不是?"冷一欣这么一鼓动,场上气氛一下活跃起来,几名女战士脸上露出了笑容。

"女同志投实弹,心里紧张是正常的。可以先让她们给大家发发弹,慢慢排解心里的恐慌。我看那个叫冷一欣的就不用发弹了,她坚强得很哪……"转过身来,江旅长又悄悄地向关舜"面授机宜"。

投弹继续进行。突然,训练场的另一侧传来令人紧张的消息。王春阳带领连队人员进行实投训练,尚思远投弹时,把拉环套到小拇指后,急忙用力顺势引弹,哪料,握得不太紧的手榴弹借着惯性的力量,竟然落在了尚思远的右后侧。

王春阳见状,猛地把没反应过来的尚思远扑倒,抱着他顺势滚进了左侧的安全壕。随着"轰"的一声巨响,两人安然地拍了拍身上的泥土,一起跳出了安全壕。

江旅长得知那边一切安全后,并未立即过去。他心里明白,此刻,他一旦离开,这边女兵很可能会立马停止训练,因为这边一名男兵也出了点状况,由于紧张出现慌乱,拿起手榴弹连保险盖都没打开就投了出去。正在发弹的女兵们一听,显得更为惊恐。

"女兵今天还是不投了吧,别弄出什么乱子来,让她们缓缓神过两天再投吧。"关舜又向江旅长建议,被冷一欣狠狠瞪了一眼。江旅长没有表态,他上前询问,确定那枚投出的手榴弹是处于保险状态之后,对几名女兵手臂一挥:"走,我们去把那没炸的手榴弹捡回来!"女兵们有些害怕,冷一欣第一个站起来,大家也跟着迈步向前走去。接着,江旅长和大家一起走进投弹掩体,一招一式,边讲边做,把那枚手榴弹投了出去。随着"轰"的一声巨响传出,女兵们欢呼起来。

"你们也来试试!"江旅长趁热打铁,把女兵们"推"上一线。冷一欣第一个接过手榴弹,干净利索地投了出去,江旅长连声夸赞。女兵们在旅长和冷一欣的指导下,也都顺利地完成了投掷任务。从阵地上下来时,女兵们个个脸上挂着胜利的笑容。

"组织手榴弹实投这样危险性较大的课目训练,同志们都非常谨慎、非常紧张,这个时候,我们就不能反复提要求,反复强调危险性,而要想方设法把气氛搞得活跃些,让大家的心情放松,轻装上阵……"这边实投结束后,江旅长专门把大家召集到一起,与大家交流体会。

等安顿好这边,江旅长赶到坦克营的训练场时,却发现了另一番景象:硝烟弥漫中,只见两名全副武装的战士迅速冲向50米外的假设敌阵地,他们时而跳进弹坑躲避"炮火",时而匍匐前进穿过低桩网,时而利用地形地物卧倒射击,腾跳闪挪,身手敏捷。

两人快速接近小土堆后侧,或站立,或跪姿,或躬身,到达投掷地域后,各自麻利地从弹袋内掏出手榴弹,拧开弹盖,捅破防潮纸,套住拉火环,奋力将冒烟的手榴弹投向敌阵地内掩体、工事或假设敌目标。

"轰"的一声,顷刻间,40米开外"敌"防御掩体土崩瓦解。

刚刚完成实投的杨松掩饰不住内心的激动:"太刺激了!当我们历尽艰险成功穿越雷区、雨雾、火网、沼泽地等障碍物,投出手榴弹,看到'敌方'目标被炸飞时,感到特别骄傲和自豪:我已成长为一名英勇善战的战斗员了!"

江旅长看后满意地笑了笑,走了。第二天,旅里就将各营连投弹情况通报了下来,有表扬,也有严肃的批评。

第二十章　老兵相亲

实投结束后，也标志着今年入伍训练阶段告一段落，连队很快进入了专业训练阶段。往年都是王春阳带着大家搞训练，因为全营干部要进行军官编组作业，说是官兵分训，连队的训练就交给了技术员朱宏运。

朱宏运刚走马上任技术员，就负责连队训练。起初，谁也没有把他这个"外来户"放在眼里，但看到魏磊对他都是毕恭毕敬的，就谁也不敢放肆了，规规矩矩地训练起来。

第一次实行官兵分训，王春阳感觉很新鲜，可几天下来，他就有点厌倦了，自言自语道："难道军官编组作业，就是大家围坐在沙盘旁高谈阔论？这岂不是另一种形式的'纸上谈兵'？"军官编组作业也没什么事，何新民对王春阳说："你到训练场上看看，别出什么乱子就行。"

见王春阳过来，朱宏运连忙迎了上来，还立正敬礼说："排长好！"看见兵龄是自己几倍的老班长如此热情，王春阳竟一时忘了还礼。

王春阳心里还是涌过一丝暖流，不禁佩服起朱宏运的低调来，定了定神说："今年要考核一级旅，专业训练还得抓紧呀。"

"我们训练按专业一共分了3个组，每个组指定一名负责人……"他们边走，朱宏运边介绍连队训练情况，是出乎王春阳预料地好，不仅无人溜边，老兵们也都整整齐齐地坐在各自的训练区域，训练组织得井井有条。

是兵心相通也好，是任务牵引所致也罢，还是回到旅大院大家自觉了，王春阳顾不上想这些了，说了句发自内心的话："技术员果然是一个训练好手，把连队训练组织得这么好。"

"哪里，还请排长以后多指点。"简单地交流，一下子拉近了两人之间的距离，王春阳一时话也多了起来："老班长调到这里来，岂不是要两地分居了？"

这下,朱宏运倒是不好意思了,脸红红地说:"我还没对象呢,在哪都是一个人。"

王春阳想着朱班长 30 多岁的人了,应该早已结婚了,在自己老家孩子都该上小学了。殊不知,兵役制度改革后,士官人数大幅增加,受社会观念、部队工作性质和个人素质等因素影响,士官婚恋难的问题已经不同程度地凸现出来,30 多岁还未找到另一半的大有人在,朱宏运只不过是其中之一罢了。"对不起呀,朱班长,是我太冒昧了。"王春阳觉得问得太唐突了。

"没事,这些年东奔西跑的,亲戚朋友也帮忙介绍了不少,可总没有合适的。"朱宏运无奈地说。

"老班长工作干得好,人品又这么好,总会碰到合适的。"王春阳虽说平时和朱宏运接触不多,但这天短暂的交流,王春阳断定朱宏运是一个好人。内心里还寻思着,碰到合适的一定帮他牵牵线搭搭桥。

"现在的姑娘太现实了,认为士官干到底还是个兵,撑破天立个功,回到地方安置难,不值得交往。"朱宏运说出了与女孩交往失败的原因,说明他内心里也渴望"爱情的鸟快快飞来"。

王春阳随机开导说:"恋爱是一个相互选择的过程,不可能一选就中;同时要正确理解女方追求幸福的正当权利,不能简单地认为只要女孩与自己'吹灯'就是无情无义。"

"那,我怎么克服一见女孩就脸红心跳的心理障碍呢?"朱宏运也丢掉了心底的羞涩。

"谈恋爱需要掌握方法和技巧,不能'一谈定乾坤',要有持久战的思想。会说让人笑,不会说让人跳。有些时候,你得用甜言蜜语打动对方。"王春阳一本正经地说。

"那不是太不诚实了吗?军人应该实实在在。"

"懂得浪漫,生活才有情趣。现在,不少士官觉得浪漫不符合军人身份,因此在与女孩交往过程中常常是直来直去,这样是很难讨女孩欢心的。"

"听排长说这话,看样子是个恋爱高手呀!"

"哪里呀,我也是单身一个,都是从书上看的。"王春阳说完这话,两人都笑了。

周末下午,王春阳和朱宏运到县城购物,当朱宏运正准备将银行卡插入取款机插卡口时,却意外地发现里面还有一张银行卡,而此时屏幕上还显示着操作菜单。

朱宏运还没反应过来是怎么一回事,他身后的中年男子迅速按下查询余额的操作键，很快屏幕上便显示出一长串数字，3万多元。中年男子一看卡主已匆匆离去，四周只有他们3个人，便对两人说："当兵的，见者有份，把钱取出来平分吧！"

"那不行！"朱宏运果断地按下退卡键，将退出来的银行卡握在手中。

"傻大兵！"当王春阳和朱宏运以最快的速度向失主跑去时，耳边传来中年男子气急败坏的声音。眼看那位女失主已乘一辆出租车离去，两人马上拦下一辆出租车，追了上去。

谁知，前辆出租车刚通过路口，红灯就亮了起来，出租车司机只好停车，绿灯再次亮起，前面出租车已不见了踪影。他们一路狂追了5公里多，也没追上。

"我们肯定追错了方向。"王春阳这才意识到，沿途有几个岔路口，不知女失主从哪拐弯了。

"这可咋办哩？"朱宏运一脸的着急。

"我们回银行那边去等吧，失主发现卡不见了，肯定会回去找的。"王春阳急中生智。

出租车司机又拉着他们往回走，司机从两人的交谈中了解了事情的原委，到了下车地，坚决不收车费。"你们这种精神值得学习，就当我也是做好事了！"

30分钟、1小时、2小时过去了，他们一直等到天快黑了，也没见着来寻找银行卡的。眼看归队时间快到了，王春阳说："我们先回去吧，明天交到派出所就是了。"朱宏运点头同意，两人正欲往回走。

这会儿，来了一个二十五六岁的姑娘，围着自动取款机左看右看，一副焦急的模样。王春阳断定是来寻卡的，示意朱宏运给她送过去。

朱宏运这才反应过来，快速跑了过去，一把抓住姑娘胳膊。

"呀！"姑娘被吓了一大跳，见是个当兵的，吃惊地问，"你干什么？"

"你的卡！"朱宏运递上银行卡，被跟上来的王春阳一把拦下："姑娘，你叫什么名字？"

"连敏！"姑娘脱口而出。

"卡给她吧，名字和卡上的一致。"王春阳对朱宏运说。

"你们是哪个部队的，留个地址和电话吧？"姑娘接过卡问，朱宏运没吭声，姑娘又说："你们不留联系方式，万一我卡上钱少了，我找谁去？"

"不会的、不会少的，我们看到上面的钱数了，一分都没取。"朱宏运连忙解释。

"少没少，我怎么知道？我看你还是留下电话和地址吧。"姑娘忍不住笑了。

自动取款机就在旁边，姑娘要是真担心钱少了，过去查查就是了，看来姑娘是

第二十章 老兵相亲

醉翁之意不在酒,王春阳并未点破,就先行留了姓名地址,示意朱宏运也留下。

银行卡物归原主,两人是一身轻松,尽管他们什么也没买成,感觉还是收获满满的。回到营区,两人压根没提这事。

一忙两个多月过去了,朱宏运把这事也就忘了。王春阳却有意在暗度陈仓。

30多岁的老班长了,连个对象也没有,朱宏运的婚事便成了热心人关注的焦点,营长米向前的家属也主动当红娘。

好不容易物色到一个在县政府上班的姑娘,嫂子带着朱宏运来到公园和姑娘见面。姑娘见他憨厚老实,心里很是有意。朱宏运见姑娘模样俊俏,也不禁怦然心动。

到了吃中午饭的时候,嫂子示意朱宏运请客,朱宏运就把她们安排在公园门口的一家小餐馆。姑娘一脸不高兴:"在这种地方吃饭,多没有诚意呀!"嫂子就把朱宏运叫到一边,让他另找一家高档一点的酒店。朱宏运就带她们往公交站牌走,公共汽车来了,姑娘又是一脸不高兴:"坐公共汽车?多挤呀!"结果吹了。

城里姑娘难伺候,嫂子又给他找了个乡下的女孩,也是在公园见面。吸取上次教训,到了吃饭的时候,朱宏运出了公园门,对女孩说:"去红港大酒店好不好?"

"不好,去那地方太远,吃东西又太贵,不如在这里随便吃一点。"女孩一听直摇头。

女孩一伸手,指的正好是上次那姑娘不肯进去的那家餐馆。朱宏运说:"第一次见面在这种场合吃,那显得我多没有诚意呀!"女孩无奈地说:"好,就去酒店吧!"正好一辆公共汽车开过来了,女孩就要上公共汽车,被朱宏运叫住了:"公共汽车多挤呀!不如打的吧。"

吃过饭买单,一共560元。朱宏运掏出6张大票给了服务员,十分阔气地说:"不用找了。"

过了几天,嫂子问女孩对朱宏运的印象如何,女孩说:"人看着是挺老实的,就是心眼不实。他大手大脚,一餐饭能吃掉我们家一个月的口粮,攀上这样的富亲,日子怎么过啊……"

两次相亲碰壁,朱宏运再也不愿意去相亲了,孤独的心更加孤独了。

"朱班长,你的电话!"接到电话,担任连值日的尚思远连忙喊朱宏运,还神秘地说,"是个女的,是未来的嫂子吧?"

"难道是上次见的那两个姑娘,有人同意交往了?不可能吧,当初电话都没有留,或许是嫂子给的呢。"朱宏运来不及细想,便快步跑去接电话。

"喂,我是连敏,就是上次你捡我银行卡的那个,明天我要去你单位。"电话另一端传来了一个女孩的甜美声音。朱宏运一阵沉默。

"怎么?不欢迎啊!"

"欢迎,当然欢迎!"

"难道她卡上的钱真的少了,是来兴师问罪的?"挂完电话,朱宏运想起了这茬,找到王春阳说,"排长,你明天可得给我做证呀,她卡上的钱,我可一个子儿都没动。"

"放心,我给你做证,一定帮你洗清'罪名'!"王春阳笑着说。

连敏如期而至,与先前的打扮判若两人,一袭碎花裙子映衬得她看上去像个20来岁的大女孩。

"不认识了?"连敏的大方令朱宏运措手不及,他鼓足勇气问:"你卡上的钱真少了,少了多少?"连敏一听扑哧笑了:"什么呀,我是来感谢你们的。"

连敏是驻地一名小学教师,她一直渴望着能嫁个军人,内心里何尝不想找个像王春阳这样的帅气军官,也偷偷给王春阳打过2次电话,可她心里明白,那不是自己的菜。今年已经28岁的她,就想找一个能安安稳稳过日子的人。几天前王春阳告诉她说:"朱宏运还没有对象。"还把朱宏运相亲的事告诉了连敏。

朱宏运忠厚老实,她相信自己不会看走眼的。可一位朋友告诉她,"士官是不能在驻地找对象的"。连敏不想朱宏运为难,一度想放弃。"像朱宏运这样的大龄青年,是可以在驻地找对象的。"王春阳的话打消了连敏的顾虑。

连敏这才借着感谢之名,探一探朱宏运的底。这么一来,朱宏运良好的人品、过硬的专业技术更加打动了连敏。朱宏运还银行卡的事在营里传开了,随之传开的还有这场美丽的"艳遇"。

经王春阳牵线撮合,一年后,朱宏运、连敏这对佳人牵手走进了婚姻的殿堂。

第二十一章　迎考备战

热火的七月艳阳高照,传递着对党的深情长意;日月的光辉朝朝暮暮,呼应着对党的痴情神往;战士的青春朝气蓬勃,永远坚定的是党指挥枪。

2005年7月,在这火红的日子里,红旗旅今年参加军区"一级旅"考核的正式通知下来了,旅里下了很大的决心,全旅动员会上,江耀武旅长提出了一句响亮的口号:脱掉三层皮,考上一级旅。大家紧绷的神经犹如麻绳上蘸水,又紧了一圈。

对于基层单位来说,别的科目都是软指标,体能就成了最重要的训练内容,5公里和400米障碍是大家训练的重点、难点。一时间,全旅上下热火朝天地训练开来,甚至女兵都开始训练起了400米障碍。

站在400米障碍训练场上,放眼远望,冷一欣的心一下子紧了起来。她不停地问自己:"我能顺利到达终点吗?"

并未明确要求女兵跑400米障碍,但看到男兵们有的在障碍上飞跃、翻滚,有的却被阻挡在高墙外、深坑里,看得冷一欣心里直痒痒,尤其是关舜经常在她面前吹自己跑400米障碍多厉害,她总也按捺不住内心的躁动。午饭后,她独自一人来到训练场,想挑战一下自己。

跑道上那一个个令人生畏的障碍,就像一只只拦路虎,等待着她拿出速度、力量、技巧,更等待着她拿出毅力和信心,冷一欣的心又一阵发虚。

"前方的跑道,就像你脑海中的一条幽幽的小路。"突然,一个声音打断了她的沉思,冷一欣回头一看是王春阳,惊喜地问:"王排长,你怎么来了?"

王春阳轻轻地说:"看你一个人在这,独自练障碍挺危险的。"

冷一欣心头涌起一阵暖流,也涌起一阵自信。

王春阳指着障碍说:"这里的一道道障碍,不就是生活中的一次次考验吗?在这里,不仅要你能爬高,也要你能跑得快;不仅要你勇于拼搏,也要你坚毅果敢……

当你取得小小的胜利时,你不能停留,因为前方还有困难在等待着你;当你一时失败时,你不能放弃,你还有第二次、第三次。是的,这同样是一条充满荆棘的人生路。"

"这些年,我在人生路上不也遇到重重困难吗?我不都勇敢地过来了,现在站在新的起跑点上,为什么就不相信自己能够跨越呢?"冷一欣低头沉思了一会儿,对王春阳说,"你给我下口令吧,我要勇敢地挑战我自己!"

随着王春阳一声"出发",冷一欣"嗖"地一下冲了出去。她鼓足勇气,踩过了软桥、绕过了螺旋梯、钻过了高低木、攀过了绳网……同样跨越了心中的一道道障碍。

有人说,正是生活的一次次挑战造就了人生,当你越过一道道障碍时,你的生命中也就多了一次次胜利,生命也就越来越绚丽。

"我终于过了,我终于过了!"跨过终点的一刹那,冷一欣激动得差一点抱住王春阳,王春阳本能地躲开了,也没问她为什么非要来练障碍,因为他觉得冷一欣很不一般,400米障碍可是男兵的专利,一些男兵都很难过得去。

不一会儿,起床号响了,冷一欣离开了障碍场。

见冷一欣远去,王春阳快速走到高板墙下,将下掉的一块小木板堵上,又跳进深坑,将埋进去的几块砖头扒出。别耽误了下午的训练。

原来,王春阳这几天一直看冷一欣在障碍场,凭她一个女人,很难翻过去2米高的高墙,掉进2米深的深坑里恐怕也只有当"坑主"的份了,就悄悄"帮"了她一把。

王春阳心想,反正女兵又不考核障碍,让她过把瘾也就算了。

可冷一欣并不知道王春阳的良苦用心,回营里非嚷嚷着要和关舜比障碍:"你不是天天说你跑障碍厉害吗,那咱今天就比一比!"

"蚊子衔秤砣——你好大的口气。比就比!"关舜觉得女人主动提出和自己比障碍,简直就是对自己的侮辱,他们还找到王春阳,让他给当裁判。这下王春阳可为难了,见两人又都是非比不可的架势,王春阳也只好答应了。

这边障碍场有人训练了,他们只好去了另一个障碍场。这个障碍场平时杜长伟他们营训练用,今天正好空着。

"出发!"王春阳喊过口令,本能地闭上了眼睛,他不愿看到冷一欣被阻于高板下,或者掉进深坑里上不来。

又忍不住睁开眼来偷看,却见:噌、噌……过独木桥、跨二等台,两人一个个像

"小老虎",动作敏捷、身轻如燕,两人几乎同时跨过终点。

"这边的障碍更好过。"冷一欣虽然没能赢关舜,可作为女人,已经在心底里有了底气。

"咋回事?"王春阳一脸的纳闷。待他上前逐个看了看障碍,又豁然明白了:高板墙因被长时间的踩踏,高墙两侧中间各出现了一个小坑;深坑一侧中间有一个拳头大小的小坑。

"借助这个'支撑点',两米的高板成了1米,两米的深坑成了1米。"难怪冷一欣能顺利过关了。此刻,王春阳也终于明白了,为何前一阶段杜长伟所在的营400米障碍考核成绩那么好了。

为迎接"一级旅"考核,集团军指导组进驻到了红旗旅。

"排长,明天就考核了,咱早点结束吧。"指导组一到旅里,就先要进行一次全面的摸底,杜长伟却还和几个老兵藏在库房里喝酒。

杜长伟借着酒劲说:"你怕个屁呀,不就是一个5公里嘛,哥别的本事没有,天生穿的兔子鞋,就是跑得快。"他们的活动一直持续到凌晨才结束。

第二天上午,上级组织全连5公里越野考核。随着发令枪响起,杜长伟果然是一马当先。

谁知,刚跑了2公里多,杜长伟便感觉肚子很疼,可能是昨天的小吃有问题,便喊过来本排的一名二年兵说:"过来,把我枪背着!"

二年兵只好接过杜长伟的枪背在身上,杜长伟顿时感觉轻松了不少,又快速向前冲去,到终点时,杜长伟连身上的水壶挎包都给了战士。

"别人都是负重跑,你怎么光溜溜地就来了?"考官问。

"我的装具,别人给背着呢!"杜长伟气喘吁吁。

"什么叫武装越野? 缺少装具,成绩无效!"考官在成绩登记簿上画了个大大的圈。

杜长伟振振有词:"训练考核战友之间互助,既是人之常情,也是我军的光荣传统,现在为什么就行不通了呢?"

"带齐相应战斗装具,是军事训练大纲规定单兵训练考核必须达到的基本要求,按纲施考没有错,不能迁就照顾。"考核组对杜长伟这种臭虫咬胖子——训练中揩战士油的做法更是不满,坚持给了零分。

杜长伟虽然心里不服,可面对的是集团军考核组,也像是抽了架的丝瓜——蔫了!

专业考核也在同步进行。

"不好,一炮手座卡销不回位,座位固定不住。"尚思远的话音未落,周围准备车辆的几个人便急忙进了车内。

大家手忙脚乱地忙活了几分钟,卡销始终没能回位。离考核时间还差五分钟,打报告向后勤部门请领是来不及了,可一炮手座位要是固定不牢,射击基础练习快速精确瞄准肯定会受影响。关键时刻怎能"掉链子"?

尚思远对杨松说:"到战备车上卸下一个一炮手座位。"

"站住!"王春阳及时叫停。

"排长,一炮手座位坏了,请领已经来不及了。要是不从战备车上卸下一个换上,会影响考核成绩的。"尚思远连忙解释。

王春阳大声说道:"成绩再重要,也不能违反条例。《装甲装备技术保障工作条例》明确规定,动用战备车必须经军区装备部门批准。战备车没动用,就不得动用车上的部件、工具、备品和附件。我们怎能明知故犯呢?"

王春阳他们坚持参加了考核,尽管成绩不十分理想,还是受到了考核组的表扬。

紧接着,考核组又抽考了他们的并列机枪。

"排长,并列机枪分解结合考核,我以18秒的成绩夺得第一名。"杨松跑过来,满脸的喜悦。

"好样的,你又打破了一项训练纪录。"王春阳鼓励说。

"排长,我把枪放回车上去了。"说完,杨松便拿着并列机枪往车上装。

"枪保养好了?"王春阳见状问道。

"没保养。"杨松笑笑说。

"没保养,怎能急着往车上装?"

"排长,今天考核就动用了一支并列机枪,等明天车炮场日再保养算了。"

"你说说武器擦拭保养是怎么规定的?"

"用于训练、执勤的枪械每次使用后要在当天擦拭,凡使用后的武器或带有雨、雪、雾、露的武器未经擦拭不得入库……"

"你了解武器擦拭保养规定,但更要按照去做才是啊!"

"是!排长,我错了。"说完,杨松走进了武器保养间,取出了武器保养工具……

第二十二章　考一级旅

2005年10月底,一股冷空气席卷豫南大地,气温骤降。

喊了很久的"老虎"终于来了,按照考核规定,红旗旅和另外一个兄弟旅竞争一个"一级旅"名额,"一级旅"考核组一行几十人,带队的是军区一名大校部长,旅里安排了两辆大巴车和一辆旅长平时坐的小车接站,江旅长亲自去火车站接的。

考核伴随着静态检查,当天晚上,考核组就开始了全方位的检查。各种军事设施、库房、规划、登统计、记录本,甚至连战士的日记本都翻了个遍。

紧接着,理论、体能、技能、各类专业考核整体成绩还都比较理想。

大家觉得"一级旅"考核也不过如此,慢慢也就灯草烧灰——有点飘飘然了,也就不把考官当回事了,甚至在考核场上和考官起了争执。

没承想,考官们内部也开了个会,总结了近几天的考评情况,得出一条结论:灯芯草挑刺——太软。这会一开,红旗旅官兵可就倒霉了。

吃过早饭,细雨开始不紧不慢地下了起来。

"今天上午天气不好,势必影响射击考核成绩,要不把射击考核调整到下午?"旅司令部参谋请示考核组的考官,考官一脸严肃地说:"战场环境瞬息万变,不可能都是晴日当空,我们考核就要考核出真实成绩,定好的时间岂能随意更改?"

旅司令部参谋吃了个闭门羹,却又无话可说,只能安排人员按计划考核。

"唰唰唰……"雨越下越大,打湿了迷彩大衣,湿透了迷彩帽,红旗旅的官兵们纹丝不动地端坐在雨中,等待着射击考核。

考核组有的身披着雨衣,有的撑着伞缓慢地走过来。

"只有在复杂战场环境下,才能练出精兵,只有加大训练难度,才能在实战中立于不败之地。"江旅长简单动员了几句,射击考核就开始了。

"砰砰砰……"

几轮过后，公务班一名战士跑过去，给江旅长撑起了雨伞，他一手推开说："考核场上可不能出现这样的'风景'！老天既在考验我们的训练作风，也在检验机关的工作作风。"射击考核持续一个多小时才结束，江旅长和大家一样在雨水里淋了一个多小时。

由于能见度不高，射击成绩受到了一定影响，考官们虽然很是佩服江旅长的作风。不过，还是如实登记了成绩。

接下来，考核组又抽考了坦克营的沙盘推演，营长米向前拿着指挥棒正指点江山。

"一连，你前方有大量炮弹爆炸。"

连长何新民命令道："全连注意，加大车距，加速通过……"

演练有条不紊，红军对蓝军的情况了如指掌，指挥若定。

"二连长，前方桥梁被炸断。"

二连长随即给出了处置方案："命令全连所有车辆改走2号桥梁……"

"停！"考官威严的声音打断了正在进行的演练。

考官从二连长手上拿过情况处置方案，发现所有的情况及应对方案已经提前写好，所有人都只是照本宣科地摆练罢了，脸阴沉了下来。

"二连长，你能保证2号桥梁是完好无损的吗？如果也被炸断了怎么办……"考官一连串的问题把二连长问蒙了。

"谁来处置这个情况？"全场一阵沉默。

"报告，我认为应该首先向上级报告，迅速查明有无桥梁可以使用，同时要求工兵前出，做好架设浮桥准备。"王春阳的发言打破了沉默，他看了看考官又补充道，"还应该派出尖兵侦察一下可否涉渡。"

"回答得不错，继续……"王春阳随机应变还是赢得了考官的好评。

米向前继续组织演练："我坦克三连正快速通过3号地区，向敌纵深穿插。"

"这条道路两侧都有山，你为什么没有在这里设伏击阵地？敌人10辆坦克就这么容易突入你的纵深，这仗还怎么打？"考官的话里带着严厉。

演练继续进行，大家脸上已经没有了轻松的神态，取而代之的是凝重的思考。考官们却是问题越问越多、越问越刁钻，米向前有时被问得哑口无言，脸也涨得通红。不过，由于王春阳的出色表现，沙盘推演成绩还是不错的。

考核的真正大头是实兵演练，占到了总分的百分之六十。

演练是从通信营拉动开始的，关舜和战士们行动迅速，携带物资齐全，一开始考官们还算满意。即将离开的时候,一名考官竟然拿了几名战士的战备粮袋进行称量,发现大家战备粮袋里大米的重量,低于有关物资携行标准。

那名考官很严肃地说:"战争是残酷的,作战双方中,谁有充足的军需物资做保证,谁的胜算就大一些。"

关舜辩解说:"这只是一次检验性出动,又不是真的上战场,何必这么较真?"

那名考官有点激动问:"你看过电影《上甘岭》吗?"

"我看过,我爷爷还给我讲过一个苹果的故事呢!说是他们连当时,谁能往坑道里送去一个苹果,就可以申请立二等功。"关舜斜眼看着考官继续说:"可那是什么年代,这又是什么年代!"

考官并不知道关舜的爷爷参加过抗美援朝战争,父亲参加过边疆自卫反击战,还是总部的一名将军,十分恼火地说:"《后勤条例》明确规定,战备出动时,官兵必须按规定的携行标准携带物资给养。这个标准,是专家根据战时人体消耗等情况,经过反复论证得出的科学数据。如果战时官兵携带的主食量低于这个标准,哪有充沛的体力作战?岂不是拿自己的生命开玩笑?"

对于这种上纲上线的说法,关舜本想再争辩,被旅里的工作人员拉开了,关舜也不想事态扩大,也就默不作声了。可以想象,他们的这次拉动被扣了不少分。

惹恼了考官可没有好果子吃,何况杜长伟又正撞到了枪眼上。

机动命令传达后,杜长伟带领尖刀排人员向预定方向行进。

"命令你排改变预定方案,向……"

当杜长伟他们走到半路时,电台里传出变更行动方案的通知,可通信兵只听到前半句,后半句还没听清,电台竟因电池没电自动关机了。

"快换电池!"杜长伟急令通信兵。

通信兵为难地说:"排长,那一块电池上次让你借去,就没有还给我。"

"哎呀,你小子怎么不问我要呀?"杜长伟气急败坏地说:"你这是麻子敲门——把我给坑到家了。"

"排长,我问你要了几次,你总说晚上要看小说。"听通信兵这么一说,杜长伟还想发火也没了底气。他赶忙让通信兵到最近的村子里找个老乡家充电,然后和上级取得联系。这一来,当他们到达指定地点时,黄花菜早凉了。

"一块电池中断了一个尖刀排的军事行动,电池虽小,事关重大!没有眼睛和耳朵,别说打仗,走路都寸步难行!"考核组人员在讲评会上的发言让江旅长面红耳赤。

考核越来越严、越抠越细,扣分也越来越多,江旅长和全旅官兵都非常着急,不得不加倍努力。这时,传来了一个令人"振奋"的消息,和他们竞争的兄弟单位,因考核中出现重大失误,被军区首长一票否决了。

没有了竞争对手,结果,红旗旅还是考上了一级旅,全旅上下一扫昔日阴云,一片喜庆。总结表彰会上,表扬了一批人,王春阳戴着大红花站在领奖台上。可能是一俊遮百丑吧,这次对考核失分多的人并未追责,杜长伟又躲过了一劫。

按理说,考上一级旅最大的受益者是旅长江耀武,不过他却没有一丝的高兴,训练形势分析会上,江旅长一针见血地指出:我们这次能评上一级旅有很大偶然性的,考核还是暴露出了不少问题的。他在心里暗暗起誓:一定要把训练搞上去。

第二十三章　提升遇坎

年底,坦克一连的副连长转业了。王春阳副连职排长干了两年半,又多次受到旅领导表扬,论资历、论能力调个副连长应该是没有问题吧。

旅机关人员对拟提升的人员进行民主测评,王春阳是全票通过,体能技能考核,王春阳也都是逢考必优秀。

"王排长,你工作干得不错,考评成绩也很好,到了提升年限,现在连队也出现了空缺位置,要不你去上边找找人吧,我们连队这一关肯定没有问题。"连长何新民找王春阳谈话,说得很直接。

"我找什么人?提升是组织的事,干好工作才是我操心的事!"王春阳不解地问。

何新民献计说:"江旅长不是对你挺好的吗?找他肯定好使!"

"他那么大的领导,我这么个小人物、这点小事,怎敢去麻烦他!"王春阳心想着,江旅长是一个正直的人,别因为这事,留下个不好的印象,再说了,自己和旅长只有几面之缘,他不可能越俎代庖管他这小事。

"对旅长来说,这事确实是他一句话的事,可对你来说却是人生的一件大事。"何新民语重心长地说,"王排长,看你是个老实人,也是一个有思想、很能干的人,自从你来到连队,咱们连我就没操什么心。还是去找找旅长吧,可别耽误了提升呀。"

"我相信组织,相信领导是公平公正的,去找领导对别人来说也是不公平的。"王春阳内心里觉得找领导办这事既抹不开面子,也有点多余。何新民摇摇头走了。

"排长,你要是提升了,可别忘了我们这些难兄难弟呀!"魏磊看着王春阳说,"有一句话怎么说来着,叫'苟富贵,勿相忘',排长可别学陈胜吴广呀,富贵了就把大家给忘了!"

"瞎说什么呢,还没有影的事呢!"王春阳瞥了魏磊一眼。

"那还不是早晚的事,兄弟们等着喝你的喜酒呢,到时可别赖账呀。"魏磊一脸坏笑。

"放心吧,到时候一定请你!"王春阳懒得再说了,就一口答应了魏磊。

时光无形无色,无声无息,她让我们带着岁月的痕迹,走过了人生的一个又一个拐点。王春阳的人生拐点来了吗?

"下面,宣布干部调整命令!"春节前,旅里召开了干部调整大会,会上宣布了干部的调整命令。王春阳仔细地从头听到尾,也没有听到自己的名字。关舜被任命为通信连的副连长,杜长伟竟被任命为坦克一连的副连长。

"天哪,这怎么可能,一个步兵连的排长,怎么到坦克营当副连长了,要知道这个副连长可是受到专业限制的……"王春阳的心里一片空白,像是皮球被戳了一刀,顿时泄了气。

散会后,大家都在谈论谁提升了,谁进步快,又开始忙着搬家、请客吃饭、迎来送往,一副弹冠相庆、紧张忙碌的景象。可也是几家欢喜几家愁,王春阳低着头回到了宿舍。何新民过来安慰他说:"我早提醒让你去找找领导,你不找,有人找,事已至此,别想不开了,好好干工作,以后还有机会的。"

"连长,放心吧,我不会有事的。"王春阳嘴上这么说,心里还是很不服气的,论能力、论专业、论贡献他哪样不比杜长伟强,可偏偏杜长伟当上了副连长,王春阳一时想不明白,心情郁闷到了极点。

关舜被提升为副连长,并未表现出太多的惊喜,营里找他谈过话了,只不过命令放到了通信连,其实还是在营部干,本就是副连职,根本不算提升。他也跑来安慰王春阳说:"杜长伟什么个东西,他哪一点比得上你,还净冒泡,不知道旅里咋想的,竟然他也提升了!"

王春阳还是低头不语,关舜越说越激动:"小王八羔子,不走正道,我看八成是抱上哪一个大腿了。"

"别说了,抱不抱大腿,那也是人家的本事!"王春阳一开口就向关舜下了逐客令,"你回去吧,我想一个人静一静。"此刻,王春阳深深理解了去年魏磊没有当上技术员的心情了。

关舜看了看王春阳说:"王哥,别想不开,你要是心里憋屈,咱们找机会收拾杜长伟一顿。"

"这也怪不了他呀,谁不想进步,你还是回去吧。"说着,王春阳把关舜推出了门外。

漫漫人生路，总有那么几段旅程坎坷而艰难。面对无法预知的未来，只要心中留存一份美丽的憧憬，就能把痛苦的行程化为人生别样的风景。

周末，王春阳请假去外面散心。他漫无边际地走着，路过一家小饭馆，饭馆招牌上一行不起眼的小字引起了他的注意："一碗宽心面，一份好心情！"

"宽心面？有意思的名字！"带着几分好奇，王春阳进店点了一碗。服务员告诉他，凡到这里用餐，不论花费多少，上菜前，他们会给每名顾客免费送上一份小店特色宽心面。很多老顾客，都是冲着这宽心面来的！

有这么好吃吗？想到这儿，王春阳也觉得有点迫不及待了。

宽心面终于摆到了桌前，好家伙，这面足足有两指宽。"好宽的面！"话脱口而出的一刹那，王春阳心头猛地一震，一股暖意涌入心田，这香味四溢的宽心面，竟让王春阳感觉自己的心境一下子变得宽裕豁达了。

也许有人能战胜你，但没有人能阻止你战胜自己。与其在个人得失间辗转反侧，何不在工作中多努一把力，再使一把劲呢？努力了，就没有遗憾。这样想着，王春阳步履轻松地往回走。

"来人啊！有人抢劫了……"王春阳走到一个巷子路口，忽然传来女子的呼救声。

听到呼救声，王春阳没有片刻的迟疑，飞奔过去，发现有一个年轻姑娘正蹲在路边哭泣。姑娘哭着说："解放军同志，我的包被两个坏人抢走了……"王春阳估计歹徒没跑多远，便顺着姑娘所指的方向搜索，果然发现在垃圾堆后面躲藏的一名歹徒。

"当兵的，少管闲事，否则要你的命！"歹徒突然从身上拔出一把匕首威胁道。

"少废话，快把刚才抢的包交出来！"王春阳毫无惧色。歹徒猛然挥刀刺来，王春阳一闪身，刀子在他右胳膊上划了一道口子。王春阳忍住疼痛，一招"灵蛇出洞"夺下刀子，接着一记"旋风腿"将歹徒撂倒在地。此时，红港派出所的民警恰好路过这，王春阳便将歹徒交给了民警。

经民警审问，歹徒交代其同伙去了网吧，但不知是哪一家。于是，王春阳和民警押着这名歹徒前往附近的几家网吧搜索，却没有发现另一名歹徒的踪影。王春阳突然心生一计，向民警建议："让这名歹徒用上网聊天的方式搜寻其同伙。"此计果然奏效，最终在附近的一家网吧将另一名歹徒擒获。

被歹徒抢去的手提包完璧归赵。见里面的3000元现金和身份证、银行卡等物品均未丢失，王春阳悄悄地离开了。

鲜花送恩人，赞语夸英雄。几天后，姑娘和家人到连队感谢王春阳，大家才知道王春阳在情绪低落的情况下，还有如此壮举，纷纷直竖大拇指。

杜长伟到连队报到后，和朱宏运住在一个房间，不过就住了一晚上，第二天就休假了。何新民本想回到旅里，新来的副连长不会休假的，他还想请假回去过春节的，没想到，杜长伟找政治部的领导直接批假了。何新民气得直骂："真不是个东西，一点规矩也不懂。"

第二十四章 留守风波

生命是无法储藏的,岁月永不做片刻停留。

转眼间到了2006年4月,营房东侧道路两边一株株白玉兰花开满枝了。这些玉兰是王春阳他们前年移栽过来的,人挪活,树挪起来可就不容易了。刚栽上时,毫无生气,干枯的树枝在寒风中萧瑟,整个春天都没有动静。可就在前年春天要走的时候,玉兰枝头冒出了第一朵嫩芽,从此蓬勃繁盛,在路边撑开一树树绿荫。

王春阳和几个战士去看白玉兰。花落之后满树都是绿油油的叶子,像一柄柄小芭蕉扇。他们抬来水,一棵一棵地给它们浇水,水嗞嗞地渗进土中,白玉兰的叶子在风中婆娑作响。王春阳就像生长在营区里的这一株株白玉兰,不管季节变换、风刀霜剑,在短暂的犹豫之后,克服寂寞和寒冷,最终扎根这里的土地,为了理想和抱负。

坦克营又要外训了,大家在营区里普遍觉得压抑、憋屈,早盼望着这一天了。

王春阳正和大家收拾着物品,门"哐"的一下开了,副连长杜长伟进来说:"王排长,营里安排我留守,你安排个人,和我一起留守吧。"

"我们排没有愿意留守的,你到别的排里去问问吧!"没等王春阳答话,魏磊抢先说。

杜长伟来连队没多久,却因为早上睡懒觉,被旅长江耀武抓个正着;因正课期间玩游戏,被全旅通报;因不请假外出,被罚抄条令;因晚上喝酒,被勒令做检讨……因为这些,连队被上级整顿了一个星期,杜长伟可谓是屎壳郎叫门——臭到家了。这次外出驻训,因为杜长伟不懂坦克专业,又不想学,就找到营长米向前好说歹说留守了。

杜长伟觉得王春阳是一个老排长,在连队威望很高,在一排吃了个闭门羹,他也不敢多说什么,就又去了二排,二排的代理排长假装正经地问了问:"同志们,杜副连长留守,愿意一起留守的请报个名!"

见无人答话,二排长摆摆手说:"副连长,不好意思,我们排没有人留守!"

杜长伟只好又去了三排,走到门口,正准备推门进去,只听里面传过来话说:"副连长留守,谁要是留守谁是孙子,好人跟着他也会学坏,我们可不想有人掉进他那个大染缸里。"

杜长伟气急败坏地回到房间,技术员朱宏运不知道杜长伟留守的事,还好心地问:"副连长,我东西都收拾完了,要不要我帮你也收拾一下。"

"收拾个鸟,一群王八蛋!"杜长伟恨恨地骂道。

"你怎么骂人呢?不收拾就不收拾,我好心帮你,你还狗咬吕洞宾。"朱宏运再老实,毕竟也是一个老士官了,杜长伟莫名其妙地骂,他也是像烫了屁股的猴子,顿时急红了眼,一摔门出去了,留下杜长伟在那里发愣。

留守平时就站站岗、看看营院,整理一下环境卫生,往年大家都是争着留守,今年却因为杜长伟,大家都不愿意留守了。与其说不愿意留守,倒不如说像躲避瘟疫一样躲避杜长伟。

连队只好安排每个排负责留守一个月,一次留守两个人。尚思远和杨松被确定为留守对象,成了第一批"幸运儿"。

部队外训 20 多天了,尚思远和杨松也真够倒霉的,眼看留守要换人了,雨过天晴后,旅里却来了个通知,要把草坪都修理齐整。留守的这段时间里,杜长伟除了躲在屋里打游戏,就是偷偷溜出去,鬼才知道他干了些什么,尚思远和杨松虽然看不惯杜长伟,可旅里的工作还得干。

"突突突——"马达连同机身颤抖了几下,整个割草机便如一头疲惫的老牛趴在地上,再也动弹不得。杨松熟练地掀开马达护盖,拔出一根油管,对着嘴猛吸一口,不一会儿,汽油便"咕咕咕"地从管内冒了出来。

说实话,作为装甲兵,手中的装备一下子由高大威武的坦克变成"嗡嗡"作响的割草机,确实让人一时难以接受。两人心里都曾别扭过,但很快也就想通了。用杨松的话讲,军人以服从命令为天职,钻进坦克是坦克专家,推上割草机就是割草机大拿!还甭说,两人真跟割草机较上劲了,超负荷的割草任务,使得机器经常出现故障,刚开始两人修理起来还有点棘手,几天下来,光听动静便能说出割草机哪里出了毛病!

然而,割草机毕竟不是装甲车,割草间隙,两人依然会想起驾驶坦克训练时的情景。

接上输油管,杨松索性躺在草坪上休息。他发现,只有躺在草坪上,才能找到训练时的感觉。仰望天空时的那种眩晕感,就如钻进了坦克的驾驶室……日近黄昏,天边涌现出大朵大朵的云彩,一会儿聚拢,一会儿离散,不时变幻着姿态,把他带进了一个巨大的三维世界。

"嗡嗡嗡……"正当杨松沉浸在梦幻之中,尚思远推着割草机走过来。

杨松一骨碌爬起来,指着天边就喊:"快看那一片云,多像咱们的坦克群!"

顺着杨松的手指,尚思远看见一大片蘑菇状的云朵快速翻腾隆起,就像坦克行驶过后卷起的滚滚烟尘。

"是啊,真像咱们冲锋的坦克群!"

"我能听到坦克的轰鸣声,班长,你听到了吗?"杨松侧着耳朵,微眯着眼。

"听到了,快看那边,战车出击了,炮弹击中目标!"尚思远也仿佛身临其境。

"对,击中目标了!"杨松激动地跳了起来,"快看……哎哟……哎哟!"却因用力过猛,不慎将手指甩在割草机把手上,钻心地疼。

"呵呵……"望着杨松一副失态的样子,尚思远禁不住笑了起来。

"如果能在战场上冲锋,该有多好……"杨松揉捏着手指,无奈地望着天空。

看着天边的云霞,杨松心里明白,一个装甲兵长时间不能与战车在一起,是多么难受!他还是一本正经地推了推身边的割草机,微笑着说:"班长,你看,这割草机不就是咱们的战车吗?"

听了杨松的话,尚思远若有所思。两人继而相视一笑,一起俯下身去拉响了马达……

夕阳西下,营区内一片金黄,落日的余晖柔和地将两人映成一帧夕阳下的剪影。

几天后,王春阳带车回来拉训练器材,顺便带回来二排的两个留守人员,尚思远和杨松也就可以随王春阳一同外训了。

这次他们去了更远更偏的山上驻训。或许是因为太累了,尚思远和杨松坐在大车厢后面,将车后篷布塞了个严实,就只顾睡觉了。

穿过一片山林,路上还存有不少积水,路边片片小草和野花充满着新鲜和灵动。瞟见几棵已经熟过了头的荠菜花,王春阳不禁想起了宋代辛弃疾的"城中桃李愁风雨,春在溪头荠菜花"。

车突然一阵巨大的颠簸,把王春阳的思绪拉到了眼前。王春阳连忙问司机:"怎么回事?"

"排长,不好意思,我走神了!"司机不好意思地说。

原来,司机发现前方两个年轻姑娘,在路边采野花,只顾得盯着姑娘看,没看见眼前的一个水坑,一下子轧过去,溅了姑娘一身泥水。

"姑娘,没事吧?"王春阳赶紧下车问道。

姑娘美目圆睁,指着裙子上的一处污水说:"什么没有事?你看裙子都被弄脏了!"

王春阳拿出随身携带的白毛巾,扯住姑娘的裙子就要擦。

"你干什么,流氓!"姑娘连忙躲开了。

王春阳这才意识到自己失态了,连忙说:"对不起,太过意不去了,我给你擦擦吧!"

谁知,姑娘两眼直勾勾地盯着王春阳的脸看。

这一看,倒把王春阳看糊涂了,他不好意思地问:"姑娘,你别误会,我只是想给你擦擦衣服,没有别的意思。"

姑娘没有答话,而是喃喃自语道:"就是他,就是他,没错了,终于找到了。"

"我脸怎么了?有花吗?"王春阳又问。

"解放军小哥,你不记得我了,我,韩雪梅,前年的新州火车站,我向你求助过5毛钱。"姑娘回了回神说。

这件事,王春阳怎么可能不记得?正是那次经历让他懂得了什么叫信任无价。只是,韩雪梅剪短了头发,显得更加成熟大方了,前后又相隔千里,在这荒僻山村,王春阳怎么也想不到竟有这么巧。王春阳问道:"你怎么来这了?"

"我来这里走亲戚,"韩雪梅指了指身边的丫头说,"这是我表妹,二姨家的妞。"

"真是对不起,把你衣服弄脏了!"王春阳看了看丫头,长得也挺水灵。

"弄脏了就赔吧!"

"怎么赔?"

"我这衣服刚买的,很贵的,只能回去干洗!你把电话和地址留下,干洗费多少钱,你给报销!"韩雪梅笑笑说。

"那行吧,我把连队电话给你,现在我们在外边驻训,没有具体地址。"说完,王春阳说出了连队的电话,韩雪梅掏出手机记了下来,又向王春阳要去了旅大院营区的地址。王春阳索性连山沟里的驻训地址也给了她。

车开走了,车后留下两个美丽姑娘远望的身影。后车厢的尚思远、杨松一直睡着,颠簸、停车两人竟也没醒,错过了这一道美丽的风景。

或许,真是当局者迷旁观者清,当初连敏问朱宏运要联系方式时,王春阳一眼就看出了端倪。这次韩雪梅要电话地址,同样是醉翁之意不在酒,王春阳真的没有看出来吗?或许,在王春阳的内心里,他也渴望着一场美丽的邂逅。

第二十五章 情投意合

训练一天比一天紧张,江旅长真是说到做到,今年所有的训练科目都是逢训必考,王春阳一心忙着训练,和韩雪梅的事暂时忘到一边了。

"排长,大事不好了,门口有个女的找你,说是讨债的。"早饭后,尚思远急急忙忙跑过来说。

"讨什么债?我没欠什么人钱呀!"王春阳觉得尚思远有点无厘头。

"那女的挺漂亮的,你把人家咋的了?"

"去、去,别胡扯了,越说越离谱了,我把谁怎么了?"王春阳摆摆手说。

"没怎么的,那人家怎么都找上门来了?"

说话间,一个靓丽女子走了进来。一身运动服、脚穿红黄相间的运动鞋,像出水的芙蓉般一尘不染,又充满了少女的青春气息,大家的眼光齐刷刷地盯着姑娘看。

姑娘径直走到站在门口的王春阳面前说:"王排长,我是来讨债的。"

王春阳一看是韩雪梅,吃惊地问:"你怎么来了?"

韩雪梅反问道:"我怎么就不能来了?不欢迎吗?"

"能,当然能来,欢迎大驾,只是你怎么就找到这里了?"王春阳十分纳闷。

"我二姨家就住在附近,听说这里有支部队驻训,正好和你给我的地址一样,我一猜就是你们了。"说话间,韩雪梅指了指不远处的一个小山村。

王春阳想起了上次裙子的事,连忙问:"衣服干洗好了吗?多少钱?"

韩雪梅伸出一只纤纤玉手。

"50?"韩雪梅摇摇头。

"500?"韩雪梅又摇头。

"不会是5000吧?那我可就比窦娥还冤了!"王春阳有点着急了。

韩雪梅扑哧笑了:"看你想哪儿去了,还窦娥呢,这也不会下雪呀!5毛钱。"

"5毛?"

"对,就你上次给我的那5毛钱,咱们两清了,以后谁也不欠谁的了。"

王春阳不相信韩雪梅为了这5毛钱,就跑到这偏僻山村来,便又问道:"你来这还有别的事吗?"

"没有别的事,就不能来看看你吗?"韩雪梅看看远处又说,"你看这山里的风景多好,我就不能来参观参观吗?"

王春阳一时也不知道说什么好了。两人很快转移了话题,韩雪梅告诉王春阳:前年自己毕业后,就到了新州民政局工作,这次他们单位组织到外地旅游,韩雪梅没去,就到这里了。

眨眼间到了吃饭的时间,王春阳本想带韩雪梅到附近镇上的小餐馆吃点,韩雪梅却坚持到连队炊事班吃饭,挤坐在连队简易的饭桌上,韩雪梅更显得耀眼。

"王排长,你带我看看你们的坦克吧!"吃完饭,韩雪梅主动提了出来,一副诚恳的样子。

按照保密规定,陌生人是不能随意参观坦克的,可王春阳感觉似乎和韩雪梅很熟似的,一口答应了下来。

中午,韩雪梅跟着王春阳来到坦克临时停车场,全营十余辆坦克整齐地停放着。韩雪梅像个见了久违亲人的小女孩,她兴奋地跑着、看着、笑着,最后在一辆坦克前停了下来。王春阳也跟了上来:"有这么新奇吗?"

"我终于见到真正的坦克了,太开心了。"韩雪梅也顾不得女孩子的矜持。

"我们这是59式坦克,战斗全重……"王春阳本能地介绍着,韩雪梅仔细地听着。

"哎,我怎么给你讲这些了?这可是军事秘密呀!"王春阳赶紧用手捂住了自己的嘴,松开后又说,"你知道我们部队为什么不让用手机了吧?"

"对呀!你们怎么不让用手机呢?太老土了吧。"韩雪梅这才发现,王春阳压根就没有手机。

"这不是老土,是处处需要保密!"王春阳解释说,"在我们部队,手机俗称手雷,说不定哪天就会爆炸了呢!"

"那到时我也送给你一个'手雷'吧,瞧瞧炸不炸得响!"见王春阳一时竟没有反应过来,韩雪梅笑笑说,"我开玩笑呢!"

王春阳稍微想了想,换了个话题说:"我给你讲讲世界上坦克之最吧。"

"世界上最早的坦克是英国1915年生产的'小游民'坦克,最先用于战场的坦克是1916年英国生产的Ⅰ型坦克,最重的坦克是德国生产的什么、什么坦克?"王春阳本想在韩雪梅面前表现一把,一时竟忘记了。

"德国1943年生产的'鼠'式超级大,超级重坦克,重188吨;最轻的坦克是美国1918年生产的'福特'超级小,超级轻坦克,仅重3.1吨。"韩雪梅用手绘声绘色地比画着,看得王春阳像听说书的一样。

韩雪梅没理他,继续旁若无人地说:"火炮口径最大的坦克,是美国M60A2坦克,火炮口径为152毫米,能发射炮弹和导弹;服役时间最长的坦克,是T-34坦克,1940年装备苏军,至今仍在一些国家服役;最昂贵的坦克,是日本90式坦克,单价为850万美元。"

真是山外有山,人外有人。这太出乎王春阳的预料,他自恃平时不少看书,没想到眼前这个大女孩懂得还真多,一时间真令他刮目相看。他看了看韩雪梅说:"你懂得还真不少,看样子我得拜你为师了!"

"那是,俺可是个军事爱好者,超级的!"韩雪梅并不谦虚,"拜师,也要拿出点诚意来。"

聊天中得知,韩雪梅的父亲原来是一位边防军人,她自小生活在军营,五岁那年父亲转业了。韩雪梅不得不随父母离开了部队,临行前,养了多年的大黄狗追着卡车跑了十几公里,韩雪梅也哭了一路鼻子:"我最幸福、最开心的日子,就是在爸爸部队时,穿军装的叔叔们把我托在头上玩耍。"韩雪梅说。

"爸爸、哥哥都是军人,我也要当兵。"长大后,韩雪梅立志成为一名真正的女兵。

"十八岁,十八岁,我参军到部队,红红的领章映着我开花的年岁,虽然没戴上大学校徽,我为我的选择高呼万岁,生命里有了当兵的历史,一辈子也不会感到懊悔……"十八岁那年,韩雪梅一路上哼着军营民谣,蹦蹦跳跳来到征兵报名点。不料,一场意外脚伤击碎了她的从军梦。从不知伤心为何物的她,难过得哇哇大哭。

兵没当成,心中的军旅情结却丝毫未减。韩雪梅觉得再美的风景也没有军营美丽,部队干净的营房、各种武器的造型、军人整齐的内务、队列,哪怕是军人敬礼的姿势、握枪的动作都是无法形容的美景。

这也难怪韩雪梅会放弃旅游来到这偏僻山沟了。

整个下午,他们都在聊着,单就对军事知识的爱好这一点,就有点相见恨晚、久遇知音的感觉。短暂的相处,让彼此留下了很好的印象。韩雪梅的美丽、大方、热情、可爱,深深地烙在了王春阳的心里。而王春阳的英气、睿智、上进、善良,也足以让韩雪梅情窦初开了。

"我明天就要回单位上班了!谢谢你陪了我一天,这一天我特别开心。"王春阳知道无法挽留韩雪梅,也根本没有住宿的地方,就把韩雪梅一直送到她二姨家的村西头,临分别前,王春阳红着脸问:"你、你、你下次还来吗?"

活泼开朗的韩雪梅拍拍腿说:"只要腿在,你走到哪里,我都能找到你!"

韩雪梅走后,王春阳一下子购买了3张电话卡,以前面值50元一张的卡,两三个月都打不完,如今一个月就得打两三张卡。无疑,绝大多数都是打给韩雪梅的。

部队驻训三个多月后,8月上旬,王春阳他们就返回了旅里,住在了新营区内,王春阳给韩雪梅打电话更方便了。两人渐渐话题多了起来,从谈论工作,到谈人生、谈个人生活,有时还说起了悄悄话。

有时王春阳觉得,哪怕一天没有了韩雪梅的消息,生活中就像少了点什么,或者说,他会显得六神无主。王春阳深深地明白,他这是喜欢上了韩雪梅。

韩雪梅又何尝不是呢?第一次从王春阳手里接过那5毛钱,她就相信王春阳是一个好人,深入地了解交流,她更加相信王春阳是一个值得托付终身的人。眼看自己多年追寻的兵哥哥有了着落,韩雪梅几次做梦都在笑。几个月后,两人竟在电话里"传情"了。

第二十六章　长征趣话

长征，一座精神的丰碑，记载了中国共产党抗战救国的一段光辉历史，是人类战争史上的一个奇迹。她特有的魅力使其就像一部完美的神话，突破历史的界限，被人们广为传颂。

为纪念红军长征胜利70周年，红旗旅上下广泛开展了庆祝、教育活动。坦克一连安排了一次以长征为主题的教育，还是由王春阳上课。

"1934年10月至1936年10月，中国工农红军进行了举世闻名的长征。长征是一部无与伦比的生命史诗，从红土地到黄土地，这条由红军将士鲜血染红的长征路线，有人称之为'地球上的红飘带'……"王春阳这样煽情的开场白，战士们并不买账，一个个东倒西歪、无精打采的，王春阳看见尚思远正低着头看书，问道："尚思远，长征中我们最应该学习谁？"

"猪八戒！"正在看《西游记》图画的尚思远脱口道，引来笑声一片。

尚思远也感到自己说得太离谱了，正等着挨批评，没想到王春阳却说："回答得好，我们今天就谈谈《西游记》和长征的关系。"

大家一下子有了精神，王春阳说："《西游记》中唐僧师徒西天取经的故事可谓家喻户晓。师徒四人并肩战斗，历经各种艰难困苦，战胜妖魔鬼怪，最后取得了真经。十万八千里的取经过程，对他们来说不也是一次伟大的长征吗？"战士们听后点点头。

"长征，最需要的是什么？"王春阳又问。

"信念，坚定的信念！"一名战士站起来回答说。

王春阳让那名战士坐下后，说："不错，就是坚定的信念！长征中，红军每前进一步，都要克服常人难以想象的困难，都要付出血的代价。有这么一个统计数字，红一方面军长征历时1年，行程25000里，纵横11个省，渡过24条河，爬过18座山脉,其中5座终年积雪,占领过26座城镇,几乎每天都有战斗。长征中,平均每天要走37公里,平均每前进70米就牺牲一个人。红军指战员正是靠着无比坚定的信念,以超越生理和心理极限的忍耐力和战斗力,翻越'鸟儿飞不过,神仙不可攀'的雪山,穿过沼泽遍布、荒无人烟的草地。"

王春阳转而又说:"唐僧历经九九八十一难而不停步、不回头、不放弃,恶魔、死亡不足为惧,财宝、美色不足以诱,凭借着'一心西行'这种笃定而坚韧的精神信念,最终完成了西天取经的重任。不正是长征精神的生动体现吗?难道我们不该学习吗?"

战士们陷入了深深的思考。"坚定信念,还必须坚持党对军队的绝对领导,这是我军永远不变的军魂。"王春阳看看大家问,"谁能说说,长征中,不坚持党的领导的后果是什么呢?"

"那就把红军推到了一个十分危险的境地,给革命造成了重大损失。红四方面军曾三过草地,四翻雪山,在川康边界往返苦战,经历了无数曲折和磨难,许多优秀的红军指战员饮恨荒原,长眠雪山。八万红军仅剩四万。"杨松站起来回答说。

"讲得很好,我们平时要多读历史书,历史是一面镜子。"王春阳对杨松的回答很是满意,又问,"唐僧西天取经,谁的功劳最大?"

"孙悟空!"一名战士脱口而出。

"不错,孙悟空一路上忍辱负重、斩妖除魔,可谓是忠肝义胆之士。三打白骨精、大战红孩儿、三过狮驼岭……历尽艰辛。面对穷凶极恶的妖魔,他毫无畏惧,靠着不屈不挠的斗志,最终护送唐僧取得了真经,可谓功劳最大。"

王春阳又说:"我们长征路上,可不止一个孙悟空呀!毛主席指挥的四渡赤水,像不像孙悟空钻到了铁扇公主的肚子里?由22名共产党员组成的夺桥突击队,冒着敌人密集的火力,匍匐于凌空的铁索上面,英勇地穿过敌人在桥头燃起的火海,占领了大桥,为红军胜利渡河开辟了前进的道路,和孙悟空攻坚克难、所向披靡的刀锋锐气,不也有异曲同工之妙吗?"

战士们聚精会神地听着,王春阳讲完了孙悟空,又问:"猪八戒最大的特点是什么?"

"好吃!"尚思远一时也来了兴致,来了个抢答。

"你就知道吃!"王春阳看了他一眼说,"戏弄嫦娥,高老庄娶亲,偷吃人参果,女儿国怀孕……猪八戒始终扮演着一个小丑角色,总是一副滑稽派头。但无论是别人取笑,还是大敌当前,他始终是一副乐呵呵、没心没肺的姿态,雷打不动、安如泰山。这叫什么？这叫乐观主义精神，在长征途中，无论敌人多么凶残，无论党内斗争多么严峻，也无论自然条件多么恶劣，红军指战员始终保持着高昂的斗志和革命乐观主义精神。"

王春阳接着给大家讲了不少长征中反映乐观主义精神的故事："在战壕里，敌人的子弹扫来，把指战员埋在尘土里，大家脸上沾满鲜血，也不知谁负伤了，大家抹掉自己脸上的血，就像抹去汗水一样，朝对方微微一笑。这种笑充满了对死神的蔑视，也充满了对革命的信心。"

王春阳看看天上，又看看地下，接着说："指战员的行李都十分简单，睡觉时大都没铺的，也没盖的，有的战士开玩笑：'过雪山我们是顶天立地；过草地，我们又是盖天铺地，我们不愧是天地的主人。'红军指战员就是以这种革命乐观主义精神嬉笑斗逆境，迎接并战胜长征途中的各种艰难险阻。长征途中，没有为个人的得失'剪不断，理还乱'的无限忧伤；没有被困难吓倒的愁眉苦脸。有的是无所畏惧、昂首挺胸、阔步向前，有的是笑傲强敌、战而胜之的欢笑，有的是壮志凌云、斗志昂扬的战歌嘹亮。

"红军的政治工作，铸就了红军战士'万水千山只等闲'的革命乐观主义精神，毛主席著名的七律诗《长征》，对长征途中广大红军指战员表现出的革命乐观主义精神，做了最为集中、最为深刻、最为生动的揭示。"接着王春阳为大家朗诵又解释了这首七律。

"猪八戒还有这么多内涵呀！我们应该向沙和尚学习什么呢？"杨松说。

"我们应该学习沙和尚低调做人、踏实做事的务实作风。到西天取经是艰苦的事业，没有团结是不成的，而维系着团结的不是孙悟空，不是猪八戒，也不是师父唐僧，是谁呢？"王春阳自问自答，"就是默默无闻的沙和尚。沙和尚没有多大的本事，但始终忠诚老实、低头做事，从来不提要求。从流沙河剃度到取得真经，从始至终挑着一副担子，他挑的担子里装有取经的全部家当，既消耗体能，也考验毅力，但他从不叫苦叫累，从不偷奸耍滑，工作态度极其认真，哪里需要他，他就奔向哪里。沙僧尊重爱护大师兄孙悟空，从不像猪八戒那样在师父那儿煽风点火以博得宠信，也体谅猪八戒。而当猪八戒和孙悟空闹矛盾的时候，沙僧就会来劝解。"

迎着一双双清澈的眼睛，王春阳继续说："在长征的行列里，有年过半百的老一辈无产阶级革命家，也有稚气未脱的红小鬼，有男同志，也有女同志，还有少数民族同志。大家为了一个共同的革命目标，扶老携幼，生死相助，汇成了一股无坚不摧的革命洪流。在生命存亡的关键时刻，每一个红军战士，总是毫不犹豫地把生的希望让给同志,把死的危险留给自己。"

王春阳简单停了一下,又给大家讲了一个故事:"中央红军三军团某连九个炊事员,在长征途中,挑最重的担子,休息得最少,工作得却最多。在最艰难的日子里,他们把一切可以吃的东西让给了同志,自己却忍饥挨饿艰苦行军。长征结束时,这九个炊事员先后全部牺牲,而这个连的战士除战斗减员外,没有一个因饥饿牺牲的。这些都是红军长征途中团结友爱的缩影。正是这种紧密团结、忠贞忘我的奉献精神,凝聚着长征中的红军队伍,使得弱小的红军有了战胜一切敌人与压倒一切困难的强大战斗力。"

王春阳说完,响起了一阵热烈的掌声。就这样,一堂长征教育课,王春阳巧妙地用《西游记》串讲了下来,夕阳西下,战士们满载而归。

第二十七章 新训·点验风波

　　带着父母和亲友的嘱托，背着绿色的行囊，走在锣鼓喧天的欢迎夹道中间。

　　头顶那没有徽章的军帽，藏不住好奇的眼睛；

　　崭新的绿军装，包裹着一颗年轻火热的心；

　　胸前的红花映着稚气未脱的脸，掩饰不了内心的喜悦。

　　一路风尘仆仆，一路憧憬期待，踏入了一个新的征程。

　　2006年底，又一批新战友入营了，王春阳任新兵八连连长，关舜任新兵九连连长，唯一的女兵连由冷一欣任连长。三个连队在一栋楼上，八连在一楼，九连在二楼，女兵连在三楼。

　　红旗旅新兵团今年设9个男兵连、1个女兵连，男兵连80~90人，设3个排9个班，女兵连2个排6个班共60人。按照往年惯例，新兵连长都是由副连长担任，杜长伟觉得带新兵就像活人跳进滚水里——不死也得扒层皮，选调新训骨干时，他找到旅机关领导到四川接兵去了。王春阳这个任职3年多的排长就"越级"当了新兵连长。已晋升为三级士官的尚思远当了三排排长，杨松当八班班长。

　　全旅在位的仅有一名女干部是6月份刚毕业的"学生娃"，没有实际带兵经验，旅领导反复考虑后，就把女兵连长的指挥棒交到了冷一欣的手上。

　　王春阳接的第一个新兵叫杨铭，是一个湖南籍的大学生新兵。有人说现在的兵难带，尤其是大学生士兵。王春阳自嘲道："房价高，让购房者无奈。士兵学历高，还会让带兵人无奈？"

　　最后报到的是一名来自四川大凉山区的彝族战士，因头上有一撮毛是白的，就叫白阿毛了。

杨铭和白阿毛都被编到了八班。

杨铭离开家时，自己买了一部新款手机。

到部队后，排长尚思远问："有没有带手机和 MP3 之类？这些在部队是禁用物品，带的话要上交。"杨铭听后心里不禁打鼓，咬咬牙，故作镇定地说："没有，没带，我怎么可能带呢！"尚思远简单地看了看他的包，就让杨松给他安排了床铺，杨铭这才稍稍松了口气。

新兵到齐后，除了整理内务、背记条令，干的第一件"大事"就是点验。刚吃过午饭，就听见一阵紧急的哨声，紧接着传来值班员尚思远的声音——"点验！"全连新兵赶紧拎上自个儿的"家底儿"到宿舍楼前集合。

趁着大家不备，杨铭把手机悄悄地塞在腰间。这一幕恰巧被王春阳看见，不过王春阳并未当场揭穿他，而是面向全连讲了一个"小树当间谍"的故事。

"越战期间，越军为了避免遭受敌人意外的炮击，在丛林行进时，特别加强了侦察和警戒，采取了周密的伪装措施，绝对控制无线电通信，但还是遭到了美军的炮击。从炮弹的命中精确度来看，好像美军的炮兵瞄准近在咫尺，可越军多次在炮击区附近反复搜索仍一无所获。"讲到这里，王春阳故意停了下来，"大家知道是为什么吗？"

大家一个个摇头不语，王春阳接着说："后来一次偶然的机会，越军发现了一种奇怪的小树，这种树与当地的热带树十分相似，混杂于丛林中，数量众多，如不认真观察，就是鉴别专家也很难区别真伪。越军经过剖析发现，原来这种冒牌树是美军经过精心伪装的'植物间谍'。"

"当时技术条件肯定不如现在，那它是如何传输信号的呢？"杨松问。

"这种'间谍'的名字叫振动探测器，它的'树干'和'树叶'是发射天线，'树干'底部是机芯和电源。它的灵敏度很高，在周围 30 米内机动的车辆，都逃不出它的视野，一旦发现目标它就产生振动波，同时将振动波转换成电磁信号发射出去，把获得的情报传输给美军指挥机关。"王春阳说。

新兵们听后"哦"了一声。王春阳突然又说："我知道，我们中间有人带了手机，我希望你能主动交出来，手机因为信号的无限性，容易被敌方间谍窃听，进而根据手机信号确定部队的所在位置，这会给部队带来很大的危害。而且大家用手机会造成过度想家，不能独立，不能很好地融入集体中，对自己在部队的发展也会产生很大影响。"

大家听后沉默了一会儿，杨铭和几名新战士主动上交了手机。

点验正式开始了，新兵们按照要求一一摊开自己的东西，接受点验。因为是第一次，王春阳不想重复点验，就让大家查得仔细些。现在的新兵啊，一个比一个聪明，一个比一个有主意，一旦遇到点什么障碍或者意外情况，也好"人多力量大"。

点验工作在沉寂的气氛中有条不紊地进行着。王春阳和全连骨干逐一查看个人物品。工作很顺利，一会儿就到了八班。"不错，到目前为止还没有发现什么乱七八糟的东西。看来，今年这批新兵素质还真的不错，纪律性也强。"王春阳站在点验的队伍里，紧绷的脸上不经意间就有了些轻松。

当尚思远走到杨铭面前，查看完挎包里的物资，"刺啦"一下打开了后留包，这时杨铭的心"咯噔"一下提到了嗓子眼儿。尚思远从包里翻出了杨铭珍藏着的小方盒。

刚要打开盒盖，杨铭一把夺了过来揣在怀里说："排长，这是我的私人物品，你不能看！"

杨铭心想，这里面可是入伍前女朋友亲手为我叠的千纸鹤和小星星啊，饱含着女友对我的祝福与牵挂，这怎能轻易拿出来示众呢？

"不行！不管什么东西，必须接受点验，这是规定！"尚思远的口气不容商量。

杨铭此刻像点火的爆竹，正一肚子气："可这属于侵犯个人隐私！"

"条令规定的不会有错，每个人必须严格执行。"尚思远也是斗鸡上阵，寸步不让的。

王春阳走过来，见两人争得面红耳赤，让尚思远把东西还给了他："杨铭，点验结束后，到我办公室一趟。"

点验完个人携行物资。王春阳又让尚思远到大家的宿舍看看。不一会儿，尚思远就抱着一个精巧的咖啡色盒子，大声问："这是谁的？"

"报告排长，是我的。"白阿毛高高地举起了手。

"把它打开，让大家都看看是什么东西！"尚思远看着盒面上醒目的图案，语气坚定地对白阿毛说。白阿毛应声开着盒子。"快一点！"尚思远有些按捺不住，严厉地催促道。

"哇！"盒子打开的同时，全连战友都惊讶地叫出了声。只见满满一盒子咖啡色的麻将子儿，奶白色的"一条、两条、一饼、两饼"鲜活地跃动着，晃得人眼花缭乱。

尚思远的脸色铁青，两股眉毛紧紧地拧在了一起。寒冷的空气顿时凝固了。

"好哇！你、你胆子好大，竟敢把麻将带到军营里来！"尚思远心中的怒火压抑不住地往头上蹿，他的喊声大得吓人。和尚到了尼姑庵——不妙呀！在闻声聚拢来的点验人员面前,全连新战友面面相觑。

"这个呀……"白阿毛脸上却没有一点的紧张和愧疚,甚至,说话的声音中还带着笑意,这让怒火中烧的尚思远更加气愤。"你,你……还笑!白阿毛,你把这麻将子儿给我吃了!"尚思远话音刚落,白阿毛还真的捡起一颗麻将子放进了嘴里。

新兵蛋子,他还真吃!简直凳子比桌子还高,太没大没小了!愤怒中的尚思远手都有些发抖了。全连新战友眼望着白阿毛,大气也不敢喘,心中着实为他捏了把汗。

白阿毛不紧不慢地咀嚼着麻将子,由于块儿大,他的脸腮鼓胀起来,有咖啡色的汁液从他的嘴角流出来,他边擦嘴角边说:"这是我入伍时,我干娘觉得我当兵有出息,就托我在外打工的干姐姐,给我买了这个,我没舍得吃,想带到部队和大家一起吃,匆忙中我就塞在床头柜里了。"

"说实话,我长这么大,还没吃过这东西呢!真好吃!"白阿毛又说。

"噢!"战友们长吁了一口气。

站在一旁的王春阳伸出手,拍着白阿毛的后背,笑着说:"慢点儿吃,慢点儿吃,别噎着……"

"请连长和战友们吃巧克力!"白阿毛端起巧克力糖盒,分给大家吃。

点验结束后,杨铭来到王春阳的办公室,心里一直惴惴不安,拒绝点验,这下等着挨批吧!

也许只是暴风雨来临前的片刻平静,杨铭心里焦灼难耐。王春阳让杨铭坐下后,十分温和地说:"我给你讲个故事吧。"

"嗯!"杨铭重重地点了点头。

王春阳讲了起来:"在对越自卫反击战期间,一名战士为减轻负荷,没有认真准备战备物资,在全团组织的点验中竟然也蒙混过关。在一次冲击任务中,这名战士不幸被流弹击中,动脉大出血,卫生员一时无法跟上抢救,这名战士终因失血过多而牺牲。战斗结束后,战友们才发现他的自救包里竟然空空如也。"

王春阳看了看杨铭,又接着说:"《内务条令》规定,点验是对部队编制、实力、战备和安全状况的全面检查。个人物品是点验的重要内容之一,既然来到部队,就要学习规章制度。"

听完连长的话,杨铭似乎明白了部队点验的意义,红着脸说:"连长,请您点验吧。"

只见,杨铭从身后抱出小纸盒,并打开了盖子。王春阳一看乐道:"你女朋友手还挺巧的嘛!"杨铭也不好意思地笑起来,这笑中包含着对连长的感谢,更包含着对条令的理解。

　　女兵爱美,来时不少人耳朵、脖子、手腕上挂了饰物,冷一欣是软硬兼施,先是搬出条令:"条令上明文规定,军人不能在外露的地方系挂饰物,我们做人不能太自私,不能因为自己的喜好而违反部队的规定。"当众命令大家把首饰摘掉。也有一些人一时想不通,冷一欣又逐个击破。没几天,女兵们个个都剪短头发,把首饰收起来了。

第二十八章　新训·整理内务

入伍前，每天晚上睡觉时，杨铭都习惯性地准备一杯白开水，放在自己床头下，以便深夜口渴时饮用。因为这，大学同寝室的一个同学，晚上回来不小心踢碎了杨铭一个水杯，两人因此还大打出手。入营后的第一个晚上，杨铭照样把水杯放在床头下美美地入睡了。

"咦，我的水杯哪儿去了？真是活见鬼！"夜间，感觉口渴的杨铭伸手去摸床头下的水杯，摸了好大一会儿也没有摸到。起床后才发现，水杯不知让谁给放进床头柜里了。杨铭自言自语道："谁在和我开玩笑吧？"就拿起水杯喝了起来。谁知，第二天晚上依旧如此。

这下，杨铭可不高兴了："小样，我今天来个姜子牙火烧琵琶精，非让你现了原形不可。"晚上睡觉时，杨铭仍然把水杯放在了床头下，假装睡着。

熄灯后，只见一个黑影进来，拿起水杯放进了床头柜里。杨铭腾地爬了起来，一看是连长王春阳，没等杨铭开口说话，王春阳便颁布了一道命令："以后熄灯前，要将宿舍里的所有物品都摆放到位，包括马扎、脸盆、水杯等。另外，上铺的同志上床后，下铺的同志要将床下的鞋子按顺序放好，每个人脱下的衣服都搭在自己的被子上……"大家听后都面面相觑。杨铭是盖了九床被子做美梦——根本想不透，连长会在这样的场合下这样规定，便小声问："连长，水杯放在床头下，晚上喝水不是方便吗？"

"是方便了，可如果紧急集合呢？水杯翻了会不会影响集合速度？"

"那也太不以人为本了吧？反正明天早上还要整理内务，到时候再整理好不行吗？"

"不行。《内务条令》有规定：连队内务设置应当利于战备，方便生活，因地制宜，整齐划一，符合卫生要求。战备是第一位的。这既是军人的日常制度规定，也是为了便于部队紧急拉动时不会将物品拿乱。现在虽然是和平时期，但作为军人，必须保证随时都能拉得出来！"王春阳义正词严地说。

杨铭默默地低下了头，王春阳又和蔼地问："杨铭，上了战场面对飞来的子弹，你的第一反应是什么？"

"躲避！"杨铭脱口而出。

"对，躲避，正常思维都是躲避！但只想着躲避，黄继光就不会用胸膛堵枪眼，董存瑞就不会舍身炸碉堡，邱少云就不会宁被烧死也一动不动的。"王春阳说，"英雄的壮举，正是从走好队列、整好内务这些点滴养成中开始的。"杨铭低头不语。

"你是一名大学生士兵，来到部队后，可能感到现实生活和之前的预期有很大差距，有特长很难得到发挥，平时都是干一些整理内务、队列训练、体能考核之类的琐碎小事，这让你觉得很没意思。"王春阳又说。

"连长，你咋这么清楚我的感受哩？"杨铭不解地看着王春阳。

"其实，大部分的工作和生活，都是由一些琐碎的小事组成的，但无论这些事情多么微不足道，作为你来说，都必须接受，并认真地做好。你要像你名字般扬名立万，实现自己建功军营的梦想，必须从这里开始，从这些被你认为是琐碎的小事做起。这是谁都不能逃避的事情。但是，有心的人会渐渐地发现蕴藏于点滴中的奥妙，如同有人说的那样，在练武术中，把一招练到极致，就成了绝招。如果你把这些平凡小事做成不平凡，那么你大学生的价值也就自然得到了体现。"

王春阳看看杨铭，继续说："当你不喜欢这些小事情的时候，觉得是在'煎熬'，自然没有什么乐趣可言。你不妨转变一下观念，心平气和地接受这些，并努力地做好，你会发现，当你把每件小事都做得很好的时候，你的心情也会开朗起来，还会发现工作和生活的乐趣所在。我想，如果你能踏踏实实地走好在军营的每一步，当你再度回首时，你会发觉，这些小事很可爱，生活充满了乐趣，自己军营之路走得很'顺溜'！"

杨铭听后茅塞顿开，自觉把水杯放在了床头柜上。杨铭后来说："不厌其烦地用双手撑平皱褶，把耐心细细打磨。从方正平齐的'豆腐块'中，我读懂了军人的一丝不苟和干净利落。"

改变的不止杨铭一人。

"白阿毛当上'内务之星'了！"这个消息在连队飞速传播。

要说这"内务之星"，连队每周都评，当个"内务之星"也没啥大惊小怪的，为何白阿毛的当选在连队掀起如此"风浪"呢？

白阿毛刚来时,很多汉语都听不懂,也只会用汉字写自己的名字,为此还闹了不少笑话。一次劳动中,杨松让他回班里拿铁锹,可等大伙把活干完了也没见阿毛的人影。原来,阿毛不知道铁锹是什么,还在班里翻箱倒柜地找呢。看着他无辜的表情,战友们既好气又好笑。

　　"慢慢来,只要坚持,一切都会好的。"看着阿毛着急的样子,王春阳鼓励他不要放弃,并亲自为他"开小灶",手把手教他写汉字。汉语水平需要慢慢提高,为了增强白阿毛的信心,王春阳交代杨松可以先从提高他的内务水平抓起。

　　"说心里话,刚入军营,我最害怕的就是叠被子……"个头不高的白阿毛,黑黑壮壮的,嘴笨,一双"粗手"也使不出什么巧劲儿,却有一股犟驴脾气。

　　"你叠的被子,简直就像'坦克式面包'。"班里内务小比赛,班长杨松当场批评了他。

　　谁知,白阿毛是一锥子扎到底的死心眼,非要和班长换被子比试一下。杨松嘿嘿一笑:"可以,10分钟后让全班打分!"一场新兵和班长的较量随即展开。

　　"班长,你赢了……"时间还没到呢,看着杨松如刀削般直挺的被面,再看看自己越着急叠得越像气球的"败笔",白阿毛只好"缴械"了。自此,他开始了"爱"被子的征途。但真正让他重视叠被子,还是因为他和杨松之间一个不为人知的秘密。

　　上午操课带回后,王春阳在队列前做了简单讲评:"新兵团上午进行了内务抽查……白阿毛的被子质量比较高,进步很快,提出表扬。但杨松同志,你的被子质量有所下降,实在不该!"

　　白阿毛蒙了,自己叠被子水平怎么能受表扬呢?回到屋才发现,是班长临出门前把自己的被子跟他的调了个儿。"班长因为我挨了批,自己肯定死定了!"谁知杨松不仅没生气,还满脸乐开了花:"白阿毛干得不错,给我保持住!"就这样,白阿毛"站在班长的肩上"成了"先进"。

　　为了保住这个"冒牌先进",白阿毛不敢懈怠了,不仅苦练叠被子基本功,还得空就找杨松讨技术,恨不得把班长的脑袋和自己的交换一下。经过这段时间的"修炼",白阿毛终于在新兵团的内务大检查中,被评为真正的"内务之星"。

　　看着自己胸戴小红花的照片,白阿毛像庙里的木鱼,高兴得合不拢嘴:"我成为内务之星了!"

　　白阿毛高兴,杨松跟着高兴,王春阳更高兴。杨松和白阿毛换被子的事,其实是王春阳精心安排的,这是他和杨松之间的秘密。

　　新兵连的检查是一波接着一波,每一次都令你紧张半天不说,问题更是让人防不胜防。

训练刚刚回来,王春阳指着被机关检查人员扔出来的鞋子,集合几个班长训话:"怎么搞的?说过多少遍了,连个鞋子都放不齐。"

部队凡事都讲究整齐划一,什么"牙刷牙缸一条线,鞋子毛巾一条线……"无论到哪个班、排去看一看,几乎全像一个模子刻出来的:铺面整洁,即使是一根细小的头发丝也找不到;床单平展,被子叠成长 50 厘米、宽 45 厘米的"豆腐块",放于距床沿 15 厘米处且光面朝外;帽子正直放于被子中央,帽檐与被子边缘取齐;武装带、携行包与被子取齐,就是牙刷也一溜儿向右看齐。尤为显眼的是,每个新兵连宿舍的路边上,解放鞋一字排开地摆放着,鞋跟与地面上一道道白线的边缘取齐,活脱脱一列整装待发的士兵。

王春阳虽然厌恶这些表面工作,但机关人员平时三天大检查、日日小检查,也不得不"正规"起来。这一次检查,让机关检查人员一下子扔出来十几双解放鞋。王春阳为大家伙着想,也不得不大发了一通火。

"杨松,把这些鞋子统统扔到后面的池塘里。"说完,王春阳向杨松狠劲地使了个眼色。

要知道,新兵每人只有两双解放鞋,平时交替着穿。通常是训练回来,脚上的鞋面早已起了一层碱花,里面也湿漉漉的,要是把这双备用鞋扔进池塘里,连替换鞋也没有,那战友们可要遭罪了。

杨松是隔着玻璃看戏,一眼看穿连长的心思,他将一双双满是脚臭味的解放鞋拢起来,抱着走向营房后的池塘,配合连长演好这个"双簧"。

队伍解散后,战友们呼啦一下拥到池塘边,看到一双双解放鞋像小船儿一样,搁浅在冰面上,个个瞪大了眼睛。这时,不知是谁带头鼓起掌来,一时掌声四起。刚才还怒气未消的王春阳,此刻竟然泪眼模糊!

回去后,王春阳在笔记本上写下了这么一段话:士兵的胶鞋是船,载着男子汉建功立业的梦;是尺,丈量着好儿郎无悔的青春、岁月和生命……士兵脚上的解放鞋最昂贵,因为它的坚实,才使共和国的尊严凛然不可侵犯。士兵脚上的解放鞋总是那么粗犷,总是那么沧桑。一双双解放鞋,是士兵摸爬滚打、任劳任怨、无私无畏的见证。一双双解放鞋,是一曲曲辉煌而又平凡的青春之歌,是一个个催人泪下的动人故事……

第二十九章 新训·规范称呼

"糟糕,停电了!"新兵八连的灯忽然熄灭,刚在营房前列队完毕的新兵一下子骚动起来。

黑暗里,正准备点名的王春阳稍稍一愣,立马将手中的连队花名册合上说:"下面,我们开始点名!"并随口呼出了:"杨铭……"

"到!"队伍顿时安静下来。随后,一个个熟悉的名字在黑暗中响起,一个个笔直的身影在黑暗中干净利索地磕脚、立正,响亮地答"到"!

2分钟,没有一丝犹豫,没有半点差错,王春阳按照新兵报到的先后顺序,全连80多名新兵全部清点完毕,王春阳一个都没落下。白阿毛激动地说:"在黑暗中听到连长熟练地喊出我名字的那一刻,我的心里全是温暖和感动!"

"别说闭上眼睛,就是说梦话,连长都能把大家的名字叫全!"杨松知道,连长和新兵们坐在一起吃饭,挤在一台电脑上玩"红警",一起在训练场上摸爬滚打,一起对着夕阳谈天说地,每名新兵叫什么、籍贯是哪里、有什么爱好、家庭情况怎样,王春阳都像刘三姐对歌似的随口而出。

新兵们不知道,他们还未下连,王春阳就从机关找来了"知兵录"和新兵的"成长DV",提前把每位新兵的"底细"摸得一清二楚!这分明是把每名新战士刻在了心上。

新兵报到时间是不固定的,一般是铁路运输,要根据铁路到站时刻表而定,随到随接。白阿毛来连队报到是深夜,至今还迷向,尚思远让他往东,他有时向西跑去。尚思远见他这样笨,便对他说:"记住,凡事都要学会动脑筋,否则长着脑袋干什么呢?"

白阿毛摸摸头回答道:"为戴帽子!"

"你就戴你的帽子吧,戴的还是绿帽子。"尚思远看白阿毛傻得可爱,又问,"你整天不讲话,也不和大家一起玩,有什么心事吗?"

"我喜欢一个人。"

"你小子这么早就谈恋爱了,太早熟了吧,我还没有对象呢。"尚思远神秘地问,"她是哪里的?漂亮不?"

白阿毛一本正经说:"没有,我就是喜欢一个人待着。"

尚思远知道白阿毛初中没毕业,故意问道:"你这个呆子,你什么文化程度?"

"报告排长,我初二以上就没有同学了!"

"咦,谁教你的,这话好像我以前说过吧!"尚思远是初中毕业,当别人问他什么文化程度时,他总是说高中以上没有同学,眼前这个新兵蛋子学得还真快。尚思远觉得白阿毛越来越有意思了,又借机调侃说:"那你用'难过'造个句子,我听听!"

"我家门前那条小河,下雨天很难过!"白阿毛想了想又说,"还有就是老牛钻狗洞也难过。"

"再以'十分'造个句子!"

"我初中数学只考了10分!"

"就你这智商,石头脑瓜子,一点都不开窍,能考10分就不错了!"尚思远看看时间,一脸无奈地走了。

白阿毛这会儿路过连值日,电话铃响起,正好连值日不在,就顺便接了:"你好!请问找哪位?"

电话的另一端传来冷一欣甜美又威严的声音:"你好,我是冷一欣,请帮我叫一下关舜!"周六的晚上,关舜来到新兵八连,看王春阳他们编排的文艺节目。冷一欣打电话找他。

白阿毛放下电话,急匆匆地跑到俱乐部,亮开大嗓门喊道:"关舜班长⋯⋯你的电话,是个女的找你!"话音还没落,俱乐部里哄堂大笑起来,直笑得白阿毛莫名其妙。

"是我的电话吗?"关舜走到白阿毛面前问。

白阿毛一看是楼上带星的连长,不好意思地挠挠后脑勺:"你⋯⋯你就是关舜班长呀!"

"对,我就是关舜班长,这个称呼很幽默嘛!"

"哦,连长,对不起⋯⋯"白阿毛满脸通红,又结结巴巴地说,"一个自称冷一欣的班长找你。"

关舜连忙出去接电话了,白阿毛自言自语道:"班长不是说过吗,只要是看到老兵,都要叫班长的呀。"

"小阿毛,你傻呀,你怎么能喊连长'班长',我看你是头顶磨盘——太不知轻重了。"杨铭过来数落道,"以后,多跟哥学着点,哥保准你不犯傻,谁叫咱俩是好哥们呢!"

"杨铭,你刚才叫白阿毛什么?"王春阳看杨铭一副落井下石的样子,很是生气。

"哥们呀,连长,有什么不妥吗?"杨铭直来直去。

"军人之间应该称呼什么?"

"报告连长,军人之间应该称同志!"

"既然知道,为什么不执行?"

"连长,我们叫哥们觉得很亲切,公共场合不让叫,我这是私下里叫。"

"什么公共场合、私下里的,都不行。"

"军人之间的称谓,条令条例是有明文规定的,这是军队内部团结友爱、互相尊重的具体体现。作为军人,我们就必须不打折扣地去维护,否则就是违纪行为。"接着,王春阳又说,"如果官兵之间、战友之间、上下级之间都用'哥们儿''伙计'之类的称呼,老百姓会怎么看我们这支军队?"

虽然称呼只是一张嘴的小事儿,大家也都把这件事当成了笑话,一笑了之。这引起了王春阳的思考:如果一个战士见了比自己兵龄长的战士就称呼"班长",那在战场上会出现什么情况呢?"班长好"又为什么有如此强的"生命力"呢?带着一连串的疑问,王春阳决定来一个讨论会。

"你们为什么见到老兵就叫班长?"王春阳问杨铭。

"这是礼节礼貌呀,"杨铭接着又补充了一句,"班长平时都是这样要求我们的。"

"礼多人不怪嘛!"尚思远的话中虽带了几分调侃,却道出了大多数骨干的心声。

"老兵愿意听,所以新兵才这么喊。"杨松说,"从职务上来讲,班长毕竟不同于普通一兵,谁不喜欢被人高看一眼呢?"有时候叫老兵为班长,真是出于一种无奈,杨松进一步分析说,"新兵如果见了老兵喊'同志'等,感到有点别扭,不如喊'班长好'顺口,还显得尊重对方。直呼其名更不好,叫'老张''大李'不雅,只有称呼'班长'比较合适。老兵往往听起来受用,随口回答'你好',自然而然,新兵养成了习惯。"

看来,新兵们看见老兵就叫班长,都是一种下意识行为,是长期强化训练的结果,还有一定的"市场"。新兵一入伍,班长就向新兵传授"经验":见到比你军衔高的老兵一定要喊"班长好",这样能给老兵留个好印象。

其实是各有"想法"。新兵那边,这么一叫,给老兵留下个好印象,为日后的成长进步打基础;新训骨干那边,这么一教,显得班里的新兵有礼貌,自己会带兵。这也印证了一位心理学家说的一句话:"每一个人心理上都有一种看不见的讯号,那就是让别人感觉自己很重要。"

"军人之间通常称职务,或者姓名加职务,或者职务加同志。在公共场所和不知道对方职务时,可以称军衔加同志或者同志。"王春阳翻开条令大声念道。

牛角上挂稻草——说得轻巧。王春阳心里十分清楚,新兵见哪个老兵都喊"班长好"的现象在基层非常普遍,且是个年年抓年年改不了的老问题,关舜不是也叫自己"王哥"吗?想要清除它,非一朝一夕之功,也非他这个小小的新兵连长所能改变的。

王春阳只好无奈地呼吁说:"礼节礼貌的养成,需要强化灌输、强化锻炼,但是,强化养成和灌输,必须符合基本的规范。我们的条令条例,对军人相互间的称谓都有明确的规定。那种见老兵就叫班长、见干部就喊首长的行为,既庸俗又不符合规定。为了内部团结,为保持纯洁的同志关系,让我们的相互称呼回归条令条例吧。"

果不其然,连队新兵见了老兵称同志觉得别扭,领导也觉得"另类",就又统一喊回"班长"了。

第三十章　新训·调剂伙食

有句俗语说：四川人不怕辣，湖南人辣不怕，贵州人怕不辣。

杨铭是湖南人，吃饭是拔了蒜栽葱，总离不开辣味。可到部队好几天了，没有过上一次辣椒瘾。每次吃饭，他用筷子在碗里扒来扒去，可怎么也找不到一片辣椒，真是馋死了。

这天中午，刚进饭堂，杨铭就看见连长的饭桌上放着一瓶"老干妈"辣酱。看见王春阳辣得满头大汗的舒服样子，杨铭那个馋劲啊，甭提了。杨铭在心里打起了小算盘："吃慢点，等大家都走了，好偷点辣酱吃。"杨铭磨磨蹭蹭地等人都走完了，迫不及待地走到连长的饭桌前，打开瓶盖，狠狠地舀了一大勺辣酱放进嘴里："啊！辣得真过瘾！"杨铭又舀了一勺放进碗里，留着晚上再吃。

第二天，杨铭极力拉着白阿毛说："连长的辣椒酱，是他自己让我们吃的。"白阿毛是四川人，也爱吃辣，又有连长的默许，就和杨铭一起悄悄做了，足足过了几顿想吃辣椒的瘾。

没想到，这天吃晚饭集合时，尚思远旁敲侧击地说："你们新兵胆子越来越大了，竟敢偷吃连长的辣酱。是谁干的，自己主动找连长道歉去。"

坏了，露馅了。怎么办？认错吧！吃罢晚饭，白阿毛拉着杨铭硬着头皮到连长宿舍，一转身，杨铭却不见了，白阿毛只好说："连长，您的辣酱是我偷吃的，请您原谅，我下次不敢了！"

王春阳早知道杨铭和白阿毛偷吃辣椒酱的事，思来想去，觉得新战士"偷"吃"老干妈"，不能说是品质不好，反而说明连队在搞好伙食，满足战士口味上还有考虑不周到的地方。王春阳故作严肃地说："你胆子也太大了，竟然敢偷吃本连长的辣椒酱，得罚！"

白阿毛一听，两腿直哆嗦。王春阳瞄了他一眼说："就罚你，统计我们连有多少新战士爱吃辣椒,还有喜欢吃别的什么调味品,要问清楚了,一个人都不许漏掉!"

天哪!连长这是上树逮麻雀——要连窝端呀!平时很和蔼的连长,什么时候变得凶神恶煞了。

走出王春阳房间,白阿毛就开始详细地统计了起来,全连有近一半的人爱吃辣,统计结果当天晚上就交给了连长。

第二天吃中午饭时,一走进饭堂,大家就忍不住地欢呼起来。白阿毛看到每张饭桌上都摆放着一瓶"老干妈"辣酱,还有大蒜、大葱等调味品。吃饭时,白阿毛朝连长的饭桌上瞅,正好与连长的目光碰个正着,王春阳朝他笑着努努嘴,用饭勺指指"老干妈"。白阿毛心领神会,舀了一勺辣酱放进嘴里:"啊!真过瘾!"

天南海北的兵们在军营交会,便经历着民族风俗、生活习惯、个性特点、品行秉性的交融与磨合,而这些又体现在教育、学习、训练等每一项具体的工作任务,每一个细小的生活片段,一点一滴地积累在人生的履历中,积累着成熟、老练与坚强,也展现着差异、不合乃至冲突。在人际关系上,起初杨铭就显得格外"另类"。

"连长,您看这饭?"没等王春阳看出眉目,担任连值日的杨铭就把饭菜倒进了泔水桶。

王春阳看到这种浪费现象就上火,连队搞过多次艰苦奋斗教育,杨铭还如此放肆,他冲着杨铭大声说:"你什么意思?嫌饭不好吃?"

杨铭小声说:"不是饭不好,是厨房值班员分饭不公平,给我打得太少,太欺负人了!"

"所以你就倒掉?"王春阳详细了解后得知,这次分给杨铭的饭的确较少,连值日都是优先打饭的,厨房值班员看不惯杨铭整天趾高气扬的,就坚持让他最后一个打饭。本来这次饭菜是不错的,每人一个炸鸡腿,只不过轮到最后,不知怎的少了一个,杨铭就没分到,厨房值班员还讽刺他说:"像你这样的富家子弟,还能缺一个鸡腿吃!"这让杨铭非常恼火。

吃饭当口王春阳不愿批评人,就拉着杨铭到连部桌上,微笑着又似乎带着点命令的语气说:"我吃鸡腿过敏,你吃吧!"说着,王春阳便夹住鸡腿放在杨铭的饭缸里,又夹了一些其他的菜,暂时平息了他的愤怒。

饭后,王春阳喊来杨铭聊天。杨铭挂着一脸委屈相说:"连长,他们欺负我,故意让我最后一个打饭,还给我少盛饭。"

"我们先不讲你浪费应该不应该,你是大学生,我想这些道理你都明白,今天我就问你一句,他们都故意给你少盛饭吗?"王春阳轻轻地说。

杨铭"嗯"了一声。

"如果一个人给你少了,那可能是偶然,也可能是对你有意见,这或许是他的错。但是如果大伙都这样对你,那么杨铭,你可真得从自身找原因了。"王春阳平静地说。

"他们嫌我公差勤务不积极,对什么都无所谓,还仗着自己学历高,看不起人,整天还趾高气扬的,不合群!"杨铭低着头进行了自我反思。

"事实上呢?"王春阳自问自答,"事实上,你不就是这样的吗?你既然知道自己的毛病,为什么不去克服和改掉呢?"

杨铭略显难堪地说:"在家我大小也是一个富家少爷,是衣来伸手,饭来张口,在学校也是想吃什么就吃什么,更别说干活了。"

"可据我所知,你并不是什么富家子弟,相反,你的父母对你要求很严,有种恨铁不成钢的意思。"王春阳依旧平静地说。

"连长,您都知道了,您是怎么知道的?"杨铭红着脸。

"你就别管我是怎么知道的了。"其实是杨铭一个同学打电话到连值日那里,王春阳正好接着,就顺便了解了一些情况。王春阳说:"我们现在是一个整体,在部队讲的是团结友爱,你付出得越多,得到的就越多。只有付出才会有回报。懂吗?"

"连长,我懂了。"杨铭点了点头。

"你为什么要冒充大款呢?"

"我觉得说自己是富家子弟,有派头。"杨铭挠了挠头。

王春阳想起了前几天的问卷调查,全连竟有20多人称自己在家当过"老板",显然有很多是"冒牌的"。王春阳问杨铭:"为了追求所谓的派头,穷要面子活受罪,对吗?还有,上次白阿毛偷吃辣椒酱的事,你也有份吧,为什么就不敢承认呢?"

"连长,这您也知道了,的确是我做得不好,我想明天在全连做检讨,向大家道歉。"杨铭一脸惊愕。

"这样吧,检讨就不用做了,哪天咱们连开个畅谈会,主题是'诚实做人,踏实做事',你准备个发言吧!"王春阳想了想说。

周五下午的团课上,畅谈会如期进行,大家纷纷登台发言。

王春阳仔细听着,认真记着,最后将新兵自戴"高帽"现象归纳了四种类型:

自我标榜型。少数新兵认为"老板"有一定的经济基础,是地位和财富的象征;还有的认为"老板"走南闯北,见多识广,经历丰富,具有一定的领导经验和管理经验。为了抬高自己的身价,让别人刮目相看,引起领导的重视,就自戴"高帽",自我标榜。

虚荣型。少数新兵来自农村,或是家庭经济状况比较差,看到周围战友的家庭各方面都不错,相比之下,自己处于弱势,心中自然会产生自卑感。为了满足自己一时的虚荣心,便喇叭佬娶老婆,自吹着贴上"老板"的标签。

功利型。少数新兵入伍的目的,就是把军营当作人生的跳板,考军校、学技术。刚刚走进军营,就想着鲤鱼跳龙门,又不知道从何处着手,采取自戴"高帽"的办法,靠这种方式和领导套近乎、拉关系,以达到自己的目的。

盲从型。也有一些新兵并不是老板,看到一同走进军营的战友自称是经理或老板,从心里感到好奇,于是便随大流,顺口封自己为"老板"。

"冒充'老板'是一种不诚实的行为,影响了我们纯洁的官兵、兵兵关系,助长了盲目攀比的不良风气,也增加了我们连队管理教育的难度。"王春阳语重心长地说,"真诚是为人处事之本,虚荣的心在没有了诚信后,即使生活在花丛中,看到的也只是埋在腐土中丑陋的根。"一些冒充"老板"的新战士听后,端正了心态,提高了认识,纷纷主动向连队澄清了自己的"真面目"。

几天后,关舜外出回来给王春阳捎来几个"肯德基"的鸡腿,两人正在宿舍津津有味地吃着,杨铭冒冒失失地闯了进来,一看这情形:"关连长也在呀,我们连长吃鸡腿过敏,今天怎么吃上了?这样会拉肚子吃泻药——越吃越糟的。"

关舜听王春阳说过杨铭这个大学生士兵,是个可造之才,就是还需要历练,上下打量了他一番:"你知道个屁呀,你听说过有吃鸡腿过敏的吗,亏你还是个大学生呢!"

杨铭一下子如梦方醒,脸红红的待在那里一句话说不出来。王春阳站起来说:"没事的,这是我们俩之间的秘密,以后我的鸡腿还归你。"

杨铭似乎明白了什么,两眼红红的,立正敬个了标准的军礼,转身离开了!

第三十一章　新训·叫响口号

口号作为军营的"特产",喊起来抑扬顿挫、铿锵有力,可以鼓舞士气,振奋精神,是部队文化的重要组成部分。

前几天集团军一位领导来新兵团检查,不看设施,不听汇报,要求所有连队到操场上走一圈、喊一遍口号、唱一首歌,结果很不满意,批评道:"队列不整齐,口号不响亮,没有军人样!"唯一受表扬的是新兵八连。

集团军领导走后,新兵团一纸命令,进行为期3天的队列口号强化训练。尽管八连口号喊得不错,也得执行命令喊口号,何况,王春阳觉得还有提高的余地,就组织大家轮流喊口号。

"喊口号是军人的必修课。但是为什么要喊口号,又为什么要卖力地喊口号?"几遍下来,王春阳不是很满意,"喊口号不是扯着嗓子瞎喊,更重要的是要注意方法,要学会用胸腔发音,利用出气的爆发力提高音调。不要以为喊口号只是为了装个样子,喊口号是为了培养顽强拼搏的战斗精神,增强面对强敌时的自信心,增强集体荣誉感。"王春阳故作神秘地说,"这里面的道理多着哩。"

杨铭好奇地问:"连长,喊个口号有啥道理,能给我们讲讲吗?"

王春阳先是给大家讲了一个笑话:"说有个营区紧邻一个村庄,每天早上起床口号准时震天响,居民久而久之习惯把它当作起床的闹钟。一天部队换防,早上没人喊口号,营区一片静悄悄,结果居民都起床晚点,上班上学迟到。"

战士们一个个开心地笑了,王春阳接着讲:"俗话说,外行看热闹,内行看门道。口号,在地方群众看来,就是一群军人嘶吼个'一二三四',可内行从中就能总结出不少道道儿:'日落西山红霞飞,战士打靶把营归,胸前红花映彩霞,愉快的歌声满天飞……'打靶取得好成绩,口号自然欢快,喊起来脆亮;'过硬的连队,过硬的兵,过硬的思想红彤彤,过硬的子弹长了眼,过硬的刺刀血染红……'演练前,战士们个个摩拳擦掌,憋着一口气准备大显身手,口号自然震耳欲聋,充满杀气。当然,如果口号低沉,不整齐,节奏乱,说明连队战士精神不振、士气不高,一般是比武失利、评比出了纰漏,等等。如果里面再掺杂着阴阳怪调,那说明战士心里有不平、有怨气、有牢骚,通过口号表达出来,再不注意整顿,连队就要出乱子了。

"通常,一支精神状态差、作风欠严谨、关系不融洽的连队,人人感到憋屈,口号很难喊出气势;而精神振作、作风硬朗、上下同心的部队,吼出来的口号,往往整齐划一、惊天动地。"一个口号,硬是让王春阳讲出一大堆道理来,战士听后知其然又知其所以然,震天的口号瞬间响了起来。

喊口号,往往伴随着队列训练,口号应用得最多的也就是在队列行进中。简单休息了几分钟,连队开始进行队列训练。

杨松正在组织八班队列训练,昨天刚下过一场雨,有一处洼地还有不少积水,王春阳过来刚与杨松说了几句话,新兵们见前面有一摊水,就自行停下了行进的步伐。杨松发现队列"就地休息"了,便不悦地说:"这么一点点脏水,就不敢走过去,如果是战场上的血水呢?你们是不是都要往回跑?真是太娇气了!"

"看过1998年抗洪的纪实片吗?"王春阳接过杨松的话说,"一处堤防决口,洪水浪头1米多高,吐着黄沫卷着泥沙直冲堤坝,如不及时填堵,出现溃堤,将给下游人民群众生命财产造成难以估量的损失!紧急关头,部队首长一声令下,带领成百上千人同时跳入洪流,用自己的血肉之躯堵挡豁口。"讲到这里,王春阳稍微停顿了一下,"我们是军人,军人以服从命令为天职,不要说前面是这么一点脏水,就算前面是巨浪洪峰,是刀山火海、枪林弹雨,但只要一声令下,就是倒,头也要向前倒!"

白阿毛听后眼睛潮乎乎地说:"连长,我们错了!"

"连长,我们错了,我们坚决改正!"队列里异口同声。

"下面,我来做示范,大家看。正步——走!"王春阳给自己下达了口令,随着铿锵的脚步落下,脏水如散射的利箭四处飞溅。"立定!"王春阳一个标准的立定动作,停在了水洼的正中央,"大家看明白了吗?"

"明白!"新兵们昂首挺胸。

训练继续,他们进行正步训练的分解动作,王春阳命令道:"抬起右腿,伸向前方!"白阿毛因为紧张而把左腿伸了出去,结果和旁边士兵的右腿并在了一起。

"是谁把两条腿都抬起来了!"说完,王春阳自己先笑了,新兵们也跟着笑了起来,紧张的气氛一下子缓和了下来。

关舜带的新兵九连上周退了一个新兵,说是查出了心脏病,是杜长伟接的。按照旅里规定,谁接的新兵谁负责退,来回费用都得自己出。杜长伟本想趁着接兵机会神气一把,没想到,因为把关不严,还被旅领导一顿臭骂。

杜长伟也真是自作自受,当初他明知道那名新兵没体检。可因贪恋那名新兵表姐的美色,为了讨好美人,就主动接了个不合格的兵,可只有退兵这么简单吗?杜长伟无法预知。

晚饭时间到了,今天主食是包子。王春阳记得,第一次吃包子时,他走进饭堂,看见了蒸笼里有不少碎包子皮,便拿着自己的碗,把包子皮拣到了碗里。通讯员见了,忙上前说:"连长,您的包子装在盘子里呢。"王春阳说:"那这些碎包子皮怎么办?倒掉岂不可惜!"第二次吃包子时,蒸笼里的碎包子皮明显少了,王春阳照例拿着碗去装,却被杨松、白阿毛等人抢在了前面。

又到了吃包子时间,关舜过来向王春阳抱怨说:"现在的兵真难带,根本不知道节约,吃个包子弄得蒸笼里都是碎包子皮。"

"你是怎么做的呢?"

"我苦口婆心地讲了好几次,说同志们,我们可不能丢掉勤俭节约的好作风啊,艰苦奋斗是我们的优良传统,节约粮食是一种美德。以后吃包子,大家要自觉把碎包子皮拣进碗里吃了,可讲一次好一次,不讲又回到老样子了,我这是河里赶大车——彻底没辙了。"关舜一脸无奈地说。

"你吃那些碎包子皮了吗?"王春阳听关舜抱怨完,静静地反问道。

"吃它干什么,我吃的都是通讯员给我拣好的包子。"关舜满不在乎地说。

"既然你都不吃,战士们又怎么会吃呢?"王春阳说,"你别河里抓不到鱼——抓瞎了,解决碎包子皮问题,既要说,又要做,说做要一致,现在的新战士民主意识强,事事爱较真攀比,这个时候做就比说更重要。"

"王哥,我懂了,难怪你们连没有碎包子皮呢!"王春阳一语点醒了关舜。

回去的当天,关舜也主动吃起了碎包子皮,连队蒸笼里碎包子皮果然很快销声匿迹了。

"班长,今天我收到了 3 个吻!"晚点名结束后,白阿毛兴奋地向杨松喊道。

班里的战友听罢,禁不住哄然而笑。

"3 个吻?别瞎扯了!"

"一整天你都和我们在一起,没看到谁吻过你啊"

"你是个新兵蛋子,咋能开这样的玩笑?"

大家七嘴八舌地说起来了。

"不信你们看!"白阿毛边说边从口袋里掏出一张信纸,上面印着3个鲜亮红唇印。

"最上面是我爸爸的,这个是我妈妈的,右边这个是我妹妹的……"白阿毛指着信纸上的唇印,说,"看啊,每个唇印下面都有一句祝愿的话呢!"

"爸爸爱你,希望你早日成为合格军人。""妈妈亲你,等你寄回立功喜报。""妹妹祝你在军营成长为真正的男子汉。"

读着读着,白阿毛的眼睛湿润了:"我一定不辜负家人的希望,安心在部队好好干!"

"不仅要有决心,更要付诸行动。"杨松鼓励说。

看着这3个不同寻常、激励人心的红唇印,白阿毛很快有了动力,投入到紧张的训练中。

哨位上站得笔直笔直,敬礼很严肃很标准,走路时两人成伍三人成行,眼睛里露着羞涩又闪着自豪……经过近一个月的训练,新兵渐渐有了兵的样子。

团里要组织队列会操,一个连要抽一个排,尚思远也在临阵磨枪,他站在队伍前大声吼道:"眼睛要目视前方,不要盯着我!"

白阿毛怯怯地问:"排长,我应该往哪看?"

尚思远又重复了一遍:"往前看!"

白阿毛依旧盯着尚思远看,尚思远一脸的不快:"不让你盯着我,怎么还看着我?"

"排长,我就是往前看的呀!"尚思远这才意识到,自己就站在白阿毛的对面,气呼呼地说了句,"你就当我不存在好了!"

队列会操如期进行,白阿毛在队列行进间被后排战友不小心踩掉了鞋子,但他一声不吭,踩着零下七八度的水泥地面,用标准的队列动作完成了会操任务。新兵团领导当场表彰:"八连八班队列意识、服从意识、团队意识都很强,是当之无愧的队列标兵!"

第三十二章　新训·体能测试

新兵训练一个月后,新兵连组织了一次摸底考核,7项体能考核内容白阿毛有5项成绩不合格,综合排名全连倒数第一,杨铭是5项成绩优秀2项良好,综合排名全连第一。一时间,杨铭是二郎神吹笛子,在全连一顿神吹。

"绝不能让一个新战士掉队!"看着白阿毛一副着急的样子,王春阳也是火炭吞下肚——心急如焚。几次训练,他都特别留意白阿毛。白阿毛平时训练还是比较认真的,就是基础太差了。

又到了五公里长跑,白阿毛憋着一股气猛向前冲,在一个拐弯处,突然脚一软差点摔倒,白阿毛意识到脚崴了,可他仍坚持跑着,大约跑了3公里,白阿毛的两条腿实在疼痛难忍,且感觉胸口发闷、呼吸困难。

白阿毛停下步子,喘着粗气:"唉,都怪自己不小心崴了一下,现在小腿已肿得厉害,眼看着战友们一个个都跑到了前头,怎么办?抄条小道吧。"

白阿毛犹豫了一下,决定抄小道追上队伍。跑了不远,便感到后面有人。回头一看,连长正在自己的身后。

王春阳大声喝道:"站住!为什么离开队伍,还抄近道?"

白阿毛结结巴巴地说:"我,我,我腿……"

"我什么我,我看你就是想偷懒,怨不得成绩这么差呢!"王春阳不分青红皂白,对白阿毛一阵狠批。

白阿毛委屈得眼泪都流下来了,看王春阳的眼神也变了。王春阳吼道:"你还好意思哭,你别给我海蜇头做帽子——装滑头了,这不是军人的作风,赶紧追上队伍!"

白阿毛满眼噙着泪水艰难地向前跑去,王春阳这才意识到,这是自己当连长以来,批评新兵最严厉的一次,还是单独批评一个新兵,心里很不是滋味。

晚上洗漱时，王春阳无意中发现了白阿毛肿起的小腿，更是对下午的行为深感懊悔。

理亏了就要弯腰！得找个机会向白阿毛认个错，以免他心里背上包袱。知道实情后，王春阳决定为自己当初的鲁莽"埋单"。可转念又一想，自己堂堂一个连长，向一个新兵道歉，会不会有失身份、有失威信？王春阳经过短暂的思想斗争后，很快做出决定："管他呢，错了就是错了，错了就要道歉。"

"因为不了解实情，昨天我错误地批评了白阿毛，今天我向他说声'对不起'……"王春阳鼓起勇气，在晚点名时进行了公开道歉，赢得了全连人员经久不息的掌声。

"连长能放下架子，向一名新战士说声'对不起'，真是了不起！"道过歉后，王春阳是一身的轻松，战士们也都投来赞赏的目光。王春阳不仅没有丢面子，还增加了威信，拉近了与新兵之间的距离，新战士也更加敬重他了。

几天后，机关人员来八连组织问卷调查，一项重要内容就是官兵关系，有无打骂体罚和变相体罚等行为，王春阳获得了很高的评价。王春阳自言自语道："向新兵道歉不跌份。勇于承认错误是一种勇气，也是一种美德，更是一种如释重负的感觉啊！"

这是一道亮丽的风景，拼搏与挑战渲染主题，成熟和进步在时间里定格，青春的调色板上，迷彩是最靓的基色，新战士在这个广阔的绿色舞台，尽情地释放着自己。

新的一天开始，训练按计划进行。

"兄弟们，我给大家表演一下劈砖硬功。"训练间隙，杨铭看见旁边放着一堆砖头，就仗着自小练过拳脚，耍枪弄棍、开瓶断砖，想在大家面前露一手。杨铭左挑右选了几块旧砖头，又用两个小凳子当作支架。

劈砖表演开始了！杨铭潇洒地拿起一块砖头，在空中画了个弧线后，轻轻放在小方凳支起的架子上。大喝一声"开"，将高高举起的大手猛地劈了下去。只听"砰"的一声闷响，那砖头连同两个小凳子颤了几颤，便又落回原处，完好无损。

人群中响起一片嘘声。杨铭一时慌了神，本能地抬起右臂，又一次狠狠地劈了下去。又是一声闷响，砖头依然没断！杨铭只觉得一股燥热从脚底直冲脑门，脸霎时涨得通红。

这时，一旁的王春阳不慌不忙地拿起那块砖头，微笑着说："请大家仔细看好了，刚才杨铭仅用了常人的功力，验证了砖的真假，大家都见证了砖头是真的。下面就请大家看看我们的硬功表演——金刚开砖!"

王春阳一席话,令骚动的人群很快平静下来。杨铭呆立在那儿,直到王春阳小声对他说了句"砖实、气稳、手快",才醒过神来。

王春阳的提醒,对杨铭来说,可谓字字入耳。杨铭突然领悟到了发力的奥妙,陡然间生出无穷力量,同王春阳一起将右手高高举起,干脆利落地连续砍断了所有砖头。

顿时掌声如潮,杨铭也开心地笑了。

训练照常进行,生活中也难免出现磕磕碰碰。

杨松对新兵经常说一句话:"生活上大家要把我当成老大哥,有问题及时跟我说;但工作中大家一定要严肃认真,工作和生活要分开!"

很长一段时间,杨铭都对这句话表示怀疑,想想以前的伙伴,谁不是在工作中遇到分歧、矛盾激化,生活上便再也没有了嘘寒问暖、情同手足?

又一次五公里越野,杨铭仗着自己体能底子好,想着班长平日对自己关爱有加,偷点懒他应该不会说什么,于是故意落在了队伍后面。

杨松察觉后,立刻跑到他跟前说:"你平时可不是这水平,来,跟我一起冲一把!"

"班长,你看我这胶皮人烤火似的,难受得浑身都软了,我实在是跑不动了……"杨铭摆出一副痛苦的样子。

"跑五公里谁不难受?不努力一把就认输了,这不是咱军人的作风!"杨松一听就火了。

我就不使劲跑,看你能拿我怎么办?被班长一顿训斥后,杨铭一下子没了心情,一直晃晃悠悠地跑着。到了终点,杨铭担心受批评,就灵机一动,从水壶里倒点水洒在头上脸上,然后捂着肚子对杨松说:"哎哟,班长,我肚子疼。"

"怎么回事?看你一头一脸汗水的。"杨松连忙问。

"不知道,突然就肚子疼,疼得厉害,可能是刚才五公里跑的吧。"

"有病就要看病,走,我带你去卫生队看看。"

杨铭跟着班长去了卫生队。

军医和蔼地问:"小伙子,怎么了,哪儿不舒服?"

"突然就肚子疼。"

"哪疼,怎么个疼法?是小腹,还是胃?"

"说不上来,反正就是疼。"杨铭装作一副十分痛苦的样子。

军医给杨铭检查了一下,说:"你先去找卫生员量一下体温。"

支开杨铭,军医对杨松说:"这个兵好好的,明显就是装病嘛。"

"您就是不说,我也知道。来的路上,我看见他偷偷笑了!"

"那你还带他过来?"

"其实我也是这么过来的,您要是不麻烦,就给他开点药吧?"

军医直勾勾地盯着杨松,不明白他葫芦里卖的什么药。

"您不知道,这几天体能搞得猛,这个兵自尊心强,不能当面戳穿他,否则他面子上挂不住,我回去再开导开导他,您给他开点儿药就行。"杨松说。

"你这个班长真是当到家了。"军医摇摇头说。

回到连队,杨松拿出药片说:"你不是肚子疼吗,把药吃了,每天3次,每次2片。"

"班长,你还给我拿药了?"

"别废话,赶紧吃了。"

杨铭顿时像葫芦下水一样,吞吞吐吐地说:"其实……班长……我……"

"就你小子,才吃了几碗饭,就给我装病?还嫩点!"杨松一脸严肃,跟块木板似的。

杨铭心想,班长这次是真生气了,怯怯地说:"班长……你都知道……还……"

杨松冰窖里打哈哈——冷笑道:"早知道你的小算盘,放心,我给你拿的是钙片,好让你攒足了劲,以后继续给我装病号啊!"

杨铭臊得脸通红,愣在那里不动。

"还愣着干啥?赶紧去换换袜子泡泡脚,对身体有好处。"杨铭刚才脱掉的袜子气味实在是难闻,杨松提醒说。

杨铭摸着后脑勺不好意思地说:"这个……袜子不知弄哪去了。"

"早说啊,我有!"杨松笑着说完,从床头柜里找了双新袜子塞到杨铭手里,爽快地说,"不用还了,我的袜子多着呢! 多得可以手上再套一双!"说完,杨松自己笑了起来,杨铭愣了一下,也笑了,心里暖暖的。他穿上袜子就往外跑。

杨松厉声喝道:"回来,干什么去?"

"班长,我把五公里补回来。"杨铭忽然明白了,班长坚决把生活和工作分开来,是对我们莫大的爱护,就像一棵幼苗必须经受碾压的生存磨砺,才能茁壮成长一样,自己也应该在这样的磨砺中有直面挑战的勇气。

第三十三章 新训·战术观摩

  波澜壮阔是大海的魅力;峰峦雄奇是高山的魅力;翅膀矫健是苍鹰的魅力;风度潇洒是"斑竹"的魅力……军人的魅力在哪里?

  王春阳的理解是,它隆起在军中健儿山冈式的肌肉上,它闪现于障碍场上旋风般的姿影里;它是飞流险滩中的绿色人堤,它是飞天神舟灿烂的轨迹;它是万象更新的繁荣,它是万家祥和的安宁……而拥有这些,都离不开训练场上的摸爬滚打。

  这天上午,天空阴云密布,清冷的寒风吹在脸上刀割一般,树上的鸟鸣声也没了。王春阳去团部开会了,尚思远带领全连人员来到营区的一块草地上。今天,他们进行侧姿、低姿、高姿三种姿势的战术动作训练。

  杨松给大家讲解动作要领和示范后,大家就开始了训练。卧倒、起立、匍匐前进,一时间训练热火朝天。

  "停!这样训练哪能行?"王春阳开会回来,看到大家在绿草地上训练,连忙叫停了训练。

  训练还不到30分钟,这训得好好的,咋就让停下来呢?新兵们一时摸不着头脑。

  王春阳走向草地问尚思远:"有现成的战术训练场,为啥在草地上训练?"没等尚思远答话,王春阳扯了扯眼前的橡皮筋,"这橡皮筋能代替铁丝网吗?"

  "战术训练场地比较硬,有许多小石子,还有铁丝网,昨天下午我们训练时,几个战士手磨破了皮,脸划出了血,为了防止大家受伤,今天就改到草地上训练了,铁丝网就用橡皮筋代替了,好多连队都是这么做的。"尚思远解释说。

  "不要管别的连队如何做,只要管好我们自己就行!"王春阳听后一脸的不悦,面向全连大声说,"未来战场不可能都是在草地上,肯定复杂多变,异常残酷。军营男子汉站起来要能撑起一片天,倒下去也要砸出一个坑。今天的训练不动真格,不想吃苦,不愿意流血,将来上了战场就会多流血。平时训练必须紧贴实战环境,把训练当仗打,才能有效果,将来上了战场,才能打得赢!"

一席话,说得大家羞愧难当,王春阳随即集合队伍,把全连带到了满是石子的战术训练场上,开始了生龙活虎的训练。

不一会儿,天空下起了雨夹雪,越下越大,看到兄弟连队相继跑步带回,新兵们的目光齐刷刷投向王春阳。尚思远也向王春阳建议道:"连长,要不我们也带回吧?"

"跟我来!"出人意料的是,王春阳下达的不是"带回"的口令,而是抓过杨松手中的枪,大喊一声,以标准的姿势卧倒,"噌噌噌"在湿地上往前爬去。

新兵们先是一愣,转瞬间满腔豪情被点燃,变成了一只只嗷嗷叫的"小老虎",跟着连长卧倒在泥水中,震天动地的吼声响彻训练场……

看得冷一欣热血沸腾,连忙集合女兵带来训练,训练场上掀起了一股练兵热潮。

扛枪而立的日子虽然孤独,但有枪和战友相伴,足以有诉说不完的感动。

这天下午,连队刚搞完队列训练带回,白阿毛就向杨松抛出了这么一道难题:"班长,我想请假去一下服务社。"

"连队正课时间不让去服务社,你不知道吗?"杨松头也没抬。

"我知道,可我还是想去一趟!"

"什么情况,嘴馋了?你平时不爱吃零食呀?"

"报告班长,买点东西,犒劳一下自己……"白阿毛眼睛一眨一眨的,欲言又止。

"现在不行,马上去换衣服,10分钟后战术训练,我对你单独操练。"杨松说话间,嘴角掠过一丝不易觉察的笑意。

白阿毛嘴上不说,心里老大不乐意:又不是花你的钱,10分钟就能回来,太不近人情了!

上了训练场,白阿毛没精打采的,爬战术也是慢慢腾腾的,他这是寒天吃冰棍——心里有火。看着白阿毛的样儿,杨松又好气又好笑,一个劲地催:"快点儿爬,别跟个大企鹅一样……"

"看你爬这么慢,罚你一个人把俱乐部打扫一遍,打扫不干净不准进饭堂。"回去之后,杨松命令白阿毛。

白阿毛以为是战术训练不认真,班长故意惩罚他的,噘着小嘴把俱乐部打扫了一个遍,直到把地拖得能照出人影儿,才揉着胳膊,快快不乐地回到宿舍。

第三十三章 新训·战术观摩

"开饭!"值班员哨音一响,白阿毛便随大伙儿一起,迅疾集合走向食堂。

"咦!怎么没亮灯?"看着食堂一片漆黑,白阿毛心里直犯嘀咕。

"祝你生日快乐……"灯亮了,王春阳手端蛋糕向白阿毛款款走来,战友们齐声唱起了生日歌,一张张幸福的笑脸,勾勒出一幅温馨的画面。

"祝我们的阿毛同志生日快乐!"杨松上前给了他一个结结实实的拥抱。

白阿毛使劲抱着班长,眼泪扑簌簌地流下来,不过,是特幸福的那种。随后,王春阳宣布,以后每个月给大家过一次集体生日。

白阿毛幸福了,杨铭却有了新的烦恼。

真是生意场上无朋友,没想到,我当兵才一个月,昔日称兄道弟的合伙人就翻脸不认人了。下午接完电话,杨铭就憋足了一肚子气,晚饭没扒拉几口便跑回了宿舍。

就在他生闷气的时候,王春阳推门进来了:"怎么了杨铭?晚饭都不吃了。"

杨铭鼻子一酸,向连长道出了原委:"入伍前,我和同学开了一家小店,2万元启动资金我们各出一半,利润五五分。由于经营方式对路,店面位置选得又好,开业不到半年,每月纯利润达到1000多元。我参军入伍后,店铺由同学一个人经营,有时也打电话帮他出谋划策。谁想这个月分红,他只给了我200元,同学说我没有直接参与经营,少劳少得。"

听杨铭讲完,王春阳眉头皱了一下说:"杨铭,我能理解你的心情,但你想过没有,你已经是名军人了,条令条例明确规定,军人不得经商,不得从事本职以外的其他职业和有偿中介活动。"

杨铭不禁一怔,脱口而出道:"连长,现在市场经济时代,这样的规定也太死板了,再说我这只是小买卖,没多大关系。"

王春阳没有直接回答杨铭,而是给他讲起了一个故事:"中日甲午黄海大战中,北洋舰队一战,即被击沉巡洋舰4艘、重伤2艘。"讲到这儿王春阳卖了个关子,"你知道为啥吗?"

杨铭疑惑地挠挠头,望着连长。王春阳清了清嗓子,继续讲道:"清朝后期,将领克扣军饷,大搞走私,士兵则外出做起了小买卖,有的甚至把做生意作为第二职业,天天不想敌情想行情。你说这支军队能有心思习武打仗吗?况且,我们现在,部队教育训练繁忙,要随时准备执行急难险重任务,也使我们不具备经商的条件。"

王春阳看看杨铭又说:"你是个大学生,现在更是一名军人,咱可不能做毽子上的鸡毛——一心钻进钱眼里去了,我想这个道理你不难明白,你要是真是为了钱,就不会来当兵了!"

听完连长的话,杨铭点了点头。第二天,他就打电话给同学,宣布退出经营,同时将1万元变成借款,待店铺周转开再偿还他。

为了规范各训练科目,新兵团决定组织一个训练示范队,八连八班负责战术训练示范。

示范观摩会上,白阿毛在做低姿匍匐前进动作时,由于用力过猛,他的腰带被一个凸出地面的树根挂断,裤子掉了下来,先是秋裤露在了外面,白阿毛没顾这些,继续爬着,到终点时,竟半个大屁股裸露在外面,引来场外一阵笑声。现场观看的不少女兵有的则遮住了眼。

关舜调侃说:"王哥,你们连啥时发明的'裸体匍匐课目'?都可以申请'吉尼斯'了。这'洋相'出得够水平,我今天可是额头上挂钥匙——大开眼界了。"

"裤子掉了应该先提上再说,光着身子搞演示多不雅观,我们这还有很多女兵呢。"冷一欣也过来凑热闹。

负责场地保障的尚思远则一脸的愧疚说:"连长,都怪我上午准备场地时,没将树根铲掉。"

王春阳看了看冷一欣,又看看关舜说:"训练场如战场,打起仗来敌人能等你提上裤子?照你们的想法,董存瑞炸碉堡前应该先焊个支架,黄继光堵枪眼应该找块钢板。这在瞬息万变的战场环境下可能吗?"

王春阳又对尚思远说:"打起仗来别说树根,什么情况都有可能碰上,你能提前把所有障碍物都清理掉?课目演示就是一种战场模拟,考察的正是官兵的应变能力,没'情况'还要设置'情况'呢,何况只是一个小小的树根?"

"听听,王哥就是王哥,讲出的话引经据典,不服不行,总能讲出一大堆道理。"关舜说。

冷一欣也觉得王春阳说得在理,插话说:"是呀,战场上只有活人和死人之分,哪还分什么男女?我们女兵真不该捂着眼睛。"

"连长,这次课目演示,我出了'洋相',也给连队丢了丑。"一回到连队,白阿毛就低下了头,向王春阳做起了检讨。

"不,你这个'洋相'出得好!虽然掉了裤子,但没有掉'链子',为连队争得了荣誉,我准备在全连大会上表扬你呢!"没想到,王春阳的表扬还没到,旅长江耀武的表扬就到了,直夸八连的训练作风扎实!

第三十四章 新训·紧急集合

白阿毛在王春阳和连队骨干的特别关照下，普通话水平有了大幅度提高，训练也是突飞猛进，在第二次的普考中，成绩由当初的倒数变成名列前茅了，成了连队的"新秀"，与杨铭已是骆驼的脖子仙鹤的腿——各有所长了。

郁闷！杨铭像吃了生杨梅，心里酸溜溜的，躺在床上翻来覆去睡不着。这才训练一个多月，自己就有多项训练成绩被白阿毛超越，心里头十二个不服气。

夜，静悄悄的，清冷的月光透过窗棂洒在屋子里。天一亮便是战备拉动，桌上整齐地摆放着个人战备物资。杨铭侧身注视着对面熟睡的白阿毛："哼，看我给你个下马威！"

待鼾声四起，杨铭掀开被子走下床，轻轻拿起桌上白阿毛的军用水壶走出宿舍，蹑手蹑脚地来到洗漱间，将水壶里的水倒了个精光。

杨铭心里清楚，连长王春阳是个出了名的"黑脸"，眼睛里容不得半粒沙子，每次战备拉动，连队没有一人敢弄虚作假，将水壶里的水倒掉，无非是将了白阿毛一军。

"你怎么搞的？竟然带着个空水壶，要知道水在战场上……"果然，在早晨紧张的拉动中，王春阳检查出了白阿毛的空水壶，并当着全连的面严肃批评了他。

看着白阿毛满脸窘相，站在队伍里的杨铭禁不住窃喜，心想，这次拉动一定要好好表现一把，让大家看看我杨铭不比你白阿毛差！

物资点验完毕，接下来便是五公里越野。杨铭横冲直撞地往前冲，可无论怎样，还是无法超越前面不远处的白阿毛。当经过一个拐弯处时，杨铭灵机一动，突然就着近道斜插了过去，哪料脚下一滑，没等反应过来，便"哎哟"一声摔了个脚朝天，携行具脱身而出，骨碌碌地滚进了泥水坑里。杨铭努力想要爬起来，却怎么也站立不了，这才发现自己的脚崴了！

杨铭是被白阿毛背回连队的，白阿毛把他放在自己的下铺说："杨铭，你现在受伤了，住在上铺不方便，就住在这里吧，我搬上铺睡！"说完，白阿毛就把自己铺和杨铭的换了过来，没等喘口气，又忙前忙后地找卫生员，一遍遍地为杨铭敷换毛巾。

望着白阿毛忙碌的身影，躺在床上的杨铭满心愧疚，他真想对白阿毛说出空水壶的事，可直到白阿毛走出了房间，他也始终没能开口。

"如果不倒掉白阿毛水壶里的水，白阿毛也就不会挨批评了；如果自己不耍小聪明，可能就不会摔倒；如果不是自己小心眼，也可能不会发生这一切了……"杨铭躺在床上，看着高高肿起的脚踝，开始不安起来，直到开饭号响起，白阿毛提着保温桶走进房间。

白阿毛说："快吃饭吧，连长亲自给你做的龙须面！"

一听是面，杨铭便没有了胃口，把脸扭在一边，白阿毛问："咋的了？"

杨铭说："阿毛，我不想吃面，能不能弄两个汉堡包？"

"还汉堡包呢，要不要再来点寿司？"不知什么时候，王春阳走了进来。

王春阳先是给杨铭介绍了我军做"病号饭"的历史，始于长征时期，当时粮食紧缺，为了照顾生病的同志，就用青稞面煮野菜；抗日战争全面爆发后到解放战争时期的典型的"病号饭"就是缴获的罐头；而解放初期白面馒头、咸菜稀饭是"病号饭"的代表；20 世纪 70 年代至 90 年代，"鸡蛋面条"就成了"病号饭"的代名词。

王春阳说："我知道，像你们这一代新兵，都是吃惯了牛排、肯德基，'一碗热面条，加两个荷包蛋'，很难满足大家的需要，但我们就这个条件，也在想办法改善，让生病战士吃上可口营养的'病号饭'。"

说着，王春阳打开保温桶，一股诱人的饭香扑鼻而来。王春阳说："这是我用大骨汤给你下的面，还有两个荷包蛋，够味道也够营养！"

杨铭看见龙须面上真有两个精致的荷包蛋，闻着也很香，口水差点流了下来！

王春阳说："来，我喂你！"

杨铭突然感觉鼻子酸酸的，他连忙将视线转向窗外。阳光透过玻璃照进房间，洒在身上暖暖的。杨铭望着渐渐升起的旭日，一颗内疚的心豁然明朗了许多。他想，等自己好了，一定努力训练，和大家好好相处！

"连长，我自己能吃！"杨铭一把接过保温桶，大口地吃了起来。

"你慢点吃！"王春阳忽然瞅见杨铭吃得一脸一鼻子都是，忍不住笑了起来。杨铭也费力地咧开嘴，笑着说："连长，我太饿了，面真好吃！"借机滚下两颗实落落、亮晶晶的泪珠子……

曾经是千千万万同龄女孩中的一个,一样地被父母娇生惯养,一样地喜欢花裙子、马尾辫,一样地会对着流星许下朦胧的心愿,一样地在幻想中慢慢长大,但自从生命中有了当兵的一页,就注定将拥有一份不一样的美丽。

冷一欣所带的女兵们,把美丽的衣裳锁进衣箱,默默立誓从此不爱红装爱武装;当汗水洒向天空,深入大地,她们依然纹丝不动地站着军姿;当训练的疲惫唤起心中的一抹乡愁,她们咬紧牙关抹去泪水,固执地绽放出笑容。

军中女儿心,摸爬滚打,吃苦不言苦;流血流汗,有痛不说痛!她们以男儿的坚强,感受着军营生活的酸甜苦辣;以女儿的情怀,书写着生命中最美的乐章……

前面的训练科目都很好,紧急集合时却遇到了坎。由于女兵连住在三楼,就一个楼梯口,每次紧急集合,没法和男兵挤着下楼,看着男兵从容镇定,都在规定时间内集合完毕,她们只能干着急。更糟的是,黑暗中,女兵也全然没有了平时的心灵手巧,不是落下刷牙缸,就是背包带没打紧。冷一欣批评女兵战备观念不强,女兵们一个个还不服气。

每天,女兵们除了练习打背包、上下楼的速度外,也在多方想招,在经历多次集合之后,终于总结出了经验,每次只要听到风吹草动,她们就会全体出动,四处打探消息,早早把背包和装具准备好。此后,女兵集合多次抢在男兵的前面,这却没能逃出冷一欣的火眼金睛,冷一欣就像吃了一肚子萤火虫,女兵们的"秘密"她全明白了。

一天晚上,一阵紧急集合的哨声划破了宁静的夜空,正当女兵们背上背包准备下楼时,传来了冷一欣那干练清脆的嗓音:"今晚紧急集合,只带背包带!"

女兵们顿时像骆驼戴风镜——一个个傻了眼!

训练越发升级,这天,连队要进行实爆。

说到实爆这个课目,那可不是闹着玩的,拿在手里的炸药包可不再是训练时的木头疙瘩,那可是实打实的真家伙。不仅考验平时的训练水平,还考验战时的心理素质,对新兵来说是一个非常危险的科目。

在前往实爆场地的路上,战友们都在小声地对实爆议论着。尚思远小声地问白阿毛:"你说这炸药包里面是什么?"

这不是槐树上要枣吃——强人所难吗?白阿毛哪里知道,杨铭抢先说:"是TNT!"

"错!"杨松一口否决道,"TNT爆炸时会产生有毒气体,这么多人,场地又不大,怎么可能用TNT呢?是黑火药。"

到了实爆地域以后,全连认真做了准备。王春阳在队列前大声问道:"大家紧张不紧张?"

"不紧张!"虽然答得异口同声,但是王春阳观察到不少战士在偷偷地咽着唾沫,尤其是白阿毛眼神有些发直。王春阳知道他走神了,于是提高嗓门问他:"白阿毛,你叫什么名字?"

已经有些胆怯的白阿毛随口答道:"我叫不紧张!"话音刚落,全连都笑了起来。意识到自己出洋相了的白阿毛羞得满脸通红。

"没关系,新战士第一次经历实爆,难免有些紧张。但是只要我们把平时的训练水平拿出来,调整好自己的心态,我相信大家都会完成实爆的。"王春阳进行实爆前的动员。

实爆开始了。前面的老兵和班长们的示范动作一气呵成,占领阵地、卧倒、接近、拉火,"嗖"的一声,迅速反身卧倒,"轰——"整个动作让人目不暇接。

轮到白阿毛了,看得出他还是很紧张,不停地搓着两只手。王春阳轻轻地对他说:"自信一些,你能行的,注意动作要领。"

占领阵地、卧倒、接近、拉火,白阿毛都完成得不错,就是反身卧倒迟疑了一些。起身后,王春阳拍了拍白阿毛身上的土,继续鼓励他:"不错,动作要领掌握得很扎实。"

"报告连长,我请求再来一次。"看着白阿毛眼里的坚持,王春阳点了点头。第二次走上实爆场的白阿毛动作明显熟练了许多,走下实爆场的他赢得了全连战友的热烈掌声。

"大家怕不怕?"实爆过后,王春阳问道。"不怕!"洪亮的回答声中,饱含着发自心底的喜悦和激动。王春阳又问道:"白阿毛,你怕不怕?"心有余悸的白阿毛嘴硬说:"不怕!"

王春阳接着宣布说:"我们连取得了全优的成绩。"队列中响起了更加热烈的掌声。

第三十五章　新训·新兵授衔

缀好崭新领花,自豪和欣喜从眼角流过。

擦亮头顶帽徽,庄严和神圣添满心窝。

佩戴好"一道拐",责任和使命融入沸腾的热血。

新训2个多月了,新兵团又组织了一次军事训练全面考核,新兵八连综合排名第一,全连80多名新兵全部授衔,成为一名真正的战士。因为只有合格兵才能授衔,八连也是新兵团唯一全部授衔的建制连单位。旅长江耀武握着王春阳的手说:"小伙子,干得不错,感谢你给旅里培养了这么多合格兵。"这让王春阳感到很荣耀。

授衔大会上,王春阳作为新训干部代表发了言,他感慨地说:"亲爱的战友们,从今天起,从这一刻起,你们就是一名真正的解放军战士了,这两个多月的训练,我们付出了心血、付出了汗水,从初入军营的懵懂,从穿衣、叠被、走路、攀爬开始,可能刚开始时,我们的被子怎么也叠不出班长的豆腐块;齐步行进时,我们怎么也走不出班长的自信与潇洒;五公里越野时,我们竭尽全力,也没能在规定的时间内到达终点……面对所遇到的困难,我们或许会感到悲观失望,甚至举步艰难。但我们经受住了军旅生活方方面面的考验,一点一滴地来完成军人角色的转变。"

王春阳又意味深长地说:"失败、挫折、痛苦,不是生活的全部,也不是生活的最终。人生中有了这些经历,我们更能体味到成功的欢乐,更加珍惜这不平凡的军旅生涯。"

"亲爱的战友们,以后的路还很长,也许更艰辛,踏平坎坷成大道,不管怎样,我们都别忘了给自己一个笑脸,使自己拥有一份自信与坦然。"王春阳呼吁说,"让我们来自心底的那份执着,鼓舞自己插上飞翔的翅膀过尽千帆;让来自远方的呼唤,激励我们闯过一道又一道难关,勇敢地闯过去,迎接我们的就是朗朗晴天!"

王春阳发完言,旅长江耀武带头鼓起了掌,随后雷鸣般的掌声响了起来。

紧接着,杨松、白阿毛和一名女新兵也都作为代表发了言。

回到连队,趁着大家的高兴劲,王春阳拿出一个小小的铁盒子,被写有"梦想盒"的大红纸精美包装,说:"人人心中都有梦,梦有多大,舞台就有多大。现在大家都是真正的军人了,军营为你们提供了实现梦想的舞台,愿你们的青春在军营闪光,梦想在军营放飞!"

新战友们早已按捺不住内心的激动,将写着自己梦想的纸片叠成纸鹤、爱心、飞机等模样,小心翼翼地放进"梦想盒"。

"你的梦想是什么,能说说吗?"王春阳问杨铭。"考军校,当军官!"杨铭脱口而出。

又问白阿毛,白阿毛一脸真诚地说:"我来部队是想为自己找条出路,也为家里减轻点负担。"

王春阳又问了几个人,大家都开心地笑答着。

王春阳向沉浸在美好憧憬中的新战友说:"穷且益坚,不坠青云之志。不管遇到什么困难,我都会勇往直前,直到梦想成真!我始终坚信,有梦想就会有奇迹,祝大家早日实现自己的梦想!"

"连长,我们什么时候开启'梦想盒'呢?"杨铭问。

王春阳大声说:"我这里不是公鸡飞上屋脊——给大家唱高调,让大家把梦想写下来,实际上是一种心理暗示,使大家自觉朝着奋斗目标去努力去拼搏。当我们中有人遇到挫折时,我会打开'梦想盒',把他写下的梦想拿出来,激励他不气馁、不放弃,战胜困难和挫折,继续前行。

"今晚我们就不安排其他活动了,大家回去后,每人给家人写一封信,让我们远方的亲人也跟着高兴一下。"晚上看完新闻,王春阳安排大家写信,分享一下从军的酸甜苦辣。杨铭听后嘟囔着说:"都什么年代了,还写哪门子信,有事直接打个电话不就行了!"

王春阳深有感触地说:"前两天,我接到一个电话,是我妹妹从安徽老家打来的,现在还如同醍醐灌顶一样,让我重新领悟了家信的特殊意义。"

王春阳深情地说:"我接过电话,那边当头就问:'哥,你的手臂还疼吗?'我云里雾里的,不明白是什么意思,就问小妹:'大半夜的,你哪来这句没头没脑的话?'小妹说:'唉,还不是咱爸的意思!他把你当年上军校时写的那些信放在枕边,每天晚上抽出一封来看看。可能是有封信里你说跑400米障碍时,手臂受伤了,他刚才又看到了,就一个劲儿地着急……'"

王春阳揉了揉眼说:"我当时就有一阵难以名状的愧疚感。军训手臂受伤,那早已是七八年前的事情了。父亲也已问过多次,我也解释过多次,只是一般的小伤,几天后就没什么异样的感觉了。但我能嘲笑父亲还在翻我的那些旧皇历吗?

"其实我知道,父亲是打心眼里想知道关于我的一切,可是我们身处遥远的军营,偶尔响起的电话铃声,又能带给远方的亲人多少看得见、摸得着、值得回味的东西呢?"说到动情处,王春阳眼泪差点流了下来,很多人的眼睛也都湿润了,"我知道,我们中间有很多人现在不愿意写信,前几次安排大家写信,有很多人根本就没有寄出去,我们是不是太吝啬了,难道连只言片语也不肯写给生我们养我们的父母了吗?"

战士们一个个低下了头,杨松到连部取来信纸分给大家,大家默不作声飞快地写了起来。王春阳也写了起来。

几天后,很多新兵家人也陆续回了信,新兵们自发组织了写家信体会展,有的还和大家分享起家信的幸福与快乐。杨铭第一个晒出了家信并谈了体会。

"以前爸爸对你过于严格,说话做事过于粗暴,希望你在心里不要记恨,爸爸都是为你好!"看到爸爸写来的这封道歉信,杨铭既幸福又惭愧。以长辈自居、从不顾及自己感受的父亲能够"屈尊",杨铭承认是他情真意切的家信带来的可喜成果。

杨铭说:"爸爸对我奉行的教育原则是'棍棒底下出孝子',在家没少挨打,可叛逆的个性却常常使得我与爸爸对着干。上高中和大学时,我有什么开心或不开心的事,同学、朋友就是我感情的全部依赖。前几次写家信,我不是没写,就是没寄,想想现在真是不应该。"

杨铭又说:"还是上次连长说的家信故事,让我情不自禁地向爸爸吐露了真情,没想到他居然向我道歉。打电话,我是不会告诉爸爸自己的真情实感,也不可能听到爸爸说出这种歉意的话。而家信,却让我们彼此袒露了心迹,解开了亲情的心结。真是观音菩萨打喷嚏——好神奇呀。现在,有了开心或不开心的事,我第一个想到的就是家,想告诉的第一个人就是爸爸。"

有人说,生活就像剥洋葱,总有一层会让你流泪,总有一层会让你难忘。通过写家信这个活动,王春阳对这句话有了更深的理解。站在家信展板前瞅了半天,却没有看见白阿毛的,王春阳喊他过来说:"白阿毛,怎么没有你的家信呀,有秘密呀?"

白阿毛不好意思地说:"家信带给了我很多感动,也让我收获了亲情,可当我想把心中这些感想表达出来时,总感觉写不出来,杨铭说我这是哈巴狗逮老鼠——像猫却没有猫的本事,我觉得很像我。还有我那字,实在不好意思拿出来给大家看,我以后肯定努力练字、写日记、写家信。"

王春阳拍拍白阿毛说:"别听杨铭瞎掰扯,咱写信不是瞎子买电视机,给别人看的,知耻而后勇,我相信你能行,你来军营这两个多月,已经取得很大进步了,字也比以前写得好了,句子也有文采了,只要以后多努力,肯定会有出人头地的那一天。"白阿毛听后点了点头。

连队随后掀起了一场家信热,那浓浓的亲情,拉近了军营与家的距离。此刻,王春阳想到了远方的父母,想到了久未谋面的韩雪梅。

第三十六章　新训·越级提升

干部调整工作开始了,王春阳副连职排长干了3年半了,再不提升,就有可能是上尉排长。何新民晚饭前过来说:"王排长,还是去找找旅领导吧,你新兵带得是不错,可这年头不找人哪行,咱可不能像渔翁钓鱼那样,坐等呀!"

其实,何新民今年任连长是第四个年头了,也是憋着一股子劲想提升。可他深知自己这几年没有什么建树,不入江旅长的法眼,就找了旅里的另外一个领导。领导说:"有位置,我们会考虑的。"何新民心里盘算着,要是王春阳去找旅长,把工作一汇报,王春阳干的不就是连队工作吗?自己提升的机会也更多些,就极力鼓动王春阳去找找旅长。

见王春阳还在犹豫,何新民又说:"旅长的住处我都帮你打听清楚了,你这次可别错过机会了,我们想去找他都不敢进他的门。"

王春阳只好说:"那行,我今晚去找他看吧。"

"这就对了嘛,有好事了可别忘了老哥呀!"说完,何新民把旅长住址留下,笑眯眯地走了。

晚饭后,天空中飘起了零星的雪花,王春阳来到旅服务社自动取款机前,将半年的积蓄全部取了出来,装在一个信封里,厚厚的一沓,就奔向家属院。见江旅长家里灯亮着,雪花一片一片飘过来,王春阳冻得直哆嗦,快速上楼后又快速下来了,在楼底下来回转了几圈,还是没敢敲门。

王春阳来回走着,正下定决心上去敲旅长的门,突然走过来一个人问:"小伙子,你在这里干什么?你看,这下雪天的。"

这把犹豫中的王春阳吓了一大跳,借着微弱的灯光,王春阳一看竟是江旅长,连忙立正敬礼说:"旅长好!"旅长掸了掸身上的雪,也认出了王春阳:"小伙子,我知道你,工作干得不错,今天上午的授衔大会我们还有过'亲密接触'呢,哦,你别误会,我指的是握手!"王春阳不好意思地笑了笑,紧张的心缓了下来。江旅长又问:"这都到家了,怎么不上去坐坐?"

这次,旅长亲自邀请,也是王春阳此行的目的,就随旅长到了家。王春阳快速环视一圈,江旅长家里相当简朴,家具电器都是常用的,且还都是半旧不新的,没有一件高档的器件。

旅长热情地让王春阳坐在沙发上,又倒水又泡茶的,这把王春阳映衬得像是多大首长似的。

江旅长先是问了问王春阳带新兵的情况,又问了些连队和部队建设情况,两人进行了很自然的交流。突然,熄灯号响起,王春阳这才意识到,来旅长这里已经两个多小时了,连忙起身说:"首长,我先回去了!"

江旅长送王春阳到门口,王春阳一摸裤兜,这才感觉情况不大对劲,只顾着和旅长神侃,竟忘记办正事了。王春阳正欲掏信封,江旅长一把按住他的手说:"好好干工作,不要多想了!"就"砰"的一声把门关上了。

王春阳怀着惴惴不安的心回到连队,心想这下调职肯定没戏了。王春阳躺在床上,怎么也睡不着,看着窗外漫天飞舞的雪花,心也随着雪花漫无边际地游走,他反复回味着刚才的场景,一会儿喜一会儿忧的。喜的是,和旅长谈论部队的训练管理时,旅长对他是频频点头,连说了不少"好"字;忧的是,旅长绝情地关门,根本没有给他掏红包的机会,还让他"不要多想了"!

王春阳觉得,旅长的话如刚才在他家里喝的茶水,真是耐人寻味。

不多想就不想了吧,不想了却还是睡不着。王春阳就用宿舍座机主动给韩雪梅打了个电话。按规定,新兵连长宿舍里是没有电话的,这个电话是关舜让通信站的人给他安装的,两个多月了,王春阳从来没有用它办过私事,今晚,他破例了。

电话接通后,传来韩雪梅甜美的声音:"春阳,这么晚打电话有事吗?"

王春阳故作平静地说:"没什么事,就想和你聊聊天,不会打扰你休息吧?"随口问道,"你那里下雪了吗?"

"说什么呢,春阳,跟我还这么客气干啥,你这个新兵连大连长,难得你有空打给我。"韩雪梅俏皮地说,"雪,正下着呢!"

"要是你不嫌烦,那我以后经常打给你,和漂亮的姑娘聊天谁不乐意呀!"王春阳这是吃了黄连含着蜜,嘴上甜心里却很苦。

韩雪梅有些激动地说:"你可要说到做到呀,别一忙开了,连个人影都没有了,我可记住你今天说的话了!"

第三十六章 新训·越级提升

那一晚,王春阳和韩雪梅聊了很多,是第一次表露出对现实的无奈,也是第一次在一个女人面前显示出自己的脆弱,这说明韩雪梅已经深深地藏在他心里了。韩雪梅看了看窗外的雪花,安慰他说:"只要自己做好就行了,其他的就随雪飘散,顺其自然吧,咱可不能做泥巴捏的小子,没了骨气!"或许是应了爱因斯坦的相对论,两个心爱的人聊天,时间总是过得飞快,这次,两人竟不知不觉聊了一个多小时,韩雪梅还给王春阳唱起了《军中绿花》,不过把最后一句唱成了"军中绿花送给我"!

挂完电话,王春阳心情舒畅了些,却还是睡不着,便披上军大衣,起来查岗了。

站岗的是白阿毛。见连长过来,白阿毛竟然忘记了问口令。

王春阳一脸严肃地说:"你怎么不问口令呀?"

白阿毛挠挠头说:"连长,咱都是自己人,这么熟了,还问啥口令呀!"

要是在以前,哪怕是昨天,王春阳肯定还会讲出一大堆道理来,可他今天懒得再说这些了,就问白阿毛:"你想家吗?"

白阿毛站得笔直说:"报告连长,不想!"

王春阳知道白阿毛说的不是心里话,就让他坐下,自己也坐在旁边的凳子上说:"说实话,你今天不要把我当连长,就当是和大哥哥聊天!"白阿毛点了点头,王春阳又说:"我刚到部队时也很想家,简直不能听到'家'这个字眼,也见不得别人哭,否则眼泪就会像决堤似的一个劲儿地流。有一次,我们班几个人都在自己的床上压被子,有人一哭,好多人跟着哭了,看着自己的眼泪滴落在被子上,又被压进了软塌塌的棉花里。"

在白阿毛的眼中,连长是那么坚强、那么睿智、那么神勇,似乎没有什么事能难倒他、击垮他,没想到他也有这么脆弱的一面,又这么的坦诚,便小声问道:"连长,您也有想家的时候,您也哭过?"

"想家是很自然的事,很正常,我们都是平凡人,很多事是无法预料和改变的。"王春阳只顾自己说着。

白阿毛看着天空飘着的雪花,又看看连长,也打开了话匣子:"我离开家的那天,天空也飘着这样的雪花。车快开了,爸爸妈妈还在一遍遍地嘱咐我在部队要好好表现。当时我就觉得,爸妈其实比我激动。"白阿毛压低了声音说,"连长,说心里话,刚到我们连时,你也知道,我和大家很少交流,那时我真的很想爸爸妈妈,不知他们会不会也想我,我没法给有腰病的妈妈捶捶腰了。"说着,白阿毛的眼泪就顺着脸颊滚落下来。

王春阳一把搂过白阿毛，意味深长地说："当兵就意味着奉献，我们现在唯一能报答父母的就是当个好兵，让他们为我们感到自豪！"

　　白阿毛一脸幸福地说："连长，我觉得你，还有排长、班长对我真好，我真想永远都不和你们分开，虽然我也很想爸妈，但晚上往家里打电话我真的不再哭了。"

　　"傻小子，天下没有不散的宴席，等你们都下连了，我这个连长就自动离职了！"王春阳想着白阿毛刚来时一无所知，现在成了连队乃至整个新兵团的训练标兵，也算是问心无愧了。

　　白阿毛天真地看着王春阳说："我希望能一直跟着连长，就是下连也要到您那个连队！"

　　"分兵是机关的事，我们军人应该无条件服从才是。"为了不给白阿毛增加心理负担，王春阳还是说了句，"如果可以的话，我一定让你到我们连去！"

　　雪越下越大，地面上也积了厚厚的一层。两人相视一下都笑了，第二岗来接哨了，王春阳和白阿毛一同离开了哨位。

　　第二天清晨，大家起床后就开始铲雪，有的新兵是第一次看到这么大的雪，异常兴奋，看着新兵们在雪地里奔跑着、打雪仗、堆雪人，王春阳还让文书拿出相机给大家拍照留念。看着眼前这群可爱的新兵，王春阳暂时忘记了烦恼。

　　几天后，全旅举行干部大会，王春阳在大礼堂是如坐针毡。会上江耀武旅长宣布了干部调整命令："坦克一连一排排长王春阳任该连连长、通信连副连长关舜任通信连连长……"

　　"什么，这怎么可能？我没听错吧！"王春阳如同晒得发了蔫的叶子给喷洒了一股清泉，立即支棱起来，他简直不敢相信自己的耳朵，不但提升了，还是越级提升，这在红旗旅可是不多见的。会后，已升任坦克营副营长的何新民一脸的喜气，拍着王春阳的肩膀说："王连长，祝贺呀！你可别忘了我这个恩人呀！"

　　"同喜，同喜！"王春阳笑笑说，"营长，还不是在你手底下干，希望你以后多关照！"

　　何新民倒是不好意思了，故作谦虚地说："副营长，副的，副的，以后我们相互关照！"

　　王春阳笑着说："不过，你连长还得干一段时间，按照旅里规定，等我那边带新兵结束了，我们才能交接！"

　　真是人逢喜事精神爽，何新民掩饰不住内心的喜悦："那是，那是！"说完，大踏步向前走去，王春阳也加快了步伐，两人一路上说说笑笑。

第三十七章　新训·女友来队

"雪梅,你真是我的福星,我提升为连长了!"回到宿舍,王春阳立即把这个消息告诉了韩雪梅。正在上班的韩雪梅有点莫名其妙:"你本身不就是连长吗?这一惊一乍的,跟三九天刮东南风似的!"

"那是新兵连长,我现在当老兵连长了!"王春阳自豪之情溢于言表。

"你新兵连长干得好好的,怎么不干了,是不是犯啥错误了?"韩雪梅还有点担心地问。

"新兵连长也干呀!"

"那你到底是新兵连长,还是老兵连长?"韩雪梅有点糊涂了。不过,王春阳高兴,她也跟着高兴。

"哎呀,我自己都糊涂了,咱不说这个了!"王春阳转移了话题说,"我春节还要带新兵,回不去了。"

"春阳,那我春节去部队看你行吗?"能在部队过一次春节,这是韩雪梅多年的心愿。

春节是家属来队的高峰期,旅机关招待所是住不进去了,旅士官公寓房间少、条件又差,王春阳怕委屈了韩雪梅。

见王春阳一直不说话,韩雪梅说:"怎么,不愿意让我去呀,怕给你丢人?"

"不是,不是,你能来我求之不得呢!"王春阳连忙解释。

韩雪梅满怀欣喜地说:"这还差不多,那你就等着我吧。"

挂完电话,王春阳赶紧找房子,本就捉襟见肘的房子,早在一个月前就被人预订一空了。旅里鼓励结过婚坚守岗位的官兵家属孩子来队团聚,但并不包括女朋友,何况像王春阳和韩雪梅的这种关系,也还算不上真正的情侣关系,自然没有单独的住房。王春阳便打电话给韩雪梅说:"雪梅,你还是别来了吧,我们这实在找不到房子了!"

"嘿,我以为多大的事呢,没有房子就没有呗,我去看你一眼就行。"韩雪梅又安慰王春阳说,"大不了我在外面开个宾馆住,你就安心训练你的吧,我一个大活人还能在外冻着?"

是呀,大不了住在外边,旅里很多过节来队的家属没有住处都是住在外边的。想到这,王春阳心情突然舒畅了起来。

平时很少听歌的王春阳,一遍遍听着《漂洋过海来看你》:为了这次相聚,我连见面时的呼吸都曾反复练习……

"王哥,这都快过春节了,你看咱干点啥,活跃一下节日气氛呗!"关舜来找王春阳商量对策。王春阳发现这几天都沉浸在提升的兴奋中,以及和韩雪梅的电波传情中了,忽视了自己还带着一个连,还带着一群兵了。两人找冷一欣一合计,决定住在一栋楼的三个连队举行一场晚会。

除夕的前一天晚上,晚会如期进行。王春阳和冷一欣当主持人。男兵们一展高亢的歌喉,女兵们唱出了甜美的曲调,男兵们表演了精彩的拳术,女兵们则跳起了动人的舞蹈,晚会的气氛被不断推向高潮。

看着台前的王春阳和冷一欣默契配合,尚思远欣赏精彩节目时,趁机对关舜说:"连长您看,我们王连长和冷连长多默契,多心有灵犀呀,多般配呀,多像一对金童玉女呀!"

关舜一拍尚思远的头:"多你个头呀,好好看你的节目吧!"

"连长,您这么大反应干吗,您不是和冷连长很熟吗?要不您把他俩撮合撮合!"尚思远说这话时,用手比画着。

关舜往尚思远头上又是一巴掌:"你个城隍的扇子扇阴风的,撮合个头呀,再说我跟你急!"

尚思远不清楚关舜今天哪根筋不对了,就不再说什么了。他不明白,关舜和冷一欣接触多了,冷一欣的坚强、倔强、勇敢,都让他心生佩服,对她也慢慢产生了好感,正想着瞅个机会让王春阳出面撮合他和冷一欣的,尚思远这个糊涂蛋却让自己撮合他俩,关舜自然很恼火。

晚会结束后,关舜躺在床上想想尚思远说的话,又想想王春阳和冷一欣舞台上的表现,自言自语道:"两人还真是般配呀,郎才女貌的!"转而又给自己一巴掌,"般配个屁呀!"

关舜寻思道:"有些话和冷一欣说不方便,得先找王春阳说清楚,免得这小子先下手了。"想到这,关舜就起床来到王春阳宿舍说,"王哥,有个事你不能和我争。"

见关舜一本正经的样子,王春阳以为是评选先进的事,便说:"什么事我和你争了?新兵团评选先进连队那是上边的事,我们可都做不了主。"

"哎,王哥,我说的不是这事,是,是……"关舜吞吞吐吐地说。

"到底是什么事?你快说呀!"

"是我和冷一欣的事。"关舜鼓起勇气说。

"你和冷一欣怎么了,这又关我什么事?"

"我喜欢冷一欣,这你不能和我争!"关舜很严肃地说。

"你喜欢她哪一点?她哪一点好?"

"也说不上来她哪点好,就是感觉她和别人不一样!"关舜又说,"别看我平时和她掐来掐去的,一天她不说我两句,我还浑身不自在,你说我这是不是贱呀!"

关舜这白猫钻灶炕似的,自己抹黑自己,还真是菜园里长人参——出了一件稀罕事,看样子是真的喜欢冷一欣。王春阳正好将他一军:"冷一欣又不是你的私有财产,凭什么你喜欢我就不能喜欢了?何况,还得看人家冷一欣的想法了。"

关舜一听变了个人似的,站起来说:"好你个王春阳,平时看着个谦谦君子似的,没想到还给我背后来这一手,咱俩以后绝交。"

见关舜真的急了,王春阳拉他坐下说:"好了,我不和你争,但你得帮我一个忙!"

"别说一个忙,多少忙都行,只要你不掺和我和冷一欣的事。"关舜又立马阴转晴,摆摆手又说,"不、不、不,你该掺和还得掺和,必要的时候你得帮我和冷一欣撮合撮合,毕竟,她现在还有心结。"

"那好,咱就一言为定!"王春阳和关舜击了击掌说:"你帮我找个住处,过几天,我有一个人要来!"

关舜问:"什么人要来,还这么神神秘秘的?"

王春阳指了指自己的胸口说:"就像你说的,心中那个她!"

关舜一听明白了,捶了王春阳一拳说:"你小子,原来早有相好呀,还在这踩着我肩膀撒尿消遣我。"又拍了拍王春阳说,"行,这事就包在我身上了,不过,咱俩今天的话,可要给我保密,尤其是不能让冷一欣知道,不然,我在她面前多没有面子。"说完,关舜笑眯眯地走了。

关舜果然没有食言,很快在旅招待所预订了一间房,并带王春阳看了看房间。这是王春阳第一次来旅招待所,看看房间,非常满意,里面的设施都是按照宾馆设置的,用来招待上级领导的就是不一样。王春阳也没问关舜是如何协调来的,也懒得去问了,此刻他心里想的是,只要不让韩雪梅受委屈就行了。

大年初三,在如水的思念中,韩雪梅迎风踏雪而来,穿过时空的隧道,带着一脸的灿烂,带着青春的气息,款款地向王春阳走来。到了红旗旅的小门被门岗拦住了,按旅里规定,来队探亲的人员,都要先登记,然后由要探亲的人来接,王春阳一早就接到了电话,他连忙飞奔过去。

到了门口,王春阳沐浴在韩雪梅温柔的目光中,仿佛融化了的雪人一样,灵魂缓缓腾升,一直飘到心田,一时间竟忘了门岗卫兵的存在。卫兵提醒说:"领导,请登记一下吧。"

王春阳这才缓过神来,让韩雪梅掏出身份证进行登记。接过身份证一看,王春阳忍不住笑了。韩雪梅的身份证照片是高中时照的,也不知是照相技术原因,还是韩雪梅本身就胖,或者两者都有,照片上的韩雪梅是个地地道道的胖妞,与眼前亭亭玉立的形象简直判若两人,连登记的卫兵都禁不住捂着嘴笑。

不过,韩雪梅并未在意。她觉得和王春阳神交已久,是灵魂上心心相印的那种,况且,那些都已经是过去时了,对王春阳说:"你笑够了没有?"

王春阳连忙止住笑,把身份证还给韩雪梅说:"我们走吧!"

一路上,韩雪梅蹦蹦跳跳的,像是刘姥姥进了大观园,看什么都新鲜。两人很快到了旅招待所,推门一看,韩雪梅愣了一下说:"这里条件挺好的呀,你不是说条件差,没地方住吗?"

王春阳拉着韩雪梅坐下,把事情从头至尾一五一十地说了一遍。

韩雪梅简单梳洗了一下,顾不上休息,硬拉着王春阳要到连队去看一看。刚进宿舍楼,正碰见下楼的冷一欣,冷一欣将韩雪梅上下打量了一番:"王连长,这谁呀?长得还挺齐整的。"整栋楼过往的人,看着一个漂亮的姑娘进了宿舍楼,也都停止了脚步,围观的人也越来越多。

"她,是我……"见王春阳脸都红了,韩雪梅抢话说:"我是他女朋友!"

"噢,是未来嫂子呀,怎么不给介绍一下呀?"冷一欣看了看脸红的王春阳。

王春阳刚想介绍一下,韩雪梅又抢先大大方方地介绍了自己。介绍完,还没进王春阳宿舍,关舜从楼上下来插话道:"这是哪里来的大美女,看着怎么和上次来的不一样啊!"

冷一欣瞪了关舜一眼说:"不会说话就别说,没人把你当哑巴!"

韩雪梅却一点不生气,笑着说:"这说明我们春阳的魅力大呀,也说明我有眼光!"

"别理他!"冷一欣拉着韩雪梅就往楼上走,又回头对王春阳说:"王连长,嫂子先到我那坐会儿,你就不要跟来了,我们女人聊聊天!"

"不会有什么事吧!"王春阳和关舜回到宿舍,心里焦急地等着,又不方便上去问。大约半个小时后,韩雪梅一身迷彩服下来,活脱脱一个军中之花。见到王春阳问:"好看吗?"

王春阳点了点头。冷一欣说:"穿便装在军营不方便,就给她找了套衣服换上了!"

虽说是春节放假,可新兵连的事也不少,王春阳忙了,韩雪梅就到冷一欣那里去。和冷一欣她们一起吃饭、刷碗、打扫卫生、集合站队,睡觉也凑合着睡在了冷一欣的连队,足足过了一把女兵瘾。这让韩雪梅很是兴奋。招待所那间房则让给了一名士官家属住。

三天后,韩雪梅就回去了,因为新兵连有事,王春阳只能送她到部队大门口,两人恋恋不舍地挥手告别。返回宿舍,冷一欣说:"你女朋友真好,对你真好,这样的女孩现在不多,要好好珍惜!"说着,递过来一个东西,又说,"怕你不要,托我转交给你的。"

王春阳拆开一看,是一部装好卡的手机。不一会儿,手机传来韩雪梅发的一条短信:"春阳,我已经坐上回去的车了,谢谢你这几天的陪伴照顾,我很开心。你这当连长的没有手机可不行呀,知道你们手机管得严,咱没买贵的买了个实用的,上次没有来得及给你过生日,就算是给你的生日礼物吧,希望你能喜欢。"

王春阳盯着手机,看了许久,一股暖流涌上心头!

第三十八章　新训·新兵下连

绿色方阵里洗礼了稚嫩，火红军旗下升华了青春。

经过近3个月的摸爬滚打，王春阳带领八连的新兵们，痛苦与喜悦并存，欢笑与泪水同在，和汗水一起挥掉的是娇气，和泪水一起流掉的是稚气，和口号一起喊响的是豪气，和体质一起增强的是锐气。纤纤幼苗长成了参天大树，涓涓细流终将汇入滔滔大海，生动诠释了"坚持就是胜利，百炼才能成钢"的成长哲理。

下连的日子一天天临近，上级机关要进行一次综合考核，这也是新兵连的最后考核，考核水平的高低也就决定了训练水平的高低，杨铭和白阿毛憋足劲儿要一争高下。

俯卧撑、仰卧起坐、100米跑、器械、战术、手榴弹投掷，杨铭和白阿毛交替着领先，不分高低，连队其他战士也都你争我赶，力争上游，带动了连队整体成绩一次次被刷新，王春阳看在眼里，喜在心里。

实弹射击考核前，新兵八连早早带到了训练场，大家先是在一旁待命。听到射击场上枪声"砰砰砰"响起，新兵们显得有点急不可待了，杨铭要在这一重量级科目上超越白阿毛，来证明自己的实力，虽然对自己信心十足，但他的眉头还是随着实弹射击的临近越皱越紧。

"马上就轮到我们考核了，调整心态，认真回忆动作要领……"王春阳沉着的声音，顿时让躁动不安的新战士们安静下来。

"集合，人员带至考核区域！"又一轮枪声响过，王春阳下达了集合指令，终于轮到新兵八连走上靶场。

分组、领取弹药……很快，杨铭和白阿毛这组10名新战友走到射击地域线。

"噼里啪啦"的枪声乍然响起。杨铭第一个扣动了扳机，报靶人员在壕沟里报出的是48环。他扭头看了看王春阳，是一脸的得意。

每组射击时间只有30秒,时间只剩下不到20秒了,白阿毛还没有开第一枪。

空气中弥漫着一股刺鼻的硝烟味,白阿毛心跳加速,心里默默地给自己加油。

还有15秒,白阿毛开枪了,枪声连贯,弹壳不断弹出来,飞到一侧……并不被战友们看好的白阿毛却成了"黑马"。5发50环!震惊全场!

"这也太巧合了吧,不会是蒙的吧,怎么可能那么准?"考官宣布射击成绩后,许多战友都不敢相信,杨铭更是一脸的不服气。

"射击命中50环,我骄傲。"白阿毛突然感到浑身上下充满了力量,多日来的苦闷一下子全倾泻了出去。

最后一项是五公里长跑,已处下风的杨铭脑子里只有一个"快"字,他拼命地向前冲着,当离终点线还有1000米时,杨铭感到筋疲力尽,双腿像灌了铅一样沉重。这时,白阿毛从背后推他一把说:"相信自己,用成绩证明自己!"顿时,一股强大的力量迅速充满杨铭全身,两人脚下像生了风一样快速冲向终点。"17分26秒,全营并列第一!"杨铭和白阿毛紧紧地拥抱在一起。

只有用汗水浇筑的路才踏实坚固,只有靠拼搏获得的果实才甘甜如蜜。

白阿毛尝到甜蜜不久,却也遭遇了"闹心事"。新兵考核结束,紧接着政治部门来考评连队的政治工作。

"今天,我们组织问卷调查,希望大家消除顾虑,实事求是反映问题……"一名机关干部在问卷调查前进行了简短动员。

听了这话,白阿毛想,这可是个反映"民意",一吐心中"不快"的好机会。在长达40分钟的答卷中,白阿毛详细列举了连队训练不科学,管理上时松时紧,对新兵过于仁爱,娱乐活动较少等4条"罪状"。然后,工工整整地写上自己的名字,把答卷交了上去。

回到班里,战友们就议论开了,"白阿毛,你傻呀,真要提了意见,损坏了连队的荣誉,连长还会饶了你?说不定哪天给你穿'小鞋',让你不崴脚都难。"

杨松拍拍白阿毛说:"如实反映问题没有错,但要逐级反映,不能一下子捅到天,什么事都和机关讲,否则,还要连排班干啥?下次要注意啊!"这时,白阿毛才知道,全班战友跟连队"过不去"的原来只有自己一个。

听了班长和战友的话,白阿毛一下子蒙了,后悔当初做法太草率,太幼稚了。

到了评选先进的时候,杨松问白阿毛:"你认为自己能评上'十佳新兵'吗?"

白阿毛一脸沮丧地说:"我向机关反映连队问题,让连队丢了分,肯定评不上!"

杨松笑笑说:"客观公正地反映问题,帮助连队纠正自身的不足,什么时候都可以,我们应该感谢你的畅所欲言……"

这变化也太快了吧,前几天还批评我"下次注意的",今天怎么就变成"感谢"了呢?见白阿毛一脸的疑惑,杨松说:"这话可不是我说的,是连长说的。"

"谁说的都一样,都是我的领导,以后有问题我一定逐级汇报。"一席话,让白阿毛如释重负,也让他更加坚定了提意见建议的勇气和决心。

评选先进时,杨铭和白阿毛都进入了"十佳"行列。

眼看到了分兵的时刻,各方势力蠢蠢欲动,都希望能找个好的归宿。

"新战士有点自己的想法也是正常的,关键是要教育好引导好。"王春阳在全连骨干会上说,"新战士抱着各种各样的想法和愿望来到部队,在岗位分工时,很难达到人人满意,毕竟部队的各个岗位都需要有人来干。但我们也不能小看了战士的觉悟,在个人的愿望与部队的需要发生矛盾时,他们往往能够以大局为重,自觉服从组织分配,有较高的思想觉悟。"

杨铭的父亲给他汇来一笔钱,让他趁机打点打点,希望在分配时连队能格外关照,为以后提干铺路。杨铭说:"爸,我们连队风气很好,真的不需要。"

"儿呀,你阅历还浅,别不懂事,机会难得呀,咱虽然不富裕,可这点钱还是出得起的,错过了这个村可就没有这个店了!"父亲坚持了自己的观点,刚刚缓和关系的父子俩又杠上了,杨铭为此深感苦恼,时常心不在焉。

细心的王春阳发现后,多次找他谈心,才问出了杨铭的心事。王春阳随后拨通了杨铭父亲的电话,将杨铭在部队的前前后后表现详细作了介绍,还把杨铭进入"十佳"的事儿进行特别强调,缓解了他父亲的顾虑。

王春阳又趁热打铁说:"你们送礼的心情我十分理解,但是请相信,我们都会尽力把每一名战士培养成才。如果你坚持送礼想要点'特殊待遇',不仅我们接受不了,还会对杨铭造成不好的影响,他是个好战士,相信将来到哪个岗位都会很出色!"

挂断电话,杨铭父亲很快联系了杨铭:"部队果然是个大熔炉,把你交给他们我一百个放心!送礼的事不提了。"杨铭皱紧的眉头这才彻底松开。

冷一欣带的女兵分配简单,因为是帮助集团军代训的,是"各回各家,各找各妈",红旗旅10个女兵全部跟冷一欣进了通信营。

关舜来找王春阳说:"嘿,我就纳闷了,与往年相比,今年的新兵高学历的多、有特长的多、独生子女多,然而新兵下连分配,学技术不是那么热了、父母来队的少了、家里寄汇款单的少了。"

王春阳直截了当地说:"现在的新兵都很有主见,尽管心中有些个人的'小九九',但面对岗位分工,他们表现得从容坦然、信心十足。"

"的确是这样,我们连有一个新兵,入伍前已经是公务员了,他主动找到我说,'来部队就是为了锻炼一下自己,分配到什么岗位都行,都会好好干的。'"关舜感慨地说,"也正因如此,当我提出要他到千里之外的坦克训练基地学习时,他二话不说就答应了,真的很让人感动!"

"我们连队也有很多这样的新兵,这部分新战士没有学技术、考学、提干等实际想法,在面对岗位分工的问题上,也就不存在'挑肥拣瘦'的问题,他们大多能够自觉服从组织分配,坦然面对岗位分工。尽管没有什么思想问题,我们也不能放松对他们的教育引导。"王春阳说。

今年的分兵异常顺利,本来杨铭和白阿毛凭借优异的成绩可以去学开车,可二人都拒绝了,却又给出了不同的理由,白阿毛是叫花子做皇帝——不知怎样才好,杨铭忽悠他说:"开汽车,哪有开坦克威风呀?"白阿毛信了,也就选择了去坦克营。

杨铭的答案却是一些官腔:"学技术在地方一样可以学,而良好的军事素质、管理能力在地方却学不到。"在杨铭的内心里,他一直憧憬着提干梦,"学开车,那不是瞎耽误工夫吗?"

杨铭和白阿毛都随王春阳到了坦克一连,王春阳还是他们的连长,已是四级士官的魏磊又当了回一排的代理排长,尚思远由排长降为了班长,杨松和大家一样成了普通战士。

分别的前一天,王春阳发表了热情洋溢的讲话:"在浩繁的宇宙中,我是一颗无名的星星;在绿色的军营里,我是一名普通的士兵。是星星就要发光,照亮山河大地;是普通士兵,就要戍边站岗,保卫祖国母亲的安宁。亲爱的战友们,下到连队,尽情释放你们的小宇宙吧,我们要用汗水与刺刀雕琢无悔的青春,让我们的生命在军营绽放出璀璨光芒!"

分别总是难舍难分。尽管说好了谁也不准哭,可当王春阳宣布新兵八连解散的那一刻,新兵们还是抱着王春阳哭成了泪人,久久不愿离开……

第三十九章　两个女人

　　2007年3月,又是一个阳光明媚的日子,王春阳就任坦克营一连连长。他一上任就在全连搞了一场声势浩大的历史荣辱观教育,在连队叫响"红旗连、夺红旗"的口号,连队士气空前高涨。

　　却有两个人心里很不爽。指导员魏志吉眼看着这个昔日的小排长和自己平级了,老搭档何新民也提升了,自己还原地不动,就称病住院去了,这样王春阳就军政一把抓了。

　　另一个人是副连长杜长伟,原本是王春阳顶头上司的杜长伟,现在正好翻了个,成了王春阳的下级。杜长伟还没有从郁闷中走出来,又刺猬在巴掌上打滚似的,遇到了一件棘手事。一名打扮时髦的女青年找上门来,说是向杜长伟讨债的。

　　女青年是杜长伟去年留守期间认识的,是驻地一名酒吧女,自称为杜长伟堕过胎,来向杜长伟讨青春损失费的,王春阳这才明白,原来尚思远和杨松说杜长伟经常半夜外出的事,很可能和这个女人有关。杜长伟说,前一阶段给过她一笔钱,说是互不相欠了,没想到酒吧女又主动找了上来。

　　"连长,这事你可得帮我呀!"杜长伟知道,这事一旦捅出去,自己的军旅生涯可就结束了,真是又气又怕,诚惶诚恐地找王春阳"汇报"思想。

　　王春阳单独在会议室"召见"了酒吧女,酒吧女一见王春阳就说:"你是连长吧,我是被杜长伟骗的,他跟我说他也是连长,还把我搞怀孕了,你们看怎么办吧?"说完,酒吧女把一张医院人流的单子递了过来,王春阳伸手接单子,却看见酒吧女眼睛躲闪不已,王春阳虽不懂医学,却已猜了个七八分。酒吧女怀孕已是大半年前的事了,听杜长伟说,当时并没有让他一起陪同堕胎,更没有给他看过什么单子,现在酒吧女突然又拿了出来,很可能就是伪造的。

　　没等王春阳开口,酒吧女又开口了:"我说大连长,到底怎么办呀?你倒是给句痛快话呀,要不给点钱咱私了也行。"说着,酒吧女点燃了一支烟,吞云吐雾起来。

王春阳瞅她这副德行,也是一肚子气,一个大胆的想法冒了出来,王春阳突然一拍桌子,大声吼道:"你好大的胆子,竟然行骗到部队上来了!"

吓得酒吧女嘴里的烟都掉了,怯怯地说:"我怎么行骗了?"

王春阳抖了抖手里的单子说:"这就是证据,假的!"

酒吧女一听露馅了,又怯怯地问:"这是假的,你怎么看出来的?一般的医生可都看不出来。"

"我没学过医,看不出单子的真假,但我能看出人心的真假。"王春阳又缓了缓语气说,"姑娘,看你长得也不赖,为何要干这一行呢,谋个正当的职业不好吗?"

酒吧女低着头说:"我没有什么文化,又没有什么技术,能干什么呀?之前和几个小姐妹在外地打过工,拼死拼活的也挣不到钱,还受人欺负,听姐妹们说,当兵的钱多人傻,好骗,干个几年就找个当兵的嫁了。"

王春阳心里涌出一阵莫名的悲哀,军人在一个酒吧女眼中就是这样一个形象吗?于是话中带有严厉:"我们当兵的就这么好骗吗,别以为我们都是傻子,你这是对军人的一种侮辱!"

酒吧女却不急不慢地说:"见到你我才知道,自己就是一个小丑。"

见姑娘从善从良的心未灭,王春阳又心生怜悯,说是一定想办法解救她,就先打发酒吧女回去了。他和关舜找到旅领导汇报了红旗旅周边有许多色情行业,这些对官兵的成长危害极大。江耀武旅长很重视,就指示机关联合驻地公安,进行了一场专项扫黄打非行动,一举端掉了这个色情窝点。

临返回老家时,那名酒吧女把上次骗杜长伟的3000元钱主动托王春阳还了回来,王春阳接过钱说:"这事,杜长伟也有错,我们部队也有责任!"就又从自己兜里掏出2000元,一并递过来说,"这就算我们对你的一点补偿吧,回去好好做人,做个小买卖吧。"姑娘满含热泪说:"大哥,我一定好好做人,希望你别看不起我!"

真是一波未平一波又起。没几天,一个穿着朴素的四川女孩也来到了连队。这个农村女孩叫钟贞贞,是杜长伟去年到四川接兵时认识的,也就是那个被退新兵的表姐,已经怀孕了2个多月,却还瞒着家人,瞒着杜长伟。只是,在和王春阳聊天中,被王春阳识破了,才不得已道出了实情。

杜长伟因为退兵时,新兵家长很不高兴,当地武装部也拒绝退兵,杜长伟只好又找到这位善良的女孩,说是只要说通家里人退兵,就答应和她结婚。钟贞贞相信了杜长伟,也献出了自己的身体,杜长伟估摸着钟贞贞可能就是那个时候怀孕的。

王春阳也深感这个问题棘手,就问杜长伟的想法。杜长伟希望王春阳能像对付酒吧女的办法,把钟贞贞也打发走得了。王春阳说:"不行,这样你会害了她一生的,你既然答应了娶人家,就必须说到做到!"

"怎么可能呢,我怎么可能娶一个乡下女子?再说了,她不是也说,只要给她一个说法,就不会纠缠我的吗?我给他点钱,让她走,这就是我的说法。"杜长伟一脸的不在乎。

"乡下女子怎么了?正因为她无辜,正因为她善良,所以,你更不能伤害她,你必须对人家负责!"王春阳生气道。

"我老爷子生意场上那么多女人,也没有见过要对哪一个负责的呀,再说他负责得过来吗?"杜长伟是骆驼背火球——一副烧包样。

王春阳本想说"果真是有其父必有其子",可话到了嘴边,觉得这样说长辈不合适,又咽了回去,轻声问道:"你们这样,家庭幸福吗?"

"幸福个屁,爸爸除了给妈妈和我钱外,其他的什么都没有,我现在都快恨死他了!"杜长伟像受了多大的委屈似的。

"那你既然知道不幸福,又何必再去伤害一个无辜的女孩呢?"王春阳看杜长伟有所愧疚,又趁热打铁说,"我看那个姑娘不错,挺知书达理的,虽然生在农村,看着也水灵,否则,你也不会看上她吧!"

杜长伟和钟贞贞很快领证了。见钟贞贞高兴,杜长伟又说服她打掉孩子:"我们现在都已经领证了,你也就放心吧,可我们现在两地分居,我在部队又照顾不了你,怎么忍心你一个人受苦?我们还年轻,以后有的是机会。"钟贞贞虽然不情愿,也不怕吃苦,可还是依了杜长伟去做了人流。不承想,正是这次人流,却给钟贞贞留下了终身遗憾,也改变了两个人一生的命运。

部队很快又到山上驻训了,一到驻训点。王春阳又发现一个问题,这几周请假的人都特别多,王春阳觉得很奇怪,一时也没查出个所以然来。

又到了周末,尚思远和几名战士找到王春阳说:"连长,我们想请个假出去一下!"

"假条放下,你们几个先回去,尚思远留下。"出去就出去呗,又不是新兵了,可王春阳这次多了个心眼,其他人走后,王春阳对尚思远说,"出去可以,但是你要帮我问一个事,这几周为啥想外出的人那么多,出去的人都干什么了?"王春阳担心自己直接问外出战士,像是对大家不放心,又好像打听大家的隐私似的,就把这一光荣任务交给了尚思远。

尚思远回到班里,杨铭就凑过来说:"班长,听说你今天要外出,看你头发也长了,告诉你一个好地方,理发店的老板娘长得跟个小龙女似的,我头发就是在她那理的,可舒服了。"杨铭说的理发店,就在驻训点营区外的一个路口边,离这2公里多,战士们外出有的就是奔着理发店去的,不理发也得洗洗头,理发和洗头费都是10块钱1次。

尚思远看杨铭的头发理得也不咋的,故作生气状说:"别和我瞎说,再瞎说我可就告诉连长了。"

"我可没瞎说,我们连好多人都去过呢!不然,我一个新兵怎么能知道那个地方,还不是有人告诉我的。"杨铭一本正经地说。

尚思远跑到王春阳那,把杨铭的情况原原本本告诉了连长,还添油加醋地说小龙女多美多美的,比电视上的小龙女还好看。王春阳忽然明白:怨不得这几周连队都没有人理发了呢,连队几个外出理发的人,怎么看着,头理得都跟个兔子咬的似的,还有几个搞怪发型,原来如此。王春阳又看了看大家的假条,果然有几个人外出理由上写着理发。

"今天想外出理发的,暂停外出!"王春阳宣布完这条命令,就出去了。

连队一片议论纷纷,不一会儿,连长带着一个时髦姑娘回来。眼尖的战士一看:"这不是那个理发店的小龙女吗?"

"大家想出去理发的,今天就不用出去了,我把理发师给请来了。"王春阳停了停又说,"老规矩,一律理平头,一次10元。"大家听后一阵欢呼,都想着早点让姑娘理发。

姑娘颇感为难地说:"理平头我也不会呀,还是用剪刀剪吧?"

王春阳故作严肃地说:"那可不行,我们部队有规定,必须理平头。"

姑娘只能赶鸭子上架,拿起剃头推子理了起来,不知是推子长时间不用生锈了,还是姑娘根本就不会用,推子在姑娘手里像是刺猬皮包钢针——里外都扎手。一个多小时过去了,勉强理了两个人,实在是入不了大家的眼。后面排队的人一看这架势,理发又那么贵,也都提出不理了。再看看姑娘,也不像传说中的那么漂亮,一脸的脂粉在紧张中,显得都不均匀了。

姑娘走后,王春阳找出一套理发工具,亲自给大家理了起来。手艺一点都不比那姑娘差,又是免费。此后,再也没有人因理发请假外出了。

第四十章　练胆秘籍

　　白阿毛下连后,第一次在驻训点站车库岗,是一个风雨交加的漆黑夜晚。王春阳查岗时,打着手电筒在车库里转悠了半天,也没有看见半个人影,就喊了几嗓子。白阿毛才从一辆坦克里钻了出来。王春阳照了照白阿毛问:"你不好好站岗,钻到坦克里干什么?"

　　"连长,我怕!"白阿毛怯怯地说。

　　"钻到坦克里还叫站岗吗? 给我说说怕什么?"

　　"连长,我错了,怕什么,我也说不上来,就是害怕!"

　　白阿毛钻到坦克里,手电筒也一直开着,还是吓得直发抖,听到王春阳喊他,这才爬了出来。

　　坦克车库距离营区1公里多,这黑灯瞎火的,一个人站岗确实够瘆人的。王春阳一直陪着白阿毛站完这班岗才回去。

　　王春阳第二天就向营里建议,车库岗由每班岗哨一个人,增加为每班岗哨两个人,这样既能相互监督,确保安全,又可以相互照应,消除大家的恐惧,自然被营里采纳了。

　　站岗问题解决了,王春阳转念又一想:"当兵就要上战场,战场上什么情况都可能发生,连站岗都吓得丢了魂,单独执行任务咋行?"王春阳决定给白阿毛和连队一些胆小的战士练胆。

　　"当你穿上那身绿军装,你已是一座山,一片海。肩上的职责给了你一副重担,扛起重担坚强地走吧,因为你的名字叫军人。"王春阳集合几名胆小的同志说,"是军人,就必须长出一副铮铮铁骨,练就一身英雄胆气,把脚下的路踏得咚咚作响,即使疲累、胆怯和苦痛,也不能阻挡你前行的脚步,更不是你逃避退缩的理由。"

　　"可我们现有的同志,夜里站岗害怕,听见枪炮声怕,连杀猪都怕,这样能上战场吗,能是一名合格军人吗?"王春阳又说,"征服畏惧、建立自信最快最有效的方法,就是去做你害怕的事,直到你无所畏惧、豪情万丈。怕怎么办?怕就得练,从今天开始,大家开始练胆。"

胆还能练出来?听说连长要给胆小的战士"练胆",大家都觉得新鲜,白阿毛也三番五次哀求:"连长,我天生胆小,您就别吓唬我了。"王春阳根本不买账,很快给他上马了一些"练胆项目",什么睁眼吹爆气球、空中走断桥、夜间露营……

气球吹着玩可以,但要眼睁睁看着它吹爆,没点心理素质还真容易"泄气"。白阿毛是快吹、慢吹、变速吹,吹爆一个气球,竟然用了2分钟。

空中走断桥真悬,离地10米的模拟断桥上,断裂处相隔一米多,若是在平地,眼不眨就过去了,可到了桥上,白阿毛上上下下溜了十几趟,才在王春阳的督促下喊着"不敢"跳了过去。

夜间找点更绝,白阿毛被安排单独找点。"连长,深更半夜的,让我一个人去找点啊?"白阿毛接到连长下达的夜间找点命令后,声音都有些发颤了。

夜间找点课目,是今年专业训练后,旅里要求各营连必须加强的夜训课目,目的是检验官兵识图用图和辨别地形地物的能力,锻炼官兵单独执行任务的胆量。看到白阿毛胆怯的样子,王春阳很心疼,又不能不硬下心来。

随着夜幕降临,看着战友们纷纷领取了作业、地图、指北针和手电筒后,一个个消失在茫茫夜色中,白阿毛越来越紧张。

"白阿毛,现在时间晚上8时,命令你在晚上11时之前,完成找点任务后安全准时返回驻训点。""连长,真的让我去呀?"看着连长不容置疑的眼神,白阿毛不情愿地、一步三回头地走出了营地。

月黑风高的荒草地,寂静得连自己的心跳都能听见,白阿毛感到心就要跳出来了。每走一步,他总感觉好像有人跟着自己,吓得大气都不敢喘,他时不时地回头看看,却是越看越害怕,脑袋像拨浪鼓一样乱摇,他快步走着,还得想着自己要找的点。

"前面有亮光,肯定有人家,我还是先到那里躲躲吧!"远处的微弱灯光在夜色里像指航灯一样,吸引着白阿毛往那里走。来到近前,他才发现是个蔬菜大棚。听见里面有人说话,白阿毛的心才平稳了些,从挎包里拿出地图和作业工具,看到图上第一个点的位置:村西蔬菜大棚东头小房子后面的独立石。"不会吧,这儿就是第一个点吗?难道是连里有意安排,让我这么容易就找到了第一个点?"白阿毛弯着腰转到小房子后面,很快发现了那块根本不算独立石的石头。石头上压着一张小纸条,白阿毛拿起一看。"恭喜你,向胜利迈出了第一步,加油!"看到鼓励的话语,白阿毛心头一热。

装起地图和作业工具,借着手电筒和微弱的月光,白阿毛此刻有了很大的自信,胆子也变得大了许多,很快就确定了第二个点的位置,大步流星地向第二个点走去……

2个小时过去了。"706高地南侧,两棵松树旁一土堆。"白阿毛看着最后一个点,心中突然有了些愉快,好像忘记了这是在黑夜。

顺着上山的小路往前走,越走夜色越深,突然脚下一滑,白阿毛被路边的石头绊倒了,摔在地上。他抬头远望,还看不到山顶,黑乎乎的山路上,偶尔发出一点点白光,也是大河里漂油花,一星半点的,像眼睛一样一闪一闪,他刚刚兴奋的心情又沉重起来,脚也开始痛了。

"要不就回去吧,就差最后一个点,连长也不会当众骂我。如果实在不行,就说时间到了怕赶不回来让连里着急。"白阿毛一屁股坐在地上打起了退堂鼓,"全连战友都完成了任务,就我一个人没有完成,会不会拖累班里成绩呀?"瞬间,白阿毛的眼前出现了同班战友那失望、埋怨的眼神,这让他又拿不定主意了,"大不了拼上一条命,也不能拖班里后腿,让战友们笑话!"想到这里,白阿毛胆从心生,猛地从地上爬起,向山上跑去。

"怎么这么多土堆呀!"白阿毛越走越觉得不对,感到自己好像走进了坟场,仿佛闻到了恐怖片里乱坟堆的味道,不敢再往下想,双腿有点不听使唤了,一股尿意让他打了一个寒战……白阿毛自己也不知道怎么爬到那个目标点的,只知道快点找到点离开这个地方。

"找到了!找到了!"当摸到目标点时,白阿毛兴奋地大喊,但喉咙里好像有什么东西卡着,怎么也喊不出声,"白阿毛同志,当你拿到这张纸条,就证明你已经过了自己的心理障碍关,是一名合格的战士!"读着这鼓舞人心的话语,白阿毛顿时有满满的成就感,脑海里浮现着自己在全连战友面前受表扬的幸福场景。

"谁?谁?"白阿毛被突然传来的一声咳嗽声惊醒,神经一下子紧张起来。见没人应答,他更加害怕,难道是自己听错了,还是真的碰见鬼了?"快出来,要不然我可要扔石头了!"他弯腰摸起一块石头。

"阿毛,是我,杨松。"一个黑影站起来。借着月光,白阿毛看出果真是杨松那熟悉的身影。"这是你第一次单独晚上执行任务,你走后,连长就让我偷偷地一路跟着你。"白阿毛不顾脚下的石头,快步跑向杨松,紧紧地抱住他昔日的新兵班长,泪水一下子流了下来。

　　组织完夜训,已经是凌晨了,王春阳正专心致志加班写总结。通讯员坐在旁边直犯困。"你坐在那里干什么?困了,干吗不睡觉呀?"

　　"连长,我可以睡吗?"通讯员小声问。

　　"瞧你这话问的,当然可以睡了。"王春阳说着,想起了连队以前的通讯员曾向他诉过苦:连长不睡,自己不能睡,即便连长通宵打牌、玩游戏,通讯员也必须在旁边"伺候"着,通讯员多有不满,却也不敢声张!

　　"从今天起,没有特殊情况,你熄灯以后就可以睡了,不用等我了!"王春阳说完,将台灯关小,又继续写他的总结,通讯员上床睡了。

　　女兵胆子更小,有的连晚上去厕所都要人陪着,更别说单独执行任务了,这让班长冷一欣很是苦恼。听说,王春阳练胆取得了成功,她就向王春阳取经。王春阳让白阿毛把前前后后的练胆经过讲给冷一欣听,冷一欣听后说:"绝了!"

　　回去后,冷一欣照方抓药,效果却不是很理想,吹气球、走断桥还可以,也确实增加了一些女兵的胆量。可在一个漆黑的夜晚,让女兵单独出去找点,多半人称没找到点就又回来了。气得冷一欣直骂:"胆小鬼!"

　　已升任连长的关舜此时是舌头伸到了人家嘴里,也过来帮腔说:"这已经很不错了,你不能让大家都像你一样吧。"

　　冷一欣瞪了关舜一眼说:"别站着说话不腰疼,我们女人怎么了?可别小瞧了我们,我们一定把胆量给练出来!"

　　"那我就等着看好戏了!"关舜扭过头嘿嘿一笑,"怕你还不上当呢。"

　　接下来的一段日子,冷一欣想尽各种办法给大家练胆,一个月后,每名女兵单独找点都不是问题,更有甚者女兵也敢操刀杀猪了。关舜看后,更加佩服冷一欣的意志与毅力了,内心的情愫也一天天增长,只盼望着能找个合适的机会向她表白,可冷一欣能接受吗?

第四十一章 用网轶事

当今时代,一条看不见、摸不着的"信息高速公路"——网络,正悄然改变着我们的生活,它以极其迅猛的速度成为各行各业敏感的神经,并不断延伸拓宽,最终将世界变小、拉近。拥抱它,我们从遥远中读出贴近,从复杂中读出简约,从陌生中读出相知,从虚拟中读出真实。

从驻训点返回,杨铭一进连队便注意到了沿着踢脚线布设的网线,不免有些激动。

"咱连开通了局域网。"王春阳笑着向大家介绍,"方便得很呢,可以上网学习,政治常识、军事知识、业务技能、天文地理、民族风俗、法律规章应有尽有;还可以上网聊天、在线讨论……"连长又讲了些什么,杨铭已经听不进去了。

杨铭大学中是个出了名的网虫儿,因为迷恋网络游戏,一度荒废了学业。父母为此伤透了脑筋,想尽了招,也没办法把他从网络里拽回来,就是那个时候,杨铭与父亲的关系紧张了起来。要说这杨铭也真怪,突然有一天就洗心革面不上网了,说要当兵入伍。父母自然高兴得不得了,但想破了脑袋也琢磨不透,这孩子怎么说不玩就不玩了?

杨铭紧盯着桌上的微机,手心发痒了。连长什么时候才能让上网呢?部队的局域网上有没有军事方面的游戏?该给自己起一个什么样的网名?这些问题在他的脑海里打着转转儿。想想新兵训练的几个月里,可把他给憋坏了,现在网络送上门了,他要好好过一把瘾。

周末,杨铭正陶醉于网络游戏中冲锋陷阵和"军营聊天室"中谈天说地……1个小时过去了,感觉到有点疲惫才稍稍停了下来,却发现连长在旁边的微机上专心致志地查资料,仔细一看全是些军事高科技知识。杨铭站起来说:"连长,真对不起,我玩得太投入了,没打扰您吧。"

王春阳笑着说:"没有什么对不起的,休息嘛!我在军校时也玩游戏,但玩了一段时间就玩腻了,并且发现用电脑玩游戏是最'菜'的一件事,不但不会有所长进,还会沉迷其中,玩物丧志。"

"连长,我是不是很菜?其实,我也不想这么虚度,可总控制不住自己。"杨铭一想到自己的军校梦,很想抽自己几个大嘴巴。

"你还记得新兵连时,我对你说的话吗,现在我还是那句话:你现在的确是只'菜鸟',但只要努力,相信你一定会成为展翅翱翔的雄鹰……"

杨铭依稀记得连长当初说过这话,脑中突然闪过一个网名——"菜鸟"。杨铭要用实际行动证明,不久的将来,他一定会把这个网名改成"雄鹰",一只真正的雄鹰。

杨铭果真是痛改前非,还是一有时间和机会就泡在网络室里,已不再是玩游戏和聊天了,而是利用网络这个百宝箱充电,还充分发挥自身知识优势,钻研起了网络知识。熄灯后,杨铭熬夜上网,碰巧被半夜上厕所的尚思远看见。尚思远颇有些生气:"一而再,再而三地违反连队就寝规定,上军网也要有度,太痴迷会影响工作、损害身体,赶紧回去睡觉,以后不准再上网!"

"班长,我不是痴迷网络,只是想多学点网络知识。"杨铭觉得班长误解了他,开口解释。尚思远立马甩出一句:"眼见为实,我都看见你几次了,你还狡辩?"

两人的谈话恰巧被查岗回来的王春阳听到了,王春阳对杨铭说:"学习是好事,别耽误了正常工作,也别影响了身体健康。"说完,又转向尚思远说,"俗话说'耳听为虚,眼见为实',一般情况下,我们眼睛看到的是比耳朵听到的信息真实、准确。但任何事情都不是孤立、静止存在的,都具有它自身的两面性。所以,我们在对某一事物、某一现象或者某个人进行评判的时候,要相信眼睛,但也不能绝对依靠眼睛。"

见尚思远听得似懂非懂,王春阳笑着说:"我给你讲一个故事吧。一次,孔子让他的学生颜回煮粥。煮着煮着,突然房顶上的一撮灰尘掉到了锅里。颜回怕这撮灰尘弄脏了整锅粥,又不忍心将弄脏的米丢掉,便抓起来放进了嘴里。这一举动,刚好被路过的孔子发现,便判定颜回偷吃东西,品德有问题。要不是后来颜回在闲谈之中说出这件事的真相,恐怕他一辈子都要背黑锅。"

尚思远明白了连长的话,向杨铭道了歉。杨铭也深感连长和班长的理解,发誓一定更加努力学习,好好利用网络。

一个月后的一大早,旅长江耀武来到了连队。一看旅长急火火的样子,全连官兵知道一定出了大事。最紧张的,就是杨铭了,他这回可谓是太岁头上动土,惹祸上身了。

前些日子,杨铭苦学网络知识,成了连队小有名气的"电脑通",看到旅长的信箱长时间没有回复,就试着从连队微机室里进入旅长信箱回复了几条意见。

军事局域网遭到"黑客"攻击,旅长知道了这事。这还了得?查!旅长就是为了调查"黑客"来连队的。旅长把连队人员集合起来,当众说明来意。

"不可能呀!"王春阳说,"就俺连这几个兵,就是有这胆量,哪有恁大能耐?"

"我请了两位电脑专家,已经鉴定过了。"江耀武威严的目光扫过每个人的脸,不容置疑地说,"问题就出在你们连,今天必须把他给我揪出来。"

杨铭有点站不稳了。他想站出来当众认错,又担心挨批受处分。不承认吧,看旅长的架势,不查个水落石出是不会罢休的,这有可能连累连队。

杨铭的大脑像微机一样在飞速运转,思考着良策。终于,他鼓足勇气,向前跨了一步,大声说:"报告首长,我就是您要找的'黑客',您的信箱是我进入的,并帮您回复了3条信息。"

旅长打量了一下佩戴列兵衔的杨铭,瞪大了眼睛问:"这可是军事局域网啊,我才出差几天,你是怎么进入我邮箱的?我那可是加过密的。"

"这很简单啊,咱局域网上有漏洞,您的信箱加的密级过低!"杨铭坦白说。

"好哇,你们看看,'黑客'就在你们眼皮子底下!"江耀武面无表情地对王春阳说,"晚上,带这小子来旅部一趟。"说完,转身走了。

全连人员都愣在那里。杨铭脑中更是一片空白。

晚饭后,王春阳和杨铭犹如半天云里踩钢丝——提心吊胆地来到旅部,旅长亲自迎上来说:"全旅机关干部都到齐了,就等你俩了。"王春阳一惊,这样处理一个新战士,是不是迫击炮打蚊子——有点小题大做,悄悄地问旅长:"首长,要在机关检讨吗?"

"哈哈!"江耀武一笑,指着杨铭说,"今天晚上就让他讲授电脑网络知识,和关于建好旅局域网的问题,我让全体机关干部都来听听课,我们可不能把状元关到门背后,埋没了人才呀。"

其实,自从网络进班后,旅长江耀武对网络使用情况进行了深入的探访与思考,江旅长欣喜之余也有不少"网"忧:受陈旧思想观念、网络人才缺乏、管理机制不健全等因素的影响,网络不能用、不愿用、不方便使用的现象还不同程度地存在着,影响和制约了网络功能的发挥。大部分单位的网络管理人员是干部代管,遇到其调职、休假、外出学习等情况往往致使局域网"半瘫痪";一个连队的服务器三天两头坏,网络成了"死网",有时经过半天折腾勉强上去了,但运行速度太慢,让人心烦;还有一个连队为防止出现问题,干脆让网络室"铁将军"把门,这下可苦了连队的"网迷",一个月都没进网络室……

王春阳帮着杨铭整了整着装,说:"去吧,有什么讲什么,你小子可不要有所保留呀!"杨铭听后,大踏步走进旅机关会议室,面对全旅机关干部侃侃而谈……没有任何准备,杨铭一口气讲了2个多小时,听得旅领导频频点头,听得机关干部直冒冷汗。

随后,旅领导科学筹划、加强管理、正确使用,使之日臻完善,真正发挥出网络的无限潜能和优势,成为战斗力建设发展的"助推器"。

杨铭在给旅领导讲课和网络抓建中更加自信了,也让全旅的机关干部认识了他,这对他以后的成长进步极为有利。可从网络中受益的又何止是杨铭一个人!

通信站发生了一个怪现象,一向只对电台、训练感兴趣的冷一欣,近日突然开始拿起网络教材兴致勃勃地"啃"起来,面对战友们的满脸疑惑,她却说:"没什么,'春天的阳光'让我多学点新知识,尽快跟上时代节奏。"这么一说更让人费解了,'春天的阳光'是谁?一向要强的冷一欣干吗听他的?

在网上,"春天的阳光"早已成为她的良师益友,去年带新兵时她就发现了,新兵们平时谈得最多的就是"博客""QQ""灌水""斑竹"等,冷一欣都似懂非懂,平时谈论起来总搭不上茬。

在一名女兵的帮助下,冷一欣给"春天的阳光"发了帖:"如何带好85后新兵?"讲述了自己入伍来的经历和最近自己思想上的疙瘩。

"因为你落伍了。"第二天,"春天的阳光"就进行了回复,"作为新时期的士官,你不但要在军事技能上,还要在思想上和知识层次上不断超越自己,否则就跟不上我军信息化的步伐了,那还怎能成为让大家信服的好班长呢?"

冷一欣像换了个人似的,开始忙着"充电"了。冷一欣在留言中说:"'春天的阳光'就像一座连心桥,在关注基层建设的同时,也在指导官兵成长中显示了独特的魅力。"

随着"春天的阳光"名气越来越大,旅里就聘他为编外指导员,还兼职旅局域网上心理服务板块版主,这下,"春天的阳光"更忙了。几天后,王春阳去通信营找关舜,恰巧冷一欣也在,两人正说着"春天的阳光"这茬。见王春阳进来,关舜问:"王哥,你知道'春天的阳光'是谁吗?"

王春阳笑而不语,冷一欣眼珠子骨碌碌一转,指着王春阳说:"莫非就是你?"

王春阳笑着点了点头,关舜一拍手:"春阳,春天的阳光,早该想到是你了!"说完,3人都笑了。

第四十二章　缴纳党费

从驻训地点回来,今年海训的事就提上了日程,对多数官兵而言,大家以前都没有参加过海训,甚至没见过大海,对这次海训很是期待和憧憬。王春阳正整理着个人物品,这时文书小张过来报告说:"连长,这是我们连队半年的党费,你点点!"

"半年的党费?"王春阳忽然想起来,自己来到连队后就没有交过党费,便问小张,"怎么一下子交了半年的,还有我怎么就没有交过党费呀?"

"连队为了图省事,就规定一次收半年的,这是魏指导员规定的,您的党费我给您垫上了!"小张还说,以前连长指导员的党费,都是他自己垫的。

"按照党章规定缴纳党费,是党员应尽的义务,能否按时足额缴纳党费,体现了一个党员的党性观念,党费还能让别人垫?我的党费我自己交。"说着,王春阳根据自己的工资标准,把足额党费交给了文书,却又伸手拿了回来,"我是第一党小组的,党小组长是尚思远,我应该把党费交给他才对。"王春阳找到尚思远把党费交给他,并主动检讨说,"我每个月都应该主动交党费的,没人催,我就忘记了,这说明我党性观念还有待加强。"

"像交党费这样的事情看起来虽小,却反映了一名党员对党的根本态度,决不能把它当成一般意义上的小事来看!"王春阳因势利导,在全体党员中开展了一次"交党费是小事一桩吗"的讨论,进一步强化了党员的党性观念。

不久后,大家欣喜地发现:交党费不积极不主动的现象没了,让别人垫付党费的现象没了,为了图省事一次交几个月党费的现象也没了,平时党员的模范带头作用明显增强了……

这让王春阳很是欣慰,却不知文书小张哪根筋不对了:"连长,我想到班排锻炼一下,让杨铭当文书吧……"

俗话说:一个好文书,半个指导员。王春阳一脸不悦地说:"我这刚上任不到半年你就撂挑子,何况现在指导员又不在,是我哪里做得不好,让你在这里觉得委屈了?有意见可以提嘛!"

"不是,连长您别多想了。"小张依旧像卖馒头的掺石灰——面不改色。

"那你干得好好的,为什么要到班排呀?你可是干了4年多的老文书呀。"是自己哪里得罪了他,还是小张有什么难言之隐?当连长前,王春阳也知道文书兼军械员职务不高,可肩上的担子不轻:连队的日志总结由他撰写,上级通知由他处理,军政训练计划由他拟订,连队重要库房的钥匙他有一把……正因为文书有"职"有"权",官兵们私下里称他为"二号首长"。

称呼虽好听,代价却不小。由于整天忙于连队事务,小张正课时间很少参加训练,多次被机关通报。

"文书累,加班加点凌晨睡;文书忙,难得上回训练场;文书强,主官后面当'首长'。"小张曾写了一首打油诗发帖到旅局域网上。很快被"同病相怜"的各连文书"顶"成了热帖。

"文书也要上战场,身无硬功心发慌,主官作风需转变,你这'首长'该下岗!"王春阳在网上发帖表达了看法。并从自身做起,该自己做的绝没让文书代劳,给小张减压卸了"包袱",让他回归训练场,这事小张很高兴。王春阳自信并不比何新民差,要求虽然严格,也都是按照规定来的,可怎么小张就不愿意干了呢?王春阳一时想不明白。

小张看着沉思的王春阳说:"连长,我就是想锻炼锻炼!"王春阳没有接话,掏出10块钱递给他说:"小张,这是你上午给我垫付的烟钱,请收下。"接过钱,小张打心眼里佩服连长不侵占战士半点利益的品行。

就在1小时前,一名机关干部来连队检查,王春阳知道那名机关干部是有名的烟鬼,外训时两人又处得不错,对连队很是照顾,王春阳便掏出10元钱,让文书小张帮忙去服务社买盒香烟。

小张以前多次给连长指导员"跑腿",以前很少给钱的,他也不好意思张口要,这次王春阳主动给钱,让他很感动。来到服务社,王春阳要的那款香烟恰巧卖完了,小张便"灵机一动",加了10元钱,给连长买了一盒较高档的同款香烟。

接过买来的香烟,王春阳怔了一下,但很快就明白过来,随即拿出10元钱要补给小张,可一转身小张就不见了。这次,王春阳趁机先把钱还了。

"我到了班排,连长以后有什么需要,尽管盼咐就是了!"小张是王八吃秤砣——铁了心要到班排,王春阳知道强扭的瓜不甜,也就答应了他,让杨铭当文书,内心里却对小张有了"成见"。

几天之后,连队进行第二季度"双争"评比。虽然小张的群众呼声很高,支委的反映也不错,但王春阳从心底感觉他不支持自己的工作,在会前酝酿时否决了他。

随后的日子里,王春阳发现小张并不像想象得那么差。他经常帮助杨铭开展工作,特别是在海训前的动员教育中,几乎每天都加班到凌晨两三点,整资料、刻横幅、做展板,忙得不亦乐乎。

一个偶然的机会,王春阳找小张谈心,问他为什么不想当文书了,小张略显深沉地说:"我是4年前接的文书,那时文书刚退伍,连长指导员又都是新上任的,我接任,刚开始什么都不懂,结果让连队丢了不少分,后来的那点经验,都是从教训中总结出来的,您是一个好连长,年底我就要退伍了,想提前培养一个人……"

王春阳听了,一阵感动涌上心头:"那你为什么不当面跟我说?"

"说不说还不都一样?我心想着您对我有点成见,才会更觉得离开我要让新文书干得更好,事实证明,连长您做到了,杨铭在您的带领下工作非常出色,再说我也确实有到班排锻炼的私心……"王春阳心里明白,要不是有小张的帮忙,杨铭也不可能上手这么快。

王春阳望着眼前这个可爱的战士,一时不知道说什么才好,对误解小张有了深深的愧疚。

由于要进行海训,原本定于"八一"期间发的干部07式新军装提前分发到位了,王春阳穿起来觉得特别神气,就对着连队的整容镜照了又照。这时,新上任的文书杨铭拿着照相机说:"连长,给您来一张。"

"来一张就来一张。"王春阳一连拍了好几张。不远处尚思远跑过来说:"连长,能借您衣服穿穿吗?我也照几张寄回家。"王春阳明知违反规定,可还是答应了。紧接着,连队许多战士都穿着王春阳的新军装照了相。

组织收看《新闻联播》,是落实政治教育"三个半小时"制度的一项重要内容,也是官兵及时了解党的政策和国内外大事的重要途径。在外驻训几个月的时间,连队工作任务多,看新闻不正常。又到了看新闻时间,营里临时有个会,王春阳就让值班员尚思远抓一抓,让看新闻严格起来,正规起来。

20分钟后,王春阳开完会回来,却发现全连战士人人双手放在膝盖上,个个挺胸抬头、整整齐齐地端坐着。王春阳问道:"看新闻怎么像是在搞整顿?"

尚思远解释说:"连长,是你让我组织看新闻正规起来的呀?我盯着呢,要求大家坐得笔直,两手统一放于膝盖。"王春阳记得,以前何新民当连长就是这么要求大家的,每晚看新闻,都被要求对正标齐、端坐笔直。为这事,王春阳还提过意见,可当时何新民说:"这是将作风养成融入日常生活的一个举措。"

"这样收看新闻,坐在后面的什么也看不到,看新闻岂不成了听新闻?收看新闻本是一种很好的教育,如此只重形式不重实效的方式,会让大家感到紧张,势必影响到收看新闻的效果。"对于这种貌似正规、矫枉过正的做法,王春阳果断叫停。王春阳大声说:"大家看新闻可以插空看,后面的同志可以站起来。"

"我们要像吃饭、睡觉一样,每天看《新闻联播》。看完了,我们以后还要组织点评。"看完新闻后,王春阳点起了白阿毛,"你来点评一下今天的新闻。"

"我们的白阿毛同志还有些拘谨。来,大家掌声鼓励!"说着,王春阳带头鼓起掌来。

白阿毛心里像揣着只小兔子"扑通"直跳,"今天,新闻讲的……"都怪自己看新闻时想以前的事了,一上台就"掉了链子",怎么办?"看来白阿毛同志还没有充分的思想准备啊!怪我事先没有给大家通知,今天,先由我来谈谈吧,明天白阿毛可要第一个上场!"

说什么呢?王春阳这才意识到,自己开会回来,新闻已接近尾声了,就对大家说:"今天的新闻我也只看了一小部分,明天我也重点发言,再过半个月就是我们建军80周年的日子,我就给大家朗诵一首诗吧。"说完,王春阳字正腔圆,抑扬顿挫地朗诵了起来:

> 南昌城头的一声枪响,鲜亮出一面火红的旗帜,八一军旗,我为你自豪。
> 自从有了你,自从懂得了你的含义,将士们的头颅,总会高高昂起。
> 在你指向的地方,无论是枪林还是弹雨,勇士们的身影,总会所向披靡。
> 尽管每寸土地,都浸透了,英雄的血迹;每方山冈都掩埋下,铁骨与忠魂。
> 哦,军旗,你像火炬,照亮武装夺取政权的征程,你像号角,激励热血男儿为真理冲锋。
> 80年的风雨岁月,你洗刷过多少刻骨铭心的悲怆,又镌刻下多少彪炳千秋的功名。
> 今天,你高扬着时代的旋律,
> 阔步踏上现代化建设的,新征程!

王春阳朗诵结束后,响起了雷鸣般的掌声。王春阳趁热打铁,组织了一场"迎八一诗歌朗诵会",战士们争前恐后登台朗诵,有的朗诵着不是诗的诗,逗得大家哈哈大笑。

几天后,穿新式军装的照片洗出来了,王春阳挑了几张寄回老家,又挑了几张寄给了韩雪梅。在寄给韩雪梅的照片背后,王春阳写了一句意味深长的话:思念是香醇的美酒,是幸福的期盼,是甜蜜的梦境,是对爱人的眷恋。

韩雪梅收到照片,像是秀才看榜,真是又惊又喜,看到帅气自信的王春阳,脸上洋溢着一种幸福,随即给王春阳发了条短信:春阳,照片我收到了,勿挂念,我很好。接着又发了第二条:距离给了我们发现美的眼睛,也为我们埋下了思念的种子,爱情因思念而甜蜜,生命因思念而更加光彩艳丽。

短信传情,两人沉浸在无限的思念中。

第四十三章　海训·铁路输送

自7月中下旬起,军区部队全面展开了海上适应性训练。

红旗旅是第二批赴海训场,他们这次前往的海训地点在渤海湾某海域。这次海训是没有女兵的,冷一欣多次递交申请到营里旅里想参加海训,都未能如愿。

坦克营所在的梯队是红旗旅最后一个梯队,是7月下旬出发的,副连长杜长伟依旧负责留守,出发前先进行装载。看大家有的肩上背着背包,有的手中提着塑料袋,有的还拉着旅行箱。王春阳是一肚子火:"同志们,我们这不是去旅游,是去训练,你们带那么多花里胡哨的东西干吗?"营长米向前过来说:"带都带来了,下次注意就行了,现在主要任务是装载,别打消了大家的积极性。"王春阳很是无奈,只好安排大家装载。

上午,细雨蒙蒙,中原腹地的一个货场装载站内,红旗连的官兵正紧张地进行捆绑加固。

王春阳对大家说:"减速,下雨车板打滑!注意安全!"

上平板、放三角木、打耙钉、绕钢丝……大家各司其职,忙而不乱,汗水夹杂着雨水,不停地往下流……

时间一分一秒过去。"从装载到加固结束,不到1个小时,你们梯队速度真快啊!"在场的车站管理人员惊呼道。

"这辆车加固得很紧,就是铁丝离轮胎气门芯太近,列车行进过程中容易摩擦到,造成爆胎,你们应该处理一下。"就在官兵们准备登车离场时,负责安检的同志提出了异议。

"处理"就意味着返工,意味着延长装载时间,意味着大家奋力拼搏得来的装载第一名将旁落他连。

尚思远建议说:"要不在中间垫块布吧?这样既不用费劲,也可以临时应付一下。"

"你别歪嘴吃石榴——尽给我出歪点子!"王春阳面向大家大声说,"海训地点在千里之外,我们不能有丝毫的马虎,不能因为一点关乎面子的事儿,带着安全隐患上路。不合格,必须立即返工!"

很快,这辆车完成了重新加固。

到了午饭时间,营部炊事班用简易灶给各连下了面条,大家纷纷拿出各自的饭碗打饭,三五一群地吃了起来,也有的同志来之前自备了干粮。杨铭递过来一个"乡巴佬"说:"连长,吃个鸡腿吧,光吃面条哪行呀!"

王春阳把鸡腿挡了回去:"大家吃这都能行,我也一样,怎么能搞特殊,更不能侵占战士的利益呀?"

见连长不收,杨铭只好自己吃了起来,看来老文书告诉他这些讨好连长的"妙招",在王春阳这里不管用。吃完饭,大家就坐进火车车厢里了,坦克营共有两节硬座车厢,坦克一连和二连一个车厢,坦克三连和营部一个车厢,每个人一个座位还空余一部分,坦克一连去了40多人,分到了50多个座位。王春阳按人数情况给各排分座位,每个排多分了4个座,而连部一个空余座位没有留。这让杨铭很不高兴,他冲着王春阳说:"连长,别的连长指导员都是一人占几个座位,您咋一个都不多留呢?"

王春阳说:"我也是一个人,屁股就那么大,占那么多空位干吗?"见连长不领情,杨铭也不便多说什么。杨铭想,到了晚上睡觉就有苦头了。

不一会儿,想打牌的人开始招呼着大家打牌,也有人拿出象棋下棋的,不想玩的坐在座位上就呼呼大睡了。王春阳本想掏出一本装甲兵书看看,一排代理排长魏磊一把夺过来说:"您这当连长的,不能不深入群众呀,来陪我们打会够级吧。"

本来这是带有战术背景的机动,此刻也没有人去管了,这些所谓的"敌情"只是在方案上才能有所体现。旅长江耀武在党委会上提过几次意见,输送途中要带有战术"背景"。"班子"成员反对说:"全旅第一次这么远距离输送,并没有多少经验,万一整出问题谁能负责得起?"加之,铁路运输部门也不想中途有"情况",江耀武孤掌难鸣,也只能接受"只要能平安到达就行了"的现实。对基层而言,就根本不用担心"敌人"偷袭,连个岗哨都不用设,大可放心地去玩,难怪以前参加过海训的同志说:"最喜欢坐火车了。"

打"够级"最适用这种场合,是一种群众性娱乐活动,需要6个人,3个人一组,隔一个人是联邦。因其打法简单,参与者多,深受官兵喜爱。王春阳觉得魏磊说得也有道理,这种场合下,连长怎么能不深入群众?王春阳就和大家一起玩了。

真是风刮帽子扣麻雀,王春阳没想到打牌还有意外收获。王春阳的对家是一名一级士官,前段时间因边走路边吃东西被卫兵抓住,连打牌时都像霜打的茄子。正巧他最后一手牌被王春阳给"闷"了,王春阳趁机开导他:"你一意孤行,以身试法,被'闷'就要交'闷贡',这和违反条令就要挨批是一样的道理。游戏有规则,管理有制度,哪个都不能违反啊。"听了这话,一级士官脸红了:"连长,您放心,等我牌好了,我也要让你尝尝不遵守游戏规则的厉害。"说完,一级士官也来了精神头。

打牌进入白热化,战士们并没有因为王春阳是连长而故意"放水",王春阳因没有及时"开点"影响了联邦尚思远"抢科",尚思远埋怨他说:"连长,您不'开点',我怎么'抢科'呀!"

"是呀。"王春阳立马接上说,"'抢科'是我们的中心任务,'开点'是我们的基础工作,如果不能'开点','抢科'就会受影响,好比如果我们抓不住安全这一基础工作,那么军事训练这一中心任务就会受到影响。以后你想让我提前'开点'时,提醒我'注意安全'就行了。"尚思远挠挠头笑了,大家也都跟着笑。

王春阳还从打牌中悟出,一人牌好,抢得"头科",而其联邦却双双"牺牲",结果肯定是输。拿一手好牌,得意忘形,不知所以,常常会乐极生悲;拿一手烂牌,情绪低落,不思进取,走"拉科"也就在所难免。王春阳提醒大家说:"一个人跑得快没有用,集体跑得快才行,要有大局意识,不能自顾自,而忽视了集体利益。只有共同进步才是真正的进步。"

一玩起来就感觉时间过得飞快,中午他们在一个军供站吃的饭。军供站是营里提前联系好的,按照标准做的饭,比在连队吃的要好,大家吃得都很饱,个别有心人走时还不忘拿几个馒头上车。

下午他们接着打牌,一直到晚上十点多。王春阳感到实在有点累了,就不想玩了,大家为了不影响第二天的"打牌",也就各回各位了。

王春阳返回到自己的座位上,杨铭见连长回来,连忙站起来指着一个3个人的长排硬座说:"连长,您就睡那吧,我和通讯员睡地上就行了!"

王春阳两眼扫视了一下车厢,看到横七竖八地都睡满了人,一般干部老兵都睡在座位上,新兵睡在地板上或者干脆坐在座位上睡,有个别战士甚至爬到了货架上睡。

"睡在上面多不安全,万一掉下来怎么办?"王春阳赶紧让睡在货架上的战士下来,又对杨铭说:"通知党员干部开会!"

这大半夜的不睡觉,还开什么会?待党员干部到齐后,王春阳直截了当地说:"我们党员先进性体现在哪?难道体现在让群众睡在地板上,我们睡在别人的座位上?大家觉得这样做合适吗?"大家看着一个个躺在地板的战士,羞愧地低下了头。接着,王春阳让杨铭睡在事先给他准备的长座位上,自己铺上几张报纸睡在了地板上,党员干部也纷纷效仿。

那一夜,年轻的战士们心里很甜,睡得很香。

王春阳却反复想着,这样消磨时光不行呀,能不能有更好的办法把大家组织起来?突然,一个想法涌上心头,王春阳满意地进入了梦乡。

第二天一早,魏磊照例邀请王春阳打牌。王春阳摇摇头说:"今天我们不打牌了,为消除长途行军中的疲劳,连队决定组织一场文艺小会演,要求每人演一个节目,体裁不拘一格。"

王春阳说完,人群中就议论开了,有赞成的,也有反对的。王春阳压低了声音说:"车厢里只有我们两个连队,好坏都行。"演出开始,有单口相声,有评书,有军营歌谣,等等。真没想到,战友们自编自演的小节目都很幽默风趣,平时怎么没看出来大家还有这天赋呢!

不一会儿,坦克二连也有人加入了表演队伍,王春阳他们是热烈欢迎,最后,两个连队竟PK起来,把表演推向了高潮,他们在一阵阵笑声中奔向大海。

列车走走停停,停停走走,经过两天两夜的长途行军,他们终于在第三天的下午到达了目的地。果然,一路上没有发生任何"敌情"。车一到站,王春阳立即组织人员卸车,上级要求连队在离海边不远的地方野营。大家开始齐心协力支帐篷,进行伪装。人员安顿下来,也意味着海训真的开始了。

第四十四章　海训·下海游泳

杨铭在大学中学过游泳,总想着早点下海。

第二天早饭后,王春阳带领全连人员去了海训场,不过,这次不是下海训练,是帮着政治部树立几个宣传牌,他们边干边看大海,很多官兵是第一次见到大海,着实很是兴奋。

王春阳孩童时就学会了游泳,可以说是泡在水里长大的,不过那是在老家的小河里,如今见到了真正的大海,也很想在海里畅游一番。下水前,要练好岸上动作,下午,王春阳组织大家进行"蛙泳训练岸上练习"。

海平静时犹如温柔的少女,变脸时如凶猛的虎豹。

"旱鸭子"和"半旱鸭子"占了连队参训兵员的70%以上,王春阳此刻心里想着:对于大多数第一次见到大海的战士来说,首次海训的意义,就在于让他们真切地感知一下海的性情,打破对大海的恐惧,零距离拥抱大海。

训练刚开始不久,大雨疯狂而泻,沙滩上10米外都看不清人。接着,又刮起了五六级大风,刚才还汗流浃背的官兵们,此时被雨淋风吹得有点瑟瑟发抖。

王春阳大声说:"气温降了,正好训练!"沙沙的雨声阻碍了听力。大家任凭风吹雨打,训练照常进行。

大约过了半个小时,雨停了,太阳重现。不一会儿,沙滩上就腾起似云似雾的水蒸气,大家浑身湿乎乎的,真不知是汗水还是雨水,王春阳感觉自己脸上像抹了一层油似的。

突然,大雨又来了,风更加猛烈。尚思远在心里唠叨:老天呀,为什么这样折腾我们啊!然而,老天并没有因为他的唠叨而改变主意。

下午3个半小时的训练,就是在这样阴晴交替中完成的。虽然老天"肆意施虐",大家的训练一刻也没有停止下来。

第四十四章 海训·下海游泳

一连几天的岸上练习,大家觉得实在是乏味,也觉得没有必要,训练热情也随之减了下来。见此情形,王春阳利用训练间隙给大家讲了施琅收复台湾的故事,王春阳说:"施琅,人称'海霹雳',在担任收复台湾前锋官,督导水军训练时,看到许多征战多年、战功卓著且颇有打仗经验的老将对海训不屑一顾,甚至嘻嘻哈哈,痛心疾首地怒吼:'无根之草,海战必败'。"讲到这里,王春阳故意停了下来。

"那台湾是怎么收复的?"尚思远问。

"后来,在大臣姚启圣的进谏下,施琅拿到了尚方宝剑,并颁布三条法令:不管大小官员从海训之日起脱掉官服统一降职为兵,根据海训成绩重新授予相应等级;所有官兵必须每日光脚走路,每天在沙滩上走三个小时以上;所有人员必须唯令是从,旗进人进,旗退人退,违反任何一条者都将受到严厉的惩罚,重者斩首。'三条法令'训出了一支英勇善战的'海上蛟龙',最终一举收复台湾。"王春阳说。

战士们听后若有所思,王春阳又说:"施琅的'三条法令'虽然时过境迁,但我们仍能得出一些有益的启示。俗话说,隔行如隔山。不管我们在陆上如何英勇顽强,要想在波涛汹涌的浪潮中,如履平地、劈波斩浪,就必须从'光脚'练起,练好岸上动作就是第一步。"战士们听后,又自觉训练起来。

海风,碧水,金沙。

三天后的早晨,王春阳集合全连人员说:"今天,我们要真正下水了,大家准备好了吗?"

"连长,我们早准备好了!"大家听后非常兴奋,在沙滩上练岸上动作都练烦了,真想到大海里游个痛快。

上午8:20左右开始活动身体,半个小时后,王春阳清点完人员,宣布下水要求及注意事项,开始组织人员进入大海。天气还是有点冷,海水很凉。初下海时,不少人牙齿直打架,有的还起了一身鸡皮疙瘩。尽管如此,却也难掩大家激动兴奋的心情。

杨铭心里有些紧张了,杨铭在大学的游泳池里学过游泳,当时只顾着会游就行了,根本不知道什么蛙泳、狗刨的!来海训学习了几天理论和岸上动作,才知道游泳还有这么多道道。其实,杨铭以前养成了许多狗刨的痼癖动作,蛙泳根本就不会,来之前却在王春阳面前吹嘘自己蛙泳功夫如何了得。

"蛙泳,开始——"王春阳下达了口令。杨铭做好游泳姿势,听到王春阳说开始,他一头扎进去,用这几天王春阳教的蛙泳动作游了一会儿,感到很吃力,喝了几口水,海水又苦又涩。没办法,就换成狗刨了,还是狗刨好使,一下子就到头了。谁知杨铭一出水,被王春阳逮个正着:"杨铭,你怎么搞的,你不是说你蛙泳挺好的吗?今天怎么不行了!"

"报告连长,我以前是在淡水中练蛙泳,现如今在大海里,就发挥不出来了。"

"海水、淡水不一样吗?"

杨铭俏皮地一笑:"连长,您见过青蛙在大海里游泳吗?"王春阳一愣,竟也扑哧笑了。

笑归笑,训练仍在继续。

白阿毛是个标准的"旱鸭子",来之前别说下海了,连小河沟都没下过,澡也很少洗。

第一次下水白阿毛秤砣一样下沉,尚思远担心出安全问题,赶紧扔给他一个救生圈。"平时戴着救生圈,真要打起仗来没有了救生圈,谁来救他们的生?"王春阳当即下令他摘掉救生圈。

卸下了"保险",白阿毛吓得一个劲地往岸上靠。王春阳游到白阿毛身边说:"我来当你救护员,放开胆子游好了!"王春阳耐心向他讲解游泳的动作要领,不厌其烦地做示范。王春阳既当救生员又当教练员,白阿毛信心倍增,开始摸索着"真游"起来。一上午工夫,虽然尝到了海水的咸涩,但也找到了游泳的感觉。王春阳问白阿毛:"游泳有什么收获?"

白阿毛不好意思地回答道:"之前特别口渴,现在一点都不渴了。"引得大伙笑声一片。

上午练完了,下午接着练。这样训练了一天,大家累坏了,不但累,还喝了不少海水,一上岸,战友们就互相问喝了几口海水。大家纷纷说,回去让炊事班做饭别放盐了。

杨铭回头看看大海,见海平面有所下降,说:"乖乖!不会是我们喝的吧!"话音未落,就被王春阳从背后拧住了耳朵!

"你别马嚼子套在牛嘴上,给我胡咧一气!"王春阳说,"喝点海水怕什么,你不是说营里伙食不好吗?海里有很多海鲜哪,喝海水就是喝海鲜汤。"大家笑得更开心了。

上岸后,必然要冲个淡水澡。海边的淡水资源珍贵,旅里在海边搭设了几个简易淋浴场,淡水是旅后勤部门专门运送到海训场的,必须精打细算。

为了实现"速洗",每个人都光着脚,带上简单的换洗衣物和洗澡用品,有的战士直接把洗发液抹在头上。

第四十四章 海训·下海游泳

淋浴间不大,淋浴头有限,王春阳让战士们先进去,连队干部骨干下一波洗。王春阳进行了简短的动员:"海训场洗澡不容易,请大家节约用水,两人共用一个喷头,每个人只有5分钟。"

几乎在同一时刻,坦克一连的战士们一齐涌入澡堂。只听见"哗啦啦"一阵水声,澡堂里欢声笑语不绝于耳。

"还有1分钟,请大家抓紧时间。"杨铭看着表,守在门口提醒大家。白阿毛第一个跑出澡堂,发现连长和班长骨干站在换衣间等候。"慌什么,洗干净后再出来。"王春阳见白阿毛背上还有香皂沫,又把他推进了澡堂。

两分钟后,所有战士都走出了澡堂。

杨松问王春阳:"连长,我们都把水洗完了,你们咋办?"战士们一边看着连长,一边走出了洗澡间。

王春阳说:"没事的,机关为我们准备了第二拨水。"

战士们离开澡堂,王春阳这才招呼连队干部骨干一起进澡堂洗澡。"我们要在3分钟内洗完,运气好点儿,可以多洗一会儿,我们先用脸盆接一盆水,以防意外。"拧开喷头,冲洗到2分钟时,就变成了涓涓细流,王春阳和大家在脸盆中擦洗起来。

晚上,王春阳躺在帐篷里,却总也睡不着,就走出帐篷,找了一个偏僻的角落掏出手机给韩雪梅打电话。韩雪梅这才知道王春阳去海训了,颇有些激动地说:"春阳,海训了怎么不早点告诉我?我可想看大海了,早知道让你带我一块去了!"

王春阳随口道:"你想什么呢,我们这女兵都没让来,家属就更不让来了!"

"春阳,你说我什么?"从王春阳口中说出"家属"二字,韩雪梅显得有点意外,内心里却是甜甜的。

王春阳方觉失言了,可这不正是他内心的真实渴望吗?自从春节一别,这大半年两人又没有见面了。他真是太想她了,说了句:"等休假了,我带你一起到海边玩!"

"那我们一言为定!"韩雪梅说。

"一言为定!"王春阳还想说点什么,看到不远处有手电筒亮光走来,他知道那是机关的来查哨了,就挂完电话匆匆走了过去。

第四十五章　海训·武装泅渡

关舜自小在外婆家生活了多年，一次在河边洗澡差点出了事，此后一直被家人严加看管，多年再未涉水。直到现在，他一见河水就发晕。现在，身为一连之长的他倒成了"重点人"。

听教练班长说"不喝几口海水，就学不会游泳"的话，关舜是一咬牙豁出去了，刚一进浅水区，他趴下身子主动喝了好几口海水。结果，嗓子也哑了。

真是观音菩萨打喷嚏——好神奇呀！主动喝苦水的关舜，果然品出了海的味道。看到通讯员小高扑腾扑腾能游个几十米，关舜便把他喊到身边："小高，过来教教我。"

小高有自知之明，自己游泳水平不咋的，泥菩萨过河自身难保，还怎么教别人，何况是连长？便对关舜说："连长，我不是很会游……"

"你小子谦虚啥？快点告诉我怎么才能不下沉。"关舜执意拜小高为师，小高只好应承下来，将自己的"毕生所学"全盘托出。关舜学得还真快，第3次下水时，已经可以游出几十米，和小高游得差不多。

关舜只好另寻教练。这天，王春阳来训练场找他，关舜知道王春阳是游泳高手，非拉着他下水，聘请王春阳当教练。"好呀！"王春阳爽快地答应了。还对关舜说："要把成功寄托在自身，而不是救生圈或他人的保护。最重要的是要比别人付出更大努力，每天哪怕进步1%，也不要轻言放弃，而要琢磨大海的脾性，研究学习要领，反复体验磨炼，才能经得住风吹浪打的考验。"

关舜嫌王春阳太啰唆，就只顾自己游了起来。开始，关舜以为自己会游了，提高起来会很快。谁知，以前小高教的是"狗刨"，现在学的是蛙泳，自己养成了诸多瘤癖动作，改正起来相当不易。

"蛙泳关键是腿臂结合，把握好换气时机。"王春阳详细地讲解了动作要领。

第四十五章 海训·武装泅渡

关舜仔细聆听,细心体会。"我一定能游好,你信不信?"关舜加班加点训练,总是提前下水,最后一个上岸,中间吃了不少苦头,喝了不少海水。

功夫不负有心人,等王春阳3天后再来看他,关舜也能一次游出500米了。王春阳大为感叹:"真是'士别三日当刮目相看'呀!"

关舜话语中透出几分硬气:"跑400百米障碍时,输给了一个女人,我半年都没抬起头,堂堂一连之长,岂能在海训中当尾巴?"

王春阳知道关舜这些年成长了不少,也成熟了不少,从他身上已经看不出有一个官二代的痕迹了,或者说他骨子里根本就没有官二代的那种骄横、冷漠与自私,甚至可以说他是一个地地道道的"红二代"了。

海训一周后,红旗旅组织了一次保密教育,江耀武旅长说:"作为军人,头脑中要时刻绷紧保密这根弦,睁大警惕的眼睛,及时识破敌特分子的伎俩,这要传达到每一个人,没参加的要补课。"

白阿毛担任岗哨,王春阳散会后来给他补课。王春阳对白阿毛说:"你给我仔细听着,以后谁要是问起来,就这么说。"便开始了一段自问自答:

"你们部队在哪里?""就在附近。"

"什么部队?""中国部队。"

"是什么兵种?""海军。"

"部队代号是多少?""13579部队。"

"单位领导是谁?""军委主席。"

"来了多少人?""数不胜数。"

……

"连长,这不对呀,这不是睁着眼说瞎话吗!"白阿毛提出了异议。

"叫你怎么说你就怎么说,这是命令!"王春阳一脸的严肃,白阿毛赶忙收住口,却在心里嘀咕:怎么能说谎呢?连长平时可都是教育我们做老实人、说老实话、办老实事,现在怎么啦?

白阿毛私下问尚思远。尚思远还没听完,就说:"叫你怎么说你就怎么说,少废话。"

一周后,又轮到白阿毛站哨执勤,一位地方女大学生很热情地走到他身边,嘘寒问暖一番后问起部队的基本情况。白阿毛按照连长教的谎话,把那位大学生骗得找不到北。虽然成功"欺骗"了她,但白阿毛心里很不好受,好像做了亏心事似的,连晚饭也没吃好。

晚点名时，王春阳很是表扬了白阿毛一番："今天执勤表现非常好，防间保密意识比较强，没有泄漏军事秘密。"白阿毛听后猛然醒悟！

海训进行好几天了，训练难度一天比一天大，强度一天比一天强，大家也一天比一天疲劳。老天还是那样不配合，时冷时热，时阴时晴的。王春阳却如落雨担稻草——越担越重。

旅里要组织武装泅渡示范，旅领导把这一任务直接安排给了王春阳，他从连队挑出10人，名为"武装泅渡10勇士"，王春阳任队长。

参加武装泅渡的战士，每人负重有8枚手榴弹，佩带枪支及一些简单战时用具。

武装泅渡组是在深水区实施训练的。今年海训，这个旅的深水区设置基本保持深度2米以上。这样一来，组训的危险性明显增大，但实战味儿却浓厚多了。王春阳说："就游泳的基本技能学习而言，1米深与10米深是一样的。但训练不一样，大家必须明白，深水区就是深水区。"王春阳这是告诫大家要时刻注意安全。

经过几天的强化训练，示范开始，"十勇士"实在让人敬佩。宽阔的海面上，他们一会儿蛇影般地飘移，一会儿梅花般地开放，一会儿潮流般地奋进。王春阳率先冲上沙滩，提前5分钟到达了指定位置，抢占了岸上的制高点。

按理说，示范之后，大家按规定训练就是了，可落实起来就走了样。

旅长江耀武来到一个连队检查，看到全连40多名官兵，熙熙攘攘挤在一处不足百平方米的海域内，两边的安全救护员还拿着长竹竿专门控制队形。大家一个个像夜壶里洗澡一样，根本扑腾不开。结果，接近陆地进攻点发起冲击时，竟然出现一名战士不慎摔倒接连绊倒后面几名战士的情形。

"如此人多腿杂，别说战术运用，就是往一处奔跑，也相互干扰，何谈打仗？"江旅长当场亮出"红牌"，又说，"这不叫武装泅渡，我看叫'一口锅里煮饺子'，还是一锅煮不熟的饺子，这能训练好吗？"连队干部听后惭愧不已。

对于观察者来说，有时候，角度比距离更重要。议训会上，江旅长大声疾问："海训，海训，洗个海澡就算训？"

现实给出的答案却是："现在许多战士是独生子，娇贵得不得了，会游泳的越来越少了。为确保安全，往往就是在海滩上划道杠子、在海面上拉根绳子、在岸边上搭个观察棚子，让官兵在海里扑腾一阵就算完成训练任务了。"

江旅长这次动怒了，他大声讲道：

赤壁大战，曹操八十三万大军，几万条战船锁大江。诸葛亮一把火，烧得曹军七零八落，狼狈不堪，只留下了败走华容道的惨局。曹军的一败涂地，如果完全归罪于孔明的连环计,实有不妥。曹军人数虽众,但多为"旱鸭子",对海战缺乏经验和信心。以"旱"击"水",纵然不葬身火海,也要被长江波涛所吞没。如果曹军个个是水中蛟龙,人人是"浪里白条",诸葛亮的连环之计又岂能轻易实现?

朝鲜战争,一边是重兵把守,一边是峭壁林立,何去何从?麦克阿瑟出其不意地选择了"一夫当关,万夫莫开"的仁川,并巧妙地利用月亮影响潮汐的知识,成功登上了朝鲜半岛,留下了"月亮战争"的美誉。靠的是运气吗?事物不是孤立存在的,麦克阿瑟不愧是一代名将,不仅有高超的谋略艺术和指挥才能,就连天文、地理也兼收并蓄。

江旅长抛出这两个发人深思的故事,无非要让大家把海训重视起来。他说:"现在,有些重点难点课目,我们很多营连不敢训,有的就是勉强训了,也放不开手脚,一举一动,皆如临大敌,上下揪心,有人跟我开玩笑说,'迎安全问题比迎战还小心',大家说这应该吗?"

态度决定高度,行动的力度取决于认识的深度。

江旅长这次临场"发飙"起到了很好的效果,与会其他常委没再说什么。

调子定准后,训练就有了抓手。旅里打破建制,在全旅范围内挑选20名海上训练尖子,与40余名"老大难"战士结成对子,并制订了详细的帮带计划,进行重点训练。

经过几天的单独"较量","老大难"全部赶上了队。连白阿毛这样过去没下过海,遇到风浪就打冷战的"旱鸭子",如今也成了武装泗渡能手。

海训地域阳光纯净透明,海水湛蓝如洗,沙滩洁白细腻,在绿树红瓦的映衬下,正热情地展示着海滨城市的独特魅力。

训练如火如荼进行,不远处2名外国游客乘坐1个轮胎式救生圈,在离海岸100米左右的海域玩耍戏水。天候真是变化无常,转眼间,乌云骤起,风越来越大,浪越来越高。外国游客乘坐的救生圈瞬间被巨浪卷到离海岸200多米远的地方,越漂越远,情况十分危急,他们大声呼救。

王春阳听到求救声后,立即带领"武装泗渡10勇士",携带救生圈、绳索等救生器材迅速向在浪涛间时隐时现的遇险游客游去。凭借过硬的素质,他们劈波斩浪,奋勇向前,仅用10多分钟,就把2名外国游客救上岸。

脱险的游客十分激动,他们紧紧握住王春阳和战士的手,连声道谢,并送酬金以表谢意,被王春阳婉拒后,又极力邀请大家吃饭,再次被谢绝。外国游客一个劲地赞叹:"中国军人就是不一样!"

第四十六章　海训·登岛观光

　　新鲜过后是平淡,海训之前想海训,海训展开想回营。
　　按计划,连队今天要去岛上"观光旅游",大家又兴奋了起来。
　　这天,大风一直刮个不停,但仍掩饰不住大家兴奋的心情。海训10多天了,整天在海边水池里泡着,最多是深水区,还从未真正领略过大海的风光,大家倍感乏味。
　　一大早,尚思远跑过来对王春阳说:"连长,我们带上武器吧?"
　　"带什么武器?"
　　"今天不是去海岛吗?"
　　"是呀!"王春阳点点头。
　　"那万一碰见海盗怎么办?"
　　"想什么呢,你大片看多了吧!"王春阳心里倒是真想看看海盗长什么样子,可他更觉得那是不可能的事,尤其是祖国的沿海区域,海盗再猖狂,也不可能在这里出没。不过,经尚思远这么一闹,他的眼前倒是幻想着乘坐快艇驰骋的画面,甚至到岛上有种探险的感觉。
　　想到这,王春阳对这次去岛上参观倒是十分期待了。
　　早饭后,王春阳带领大家乘卡车到了某登陆点,先是到了一个大船上进行参观。据工作人员介绍,这艘大船载重8000多吨,船舱内可装货,上面可运人。
　　连队以前几乎没有人见过这么大的船,上上下下很是兴奋。王春阳不断地提醒着:"当心点,别磕着碰着了。"
　　大家只顾自己跑着,尚思远也拉着王春阳很快爬上了二楼的客舱,见里面休息室、餐厅、娱乐场所一应俱全,王春阳感叹:"这比火车软卧还好呀!"王春阳长这么大就坐过一次软卧,还是韩雪梅帮他买的,感觉那是旅途中最享受的了,但和眼前的客轮相比,就不值一提了。

碧蓝的大海一望无际,夹杂着海浪的波涛撞击船体声。王春阳眼一闭,萌生了带着韩雪梅环游世界的冲动。

大家本以为会坐这样的大船出海,却很快被"赶"下了船。

王春阳带领大家乘坐一个登陆艇,风越来越大,登陆艇不断摇晃,与刚才的大船相比,简直就像"抗眩晕训练"。王春阳半开玩笑地说:"我们这可不是'泰坦尼克号'!"

一切照计划进行,登陆艇准时起航。王春阳和全连官兵身穿救生衣,背靠背坐在甲板上。

刚出港口,登陆艇就摇晃得厉害。艇上工作人员介绍,该艇满载排水量是 60 吨,最大航速 13 节,抗风力最强 7 级。屏幕上显示此刻风力接近 7 级,航速 12.7 节。

难怪登陆艇如此颠簸。

登陆艇航行至茫茫大海深处,风力稍减,官兵们紧张的神经稍有放松。天公似乎不给他们喘息的机会,一阵大风吹来,海浪拍打着登陆艇,溅起的浪花向官兵扑面袭来,许多人被浇了个"落汤鸡"。

"抓住船舷!"王春阳对白阿毛大声喊道。白阿毛忙着擦拭脸上的海水,一个不小心差点掉进海里。登陆艇倾斜得厉害,大家坐在甲板上如墙头草整体向右倒。

"全部趴下,在边上的同志抓住船舷。"王春阳大声命令道。

这一趴,安全多了,登陆艇顶风破浪航行。

经过一个多小时航行,登陆艇安全抵达岛上,比原计划晚了 15 分钟,艇艰难靠岸后,大家长吁一口气,还有几名战士晕得吐了。回味起刚才险象环生,杨铭开玩笑说:"看似风不大,怎么浪那么大,不会是敌人的气象武器吧?"

"啥叫气象武器?"白阿毛接话说。

"有句话不是说嘛,无风三尺浪。"王春阳趁机给大家科普了一下气象武器知识,"所谓'气象武器',是指运用现代科技手段,人为制造地震、海啸、暴雨、山洪、雪崩、热高温、气雾等自然灾害,以实现军事目的的一系列武器的总称。"

王春阳描述说:"航行在大洋上的万吨航母被高达百米的超级巨浪掀翻,位于近海岸的雷达基站被海啸淹没,处于陆地境内纵深的机场跑道因为地震变得支离破碎……未来的某一天,以上所描绘的便不再是电影里的场景,而是气象武器的疯狂!"

上岛后,大家似乎一下子忘掉了刚才的凶险,像半篮子喜鹊,叽叽喳喳地拍照留念,岛上的每一块石头、每一棵树此刻都成了风景。

不远处有渔民正在拾掇养殖的海鲜,尚思远赶紧跑了过去,看见满地的海鲜:"哇,这可都是海鲜呀!"渔民们笑了笑说:"想吃就带点回去吧。"

尚思远捏了几个扇贝,又放了回去。

王春阳面向大海,即兴朗诵了一首诗:

> 蓝色的大海,辽阔无际,无际辽阔,
> 一群朝气蓬勃的生命,在这里历练筋骨,
> 一条条勇猛的海上蛟龙,在这里搏击风浪。
> 任凭海浪如何肆虐,都丝毫改变不了,我们前进的方向,
> 因为我们拥有,无畏的志向,
> 因为我们练就,一身钢筋铁骨。
> 只等那一声令下,就义无反顾,直奔战斗的地方!

岛上就像一个村庄,上面住着一个连队,大家像是来到了世外桃源一样,兴奋地来到连队参观,营房设施甚是简陋,大家幻想着在这里生活多美好,一名守岛的老班长介绍说:"这里常年处于高湿、高盐、高辐射、多台风的恶劣环境。"又像是无限回忆地说,"以前,这里没有电视和信号,我经常是一个人坐在海边待上半天。"

岛上的生活供给几乎全都靠船舶运输,恶劣天气使生活物资青黄不接。易于存储的土豆、白菜和洋葱,是岛上官兵的"老三样",只要有恶劣天气来,连队便早早地采购,囤起来备着,一旦出不去,好有饭吃。

"'老三样'吃完了怎么办?"王春阳问。

"花生米、咸菜、虾酱顶上啊!"老班长回忆说,"有一次,因为没有菜了,连队吃了一周的炒咸菜。"老班长又笑笑说,"你们今天来风还不是很大,已经体会到大海的凶险了吧?"白阿毛听后连连点头。

"我们这里还好些,离陆地比较近,一些偏远的海岛设施更差,供给也更困难。"老班长望着远方,感慨万千,"正因为如此,一提起海岛,人们脑海里想起的是恶劣的自然条件,蜿蜒的山路,弥漫的大雾,寒冷的天气。"

大家听后感觉海岛并非想象中的"浪漫",甚至有些残酷,开始庆幸自己生活在内地了,骨子里也更加燃起了训练的热情。

风力减小,乘坐登陆艇回去,王春阳为了提高大家的警惕性,颁布了一道命令:"谁在途中衣服被海水打湿了,就算牺牲了。"

一个海浪袭来,白阿毛一个躲闪不及,衣服被打湿一片,被王春阳当即宣布"阵亡"。上岸后,杨铭问白阿毛:"怎么搞的,去的时候差点掉海里,回来还光荣了!"

白阿毛一脸严肃地说:"别说话,我现在还是'烈士'!"

"还烈士呢?我看是猎物差不多!"

白阿毛知道杨铭含沙射影说他反应慢,就以牙还牙问杨铭:"海水大家都怕淋,可有种雨大家都喜欢淋,为什么?"

"久旱逢甘霖呀。"

"错,淋浴!"白阿毛一本正经地说。

"好你个白阿毛,给我下套。"杨铭正想再调侃白阿毛几句,只听王春阳喊了句:"大家赶紧上车了。"两人赶紧随队伍跑向卡车。

适逢建军80周年,"八一"这天,驻地领导来营里慰问,晚上有一个文艺演出队要来演出,这下大家可高兴了,整理内务、打扫卫生、设置场地,忙得不亦乐乎,营区不一会儿就被收拾利索了。

驻训营区内没有女厕所,营里安排连队临时搭建了一个简易厕所。为了消除地方女演员的"后顾之忧",避免出现"尴尬局面",营长米向前让王春阳指派一名责任心强的战士担任厕所警戒。

"尚思远,今晚交给你一个光荣的任务!"王春阳喊他过来说。

"啥光荣任务?"

"你先告诉我能不能完成?"

"保证完成任务,赴汤蹈火,在所不辞!"尚思远立正大声回答。

"不让你赴汤,也不用蹈火,站着就行了!"王春阳指着不远处的简易厕所说:"看见那女厕所了吗,你今晚就在那负责站岗!"

"啥?"这是什么任务,尚思远的脸一下子红到了脖子根,"天安门升旗有警戒,接外宾有警戒,执行那样的任务多威风、多神气。我堂堂一个三级士官,却要在女厕所门口当警戒,这要是传出去,面子上也挂不住啊!"

王春阳猜出了尚思远的心思,说:"这么热的天,地方的同志大老远来为我们演出,容易吗?我们搞好服务保障还不应该?再说了,这也是一项光荣而艰巨的任务,是组织对你的信任和考验,有什么不好意思?"听了连长的话,尚思远只好点头同意了。

随后,尚思远戴上帽子,扎上腰带,整理好着装,以标准的军姿站立于女厕所门前,执行那特殊的警戒任务。

天渐渐暗了下来,海滩周围的灯光和海面相互辉映,折射出诱人的色彩来。

没过多久,文艺队演出人员乘坐的大巴就驶入了营区,几名年轻漂亮的女演员从车上下来像快乐的小燕子,叽叽喳喳地向尚思远站岗的女厕所走来。100 米、50 米、10 米……距离越来越近,尚思远的心跳也越来越快,额头上渗出了豆大的汗珠。

"有什么不好意思的,现在我是一名卫兵,正执行警戒任务。"这时,尚思远想起了连长的话,紧张的心情变得平静下来,接着很自然地为女演员引路、警戒。

演出舞台的灯光亮起来了,音乐响起来了,漂亮的女主持人走到了前台……"看什么呢?还不到现场看去!"演出正式开始了,王春阳过来换岗了。瞬间,尚思远所有的委屈都变成了感动。

第四十七章　海训·装卸训练

　　8月上旬,王春阳被江耀武旅长亲自点名,奉命到某海滩进行装备装卸载课目训练,他们驻扎在一个废旧厂房旁边。由于远离居民地,用电只能靠旅里提供的小型发电机发电。

　　厂房主人周老板曾经当过兵,儿子现如今又在部队服役,对军人有种特别的情结。当周老板得知部队白天不通电,晚上只能靠小发电机供电后,主动找到王春阳说:"王连长,你们可以从我厂房接上一根线,我马上安排人接电,保证第二天将厂房的电接通,免费提供给你们使用。"

　　"真是太感谢周老板了!"王春阳给周老板敬礼后,两人握手。

　　"哪里的话,支持国防建设是我们应尽的义务,再说,我儿子也在部队当兵,我们都是一家人,一家人就不说两家话了。"周老板一脸诚恳地说。

　　两人边走边查看线路,王春阳发现,由于厂房长期不通电,线路已经严重老化,使用起来存在很大的安全隐患,尽管周老板提出可以重新铺线,可那需要一笔不小的费用。经过再三思量后,王春阳谢绝了周老板的好意。

　　连续的高温,沙滩表面温度超过50℃,仿佛一点火星就会引发爆炸,练装卸载更是练作风,王春阳和大家身穿短袖短裤,赤脚而立。头顶是烈日当空,脚下是灼人的沙石,一站就是几个小时,加之来之前多天的海水浸泡,火辣辣的太阳撕开了大家身上的皮,多数人背部脱皮,疼痛难忍,晚上睡觉,大都趴在床上入眠。王春阳对大家说:"烈日晒掉的不是我们的一层皮,而是我们的不成熟。"

　　转眼间到了江旅长要来看装卸载的日子。出人意料的是,部队正向装载地域进发时,一阵暴风雨不期而至。十几分钟过后,路面就变成了一片汪洋。

　　"下这么大的雨,会不会出现险情?"有人产生了顾虑,建议王春阳向旅长报告一下,把训练推迟一下,等雨停风止了再练。

"风雨天正是锤炼部队的好时机,绝不能让难得的练兵资源白白浪费,一切按原计划进行!"王春阳在全连面前动员说,"旅领导把这事交给了我们,就是对我们的莫大的信任,我们不仅训练标准一点不能降,环节一个不能少,还要设置多种复杂'敌情',只有这样才能在风雨中经受近似实战的锻炼和考验。"

说起来容易,做起来却困难重重。

为确保安全,王春阳和大家周密部署,制定了相应的预防对策和方法,对每个阶段应注意的事项进行了规范。雨在使劲地下,风在使劲地刮,码头遭敌机轰炸,滩头受敌火力封锁。

王春阳全身湿透,他干脆脱掉雨衣,"轻装"指挥。魏磊驾驶着坦克作"蛇形跑",突然,魏磊为躲避敌机轰炸,一个规避动作由于操纵杆抱得太紧,坦克原地转向陷入松软沙滩中,坦克熄火。眼看就要成了"敌"活靶子,情况万分紧急,王春阳一个发动手势,魏磊瞬间点火成功,坦克重又怒吼着前行。

吃一堑、长一智。魏磊放开手脚,加大坦克油门,改为长距离规避前行,快速准确地驶进预装船只,展示了过硬的驾驶技能。

天气真是变化无常,刚刚还风雨不止的,当下却是太阳白花花地直刺人眼。江耀武旅长带着机关的同志来看装卸载。

在临时开设的野战指挥所,江旅长严密地注视着海上的风浪变化,时而看着手表,数辆坦克已经抵近沙滩,装载却迟迟没有动静。

江旅长喊来王春阳问:"据潮汐规律通报,再过一会儿就要涨潮,将增加装卸载难度,不提前开始,更待何时?"

"报告首长,等涨潮了可以借助浪涌让战舰晃动,增加装卸载难度。对于习惯了在陆地装卸载的官兵来说,如果能在海上自如完成基础课目训练,训练效益必能大幅提高。"王春阳比画着说,"推迟是为了等这'天赐'的练兵好时机……"江旅长点点头表示默许。

"哗……哗……"海水开始一浪一浪袭来,发着余威不时猛烈地拍打着海岸,掀起阵阵恶浪。

"开始作业!"王春阳下达了装载口令,只见观察员迅速上舰,指挥员和驾驶员各就各位。

"利用大浪退去的时机,要求驾驶员将坦克开到甲板上,并完成装载固定任务。如果大浪打来,海水就会浸入发动机,造成训练装备事故,达不到装载目的。"王春阳告诫装载人员说。

浪退我进。魏磊瞬间发动成功。挂挡、起动、换挡、转向,所有动作一气呵成,在下一个大浪打来之前的一瞬间,驾驶坦克突然加油提速接近甲板,快速而又准确地将车开到了正对预装船只的正面。

"好!"江旅长大喊一声,露出了会心的微笑。

12时20分,王春阳所在的坦克编队海上装卸载课目全部完成。听着嘹亮的口号声,走在松软的海滩上,王春阳打开眼罩放眼眺望,远处波光粼粼,水天一色,几只海鸥翅掠海面,正上下翻飞,是那么的自信与从容。

关舜所在的通信连,配发了一款新型通信车,几次打报告想在海训中"遛遛",机关人员是一条扁担挑泰山,深感出了问题担当不起,便回复说:"水中训练不同于陆地,人员不能有什么闪失,新装备不能磕着、碰着、淹着,时时处处必须小心谨慎。"仅让组织人员开展游泳训练,新装备就成了摆设。

江耀武旅长带着机关人员来连队检查,发现新装备还未涉过水,就问关舜怎么回事。关舜一时不知如何回答。这时,一名机关干部支支吾吾地说:"这款新装备我们有的问题还没研究透,对策还拿得不准,担心新装备涉水后出现意外情况,就没让涉水……"

"等你把问题研究透了,黄花菜都凉了!"江旅长颇为严肃地说,"不入虎穴,焉得虎子?新装备作为未来战场的'主角',不到海里,就不知道海水腐蚀的威力,就没有管装护装的挑战性;不到海里,就不能感知风浪里驾驭装备的困难,就没有复杂条件下实现人装最佳结合的紧迫感……"

江旅长转向大家说:"婴儿学走路,非摔几跤而不能独行。新装备,必须在实践中检验。经过多年的陆地训练,我们对新装备已比较熟悉,新装备潜能也得到了充分发挥。然而相比较而言,海上训练就弱得多,这一课必须补上。"

江旅长的一番话,让机关人员打消了顾虑,让关舜领到了新装备涉水训练的资格证,这款新装备"下海"后,在关舜和连队骨干的精心训练下,很快成了"海上蛟龙"。

这天早晨,海上浓雾重重,能见度不足10米,是海上适应性训练以来从未遇到的恶劣天气。旅领导担心发生安全问题,通知王春阳可推迟演练时间。

"实战条件下部队不可能主观选择天候,条件对双方都是一样的。"王春阳还讲了美军造雾掩护渡河的故事。王春阳说:"在第二次世界大战中,美军第5集团军在萨勒诺地区登陆,为了减少渡河时的伤亡,美军的几架载有造雾剂的飞机,低空掠过地面,把造雾剂播撒出来。不一会儿,约5公里长、1600米高的雾层罩住了河面。在对岸防守的德军见到晴空忽起云雾，急忙以火力封锁河面，但因雾太浓，只好盲目射击。美军在浓雾掩护下，仅以轻微的伤亡便突破了德军防线。"

江耀武旅长听后沉思了一会儿，同意红蓝双方从此刻开始，可以自主选择时间演练。

有了江旅长这个"尚方宝剑"，王春阳积极备战，做好各项准备。浓雾给航渡造成了通信、编队上的困难，王春阳带领大家沉着应对，一一化解了险情。王春阳利用潮高时机，将航渡距离由3公里增至5公里；泛水编波，攻击队形选择……一切都在大雾的掩护下"秘密"进行。

担负岸滩阻击任务的模拟蓝军部队，判定红军此时不可能会进攻，放松了警惕性，只派出了少量的观察哨。由于雾大，能见度低，待"蓝军"哨兵发现红军，王春阳已突击至"蓝军"防守最为薄弱的弧形岸滩。以迅雷不及掩耳之势，强行楔入，一举突破"敌"岸滩防线。

究竟是怎么回事？岸滩之"蓝军"还未回味过来，就稀里糊涂丢了"阵地"。

丢阵地可不是小事，更何况根本不清楚对方是怎么攻上来的。"蓝军"指挥员弄不明白也不服气，嚷嚷着要讨个"说法"。江旅长一摆手说："你们要讨说法，就向大海要去吧！"

"祝贺你们演练成功，浓雾条件下海上航渡有了第一手资料，这对我们以后练兵非常有利！"江旅长对王春阳的出色表现予以肯定。

海训很快结束了，部队陆续踏上了返回的征程。

第四十八章 海训归来

　　海训期间,关舜给冷一欣捡了一些贝壳,又觉得不漂亮,就到工艺品店又买了一些。工艺店老板给他介绍了一种以死"殉情"的"虎斑贝",因为这种贝壳的活体经常是成双成对,一雌一雄在海里活动,就像水中鸳鸯一样,单一只很难存活。关舜当即买了一大包。

　　趁着大家都去洗澡了,关舜便带着"虎斑贝"和一些捡来的贝壳,装在一个塑料袋里,来到冷一欣工作的机房,冷一欣抬眼一看晒得黝黑的关舜:"呦,大连长,海训不错吧,是不是海水都让你喝干了?"

　　"咋说话呢,咱现在可是'浪里白条'了,武装泅渡1000米大气都不喘!"关舜神气十足。

　　"你就别在那馒头里包豆渣——人家不夸自己夸了。"冷一欣知道关舜没事不会单独来机房,就问,"大连长,来我这有事吗?"

　　关舜连忙掏出贝壳,脸红红地递过来说:"欣欣,给你的。"

　　听关舜这么一叫,冷一欣身上直发麻,连忙推开贝壳说:"呃,咋叫得这么恶心呢!"

　　"欣欣,我,我,这是我专门给你买的!"关舜一副词不达意的样子。

　　"不让你叫,你还叫,你这是吃了不害臊的药,咋这么没脸呢!"冷一欣似乎真有点生气了,关舜想想第一次和她开玩笑,冷一欣生气的样子,就不敢造次了,连塑料袋一起放下就溜出了门。

　　关舜走后,冷一欣本想扔出去,想想关舜刚才窘迫紧张的样子,也是好笑,不自觉地打开看了看,发现里面有各种各样的贝壳。留下几个,其他的都分给站里的小姐妹了。

　　这让关舜可不高兴了,他大声质问冷一欣:"我送给你的东西,你为何要送给别人?"

"既然,你知道是送给我的,那就是我的了,我爱给谁给谁,你管不着!"冷一欣针锋相对。

"你知道那是什么吗,那是'情人贝'……"

"'情人贝'那就送给你的情人呗,干吗送到我这里了。"没等关舜说完,冷一欣捂着脸跑开了,冷一欣没将"情人贝"全部送人还有点小庆幸。

这让关舜很苦恼,他来向王春阳诉苦:"真是太气人了,不领情不说,还把我的东西送人,看来我是没戏了!"

王春阳听后笑着说:"这是好事呀,看来你小子有门了!"

"王哥,我都这样了,你还取笑我,真不够哥们!"关舜疑惑不已。

"你想想看,要按照冷一欣以前的性子,从你第一句喊她欣欣开始,她就应该把你给轰出去了。你送给她的东西,她没给扔出来,却送人了,这说明她心里已经接受了,只不过,她现在心里还没过这个坎。"王春阳拍拍关舜说,"别着急,慢慢来,肯定有机会的。"

听王春阳这么一说,关舜心里一下子亮堂了许多,笑眯眯地走了。

王春阳果然说得没错,冷一欣打听到关舜海训中确实表现不错,这些年也看到他变化很多,如今已经把一个连队带得很好了,虽然还比不上王春阳,也算很优秀了。表面上冷一欣很冷,内心里却渐渐对关舜有了好感。

送走关舜,王春阳正想给韩雪梅打电话。这时,副连长杜长伟进来了,刚才他看到关舜了,怕关舜再挖苦自己,就等到关舜走了才来,说:"连长,我来向你汇报一下留守工作。"

"哎,你是整个营的留守负责人,要汇报也得向营领导汇报!"杜长伟一下子变得这么客气,让王春阳有点始料不及。

杜长伟很"乖"地说:"你是我的直接领导,有什么情况得先向你汇报才是!"

王春阳见杜长伟一本正经,就说:"那好,我们就聊聊天吧。"

杜长伟因为有想法,上次留守又吃过亏,这次老实了不少,并没有出现什么大的纰漏。两人聊了一个多小时,就到了晚饭时间,王春阳觉得每个人都在成长。

第二天,旅里给了一个去院校学习半年装甲参谋的指标,是江耀武旅长想栽培王春阳,有意下到坦克营的,要不然机关那么多参谋都没捞到去,名额直接下到了坦克营。王春阳却极力推荐杜长伟去,他对营长米向前说:"现在指导员还在住院,连队不能没有一个主官!"

"这你就不用操心了,旅里都安排好了,会有一名机关干部来代职!"米向前看了看王春阳又说,"说句心里话,我们也不想让你去,你在,我们干什么都放心。"

"新来的参谋,对连队情况又不熟悉,我还是先留下吧,以后有机会再说。"后来,王春阳直接找到旅长说明情况,就让杜长伟去了。

去院校学习实在是机会难得,去学习意味着走进了旅领导的视线,机关再挑人时往往就从他们中间挑,或者说能直接进机关。听说有去院校学习的名额,早在王春阳他们海训回来前,杜长伟就找了几个旅领导打招呼,都说"搞不定",天上突然掉了个大馅饼,杜长伟知道是王春阳帮了自己,对他很感激。尽管杜长伟比王春阳年龄大,临行前还是忍不住叫了句:"王哥!"

两天后,旅里进行作风纪律整顿。按照惯例,外出时间长了,旅领导担心官兵"心野"了,作风纪律整顿随之而来。整顿内容之一,是对全旅官兵违规使用手机问题进行一次集中整治,按照规定,连队只有主官才能使用,其他人一律不能使用,并明确了主动上交手机的时限及有关处理办法。这意味着连队只有连长指导员能合法使用手机,其他人的手机都必须交由连队保管或者寄走。

接到通知后,王春阳当场上交了手机,表示和大家一样,暂时不用手机。连队有手机的战士也都纷纷交了上来。

为了便于保管,通信营领导规定,通信站的手机也一并交到关舜那里,关舜却为此伤透了脑筋,通知下发了三天,关舜大会小会上讲,晚点名、开饭前也讲,却没有一名官兵主动上交手机。

"违规使用手机的官兵肯定有,是大家自觉把手机都处理掉了,还是存有侥幸心理不愿意交呢?"就在关舜准备展开清查点验时,冷一欣主动上交了刚买的手机。这让关舜很是欣慰,表扬她说:"看,这才是一名老兵的觉悟,我们都应该向她学习。"

不料,冷一欣却因此招来了一些男兵的冷嘲热讽,并被视为"异类":

"不就是想表现自己吗,这样做就是'作秀',大家千万别上当!"

"女兵就是立场不坚定,我们的冷大美人怎么变得这么胆小了,一遇到点问题就怕了。"

"说不定连长给了她什么好处,把她给收买了?早就听说了俩人是藕丝炒豆芽——勾勾搭搭的。"

冷一欣没想到因为落实上级规定,竟把自己推到了风口浪尖上,这让她很想不通,尤其是别人说她收了关舜的好处,尽管那只是些贝壳,可她也觉得心虚。

真是众口铄金,积毁销骨。见冷一欣蒙受了不白之冤,关舜总想帮她解围,可头想大了也没想出解决的办法来,就找王春阳来"支招"。

王春阳经过一番分析后认为:"这件事情虽然不大,却折射出一些官兵对待执行纪律规定的态度,从更深层次看,也说明连队还没有形成遵章守纪光荣、违规乱纪可耻的风气。"

找到了问题的病根,关舜便在连队组织开展了"遵章守纪话荣耻"大讨论,并带头上交了手机。原来打算躲躲风头,继续违规偷偷使用手机的官兵,见连长手机都不用了,纷纷上交了违规使用的手机。

没几天,旅里又下发通知,按要求连队要上报本单位"个别人"的情况,主要指因家庭、工作、患病等原因,个人思想情绪不稳定,在一个时期内可能发生偏激行为的官兵,以便于机关有针对性地开展工作。

接到通知后,王春阳对连队人员逐一排查,发现没有符合人选,就顶住压力交了份"白卷"。机关人员打来电话问:"王连长,上报'个别人'是旅领导亲自布置的一项工作,你们怎么不配合我们工作呀?"

"首长,我都认真排查过了,我们连队确实没有'个别人'。"王春阳解释道。

"我就不信了,别的连队都有,就你们连没有,是不是你们怕砸了连队的荣誉牌子,故意隐情不报呀?"那名机关干部毫不客气地说。

"没有就是没有,我要对战士负责,不能随意乱扣帽子吧!"王春阳理直气壮,说完,就把电话给挂了。

这下,那名机关干部就把坦克一连"交白卷"的事反映到江耀武旅长那了。江旅长没有轻易下结论,而是抽空来到连队跟大家谈心交心。江旅长发现,尽管指导员长期住院,但在王春阳的带领下,连队积极主动为官兵解决难题,不良思想苗头都得以及时化解,官兵工作训练热情高涨,确实没有需要上级重点帮教和防范的人。

"如果仅为落实上级通知要求,随意拟定对象上报,势必影响连队内部团结和官兵士气,所以就没上报!"王春阳说。

"你们做得很对,我们干工作都需要一是一、二是二,绝不能欺上瞒下做表面文章!"说完,江旅长就走了,第二天他在会上把这事提了出来,同意并支持了王春阳的做法。

第四十九章　迎接检查

临近年底,机关要进行综合检查。文书杨铭忙着补教育、补方案、补计划、补笔记。

军事训练领导小组、理论学习领导小组、行政管理领导小组……这些王春阳挂着小组长"头衔"的小组,他都要签字,越签越多,就对杨铭说:"你统计一下,咱连到底有多少领导小组,还有多少兴趣小组也统计一下。"

不一会儿,杨铭将统计好的小组报给王春阳:"连长,我们连队一共有 15 个领导小组,其中你是组长的是 9 个,加上其他的兴趣小组一共是 32 个。"

"咋这么多?"不统计不要紧,这一统计吓了王春阳一大跳。又仔细一想:相关法规和制度已明确了连队各级干部、各种组织的职责,该干什么不该干什么,一目了然。无端设一些领导小组,岂不是画蛇添足?王春阳看着杨铭又说:"连队就几十号人,那么多兴趣小组有必要吗?"

"这也没有办法呀,有的是上级明确要求的,有的是因为别的连队都设立了领导小组,我们不设,好像我们不先进似的。"杨铭其实心里也不情愿,光整理这些文书每天忙得团团转,可也得劝连长凑这份热闹,以免在检查中出了娄子。

不光是领导小组多,连队的承包责任书也泛滥成灾。

王春阳当连长不到一年,大小工作搞承包、事事签订责任书,而且是营承包到连,连承包到排,排承包到班,班承包到每个战士,就连官兵正常的休假探亲,也要自上而下签订安全工作承包责任书。今年以来连队签订的各种承包责任书就达 40 项,单是安全管理工作,连队就签了 5 份承包责任书。

王春阳第一年当连长,今年工作上下也都满意,说不定能评个先进呢!该准备的还是硬着头皮准备,就在需要自己签字的地方全部签上了大名。随即,他却让杨铭把上级明文规定的文书摆出来迎检,自己成立的领导小组和签订的责任书都锁了起来。

连续几天的劳累,杨铭累倒了,医生检查后,需要住院治疗,杨铭这个时候却不愿住院。他想,连队马上就要总结了,按惯例会发展一批党员,自己年初就被党支部确定为预备党员发展对象,并上报旅里。入了党,对提干也有好处,眼看总结时就能填表了,却在这个时候住院,别人会说自己觉悟不高,岂不要被别人捷足先登了?

"能不能入党,不是看人的身体状况,何况你一贯表现突出。你安心去治病,成长进步不受影响!"王春阳来看杨铭,扬了扬手中的入党申请表说,"就你那点小心思,还想逃出本连长的'火眼金睛'! 我已向机关汇报了,大家对你还是有印象的,说你年初帮助旅局域网建设有功,就提前把入党申请表给我了,让你安心养好病,回来就可以填表了!"

王春阳的话,给杨铭吃了一颗"定心丸"。当天,王春阳就安排尚思远送杨铭去住院了。

临行前,杨铭含着眼泪说:"连队不仅送我去住院治病,还在政治上关心爱护我,我觉得自己特别幸福!"

看着杨铭远去的背影,王春阳也在思考一个问题:当下的青年战士政治上要求进步的愿望强烈,往往对自己入团入党、考学提干、立功受奖等问题更为关切。作为基层带兵人仅仅从生活上关心战士是不够的,还应当把为战士的一生负责当作己任,多从政治上关心战士,处处为战士的长远利益着想,努力为他们的成长进步和发展提供更多机会,付出更多的心血。试想,如果自己对患病的杨铭只是嘘寒问暖、寻医问药,而不关心他最关切的入党问题,杨铭治好的是身病,留下的可能是难以释怀的"心病"。

王春阳很快得出一条结论:从政治上关心战士,是最大的关心、最根本的爱护。

几天后,机关人员来检查,看着连队的领导小组和责任书都比较少,十分生气,一名机关干部讽刺说:"军事干部就是军事干部,一点政治头脑都没有,看样子连队离开指导员还是不行。"王春阳本想说明情况,甚至想说我们的文书都累倒了,可王春阳刚开口:"首长……"那名机关干部就打断他的话:"不要解释了,解释就是掩饰,掩饰就是虚伪,虚伪就是错误,错误就该检讨。"

这是什么逻辑,解释都不让解释,王春阳深感郁闷,看样子连队今年评先是没戏了,王春阳干脆孤注一掷,把连队成立的小组和责任书的事,统统发到了网上。

很快,大家纷纷回了帖。一名连长回复说,当了3年多连长,自己有多少"头衔"自己都不清楚;也有一名连长说,不是一年签订的责任书超过 40 项,有时一个月都超过 40 项。

网名"苍狼"的留言则分析了这种现象:有的机关干部缺乏依法指导工作的意识,凭经验、凭感觉指导,往往把一些土规定、土办法看成是创新的东西,自己违反了规定还蒙在鼓里;有的缺乏辩证思维,抓工作只看形式,不看内容,更不重结果,一味追新求异,被表面现象所迷惑。

王春阳回复"苍狼":本来只有个别连队建立了"领导小组",有些机关干部下基层检查指导工作时,不仅不及时给予纠正,反而将此当作一项创新成果,给予鼓励和肯定。这样一来,一传十,十传百,各个连队便纷纷效仿起来。

"苍狼"回复说:"责任"二字,重于泰山。各级领导和机关在拟制"责任书"、要求基层签订"责任书"时,一定要扪心问一问:我们是否真正尽到了自己的责任?

王春阳给"苍狼"发了个大拇指标示,对他这种敢向机关直接叫板的精神非常钦佩。

网上讨论愈演愈烈,机关却始终无动于衷。

很快,年终总结开始了,机关人员到连队进行蹲点。江耀武旅长点名要到坦克一连。听说旅长要来,连队炸开了锅。

尚思远担心地问:"连长,旅长不是来兴师问罪的吧?"

"至于吗,不就是缺了几个软件?"王春阳其实心里也不踏实,毕竟他在网上捅了娄子。

果然,旅长到连队的第一件事,一不听营连汇报,二不看设施,直接开起了"连务会",要求大家谈谈对领导小组和承包责任书的看法。

"以前没有领导小组,有了问题靠组织解决,现在可好了,领导小组满天飞,叫起来很响亮,可没几个真正能发挥作用的,该解决的问题解决不了,有些小问题还拖成大问题了。"技术员朱宏运率先讲出了心里话。

魏磊更是直言不讳:"'头衔'多了,总免不了要开个会搞个活动什么的,经常是忙得脚打后脑勺,基层干部骨干又没有三头六臂,耗在这些兼职上的时间多了,必然影响本职工作。"

杨松也发了言:一些连队领导小组过多过滥,削弱了党支部、团支部、军人委员会的功能,有的单位这些组织成了摆设,工作上时常出现"都管都不管,工作挂空挡"的现象。

临时顶替文书的尚思远拿来一摞资料说:"每一个领导小组都有一套措施和规

划,又导致了规划计划多、登记统计多等问题,连队有12套不同版本的措施和计划,登记统计本27个,比总部规定的7个本子多出20个。"

江旅长认真听着,时不时插话、询问,看样子并不像来问罪的,倒像是有什么目的。江旅长问王春阳:"作为连长,你对此有什么看法?"

"前面同志讲得都很多了,话可能有点偏激,理都是那个理。"王春阳本来有一肚子话想说,却随手拿起了一本安全承包书说,"根据分工,上面签的是我负责一排的安全工作,但二排三排出了问题,我这个连长就没有责任了吗?……"

"你当然有责任了,因为你是一连之长!"旅长打断了王春阳的话说,"领导小组的问题,机关已经按照总部的有关规定,进行了明确的规范,除《条例》要求设立的党支部、团支部、军人委员会外,一律不准随意成立其他领导小组。文件很快就会发下来,我今天就说说责任书这事。"

"责任书为何泛滥成灾?原因不外乎三种。"江旅长扳着手指头说,"一是流于形式。大家都在搞责任承包,人签我也签。二是怕担责任。责任书往下一签,一旦出了问题,自己肩上的责任就少一分。三是工作方法简单。不注重做艰苦细致的工作,遇事就签责任书。"

江耀武进行了鞭辟入里的分析:"这样一来呀,满目皆是责任书就不足为怪了。也正因为如此,使原本是明确责任、区分责任、加强责任的签订责任书,在一些单位成了应付检查的手段、推卸责任的借口、偷懒耍滑的途径。"

江旅长句句击中要害,又说:"无论是单位或个人,都应当大力弘扬求真务实的作风,坚持识责为先、尽责为本,时刻把抓工作落实的责任挑在肩上,坚决克服事不关己,不想承担责任;怕担风险,不敢承担责任;敷衍搪塞,不真承担责任等问题。要正确处理好对上负责和对下指导、按级负责与层次领导的关系,对职责范围内的事,集中精力抓细、抓实,抓不出成效不撒手。"

红旗旅随后出台了严禁以承包的形式抓工作、严禁随意签订承包责任书、严禁层层下放工作责任等11条硬性规定,从制度上遏制承包责任书过多、过滥的现象,仅王春阳所在的红旗连就一下子砍掉23份"责任书"。

红旗连虽然最终也没能评上先进连队,王春阳却卸掉了很多"头衔",依然很高兴。

第五十章　老兵退伍

几度芳草绿,又到枫叶红。

当身上的军装穿得有些泛黄,当手上的老茧一层层加厚,当行如风、坐如钟成为一种无须提醒的习惯,当幼稚的脸庞磨砺出刚毅的棱角,当帮带的一茬茬徒弟成了技术骨干,朱宏运服役已经满16年,马上要离开这工作、生活了多年,且留下深厚感情的部队了。

凝视军旗,回眸军旅。在直线加方块的队伍里,在从军的日子里,朱宏运将自己火红的青春留在了部队,也涂抹了一笔绚丽的色彩。在他的档案袋里,记录了一串辉煌的印迹。继续留队服役是朱宏运的最大愿望,可王春阳早在两个月前就打听了,坦克营根本就没有五级士官编制,对晋级已不抱什么希望,他不得不离开心爱的部队了。

不过,朱宏运似乎比以前更忙了,他每天总是很早去车库,又很晚回来,有时还在加班加点整理什么,这让王春阳看到了一个老兵的觉悟:都快退伍了,还是那么拼!

抛却朱宏运,连队还有10多名面临退伍的战士,他们都递交了留队申请。

年底士官选取,一直是基层最敏感、最热点的事,王春阳为了这事,费心劳神,既要应付说情的人,又要做好满服役期战士的思想工作。个别战士为了这事,天天也是心神不宁,坐卧不安。这些天,王春阳的电话一个接一个,热得直烫手。

明天,就要开会研究选取士官的事了。晚点名后,王春阳婉言拒绝了最后一个说情的电话,严厉批评了一个拎着东西前来"汇报思想"的同志后,关上门准备休息。刚躺下没有几分钟,"咚、咚、咚"响起了敲门声。王春阳打开门一看,愣了!一个二年兵站在门外,腋下夹着一个"包"。

王春阳一下子明白了怎么回事:原来是来送礼的,看来,不刹刹这股歪风,是不行了!

王春阳说:"好,你把东西放这,回去睡觉吧。"二年兵把东西交给连长后,说:"连长,是朱班长让我送来的……"

"谁让你送来的都不行,有话明天再说,你现在马上回去睡觉!"王春阳很不耐烦地说。

打发走那名二年兵,王春阳喊来了三个排的"当家人":"我讲过多少遍了,不要搞小动作,你们是怎么落实的? 刚才,有个同志偷偷地给我送来一包东西,我看其用意不言而喻。我建议明天专门召开军人大会,讲讲这事,刹刹这股歪风,现在大家都在,咱们看看里面是啥?"

精致的包装盒,展开在大家面前的,是一摞厚厚的笔记。上面还留了一张纸条,王春阳一看,是朱宏运写的,便念了起来:连长,这是即将退伍的我,献给连队的一份礼物,是我多年操作维修坦克的心得,我没有勇气当面呈给你,我不知道自己该说些什么,我知道这些天你为我的事,操了不少心,可这是谁也没有办法的事,旅长都决定不了,我过几天就要走了,若有战,召必回!

读着读着,王春阳的眼睛湿润了,看大家也都偷偷揉眼睛,王春阳这才想起,原来朱宏运这几天都是忙这些了,不由得对老兵肃然起敬。

朱宏运依旧发挥着余热。

"咦,我的迷彩服呢?"第二天下午,杨铭去机关办事回来,却发现走之前换掉的放在床尾的迷彩服不见了,不禁疑惑。

集合时间快到了,杨铭心中焦急起来,赶紧四处寻找,也没有结果,心想:老兵退伍在即,会不会是哪个老兵顺手牵羊给"顺"走了? 这可不行,我得向连长报告。

正想着,朱宏运双手捧着迷彩服进来了,正当杨铭要开口问为什么动他衣服时,朱宏运却先开了口:"老兵退伍,你这当文书的比较忙,你又刚出院不久,平时咱俩在连部,都是你照顾我,看你没时间洗衣服,我就拿去洗了。"

"谢谢你!"杨铭明白过来是怎么一回事,心中不免羞愧,他在心里暗暗骂道:亏你还是刚填表的党员呢,真是以小人之心度君子之腹。

"没什么好谢的,我快走了,也想为你做点什么,你是大学生,永远不要放弃对目标的追求,有梦才有希望。"

看着从眼帘消失的背影,杨铭只能从心里祝福他:老班长,一路走好!

第二天清晨,当第一缕阳光洒在整洁的营区,沉静的军营在嘹亮的军号声中苏醒,一列列整齐的队伍从四面八方向操场汇聚,口号声此起彼伏。旅广播里反复唱着:送战友,踏征程,默默无语两眼泪,耳边响起驼铃声……

"一天的战友,一辈子的兄弟!多保重!"风儿阵阵,摇响离别的铃声;车笛声声,拉长老兵荣归故里、奔向锦绣明天的征程。

依依惜别时,说句心里话。王春阳红着眼睛过来了,朱宏运颤抖地握住他们的手,良久……

朱宏运轻轻推开一排虚掩着的门,看见魏磊趴在书桌上写着什么。朱宏运在门口做了几次深呼吸,努力克制住自己的情绪,勉强堆起笑脸:"嘿!我走了!"

没人回答,宿舍安静得让人窒息。他用力地向里面的战友挥了挥手,看见魏磊放下手中的笔,转过身去用手揉了揉眼睛。朱宏运飞快地离去。几个月前他们就约定好了,如果朱班长退伍,走的时候谁都不许掉一滴眼泪。

营门前的空地上竖着一根旗杆,鲜艳的五星红旗在杆顶飘扬。用红丝绸结成喜庆的大花,系在送行的卡车头上,贴在车厢两旁五颜六色的彩纸上写满了祝福的话,车上又插满了彩旗,威武的军车此刻变成了送新娘出嫁般的花车。只是,新娘出嫁可以常回来看看,老兵们走了,有的一辈子再难见到了。

当送行的锣鼓响起,走向卡车的那一刻,朱宏运的腿像灌了铅似的,很沉,很重。他回头看了看营门,恭敬地向着国旗敬了个军礼,两位战友一动不动地站在岗亭上,坚毅的目光写着神圣。朱宏运的眼泪终于夺眶而出,模糊了眼前的景物。

再见了,亲爱的战友!送走了最后一批老兵,王春阳的心依然沉重。只能在心里默默祝福着老兵们一路顺风。

朱宏运退伍后,魏磊顺理成章当了连队技术员,这原本就是属于他的职位,此刻他怎么也高兴不起来,他觉得这些年来朱宏运干得很好。他心里也暗暗起誓:一定要继承老班长意志,把专业技术抓好。尚思远则成了一排代理排长。

2008年进入1月中旬以来,寒流突袭我国南方大部省份,驻地气温骤降至零下10摄氏度,连续多日的大暴雪,在悄然逆转,低温、冰冻随之而来,渐成极端天气,与此同时,气象预警不断升级。

周末,被大雪封在屋里多天的年轻战士,有点憋不住了,纷纷跑出去堆雪人,打雪仗,看着篮球场上那厚厚的积雪,王春阳嘿嘿一笑:全连何不来场雪仗?

听说要"浴雪奋战",连队官兵顿时精神抖擞,摩拳擦掌。

王春阳将全连分为两队,分别由魏磊和尚思远任队长,王春阳任裁判员,他在球场中间画了一条线,定为"楚汉之界"。

"战斗"的号角一响,只见双方阵地上"雪弹"纷飞,杀声一片。

一上场,尚思远的二队明显攻势猛烈,靠近"敌"方阵地猛打,直打得魏磊的一队节节败退。这时,魏磊发现二队战线拉得太长,"雪弹"难以及时供应,马上在阵地后方组织了一支"雪弹"保障组。一队的"雪弹"源源不断地供应上来,二队终于支持不住,撤了回去。

进攻受挫,尚思远立马有了"歪招",他们利用停战间隙,紧急找来100多个塑料袋,二队人员把雪往袋内一装,用绳子一系,"雪弹"就成了。一队还需要把雪团在地上滚来滚去,体积小,"杀伤力"远远抵不上二队的"雪弹"。

二队靠着"雪弹"保障组源源不断的供应,又把一队杀得节节败退。

"没有子弹,敌人给我们造!"一队的杨松灵机一动,号召队员们把一队投过来的"雪弹"收集起来。

一会儿,二队的"雪弹"投完了。一队开始了反攻。"雪弹"就这样投来投去,双方开始了拉锯战。经过两个小时的激战,方才停战。大家彼此一看,脖子里、裤脚里、耳朵眼里全是雪……趁魏磊不注意,尚思远抓一把雪就往魏磊脖子里塞,魏磊边拍雪边说:"你这个好战分子,都停战了,你还重开战火,看我不收拾你。"说着,一把雪扔了过去……篮球场成了欢乐的海洋。

干部调整工作并未因大雪而推迟。

杜长伟学习回来后,就上蹿下跳起来,一心想着提升,一心想着进机关,可半年都没干工作了,营领导不认可,战士也不买账,他的想法能实现吗?

机关人员踏雪来连队对符合晋升条件的人进行民主测评,杜长伟和魏志吉都排名靠后,这让杜长伟的心情,像漫天飞舞的大雪一样向下落。见王春阳过来,他抱怨说:"我这一年夹着尾巴做人,没想到还落下了这种结果。"

王春阳宽慰道:"别那么悲观,不放弃,总是有机会的。"

"你就别取笑我了,咱们是一起报到的,你这连长都干了一年了,我还是副的,真不公平。"杜长伟对王春阳的热心并不领情。

这时,机关缺一名装甲参谋,旅领导想让王春阳担任,王春阳却"恋"着他的兵,极力推荐了杜长伟,说:"我们副连长学习深造刚回来,正是大展宏图的时候,还是他去合适!"

"水平咋样?"机关人员问。

王春阳半开玩笑说:"远在我之上!"

在王春阳的极力推荐下,杜长伟真的去了机关,还下了正连职命令,这让杜长伟真有点范进中举的感觉。

去了之后,机关人员才发现,杜长伟根本就是个半路出家,以前是步兵专业没学好,装甲兵专业也半生不熟,无奈进机关了,他趁机做通了一名旅领导工作,就留到司令部任参谋了。这下,杜长伟可神气了。

不过话又说回来,当初推荐他上学的是王春阳,现在推荐他进机关,帮他提升的还是王春阳,他再不厚道,也记着王春阳的帮助。

指导员魏志吉就没有那么幸运了,被旅领导点名安排转业了,接替他当指导员的是机关的年轻干事高晨。

第五十一章　老家探亲

原本王春阳春节要休假的,假条都批下来了,他要带韩雪梅回老家见父母,可连日来的大雪挡住了他回家的路,还有在家休假的新任指导员高晨也被阻在了家里。王春阳不得不推迟休假。

王春阳想到第一次在部队过春节的情形,如今自己当上了连长,绝不能让战士重复自己昨天的故事。堆雪人、打雪仗、剪窗花、贴春联、包饺子、卡拉 OK 比赛……王春阳把春节安排得多姿多彩,和大家一起过了个祥和愉快的节日。

直到"五一"放假,高晨参加完上级组织的新任党支部书记培训,回到了连队,王春阳才带着韩雪梅回到了河阳老家,不过这也好,正是春暖花开的季节。

父母大老远就在村头迎接。韩雪梅大方地拉着王春阳的手,见了王春阳的父母,连说:"叔叔好,阿姨好。"王春阳的妹妹王春雨凑上来说:"嫂子好!"

王春阳往妹妹帽檐上一拍说:"别乱叫!"

王春雨现正在省城合肥读大学,戴着王春阳送给她的迷彩帽,打扮得像个小女兵似的。

王春阳父母仔细端详着眼前这个"准儿媳",是一脸的欢喜:真俊呀!不远处有一个姑娘,一直盯着王春阳和韩雪梅看,她是王春阳的发小张燕燕。只是,大家都忙着看王春阳和韩雪梅了,谁也没有注意到她。

张燕燕和王春阳自小一起玩耍、上学、长大,初中毕业后,王春阳读了高中,考上了军校,张燕燕直接上了卫校,毕业后在乡镇卫生院当了一名护士。

几天前她就知道王春阳要回来,张燕燕天天在村头张望,却一直没有等到王春阳回来,直到昨天听王春雨说哥哥今天要回来,张燕燕激动得一夜都没睡,今天她早早起来,一番梳洗打扮后,就和王春雨搀着王春阳体弱的母亲去迎接,她一遍遍幻想着春阳哥穿军装帅气的样子。走到半路,王春雨突然问母亲:"妈,不知道哥哥今天带的嫂子长得什么样,漂亮不漂亮?"

这一问,张燕燕才知道她日思夜想的春阳哥竟然要带别的女人回来,一股难言的伤痛油然而生,她不知道如何面对春阳哥,就找了个借口偷偷躲了起来。

王春阳的父母也不是有意瞒张燕燕的,王春阳是昨晚才说要带韩雪梅回来,之前韩雪梅说单位"五一"要组织活动,他并不知道韩雪梅能否请假。

到家后,王春阳家的小院子里聚满了人,见王春阳这个村里唯一的大学生、唯一的军官带着漂亮"老婆"回来,左邻右舍也多是瞎子跟着娶媳妇的笑——瞎凑热闹罢了,一个个都像看大明星似的围着韩雪梅看,王春阳脸上很有面子,年迈的父母也神气地挺直了腰板。

"爸,妈,儿子经常不在家,没有尽到孝道,今天我和雪梅给你们洗洗脚。"晚上,王春阳和韩雪梅端着热水给父母洗脚、泡脚,乐得二老笑得合不拢嘴。

韩雪梅还主动给王春阳奶奶梳起头,奶奶年岁大了,精神头不好了,还经常犯迷糊。韩雪梅给她梳头,老人家竟然很配合,也开心地笑了。

也许是实在太累了,王春阳倒头就睡了,韩雪梅则和王春雨睡在一起,两人聊了很多、很晚,这让韩雪梅知道了王春阳很多小时候的事,她知道王春阳小时候吃了不少苦,能有今天很不容易,她在内心里起誓:"这辈子有了我,再也不让春阳受苦了。"

王春阳睡到第二天一早都没醒,母亲过来叫了几遍,王春阳都应了几声没起来,韩雪梅对王春雨说:"小妹,帮我找一个哨子来。"

王春雨不解地说:"嫂子,你要哨子干啥?"

"秘密武器!"韩雪梅神秘地说。

正好家里有一个王春阳小时玩的哨子,父亲还珍藏着,王春雨便拿来递给韩雪梅,接过哨子,韩雪梅"嘟嘟嘟"地吹了起来,并大喊一声"紧急集合",王春阳一骨碌起来,迅速地穿好衣服向外跑,逗得大家哈哈大笑。

今天天气还不错,父母让王春阳陪韩雪梅上街逛逛,交代他给韩雪梅买套衣服,韩雪梅推托不要,父母还是一个劲儿把二人"撵"出了门。

兵当久了,身上便有了兵味。

走在街上,王春阳穿着干净整齐的军装,昂然阔步,稳健而满怀信心,那种队列作风已在不知不觉中浸入了他的步履,将他雕刻成了挺拔的画。在匆忙来去的人群中,时不时总有人回首,注视他和韩雪梅这道亮丽的风景。

路过一家商店时,看见有一气球射击店老板打出的广告:距离 10 米,连击 30

发,若能全中,费用全免,而且还有奖。这时,韩雪梅兴奋地对王春阳说:"你不是说自己在部队是'神枪手'吗?何不让我开开眼界?"

在部队上100米咱也从未脱过靶,这区区10米算什么! 于是,王春阳右手持枪,呈立姿射击状。不到2分钟,30发气枪弹便呼啸着打爆了30只气球。韩雪梅顿时兴高采烈,蹦跳着挑选奖品。摊主无奈嘀咕:唉,倒霉! 谁让今天碰上个当兵的呢。

"这两天,怎么没见燕燕过来了,她以前经常来的呀!"一家人围着吃早饭,母亲突然发现家里好像少了个人似的。

"妈,燕燕姐走亲戚去了!"王春雨看了看韩雪梅又低声说,"有嫂子在,燕燕姐还好意思来吗?"

王春阳母亲心领神会,连忙给韩雪梅夹菜:"闺女,来吃菜!"又说,"春阳,你也带着雪梅去亲戚家转转吧,他们都打电话来说想见你呢。"王春阳这才意识到,自从当兵走后,就很少去亲戚家走动了,确实应该去看看他们了。

王春阳带着韩雪梅去了七大姑八大姨家,走到哪里,大家都夸王春阳这个媳妇找得好。

韩雪梅要回去上班了,河阳没有去部队驻地的直达火车,却有去韩雪梅那里的,王春阳还要在家多陪父母几天,两人商议后,王春阳一大早就送韩雪梅去了火车站。

由于是长假最后一天,车站是人山人海,各售票窗口都排起了长长的队伍,还有一个多小时车就开了,王春阳看着一个窗口上写着"军人优先",就拉着韩雪梅到了最前面,向售票员出示军官证和报了车次,售票员还没接话,人群中有人喊道:"当兵的,怎么不排队?"

王春阳指了指窗口上面的"军人优先"说:"那不写着呢,这是我们应该享受的权利!"

"和平时期,又不打仗,还享受哪门子权利!"王春阳本不想多理会,对大家说,"各位乡亲,我们急着赶车,请大家理解。"

"谁不着急,当兵的这么没有素质,就知道插队!"人群中一名中年妇女冷不丁说了句。

王春阳像热锅上的蒸笼——一下子气到顶了。他面向大家大声说:"在有记载的5560年的人类历史中,共发生过大小战争14531次,平均每年2.6次,只有329年是和平的。我国是战争频繁之国,历史上发生战争四五千次,约占世界历史战争总和的 1/3。

"没有军队你还指望和平时期？你能安心在床上睡觉，你能放心在这排队购票，是因为我们的士兵正在站岗。你所谓的岁月静好，只不过是有人替你守护。和平时期不养兵，打仗的时候现码人吗？"看着默不作声的人群，王春阳又缓和了语气说，"乡亲们，我们当兵的只不过享受了自己正当的权利，难道这点你们都不愿意吗？"

"让当兵的先买票，让当兵的先买票！"前面排队的人自觉往后退了退，王春阳很快买了车票。

"春阳，刚才你说的那番话太震撼人心了，要是我带个录音笔就好了，录下来带回去给同事都听听，让他们也让我先打饭！"去候车厅的路上，韩雪梅一脸敬佩地说。

"你又不是军人，优什么先？"王春阳边走边说，"我也是有感而发的，正像他们说的，现在是和平时期，很多人对当兵的不理解，就说了几句，其实应该多普及一下国防教育的。"

"不是军人他们也得让我先打饭，谁让我和军人有缘呢。"韩雪梅饱含深情地望着王春阳，喃喃自语道，"我理解，我理解你们！"

短暂的相处，两人的感情又加深了，王春阳分明看见韩雪梅眼睛湿润了，想抱抱她，在大庭广众之下又不好意思，他拉着韩雪梅的手说："我是崔莺莺送张生，一片伤心说不清。"

"是张生送崔莺莺好吧，看你颠三倒四的。"韩雪梅破涕为笑，"好了，我走了！"

王春阳送到进站口，两人挥手告别，直到韩雪梅远去的背影消失了，王春阳还在那久久伫立。

韩雪梅走后，王春阳内心里一阵失落，他用更多的时间在家陪父母，他喜欢和父亲聊部队上的事，讲些国际风云变幻，国家大政方针，尽管父亲不一定听得明白，却也乐意听儿子"白话"。阳光不强的时候，他喜欢和母亲坐在外面晒太阳，边嗑瓜子边聊天，聊他和韩雪梅的相遇相识，还时不时给母亲削个苹果。一家人很是温馨，然而，这种场面随着一场灾难的降临迅即被打破。

第五十二章　抗震救灾·千里挺进

历史会永远铭记这一天、这一刻,公元2008年5月12日14时28分,四川汶川,一阵急骤的颤抖,伴随着一声天崩地裂的怒吼,一场里氏8.0级大地震,在山水间肆虐,席卷了"天府之国"美丽的家园。

灾情就是命令,党中央关注的地方就是战士战斗的地方。从电视上看到这个消息,王春阳敏感地意识到,部队可能要有行动。尽管离假期结束还有10多天,他连忙告别父母说:"爸,妈,我必须立刻回部队了,你们多照顾好自己!"

王春阳快速赶往汽车站,在汽车站的售票窗口这次他依然没有排队,不过没有人吭声。路上,王春阳就接到了连队召回他的通知。到达红阳市,天已擦黑,他感觉比报到时的路还长,车还慢。

连队正在外训,王春阳决定不回营区了,直接去部队外训点,下了汽车,离驻训点还有20多公里,他只好急火火地上了辆出租车。他要回去安排部队做好应急出动准备,眼看快到营区了,出租车却突然抛了锚。司机下车检查故障:"你看我这破车,老是出问题,我会尽快修好的。"

王春阳一看手表却急出了一身汗。倘若一时半会儿修不好,在这前不着村后不着店的地方又打不上别的车,岂不要误事了!王春阳问:"师傅,这儿离我们营区还有多远?"

"十里地吧。小伙子,难道你要走回去不成?"看到王春阳着急地付车费,司机师傅惊讶地问。王春阳一边跑一边回答:"放心吧师傅,咱当兵的不怕跑这五公里。"

王春阳满头大汗回到驻训点,他看了下时间,这次五公里他跑了……竟然是他入伍以来的最好成绩。大家已经在整理物品,尚思远迎上来说:"连长,您可回来了,上边来了通知,部队已经进入了一级战备状态,要随时做好紧急出动的准备。"

"好,抓紧时间准备!"放下物品,王春阳也即刻忙活起来。

白阿毛家是四川的,听说家乡发生了大地震,他是人上屋顶,早就坐不住了,他一遍遍拨打家里电话,传来总是"嘟嘟"的声音,一种不祥的预感顿时涌上心头。午夜时分,闭上眼睛却毫无睡意的白阿毛,觉察到了连长查夜的脚步声,王春阳悄悄帮他掖了掖被角。他有颗牵动灾区的心,今夜和白阿毛一样无眠。

5月13日上午,白阿毛终于用王春阳的手机拨通了父亲的电话。父亲在电话中激动地说:"家里房子全塌了,我们住在镇上的安全棚里,政府给送来了吃的、穿的和用的,我们能及时脱离危险,多亏了解放军啊!娃仔,你在部队好好干工作,不用担心家里。"放下电话,白阿毛喜极而泣。

王春阳趁机开导他说:"我们都是军营这块热土上顽强的绿色生命,灾难不能压垮我们!只要我们相互扶持,共同长成参天大树,就一定能抵挡住任何外来的压力。"

"连长,要是去救灾,我第一个报名去。"白阿毛坚定地表达了心声。

"只要党中央一声令下,我们即刻开赴一线。"王春阳的心早就飞到了灾区。

半个小时后,连队果真接到了出动的通知:"不回营区,直接去装载点!"王春阳紧急召开了部署会,考虑到杨铭要复习考军校,和指导员高晨简单碰头后,在安排工作时说:"杨铭留守!"

杨铭在旅军校招生预考中排名靠前,要是在以前,杨铭肯定乐意,可自从对党宣誓后,他似乎一下子成熟了不少,他找到王春阳说:"连长,我要随部队一起去抗震救灾!"

"你不是一直想考军校吗,留守不就有更多的时间复习吗?"

"考军校比的是知识,去不去灾区考验的是忠诚,在人生的大考场上,谁也不能退缩!何况,我现在是一名共产党员!"

王春阳没想到一向自私的小书生,竟说出如此大义凛然的话,说明杨铭成熟了,是一名合格的党员了,于是,又重新调整了留守人员。

听说要去抗震救灾,通信站的冷一欣可就坐不住了,海训没让她去,这次她非去不可。营里动员时并未安排女兵的事,冷一欣的心顿时凉了半截,她找到营长说:"营长,如果不让我去,我就会一直写请战书,直到批准为止。"

"你们女兵去不去可不是我能决定的,有本事找旅长去!"没想到营长的一句气话,冷一欣还真当真了,从11时开始到13时,短短两个小时,冷一欣接连写了三封请战书,一封比一封长,态度一次比一次坚决。

为了增加声势,冷一欣这次不是单独作战,她还拉着站里的姐妹一起"请愿"。关舜其实也希望冷一欣去,一来满足她的愿望,二来也可朝夕相处,说不定能加深感情呢!正好,江耀武旅长来连队检查准备情况,关舜将冷一欣的事向旅长汇报了。

旅长喊来冷一欣问:"你为何想去抗震救灾,那里可是很危险的哟!"

"首长,我们不怕,女兵也是兵,有危险也得向前冲!"冷一欣态度十分坚决。

江耀武对冷一欣的倔脾气是了解的,可眼下他要对每名战士的生命负责,还没有打算让女兵去的意思。全旅仅有20多名女兵,他寻思着这一去还不知道什么时候能回来,男人都去救灾了,留下一些随军家属和孩子,有女兵在更方便些。

见旅长还在犹豫,冷一欣竟当场咬破手指头,在一张白纸上写了一个"兵"字,说:"首长,我是一个兵,一个兵的使命在战场,在这场特殊的战场上,没有我们女兵不行!"

看着用血写成的"兵"字,江旅长一阵震撼,继而又关切地问:"没有女兵怎么不行了?"

"首长,受伤的肯定有一些女人和孩子,我们抢救起来会更方便些!"冷一欣直白地说。

"要一切以前方为准,你说得也有一定道理。"江耀武想想也是,就对一旁的关舜说,"关连长,让她们去吧,我批准了,就编到你们通信连。"

冷一欣差一点喊出了"旅长万岁",连忙高兴地准备去了。本来,营里只批准了去八名女兵,临上车时又有两名女兵爬上了车。

整理物资、装车,车队在傍晚出发了。他们要去的装载站,就是去年去海训的出发点。

"连长!连长!终于等到你们了。"在装载站,王春阳看到一个熟悉的身影早早来到了这里,穿着没有军衔的军装,他就是去年刚刚退伍的朱宏运,由于妻子连敏工作在驻地,他打算转业就在红港县安置。朱宏运得知部队即将奔赴抗震救灾一线时,便和妻子商量要回部队参加抗震救灾,连敏很支持他:"放心去吧,家里有我呢!"

朱宏运知道连队正在外训点,匆忙换上已经没有军衔的军装,就直奔车站等了,见到王春阳后,他从行李中掏出3000多元钱,激动地说:"连长,这是我和妻儿的一片心意,还有我捐赠的30箱矿泉水、500多个面包,都在那边放着呢。"说着,朱宏运指了指不远处堆放的物资。

退伍不褪色,真不愧是红旗连的兵呀!

疾风知劲草,疾行见赤诚。十万火急的灾情,牵动着子弟兵的心,也把一个不容置疑的事实推到每个人面前:快些,再快些!早一秒钟到达,多一些人重生。

一场生死时速的较量,构成了抗震救灾的第一场战役。

列车一路呼啸前进,列车移动荧屏上,收音机的电波声中,滚动播报着受灾人数不断攀升,余震不断加重灾情,分分秒秒都有人员向死神走近,大家紧张的心更加不安了。

为了消除大家的恐惧心理,王春阳站起来说:"我国处于环太平洋地中海和喜马拉雅山两大地震带之间,是一个多地震的国家,史料记载,从公元前2221年至1998年4219年间,我国共发生中强震5649次,其中,4~6(小于6级)的地震发生4635次,6~7级(小于7级)的地震发生829次,7~8级(小于8级)的地震发生165次,大于8级的地震发生20次。"

王春阳来之前是查看过相关的资料,所以能说得这么详细,他看了看大家接着说:"历史已经证明,无论社会如何发展,科技如何发达,人类永远无法预测到大自然的一切奥秘所在,总会遇到一些棘手的、未知的、全新的课题。换个角度看,正是这种频繁的灾害,让我们不断在艰难困苦中经受锤炼。"

大家的心确实有点放松了下来,王春阳又给全连官兵讲解如何预防余震的小常识:"在抗震救灾过程中,发生余震属于正常现象,大家大可不必为此惊慌。当有余震发生时,首先要镇定……"

连队利用携带的便携式DVD,给大家播放抗震防震知识光碟。魏磊参加过抗洪抢险,他还与大家交流有关经验体会,激起了大家的昂扬斗志。

15日凌晨,军列终于到达成都。王春阳顾不得急行军带来的疲劳,立即带领大家乘汽车奔赴彭州救灾一线,投入紧急救援行动中。

第五十三章　抗震救灾·抢救生命

彭州多山，山多秀美，美山多奇崛。

这天造地设的美丽，如今却到处是残垣断壁、满目疮痍。

5月15日8时许，王春阳他们30多个小时机动千余公里，刚刚到达白鹿镇灾区，就被一名灾区群众挡住去路。"我们村那里还有幸存者！"王春阳闻听此言，立即集合全连人员，迅速奔向营救地点。

"快！快！早一点到达就多一分希望！"王春阳边跑边催促大家，空旷的街道上卷起一股股绿色的旋风。

摇摇欲坠的楼板、漫天飞舞的浮尘、悬挂在断壁残垣上的衣被、弥漫在空气中令人窒息的气味，一下子揪紧了王春阳的心。

救援行动同时在七八处坍塌的楼群中展开。短短十几分钟，王春阳带领大家就抬出了3具遇难者遗体。虽然从未经历过这样的场面，但大家似乎全然忘记了恐惧，小心翼翼地为每位死难者裹上床单和棉被。突然，一位中年汉子双膝着地，向正在救援的官兵深跪下去："我从大凉山区赶回来，看到四层楼塌成了一层，就知道父母不在了，是亲人解放军让我见了父母最后一面……"闻听此言，王春阳忍不住潸然泪下。

一位社区干部指着一处废墟说："这里原来是个旅店，生意很不错的。"

消防人员也带来了生命探测仪，一番探测后，一名消防人员指着一片废墟大声喊道："这里有生命特征存在，一个心跳异常，一个心跳微弱。"王春阳对大家说："快，快，去那边，那里有幸存者，就先去那里挖掘！"

"人员、装备先从这里挖掘！"瞬间，王春阳带领大家爬上一片废墟，两辆吊车也赶了过来。由于怕伤及幸存者，砸扁的铝盆、破成一半的高压锅、只剩三分之二的塑料桶，都成了王春阳他们救援的工具。

时间一分一秒过去,人员更换了一批又一批,但幸存者到底在哪里,谁也不知道。"只要有一丝希望,就要尽百倍努力!"楼顶上,王春阳的呼喊,令围观的群众泪流满面。这时,一只小狗从官兵们扒开的缝穴中艰难地爬出来,茫然惊恐地跑向远方,一位妇女流着泪跟随而去。

"继续挖,还有一个生命体征存在!"王春阳命令大家。短暂的沉静后,救援又紧张有序地展开。大家似乎忘记了疲劳,忘记了饥饿,或是已经麻木了。

"连长,快听,有警报声。"白阿毛指着不远处被掩埋得若隐若现的一辆轿车说。

"快去看看,可能是有人发出的求救信号。"王春阳立即带领大家直奔轿车而来。

又一次余震袭来,与救援现场紧邻的一座高楼在余震中发生了扭转倾斜,那岌岌可危的情势,仿佛有个人吹口气,就能将整栋高楼吹倒。现场静得可怕,一双双焦灼的目光齐刷刷投向王春阳。王春阳仔细观察危楼态势后,突然发问:"谁是共产党员?"

片刻寂静后,全连人员手臂都高高举了起来。王春阳只好用目光扫过大家的肩头,从中选出5名同志,用木杠撑住了与危楼成犄角之势的砖墙。

救援加速进行,大家扒出轿车,却被眼前的一幕惊呆了:被压瘪的车厢里,一名年轻母亲脊梁挺着,怀中抱着一个1岁多大的婴儿,婴儿的嘴正对着母亲的乳头,像是在吃奶。母亲身体尚有余温,但生命特征已荡然无存,婴儿的呼吸声也异常微弱了。王春阳连忙抱过婴儿,交给身边的医护人员,这时从包裹婴儿的衣服里掉下一个手机,王春阳捡起来一看,手机屏上有一条未发出的短信:宝宝,妈妈爱你,你要是能活下来,你一定要记住,一要感谢救你的人,二要记住妈妈爱你,三要……王春阳含泪读罢短信,脱帽向这位伟大的母亲致敬,所有人用坚定的目光,缓缓目送抢救婴儿的救护车……

天渐渐暗了下来,2支专业救援队用生命探测仪探测,还有搜救犬啥的,都没发现任何生命特征。正当王春阳他们准备撤离时,白阿毛却本能地向一处废墟跑去,王春阳连忙喊道:"白阿毛,你干什么去?"

"连长,我去救人!"白阿毛边说边跑,但又很快在一处废墟下停了下来,王春阳带领大家跟了过去,本想把白阿毛拉回来,白阿毛却用双手在一处断裂的水泥板和破碎的玻璃碴中,发疯似的刨了起来,双手已浸满鲜血。

王春阳赶紧让人拉开白阿毛,自己趴在深1.5米、直径约50厘米的洞口,小心翼翼地把头探了进去,用手电筒照,看到一双美丽的眼睛在流泪。当即下令:"这里有人,还活着,一定要把她救出去!"

"大家都别动,我来。"白阿毛大喊道,"我个子矮,身体瘦,让我进去!"说着就往里爬。王春阳知道此时人多并不顶事,他担心白阿毛出不来,就用背包带系住白阿毛的脚,有危险就拽。

白阿毛吸了口气,收了收肩膀和小腹,嘴里叼着小手电,一点一点地向里爬。刚能触及女孩,落下的水泥块砸掉了白阿毛的帽子。"不好,余震来了,快往外撤!"王春阳赶快把白阿毛拽了出来。

第二次进洞时,王春阳递给白阿毛一瓶矿泉水,爬到女孩身旁,白阿毛给她灌了几口。女孩从昏迷中醒过来,惊慌地说:"天怎么这么黑啊?"白阿毛说:"别怕,我来救你。"为了稳定女孩情绪,白阿毛和她说起了话。

"你是哪里人?"白阿毛问。

"老家是大凉山的,后来搬到这里来的。"女孩吃力地回答。

"你多大了?"

"15岁了。"女孩声音越来越小了,像是想睡觉。

白阿毛担心她就此睡过去,可能就永远醒不来了,连忙说:"姑娘,你坚持住,千万别睡呀,你还没告诉我叫什么名字呢!"

姑娘又睁开眼看了看,用微弱的声音说出了自己的名字。

白阿毛想起小时候救的那个女孩,忍俊不禁笑了起来:"小姑娘,你和我小时候救的一个女孩叫一个名字,你说巧不巧?"姑娘听后也艰难地露出一丝微笑。

白阿毛用尽力气想把女孩拖出来,可她的双脚死死卡在水泥板下,无法动弹。这时,一个可怕的想法涌了上来,那太残忍了。

时间太长了,洞外一名闻讯赶来的军医沉不住气了:"给她截肢吧!"白阿毛听了,心像被刀割了一下。那是一双洁白如玉的腿,把它们锯掉,她以后怎么办?白阿毛着急地说:"连长,我知道里面情况,递个刀片来,我把她的鞋子划开,也许脚就能拔出来。"

没等王春阳说话,军医就急得冒火:"给你最后30分钟!"

缝隙太小,不好施展手脚,白阿毛不小心划破了女孩的脚,看到女孩皱了皱眉,勉强睁眼看了看,白阿毛安慰她说:"姑娘,坚持住,你的脚马上就出来了。"

差不多正好半个小时,白阿毛终于将女孩的双脚扒了出来。他流泪了,全连都流泪了,救出的是一个完美的女孩。

洞中到处是钉子、水泥块和锋利的玻璃碴儿,不能再让她受到伤害。白阿毛这样想,就对姑娘说:"你趴在我身上,我驮你出去!"

白阿毛把脸贴在地上,驮着她一挪一挪地向外爬……

把女孩驮出洞口,交给医护人员,白阿毛就随连队走了。

事后,王春阳问白阿毛为何断定那儿一定有人。

"也许是心有灵犀吧!"白阿毛笑着说,"那姑娘原来是我们邻村的,她5岁时在池塘边玩,当时我正在上小学,放学的路上见她落水就救了她,或许她现在忘了!不过,当时她家里人为了答谢我,搬新家后,邀请我来这儿住过。"白阿毛指的姑娘新家,已化成眼前的一片废墟。

"真是有缘人呀。"王春阳忽然觉得世界真就这么小,又这么奇妙。

这两天,王春阳像救火队长一样,带领着全连四处救人。哪里有需要他们就奔向哪里,哪里有危险他们就冲向哪里。

5月17日10时左右,王春阳带领大家在一处废墟上搜救时,发现不远处的一堆砖石瓦砾下,好像有一只手在晃动。"那里还有活人!"王春阳一边招呼大家,一边冲了过去。

砖石瓦砾下是一个废井口,王春阳透过缝隙,看见一个老人正蜷缩在里面。"救——救——我——吧……"从井口里传出的声音十分微弱。

没有命令,危急关头,跟着跑过来的连队官兵,赶紧用随身携带的铁锹、镐头,除去覆盖在井口上的石头、砖块、木板和杂物。

"这样不行,容易伤着人!"王春阳大喊了一声。战士们都扔下了手中的工具,王春阳带头改用双手,不停地扒扯坚硬的砖石。不多时,大家的手指就被磨得血肉模糊。双手痛着,心里为被困的群众急着。

为了在最短时间内把人救出来,王春阳命令大家:"把擦汗的毛巾一扯两片,把受伤的手掌缠起来。"王春阳缠好手继续在井口上不停地扒着。为了不伤及里面的人,大家有的用手取石块,有的用手挡井口,防止沙石飞进去。

经过1个多小时生死争夺战,在废井里困了5昼夜的老人被成功救出。

紧接着,王春阳背着生命垂危的老人,火速送往镇卫生院。

没想到,王春阳他们救人的事迹,被地方一名记者给拍了下来,上传到网上,并附短诗一首:

  看你这双手,血痕遮伤口,多少日夜艰辛战斗,多少苦累风雨同舟!
  呵,这双年轻的手啊,搬走了废墟,扒开了瓦砾,斩断了荆棘,筑起铜墙铁壁,点亮了生命的希冀!

　　捧起这双手,无语热泪流。谁不知道十指连着心?谁不想歇口气养养神?有危险你总是冲向最前方,千般磨砺你成了金刚。

　　亲人解放军啊,这斑斑血迹,这道道伤口,恩情比天厚,疼在我心头!

一时成为热帖在网上流传,跟帖上万条,一名网友跟帖:"这双手,伤痕累累;这双手,美不胜收。渗出的是鲜血,捧出的是暖流。这样一双手,托起了一个实实在在的生命……"

第五十四章　抗震救灾·畅通指挥

红旗旅为了便于一线救灾,在彭州地区开设了3个一线指挥所,开设指挥所首要畅通指挥,通信联络的重任就落到了关舜和冷一欣的头上。

"关连长,现命令你连携带10部对讲机,送到3号指挥所。"5月17日中午,关舜受领任务后,立即在全连范围内传达。冷一欣当即请命:"连长,我去!"

关舜心中早拿定了主意,他故意问道:"有我们这么多大老爷们在,你去,你也不问问大家同意吗?"

冷一欣站起来,美目圆睁:"有人不同意吗?"

大家知道关舜一直追求冷一欣,平时把她当成公主供着,这次救灾指导员没来,通信站的女兵虽然交由关舜管理,大小事还不是冷一欣说了算,再说了,就凭冷大美人这个脾气,她要去谁敢和她争?一个个装成哑巴一样。

关舜早料到会是这样的结果,心里一阵窃喜,不过,他还是故作严肃样说:"这可是上级交给我们的一项重大任务,去了就必须完成任务!"

冷一欣也是一脸的严肃:"那好,咱立军令状,完不成任务坚决不回来!"

"你可不能不回来了,不然,我没法交代。"关舜示意她坐下,看看时间也不早了,说,"这次任务,上级明确要求要去一名干部,指导员不在,我这个当连长的就当仁不让了。"

"早知道你去,我就不去了。"冷一欣小声嘀咕着,可心早已飞了出去。

散会后,关舜和冷一欣简单扒拉几口饭,就乘坐通信车出发了。全程大约35公里,要是按照一般道路驾驶,也就是几十分钟的事,可他们行驶不到5公里,就遇到山体滑坡,道路上大小石块高低不平、犬牙交错,关舜和冷一欣下车看了一下地形,发现汽车是无论如何也过不去了,关舜就对冷一欣和司机说:"你们把车开回去吧,我徒步把对讲机送过去!"

"都到这里了,你还想让我回去!"说着,冷一欣从车上取下对讲机背在身上,大步向前走去。关舜见状,连忙也背上行囊赶了上去,边回头对司机说:"现在这里通讯中断,回去向营里报告一下这里的情况。"

走过一道滑坡又是一道滑坡,满山的巨石如同水中波浪,仍呈滚动状,高低错落、锋利如刃,让人无处下脚。一些石头十分活络,需要先探清虚实才能踩下去。

关舜抬头看看山上,心里顿时毛骨悚然,千吨巨石仿佛随时可能坍塌,他这才体会到了什么是"命悬一线",什么是"千钧一发"。

再看看冷一欣,只顾自己走着,显然没有了先前的兴奋。

两人艰难行进2个多小时,关舜看了看地图,还不足3公里。

行进至一处滑坡,一段湿滑的土坡上,被以前通过的人们踩出一溜脚窝,狭窄得只能容一只脚侧向站立,两脚交替前行。脚窝上方既无绳索可抓,也无石块可攀。土坡下方笔直地通向悬崖,一旦滑落下去,连缓冲的地方都没有。

关舜拿出背包带来,要绑住冷一欣的腰。她倍感意外:"干什么,在这里还想耍流氓!"

关舜却没有半点的犹豫,大声对冷一欣说:"你真是不知深浅,就这路,一不小心就要你的命,到前面连绑的机会都没有了。"

冷一欣这次不知怎么了,竟顺从了关舜,乖乖地同意将两人绑在一起,或许在冷一欣的内心里,有个男人此时愿意与她共生死,她女人本能的心正一步步被唤醒。

"小心上面!"关舜抬头一看,一股石流已顺沟向两人袭来,他赶紧抱住冷一欣,大跨一步躲过去,随之便见到几块巨石訇然而下,一阵冷汗顿时顺着他脊背而流。

那一刻,冷一欣分明感到了温暖,竟依偎在关舜怀里,丝毫不想挣脱。倒是反应过来的关舜说:"我们得赶紧过去,不然会很危险的。"

过了滑坡地段,两人来到一个村庄,地震使80%的房屋被毁,几十人死亡,还有多名等待救援的群众。冷一欣掏出手机本想看看时间,却意外发现这里还有信号,就赶紧提醒关舜把这里的情况向上级进行了汇报。

营里对两人的举动进行了口头嘉奖,可前面仍有20多公里的路程,要经历多少艰辛,两人都不知道。不过,有冷一欣的陪伴,关舜再苦都不觉得累;经历了生死默契,冷一欣心中也生腾出一种情愫,对关舜有了生死相依之情。

这时,冷一欣发现一名年轻女子失魂落魄地跪在一片废墟前。

正准备上前询问情况,姑娘突然起身向废墟上的一块大石头撞去。"不好,姑娘要寻短见!"冷一欣惊觉情况不妙,马上以百米冲刺的速度一把将她拽回来。看到解放军,姑娘就像看到亲人般痛哭失声,并苦苦哀求冷一欣说:"父亲在我5岁那年就去世了,我自小和母亲相依为命,求求你救救我的母亲吧。"

姑娘家的房子被垮掉的山体整个掩埋了,跟着过来的关舜看了看后,把冷一欣拉到一边小声说:"她的母亲已经没有生还的希望,我们还有任务在身,不能耽误了。"又指了指山上说,"加之余震不断,山上的碎石还在哗哗啦啦地往下掉,营救工作十分危险。"

这事要是搁在以前,冷一欣肯定会大叫起来,可她也不得不面对现实,既不能耽误任务,也不能伤了姑娘的心,就走到姑娘身边说:"这里的情况,我们已经向上级汇报了,相信很快就会有人来搜救。我们现在还要执行任务,我把手机号码留给你,咱好随时联系。"

望着身着迷彩服的冷一欣,姑娘猜测她也比自己大不了几岁,却还要救人,就说:"我能叫你姐姐吗?"姑娘存下号码的名字备注的是"女兵姐姐"。

"当然了,咱们以后就是好姐妹。"冷一欣肯定的语气中带着坚强,还不忘嘱咐姑娘说,"你也随群众一起转移吧,我们一定把你母亲找出来。"姑娘点了点头。

关舜和冷一欣又重新上路了。

趁着手机有信号,关舜想给王春阳打个电话问问他那边的情况,可怎么也打不通。冷一欣难得一笑说:"你傻呀,你这里有信号,保不齐他那里就没信号;咱手机都是在通信车上充的电,他难道能在坦克上充电?再说坦克也没开来呀!"

冷一欣俏皮的说理,顿时让关舜心里轻松了不少,他知道冷一欣惊魂已定,对自己说话的语气也是从未有过的好,所有的苦累疼痛顿时烟消云散,脚下的步伐也加快了起来。

路遇一条十几米宽的河流,以前河上有座浮桥,地震后已经坍塌。关舜看看地图,要是绕路又要多走十几公里,天黑前根本无法赶到3号高地,还好,河流不是很急。关舜对冷一欣说:"我们游过去吧!"

可冷一欣根本就不会游泳,任她平时再大胆,此刻也得掂量掂量了。她颇感为难地说:"我不会游泳。"

"不会游泳,没关系,我背你过去!"见冷一欣还在犹豫,关舜又说,"你上回不是说我海训把海水都喝完了吗,这次我要把这河水也喝干,大家就都能过去了!"说着,关舜把对讲机和物资都用塑料袋严严实实地包裹起来,又挽挽袖口裤腿。

"我那是开玩笑说的,你还当真了,不会是又要借机报复吧?"冷一欣小心地问,却没有丝毫怨气。

"你说的每一句我都记得,就别提以前那小儿科的事了,人都会长大成熟的,我现在可没心思和你开玩笑。"关舜一本正经地说。

"那好吧,我这次就信你一回,不过讲好了,以后有机会可要教我游泳。"关舜麻利地挽裤腿、包器材的动作给了冷一欣莫大的安慰。

"想学游泳,以后海训一定带上你,保你能做个'美人鱼'。"关舜边拉着冷一欣蹚水,边说起了悄悄话。

"别贫了,先过河再说!"蹚到了齐腰深,关舜微弯弯腰,顺势背起了冷一欣。他这是第一次背冷一欣,也是第一次背一个同龄女子,不免心里怦怦直跳。关舜顺势往前一趴,就开始用标准的蛙泳姿势游了起来,慢慢的,稳稳的。冷一欣趴在关舜背上,是全身的温暖,似乎忘了河水很凉,忘了自己不会游泳的危险。

一阵风浪起来,关舜呛了一口水,猛烈咳嗽了几声,喊道:"抓紧了!"又快速向前游去。

从幻想中回过神来的冷一欣,更加紧紧地抱住关舜,也更加体会到了关舜的力量与温暖。不一会儿,两人就到了对岸。

两人上岸后检查了一下物资器材,发现一样不少。关舜指着不远处一片树林说:"我给你看着人,你到那边去把衣服脱下来,把水拧拧!"

冷一欣看看关舜说:"还拧什么拧,衣服早就湿透了,赶紧赶路吧。"冷一欣说的也是实情,两人一路走来,衣服就没干过。

可关舜还是脱掉上衣拧了拧水,健硕的肌肉表明关舜真的成熟了。冷一欣也脱掉上衣拧起了水,尽管穿着体能训练服,丰满的线条还是暴露无遗。关舜盯着看了看,不料正好和冷一欣正眼相对,冷一欣羞红了脸说:"看什么看,乘人之危,小人!"

"看你长得好看呗!"关舜也红着脸低声回应道。

"懒得搭理你!"冷一欣赶紧穿上了衣服往前走,关舜快步追了上去。

经过6个多小时的长途跋涉,两人终于在天黑之前将对讲机送到。正在指挥所的江耀武旅长见两人浑身湿透,听了两人简短的汇报,金鸡配凤凰似的还一唱一和的,就安排两人休息去了。

第二天一早,冷一欣的手机上突然收到一条短信:"姐姐,我母亲的遗体已经找到。谢谢亲人解放军,让我见到了母亲最后一面。"

冷一欣这才想起了昨天的事,赶紧给姑娘回了信:"地震可以震垮我们的房子,可以埋葬我们的亲人,但我们决不能被困难吓倒。希望你振作起来,鼓起生活的勇气,创造美好明天!"

手机再次振动起来:"我知道了。谢谢你,姐姐,有你们的支持,相信我不会再那么脆弱。祈祷你和你的战友平安幸福。"

冷一欣收获满满,甜蜜地笑了。

第五十五章　抗震救灾·转移群众

坠入黑暗的时候我知道你会来，
生命之中深深铭刻着军徽和迷彩；
绝望弥漫的时候我相信你会来，
是啊，哪怕相隔千里万里，危难群众也在等待。
等待着王春阳他们的到来，等待着13万救援子弟兵的到来。
危急时刻，他们来了……

"解放军同志，快去救人呀，他们快撑不下去了。"
"我们村有6名老人被困在山上，他们3天3夜没吃没喝了，有的还受了伤。"
"时间就是生命！紧急进山救援，挽救群众生命！"18日上午，连续奋战3天3夜的王春阳顾不上疲劳，立即带领全连人员，携带1部单兵电台，以及铁锹、绳索、应急药品和食物，在那名村民带领下，飞速赶赴龙门山深处。

带状的狭长山坡从山顶一直坍塌下来，松动的石块、泥土随时可能滚落，而路的另一侧则是万丈悬崖和湍急河水。王春阳指着前方对大家说："看到了吗，我们就从临近悬崖的一侧过去，那边都是一些碎石块，大家要踩稳了。"王春阳带领大家从悬崖的一侧，脚踩碎石块，手抓断树枝，小心地攀越路障。

越往前走，灾情越重，山路越险。王春阳路上粗略统计了一下，仅被泥石流封堵的路段就有20多处，有的地方实在危险，很难通行。路过一条湍急的河流，王春阳大声说："大家手拉着手，蹚着河里的石头过河！"

蹚过小河，他们又来到一处陡峭的山坡，王春阳让大家停下后，拿出地图看了一会儿说："绕道至少需要两个多小时，为了人民的生命，大家小心脚下，我们必须攀爬过去。"

翻越陡峭的山坡,穿越人迹罕至的泥泞小道,经过近4小时的艰难跋涉,王春阳带领全连终于攀上了2800多米的高山,一个个浑身汗透,已经体力不支,尚思远一屁股坐在一块大石头上:"唉,真是累死我了!"

"赶紧救人,大家再坚持一下。"王春阳边喊边四处寻人。

全连人员闻声而动,不一会儿就找到了已经断炊两天多的5名老人,没有谁提出要求,又饥又渴的官兵们,纷纷把自己携带的水和干粮送给老人们吃,自己则迅速利用竹竿、椅子、编织袋、背包绳等,制作了9副简易担架。

正欲下山,王春阳好像觉得少了点什么,突然间一拍脑袋,急切地问带路群众:"不是说6个人吗,现在怎么就只有5个人?"

"是6个人呀,我们再找找看吧!"带路群众描述了一下另一位老人的情况。

"有人吗?有人在吗?"王春阳来到一间倒塌的木板房旁,接连几遍喊话后,把耳朵贴在废墟上听,当他隐约听到一点声音后,马上喊道:"这里有人!"

王春阳立即组织大家小心地把木板一块块抬开。杨松的脚不小心被钉子扎破了,鲜血直流,依然咬着牙抱开一捆捆残断的木板。木板下面压着的是一名奄奄一息的80多岁的老大娘。她的头部被木板砸破了,并且半身不遂。王春阳立即把老人抱出来,给她包扎好头部后,又给她喂些水和干粮。

"连长,我们赶紧下山吧,要不余震来了就危险了!"杨松顾不上疼痛,向王春阳建议道。

"一个排分成两组,一个组负责一名老人。"王春阳给大家划分小组,明确任务后,带头背起老人朝山下走去。

来时单人跋涉已不易,回去要抬、背老人难上难。王春阳动员大家说:"我们就是爬,也要把老人安全转移出去。"陡峭的山路上,大家或4个人抬着一副担架,或背着老人,相互搀扶着艰难爬行。

山中每一次救援,每一次转移,都是一次历险,没有任何运输工具。可以依赖的,只有官兵的双手、双腿与双肩。

上去的艰难不必细说,下山的艰辛难以述说。在一段几乎直上直下的泥泞山路上,背着抬着老人都无法前行。王春阳干脆自己躺在地上,把老人抱在怀里,然后让两名战友用背包绳拉着他一点一点往下滑行。

他们艰难地滑过这座山,又遇到了一条河。

水流湍急的河上有座独木桥,见木头有点腐烂,王春阳大喊一声:"是党员的跟我一起跳!"率先跳了下去,紧接着,魏磊、尚思远,连不是党员的杨松、白阿毛也纷纷跳进水中,你搂着我的腰,我挽着你的臂,在激流中站稳脚跟,尔后用肩膀顶住桥木,让大家踩着通过。

就这样,怀抱、肩背、合抬,王春阳带领大家先后翻越6座大山,蹚过3次急流,克服重重泥石流障碍,一路历尽艰险,经10余小时的艰苦接力,终于将6位老人安全地送到了山下,交给镇政府安置妥当。此时,救援官兵的腿再也抬不起来了,有的身体一软,靠在墙边就打起了盹。

真是一段撕心裂肺的时光,一段人性光辉熠熠闪耀的时光!

自从到了四川,只顾忙着救人了,临时居住的帐篷里连电也没有,王春阳把手机借给战士打完几个电话后,就没电了,也就一直没有打开过。这下韩雪梅可着急了,一天晚上10点多,江耀武旅长忽然接到一个陌生人的电话,里面传来一位姑娘的声音:"对不起,请问您是不是红旗旅的?"江旅长警惕地问:"请问你是……"她连忙说:"我是坦克一连王春阳连长的女朋友韩雪梅,他去四川抗震救灾了,好几天联系不上。"说着说着,要强的韩雪梅忍不住哽咽起来。

江耀武连忙宽慰她说:"小韩同志,我是红旗旅江旅长。王春阳我认识,他这几天一直忙着救人,可能手机信号不好,不过,我马上让他给你回电话。"

江耀武刚刚见到王春阳转移群众回来,所以对她有这样的保证。听到江旅长的话,韩雪梅一下子破涕为笑,连声说道:"谢谢首长,谢谢首长。"江旅长又笑着问:"你是怎么知道我电话的?"

"当时我送他手机时,他开玩笑说,其他的号码和您的都一样,就后4位数不一样。我就一个一个试着打,看能不能打通。"韩雪梅解释说。

4位数,有多少种号码组合?江旅长不知道,韩雪梅究竟打了多少个电话才打到自己这里。面对着这么一个痴情的女孩,挂了电话,江旅长立马又返回坦克营驻地,找到王春阳,以命令的口气说:"王连长,现在交给你一个必须完成的任务,立马给韩雪梅回个电话。"说着,江旅长掏出手机递给了王春阳。一向坚强的王春阳流着泪给韩雪梅回了电话,那一端的韩雪梅哭得更伤心了。

可这不是他们互诉衷肠的时候。王春阳心里明白,此刻是江旅长最忙的时候,手机断不能多占用,就很快挂了电话,恭恭敬敬地把手机还给了旅长。接过手机,江耀武突然想起了韩雪梅说送王春阳手机的事,问:"你明明有手机,为何不给人家打电话,这不是伤人家的心吗?"

王春阳掏出早已断电的手机说:"首长,没有电了,这也没有充电的地儿!"

江旅长听后一阵酸楚。他立即指示后勤部门,给每个营都送来一台发电机,每个帐篷都送上了电,让战士也放开使用手机,并要求每个人都必须给家里人报个平安。

返回营区不久,王春阳和大家刚端上面条——这是他们这么多天来难得吃上的热饭,一位中年汉子跌跌撞撞地闯进营地,扑通一声跪下说:"解放军同志,请快去救救我的母亲吧,她现在在一座3000米高山的半山腰中。一场大滑坡,村子成了悬庄,弟弟在地震中遇难,年近70岁的母亲也受了伤……"说着,中年男子竟呜呜哭了起来。

"什么也别说了,"王春阳一摆手,大喊一声,"突击队员跟我走!"

指导员高晨则拉拉王春阳的衣服,小声说:"这可不是我们的任务区,要不要请示一下上级?"

"群众哪里需要,哪里就是我们的任务区,救人要紧,还请示个屁呀!相信上级一定会同意的。"王春阳又大喊了一声,"突击队员跟我走!"

不少战士和高指导员最初的反应是一样的,所不同的是,这些可爱的娃娃,几乎在自己还未完全想通的时候,就已经开始执行命令了。

魏磊、尚思远、杨松、白阿毛等人连忙放下饭碗,跟着王春阳出发了。

又是一座高山,有了上次经验,他们这次行动迅速多了,可到达一个峭壁下,回头一望,整整两个多小时,才转了一个弯,前进了2公里。

"快看,我们已经接近目标。"尚思远指着不远处的目标说,大家正在振奋之时,带队的中年男子却说:"前方200米处峭壁难以攀越,必须到湖底改道。"

"坚决攀上去!"王春阳带领突击队员试了几次,都因峭壁实在太陡,最终都没能成功。

此时,山外天气晴朗,山里却吹来阵阵阴风,中年男子说:"山雨就要到了,如不立即撤离,泥石流来了就危险了。"

王春阳只好依了男子改走湖底,历经艰辛成功救出老大娘后,又面临一次艰难的转移。

在经过一段只能一个人爬着才能通过的险道时,王春阳让杨松在前面带路,自己搀扶着老人紧跟其后通过。突然,余震发生,山上的碎石被震下,眼看就要砸到老人身上。

"快,保护老人重要!"王春阳一边大喊,一边身子前倾把老人拉到自己的胸前,几名战士也把身体围过来保护老人,而此时,几块碎石滚落下来正好砸在王春阳的背上,疼痛顿时袭遍全身,他仍用身体保护着老人。

  余震过去了,王春阳让大家保持镇定,他忍着背部疼痛,经过6个多小时的艰苦跋涉,终于将老大娘安全送到了医疗救助站。

  回营的路上,杨松问王春阳:"连长,身上怎么样了,还疼吗?"王春阳微微一笑:"麻木了,就不觉得疼了。"大家又何尝不是呢,一个个脚都已经麻木了。

第五十六章　抗震救灾·上山搜救

高山、密林、断崖、峡谷……

彭州大地平日里秀美的风景，此时却成了道道"拦路虎"。

5月18日，王春阳带领大家进入九峰山展开搜救，4个多小时了，战士们没有休息片刻。

"快看！那里有一片倒塌的房屋！"他们来到一个山谷，发现这里零散地住着几户人家，几名村民眼巴巴地望着这群头戴"八一"军帽的"天兵"，语无伦次地说："6天了，我、我们终于得救了！"

王春阳问："以前这里来过部队吗？"村民们摇摇头。

王春阳又问："政府有人救济你们吗？你们怎么生活的？"一名村民说："地震发生后，我们就与外界中断了所有联系，我们这都已经断粮好几天了，每天只能喝点稀粥过日子。"

王春阳喊来尚思远说："大家分点干粮给他们吧。"

战士们纷纷取出干粮，送给村民吃，村民们大口地吃了起来。村民们实在是太饿了，大家给的那些很快就吃完了，大家索性把干粮全部分给了村民，一点也没剩。

灾区流传着"大灾之后必有大疫"的说法，灾区的饮用水都是从外面拉过来的，没有防疫部门的许可，河沟里的水是严格禁止饮用的，王春阳他们此刻根本没有办法补充水。

没有了干粮，水也没有了，所有通讯又全部中断，无法与山外的指挥部取得联系。

是先回指挥部补充物资，还是继续上山搜救？王春阳一咬牙，对大家说："前面可能还有这样的村子等待着我们去救援，既然我们走到了这里，就不能往后退，食物我们随后再想办法吧。"

大家继续向山上挺进,又过了2个多小时,他们来到一片废墟处搜救,尚思远突然大声喊道:"连长,您看,这里有一袋面粉。"王春阳一看,果然有一袋面粉,已饥肠辘辘的大家,都眼巴巴地望着。

这时,过来一位60多岁的老大爷,指着这片废墟说:"没了,没了,什么都没了。"攀谈中,王春阳得知,这里原本是老大爷的家,一家人都还在,可大半辈子置办的家当都搁这了。王春阳明白这面粉肯定也是大爷家的,就让人把面粉还给了老大爷。

人心都是肉长的。老大爷推脱不过,就到不远处的临时安置点,和邻居一起用这袋面粉蒸了一大笼馒头,送到王春阳等人面前说:"娃子们,先吃点补补体力吧。"王春阳一看这种情景,连忙说:"不行,不行,我们不能拿你们的粮食。你们就剩下这些东西了,我们不能吃。"

"扑通"一声,老大爷泪流满面给在场的官兵跪下了,哽咽着说:"我们的命都是你们给的,吃点东西又算什么?你们什么东西都不吃,我们看着心疼啊!就算我求你们了,拿着吧。"

一旁的乡亲看到老人跪下了,也都不约而同地说:"收下吧,求你们了。你们再不吃东西,我们就不让你们干活了,也不让你们救了。"

听到这些话,王春阳的眼眶湿润了。他拉起老大爷说:"好好,我收下,但我只拿一个,剩下的您留着,我们饿了再找您要。"说着,王春阳还掏出几十块钱塞到老大爷手里,没想到,老大爷把钱丢在地上说:"拿你们的钱,让我的老脸以后还咋见人!"

王春阳拿了一个馒头,感觉手里沉甸甸的,这哪里是一个馒头,分明是乡亲们对解放军的一片深情啊!王春阳让大家排成队,每人分一小块馒头,就这样全连人员吃了一个馒头充饥,继续投入救援中去。

走到一个山坡的拐弯处时,路遇几名群众,指着远处说:"山上寺庙里可能还有被困的幸存者。"一听这个情况,大家立马提起了精神,可上山的路异常艰险,已卸掉军衔的朱宏运站出来说:"连长,我有经验,让我上!"

朱宏运小时候家里穷,经常到山上采摘野果,练就了一身爬山功夫。王春阳同意了他的请求:"老朱,你给我们带路,我们在后面跟着你。"朱宏运沉着冷静地带着大家绕乱石、涉激流,在没有路的地方用锹硬是开辟出一条路。

离寺庙还有300米时,一处40多米长的滑坡横在面前。朱宏运系好绳索,仍是第一个通过。刚爬不到5米,余震发生了!脚下的坡石突然松动,整个人立即向悬崖下滑去……

危急中,朱宏运没有慌乱,而是四处打量,敏捷地抱住一棵被巨石砸断的树,任凭如雨般的碎石打在钢盔和身上。大家都为他惊出了一身冷汗,幸好有惊无险。1个小时后,朱宏运一瘸一拐地带着大家到达寺庙,可他们搜寻了2个多小时,也没发现有人,看天气慢慢阴了下来,王春阳只好带领大家往回撤。

返回的路上,突然下起了大雨,大家用手抓住路边的树枝,一步一滑地小心前进,浑身都沾满了泥巴。许多人的手上和脸上都被带刺的树枝划出一条条血痕,衣服也被划破好几处。王春阳的膝盖也磕破了,不时有鲜血流出。在通过极度艰险的路段时,尚思远不小心滑了一跤,身体差点悬空。王春阳大声提醒:安全第一,大家一定要集中精力。

天渐渐黑了下来,强行下山可能有极大的危险,王春阳只好命令大家停止前进。他对大家说:"现在下山太危险,我们只能先在山上待一晚了。"王春阳看看地图又说,"这里也不是久留之地,我们必须穿插到左侧的大路上去。"

王春阳带领大家又走了一个多小时,终于到了一条盘山路上。这里前不着村后不着店。由于没有住处,雨又不停地下,王春阳他们进山时是临时受命,对山中艰辛预料得不足,全连只带了为数不多的雨衣。

王春阳担心余震可能会震落石块,就吩咐大家选择一处相对开阔地,两三个人钻到一件雨衣下面避雨,背靠背坐在地上熬过了一夜。漆黑的雨夜,当闪电划过天空,山间的那一抹绿色显得庄重而又令人敬佩。

第二天清晨,阴冷的风还在呼呼地吹着,一辆军用小车缓慢开过来,江耀武旅长从车上下来,看到眼前的一幕,感慨地说:"红军的优良传统没有丢,没有丢呀!"

王春阳这时醒了过来,见旅长站在眼前,揉了揉红肿的眼,又猛烈地咳嗽了几声:"首长,您怎么来了?我这不是在做梦吧!"

江旅长一拳捶在王春阳胸口上说:"想得倒美,你小子做什么美梦呢!"

王春阳一个趔趄向后退了退:"首长,不是在做梦,不是在做梦!"

江旅长问清了情况后,激动地说:"你们让我想到了当年解放军露宿上海街头的情形,真不愧为新四军的传人呀!"说着,江旅长让司机从车上搬下一箱矿泉水和一些干粮。

王春阳分给大家后,大家狼吞虎咽吃了起来。江旅长笑笑说:"小伙子们,慢点吃,慢点吃,各处的救灾物资正源源不断地送来,大家以后不用再为吃喝发愁了。"

果然,不一会儿,一辆卡车满载着救灾物资驶来,王春阳带领大家赶紧卸下一些,他要分给山中已经断粮的村民。随后,王春阳又带领大家把村民全部转移了出去。

所有的艰难都是相似的,遇到的危险却各有各的不同。就是在乱石纷飞之中,在余震不断之际,无论山再高、路再险,需要付出多大的代价,王春阳他们都要用自己的双腿走遍一座座深山中的每一户人家,搜寻到可能被困的每一个群众。

5月19日14时28分至31分,正在搜救路上的王春阳听到了不绝于耳的汽笛声响彻山谷。原来山上有这么多救援部队呀,王春阳立马命令大家原地静立默哀。

当悲鸣的防空警报和汽笛声划破长空,13亿中国人起身肃立,低首默哀。

这一刻,大江南北,长城内外,神州共悲;这一刻,山峦无语,江河呜咽,举国同哀!

为汶川大地震中我们的同胞失去的生命,为汶川大地震中我们的同胞遭受的灾难……

默哀完毕后,王春阳面向大家说:"今天,是我国为汶川大地震中不幸遇难同胞设立哀悼日的第一天。这是新中国成立以来,第一次为严重自然灾害造成重大伤亡举行的全国性哀悼活动,也是第一次为在自然灾害中罹难同胞降半旗致哀!"

大家一脸的凝重,王春阳说:"我国这次共设立了7天默哀日,我们多救人就是最好的默哀。"

路上,王春阳边走边向大家介绍:"当出现灾难性事件或重要人物逝世时,大多数国家可设立全国性的哀悼日来寄托哀思。在此期间,通常国内所有的政府机构、驻外机构下半旗,停止公共娱乐活动,举行默哀仪式等。"

王春阳还说:"从新中国1949年成立到现在一共是41次,其中为国家领导人设立的有31次,第一次是1950年任弼时逝世时……"

"王春阳收到回答,王春阳收到回答!"突然,对讲机里传来营长米向前的呼叫声,王春阳知道又有新任务了。

第五十七章　抗震救灾·转运物资

王春阳猜得没错,上级来了最新指示,地震已经过去了7天,他们的这次任务是转运粮库的一批粮食。

王春阳带领大家来到原粮库位置上,房屋已成了一片瓦砾,粮库的痕迹早已不见了踪影。

"废墟内掩埋着几十吨大米、面粉和面条,困难再大、险情再重,我们也要把粮食挖出来,这是灾民生存的希望。"王春阳大声命令道。

余震仍在继续,挖掘亦在进行。杨松用劲撕扯着表层的木板,一不小心手被木板上的铁钉扎了个洞,鲜血瞬间浸染了衣襟。一旁的尚思远见不远处有一个戴着红十字袖标的医护人员,连忙喊道:"军医,这里有人受伤了,快过来帮忙包扎一下!"

杨松赶紧制止他说:"排长,这点小伤算不了什么,救受伤群众要紧,灾区人民还等着我们挖粮食呢。"

杨松简单地处理了一下伤口,就又和大家一道认真挖掘起来。

"连长,有粮食!"尚思远像是发现新大陆似的显得有些兴奋。很快,第一袋大米被大家挖了出来,接着两袋、三袋……粮食开始在官兵的手中传递。一个小时后,100多袋大米、10余袋面粉被抬到了开阔地上。

"连长,咱们也弄几袋回去吃吧?"尚思远神秘地说,"早上听营长说军粮不多了,咱要是弄点回去,营长肯定高兴。"

"营长高兴不高兴,我不知道,我也不管,我只知道挖出的粮食,我们不能动!虽然咱们营特别需要粮食,可是灾区人民更需要,我们红旗连的兵只能为灾区人民解忧愁,绝不能给灾区人民添麻烦。"王春阳斩钉截铁地说,"走,我们现在就把粮食运到灾民救助点,全部!"

说完,王春阳带领大家把全部粮食装上了去救助点的车,一袋米、一袋面都没剩。

下午,王春阳带领大家来到一个村里,一名老大爷向王春阳求救:"解放军同志,我家里有一袋米被埋在废墟底下了,你们帮我挖出来吧!"

"大爷,您别着急,我们这就帮您挖去!"王春阳说完,就带领大家赶了过去。然而,老大爷的房屋已全部震塌,废墟底下米的具体位置他也记不清楚了,老大爷还不断叨咕着:"老了,我记性不好了,不知道米放在哪里了,这可咋生活呀?"

王春阳安慰老大爷说:"大爷,放心吧,只要米还在,我们肯定给挖出来!"

王春阳查看后发现,整个房间被6块水泥板压得严严实实,王春阳指挥着说:"大家都过来,我们一起合力把水泥板抬走!"

大家试了几次,可水泥板却纹丝不动,王春阳立刻命令大家:"我们用铁锤把水泥板一点点地敲碎,一块块把水泥板清走。"这些昔日训练场上的健儿,顿时像泥瓦匠一样开始了噼噼啪啪的辛苦劳作。可他们毕竟比不上有经验的泥瓦匠,不一会儿,杨铭的手上就打起了血泡。王春阳给他简单包扎一下后,对大家说:"我们要用巧劲,抡大锤、扶钢钎不能攥得太死。"

大家清理到第5块水泥板时,仍没有找到老大爷说的那袋米,围观群众议论开了:"会不会记错了,米根本就没有放在这里?"

"不会是米吃完了,想问解放军要米吃吧!"

一位中年妇女干脆直接对老大爷说:"你看把军娃们累成啥样子嘛,缺米吃,到我家扛一袋去!"

大家纷纷责怪老大爷不该为了一袋米让解放军吃这苦。

老大爷像是做错事的小孩,差点跪了下来,王春阳赶紧拉他起来,诚恳地对他也对旁观的群众说:"一袋米虽然不多,但保全群众的利益是我们的职责,你们已经很困难了,不能再让你们受损失。"

王春阳带领大家继续"啃"下了最后一块水泥板,当他用血糊糊的双手,把一袋米送到老大爷的手中时,老大爷感动得泣不成声,周围群众一片掌声。

根据工作安排,机关傍晚时要进行情况汇总,这一天正好是杜长伟参谋值班,一是他感念王春阳的推荐帮助,二来也是为了炫耀在机关的权力,就直接给王春阳打了电话:"喂,连长,你们今天干了什么事?赶紧报上来吧,越多越好!"

听说,刚开始救灾一线的官兵连水都喝不上时,整天躲在指挥所值班室的杜长伟,占用救灾的矿泉水,气得救灾官兵心里直骂,可大家都忙于争分夺秒地抢救生命,谁也没顾得去计较。

"我们上午……下午为受灾群众挖出了一袋大米!"王春阳如实报告说。

"什么?下午全连就转运了一袋米,我没听错吧!"杜长伟十分惊讶地问。

王春阳语气十分坚定地说:"杜大参谋,你没听错,我也没有说错,我们全连花费了4个多小时就为一位老大爷挖掘了一袋大米。"

"上午你们转运粮库的事,电视台都报道了,旅领导还专门表扬呢,咱可不能砸了先进的牌子!"杜长伟停了停继续说,"咱俩是兄弟,我才这样说的,太少了,太少了,我给写上转运粮食1吨,挖掘大米10袋如何?"

"那不是弄虚作假吗?"王春阳生气地说。

杜长伟十分不屑:"现在这报上来的数据有几个不带水分的?"

"咱别扯远了,最起码咱这里要实事求是,挖一袋大米就是一袋大米,没有什么好添油加醋的。"王春阳坚持自己的说法。

"你就是太老实了,这样会吃大亏的。"杜长伟十分不理解王春阳。

"我看王连长做得对,老实人也绝不会吃大亏!"不知什么时候,江耀武旅长来到了值班室,杜长伟腾地一下子站了起来,他不知道旅长听到了两人多少谈话。其实江旅长什么都听到了,江旅长一脸不高兴地说:"数字不能有半点水分,平时工作中要做好,抗震救灾中更要做好。如果多报一个或少报一个,就有可能影响上级的决策和整个救灾行动。"

"我看你更应该到一线救灾去,不能老是待在值班室里。"江旅长最后又指示杜长伟说,"对数字负责,也就是对人民的生命负责。要把数据搞准确再上报。"

第二天,杜长伟果然被分配到了救灾一线,这次他主动提出到坦克一连,随王春阳他们一起行动。

王春阳带领大家帮助村民清理废墟、抢运被埋物资,大家累得满头大汗,站在一旁的杜长伟说:"大家这么辛苦干吗?又不是救人那会儿,大家都能看得见,现在累死谁知道,等有领导来了,或者新闻媒体来了,再干也不迟呀!"

并没有人搭理杜长伟,大家只顾着帮村民们转运装在屯子里的粮食,只有尚思远冷不丁地刺激他几句:"杜参谋,你这是来抗震救灾,还是来消耗粮食来了?"气得杜长伟直跺脚:"我这好心都被你们当成驴肝肺了。我在值班室,大家干了多少,还不是我写多少就是多少!"

"那你怎么不去你的值班室了,来这里干吗了?"

杜长伟来回踱步,又面向尚思远停下说:"我这叫体验生活。"

"既然是体验生活,就好好体验,那么多废话干什么?"一直没有说话的魏磊也看不惯杜长伟这种作风。见大家都用异样的眼光看着自己,杜长伟也觉得自己有点穷嘴恶舌头,招人讨厌了,便不再说话,东看看,西望望,想插手干点什么,却又不知从哪里下手,一直晃来晃去的。

1个多小时后,一户村民的粮食转运完了。王春阳又带领大家去了下一户,正在紧张地搬运物资时,突然感到脚下猛烈地颤抖,他大喊道:"余震来了!快!紧急疏散!"

"不好,楼下有小孩,快去救人!"王春阳转身一个箭步冲了进去。"小心,梁木正往下落!"王春阳不顾房屋倒塌的危险,抱起小孩,顺势一个圆滚,躲过了落地的梁木。

"砰!哎哟!"一声惨叫,刚才在屋顶清理瓦片的一名村民,来不及跳下,重重地从二楼楼顶摔落下来。

王春阳一个俯冲,快速接近,迅速把那名村民拖到安全地带。

"双臂骨折、多处重伤,赶快送医院抢救!"随后赶来的军医大声吩咐。

"我去!"杜长伟一直待在机关,不知道凶险,不知是一时心血来潮,还是被王春阳救人的举动感染了,竟不由自主地请战。

王春阳见杜长伟闲着也没事,有时还在旁边指手画脚帮倒忙,就同意了他的请求,不过,还是选派了尚思远等4名战士陪他一起去。

七八公里的崎岖山路,两侧山体陡峭,4名战士抬着担架,飞速向外奔去。

一向自恃体能还不错的杜长伟,此刻面对着陡峭的峭壁,以及随时可能发生的余震,心惊肉跳,没走多远就开始后悔自己的冲动了,可既然来了,只好硬着头皮跟在担架后面。

遇见一道路狭窄处,刚刚还能通过的山路被余震震下的一块巨石堵住。

杜长伟为难地说:"这怎么过呀?"

尚思远等人二话没说,挽起裤腿,和战友们慢慢地抬着担架,沿着路边的深沟,深一脚浅一脚地向前移动。荆棘划破了腿,脚底磨出了血泡,他们全然不顾,心中只有一个念头:尽快将伤员送到医院。

杜长伟看在眼里,也不再吱声,竟默默地帮尚思远他们抬起了担架。

杜长伟他们走后不久,连队又受领了一项紧急转运一批化工原料的任务。厂家负责人对王春阳说:"王连长,我们工厂里有100多吨、价值800多万元的阻燃剂和增黏剂被埋在废墟中,求求你们帮我们转移吧,我们有几百个工人要养活呀,要是被雨淋了,就一文不值了。"

"放心吧,既然上级把这任务交给了我们,我们就保证完成任务!"王春阳带领大家迅速干了起来,2个多小时过去,大家一刻也没有休息,每个同志头上的汗水不停地往下滴,迷彩服都湿透了;工厂里到处都是灰尘,把大家弄得满身灰尘,一个个像刚从泥潭里爬出来一样。

天空说变就变,乌云密布,看样子即将下雨。王春阳一边带头干着,一边给大家鼓劲加油:"马上要下雨了,我们再加把油,一定要把化工原料在下雨前抢运完,绝不能让受灾群众的财产再受损失!"

"冲啊,加油!"听了连长的动员,杨铭带头喊了起来,大家顿时也都斗志高昂,一边呐喊着,一边飞快地抢运原料。经过半小时的紧急抢运,大家把剩余的20多吨化工原料全部转移到了安全的地方。刚盖上雨布,黄豆大的雨滴落了下来。大家累得一句话也不想说,但看到化工原料全都安然无恙,都开心地笑了……

第五十八章　抗震救灾·安置群众

"党员能交'特殊党费',为什么不给我们青年向灾区人民奉献爱心的机会?"在红旗旅组织捐款现场,白阿毛见许多党员都踊跃捐款,直接走到了捐款箱前,振振有词地说,"首长,为灾区群众奉献爱心也有青年战士的份,我们强烈要求交纳'特别青年费'……"

白阿毛的话让现场的江耀武旅长感动和敬佩:"你叫什么名字,哪个单位的?"

"红旗连白阿毛,我是代表全连17名青年战士来的!"

"我知道你们那个连,来抗震救灾一直表现很好,还有你们那个连长王春阳,我一直记得他。"一提起这个英雄的连队,江耀武似乎有种莫名的兴奋。江旅长稍微冷静了一下说:"并不是只有出钱才叫奉献爱心,咱们来到灾区抢救受灾群众,帮助他们战胜灾难、重建家园都是奉献……"

"党员、团员不也都做了这些吗?帮助灾区人民也是我们青年义不容辞的责任!"白阿毛边掏口袋边说,"首长,这是我们连17名青年战士的'特别青年费',一共6585元整,请您查收!"说完,转身跑出了门。

江旅长捏着沉甸甸的钱,一阵感动,随后让人登记后,放进了捐款箱。

"爸,上次说要买一辆电动车作为生日礼物送给您,现在不成了……"上午刚组织完捐款活动,白阿毛就拨通了家里的电话。

后天,就是白阿毛爸爸50岁的生日了,一向孝顺的他,自从在新兵连就省吃俭用,攒了好几个月的津贴,就想着在爸爸生日时送他一辆电动车。

"你上次打电话说已经存了1000多块钱了,怎么这么快就花完了?"在爸爸的印象中,白阿毛一直是个节俭的孩子。

"我……"白阿毛吞吞吐吐地说,"爸,今天部队组织捐款活动,我把钱全捐了……"

第五十八章 抗震救灾·安置群众

白阿毛还没说完,电话里就传来了爸爸的表扬声:"孩子,你做得很好!同时我也要告诉你,我在家也捐款了,向灾区人民献爱心是我们共同的责任和义务。你把钱捐给灾区人民,就是给我最好的生日礼物。"

白阿毛听后,心里一阵轻松。

一批批受灾群众被转移出来,送到临时安置点。进入5月下旬,王春阳他们的主要任务就是协助地方政府安置这些受灾群众。

一方有难,八方支援。帐篷、食品、器材、儿童玩具……一批批救灾物资源源不断地从全国各地运来,救灾物资多是晚上运达,王春阳他们晚上要随时领命。

"王连长,现在有5辆大卡车40多吨救灾物资,命你连前去卸载。"凌晨2时,王春阳接到了营长米向前的电话,就带领大家奔向救灾点。

杨松第一个跳上卡车,两名战士快速上前协助他打开了车厢板,开始了卸载。

白阿毛每次背上都摞着2袋总重量100多斤的大米,脚下碎步小跑,边跑还边唱着"当兵为什么,当兵为打仗"。王春阳几次喊道:"阿毛,慢点,小心脚下。"白阿毛又几次应道:"连长,我没事,撑得住!"

不到1个小时,5卡车物资就全部卸载完毕。此时,精神放松下来的白阿毛才发现,自己的大腿、腋窝火辣辣地疼,硬得能在地上立起来的迷彩服把他的肉磨烂了,汗水一浸,犹如刀割。王春阳双眼湿润着问白阿毛:"疼不疼,累不累?"

"说实话,当兵前我从未吃过这样的苦,可到了灾区,看到受难的群众,就禁不住热血沸腾。"白阿毛笑笑说。

王春阳何尝不是这样,到了灾区就忘记了疼痛、忘记了疲惫、忘记了自己,可他不能忘记与他一起奋战、一起出生入死的这群可爱的战士,他颇感自责地说:"我让大家受苦了。"

白阿毛眼瞅着王春阳:"连长,瞧你说哪儿的话,俺当兵才1年多时间,不掉几层皮,就不像红旗连的兵。"

关舜所在的通信连也很快加入了安置群众的队伍。这天,关舜正带领大家搭建帐篷,本来今天任务比较轻,十几个人搭建5顶帐篷。不料,旅一名副参谋长、两名机关参谋、营领导却都到场指挥。关舜先是按照营领导的选址搭建,一名机关参谋说:"搭建帐篷要靠近公路,方便领导检查,也容易出彩。"现场指导的旅副参谋长给予了否决:"搭建帐篷,要与公路保持一段距离,安全第一,噪声也小。"

关舜不知道听谁的,干脆谁的也不听了,他一下子爆发了:"搭建一个帐篷,还需要层层指挥吗?我是连长,这种小事我说了算!"几位现场领导面面相觑,摇摇头都走了。

最后,关舜和冷一欣选择了一处交通便利,距离公路100多米、地势较高的空地很快将帐篷搭建了起来。

下午,坦克营、通信营和两个步兵营也受命在一个大型安置点搭建帐篷。这是抗震救灾后,王春阳和关舜的第一次见面,见冷一欣乖乖女似的寸步不离关舜,王春阳明白关舜在电话里说的"冷一欣答应了做我的女朋友"不是吹嘘。显然,他已俘获了这位冷美人的心。王春阳开玩笑说:"没想到来救灾,成就了一段姻缘,回去,你俩得请我喝喜酒!"

关舜毫不避讳地说:"一定,那是一定,保准让你喝得爬不起来!"

"你别狗黑子跑到戏台上——当面出丑了,这都是八字没一撇的事,你就在这里瞎咧咧!"冷一欣见关舜蹭了一脸灰,就借风过潮、趁机发挥了。

关舜并不生气:"我是属狗的,可我的脸不黑呀!"

王春阳也笑道:"黑,岂止是黑,都快成黑狗熊了。"说着,指了指关舜脸上。关舜顺手往脸上一抹,两手也是黢黑黢黑的,不由得笑了起来。

几卡车帐篷到了,他们很快投入紧张的卸载、搭建帐篷中。3个多小时后,几百顶帐篷雨后春笋般拔地而起。细心的冷一欣带着几名女兵悄悄做了几个标识牌。关舜问:"你做这些干什么?"

"几百顶帐篷,颜色大小都一样,找个地方半天也找不着,我们做上标记,老乡就容易辨认了。"冷一欣冷冷地说。

关舜明白冷一欣为刚才的事心里还多有不快,又见冷一欣这么细心,便凑到冷一欣面前小声说道:"还是媳妇想得周到!"

冷一欣虽然恼羞关舜的无厘头,但此刻有上百人在现场,她也不便发作,只是羞红了脸说:"再贫,就不理你了!"

关舜连忙打住,和冷一欣将每个帐篷进行了标号,各类指示牌安放到位。牌子上明确标明了各项设施的位置,在转角等显要位置,也贴有各种设施指示牌:"医疗所向东右拐30米""卫生间向西150米""餐饮供应站往前走50米"。连王春阳也说:"一对有情人,也是一对有心人呀。"

这里很快安置了上千名受灾群众。"孩子们的学习一天也不能耽误!这个任务我们来完成。"面对安置点孩子一时无处上课的现状,王春阳当即向来此检查的江耀武旅长立下军令状。

"好,要尽快办,我给你们协调帐篷、学习用具!"江旅长非常支持王春阳的做法,10 余顶帐篷以及课桌、板凳、文具等用品,当天晚上就到位了。王春阳连夜带人进行搭建布置,一座"红旗爱心帐篷学校"就这样诞生了!"帐篷学校"的办公区、教学区、生活区都安排得井井有条。

开学仪式上,面对冉冉升起的五星红旗,伴随着雄壮的《义勇军进行曲》,在场的群众和学生都流下了激动的泪水。王春阳和一批红旗旅选来的大学生官兵担任了教员,第一节课上,王春阳苍劲有力地在简易黑板上写道:地震可以摧毁我们的家园,却摧毁不了我们的信念;可以吞噬我们的骨肉,却折服不了我们的意志;可以留给我们伤痛,却带不走我们的坚强。

6月1日当天,王春阳和关舜、冷一欣相约来到这所小学,共同举办庆"六一"联欢会。精彩的表演,让这些饱受地震之苦的孩子们绽放出朵朵笑容。

晚会快要结束的时候,一名10岁大的藏族小姑娘脸上带着一抹红晕,跑到大家面前,深深地鞠了一躬:"叔叔,阿姨,这是我给你们画的漫画!"王春阳接过一看,上面画着解放军救人、劳动时的情形。

小姑娘指着一幅《看啊!解放军叔叔救我们来了》说:"那是5月18日下午,村子里房倒屋塌,我阿爸和几个小伙伴被埋在废墟里,不少阿爸阿妈无力救人,跪在废墟前哭喊。这时,一队解放军叔叔气喘吁吁地跑了过来,用工具挖,用手刨,最终救出了阿爸和小伙伴。"小姑娘说,"我当时激动极了,找到画笔后,就画了这幅画。

"这一幅画的是一辆送水的军车旁,4名藏族群众正提着桶接水。"说完第一幅,小姑娘又指着一幅画说,"解放军叔叔把我们转移到临时安置点后,又从很远的地方拉来生活用水,供乡亲们使用,这是大家接水的情形。"

紧接着,小姑娘对每幅漫画都做了介绍。"我会一直画下去,我要把解放军的身影都留下来!"小姑娘说。

王春阳一数,一共是11张,他心中五味杂陈,有莫名的感动,有无限的希望,也有沉甸甸的责任。

第五十九章　抗震救灾·重建家园

"再小的爱心,乘以13亿便能汇成爱的海洋;再大的困难,除以13亿都会变得微不足道。"

写在地震灾区一个大转盘边上的这句话,让每一个见到的中国人,都会热血上涌,它见证了中国人抗震救灾的决心与奇迹。

6月中上旬,受灾群众陆陆续续从临时安置点搬到了各类安置房。王春阳他们开始帮助受灾群众重建家园。

正值抢收抢种的关键时节,受地震灾害影响,灾区大面积成熟的农作物一直没有收割。王春阳就带领大家走村串户,帮助受灾群众做好抢收、抢种等农业生产自救工作。在当地村支书的引导下,他们来到一片麦田旁,村支书说:"这家的男劳力地震时死了,女的半疯了,留下一个老太太和年幼的孩子,成熟的麦子也没有人收割。"

王春阳手一挥说:"5个人一组,有镰刀的用镰刀割,没有工具的就用手拔。"

没有过多的动员,大家就忙开了,这些可爱的战士平时训练起来不含糊,此刻他们虽然镰刀使用得不是很熟练,可拔起麦子来却个个顶呱呱。大家头顶烈日,冒着高温,在黄灿灿的麦田里挥汗如雨。

杨铭衣服被汗水浸湿,手也被划破,上面还扎满了刺,王春阳摘下手套递给他,杨铭推脱说:"连长,您自己戴着吧,别把我当成刚入伍的白面书生了,我已经长大了!"王春阳听后没再推让。

一片五六亩的麦地,大家1个多小时全部收割完毕,没有一个人叫苦叫累。

小麦收割完后,王春阳还带领大家进行了收集打场。

几天后,当王春阳等人拉着几千斤的麦子来到那户人家时,那名女主人的疯病竟然好了,还一个劲地感谢,一旁的村支书见状说:"真是奇了怪了,解放军连疯病也能治,有亲人解放军在,我们的生活就永远有希望!"

接下来,王春阳带领大家又去了第二家、第三家……

"同志们,前几天我们帮助群众收割粮食,受灾群众有了基本的物资保障,我们再加把油把地平整好,种下禾苗,受灾群众生活就更有希望了。"帮助村民收割完粮食,王春阳又带领大家进行麦地平整,劳动之际,王春阳还不忘给大家鼓劲。

一场大雨后,王春阳带领大家在平整好的地上,种上了水稻、玉米等农作物。村支书激动地拉着王春阳的手说:"你们这些娃儿都是好样的,给我们提供吃的住的,还帮我们抢收庄稼,我们没有想到的,你们都做在了前头!"

抢种仍在进行,下午,王春阳带领大家在一河流附近抢种水稻,突然下起暴雨,河水猛涨,铁索桥上20多米长的木板被河水冲走,16名放学回家的小学生被挡在河边。

风越刮越猛,雨越下越大,孩子们吓得哇哇大哭,对岸家长急得拼命喊叫。当时,河水太深太急,背着孩子过河,不行,找木板铺桥,来不及。看着惊慌失措的孩子,王春阳当即下定决心,无论想什么办法,也不能让这些遭遇劫难的孩子再有闪失。情急之下,王春阳第一个趴到铁索上,没有动员,没有口令,全连其余人员也跟着趴下,很快在铁索上铺设了一段"人桥"。王春阳大声喊道:"孩子们,从我们身上爬过去!"

桥在暴风雨中剧烈地摇晃着,16名小学生趴在王春阳他们的背上慢慢爬行。王春阳轻声喊道:"大家稳住了,千万别让孩子们有什么闪失!"

大家一个个屏住呼吸,一动也不敢动,生怕身体不稳,让孩子们出现意外。30分钟后,孩子们安全过了桥。临别时,孩子们以自己特有的方式,向全连官兵高高举起右手,风雨中不断传来他们稚嫩的声音:"解放军叔叔,我爱你们!"

重建家园,余震仍旧不断。6月19日下午的一次强烈余震,突然把一处村民安置点一直作为自来水饮用的山泉水管震断流了。无奈之下,附近300多名受灾群众只好到5公里外的镇上去提水吃,生活面临新的困难。

"村民这样生活肯定不行,必须得想个法子才行。"王春阳鼻子上冒烟——急在眼前,他一边向旅后勤部门汇报,一边在县水利局技术人员的引导下,带领全连人员爬上海拔1300多米高的山上重新寻找水源。

经过一天的奔波,在旅后勤技术人员的帮助下,王春阳他们用制式容器重新修建了一个5吨的蓄水池,并修通了循环管道,安装了增压器,及时解决了附近受灾群众的生活用水问题。

这些天,王春阳一直放心不下一个12岁的小姑娘,小姑娘上小学六年级。地震当天,小姑娘冒着生命危险,3次闯入正在坍塌的宿舍楼,救出了3位同学,却不幸被一块锋利的石块砸中左脸,小姑娘毁容了。

就是这么一个花季少女,本来开朗活泼、多才多艺的她,此刻整天躲在房间不愿见人。王春阳去看望她时,小姑娘双手捂着脸说:"解放军叔叔,我想整容,不然,我没法活了!"

"好,我帮你,你这是英雄行为,国家和政府不会不管的。"王春阳一边安慰小姑娘,一边联系当地医院。一打听才知道,像她这样严重毁容的脸,手术费至少需要30万元,这对于住在深山、年收入不足5000元的小姑娘家庭来说,肯定承担不起,地方政府的意见是再等些时日,等核实了小姑娘的情况,申请了专项救助资金再说。可王春阳心里明白,小姑娘每等一天都是在煎熬。

正好旅长江耀武来检查,王春阳将小姑娘的情况直接报给了旅长。

"都说我们解放军是英雄,我看这个小姑娘就很勇敢,就是英雄,我们不能让英雄流血流泪再无助!"江旅长也为小姑娘的壮举感动,他当即拍板说,"还等什么等,这两天就安排小姑娘去做手术!"

江旅长说的并不是大话,他一方面指示旅机关向当地政府和国家文明办反映小姑娘的抗震救灾英雄壮举,申请救助资金;同时,还专门召开常委会,大家一致同意先行从旅家底费中拿出30万元给小姑娘整容。

很快,红旗旅为小姑娘联系了北京一家权威的专业医院,临行前,王春阳拉着小姑娘的手说:"你的英雄行为值得我们学习,父母亲有我们照顾,到北京后安心看病吧。"随后,王春阳还将连队自发捐的1万多元递给小姑娘,作为她治疗期间生活上的开支。

家园毁了可以重建,身体有病可以治,物件损坏了也可以修。杨铭这个已经"成熟"的大学生士兵,所学知识可就有了用武之地,他在连队帐篷旁边设立了一个"科技服务点",王春阳给予他大力支持。

一大清早,一对60多岁的夫妇推着三轮车,把在地震中损坏的一个电视机和一个电饭煲送到了这里:"麻烦解放军同志,帮我们修理一下,我们找了几个维修点都没修好。"

杨铭接过来仔细查验了一番,这两件电器都是极难修复:电视机的线路主板断裂了,撇开线路问题不说,硬件就需要一种特制的强力胶黏合固定,而这种胶水,驻地买不到;电饭煲内外线路烧坏,也基本上没有了维修的价值。

听了杨铭对两件家什的技术检测,夫妇俩似乎失望了,商量着拉回去卖废品。

看着老人忧伤的表情,王春阳心里十分不忍,执意劝他们把两件家什留下来"修修看",并让他们在本子上登个记,留下联系方式。

两位老人走后,王春阳对杨铭说:"看能不能想想办法,帮他们修好!"

杨铭不以为然地说:"不就是一个破电视机和一个破电饭煲吗?扔了也没有什么可惜的!"

"看来,你还不明白,对于搬进板房的老夫妇来说,这两样东西是多么的珍贵。"王春阳拍了拍杨铭的肩膀,语重心长地说,"有了电视机,党和国家对地震灾区的关怀,发布的通告、通令,抗震救灾的进程,他们就能够及时了解,电视机是打发生活寂寞、消除心理郁闷的依托,也是增强重建家园信心的信息平台。"

王春阳又指了指电饭煲说:"地震初期,生活物资匮乏,大家可以吃方便面、袋装食品,喝饮料、矿泉水对付一下,但这些只能是权宜之计。现在转入了正常的生活,重建家园,难道连口热汤热饭都吃不上吗?"

"还是连长想得远,我懂了,我会尽全力维修!"杨铭经过认真的思索,或许是他的执着产生了奇迹,电视机的线路主板,经他精心粘连、焊接,通了。电饭煲呢,本来属于"死马当作活马医",他搞了个替代品,竟神奇地好使了。

接到两件宝贝修好的电话,老夫妇不敢相信自己的耳朵,一个劲地鞠躬道谢。

杨铭的"科技服务点"一下子火了起来,不断有人送东西过来,大到拖拉机、电动车,小到收音机、手表,杨铭都尽最大可能地帮助受灾群众。

白天,杨铭要随连队帮助受灾群众重建家园,晚上他还要维修各种器具,半个月后竟累倒了,王春阳赶紧把他送到了成都的一所军队医院,不承想,杨铭的人生拐点也就此来临。

第六十章　抗震救灾·军民鱼水

关舜和冷一欣奉命到彭州市维修通信器材。

已是中午时分,两人走进了公路边的一家小饭馆,各要了一碗面条。正吃着,饭馆老板娘把两盘热腾腾的炒菜放在了他们桌子上:"看你们小两口都是当兵的,不在家里好好过日子,还来到这里帮我们,我们虽然遭了难,但你们的恩情我们都记在心里了。家里也没什么好东西,送你们几个菜算是略表一点心意。"

冷一欣听后脸上一阵绯红,起身欲解释,关舜一把拽住她说:"小两口就小两口呗,快点吃面吧,别耽误了正经事!"

冷一欣跺了关舜一脚,坐下后只顾低头吃面,关舜时不时偷着瞄她。老板娘看在眼里偷偷笑:"这小两口,刚结婚不久吧,还羞着呢!"

冷一欣腾地站了起来:"大嫂,我们还没结婚呢!"

"哟,那是我猜错了,看你俩还挺般配的!"老板娘一个劲儿盯着冷一欣看,像是赏花似的,嘴里还叨咕着:"多好的姑娘呀!"关舜连忙也站了起来,掏出50元钱付账。

老板娘的目光这才从冷一欣身上移开,连忙推辞说:"你们吃碗面,还给什么钱,这顿我请了!"

这时,他俩趁主人招呼别的客人之际,迅速写了一张字条:"我们是人民子弟兵,不拿灾区群众一针一线。"连同那50元钱一起留在饭桌上,悄然离去。

路上,回想着老板娘误认他俩是小两口,说明俩人真有"夫妻相",关舜心里美滋滋的。冷一欣却一直不明白老板娘为何盯着她看。

"欣欣,快看,你都上电视了!"路过一家电器店,关舜指着荧屏说。冷一欣似乎明白了一点,电视上正滚动播放着几天前她带着女兵们给受灾老人梳头、洗脚、剪指甲以及洗衣服的事迹,镜头上的冷一欣是那么美,宛若女神。

救灾场上,每天都演绎着这样军民鱼水一家亲的故事。

在山道边有一户人家,住着两位老人和他们 11 岁的孙女。小姑娘看到官兵每天这么辛苦,就扎了一个稻草人,插在官兵们必经的山路旁,还给它背了一个小书包,每天往里面放些政府发的食物和水。

"连长,您看,那是什么?"去帮助受灾群众抢收抢种的路上,尚思远指着路旁的稻草人说。

大家走近一看,小书包里面还放着一些矿泉水和面包。稻草人脖子上挂了一个用纸板做的牌子,上面写着:"解放军叔叔辛苦了,这里有水和面包,是专门为你们准备的。"

"真是一位有心人。"大家没有一个人伸手拿里面的东西,王春阳还把自己带的饼干、苹果和药品放进书包里。以后路过这里,不管再累再渴,都没有一个人去动书包里的水和食物,相反,大家纷纷解囊。

这个无语的稻草人,成了官兵和小姑娘之间的纽带,每天都在传递着军爱民、民拥军的鱼水情谊。

正值枇杷成熟的季节,返回的路上,他们经过一个枇杷园,这里的枇杷又大又甜,远远都能闻到诱人的香气。几个果农正在摘枇杷,眼看天色不早了,王春阳立刻招呼着说:"大家也都搭把手,我们帮乡亲们摘枇杷!"

大家纷纷上前帮忙,不一会儿,摘了满满两筐。果农看见官兵们满头大汗,捧来洗干净的枇杷:"大家伙辛苦了,都休息会吧,尝尝这些新鲜的枇杷!"

"不用客气,这是我们应该的,老乡留着自己吃吧!"王春阳婉言谢绝了老乡的好意。官兵们忍着口渴把一箱箱枇杷包装好,并帮果农把它们全部送到帐篷里。

后来,王春阳他们在执行任务中十几次路过这个枇杷园,有的嗓子直冒火,但面对已经熟透的枇杷散发出的诱人果香,大家只是过过眼瘾,没有一人伸手去摘。他们守纪如铁,秋毫无犯,演绎了一曲曲"望着枇杷忍干渴"的佳话。

王春阳他们不要,村民就主动送上门来。

"连长,外面村民送慰问品来了!"尚思远兴冲冲地跑来报告,王春阳带领大家搬运救灾物资刚刚回来,还没来得及洗把脸就连忙跑到外面。"王支书!"他当即认出了领头的人,后面跟着十几个村民,有的挑菜,有的担肉,还有的背着满箩筐的西瓜、枇杷。

"王连长,你们整天给我们村搭帐篷、收庄稼、修道路,太辛苦了!这些猪肉、枇杷是我们村民的心意,一定要收下哟!"王支书说完,就招呼村民把水果和肉放到哨兵执勤点。

"乡亲们！我们有纪律,这东西我们是绝对不能收的……"官兵们赶忙拦住,但乡亲们七嘴八舌,说啥也不往回担。大家推来让去,王春阳看这样下去也不是办法,弄不好,还可能伤了村民的一片好意,只好暂时收下,决定另想办法把菜退掉。

村民一走,王春阳迅速召集得力人员退菜。当王春阳带着6名战士担着菜行走至村里唯一通往外界的吊桥时,突然发现桥的另一头把守着许多村民。大家刚一上桥,看守的村民就大声喊:"来人呀,解放军来退菜了!"先是几个人,接着是一群人往吊桥上跑,像是在吊桥上占领阵地似的。大家没能抵挡住30多个村民的"拦截",没法冲过去。

"你们退菜,就是看不起我们。十几天前你们冒着火辣辣的太阳爬了一个小时的山,硬是帮我们从倒塌的危房里掏出1万多斤粮食,快到中午了才下山,你们每人都背了60多斤的粮食,好多战士的肩膀都磨破了,还有个小同志背了80多斤粮食从山上滚了下来,把胳膊腿都刮破了,浑身是血,硬是没有说一句话,你让我们的心往哪放呀?"一位中年妇女眼泪都流下来了。

"乡亲们的心意我们领了,但菜我们不能收。上级有规定,群众纪律不能犯啊!"王春阳说着,手一挥,大家就往吊桥对面冲,但村民们把吊桥堵得严严实实,根本冲不开。

"你们的纪律,我们也清楚,但这些菜是我们刚从菜园里摘的,你们总得让我们表达一下心意呀!"

"乡亲们,感谢你们对我们的信任,你们受了灾,我们理应挺身而出帮助你们,但我们不能破群众纪律这个格啊!"王春阳说着说着动了情,趁乡亲们开始动心的空儿,背起一筐菜带领战士往吊桥对面冲,但还是被乡亲们拦住了。

"大家主要是想让你们吃点新鲜蔬菜,村民让我送,我这个村支书得完成任务啊,不然我没法向村民们交代,无论如何你们也要收下!"王支书一看硬的不行,拿出群众做挡箭牌,"你们要是坚持不收,就是不承认军民是一家人,那我们全村就不让解放军给搭帐篷了。"

面对灾区群众如此热情、真诚,王春阳一时无语。眼看天色将晚,继续"辩"下去也不是办法,王春阳只好收兵,退菜以失败告终,乡亲们也满含喜悦地回家了。

第二天早上,王支书早早地起了床,突然发现门前有一封信,急忙拆开一看,里面露出一沓钱,再一抖,有张纸条掉落下来,上面写了一句话:"感谢乡亲们,你们的菜我们留下了,但钱你们必须收下!"王支书的眼睛湿润了,把那张纸条贴在了村口最大的一块石碑上。

不断有慰问品送来,苦恼的是有一些是偷偷送来的。

"连长快看,门口有活物!"一大早起来,尚思远就嚷嚷开了。"什么活物,这么大惊小怪的?"王春阳走出帐篷,发现帐篷门外用细麻绳拴着2只老母鸡。

"这一定是灾区群众悄悄送来的,我们必须尽快将鸡还给主人!"王春阳心想。吃完早饭,王春阳便带着尚思远各抱着一只鸡,找到宿营地附近的王支书:"王支书,你帮我们查一下是哪一家的……"话还没说完,王支书就打断他的话说:"这可不是我们送的,这事别找我,再说这些鸡没有特殊记号,你们救助的群众不是一两家,没法查哟!"

"你不帮我们查,我们就自己去问。"无奈之下,王春阳和尚思远抱着鸡走进受灾群众安置点,逐个帐篷挨户询问。可是,乡亲们像事先商量好了一样,都说"不知道"。几位聚在一起的大嫂,见他们抱着鸡过来,也都一溜烟散开了。

王春阳和尚思远问来问去,始终没有问出结果。这时,一个小男孩跑过来,王春阳赶紧喊住他:"小朋友,叔叔问你个事,可不能撒谎哟!"

"叔叔,什么事您问吧,我保证不骗人!"

"那你告诉我,这鸡是谁家的?"

"好像是王大婶家的,她家喂的鸡多,好几十只呢!"小男孩指着不远处的一户人家说。王春阳掏出一块压缩饼干递给他,就寻王大婶家去了。

"这鸡可不是我家的,我家的鸡地震时死了一大半,前几天乡亲们没吃的,剩下的都分给大伙吃了。"王大婶又摆摆手说,"娃们,这些天你们也太辛苦了!乡亲们心疼娃,送几只鸡想让娃们补补身子,你们就收下吧,别再问是谁送的了。"

"连长,既然找不到头,咱们就回去炖炖吃吧!"尚思远用手摸了摸怀里的鸡说。

"炖你个大头!"王春阳看了看尚思远说,"咱旅不是搭建了一所爱心敬老院吗?那里的老人最需要老母鸡汤补养身子。既然找不到鸡的主人,就去送给敬老院的老人吧!"说着,两人朝敬老院方向大步走去。

第六十一章　抗震救灾·论功行赏

汶川大地震,是一个特殊的考场,它透视着每个人的灵魂,检验着每个人的理智、勇气和责任感。面对这场心理道德和法律的测试,人们以各自的行动交出了不同的人生答卷。

抗震救灾进行阶段性总结,要"论功行赏",坦克营党委主动给王春阳申报了二等功。

王春阳得知后找到营长米向前说:"那些冒着生命危险奔赴震中地区的官兵们才是当之无愧的功臣,请组织取消我的二等功!"

"你别扯那,咱不是没去那里吗?旅里给了咱营一个二等功的名额,大家一致推荐了你,你别犯傻呀,过了这个村可就没有这个店了。"米向前以为王春阳是一时心血来潮,便好言相劝。

"我提出退功,不是偶然的想法。"王春阳说,"部队到达灾区后,我始终关注着各种媒体的报道。为了抢救灾区群众,那么多官兵把生死置之度外,那么多志愿者日夜奋战在一线,那么多企业家伸出无私之手,作为一名军人、一名连长,我虽然在抗震救灾中做了点事情,但实在是微不足道。"

"你可别得了便宜还卖乖。立功谁不想,我们想立还立不成呢!"米向前颇为不耐烦地说,"是不是嫌功低了,还想立一等功、荣誉称号?"

"我也想过,退功肯定会遭人误解,没想到,营长您会这么说,但我不在乎别人怎么看。做人,首先要对得起自己的良心!"王春阳委屈得泪水差点流了出来。

见王春阳一脸的诚恳,米向前也觉得不该误解他,毕竟从毕业报到开始,他是看着王春阳一步步成长的,断然不是一个善于钻营、作秀的人,便缓和了语气问:"营里就一个二等功名额,不给你给谁?"

"杨铭!"王春阳想了想说。

"杨铭？一个二年兵,你开什么玩笑!"这太出乎米向前的预料了,"你倒是说说看,他有什么突出贡献!"

"他是没有做什么惊天动地的大事,可他放弃考学提干的机会来救灾,又始终以一名党员的标准要求自己,冲锋在前,现在还累倒了,这样的人就值得表扬!"王春阳把憋了许久的话一股脑儿吐了出来。

"表扬是值得表扬的,可要立功,他连三等功都不够资格,再说了别人也不会服气呀,要是真值得大力表彰,旅政治部门早带着媒体记者组团来宣传了。"米向前的一席话倒是点醒了王春阳,当天他就找到了旅政治部,可宣传干事以工作忙为由拒绝了,还摇摇头说:"让我们宣传一个义务兵,有那闲工夫,还不如多写写领导呢!"

得知连长找营长退功,全连顿时"炸开了锅",与王春阳一起战斗在一线的40多名官兵,联名向营里、旅里写信为连长"保功":"如果连长的功退了,我们连谁也不够格立功!"

"给一个人记功,看的是工作、是奉献、是在抗震救灾一线的综合表现。王春阳立功,既是对其个人工作的肯定,也是连队党支部、营党委的意见,代表的是全连全营官兵,立功与退功,都不能是个人行为。"旅长江耀武对王春阳的做法也由衷敬佩,"像王春阳这样,把个人荣誉看淡、把一己名利看轻,以抗震大局为要、以牺牲奉献为重,是一种胸怀,更是一种境界,也是一种更高层次的奉献,这个功不能退。"

王春阳的功终究没有退成,杜长伟绞尽脑汁想立功却立不成。

眼看机关人员都立功了,杜长伟急得如热锅上的蚂蚁,他见王春阳和关舜在讨论立功的事,不由得抱怨起来:"我没有功劳也有苦劳吧,凭什么别人都能立功,我就不能立?"

关舜问:"你救过几个人?"杜长伟摇摇头:"一个没救!"

关舜又问:"你为群众干了哪些实事?"杜长伟又摇头:"不记得了。"

关舜干脆问:"那你说说,你来了之后都干了些什么?"杜长伟低头想了想,仍旧没有说出所以然来。

"下面,请荣立二等功的同志上台领奖!"举行立功仪式当天,王春阳和关舜站在领奖台上,佩戴着金光闪闪的奖章,是那么的英武与神气。台下的冷一欣对二人投以敬佩的目光,也下意识地摸了摸胸前的三等功奖章。

领完奖,王春阳决定再去医院看看杨铭。

杨铭被送往成都住院后,起初确实没有引起多大的轰动,杨铭自己也觉得自己没有什么惊天动地的举动,在医院休息几天就该出院了。闲着无聊,也学着连长的风格作了一首无题诗：

> 如果我离去了,你不要悲伤,
> 自从穿上了军装,
> 我的生命就不再属于自己,
> 面对军旗宣誓的那一刻,
> 我做好了为祖国献身的准备,
> 当国家有难,
> 我就应该冲在第一线。
>
> 如果我倒下了,请不要难过,
> 为了灾区人民的利益,
> 我愿意勇往直前,用尽最后一点力,
> 倒下了,
> 只不过是兑现了自己的诺言。

在政治部门碰了一鼻子灰,王春阳就自己写了篇《一名大学生士兵46天的生死坚守》的长篇通讯,发表在当地报纸上,详细报道了杨铭放弃考学的机会,来抗震救灾的种种表现,没想到一石激起千层浪,各大媒体纷纷来报道他的先进事迹,杨铭一下子火了起来。

生活有时真像一个大舞台,你每分钟都可能成为观众注目的焦点。杨铭几乎每天都要接受媒体记者采访,有时一天好几波,却还不知道自己为什么突然火了!

王春阳来医院看望杨铭,不忘打趣说:"你现在一不小心成名人了,连队为你骄傲!"

"连长,要说什么贡献,谁也比不过您,您立二等功大家心服口服!"杨铭此刻谦虚了起来。

"真对不起,本来想给你报个三等功的,可上面不同意!"王春阳将削好的苹果递给杨铭说,"好好养病,以后还有机会!"

"连长,我来抗震救灾又不是为立功来的,您二等功都想让出去,可别把我的觉悟想低了,别忘了我现在也是一名正式党员了!"说完,两人都笑了。

返回的路上,王春阳搭乘了兄弟单位的一辆顺风车,下车后还要步行一段路。

王春阳沿着一条小河沟走着,突然看见一个十五六岁的大男孩在钓鱼,旁边还有一个小男孩和两个小女孩在河边耍得正欢。

王春阳十分好奇,便涉水而过,与他们拉呱了起来:"小兄弟,钓到鱼儿没有?"

"钓到了两条小白片。"手握鱼竿的大男孩露出两颗小虎牙,有点羞涩地说。

"上几年级了,家住在哪里?地震家里有人受伤吗?"王春阳看了看盛鱼的小网兜,果然有两条拃把长的小白鱼。

"上初一,就住在河对面,地震时老房子倒塌,但家里没人受伤,现在都搬到安置房了。"说着,大男孩手指放在嘴边,"嘘!别出声,有鱼在咬钩。"

可不,随着水流而动的浮子正上下快速地抖动着,大男孩猛地提起竹竿,又是一条小白片。几名正在玩耍的小孩见状也欢欢喜喜地跑了过来:"哥哥又钓到鱼了,哥哥又钓到鱼了!"

"叔叔,您是哪个部队的?"一名扎着小辫子的小女孩歪着头问。王春阳笑着指了指自己的臂章,小女孩一下子明白了。

"现在怕不怕地震?"

"不怕了,你们来了嘛。"

"家里吃的够吗?"

"够,多得我都吃撑了!"小姑娘掰着手指头说:"有肉、莴笋、紫茄子、包包菜,还有方便面、火腿肠……"

"还上学不?"王春阳以为大家在玩,肯定是没学上了。

"上学呀,都上学20多天了,今天不是星期天没去上学吗?"也许是太忙了,或者根本就没有必要知道星期几,任务来了就必须出动,王春阳一时竟忘记了日期。

青山岸绿,溪水潺流。看着孩童们戏闹的身影,王春阳痛着的心略安,阴霾已散,希望已燃,乃淌水而归。

王春阳再去医院看杨铭时,杨铭身体已经恢复得差不多了。杨铭一心想着早点出院,他央求着王春阳说:"连长,您就让我出院吧,您看我这身体都好了,在这里再待下去,我没病也会急出病来的。"

"那不行,咱现在都要听医生的,医生让出院才能出院!"王春阳严肃地说。

"那,连长,您能帮我问问医生什么时候能让俺出院吗?"

"这个忙,我倒可以帮!"说着,王春阳就去了医生办公室。医生给了句模棱两可的话:"想出院,明天就可以出院,想在这里再养几天也行!"

走出医生办公室,王春阳思索着:"小子既然想出院,医生说也可以出院,不行就明天出院吧,省得他人在医院心不在这里。"

　　回到病房一看,王春阳发现屋里多了一些人,旅长江耀武也在,还捧着一束鲜花,没等王春阳开口,江旅长就说:"我们是来看望英雄的!"另外,江旅长还带来一个天大的惊喜:上级一纸命令,杨铭竟然提干了!惊得他嘴巴像八月的石榴,半天都没合上!

第六十二章　抗震救灾·悄然回撤

百年奥运,百年期盼。

时间到了2008年8月8日下午,距离北京第二十九届奥林匹克运动会开幕式还有几个小时。王春阳带领大家卸载完救灾物资回到了驻地。

大家刚放下工具,值班员尚思远就吹哨集合。

"集合干什么?有新任务了吗?"王春阳走出帐篷,问站在队伍前的尚思远。

"没有!"

"那你吹哨集合干什么?"

"搞训练呀!"

"搞什么训练?"

"报纸上不是说了吗,迎百年奥运,练打赢精兵,我们练兵迎奥运呀!"尚思远还罗列了前段时间的一些相关新闻报道。

"抽哪门子风!今天大家都好好休息,好好收看奥运节目!"王春阳说完,就让大家散了,留下了莫名其妙的尚思远。

晚饭后,大家自动聚在帐篷外的电视机旁。

透过视频,大家看到了千里之外的夜幕下,"鸟巢"造型的国家体育场华灯灿烂,流光溢彩。可容纳9万余人的体育场内座无虚席,群情激动。2008名演员击缶而歌,五彩的焰火沿北京南北中轴线次第绽放,闪闪发光的奥运五环被空中轻盈起舞的"飞天"仙子缓缓提起……充满浪漫情调和独特创意的奥运五环展现方式,让全连官兵深受感染和震撼。

奥运会一开始,也许是地方政府感念官兵前段时间过于太累,有意让大家好好休息一下,或许是灾区生活恢复得差不多了,这阶段任务明显少了。

红旗旅就给每名四川籍战士放一周假,让大家回家看看,这可高兴了一群四川兵。白阿毛的假是批了,王春阳却犯愁了,按照营里规定,义务兵回去要有干部护送,指导员高晨护送一名家住灾区的义务兵回家了。就剩下他一个干部了,又必须保持在位,派谁去呢?

"连长,听说,现在干部是一个萝卜一个坑,有的连队因抽不出护送干部,都没有安排义务兵回去,要不咱也别让白阿毛回去了,反正义务兵本来就没有假!"尚思远见连长为难,趁机进言。

"让川籍官兵回去这是旅里规定,我们不能剥夺他这项权利!"王春阳低头想了一会儿,见不远处营长米向前像是在等人,他们上午就接到通知,说是下午有大领导要来检查,赶紧跑过去说:"营长,义务兵回家,非要派人送吗?能不能让白阿毛自己回去?"

营长头一扭说:"自己回去,出了问题谁负责?"

"回趟家咋会出问题呢?"

"别给我扯些没用的,我就问你一句,出了问题谁负责?"

"我负责……"王春阳话还没说完,米向前见一辆小车开进来,连忙跑过去,帮着开车门。旅长江耀武陪同一名将军走了过来,王春阳赶紧立正敬礼。

将军看了看英姿风发的王春阳,简单问了几句。江旅长说:"我这个连长不错,带兵是把好手,来救灾立个二等功,还三番五次推让呢!"

将军也听说过此事:"那个让功的连长就是你呀,我从报纸上都看到了,境界蛮高的嘛!"王春阳不好意思地笑了笑。

将军又问江旅长:"听说,你们旅给四川籍战士统一放假一周,这很好嘛,落实得怎么样?"

王春阳壮着胆子说:"首长,我们连还有一个没走。"

将军问:"为什么?"王春阳答:"没有干部护送!"

"没有干部护送,就不让回家了?"将军疑惑地问。

"为了安全起见,营里规定,义务兵回家要有干部护送!"米向前支吾着说。

这项规定对将军来说并不陌生,将军说:"我当团长时,也有过类似的规定,可那都是老皇历了,当初主要考虑到这部分战士来自相对封闭的农村,年龄小、兵龄短、社会经验缺乏。但现在,越来越多的战士参军入伍已不再是'第一次出远门',有的甚至在外打拼多年,还需要再送吗?"

将军又说:"加强对外出战士管理,并非一送了之,关键是平时做好教育引导工作,提高战士处事能力,派干部送战士回家,表面上看是关心,实际上反映的是对本单位管理的不自信,也折射出管理方式简单机械的深层次问题。"

"首长看问题总是一针见血,句句点到了要害上!"江耀武听后说。

"你就别恭维我了,你还不是一样,估计你也不同意派干部送战士吧!"说完,两人都笑了起来,大家也都跟着笑了。

白阿毛当天就踏上了回家的列车,到家后给连队打来电话,报告自己安全到家。

杜长伟家本不在四川,因为功没立成,深感按着脑袋往火坑里钻——憋气窝火,和钟贞贞结婚一年多了,既没让钟贞贞随军也很少回家,总借口自己工作忙。在他看来,娶了个农村媳妇实在摆不上台面,钟贞贞这位善良的姑娘,却还天真地信奉着杜长伟编织的谎话,"做军嫂很伟大,就应该多奉献"。杜长伟能和她结婚,有个军官丈夫钟贞贞却也知足。

钟贞贞几次要来抗震救灾的地方找他,都被杜长伟找各种理由拒绝了。

杜长伟这次破天荒地请假去了钟贞贞家,钟贞贞早早在村头等他,杜长伟灰头灰脸走着,见着钟贞贞也没有一点好脸色:"你站在这里干什么?"

"等你呀!"说着,钟贞贞伸手挽着杜长伟胳膊,"老公,我们回家!"被杜长伟一把挣开了:"注意点影响好不好?"

"哦!"钟贞贞赶紧松开了,却还自豪地走着,引来周围人羡慕的目光。

到了家里,屋里收拾得还算利索,钟贞贞给杜长伟倒了一杯水,盯着杜长伟左看看又看看:"老公抗震救灾辛苦了,你瘦了,也黑了!"

"瞎说什么呢,我明明胖了!"说到这,杜长伟才觉得自己说错话了,在别人看来,抗震救灾是非常累的,却不知自己天天躲在帐篷里,慰问品也把他养肥了,便又改口道:"是瘦了一点点!"

杜长伟见了钟贞贞的父母,也不叫爸妈,只是"嗯啊嗯啊"地应付着。

晚饭后,杜长伟和钟贞贞早早地就睡了,抗震救灾这些天可把他给憋坏了,他拼命地一遍遍在钟贞贞身上发泄着,折腾得钟贞贞在幸福中忘记了疼痛。杜长伟满足后就呼呼大睡了,钟贞贞几次想叫醒他说点悄悄话,杜长伟都假装没听见。几天后,杜长伟就回部队了。

部队很快接到了回撤的命令。王春阳一边带领大家整理物资,一边也处理些"善后"工作。

"老乡,我们来还借你们的箩筐,还有你们的镰刀!"王春阳带着尚思远把借群众的工具挨家挨户送上。

"你们用吧,还什么还,还不是帮我们大家干活用!"村民让着,一名小姑娘眼巴巴地看着王春阳问,"叔叔,你们把箩筐还了,是不是要走了呀?"

"小朋友,学习怎么样?老师教得好不好?"王春阳不想欺骗孩子,只好岔开了话题,群众怕收了后战士们悄悄离开,说什么也不收。

"地震使群众的生活够困难了,绝不能再给他们增添负担!"面对受灾群众的一片深情厚谊,王春阳建议营里:明早悄悄撤离,不打扰乡亲们。米向前不想节外生枝,也就批准了。

凌晨2时,王春阳带领大家开始挨家挨户将借用的东西一一放在门前,并留下纸条。

"连长,我们借用李大爷的箩筐用坏了,怎么办?"尚思远问道。

王春阳看了看,果然是不能再用了,便写了一张纸条悄悄塞进李大爷家的门缝里:"因我们使用不小心,借用你的箩筐已经损坏,这30元钱作为赔偿金,一定要收下。"落款是"救灾解放军"。

凌晨4时,王春阳他们准时出发,车辆已提前开到远离村庄的山路旁。经过受灾群众住的活动板房时,背着背囊的官兵轻轻走过,生怕惊动了梦中的乡亲们。

谁知,刚走没多远,前方群众已围成一片,带头的李大爷说:"你们走了,我们不送送,于心何忍呀?"李大爷激动得差点跪了下来。

王春阳赶紧上去搀扶:"大爷,您怎么起来了呀?"

"你们还我们工具时,大家伙就明白了,我们整村人夜里就没睡!"大爷的话,让官兵为之动容。

"乡亲们,谢谢大家的热情,我们还有紧急任务,不能在这里耽搁了,希望乡亲们理解!"王春阳觉得,不这样说肯定是走不了。

乡亲们自觉让了一条道,车缓慢前进,蜂蜜酒、水果、牛肉干等慰问品雪片似的被扔向车上……

抗震救灾场每天都发生了很多感人的事,王春阳很少流泪,还专门写了首《我不哭》:

  我不哭
  因为,我选择坚强,眼泪是懦弱的标志
  再大的灾难,再深的创伤
  我藏在心底

我不哭
因为，我要鼓起生活的勇气，从废墟中重新站起来
拿起手中的锄头重建家园

我不哭
因为，再也没什么能让我哭
泪水早已流干，伤痛早已刻骨
再多的泪水也没能挽回损失
再大的悲痛也没能拯救生命

我不哭
因为，我们是摧不垮，震不倒的中国人
有党和政府的关心
有亿万华夏儿女的支持
我们的明天会更好

可坐在驾驶室里，面对着众多热情的送行群众，王春阳的眼泪再也止不住了，像断了线的珠子，他也不去擦拭，任凭着泪水放纵，一颗颗滚下来……

第六十三章　美丽约定

如酒的思念，随时光而行，愈久愈烈愈浓！

这些天，韩雪梅无时无刻不在思念着王春阳。尤其是月圆的夜晚，每每看到山梁上那轮静静的满月，韩雪梅如月下一株临风而舞的幽草，默默地把心敞向祖国的大西南，那正是王春阳抗震救灾的地方，默默等待着心上人的归来，成了一道凄美的风景。

接到王春阳将要返回的电话，韩雪梅思念的心再也安静不下来了，她本能地查了查车次，计算着王春阳可能到达的时间，便来到部队，她要给王春阳一个惊喜，也给自己要一个交代。她没想到的是，回来的列车并不像去时那样风雨兼程，一路驰骋，为了避让其他列车，往往还是走走停停，韩雪梅比王春阳早到了两天，红旗旅大院不让进，她只好在外面找个宾馆先住下。

部队到达的当天，韩雪梅加入了欢迎的人群。王春阳一下车，就看见韩雪梅躲在一个拐弯处的树后，正远远地冲着自己笑，连忙对身边的尚思远说："快掐我一下，看我是不是出现幻觉了？"

尚思远不明白是怎么回事，就轻轻掐了连长一下，王春阳没有感觉："你没吃饭呀，使点劲！"

"什么，连长，您要请吃饭？"大家正忙着卸车，嘈杂声一片，尚思远并未听清王春阳说些什么。王春阳懒得跟尚思远掰扯，再看看远方树后，韩雪梅却没了人影。王春阳自己摇了摇头说："真的是出现幻觉了！"就和大家忙着卸车了。

也许是太累了，晚点名后，王春阳正准备休息，一个熟悉的身影又出现在眼前，这次韩雪梅不顾一切地扑向他怀里："我给你发信息，怎么不回？"

"发什么信息？"实在太忙了，王春阳连看手机的工夫都没有，赶紧掏出手机一看，是有几条未读短信和未接电话，却已电量不足，手机忽闪忽闪的。5个小时前，看王春阳一直在忙,旁边还有很多领导,韩雪梅怕控制不住自己,就悄悄走了,把住宿的宾馆地址发给王春阳,希望他忙完后来找自己,可王春阳压根就没看手机。

"你是怎么进来的?"王春阳边给手机充上电边问。

"是冷姐姐带我进来的!"韩雪梅扭头一看,冷一欣已不见了踪影,她顺便还交代通讯员也别进去打扰他们。

"我下午出去后,他们就不让我进来了,我打你电话没人接,就给冷姐姐打了电话,让她带我进来了!"王春阳透过窗户,远去的冷一欣只剩下模糊的背影。

王春阳用温暖的大手轻轻地捧着韩雪梅的脸,像捧着一件古老而珍贵的艺术品,细细地端详,深深地凝望。目光中传递着思念、挚爱。两人这样深情地凝视着,忘记了时间,没有了世界,让真诚面对真诚,让思念交织思念,让心灵包容心灵。

韩雪梅再也止不住眼泪,她把满腔的思念和委屈化作滚烫的泪水,在王春阳面前尽情地哭了起来。王春阳把韩雪梅搂在怀里:"这咋还哭上了?"

"春阳,我们结婚吧?"和韩雪梅结婚虽然是王春阳梦寐以求的,可从韩雪梅嘴里说出来,他还是有点惊讶,连忙问:"雪梅,发生什么了?"

"我就问你愿不愿意娶我?"

"愿意,我当然愿意了,可你得告诉我发生了什么吧。"

王春阳并不知道,他去抗震救灾的这些日子,韩雪梅家里都发生了些什么。

其实,韩雪梅家里一直反对两人交往,自从几个月前韩雪梅瞒着家人随王春阳去了老家。韩雪梅一向和睦的家庭就炸开了锅,母亲气得高血压病都犯了几次,她含泪和韩雪梅诉说着做一名军嫂的痛楚。母亲本在政府部门有一份很好的工作,韩雪梅爸爸在边防团服役,两人结婚3年多总共在一起的时间不到3个月,每次见面都像去西天取经一样,还要看老天的脸色行事,母亲因为产下韩雪梅落下病根,本来就身体不好,还独自拉扯着韩雪梅,有时真是叫天天不应,叫地地不灵。母亲醋坛子里泡胡椒——尝尽了辛酸。等韩雪梅长到2岁时,实在忍受不了这种分离之苦,就辞掉工作带着韩雪梅投奔父亲去了。

谁知,那一年大雪封山,母亲带着她几经转车,却不知自己又怀孕两个多月了,血流了一车,吓得整车人都惊慌失措的,最后母亲晕倒在车上,幸好车上有一名护士及时施救,要不然荒山野岭的……韩雪梅听后抱着母亲痛哭,父亲也在一旁偷偷抹泪。

母亲越说越激动:"妈妈命苦,不想让你走妈妈的老路呀,做一名军嫂太苦了!"

"妈妈,我爱他,我不怕苦!"

"那是因为你还没有经历过什么叫苦,妈妈是过来人,可都是为了你好呀!"

一向至孝的韩雪梅不想和母亲起争执,就向母亲说:"妈妈,您先休息吧,这事咱以后再说。"

"死丫头,你可别想糊弄你老妈,这事咱今天就得说清楚!"

"就别逼闺女了,这事一会儿能说清楚吗?"一旁的父亲也帮着韩雪梅说话,母亲见状瞪了父亲一眼:"都是你惯的。"母亲松开韩雪梅就回屋去了。

韩雪梅往父亲身边靠了靠:"爸爸,我真的爱他,现在交通方便了,安徽和河南搭界,一天能跑个来回呢,距离已经不是问题了,我们俩都会孝敬您和妈妈的。"韩雪梅开始和父亲撒起娇来。

父亲抚摸着韩雪梅,慈祥地说:"我知道春阳这娃是个好孩子,可你妈妈说得也有道理呀,就凭咱这模样,什么样的后生找不到?"

韩雪梅惊奇地问:"你怎么认识春阳?"原来,自从韩雪梅第一次去军营,父亲就托老战友打听起了王春阳,那可是一个劲地夸赞,父亲多少有点想把宝贝闺女托付给王春阳的意思:"你知道,为什么给你取名雪梅吗?"韩雪梅摇摇头。

"不单是因为你是下雪天出生的,还希望你能像梅花一样顶风傲雪,你自己的事情还得你自己做主,去勇敢地追求自己的幸福吧……"还没等父亲说完,母亲就从里屋出来了:"你个死老头子,害我一个人还不够,还想把闺女往火坑里推。"母亲又转向韩雪梅说:"不行,这个家我说了算。你以后不准再见那个当兵的了,否则就别叫我妈了!"

王春阳抗震救灾的这些日子,韩雪梅几乎每天都要听母亲的唠叨,思念成了她唯一的精神寄托,难怪她打不通王春阳电话,试了上百个号码打给了旅长江耀武。

听说王春阳抗震救灾要回来了,她再也按捺不住,为了不让家里人担心和起疑心,韩雪梅和一名同学串通好,说是去同学那玩几天,留了张字条,就从家里偷跑出来。

听完韩雪梅的讲述,王春阳搂着韩雪梅心疼地说:"雪梅,别怕,有我在呢?我们一起面对。"

"我真的好怕失去你!"韩雪梅伤心地哭了一会儿,又问道:"春阳哥,我们结婚吧,我户口本都带来了!"说着,韩雪梅挣脱王春阳的怀抱,翻出了自己的户口本、身份证。

"好,我答应你,我忙完这几天,就回去和父母说一声,把你风风光光娶回家!"

"多久?"韩雪梅说,"春阳,我不想再等了,我怕我等不起了!"

"会很快的,"王春阳说,"等连队安顿好,我就打报告休假,见过父母,我们就登记,想必他们也早盼着我把你娶回家呢!"

韩雪梅破涕为笑:"你可不许骗我!"

"我骗你就……"王春阳举起手想发誓,被韩雪梅一手给拦下了:"春阳,我信你,我等你!"

那一晚,他们聊得很晚,后来竟相互依偎睡着了,一阵起床哨把二人惊醒了,王春阳赶紧送韩雪梅下楼,可还是被岗哨还有几个早起的战士看见了,面对战士们异样的目光,韩雪梅觉得挺不好意思的,转念又一想:"误会就误会吧,反正用不了多久,两人就要结婚了,到时,还要在部队里办一场浪漫的婚礼呢。"想到这,韩雪梅露出一丝甜蜜的微笑。

走在营区的路上,韩雪梅确实靓丽出众,正赶上一些连队进行队列训练,大家都忍不住偷看。路过一个连队,值班员干脆下了一个口令:"向右看齐!"几十双眼睛直刷刷地盯着韩雪梅看,俏皮的韩雪梅竟大胆地回了句:"向前看!"惹得大家哈哈大笑。

王春阳送韩雪梅到大门口,停下来说:"回去吧,别让伯父伯母担心了,我会尽快请假回去和家里人说的,放心吧,等我好消息。"

"春阳,我等你!"说完,韩雪梅一步三回头依依不舍地走了。

第六十四章　伤心分手

　　红旗旅对抗震救灾进行了全面的总结，王春阳作为先进典型代表在会上发了言，还戴上了大红花。因为王春阳是从高中直接考的军校，这是他军旅生涯第一次戴上的大红花，心里自然是别有一番滋味。

　　总结完毕，王春阳就打报告休假了，他要带着抗震救灾的光环，带着和韩雪梅的美丽约定，向家人报喜，向家乡父老乡亲报喜。这一次，他要给家人一个惊喜，事先没通知家里，就踏上了回家的客车。

　　进了村子，王春阳热情地向大家打招呼，村民们也热情地回应着他，可王春阳总感觉有点怪怪的，仿佛总有一种异样的眼光看着他，总是一副欲言又止的感觉。

　　到了家门口，王春阳连声喊道："爸，妈，我回来了，我回来了！"

　　出来迎接他的是体弱多病的母亲，还有发小张燕燕。张燕燕看着王春阳说："春阳哥，你回来了！"母亲却在一旁抹泪："回来了就好，回来了就好！"

　　王春阳意识到家里肯定出了大事，急切地问："妈，出什么事了？"

　　母亲也不说话，边抹泪边往屋里走，到了屋里一看，王春阳惊呆了，父亲半瘫着躺在床上，头发花白，也瘦得可怜。王春阳跪在床边："爸，您这是怎么了？"

　　父亲扭头看着王春阳顿时两眼发亮，却还是吃力地说："回来了，回来了！"

　　王春阳紧紧地攥着父亲干瘦的手，父亲的手直抖。母亲一边抹泪一边说："自从上次你和韩雪梅走后，你爸是打心里高兴呀，想着能给你们盖间好房子，好回来住，就和村里人到城里捡砖头，中午和人聊起你，觉得儿子有出息了，脸上有面子，就喝了点酒，下午就摔成这样了。你奶奶经不住这样的打击，本来就经常犯迷糊，现在更神志不清了。"王春阳望望里屋，奶奶还在熟睡，就没过去打扰她。

　　"那你们怎么不告诉我呀？"

　　"你爸死活不让，说是你在抗震救灾，是为了国家，不能让你分心。"父亲一阵抖动,母亲看了看说:"你就是屎尿多。"

王春阳一听,看见床头旁边放着一个尿壶,便拿了过来,可他真不知如何用。张燕燕夺过尿壶说:"给我吧!"说着,麻利地塞进被窝里,很快接出了尿液。母亲说:"这几个月,多亏了燕燕,平时她一下班就往这里跑,要不是有她,我真不知道该怎么办……"

王春阳盯着张燕燕看,发现她清瘦了不少,似乎一下子却也成熟了,哪像一个未出嫁的姑娘,倒像是一个老到的媳妇。

"大妈,别说了,我要去上班了!"张燕燕又看了看王春阳说:"春阳哥,我先去上班了,下了班再过来。"

王春阳和母亲起身送了送张燕燕,母亲继续说:"你看人家一个姑娘家,不嫌弃咱,咱可不能辜负人家呀!"

王春阳明白母亲说的意思,他本想一见面就和父母说韩雪梅的事,可他这时怎么也开不了口,就岔开话题说:"春雨现在怎么样了?"

"春雨这孩子也争气,来电话说,还要保送到国外读什么研究生呢!"母亲沉默了一会儿,又说:"可越是这样,越顾不了家,你兄妹俩都在外边,我身体又不好,家里现在又多了两个不能动的,唉!"母亲叹了口气:"你爸爸一摔倒,你妹妹就回来了,非要不去上学了,回来照顾你爸和你奶。燕燕当时一听就急了,'姐没有多少学问,可姐学的是护理,照顾老人比你有经验,你安心上学吧,不能断送了大好的前程,照顾家里有我呢!这都好几个月了,人家是天天来咱这,你说没有燕燕,咱家怎么能撑到现在呀。"

王春阳陷入了深深的矛盾中,夜深人静,他躺在床上翻来覆去睡不着,想和韩雪梅说说,又不知如何说?

"春阳,咱俩的事和家里人说了吗?"韩雪梅主动打来电话询问。

"还没、没、没有呢!"王春阳吞吞吐吐地说。

"春阳,你是不是遇到什么难事了?"

"没、没有,我会处理好的。"

"春阳,我这边快等不及了,家里给我介绍了一个,就是单位副局长的那个孩子……"

"那你要好好珍惜!"王春阳下意识地做了一个决定。

尽管王春阳说这话的声音很小,韩雪梅还是听出了事情的不妙,她急切地问:"春阳,你刚才说什么,到底发生了什么,你快点告诉我呀!"

王春阳压根就不想瞒着韩雪梅,就把家里发生的一切一五一十地告诉了她,韩雪梅听后哭着说:"春阳,我去你家照顾伯父和奶奶吧!"

王春阳安慰她说:"我会处理好的,会给你一个交代的。"

张燕燕再来时,母亲借故离开了,王春阳盯着张燕燕看,几次欲言又止。张燕燕回迎着他的眼神,清澈而温柔,仿佛看见一颗灵魂在舞蹈。张燕燕说:"春阳哥,照顾伯父和奶奶是我心甘情愿的,你不要有什么过意不去。"

张燕燕越是这样说,王春阳越是觉得亏欠这个"妹妹"的。

张燕燕走了,母亲回来了:"儿呀,你说什么了,燕燕哭着走了!"

母亲远远看着张燕燕边走边哭,对王春阳说:"咱可不能不凭良心呀,燕燕这样伺候你爸,这事在几个村里都传开了,你不娶她,谁还能要她呀。"

"妈,我真没有说什么,张燕燕自己说的不让我有压力!"

"那是燕燕故意那么说的,你还就信了,我可早听你张婶说了,燕燕发过誓的非你不嫁!"母亲又说,"我知道你心里还想着韩雪梅,雪梅是一个好姑娘,可她家离得这么远,以后咋过日子呀?"

王春阳心乱如麻,干脆把韩雪梅家里的情况,在父亲床边都说了出来。

"正好,雪梅家里不同意,她也有很好的归宿,不如就趁早断了吧!"母亲边说边抹眼泪。

是的,王春阳是要给韩雪梅和张燕燕一个交代了。母亲说得对,人活着不能只为了自己。王春阳想,与其伤害两个家庭,一辈子痛苦地过着,不如就牺牲一下自己吧,何况把韩雪梅带进这样的一个家庭,她也未必过得幸福,分开,说不定也能成全她的幸福。

回部队的前一天,王春阳和张燕燕领了结婚证。两人没有来得及办酒席,张燕燕还是觉得很幸福。

远在千里之外的韩雪梅却还在痴痴地等待着。

和王春阳交往两年多的日子里,两人通过电话和书信,交流着对美好生活的向往,王春阳的盈盈笑语,让韩雪梅的心里装满了幸福,觉得整个世界都是那么美好,就连周围的空气似乎都充满了甜蜜的味道。

5天前王春阳用短信通知她,3天前在电话中告诉她,昨天又发信息……这一切都说明,王春阳和她不可能了。王春阳返回驻地当天,韩雪梅就出现在部队驻地,她没有直接去军营,她怕控制不住自己,和王春阳大吵一番,这样会影响王春阳前程的,她只想王春阳当面给自己一个交代!

第六十四章 伤心分手

韩雪梅站在大门外,眺望一墙之隔,却恍若隔世的军营。秋风卷扬起她的长发。大门内的口令与呼号越发威武雄壮,震撼着她躁动的心。

不知何时,韩雪梅的视野渐渐模糊,她看到了一个熟悉而又陌生的身影。她迅速擦去泪水,那身影逐渐清晰,直至出现一张棱角分明的面孔。她的心口仿佛被硌了一下,隐隐作痛。她曾在心底许下誓言:"哪怕一辈子注定要做那两条平行的铁轨,我也心甘情愿地伴你而行。"只是还未来得及让王春阳听见,就真的要做平行线了。

"你到底还是来了。"

"我需要给你一个交代,也给爱情一个交代。"风从他们之间吹过,王春阳把这句话从心底发出来,已有些冰凉的味道。"雪梅,我们不能太自私了,要是你是我,你会怎么做?"

这句韩雪梅本想问王春阳的话,此刻王春阳却先问,韩雪梅不知如何回答,也不想说话,她一开口就想哭,只顾拉着王春阳的手往宾馆里走。

"春阳,你是我这辈子第一个爱的人,即便要分手,我也想把我的第一次给你。"韩雪梅边伤心地说着边脱衣服,外罩已经脱下,解衬衣露出洁白胸脯的一瞬间,王春阳快速上前抓住韩雪梅的手:"雪梅,爱一个人并非一定要拥有,是我对不起你,我不能再毁了你!"

面对韩雪梅痴情的眸子,王春阳恨不得抽自己几巴掌。

韩雪梅也不再解衣服,听电视里正唱着:"能不能为你再跳一支舞,我是你千百年前放生的白狐……"韩雪梅含泪跳起了舞。这不仅仅是单一的舞蹈,完全是一种自由的挥洒,一种心灵的倾诉,她整个沉浸在自己的舞蹈、自己的情感宣泄之中!

一曲终了,韩雪梅关掉电视,收拾好行李:"春阳,请记住我们之间的美好,好好和嫂子过日子!"临上车的瞬间,韩雪梅的眼眶再次涌出泪水……王春阳轻轻地摇了摇手"再见",心底却是一阵剧痛。

第六十五章　提前退伍

　　冷一欣和关舜的事在抗震救灾时就传开了。按照旅里规定,男连长和女兵谈恋爱是绝对不允许的。看来是纸里包不住火了,营里找他俩谈话:要么一个人离开部队,要么两人彻底分手。考虑到两个人的将来,关舜希望冷一欣提前退伍。

　　人生像彩虹,赤橙黄绿青蓝紫,而冷一欣的人生,是从绿色开始的。一想到要离开挚爱的军营,她心里就隐隐作痛。

　　昏暗的灯光下,冷一欣在营区东侧路上来回走着,数着身旁路灯的数量,从南到北是 11 根,从北到南还是 11 根……已在军营服役 11 年的她,进行着艰难的选择。

　　红旗旅首届神枪手射击比赛开始了,共有 4 项比赛,取总成绩。昼间手枪射击、步枪射击,夜间手枪射击结束后,王春阳和关舜成绩遥遥领先,只剩下一项夜间步枪射击了。冷一欣也知道自己再怎么努力,再怎么不甘心,说到底还是一个兵,在红旗旅女兵想晋升四级士官几乎没有可能,早晚要退伍,再说自己也都不小了,也该到了嫁人的年龄,就借驴下坡对关舜说:"你要是这次射击比赛能拿第一,我就依你提前退伍!"

　　"女神!咱可要说话算话!"关舜兴奋得像个孩子。

　　晚上,随着考官一声令下,自动步枪夜间射击比赛开始了。杀入决赛的 10 位选手顺次进入各自的射击位置。场上场下一片寂静。关舜和王春阳前 4 枪都总计打出了 38 环,依然是并列第一。

　　比赛进入白热化,就连坐在观战席上的江耀武旅长也屏息凝神,整个赛场的空气似乎凝固了。

　　关舜轻轻地闭上眼睛,定了定神。前方 100 米处那个胸环靶寄托着他多少希望啊!他要用实力证明给冷一欣看。关舜平正好准星缺口,瞄准下 8 环的位置……击发的瞬间,关舜下意识地闭了一下眼睛,依稀看到冷一欣穿着婚纱,一副迷人的样子,正缓缓向他走来……

1秒、2秒、3秒……足足等了10秒钟,靶壕里伸出了红色报靶牌,左右横向大幅度地移动着。"10环!"昏暗灯光下的整个赛场沸腾了……

"关舜获得了首届神枪手称号!"当江旅长宣布这个激动人心的成绩时,战士们把关舜抬了起来,高高地抛向天空。

那一刻,关舜品尝到了胜利的滋味,他甚至找到了飞翔的感觉。

可是,这些滋味和感觉只在关舜身上停留了不到两个小时。

"连长,您好!是我,杨松!祝贺您得了冠军!"深夜,正当关舜准备就寝的时候,电话铃声响了。

"杨松?我记得了,你是王春阳连队的人,一个很优秀的新兵班长,你怎么想起来给我打电话了,最近还好吧?"

"连长,谢谢您还记得我,有件事想跟您说说……"

"有事就说!你现在怎么也变得婆婆妈妈的。"

"嗯……连长,您知道夜间的轻武器射击,最后一发子弹您打了几环吗?"

关舜脑袋嗡的一下,他下意识地把听筒贴近自己的耳朵。"几环?"关舜急切地问,"不是10环吗?"

"连长,晚上的靶是我报的,我们连长知道您和冷一欣之间的承诺,就交代过我,要是您最后一环打得好,就快速报靶,要是打得不好,就等上10秒,他好给您补上一枪,所以……"

什么,我靶纸上的10环弹孔是王春阳打的?关舜有点不敢相信自己的耳朵,脑子里像放电影一样出现了晚上比赛时的画面。关舜想起来了,自己击发时下意识地闭眼后,就意识到最后一发可能出问题了。

关舜又想到,打靶结束后,王春阳是第一个向他祝贺的,却又很快走开了,起初大家以为是王春阳最后一环脱靶不好意思了呢,关舜还想找个机会去开导他,没想到……

"连长,您放心,这事您知道就行了,我们连长不让我和任何人说,我只和您一个人说了!"关舜浑身像是散了架,一下子伏倒在办公桌上,半天没回过神来。电话听筒悬在办公桌边,左右摇摆着,里面传出杨松高一声低一声的呼喊……

神枪手,有水分的神枪手能要吗,要是欣欣知道了怎么办?一番痛苦的挣扎后,关舜给冷一欣发了条短信:"欣欣,我让你失望了,第一名不是我……"

关舜等待着冷一欣的宣判,冷一欣很快回了短信:荣誉诚可贵,诚信价更高。在我心中,你能诚实说出来比第一名更可贵。

秋风到,落叶黄。仿佛一切都还在昨天,新训的口令尚在耳畔,送走了正常的退伍兵,冷一欣也很快办理好了退伍手续,关舜要带她这个准儿媳回去见父母了。

临行前,连队还有通信站的姐妹们在饭堂给她送行,饭堂被精心布置了一番,炊事班也做了很多好吃的,大家都很舍不得冷一欣,说着祝福鼓励的话。

平时滴酒不沾的冷一欣却一杯接着一杯往肚里灌,趁着酒劲,冷一欣掏出一张纸说:"这是我转士官时的申请书,在部队不谈恋爱,可我违背了这个誓言!"冷一欣又指着关舜说,"是你,是你这个王八蛋,让我违背了誓言,现在你就当着所有人的面把它吃下去!"

大家以为冷一欣喝醉了,是在开玩笑,有几个女兵连忙上前劝阻,冷一欣却固执地说:"你们别以为我喝醉了,我没醉,我清醒着呢!"说着,冷一欣竟抱着几个姐妹哇哇哭了起来,"你们知道吗,成为一名女兵,我心甘情愿地抛弃了本应该得到的许多东西。但是,我不后悔,所以,是谁断送了我的军旅梦,谁今天就必须把它吃下去!"

"好,我吃!"关舜站起来,一把夺过冷一欣的申请书,塞进嘴里,艰难地吞了下去,看得所有人都落泪了……

冷一欣也兑现了承诺,随关舜去见他父母。换上关舜新给她买的便装,冷一欣活脱脱一个美人坯子,给这清一色的绿军营点缀了斑斓。冷一欣也没问关舜家在哪里,父母是干什么的,这又要去哪里。她觉得自己选择了关舜,跟着他走就是了。

一路奔波。关舜带着冷一欣进京到了总部大院门口,冷一欣才吃惊地问:"不是回家吗,你带我来这里干什么?"

关舜看冷一欣还不知道自己背景,担心此刻告诉她,冷一欣不肯进去,就灵机一动:"我们到这里先办点事!"

"到这里办什么事?开什么玩笑!"冷一欣知道,这里是总部机关,哪轮得上他一个小小的连长来这里办公事。

"你就别问了,到了你就知道了!"关舜拽着冷一欣,让门岗打了一个电话,也就放行了。

冷一欣跟在关舜后面走着,不知道关舜到底要干什么。七拐八拐的,他们走到一户门前,关舜敲了敲门,开门的竟然是一位将军,笑眯眯地说:"快进来吧。"

关舜说了句:"关老爷,怎么就您一个人在家呀?"进门就往沙发上一坐。父亲名叫关尧,关舜却习惯叫他"关老爷"。

冷一欣以为总部的大官都喊"官老爷",也跟着喊:"官老爷好!"惹得将军哈哈大笑:"闺女,到家了,就别这么客气了,咱都是一家人!"

"一家人?"冷一欣有点蒙了。

门吱的一声开了,一个上了年纪的妇女推门进来,关舜起身喊:"妈,儿子可想你了。"冷一欣顿时明白了一切。

关舜母亲上下打量了一下冷一欣,竟高兴地笑了起来:"儿子呀,眼光不错,你看这模样,你看这气质,多像我年轻的时候!"

关舜母亲这么一说,再看看两人,还真有几分神似,关舜上去接过母亲手中的菜说:"妈,我就是按照您的标准找的,要不然怎么会入您的法眼呢!"

"你就会拣好听的说,你们先聊,我做饭去了!"关舜使了个眼色,冷一欣跟了上去,"阿姨,我帮您!"

"小姑娘,真有礼貌。"关舜母亲也不客气,就拉着冷一欣做饭去了。

闲聊中,关舜母亲虽然介意冷一欣只是一个女兵,可她知道冷一欣的身世,电话里关舜把她夸得花一样,又见儿子这些年的进步,儿子都说成了是冷一欣"调教"的,也就欢喜地接受了这个儿媳妇。

冷一欣心里憋着一肚子气,她晚上要好好教训一下关舜,以示对关舜隐瞒家世不报的惩罚。

还没等冷一欣找到合适的机会,父母的电话就打过来了:"欣欣呀,到那户人家了吧,别看人家是高干家庭,人都还很不错的,那小伙子我们见过,人也不错,前天打电话跟我们说要带你回去见父母,我们就同意了,过几天你们一起也回来看看吧!"

父母的话把冷一欣说糊涂了,关舜却笑眯眯地进来,说明了一切。关舜去年春节休假时,就把冷一欣的父母接到北京住了10多天。父母告诉了关舜关于冷一欣的一切。他们知道冷一欣心里有障碍,就答应关舜帮着暂时保密了。

原来,冷一欣是一个遗腹子。她亲生父母都是边防缉毒警察,因抓了一个贩毒团伙的头目,母亲在怀孕八个多月时遭人报复,她的父母都惨遭杀害,留下了她。她的养母与母亲是一对表姐妹,之前养母去看冷一欣生母时,生母说了一句:"如果我有什么闪失,娃就拜托给你了。"

没想到成了真,为了防止冷一欣遭遇不测,养母又不能生育,和边防领导协商后,就把冷一欣接到外地抚养了。

冷一欣听后一阵大哭,头不停地往床上撞着,关舜也没去劝她。关舜父母在外听着,知道这里发生的一切,就推门进来了。关舜母亲抱着冷一欣说:"闺女别怕,一切都过去了,以后有我们呢,这里就是你的家!"

也许是要强的性格使然,冷静下来的冷一欣不想第一次进关家门,就显得那么脆弱,她极力控制着自己的情感。也许是旅途劳累或是哭累了,关舜父母走后,冷一欣倚在关舜怀里,眼睛死死地盯着衣柜,无神、无光……

第六十六章 修整菜地

真是铁打的营盘流水的兵,部队离了谁都能转。又到了干部调整时,一纸命令,旅长江耀武被提升到集团军当副参谋长了。营长米向前也转业了,都说"不知道自己走向的人,大都是人生的匆匆过客",米向前就是这样一个人,在前进的方向上迷失了自己,他从王春阳毕业就担任坦克营长,如今5年多了,依旧没能"入团"。何新民这刚任副营长两年,竟意想不到地去掉了"副"字,成了坦克营新的"掌舵人",一下子燃烧起干事的激情。

都说江旅长正派、人好、抓工作有一套,早该提拔使用了。江耀武从2000年6月担任红旗旅旅长一职,当时是整个集团军最年轻的师级干部,如今却是最年长的一位,和他同级提拔的有的都干到将军了,比他晚好几年的也大都提升了,江耀武要不是因为个性强,何至于在旅里一窝就是8年多,可他无怨无悔。

临行前,江耀武其他人谁也没有"召见",直接来到了坦克一连,语重心长地对王春阳说:"从你身上,我看到了自己的影子,好好干,以后有什么需要尽管找我。"

王春阳听后一阵感动,却并没有完全领悟首长的意思,权当是离别时的官话吧,但也坚定了干工作的决心。

时间转到了2009年2月底,新旅长还没有到位,主持旅长工作的是副旅长胡勇智,人称"胡代旅长"。胡勇智以前分管后勤工作,上任后说要大力丰富"菜园子",颁布的第一道命令就是修整菜地。全旅上下顿时开疆拓土,掀起了一场大生产运动。

坦克营后面有个水塘,鱼没有多少,藕却密密麻麻长了不少,荷花盛开的季节,满塘的荷花煞是好看,以往只当是荷塘月色欣赏了,虽有个别人下塘挖过藕,可那都是零星的,从没有单位组织过。旅里却突然来了个通知,让坦克营出公差挖藕。何新民把这一任务交给了王春阳。

虽说已经立春,可这几天"倒春寒"来袭,天气异常寒冷。王春阳心疼大家,就向何新民请示道:"能不能等天气暖和些再挖?"

"这事,我能等,不挖也没关系,可我说了不算呀,要问就去问胡旅长,现在是他当家!"何新民受领这项任务,也是百感交集,既想在领导面前表现一把,也不想失去民心。

"问就问!"王春阳觉得不能牺牲战士的健康,干这些没有意义的事。

"嗨,你还真来劲了,你知道胡旅长什么脾气?"何新民瞪了王春阳一眼说,"这话我早和他说了,可他说这也是锻炼军人作风意志的时候,把我骂得狗血喷头,非让现在挖不可!"

"可是……"

"别可是了,赶紧执行命令吧,这是他主持旅工作后交代我们营的第一件事,我这又是刚上任,我们可不能办砸了!"一向爱和稀泥的何新民,这话说得丝毫没有商量的余地。

王春阳只好带领大家,拿着工具、烧酒、辣椒等来到池塘边,池塘边还结着薄冰,一阵冷风吹来,吹在脸上生疼生疼的。这种与打仗靠不上边的事,王春阳不想去动员,他拿过通讯员手中的烧酒,咕嘟喝了几口,脱得只剩下体能训练服,就跳进了齐腰深的池塘里。战士们见状,也都嗷嗷叫跟着下去,何新民在岸上看着,也不由得佩服其大家的毅力与勇气来。

池塘年久了,淤泥中有时还能踩上个王八来。听说,坦克营挖藕挖出了王八,胡勇智下午专门来到池塘看,何新民远远地迎了上去。

胡勇智既没问大家挖藕冷不冷,累不累,连句关心的话都没有,直接问何新民:"挖了多少呀?"

"千把斤吧!"何新民小心答道。

"有这么多吗?"

"有,肯定有,旅长,我们营官兵可用心了,王连长亲自带人下去挖的。"

"都放在哪里了?"

"都在炊事班放着呢!"

"走,看看去!"何新民领着胡勇智到了炊事班,指着散落堆放一地的藕说,"旅长,都在那儿呢!"

"嗨,王八呢,听说你们挖了很多王八,都放在哪儿了?"胡勇智左看看,又看看,没发现有什么王八,便又对何新民说:"挖的藕归你们了,可王八要交公,藕和王八不可兼得哟!"

何新民连忙解释说:"旅长,上午是捉到几个小王八,可又让大家给放了!"

"放了?不行,你和他们说,挖到的王八一律上交,我正愁招待上级领导没有硬菜呢!"说着,胡勇智背着手就走了。

何新民向正在挖藕的王春阳和战士们传达了胡代旅长的指示,大家口头上答应着,心底里却十分抵触,尚思远小声骂道:"哼,要王八,我看他长得才像王八。"并私下和大家说,"碰到王八谁也别吭声。"

果然,整个下午,没有一个人说捉到了王八。何新民无奈,只好安排司务长到市场上买了两只野生大王八,给胡代旅长送去,说是从池塘里逮的。

菜地种植也要统一,为了贯彻这位胡代旅长的指示,旅后勤部门专门下发通知,要对全旅菜地进行检查评比,明确要求各菜地要"线直、面平、地表光滑"的标准,并层层进行了动员。看到其他连队都想方设法利用休息时间用铁锹、木板拍菜埂,使其平直面光,排列有序。王春阳对何新民嘀咕道:"这究竟是要面子,还是要效益?"

"要效益,也要面子!"见王春阳连队没有动静,何营长一个劲地催促道:"赶紧组织人员干活,现在领导换了,工作思路也要换了。"

王春阳无奈,不得不跟风整起了菜地,还弄起了一个蔬菜大棚,种植上了黄瓜、茄子、西红柿等蔬菜。

经过大家的精心照料,蔬菜长势喜人。到了收获的季节,王春阳带领大家摘了满满一筐蔬菜和黄瓜,心想着这下可以吃到新鲜蔬菜了。旅里却来了个通知,说是为了工作方便,减少转账手续,要求所有连队的成熟蔬菜都要统一送到服务中心,连队再从服务中心统一购买。

"这不是脱裤子放屁——多此一举吗!"可规定就是规定,王春阳还得执行,等这些茄子、黄瓜再"返回"到炊事班时,一个个就变成了"棉花糖",有的静静地在货架上"躺"上几天,炊事班就直接扔掉了。

经过这么一折腾,大家的积极性也降了下来,只是表面功夫做得更扎实了,菜梗拍得铮亮,用尚思远的话说:"蚂蚁上去都要拄拐棍。"却很少有人关注收益多少了。

一场春雨过后,黄瓜又疯长起来,瓜架上长满了翠绿绿的黄瓜。尚思远带着大家欢喜地去摘黄瓜,这样他们就可以边摘边吃个饱,至于最后送到服务中心多少,已经没有人计较了。

到了菜地一看，几个门神似的机关干部正守在那里："上级领导要来检查，所有的菜都不能采摘，等领导检查后再摘。"

　　包子熟了不揭锅，尚思远也感觉窝气，只好带着大家打道回府。等就等吧，可上级领导调整了行程，10天后才到达红旗旅。集团军首长走进菜地一看：黄瓜长得密密麻麻，缀满秧头，格外"露脸"，支撑黄瓜的竹竿被"丰硕"的"果"累弯了腰。这些"果"有的近一尺长，有的开始发黄，有的已经烂掉。

　　首长问："为何成熟的老黄瓜不采摘？"

　　"这不是你们要来看吗，就通知大家菜先别采摘，好让首长您多了解一下我们的种植情况！"胡勇智连忙解释。

　　"种菜为吃还是为看，这样浅显的道理难道你们不懂吗？可为何偏偏还要犯这样的错误？"集团军首长毫不客气地说，"我看还是图虚名的思想作风在作怪！"

　　走在路上，首长还给大家讲了一个寓言故事：从前有个很爱面子的人，穷得只剩下两个白面馒头，本该饿了把馒头吃掉找活干，但他连续饿了5天仍不吃那两个白面馒头，而是逢人便从怀中拿出馒头张扬，炫耀自己的生活有多好，最后竟抱着白面馒头饿死在路边。细细琢磨，这个爱面子的人与我们身边那些只为"看"的决策者有着惊人的相似之处：都是不惜牺牲物品的本身价值，去换取不值得称颂的"面子"！

　　胡勇智听后脸上火辣辣的。

　　首长到菜地一看，见王春阳和几名战士正在劳动，就聊起了农副业生产情况。王春阳见旅领导在，闪烁其词不敢说。"你怕什么，有什么说什么，说错了也没有关系，谁也不会为难你，你就给我算算你种菜的收益状况如何？"说这话时，集团军首长故意看了看胡代旅长，像是说给他听的。胡勇智连忙说："王连长，你有啥就说啥呗，不要有什么顾虑！"

　　王春阳掰着手指头给首长算了一笔账：连队辛苦种的茄子，去掉成本，再算上劳动时间，这样一算下来，1名战士劳动1小时得不到1元钱的回报。

　　后来，集团军首长又了解到连队收获的菜，不直接送到炊事班，统一送到服务中心的"奇葩"规定，更是生气地对胡勇智说："你在汇报里说你们的农副业生产搞得如何好，还极力邀请我来参观，要在集团军范围内推广，难道就是这些吗？"

　　胡勇智本以为集团军这位首长是后勤出身，肯定对后勤建设很关注，就想从农副业建设上做出点成绩，好趁早把代旅长这个"代"去掉。结果，拍马屁拍到马蹄子上了，"代"字是去掉了，却还是副旅长，且在集团军首长面前留下了一个很不好的印象。

第六十七章　比武夺冠

红旗旅新旅长任命下来了,是集团军作训处海明军处长接任的。

海旅长一上任,穿着作训服、作战靴、扎着外腰带,沿着长长的营区主干道走了两大圈,大家敏感地意识到,这个旅长肯定要大抓训练了。

这给白阿毛提供了一个天赐良机。自从杨铭提干后,白阿毛也不安分了,也梦想着有一天自己能有所建树。白阿毛并不是非要像杨铭那样能提干,在部队他能转个士官、入个党也就知足了。

每天,白阿毛拼命练跑步,早上别人还没起床,他已经跑完了5公里,接着和大家一起出操,晚上他还坚持练体能。王春阳鼓励他说:"成功的路上并不拥挤,因为坚持的人不多。"

王春阳还帮助白阿毛积极补习文化知识。几个月下来,白阿毛训练、文化学习、专业技能都名列前茅,成了王春阳眼中的"宝贝疙瘩"。

上面转发了全军"军人铁人三项"比武的通知,10公里武装越野、400米障碍和手榴弹投掷,这比的可都是硬科目。

白阿毛10公里轻装跑还可以,武装越野不是很强,只有一米六多点的个头,跑起400米障碍就更不占优势了,手榴弹投掷自己平时练得也少。白阿毛觉得自己在旅里还可以,放到全军去比,他想都不敢想,是否报名一直犹豫不决。

红旗旅先要先进行一次预选,王春阳想让白阿毛报名,可始终没见白阿毛有行动。

正巧在营院里看见了白阿毛。"咦?这小子怎么低着个头走路,好像情绪不高啊,难道有什么心事?"王春阳喊住他问:"阿毛,要比武了,你怎么不报名呀!"

"连长,我知道自己几斤几两,就不凑那热闹了!"

"什么凑热闹?你平时那么卖劲训练图啥,难道还没比赛就认怂了吗?"

"连长,长跑我没问题,我怕400米障碍,您看我这海拔……"

"矮点咋了?浓缩的可都是精品,谁越说你不行,你就偏用实力证明给他看!"王春阳觉得这是一次大好机会,极力让白阿毛参加比武,"这事我做主了,已经给你报上名了,先参加旅里的预选吧!"

军令如山!白阿毛说:"当时是豁出去了,只想着比武不能丢丑,可做梦也没想到,居然通过了旅里的预选,参加集团军组织的集训队了。"

这出乎了很多人的意料,却并不知道这是王春阳给白阿毛暗开了"绿灯",王春阳一直觉得,"白阿毛有潜力,是个可塑之材",反正只是去集训队,多一个不多,少一个不少的。都说王春阳看人眼睛毒,这一次王春阳看人会看走眼吗?

白阿毛高兴之余,心里又是七上八下的。去了训练不好怎么办?被退回来怎么办?多丢人呀!

"怕丢人,简单呀,拿个第一,不就不丢人了!"王春阳看出白阿毛的心思,问道,"这次能参加集团军的培训,你颇感意外吧?"白阿毛点了点头。

很多时候,我们都处在一种不变的生活轨迹当中,麻木是唯一的修炼,时间长了,就在庸碌无为中,消耗了大好年华。王春阳意味深长地对白阿毛说:"世间成功的人为何凤毛麟角?那是因为大多数人缺乏直面意外的勇气,缺少迎接意外的能力。"

白阿毛听得似懂非懂,总觉得连长说的话一定有道理,却又忍不住问:"既然都是意外了,那我还去比赛干吗?"

"现在也许你不会懂,将来等你成功了,你就会明白,意外,是成就辉煌的动力,是人生转型的导航,藏着非凡人生的密码。"王春阳又是一番感慨。

白阿毛依旧没听懂,就稀里糊涂奔向了集训队生活。

集训队设在王春阳新排长集训地点,白阿毛进了集训队,看见王春阳在忙前忙后招呼人,一下子愣住了:"连长,您怎么也在这?"

"我来集训呀?"王春阳笑着说,"怎么,我不能来吗?"

"不是,连长,这次比武不是没有干部吗?"白阿毛糊涂了。

"那就当我是一个兵吧!"

"那您这不是弄虚作假吗?"

"什么弄虚作假,这是我们集训队的王队长!"一名教员插话道,白阿毛忽然间明白了过来。这次组建集团军集训队,是集团军新任副参谋长江耀武主抓的,他钦点王春阳任这次集训队长。

拿名次、得奖牌可不是那么轻而易举的。开训第一天王春阳在队前训话:"凭大家现在的成绩想拿到名次,门都没有,差距还非常大,有差距我们就必须加强训练。"

"快!快!再快点!"每次长跑训练,王春阳都哑巴抓贼般急在心头,白阿毛则是越催心里越是急,越是急就越是缠轴,越是缠轴王春阳就越是催……

来这集训,王春阳并不像训练新兵那样,时间短、任务重,必须强化训练,甚至是机械式训练。为了打消白阿毛有熟人的心理,故意当着全体队员的面说:"白阿毛,你个子这么小,练也是白练,不行就早点打报告回单位吧?"

"连长这是咋的了,是您极力让我来这儿的,怎么刚开始训练又让我回去呢?"白阿毛心里这样想着,却也来了劲,"连长,您让我回去,我偏不,我要用实力证明个子小浓缩的都是精华,总有爆发的时候!"

"白阿毛,有种,那我就等着你爆发的那一天!"集训队每天一个10公里,白阿毛每天早晚各跑一个10公里,就像一日三餐一样少不了。随着训练量日益加大,很多人都累趴下了,有的直接卷铺盖走人了。白阿毛一直咬牙坚持着,内心里却在暗暗起誓:"终究有一天,我要超越所有人!"

400米障碍是白阿毛的短板,对于他来讲,高墙、高板都是"天然的障碍",难度更大。白阿毛学着别人飞身过障碍,可总是飞不过,要么会重重地摔在地上,栽个大跟头;要么脚没蹬住,整个身体都趴墙上了,一打滑,又重重地从墙上摔下来,身上摔得青一块紫一块的。

"真欺负人,我就不信我过不去!"刚开始白阿毛根本过不去,就一遍遍地撞到墙上,摔到地上,时间久了,胳膊肘皮肤都磨硬了,任凭怎么着都没感觉了。真应了王春阳那句话,"只要你想飞,哪堵墙都比你矮。"白阿毛经过反复练习摸索,练就了:手要把稳,脚要踩实,利用起跳弹力一下子飞身翻越。

2米的深坑,跌进坑里上不来,白阿毛愣是在坑里待了大半天,不幸成了"坑主"。队友们用异样的目光望着他,一个不知名的战友想拉他上来。王春阳大吼道:"别拉他,就让他在里面蹲着!"白阿毛的心里真是什么滋味都有,低着头蹲在深坑里,眼泪不听话地掉了下来。

"与其让他人同情你的眼泪,不如让他人欣赏你的汗水。"其他人员带回后,王春阳跳进深坑和白阿毛谈心,"阿毛,你在家劈过柴吗?"白阿毛点点头。

"我小时候经常在家劈柴,劈过柴的人知道,结疤的地方是最硬的地方。人生也一样,困难会帮助我们变得坚强。"两人沉默了一会儿,深坑上方飞过一对漂亮的蝴蝶,时而翻飞,时而"掐架",像一对花仙子,两人的目光一下子被吸引住了。王春阳看着蝴蝶若有所思地说:"人们喜欢赞美蝴蝶的翩翩起舞,却很少在意毛毛虫的艰难嬗变;人们喜欢赞美珍珠的晶莹剔透,却很少留意蚌对沙子的无尽抗争;人们喜欢赞美凯旋英雄的气宇轩昂,却很少关注他们不为人知的艰辛付出。"

两只蝴蝶很快飞走了,王春阳看着白阿毛问:"没有艰辛的磨炼,何来翩翩起舞的飞翔?"白阿毛没有回答,而是腾地站了起来,胸中像是燃起了一团火,两人一起跳出了深坑,开始了新一轮的训练。

真正的勇士,爬起来总比跌倒的多一次;刚毅的军人,勇敢总比懦弱胜一分。

多少次在二拦板上一遍遍腾跃,在两米深坑里一次次挣扎,在训练场上一次次练习……练疼了,累哭了,擦干眼泪再来!手榴弹一个接一个、一箱接一箱地投,投到最后手臂麻木得没感觉了,白阿毛心中只剩下一个信念:站在起跑线上,就只有一直往前冲的份,即便是累晕、累死,也要倒在终点线上!

雄鹰,就要去顽强拼搏,就要去创造辉煌。白阿毛最终通过了集训队的考核,在高手如林的军区选拔赛上,白阿毛超常发挥,一举创下了400米障碍1分24秒的军区纪录。

10公里山地越野比赛鸣枪后,曾经练过长跑的兄弟单位一名选手一马当先,白阿毛沉着应战,死死咬住,在6公里时成功超越,直到终点再也没有给对手任何机会。白阿毛以绝对优势获得军区选拔赛总分第一名的好成绩。

王春阳向白阿毛表示祝贺,也勉励他:"只要还有人在你前面奔跑,就不要停下追赶的脚步!"白阿毛却问道:"连长,啥叫意外呀!"

"有好戏看就叫意外!"王春阳的解释,白阿毛是越来越糊涂了。不过,经过一番磨砺,白阿毛更成熟了,也更自信了。

站在全军比赛竞技台上,谁也没有把白阿毛这个脸色黝黑的小个子选手放在眼里,身边选手斜眼看看他,也多是不屑一顾。

似乎,老天也刻意给人以错觉。前两项比赛过后,白阿毛成绩排在10名之外,更加没有人注意到他了。白阿毛也感觉取得名次无望了,王春阳在一边鼓励他说:"只要相信自己,一切皆有可能,不到最后一刻,不要轻言放弃!"

鼓励,像风雨中火热的旋律,激起希望的花朵,让白阿毛在微笑中继续前行。

"啪!"随着10公里山地越野比赛发令枪响,参赛队员个个像离弦之箭冲了出去。

白阿毛大喊了一句:"胜败在此一搏!"犹如一匹黑马,在2公里处突然发力,一连超越 4 名种子选手,率先冲过终点……

那一刻,白阿毛创造了属于他的神话:越野成绩第一、个人总分第一、团体第一。

成绩出来后,王春阳和全体参赛队员把白阿毛高高地抛向空中。

那一刻,白阿毛受到了英雄般的礼赞,如雄鹰般找到了腾飞的感觉。

"一个小个子获得全军第一,真是太意外了!"对手的一句话,让白阿毛终于明白连长说的"意外"之意:意外,真是一切皆有可能,好戏总是出人意料嘛!

第六十八章　典型宣传

白阿毛这次比武夺冠,上级给他记了个人一等功。

上级预告要宣传他的先进事迹。旅政治部张干事专门过来叮嘱王春阳说:"白阿毛比武夺冠,可是开创了红旗旅的历史,王连长,对他的宣传你们一定要重视起来!"

"放心吧,首长,我们肯定重视!"宣传白阿毛,王春阳觉得这是大好事,也是连队的一件大喜事,自然十分上心。

"连队重视就好办了,那你们就先准备准备吧!"张干事摸着下巴想了一会儿说,"就先准备100个小故事吧!"

"100个小故事?"王春阳听后吓了一跳,连忙问:"准备那么多故事干吗?"

"这你就不懂了吧,宣传典型前都要准备一些故事,记者来了好用呀?"张干事一脸得意。

"记者不都是现场采访吗？我们配合采访就是了!"

"那哪行,要适当地拔高拔高,比如,白阿毛生活在彝族区,当年红军路过时,是不是受到了红军的什么影响,才参军入伍的。"张干事提醒道。

"红军路过？白阿毛那时还没出生呢!"王春阳觉得张干事说得真搞笑,差一点忍不住笑了。

"那他爷爷总可以吧,就说白阿毛爷爷深受红军影响,白阿毛又受他爷爷的影响,这样总可以了吧。"张干事用双手比画着。

"阿毛爷爷早死了,白阿毛自小都没见过他,怎么受他影响了？"王春阳也来了脾气,"比武夺冠,说明他平时训练刻苦,扯那些没有的干什么？"

"你呀,怎么不开窍呢,宣传典型还不是狗掀门帘——全仗一张嘴！就要从源头上根红苗正,不然怎么能立得住,怎么能体现我们社会主义制度的优越性？"张干事一番慷慨激昂。

"你就别唱高调、戴高帽了,典型宣传第一位的要实事求是,哪有那么多的花花肠子,是不是没有红军路过,白阿毛就成了青蛙笑蝌蚪——不知道自己从哪来了?"王春阳也针锋相对。

张干事一听气急败坏地走了,撂了句:"这么好的典型,别让你们给糟蹋了!"

"呸,你才糟蹋典型呢!"尚思远对着张干事走的方向骂了一句,尚思远也不懂宣传,只是以前宣传步兵连的一个连长时,让他给编故事,折腾得他够呛。这次宣传本连本排人,尚思远已经做好了脱掉几层皮编故事的准备,却让王春阳给顶了回去,心里不由得舒畅多了,暗自寻思:"还是连长懂我们呀!"

张干事又来传达新的指示:要给白阿毛拍一个汇报片。张干事找王春阳协调,王春阳得知张干事要动用几辆坦克,在崇山峻岭中驰骋,爬30度高坡,向运动目标实施运动打击的设想后,王春阳翻开了装备条例说:"动用训练装备拍摄汇报片,不符合装备管理条例有关使用规定,我们可做不了这个主,必须司令部下通知才行。"

"不就是动用几辆坦克吗?外训场正好有你们的坦克,就当是一次训练不就行了!"张干事不愿意找司令部协调此事。

"动用装备拍录像我们确实没有这个权力,我们只有训练权。这样,你还是请示一下参谋长吧。"王春阳依旧坚持原则。张干事无奈只好硬着头皮给参谋长打电话汇报。没想到,刚一张口即遭到参谋长的拒绝:"绝不能为拍摄汇报片折腾装备!要拍也得等下周训练展开后伴随拍摄。"

张干事也是一个较真的主,参谋长那里碰了壁,他觉得这项工作上面明文要求,还必须做不可,就向分管宣传工作的旅领导汇报,那位旅领导直接打电话给王春阳:"王连长,宣传白阿毛是全旅当前的一件大事,要重视起来呀,其他工作都要让道,装备该动用就动用,这也牵涉你个人的成长进步呀!"

"首长,我们连队很重视,只是动用装备要司令部同意……"没等王春阳说完,那边就挂了电话,无奈,王春阳只好带着白阿毛陪张干事到了外训点。

下车后,张干事很快架起了摄像机,要求白阿毛开坦克跑几圈。王春阳上前说:"白阿毛学的是射击专业,还是拍摄火炮操作吧!"

"操作火炮有啥好看的,又不打真炮弹,再说了,我怕听炮弹声呀!"为了拍摄好看,张干事坚持让白阿毛开坦克,还故意激将王春阳,"你不是平时要求大家,每个人三大专业都要精通吗?现在怎么就不行了?"

王春阳并不上当,反而不急不慢地说:"白阿毛是个义务兵,训练时间毕竟短,义务兵是打基础的时候,能先把一个专业学好就不错了。"

张干事见王春阳就是不松口,干脆搬出了旅领导:"旅领导可说了,让你们全力配合我,这可关系到你的进步!"

"出了事故,连小命都没有了,还谈什么进步!"王春阳反唇相讥道。

"别说得那么恐怖,我说我怕听炮弹声,你还真以为我胆小,告诉你,我今天就要拍摄一组白阿毛开坦克的镜头!"张干事一副誓不罢休的样子,"要不然,岂不是白跑了!"

几次交锋,王春阳对张干事多少也有点了解,毕竟人家是机关人员,又有旅领导的指示,硬碰硬也不是办法,就掏出笔和纸对张干事说:"那好吧,你在上面签个字,出了问题你负责。"王春阳并非想推卸责任,只是想借此给张干事点压力,让他别过分。

张干事明白不签字是动用不了装备了,只好在上面签字。

白阿毛紧张地坐在驾驶室里,王春阳亲自坐在坦克上指导他。按照王春阳教给他的动作要领,白阿毛很快发动了坦克,一开始开得都很顺利。张干事在一山坡拐弯处说:"刚才镜头录得不好,重新来一遍!"

王春阳本不想理会他,为了更能展现白阿毛的形象,也只好领命。谁知,白阿毛这次车速过快,坦克一下子深陷沟里,动弹不得。张干事见状,一溜烟不见了人影。王春阳下车后查看了一番,赶紧调来牵引车,费了九牛二虎之力才把坦克拖了上去。

记者团如期而至。

到了集中采访白阿毛的时间,张干事给了白阿毛一个采访提纲:"你照着上面的说就行了。"

白阿毛照着提纲念,不少记者听后直摇头,还有一些记者干脆一去不返了,一名老记者说:"小伙子,我们想了解一些真实的情况,有什么就说什么吧,官话套话就别说了。"

白阿毛抬头看看王春阳,王春阳点了点头说:"实事求是地说吧,不要有什么心理负担。"白阿毛干脆把稿子扔到一边,开始和大家说了起来,说到动情处,还用手比画着,张干事站在一边非常着急,不断给白阿毛使眼色,白阿毛都假装没看见,依旧滔滔不绝地说着。

"说得非常好!"4个多小时的采访,白阿毛把自己的家庭和入伍以来的表现都说了一遍,见王春阳走过来招呼大家吃饭,白阿毛拉着王春阳的手说:"没有王连长,就没有我的今天。"

大家纷纷向王春阳围来,王春阳笑着说:"咱别本末倒置了,今天采访的是我们的比武功臣。阿毛能有今天,是他努力拼搏的结果,大家好好挖掘,如实报道就是了。"

记者们又进行了分头采访,白阿毛这边采访还没结束,那边又有了"预约",一些画报、电视台的记者,则拉着白阿毛进行拍照、录像。

几天下来,白阿毛的祖宗八辈都被刨根问底了,白阿毛还被迫拍了多版本的"写真集"。

白阿毛的宣传还算顺利,只是红旗旅花了一笔不小的"通联费",除了正常的食宿保障,走时每名记者还有一个纪念品的,这笔军费没有花到训练上,让新上任不久的海明军旅长很是心疼,不过宣传旅里的典型,也是为了红旗旅的全面建设,想想这,海旅长也就宽心多了。

几天后,中央一个重量级媒体以《奔跑的脚步永不停歇》详细报道了白阿毛的事迹,王春阳看后舒心地笑了。原来,这个报社的记者,不仅进行了详细的采访,还充分尊重了王春阳的意见。在那名记者看来,王春阳是看着白阿毛一步步成长起来的,如何报道最有发言权。果然,这篇报道被称为最有良心、最有温度、最接地气的一篇报道。

第六十九章　一场晚宴

杨铭经过军校一年的专业培训，毕业后又分到了坦克一连，白阿毛的提干命令也已经下达，很快就要入学了，这两个王春阳当新兵连长时一手带过来的兵，眼看都实现了华丽转身。王春阳和指导员高晨商议，想在晚上举行一场全连宴会，算是给杨铭接风，也是给白阿毛送行。

高晨不免担忧起来："集团军首长来检查，上级刚下发了通知，要强化一日生活制度，这样做会不会顶风违纪？"

"违什么纪？这是我们连队的两件大喜事，赶到一块了，杨铭提干时没来得及送，这次一块补上，大家庆祝一下有什么大不了的，再说了，这也有利于大家增进团结和提高士气！"王春阳知道高晨有顾虑，干脆直截了当说，"出了问题，我负责！"

高晨一向敬佩王春阳的为人，也很佩服他的工作能力，与王春阳搭班子一年多来，王春阳的决策似乎从来没有错过，他也习惯了唯王春阳马首是瞻，连忙澄清道："连长，我不是那个意思，有问题咱俩一起顶着。不过，咱连队动静要小点，还是要注意一下影响的。"

晚饭后，尚思远带领大家开始了紧张的布置。在喜气洋洋的俱乐部里，没有丰盛的佳肴，不见飘香的美酒，几十杯淡淡的清茶和几盘水果及瓜子整齐地摆在桌子上，即便是这样的场景，往往也只有在过春节时才有。

一番开场白后，王春阳站起来面向大家说："今晚我们以茶代酒，来表达对杨铭同志的欢迎和对白阿毛同志的祝贺。"紧接着，王春阳带头举起茶水跟杨铭和白阿毛分别碰杯，全连也相互碰杯。

大家放下水杯，开始了畅谈，杨铭和白阿毛分别从新兵连回忆起自己的成长经历，满是感激的幸福味道，感激遇到了一个王春阳这样的一个好连长，感激分到了一个好连队，感激融入了一个好家庭。

第六十九章 一场晚宴

时间过得飞快,熄灯号响起。忽然,一阵杂乱而急促的脚步声从外边传来。坏了,一定是出事了!王春阳心里一咯噔,侧头一瞥,看见负责今晚安全检查的杜长伟参谋带着两名纠察跑了过来,见俱乐部里一片狼藉,杜长伟问王春阳:"王连长,没听到熄灯号吗?怎么还不熄灯?"

"噢,听到了,我们正在举行一场欢送宴会,可能还得一会儿。"王春阳看了看杜长伟说,"要不,你也一起参加得了,毕竟也是连队出去的人!"

"赶快熄灯,集团军首长在这里,说不定正在检查呢,出了问题可不是闹着玩的!"杜长伟一本正经道。

日积月累的相处和各项规定的约束,已经把王春阳磨炼得宠辱不惊,渐臻完美,现在最受不了别人吓唬他,尤其是对着全连人的面,一时也来了脾气:"你要参加就参加,不参加赶紧走,别扫了大家的兴!"杜长伟听后悻悻地走了。

晚宴继续,大家似乎有说不完的话,道不完的事,诉不完的情,正当大家再次举杯庆祝时,门口突然间站了两个大校。海明军和江耀武这两位新老旅长不知何时到了连队,大家一个个望着两位首长都愣住了。王春阳一时也觉得不可思议,缓了缓神方才跑到两位首长跟前:"报告首长,我们连队正在……"

海明军旅长手一摆:"别说了,杜参谋已经向我们报告了,事情我都知道了!"

大家心想这下坏了,杜长伟这小子告密了,这可不单是旅领导的事,集团军首长也在,这回连队肯定要遭殃了。大家把心都提到了嗓子眼上,俱乐部寂静得连只蚂蚁的呼吸都能听得见,静静地等待着首长的宣判。

时间凝固了30秒左右,海旅长严肃的脸上突然绽开了笑容:"旅里出了这样的大喜事,怎么能没有酒呢?"又指着身边的江耀武说,"我今天陪首长来,就是想讨杯喜酒喝,下次再有这样的事,记得提前报告,我们在旅招待所一起庆祝!"

一听这话,大家长舒了一口气,快速在正中间位置腾出两个空位来。两位首长还未坐下,旅招待所几名人员就已经端上了几个热腾腾的菜,还有两瓶桂花酒。

对一瓶酒的回忆,是对一段军旅生活的追忆;对一件事的回味,是对一起走过的日子的翻晒。

"这桂花酒,是我考上军校时,一位老首长送给我的,一直没舍得喝,今天和我们的比武英雄一起喝,我觉得特别有意义,为了庆祝,也希望白阿毛同志在今后的人生军旅中继续书写辉煌,同时,也殷切希望我们有更多的同志,能像白阿毛一样为红旗旅增光添彩,大家放心喝,但要量力而行!"海旅长又说,"下面,欢迎我们的老旅长给我们讲几句!"

江耀武也不推辞:"大家好,我们都是老朋友了,我今天来,不是代表集团军首长,也不是以老旅长身份过来的,而是一个老兵,老兵看到新兵们能有今天,一个十几个人的战斗班排,两年出现两个不同类型的军官着实可喜可贺,这背后的原因我就不说了,只希望大家继续努力,把我们的连队建设好!"

江耀武进行了简短的讲话,紧接着,尚思远打开桂花酒,一股股幽香飘向整个房间,大家每人倒上一小杯,在共同祝福中一饮而尽,有直夸酒好香的,也有架不住酒劲直咳嗽的。

江耀武站了起来,左手拉着杨铭,右手拉着白阿毛,几十双大手也紧紧地握在一起,好像聚成一股巨大的力量。大家一起充满深情地唱起了《送战友》,几十个歌喉共同颤动,唱出了大家美好祝愿和发自肺腑的心声,结果,唱到一半,在场的人们个个都已经是眼含泪花……

时钟嘀嗒嘀嗒不停地转着,转眼间到了凌晨,江耀武看看时间确实不早了,就提醒海明军走了。临走时,江耀武说:"小伙子们,也别太晚了,我特意批准你们明天早晨推迟半个小时起床!"

"谢谢首长,欢送首长!"两位首长走后,这场宴会也就立马结束了。依依惜别,殷殷祝福。暖流从心底涌起,歌声在久久回荡。

夜色笼罩了营院,但有一盏灯,却在杨铭和白阿毛的心里更亮了,亮得能映红两个人的梦!这对一路走来的昔日冤家,此时此刻却怎么也睡不着,俩人就找了一个偏僻处聊了起来,杨铭很虔诚地说:"以前是我不好,在新兵连做了不少荒唐事,有些还是针对你的,希望你别介意呀。"

白阿毛笑着说:"你说什么呀!如果没有那些经历,也许我们早就形同陌路了,正因为我们之间有了磕绊,我们才一直念念不忘,在念叨中加深彼此的情谊,这岂不更好?你看你现在都是排长了,又先我一步,我以后还得多向你请教呢!"

杨铭一听,这个昔日连话都说不成句的彝族兵娃,如今也能说出这番深刻道理来,不禁也是心头一颤,真是士别三日,刮目相看呀!这也让杨铭忽然明白了一个道理:人与人感情的递进,不在于结果如何,重要的是各自是否为了同一目标尽心做完这个过程,彼此生活中有益或有趣的片断成为各自印记中的交集,这交集的大小决定了彼此间情感的版图面积。

想起这些,就如打开了千年陈酒,杨铭的心啊,早醉了。这份宝贵的战友真情,滴落在心,浓得化不开。

白阿毛则主动向杨铭伸出了双手,杨铭也下意识地伸出了手,两人的双手紧紧攥住了。一股巨大的力量,从两人的双手中传递过来。是内心情感的真实流露,也有莫大的信任与鼓励,激励着两人朝着共同的目标前进。

送白阿毛去军校的当天,连队敲锣打鼓,像是欢送将士出征。临上车时,王春阳送给白阿毛一支钢笔,破旧的黑杆,松动的螺丝帽,仔细辨认才能从笔尖上看出"英雄"两字。

这是王春阳考上县里初中时,家里花了"大价钱"买的一支笔,王春阳用它考上了高中、考上了军校,不知获得过多少的荣誉与证书。王春阳拉着白阿毛的手说:"这支钢笔伴我走了 16 个年头,在有的人看来已经是'老古董'了,也不值什么钱,我今天把它送给你,我知道你的文化基础还很薄弱,希望你用它能有沉甸甸的收获。"

白阿毛听后,一股暖流涌上心头,他扑向王春阳怀里紧紧地抱着,直到列车员提醒该上车了,白阿毛才松开,噙着泪说:"谢谢连长!我一定好好学习,绝不辜负你!"此刻,学好文化、当一个好兵、当一个好干部的念头,像一粒种子播撒在白阿毛的心中,慢慢生根、发芽、成长……

第七十章 光缆施工

时间到 2009 年深秋时节,红旗旅受领了一项国防光缆施工任务,坦克营被分到了山沟里,红旗连分到的又都是最难啃的"硬骨头"。

临近退伍,王春阳尽量安排今年离队的老兵留守,尚思远即将服役 12 年期满,他的父母身体不好,父亲突然病重在床,作为独生子,尚思远要回去尽孝了,并已经向连队递交了退伍申请。王春阳找他谈过几次,尚思远虽然舍不得连队,可父母也不能不管,一番权衡后还是选择退伍。人各有志,这种事情也不好勉强,再说了,晋级四级士官,也不是王春阳说了算的事。

尚思远是王春阳到连队后认识的第一个战士,在王春阳看来,他就是一个永远长不大的孩子,平时没有什么心眼,也和自己最贴心。王春阳没有什么好给予他的,想在最后的军旅时光给他送点温暖,便和指导员高晨商议后,"内定"尚思远为留守对象。

"命令一天没宣布,我还是一名士兵。"尚思远得知这一消息,当即找到王春阳请求"参战",说到动情处,尚思远差点流泪。王春阳拗不过他,只好同意他去施工,这也是维护了一个老兵最后的尊严。

刚开始,都是一些好挖的地段,任务相对较轻。王春阳给大家分配任务时,别人都是 10 米,最后还剩下 8 米,就给了尚思远,尚思远不乐意了,非要分自己 10 米,还自嘲道:"我既然来了,就不能天桥的把式——光说不练!"王春阳只好从一名新战士的任务中又拨给尚思远 2 米。没料到,尚思远刚挖完 6 米多,却突然肚子疼了起来,怕连长误解,又不好意思当面解释,便思索着写张纸条把情况向连长汇报一下。

尚思远一时大意,把装在口袋里的一张 10 元纸币误当成纸条塞给了王春阳。王春阳接过一看先是惊诧,后是疑惑,半天没有回过神来。尚思远明白过来是怎么一回事,也跟着笑了。

任务不断加重,大家加班加点地干着,深山里施工,前不着村后不着店,最是缺饮用水,水便成了大家的第一需要。

施工紧张地进行着,大家一个个头也不抬,玩命似的干着。尚思远直起身来,抬头看了看天空,虽然冷风习习,却口干得要命。水壶的水早已喝光,但他还是忍不住举起了水壶,希望能够再从水壶中倒出一滴水,来润一润冒烟的喉咙。

"给!"后面递过来一个水壶。

尚思远头也没回,接过水壶,拧开盖子,汩汩地喝着,一瞬间就把水给喝了个精光,顿时感觉精神了许多。当他把水壶递回去的时候,才发现给他水壶的是连长。

"我们的任务进展很快,再有一会儿就可以收工了。"身后响起了王春阳熟悉的声音。尚思远加速向前挖了起来,不一会儿就挖通了几米。

"连长,连长,您怎么了?"尚思远听到战友们急切的呼喊后,赶紧扔下手中的铁锹跑了过去。这时一名卫生员也跑了过来,他掰开王春阳的嘴,焦急地喊,"水,水,谁还有水……"直等到卫生员把半壶水给王春阳喂下去,连长才睁开了眼睛:"没事,就是感觉有点晕……"

尚思远望着王春阳苍白的脸,心中惭愧极了:"连长早上还说让大家把水壶里都灌满水,我怎么就不听?只灌了半壶水,还竟然喝光了连长水壶中的水,我怎么就那么自私!连长,我,我……"尚思远嗫嚅着。王春阳轻轻地摆摆手:"我们大家生活在一起,是战友,是兄弟,不许婆婆妈妈的。"

那一刻,尚思远心中的泪水更止不住了……

连续十多天的超负荷劳动,使大家感到了任务的艰巨,也收获了不少感动。

一段几米宽的河沟拦在面前,冰冷的风吹得大家直打战,这条可恶的河沟里还有大面积的岩石。这种岩石坚硬异常,一镐抡下去,仅能看到一点白印子,有些战士的虎口被震裂,手上磨起多处血泡。

"是共产党员的,跟我来!"就在这时,王春阳大喊了一声,他边喊边第一个跳进河水中,大家精神为之一振,党员们也纷纷挽起裤腿,跳入河里,尚思远也跟着跳进河里。

杨铭却愣在岸上没动,岸上只剩下他一名党员了,还是干部,大家用异样的眼光看着他,有人低声议论:"这才当干部几天呀,就不带头了,也不看看连长都跳下去了,一个排长摆什么臭架子!"

王春阳也抬起头,用他那严厉的目光似乎在说:"杨铭,你怎么搞的?快跳下来呀！红旗连怎么会有你这样的党员呢？"

杨铭低下头，情绪低落地长叹一口气，用手狠狠地拍了一下大腿，沮丧地坐到地上。

王春阳似乎察觉到了什么，忽地跳上岸，关切地问："怎么了，杨铭？是不是哪里不舒服？"

杨铭看看脚欲言又止。王春阳忽然明白了，他蹲下来，亲手脱下了杨铭的鞋袜。由于刚才干活时用力过猛，包扎的纱布已脱落下来，伤口还在渗血，肉往外翻着……

王春阳一下子惊呆了："你怎么不早说？快去找军医！"

"我的脚掌因在昨天施工时，被石块划开了一道近五厘米长的口子，军医叮嘱我千万别沾水，否则会溃烂。"杨铭十分愧疚地说，"连长，所以刚才我……"

"别说了，你是好样的，我们错怪你了！"不少战士也围了过来，一些不是党员的战士，也纷纷拿起铁锹，跳了下去。

红旗连在王春阳的带领下，始终保持着高昂的激情，尽管任务最为艰巨，进度却是最快的。旅领导在多次检查中都表扬了他们。

这天，海明军旅长和指挥部几名领导又来到了连队的施工现场，见大家个个斗志昂扬、挥汗如雨，也是笑容满面地称赞大家。这时，机关一名参谋跑过来说："首长，天气预报上说，过两天会有大雨！"

正好指挥部几名领导都在，他们就开了一个战地会议，大家你一言我一语说开了：

"这大雨一来，前面挖的经大雨一冲，不就白挖了！"

"必须加快进度，赶在大雨前挖完！"

"我们的官兵们已经很尽力了，想在大雨前挖完是不可能的了！"

"这可怎么办呀？上级又催得那么紧！"指挥部的一名领导竟然发起慌来。

"办法总会有的，不信，我喊来一位连长，说不定他就有很好的主意！"海明军其实心里早有了主意，只不过他想借此考验一下王春阳。和老旅长江耀武交接时，江耀武着重向他推荐了王春阳，江耀武可不轻易替人说情，正好趁这个机会检验他一下，也能让其他旅领导都认识认识这个连长，以后调进机关也方便些。海旅长这样考虑着，便喊来王春阳说："王连长，你在施工一线最有发言权，我现在给你出个情况，你处置一下！"

"首长，什么情况？施工也要处置情况？"王春阳一脸的纳闷。

"国防光缆施工,就是一场战斗,有战斗就要随时面临着各种危险!"

"首长,我懂了,您说什么情况吧!"

"假如,后天有一场大雨,你会怎么办?"

王春阳这几天一直关注着天气预报,他知道旅长不是假设,遇到的是真实的情况。王春阳只想到连队要带上雨具、脸盆之类的,现在旅长亲自问,又有那么多旅领导在,想必遇到了难题,必须站在全局考虑问题,至少站在旅长的位置上考虑。王春阳思考了一会儿说:"大雨来,是无法阻挡的,也会影响施工。不过,我们可以变不利因素为我所用!"

"你是吃灯草长大的,说得轻巧,大雨来了还有益处,怎么为我所用?"胡勇智副旅长插话道。

王春阳翻眼看了看胡副旅长说:"我们可以把挖好的地方提前埋上光缆线,简单封埋一下,大雨一冲刷,正好把光缆埋了,我们还省劲了呢!"

"好主意,和我想到一块去了,这个铺设光缆的任务就交给机关干部了!"海旅长果然是早已胸有成竹,很快将任务安排到位了。

施工进入最后冲刺阶段,天气却突然降温,天空还下起了雨夹雪,寒意,像天空中的阴霾,挥之不去。施工队里的战友情,骄傲地凝固在冻结的空气里,喘息,挣扎着释放暖意。

红旗连的勇士们打着手电、点着蜡烛,已经连续劳作了6个小时。指挥部下了"死命令":明天还有更大的雨雪,必须今天夜里完工,把光缆埋上!

红旗旅的机关干部也悉数来了,海明军旅长亲自和大家一起掩埋光缆。这给了大家无穷的动力。尚思远抿抿干裂的嘴唇,揉揉倦怠的眼,搓搓冻得近乎麻木的手,心里矛盾着:"还有几天就退伍了,连长也多次让我别来了,可自己非要坚持,这不是自虐吗!"

这时,王春阳很神秘地从怀里掏出一个鸡蛋,还带有体温,不由分说塞到尚思远手里:"吃吧,早上剩下的!"嘴角挂着丝丝的笑。

这个鸡蛋,不比山珍海味让人垂涎,不比琼浆玉液让人艳羡,却用它最平淡的味道,唤醒了尚思远沉睡的感动;这个鸡蛋又像夜明珠一般,在静谧的夜里照亮了战友之间那再纯粹不过的感情,简单而直白。

多年后,尚思远来部队看望王春阳时说:"我吃过最辣的椒,喝过最酸的醋,品过最烈的酒,尝过最甜的果,却始终难忘那一个鸡蛋的温度,还有连长你那一壶水的甘甜。"

第七十一章　调进机关

　　机遇总是向勤奋的人张开怀抱,见着懒惰的人就躲开。2010 年初,干部调整时,王春阳本想着能调个副营长就心满意足了,上级一纸命令,却将他调进了机关,任旅司令部副营职参谋,这又调职又进机关的,羡煞了一些人。

　　王春阳调入机关不久,先被送往院校培训了 3 个月。回来后,正赶上新一代共同条令的颁发实施,王春阳受领的第一个大项任务就是贯彻落实新条令,在全旅范围内迅速掀起学习的热潮。

　　条令是军人之规、部队之矩,是确保部队高度集中统一和安全稳定的利器,是巩固和提高战斗力的重要保证。王春阳本打算组织一场条令知识竞赛,想一想以前的经历,觉得死记硬背很难起效果,还着实折磨人,正一筹莫展。旅长海明军建议说:"可以把条令细化成一个个故事,帮助大家理解掌握!"

　　"首长,这个办法好是好,可去哪找那么多的故事?"王春阳一听眼前一亮,却又陷入两难境地。

　　"只要用心找,肯定能找到!"海旅长笑笑走了。

　　天气异常闷热,营区内道路两旁的树叶都耷拉着脑袋,一动也不动。王春阳漫步着,开始在全旅范围内搜集案例,脑子里一片空白。

　　走着走着,就来到了工化营附近,王春阳琢磨着到营里看看,一来向已提升为工化营副营长的关舜讨喜糖吃,关舜和冷一欣年初登记结婚后,王春阳还没来得及前来道贺,顺便也可以让关舜帮忙出出主意。王春阳见到关舜大老远就喊:"恭喜呀,祝贺呀!"

　　一番谦让后,王春阳随关舜进了房间,见关舜一脸的不高兴。王春阳连忙问:"谁惹你了?"

　　"没人惹我,就是烦。"关舜道出了心中的郁闷,"王哥,你说说看,我明明学的是通信专业,却非让我到工化营当副营长,这算哪门子事呀!"

"你呀,就得了便宜别卖乖了,通信营不是没有位置吗?要不然,你还回通信营干你的连长!"

因为和冷一欣的事,总有人背后指指点点的,关舜也不想在通信营待了,连忙解释:"可别,我只是随口这么一说!"

"人的一生,有许多事情无法把握。军人是个特殊的职业,'被选择'的时候更多,服从'被选择'的要求更高。"王春阳继续开导关舜说,"被誉为'万能科学家'的钱伟长曾说过:'我没有专业,一切从国家的需要出发,国家的需要就是我的专业。'从中不难看出:要想有所成就必须接受'被选择',只有站在'被选择'的高峰,才能看到最美的风景,我们不必为之纠结。"

王春阳边说边看关舜的笔记本电脑,画面中关舜穿军装的照片是神采奕奕,冷一欣是秀色可餐,王春阳说:"真看不出来呀,这么一捯饬,还真像一对金童玉女呀。"

关舜自豪地说:"什么真像?我们就是一对天仙配!"

"好是好,可你们的照片不能放在这里!"

"这是我个人的电脑,存些个人的照片怎么了?"关舜不解地问。

"你这电脑上互联网吗?"王春阳反问。

关舜得意地回答:"这年代谁不上网呀?我还有自己的博客,粉丝还挺多的呢!"

"那就对了嘛!"王春阳边说边拿出新条令上的新规定给关舜看:严禁在连接国际互联网的计算机上存储显示军人身份的资料。

关舜一看,顿时心惊:"新条令还有这规定,我还真没注意呢,差点就捅大娄子了!"关舜连忙将照片刻盘后从电脑里删除了。

这时,电话响起。

"顺风快递公司给您送来一个快件,请您到南小门岗处取回。"是南小门岗哨打来的电话。

"好的!"关舜放下电话,本想让通讯员去取,转念一想可能是冷一欣寄来的,还是亲自去取好。南小门离工化营距离也不近,旅里之前有穿军装不准骑自行车的规定,关舜扯了件T恤套在身上,推着自行车对王春阳说:"王哥,你先坐会儿,我一会儿就回来,中午在营里吃饭。"

王春阳用异样的眼光看着关舜说:"等等,你不觉得有什么不妥吗?"

"取个快递有什么不妥？现在不是讲究以人为本吗？就不让通讯员跑腿了！"

"嗨，我不是这个意思，你不觉得穿得别扭吗？"

"挺好的呀！这样多凉快！"关舜看了看自己，并不觉得有什么好奇怪的。

"你违反了条令，新《内务条令》有规定，军服外衣与便服外衣不得混穿。你上身T恤、下身军裤，这副装扮就是违反了规定。"王春阳底气十足地说道。

"哦！我忘记了，你现在是机关干部了，正在抓这项工作，老弟我肯定配合，我马上改正！"关舜嬉皮笑脸地说着，又回屋换上了便装裤子。

关舜一溜烟取快递去了，王春阳也就回机关参加旅安全形势分析会了。会议刚刚开始，一个短信的嘀嘀声打破了平静。与会人员有的四处张望，有的掏口袋看看是不是自己的手机铃声"不期而至"。

海明军旅长把会场扫了一遍，严肃地说："我建议，在分析安全形势前，大家先把手机都摆到桌面上来。"刚才被短信呼叫的杜长伟参谋立马脸红了，惭愧地将手机掏出来。随后，第二部、第三部……

桌面上摆放了大大小小十几部手机。海旅长问杜长伟："你知不知道新条令对手机使用有什么规定？"杜长伟吞吞吐吐地说："知道。可会议室不是安装了信号屏蔽器吗？应该没什么事吧？"

海旅长站起身来，拿起一部手机，语重心长地对大家说："如果放松了保密这根弦，这部小小的手机就不是手机了，就成手雷了！"他随即叫一名参谋将手机统一带到会场外的移动通信工具存放点，又趁热打铁地说："好，今天的安全形势分析，就从手机使用开始吧！落实新条令规定，领导干部要以身作则，给下级带好头、做表率……"

安全形势分析会上出了丑的杜长伟，依旧是生姜脱不了辣气——本性难移！中午约一帮狐朋狗友去喝酒，还边喝边骂道："什么狗屁条令，规定还不是领导定的，都说计划赶不上变化，变化赶不上领导的一个电话。哼，条令这东西，还不是麻秆打老虎——不痛不痒的！"

一直到起床号响起，杜长伟这才想起，下午机关要进行手枪实弹射击考核，他连忙跑向训练场，还好没迟到。杜长伟据枪时却表现异常，枪口上下大幅度晃动，而且脸色通红。在一旁监考的海明军旅长见此，及时叫停了训练！

海旅长走到杜长伟身旁，未开口问话，就闻到一股浓烈的酒气。

杜长伟慌慌张张地站了起来，不打自招地说："首长，中午来了一帮哥们，就多喝了几杯！"

"什么哥们！你不知道下午要打枪吗?"海旅长一脸严肃。

"知道!"杜长伟觉得,不就是多了点酒吗？没有什么大不了的,以前喝酒打枪多了去了。没想到,海旅长突然厉声道:"条令上明确规定,军人不得酗酒,不得酒后驾驶机动车辆或者操作武器装备。你不知道吗？"

"知,知,知道!"本就脸红的杜长伟这下整个头都红了,感觉快要爆炸了一样,惭愧地低下头去。

杜长伟这次被取消了射击资格,站在一边醒酒去了。

"古人讲,见欲而止为德。当情面与规定发生冲突时,作为军人的我们,心中应该有一杆秤。"海旅长又面向大家一番说教,方才离去。

上级有一个领导要过来,王春阳晚饭后奉命带车去火车站接站,没想到,出营区不久就塞车严重,眼看火车到站时间将至,为了赶时间,驾驶员小贾左突右冲地行驶着。在即将行驶至一个十字路口时,他的手机突然响了。

就在小贾接听手机时,绿色信号灯开始一闪一闪地进行提示了,他一心急,猛踩一下油门,想顺利通过。车辆刚刚越过停车线,黄灯亮起,时间显示已经不多,小贾继续加油提速,想在红灯亮前通过路口。

这时,王春阳突然看到一辆汽车冲了出来,王春阳赶紧让小贾踩刹车。原来,这名汽车司机和他一样打着手机,为了抢时间,闯了黄灯！幸亏王春阳发现及时,小贾紧急制动并转动方向盘,避免了一起交通事故。王春阳和小贾都被惊出了一身冷汗。

返回的路上,小贾仍然心有余悸:"开车打手机,险些害了我。"

王春阳借机提醒他:"城镇街道十字路口交通复杂,各个方向的汽车、行人有很多潜在的交织点和冲突点。车辆行驶至此,即使遇见绿灯通行信号也要减速慢行,因为绿灯信号随时可能变为黄灯信号、红灯信号！"见小贾频频点头,王春阳继续说,"新条令严禁开车打手机、吸烟、吃东西等,为的就是让驾驶员集中精力开好车,这既是硬性规定,也是对驾驶员们的真心爱护,只有严格遵守,才能确保行车安全。"

看来不是没有故事,而是故事用不完,王春阳加班加点将这些故事整理出来,并编印成书。当精心挑选的50多个落实条令小故事,呈送到旅领导和官兵那里时,海明军旅长笑了:做得不错,这样落实起来,大家就能更好理解新条令了！

第七十二章 蹲点帮抓

"王参谋,一上午看见你走营串连好几趟,在检查什么工作啊?"杜长伟参谋刚交接完值班事宜,看见王春阳手拿一沓文件从基层"串门"回来,不由得好奇地询问。

王春阳笑着说:"我在给基层发通知呢!"

"嗨,打个电话让基层派人来取不就行了,何必自己来回跑呢!"杜长伟觉得以前大家都是这么干的,大家都习惯了,没什么大不了的。

"可那样,每个营连都要派一个人来,营连文书就要在机关和基层之间来回奔波,我这样一个人跑一圈就行了!"王春阳自有一番道理。

"你这是隔黄河送秋波,我看不会有人领情的!"杜长伟摇摇头,"咱不讲这个了,刚才你不在,旅长打值班室电话,让你陪他去坦克营蹲点帮抓。"

"隔黄河送秋波,也比不送强,干工作又不是非要别人领情!"说着,王春阳到旅长办公室领命去了。

红旗旅组织到营连蹲点帮抓,王春阳和海明军旅长被编到一组到坦克营。考虑到情况熟悉,往往是哪个营连出来的机关干部,蹲点帮抓时就去哪个营帮抓,这种蹲点方式在红旗旅是一个传统,王春阳笑称这是"回娘家"。

傍晚,伴随着悠扬的开饭号声,王春阳背着背包走进了坦克营。不料,今天坦克营提前开饭,当王春阳放下物品走进坦克营饭堂,大多数人已经吃完饭走了。营长何新民一愣:"王参谋,你怎么这个时候来了!"

王春阳笑了笑:"怎么,我不能来吗?"

"欢迎,欢迎!"何新民指着吃剩的菜说,"你来也不提前打个电话,我们好准备准备!"

"我来就来了,你们要准备什么呀!"王春阳又补充道,"噢,旅长今天要开会就不过来了,估计明天会过来!"

何新民喊来炊事班班长:"快去做几个好菜端上来……"没等何新民说完,王春阳就制止了他:"不用了,我吃这些就行了。"说着,坐下拿起一个馒头吃了起来,何新民非常尴尬地说:"王参谋,你这是代表机关来蹲点,怎么好意思让你吃剩饭!"

王春阳拉着何新民一起坐下说:"老连长,咱都是自己人,也都是农民的孩子,有一顿饱饭吃就行了,还讲究什么呢!"

"那行吧!明天再给你接风!"何新民心里想,自己这么顺利当上营长,以前想都不敢想,多半是靠王春阳在旅领导那里留下的好印象。

海明军旅长第二天午饭前来了,坦克营果然是精心准备了一桌饭菜。海旅长笑着说:"你们这个吃法,我可交不起伙食费呀!"

何新民不明白旅长说这话啥意思,连忙顺着话说:"首长,这饭我们不收伙食费!"

"不收伙食费?这菜从哪里来?还不是要侵占战士的利益!"海旅长看见不远处有几名家属,来之前,他已经打听过了,坦克营目前有3名家属来队,有1名正怀孕、1名还在哺乳期,海旅长对何新民说:"这些菜做都做了,就别浪费了,把几个来队家属都喊来吃饭吧,也好给她们补补身子!"说完,海旅长就和王春阳去连队吃饭了。

这几天,海旅长都在连队饭堂吃饭,却发现了一个不好的现象:一天三餐饭,顿顿有剩饭。

晚饭后,海旅长和炊事班班长交谈起来:"炊事班应根据实际就餐人数'计口下粮',怎么会有那么多剩饭呢?"

"不是!"炊事班班长快言快语,"营长特意交代,在您蹲点期间,一日三餐多做10个人的饭,以备机关人员不打招呼来陪您就餐。要是机关来人没饭吃,说明我们的招待保障有问题。"

听了炊事班班长的解释,海旅长严肃地说:"节约伙食,杜绝浪费,要从一粒米、一口饭做起。如果我们旅每个伙食单位一天浪费10公斤粮食,一年下来就是一个了不得的数字!"

海旅长又交代何新民说:"上级来一人,饭菜备一桌。这种逢迎媚上、工作不实的陋习,要坚决改掉!"

海旅长临时到集团军开会去了,蹲点干部就剩下王春阳一个人。正好坦克一连连长外出集训,王春阳干脆就又当起了连长。指导员高晨善意地劝道:"现在旅领导不在,老连长您回机关好好休息几天得了,何必在这里陪我们受苦!"高晨说的也是实情,王春阳当连长三年多,蹲点干部来了十几批,没有一个人能坚持到底的,往往是"背包蹲点"的居多。

王春阳说:"蹲点帮抓也是一样重要的工作,岂能流于形式?"高晨和王春阳搭过一年班子,知道王春阳认准的事,八头牛都拉不回来,就没再多说什么。

高晨心里还想,以前王春阳在连队的时候,连队的事他很少操心,王春阳离开的这半年,他整天忙得晕头转向的,正好趁这个机会调整一下,心里还是蛮希望王春阳能多住些日子呢。

技术员魏磊过来看王春阳,一见面就感觉他发福了,便开玩笑说:"老连长,一看就是机关伙食好,养得膘肥体壮。"

王春阳却颇为感慨:"兄弟啊,我这是累胖的。"

"我只听说人会闲胖、舒服胖、心宽体胖,哪有'累胖的'?"魏磊纳闷道。

"我在连队每天6点起床出早操,晚上9点多就上床睡觉,白天正常操课,下午还搞体能训练。是这样吧?"王春阳回想起连队的生活,依然觉得充实和留恋。

"对啊。"魏磊看看王春阳说,"这还不够累?"

王春阳尴尬一笑:"是挺累的。但是在机关,尤其像我这刚进机关的新人,要学习的文件、要写的材料都比较多,每天晚上都得工作到凌晨以后,早晨吃完饭就直奔办公室,平时想锻炼一下还总担心领导找。仔细想想每天不是写通知整材料,就是接电话传文件,生生憋出一身肥膘,你说我这不是累胖的吗?"

"这么说也有道理。"

"咦,怎么没见杨松和杨铭?"尚思远退伍了,白阿毛提干了,连队熟悉的人越来越少,王春阳此刻能想到的只有杨松和杨铭了。

"两人出公差了,可能马上就回来了!"真是说曹操,曹操就到,楼梯口这时传来两人说话的声音,杨铭一看见王春阳,连忙扑了上来:"老连长,想死您了!"杨松则在一旁傻笑。

一番寒暄后,人员很快散去,只剩下王春阳、杨松和杨铭3人了,杨铭一脸茫然地看着王春阳:"按理说,我自己当过兵,学历也不低,还有杨松班长在背后支持我,干个排长应该绰绰有余啊!可怎么就这么失败呢?老连长,战士们怎么就不愿跟我说心里话呢?"

王春阳对杨铭的事早有耳闻,就是杨铭不问,也想开导他,笑了笑:"有则寓言想听吗?"

杨铭点点头,顿时来了兴趣。

"一根铁杆费了九牛二虎之力也撬不开一把锁,瘦小的钥匙钻进锁孔,轻轻一扭就开了。铁杆不解地问钥匙,我费那么大劲都打不开,你怎么如此轻而易举?"王春阳顿了顿,问杨铭,"你猜钥匙怎么说?"

杨铭沉思片刻,摇了摇头。

"钥匙说啊,因为我最了解锁的心。"王春阳拍了拍杨铭的肩膀说,"与战士保持距离的干部,怎么能了解战士的心呢?"

杨松接下话说:"是呀!排长,有句老话儿怎么说来着,独乐乐、众乐乐,孰乐?你总喜欢一个人捣鼓自己的笔记本电脑,排里几个想学习文化的同志,想让你辅导辅导,你总说自己忙。大家想和你打会儿牌,你也总说没时间,谁还愿意和你多说话呀!"

"杨松说得对,大家有些话平时不好说,往往在娱乐中就吐露了心迹,会玩,能和战士玩在一起也是一种能力!"

夜深了,月的清辉透过玻璃窗洒在水泥地面上。杨铭斜眼望了望那轮明月,心里却一点也不敞亮,自言自语道:"难道我就是那根铁杆儿?"

杨铭翻了个身,把两只胳膊交叉着垫在脑袋底下。想想老连长的话,又想想之前杨松对自己讲的:"排长,其实大家都挺佩服你的。可是,我们心里想什么你知道吗?谁不想好好干工作?咱排的兵没有一个自甘落后的!只是跟你干,总觉得提不起劲来。因为,你根本没把我们放在心上。"

杨铭似乎明白了什么,起身从柜子最里面翻出一本《带兵心得》,这是王春阳半年前离开连队时送给他的。这是一个普通的笔记本,里面有王春阳当排长以来的心得体会,也有一些战士的基本情况、动态反应、阶段心理和现实需求等信息。

杨铭打开手电,翻开笔记本,扉页上几行秀气的小字映入眼帘——"真正的威信不是来源于组织的任命和权力的大小,也不是来自学历和文凭的高低,而是源自与战士打成一片的同志情、战友爱。"杨铭认真地看了起来,大家的心仿佛一下子近了许多。

蹲点很快结束了,临行前,王春阳找到何新民,照就餐次数和伙食费标准缴纳伙食费。

第七十三章　纯属意外

午饭后,一场秋雨倏然而至,将郁积已久的燥热与烦闷一扫而尽。

关舜中午毫无睡意,就来到旅司令部值班室,他知道今天王春阳值班,想找他聊会儿天。

关舜走进值班室,偌大的值班室就王春阳一个人,正坐在那里看书,关舜走上前一把夺过书扔到一边说:"王哥,别看了,陪我聊会儿,我心里烦着呢!"

王春阳示意关舜坐下,关舜却一屁股坐在桌子上,王春阳指了指上面的摄像头说:"有监控,文明点。"关舜抬头看了看,果然有监控,赶紧从桌子上下来:"哟,搞得还蛮正规的啊!"

"那是,在机关不比基层,规矩多着呢,一不小心就可能出问题!"王春阳淡淡地说。

"管他呢,只要不捅大娄子,天塌不下来!"关舜话题一转,"我现在就面临着一个天大的事!"

王春阳心想关舜这大中午的不休息,肯定有什么大事,以前可是打死都要午休的主。忙问:"何事?"

"唉,唉,唉,该怎么说呢!"关舜连连叹气,一副欲言又止的样子。这让王春阳更加着急了:"别婆婆妈妈的了,有什么就说什么吧,哥兴许能帮上忙呢!"

"这事,你怕是帮不上忙了!"关舜突然笑了起来,搞得王春阳有点莫名其妙,关舜这么一个劲地兜圈子,肯定是发生什么事了,王春阳就将了关舜一军,一个劲地将关舜往外推:"既然不让我帮忙,就赶紧走吧,别打扰我休息了!"

被王春阳这么一推,关舜也着急了,脱口而出:"我老婆怀孕了。"

真是意外之喜呀!王春阳一听一惊,却又很快平静下来,捶了关舜一拳:"这是好事呀,你小子发愁什么?"

"我快要当爸爸了,那得多操心呀!"关舜掰着手指头说,"你看,小孩要吃奶粉、换尿布、上幼儿园、上小学……"

"得了,那都不是你现在操心的事,这才几个月,你就想这么多!"王春阳又捶了关舜一拳,"你这是向我炫耀来了?这大中午不睡觉的,兴奋得吧!"

"王哥,我这不是来和你一起分享吗,都几个月大了,很快我就要当爸爸了。"关舜兴奋地说道,没等王春阳回话,眼睛突然看到值班室一角放了个鼓风机似的东西,就径直走了过去,小声问了句:"王哥,这是什么东西?"

王春阳从关舜口中得知,冷一欣身世秘密揭开后,恢复了烈士子女的身份,被安排到公安部,后又被保送到公安大学进行了系统培训,冷一欣抓住这难得机会,刻苦学习训练,以优异的成绩毕业。本来,她要继承父母意志,申请到边防进行缉毒的,家人和单位领导感念她身世可怜,又和丈夫两地分居,就积极劝说她留在京城机关,冷一欣望着年迈的养父养母,和为党和人民的事业奉献了大半辈子的公婆,一番抉择后也就同意了,心甘情愿地当起了孝顺的媳妇。

听关舜说起冷一欣怀孕的事,心想着妻子张燕燕为了照顾父亲和奶奶,也没法要孩子,总觉得亏欠她很多,一时没顾得上关舜。

"嘟……嘟……"一阵急促的紧急警报声划破了中午的沉寂。王春阳这才反应过来,连忙跑过去制止关舜说:"别动,那是警报器!"可已经晚了,警报已经发出去一半了。

"丁零零……"一阵急促的电话铃声,让王春阳的心提到了嗓子眼儿。

"刚才是怎么回事?"话筒里传来旅长海明军的声音。

"报告旅长……刚才我错误触动了报警器……所以……"王春阳怯怯地说。

"好了,我知道了,现在你完整地发一次警报!"

"是,旅长!"放下电话,王春阳暗忖:旅长这是唱的哪一出啊!迅速按响了报警器。惊得一旁的关舜喃喃道:"机关真是处处藏着机关呀,我这一不小心就捅了大娄子!"

王春阳大喊道:"这是全旅出动警报,还不快回去准备!"关舜一听,快速跑开了。

不多一会儿,全旅人员全副武装集合完毕。

站在队伍前,海明军旅长面露笑意:"这次紧急集合来得有点意外,是对大家战备意识的一次检验,用时比上次提前一分多钟,很好!看来大家的战备观念有所强化啊!"

想想旅长那句"紧急集合来得有点意外",站在队伍里的关舜心里既惭愧又想笑:"可不是,这紧急集合连旅长都被蒙在鼓里,能不意外吗?"

一场意外后,红旗旅很快又恢复了平静。

旅领导临时安排王春阳外出办事,回到家属院已经晚上八点多了,昏暗的路灯下,王春阳看见一名战士提着礼品,焦急地张望,像是在等人。

王春阳上前一看,是一名下士,便问:"小伙子,有事吗?"

"首长好,我找王春阳参谋!"下士连忙敬礼。

"你找王参谋有事吗?"看来下士并不认识自己,王春阳就没急于表明身份。

"首长,我姐姐后天结婚,我想明天回去一趟,假条营连都已经批了,在司令部给卡住了,都说王参谋爱给基层办事,连长让我找他!"王春阳一听下士的话,心里一阵暖洋洋的,没想到自己只是做了些本职工作,连队战士还都念着呢。

王春阳又问:"机关为什么不给你批假呢?"

"我们连里休假人数正好符合规定,再多一个就超比例了,可我和姐姐的感情很深,父母去世得早,是年长我6岁的姐姐把我一手带大的。如今姐姐大婚,我这做弟弟的却不能回家送上祝福……"说着,王春阳看见下士正在抹眼泪。

"你回去吧,这事我知道了!"王春阳指着自己说,"我就是王春阳,王参谋。"

"首长,你看我这假能不能批一下?这两条烟……"

"我没有权力批你假,这事假得领导定夺。"王春阳推开下士的烟说,"你先回去吧,我尽快向领导汇报一下。"

下士没想到王春阳会这么答复自己,一时不知如何是好。

"快回去吧,一会儿就熄灯了,别违反了作息规定!"王春阳掏出手机看看时间已晚,提醒他赶紧回去,末了问下士,"你是哪个营的?"

"首长,我工化营的!"下士吞吞吐吐地说,"首长,这烟……您还是……留下吧!"

王春阳不高兴道:"哪这么多事?想走就把烟带走,不想走就人跟烟都给我留下!"下士一听无奈地走了。

王春阳赶紧给关舜打电话,却已关机。王春阳顾不得换军装了,穿着便装向工化营跑去,也许是和下士走错了路,王春阳一路上都没发现下士人影。

这天气也挺怪的,刚才还是明月高照,一会儿被不知是从哪里爬出的乌云遮了个严严实实,一下子就伸手不见五指了。

"站住,口令!"到了工化营门口,哨兵对着正向哨位走去的王春阳大声问道。

"来得急,没有问口令。我是司令部王参谋!"王春阳一边向哨兵走来,一边答话。机关刚查过哨,都是带着手电,大老远就喊哨兵,哪有这样偷偷摸摸的?哨兵用手电一照,还是一个穿便装的,趁王春阳躲手电光之际,哨兵一个背摔把他放倒在地:"小样儿,深更半夜想来摸哨,还假扮机关王参谋!"

听这里有动静,今晚负责营里查岗的副营长关舜也过来了,用手电一照,笑着说:"王哥,你这是唱的哪一出?"又对哨兵说:"这是司令部的王参谋,不认识吗?"哨兵一听傻眼了,语无伦次地说:"首长,我……我……"

王春阳站起身揉了揉腰,拍拍哨兵说:"不错,警惕性蛮高的嘛,继续履行好岗哨的职责!"说完,拉着关舜说:"我正找你有事呢,手机也打不通!"

关舜掏出手机一看,果然是自动关机了。正好这时下士回来,看到眼前一幕,怕是休假不成,王参谋还要兴师问罪,开始责怪起哨兵来。

"没事,不怪哨兵,别为难他了。"说着,王春阳随关舜进了办公室兼宿舍,结过婚的人果然不一样,办公室被精心布置了一番,里面放了两盆花,办公桌上还摆着他和冷一欣的结婚照。王春阳来不及欣赏这些,向关舜核实了下士说的都是实情,当即给旅领导去了电话……

几分钟后,王春阳喊来下士说:"明天上午去司令部拿假条,首长已经同意了。"

下士蒙了,以为是幻觉。

"我对你的情况不了解,刚才向你们关副营长,核实了一下你的情况,属实,就向领导汇报后特情特批,明天你就可以休假了,也代我向你家人问好。"见下士没反应,王春阳扭了扭腰说,"我这一跤摔得也值了!"王春阳说完,就走了。

"谢谢首长!"下士双脚并拢打了个标准的敬礼,跟着王春阳一起下楼。

王春阳路过哨兵前,笑着说:"下次再摔我的时候,下手不要那么重。"

哨兵不好意思地笑了。

第七十四章　家事国事

转眼到了2011年的3月,一场春雨唤醒了沉默一冬的色彩,柳芽的芳香藏着诗人的喜悦,花开的声音透着官兵的情怀,一切都是欣欣向荣的景象。

军区、集团军分门别类开展了各项专业大比武,红旗旅领导安排王春阳带队参加集团军装甲专业的比武。这既参加比武,又是带队人,王春阳感觉"压力山大"。

王春阳对这次大比武很有信心,自己苦练了几年不说,这几年,杨松通过扎实的训练,专业技术水平绝对是一流的,心想带着杨松这个"宝贝疙瘩"拿名次肯定没问题,在预选中杨松的表现就很惹眼,连旅领导都禁不住对他点头称好呢!

王春阳边散步边考虑着此次比武的事,在集训队营院里,正巧在路上看见了杨松。

"杨松!"见杨松一副无精打采的样子,王春阳喊住了他。

杨松抬头的那一刻,王春阳发现他脸上满是愁云。

"老连长,"没等王春阳开口问,杨松就着急地讲,"比武名单上怎么那么多参赛军官啊!有营长、连长,还有机关的参谋。我这个小士官怎么能与人家比,人家都是老资格的军事通啊!"

王春阳明白了杨松的心情,他稍一停顿,转而满脸笑容地对他说,"我当什么大事呢,你放心,我正要告诉你个好消息呢,这次比武评判组的5名评委,我都认识,组长还是我一个村的老乡呢,他们对你也是早有耳闻,肯定会照顾你的,你就放心大胆地参赛吧!"

"老连长,那我就放心了。"杨松的脸上顿时有了笑容。"再见,老连长,我还要去训练场呢。"吃了"定心丸"的杨松,一眨眼儿就跑远了。

这其实是王春阳为了安慰杨松,他压根就不认识什么评委,只是一种心理作用罢了,可杨松竟信以为真了。

回到宿舍,王春阳突然接到家里传来的噩耗,父亲病故了,接到妻子张燕燕打来电话的那一刻,王春阳觉得似乎整个天都塌了下来,身体一阵摇晃,差点摔倒在地。王春阳躲在屋里眼泪止不住流了下来,正想着如何向领导汇报,要不要请假回家。

这时,只听见门外关舜喊:"王哥,王哥!"

王春阳赶紧拭去脸上的泪水,开门迎接关舜,关舜满脸笑容说:"生了,生了!"

"谁生了?"王春阳和关舜一同进屋,"瞧你这大呼小叫的,有什么喜事?"

"我老婆,我老婆冷一欣,给我生了个8斤多的大胖小子!"关舜仍掩饰不住内心的喜悦,"刚才,我老婆打电话过来,我都听见我儿子叫我了。"

"你就瞎吹吧,才多大,就知道叫你爸爸了!"王春阳觉得关舜说得太玄乎了,还纳闷,关舜此刻应该在家照顾老婆孩子呀,咋跑我这来了,连忙说道,"恭喜了!赶紧回去看看吧!"

"我听见我儿子哭了,他哭就说明叫我了。"关舜一脸的幸福,转而又看着王春阳说,"我现在还不能回去,后天我们工化专业就比武了,等我拿到奖后给儿子送贺礼去……"

关舜还没说完,看见王春阳两眼红红的,他只在抗震救灾时见过王春阳这种眼神,一种不祥之感涌上心头:"王哥,怎么了?"

"没事!"王春阳强忍着悲伤,还是忍不住流泪,也正想着找个人倾诉,便一股脑儿把家里发生的事和关舜说了。关舜听后也跟着伤心:"王哥,这事你得赶紧回去呀!"

王春阳何尝不想,他恨不得马上就飞奔回去,在父亲的灵柩前大哭一场,可后天的比武呢?他是带队人又是队员,他这一走,自己那一项肯定不能参加比武了,也势必会影响选手们的发挥,队员们找谁协调?又会出多少岔子?想到这,王春阳实在向领导开不了口,他稍稍平静了一下对关舜说:"既然你都想着用奖品给儿子庆生,那我也先不回去了,等比赛完再告慰他老人家吧。"

王春阳既然决定了,就不想一直停留在悲伤之中,他必须振作起来,否则即便留下来也没有意义,就转移了一下话题说:"你儿子取好名字了吗?"

"还没有,正想着呢,这不还想请你给参谋参谋吗,实在不行就让他爷爷给取个得了!"关舜说这话,内心里还想自己给儿子取个名字,却一直没想到合适的。

王春阳也帮着思考,忽然眼前一亮:"叫关禹如何?"

"关羽?"关舜看看王春阳说,"还张飞呢,不行,这历史人物哪行?"

"什么历史人物?"王春阳对着关舜说:"你看,关舜,舜,舜一过不就是禹吗?"

关舜恍然大悟:"老爷子叫关尧,我叫关舜,儿子叫关禹,这名字好,这名字好。"

关舜赶紧掏出手机给冷一欣打电话:"老婆,儿子名字我想好了……"没等关舜说完,冷一欣就说:"名字,他爷爷已经给取好了,我挺满意的。"

"叫什么?"关舜惊讶地问。

"叫关禹,你们爷仨就成了尧舜禹……"说着,冷一欣笑了起来,关舜又吃惊道:"什么,我想说的也是这个名字,咱们想到一块去了。"

两人的通话,王春阳都听见了,关舜挂完电话问:"王哥,我不明白,你怎么知道我老爷子叫关尧?我可没和你说过呀。"王春阳勉强笑了笑说:"我压根就不知道你老爷子叫什么,只是根据你的名字瞎取的。"

"高,实在是高!"关舜见时间不早了,劝王春阳节哀顺变,就走了。

王春阳也给妻子张燕燕打电话说不回去的事,这位善良的农村姑娘听后,竟是深深的理解:"春阳,你安心比武吧,家里有我呢。"

比武开始后,杨松一上场,就感觉评委们都对他投来亲切柔和的目光,有的还对他点头微笑。他想老连长到底是关系广,能力大,要不,那些高高在上的评委,怎么会把咱一个小兵看在眼里!自己一定要好好表现啊,绝不能让老连长和他的朋友们失望。

杨松的理论讲解妙语连珠,动作示范如行云流水,几乎把平常所学都发挥到了极致,又临场进行了几处小创新,台上评判组成员一直在对他微笑,台下各路观战人员的掌声不断,最终,评委们都打出了最高分。他取得了集团军这项专业的比武第一名,王春阳带领的团队总评第一,个人参加的那一项也是第一名。

返回旅里已是傍晚,旅长海明军在旅招待所摆了一桌,给这些队员们接风洗尘,可却始终没见到王春阳的身影。不在位的还有关舜,他虽然接触这个专业才一年多,但这次在军区工化专业比武中,获得了个人第二名的好成绩,军区领导当场宣布给他记个人三等功一次,关舜就没回旅里,走下比武场,就直奔火车站了。不过,这事海旅长已经接到报告了。

这时,何新民跑过来,小声向海明军报告了王春阳家里的变故,他已于1小时前回家了。海旅长听后心里一酸,端起酒杯大声道:"为我们的英雄干杯!"

王春阳赶到家时,已是深夜,父亲也已于昨天下葬,王春阳对着父亲的灵位大哭了一场,心中满是歉疚。母亲拉着他的手说:"孩子呀,你父亲走得很安详,夸你有福气,娶了个好媳妇,这几年多亏了燕燕照顾咱这个家了,要不然……"母亲说着说着就哭了。

　　王春阳抬头看了看妻子,妻子原本白净的脸上悄然有了岁月的刻痕,瘦了、黑了,也更成熟了。母亲起身去了里屋,王春阳也站了起来,抱着张燕燕说:"谢谢你,老婆,你辛苦了。"

　　"春阳,这都是我这个媳妇应该做的,谢什么呀,咱是一家人!"张燕燕还是忍不住流泪,转身道:"我去看奶奶了。"

　　病床上的奶奶,已经认不出人了,连整天照顾她的张燕燕她也不认得了,王春阳父亲丧事那么大的动静,老人脸上一点表情都没有。老人此刻已经睡去,可当王春阳轻声走到跟前,老人突然醒了,手使劲地伸了过来,王春阳跪在床前,双手握着奶奶的手说:"奶奶,我回来了,我是你孙子,你还记得我吗?"

　　老人盯着王春阳看了看,想说话,却已经说不出来了,眼角分明已经湿润。

　　王春阳又问了一些妹妹的情况,母亲说:"你妹妹刚去英国不久,按照你父亲的遗愿,这事就没通知他,来来回回多折腾孩子,也要不少路费的。你父亲还说,你要是忙也不要回来了,家大,国更大!"王春阳真不知道说什么才好,除了对父亲的愧疚,也深感父亲的伟大,尽管一辈子他只是个老实巴交的农民,但这丝毫不影响他人格的高尚。

　　这些天,王春阳天天守在奶奶的身边,给奶奶喂饭、翻身、擦身,王春阳看着奶奶有时真的在笑,也是一脸的幸福。可好景不长,10天后,奶奶也撒手人寰。

　　王春阳和家人安葬好奶奶后,帮家里收拾了一番,也就回部队了。

第七十五章　代理科长

　　王春阳带领的比武分队取得了总分第一名和个人单项第一名的好成绩，旅里给他记三等功一次。正好负责训练的作训科长调走了，海明军旅长就提议王春阳先行代理，获批。

　　王春阳副营刚一年半，就任代理科长，可谓是开创了红旗旅的先河，干劲也更足了，他整天寻思着如何把全旅的训练搞上去。

　　半年考核开始了，王春阳决定利用这次机会，把全旅的训练底数摸清楚，明确了考核事项。

　　王春阳先去步兵营考核，考核结束后，王春阳当场公布了成绩，成绩参差不齐，普遍不理想。二营四连官兵听到结果，不少人流下了"委屈"的泪水，刘连长还只怪自己"点背"。

　　王春阳觉得事有蹊跷，便详细了解了一番。其实，四连并非运气不佳，兵败"滑铁卢"偶然中有其必然性。

　　分业训练展开后，旅里计划在共同科目训练结束后对各营连进行抽考。四连刘连长担心考砸了，会"对不起"先进连队的"招牌"，就和连队其他干部一起研究"迎考"策略。刘连长根据以往经验，将掩体构筑、地图使用、观察报知与指示目标等重难点科目列为"重点备考"项目，而将擒敌技术、战术基础等往年很少涉及的科目视作"冷门"。为此，连队经常更改训练计划，占用"冷门"科目时间强化训练"备考"内容，人为造成了偏训、漏训。

　　谁知这次四连押错了"宝"。王春阳上任后，偏偏进行了全面的考核，既突出了重难点科目，也涉及了一些"冷门"内容。

　　"什么？擒敌技术，什么时候冒出了这么一个科目来？"四连官兵满怀信心迎考，却被告知考核擒敌技术，官兵一下傻眼了。大家是赶鸭子上架，除了几名老士官勉强了解人体要害部位基本常识,掌握一些徒手擒敌要领外,多数人都是大眼瞪小眼。以往引以为自豪的优秀率如今变成了刺眼的不及格,连队成绩综合排名全旅倒数第一,当即就有几名战士为连日来强化训练付出的汗水流下了泪水。

"现在想想都后悔,老老实实训练多好,即便拿不了第一,也不至于垫底呀,真丢人!"刘连长为自己的"小聪明"懊悔不已。

王春阳心里清楚,面对名目繁多的训练内容,上级领导关注什么、上级考核什么就训练什么,对一些选修、领导过问不多的科目往往很少顾及,训练计划上大红印章一盖却"仅供参考"、随意更改,自己当连长时也不得不这样做。

"短板暴露在训练场上,还可以弥补,在战场上连后悔的资格都没有了。"王春阳看着一群不服输的战士,知道他们并没有被击垮,既替他们惋惜,也觉得这也是一个很好的教训,没再说什么就走了。

王春阳紧接着又对坦克营进行考核,心想这是自己的老单位,知根知底的,肯定是没有问题,没想到,红旗连有两项内容不合格。王春阳十分严肃地问指导员高晨:"这是怎么回事,以前连队训练成绩不是挺好的吗?"

高晨摇摇头说:"这是意料之中的事!"

"意料之中?"王春阳大为不解,连忙问,"到底是怎么回事?"

"老连长,你带队去比武之后,连队的训练尖子去了几个,连长不在,技术员魏磊去年年底退伍了,我又是半道出身,旅里就安排杜长伟参谋来指导训练。"高晨说到这叹了一口气。

"连队骨干力量薄弱,机关派人指导训练这是好事呀。"

"好什么呀,老连长,你是不知道,我们连队按照你以前拟订的训练计划,可杜参谋一来都给改了,还说什么那都是老皇历了。"王春阳记得,那份训练计划,是他和连队专业技术骨干加班多少个夜晚拟订的,每个细节都充分考虑进去了,正因为如此,连队才一步一个台阶,说到这,王春阳似乎明白点什么。

高晨举例介绍说:"一次,连队驾驶椅模拟训练因事耽搁,连队本想补训回来再转入实车训练阶段。杜参谋却武断地认为:'坐在驾驶椅上模拟训练效果不明显,干脆直接进行实车训练。'"

"乱弹琴!简直是胡闹!"王春阳听后也是非常地气愤,"那你们为什么非要听他的,可以据理力争呀!"

"人家是机关干部,我们怎么敢得罪呀!"高晨委屈地说。

杜长伟此后更是越俎代庖插手连队训练,高晨只好事事请示汇报,逐渐失去了组训的自主权。结果,由于杜长伟完全凭借步兵的训练模式指导坦克专业训练,造成几项基础课目偏训、漏训,训练内容上难以衔接,多项训练内容都做成了"夹生饭",考核没能达到大纲要求也在情理之中。

王春阳知道这事也怪不得高晨,他了解杜长伟的脾气,是捏柿子专找软的捏,仗着自己在红旗连当过副连长,如今又调上了副营职参谋,便携机关之威对基层指手画脚。连队几名骨干都去比武了,高晨是应付不过来的,便换了轻松的话题问高晨:"你喜欢足球吗?"

"我虽然不怎么会踢,但喜欢看,特别是世界杯。"高晨沉思了一会儿,像是在回忆,有点不好意思地说,"在院校时,还因为偷看世界杯,被队领导发现,罚抄条令呢。"

"足球场上,有个越位的问题,运动员不仅要勇于拼抢,还要尽量跑到位。但在向对方发动进攻时,却要尽可能地避免越位。"王春阳若有所思地说,"拼抢、到位是足球运动员的职责所系,必须竭尽全力。否则,要么你去坐冷板凳,要么必输无疑,这也就失去了足球本身的意义。"

高晨接下话说:"老连长,我知道这些,进攻和不越位两者并不矛盾,目的都是为了赢球,只有实施有效进攻,才能捅破对方球门。"

"到位,别越位。这既是足球制胜的一个法宝,也是一门练兵指导法则,首长机关指导基层训练时,既要强化'到位'意识,实施科学有效的指导帮助,也要做到指导有度、有方、有力,力戒用权过度,束缚基层官兵的手脚。"王春阳又对高晨说,"不要有什么心理负担,好好调整思路,把漏训的给补上来,回去我在机关还要说这些。"

机关的训练形势分析会上,海明军旅长让王春阳重点发言。

王春阳深入指出了当前训练中存在的问题,不仅点了越位指导的问题,还对"应试训练"进行了深刻的揭示。王春阳说:"上级考核什么、训什么,揣摩着上级的心思抓训练,实际上是练为看、练为考的典型表现,与实战化训练格格不入,严重违背战斗力生成规律。究其原因,既有领导机关指导不科学的因素,又有基层训练作风不扎实的问题,这种以考核为目的、脱离实战的被动式的训练,必将以牺牲战斗力为代价。"

王春阳还总结说:"应试训练的危害性大家都心知肚明,为何多年来各级年年抓整改、人人喊打假,但问题却屡禁不止,并呈现出愈演愈烈之势?一条重要原因,就是功利主义、形式主义在某些领导头脑中根深蒂固。"

王春阳也给出了解决的办法："要刹住这股歪风,除领导带头严训实练、首长机关加强检查督导、着眼实战全面锤炼之外,还应逐步建立完善科学的奖惩制度,不断加大依法治训力度,方能让损害训练质量的应景之作远离练兵场,真正迎来战斗力提升的明媚春天。"

王春阳讲完,海明军旅长带头鼓起了掌,大家掌声却是稀拉拉的,也有人不自在了,今年分管训练的胡勇智副旅长听后,脸上就火辣辣的,不停地用纸巾擦着额头上的汗水。

散会后,胡副旅长一声不吭地走了,杜长伟跟着他进了办公室,借机进言道:"这才当几天代理科长呀,就在这大放厥词,也不看看这是什么地方,旅首长都在,却让他一个人出了风头,这'代'字能不能去掉还另说呢,即便去掉了也还说不准干什么呢!"

"你这是说谁呢,不会说话就别说话!"胡勇智为代旅长的事还一直耿耿于怀呢,自然听不得别人说这些了。杜长伟知道自己说错话了。

杜长伟连忙捂住嘴走开了。"上次修整菜地的事,竟然当着集团军首长的面,让我出丑,这事我们还没跟你算呢,现在又含沙射影说我指导基层训练不力。"胡勇智本就是一个小心眼的人,在心里不停地骂道,"总有一天咱新账老账一块算。"

一个副旅长和一个代理科长较劲,也算是太掉身价了,王春阳却并不知道得罪了胡勇智这位"阎王爷",也就没有了防范意识,人家又是首长,接下来跌个大跟头也就在所难免了。

第七十六章　人生谷底

又到了落叶飘零的时节。漫天飞舞的叶子，带着对大树的依恋，翩然回归大地，化为尘埃，滋润着根系。这是落叶对根的情意。

海明军旅长突然接到去国外学习半年的通知，经过一番打听才知，本来是轮不到海明军去的，原先确定的一位领导因为生病住院去不了，这才临时让海明军顶替的，命令一下，刻不容缓。

胡勇智副旅长又成了胡代旅长，一上任就对王春阳吹胡子瞪眼的，在王春阳工作上也没抓住什么把柄，大家暂时相安无事。

红旗旅接到了和别的军区一个旅进行对抗演习的命令，王春阳加班加点制订方案，准备物资，上下协调，一切准备就绪，胡代旅长看后把方案往旁边一扔："你们好好准备吧，演习是大事，别搞砸了！"胡勇智嘴上这么说，其实心里想着，演习还不是就那么回事，按部就班的，只要安全上不出问题就行了。

到了演习场，胡勇智既不研究方案，也不现场查看，杜长伟整天找一帮子人陪他打牌，所有演习上的事情都靠王春阳协调筹划。为了安全起见，防止上面突击检查，胡勇智还特意交代："这次演习涉及密级高，要注重安全保密，任何闲杂人等一律不得入内。"

王春阳觉得胡代旅长虽有私心，可这也是工作需要，赶紧把这一指示传达给各个哨兵，并加紧了对演习区域可疑人员的排查。突然，一辆小车疾驰而来，王春阳赶紧拦了下来，走近车窗口敬礼说："同志，前面是演习区域，暂时不能过去。"

车上坐着一男一女，中年男子是司机，女的风韵犹存，中年男子摇下车窗，看了一眼王春阳说："小上尉，我知道前面在演习，我正好要到前面去采个景。"

王春阳其实6月份就调少校了，只是旅后勤部门有规定，要拿旧军衔才能去换取新军衔。王春阳一直忙着工作，也懒得去换。王春阳一听中年男子这话，知道来头不小,肯定与部队也有瓜葛,十分礼貌地说:"首长,请出示您的证件。"

"我是集团军干部处副处长,要什么证件,你叫什么名字?"王春阳一听,还以为多大官呢,处长还是个副的,竟有这么大的派头,又看看女的,还不断拨弄着手里的照相机,便执意要看证件:"首长,我叫王春阳,还是出示一下您的证件吧。"

中年男子左右摸了摸兜,阴沉着脸说:"我忘记带了!"

"首长,那对不起,我们演习有规定,您不能过去。"

"什么?我还不能过去,我找你们胡副旅长!"说着,中年男子掏出手机准备打电话,却发现演习区域已经屏蔽了,根本没有信号,便气急败坏地说,"什么破演习,还把信号给屏蔽了!"

"首长,这是我们演习的规定,您还是请回吧。"一听这话,里面女的说话了:"回去吧,别在这丢人现眼了!"

中年男子本想让王春阳用对讲机联系胡副旅长,一看身边的女伴不高兴了,就瞪了王春阳一眼说:"小子,你等着。"

这事很快传到了胡勇智那里,他喊来王春阳骂道:"你把副处长的车拦了?真是没数了,居然拦了集团军首长的车?还知不知道自己几斤几两?"

没等王春阳开口,胡勇智又厉声问道:"集团军首长你不认识吗?"

"不认识。"王春阳脸不红心不跳。

"不认识,你不知道问吗?"

"我问了。"

"那他怎么说?"

"他说他是副处长。"

"那你为什么还拦?"

"我要看他证件,他说没带,又穿着便装,是您说的闲杂人等一律不得入内。"

"你还有理了,副处长是闲杂人等吗?那是我一块光屁股长大的兄弟。"胡勇智用手指着王春阳的脑袋说,"怎么就一根筋呢?咋就不知道变通一下!"

王春阳心里骂道:怨不得是一路货色呢。他梗着脖子说:"我又没做错,何况,车上那女的还带着照相机,万一是间谍呢。"

"谁是谁的谁,你不知道吗?"胡勇智恨得咬牙切齿,"副处长分管干部调配,上面也有人,这回你摊上事了,摊上大事了。"

王春阳似乎预感到自己捅了娄子,在机关待了一年多,他知道什么叫机关无小事。

该来的终究会来。新一轮干部调整开始了,大家都觉得王春阳代理科长这个"代"字肯定是去掉了。出人意料的是,王春阳这个"代"字竟换成了"副"字,一纸命令将他分配到了基层,任坦克营副营长。

命令宣布的那一刻,王春阳感觉一下子跌入了人生的谷底,他躲在宿舍里憋了两天没出来。王春阳第一次想到了转业,第一次有了逃避的想法,第一次有了可恨的对象,他这些想法原本不想和妻子张燕燕说,他知道无论做出什么样的决定,张燕燕都会理解他、支持他。

可王春阳实在憋得难受,还是忍不住打电话给妻子,诉说着内心的苦闷:"燕燕,在部队太难了,我想回家了,你支持我吗?"张燕燕一直都希望王春阳转业回来的,这么多年,家里一直由她照料着,忙起来就少了思念,现在公公和奶奶都走了,剩下她和婆婆两个人,还是有点寂寞的,便对王春阳说:"春阳,现在部队又不打仗,不需要你冲锋陷阵,在部队干得不称心,咱两口子又不在一块,想回来就回来呗。"

"谢谢你理解我,我再想想,要转业也是明年的事了,今年转业工作已经结束了,我也已经下了副营长的命令,过几天就该去报到了。"王春阳挂完电话,又后悔向妻子说了这些,他知道亏欠妻子太多,可他内心里还是舍不得脱下军装,万一到时自己走不了,岂不是更对不起妻子?

王春阳很快来坦克营报到了,何新民仿佛要跟王春阳划清界限似的,故意躲着不见。

其实,今年的干部调整中,何新民这个正营满3年的老营长,也着实努力了一把,在王春阳的帮带下,坦克营的工作还是可圈可点的,可依旧是竹篮子打水一场空。他这几天一直在反思,是不是平时和王春阳走得太近了,胡代旅长把自己晾一边了。他虽然也看不惯胡勇智那种作风,也不得不装装样子,和王春阳保持一定的距离,免得引火烧身。但何新民是热水瓶的脾气,外面冷里面热,他内心里还是很看好王春阳的,希望他早日出头。

已升任工化营长的关舜过来看望王春阳,安慰他说:"王哥,现在这个世界就是这么现实,可能你无法改变环境,也看不惯一些人的嘴脸,但你能改变心境,不能让一些蛀虫击垮了自己。"

多年来,王春阳一直扮演着教育关舜的角色,现在却让关舜反过来安慰自己了,还说出了这么富有哲理的话,转念又一想,自己副营才两年没提升就生闷气,全旅那么多三四年的正连、副营、正营、团级多了去了,他们都是怎么干的。将心比心,王春阳心里敞亮多了。"有人想看我笑话,我偏不让你们看。"

这时,妻子张燕燕打来电话说:"春阳,告诉你一个好消息。"

"什么好消息,不会是安慰我的吧,放心老婆,我现在想通了!"

"你要当爸爸了!"电话的那一端,张燕燕羞涩地说道。

"真的假的?"王春阳有点不敢相信。

"都3个多月了,今天咱妈陪我刚去医院检查的,不会错的。"

王春阳一听,抱着关舜大喊:"我要当爸爸了,我要当爸爸了!"

"瞧把你美的,当初还说我呢。"关舜推开王春阳说,"我儿子现在都两个多月了,下个月我就回去看他了。"

两个大男人围绕孩子闲扯了大半天,这是两人第一次这么毫无保留地诉说着儿女家常,不知道是回归了人的本性,还是以前太缺失亲情了。说到伤心处,两人竟热泪盈眶。

把苦的标准提高,就会减轻痛苦的程度;把甜的标准降低,就会增加快乐的感受。王春阳的天空已然没有了阴云,他觉得上天是公平的,如今为了孩子,他也要振作起来,决不能让人给看扁了。他理了理思绪,开始思忖着如何履行好副营长的职责。旅领导会给他这个机会吗?王春阳躺在床上望着天花板,不知道还会遇到多少磨难,却还要一直坚强地走下去。

第七十七章　喜得千金

　　幸福来得似乎有点突然，如今有了孩子的期盼，王春阳干什么心里都舒畅，整天乐呵呵的。这让何新民和全营的官兵十分不解，营部上等兵通讯员彭英说："副营长是不是大脑受刺激了，被分配到这里，咋还这么高兴？"

　　"你才受刺激了呢，老连长那叫乐观！"杨松当即回驳，还说了句王春阳以前讲给他的话，"命运掌握在自己手里，不是别人的嘴里。"

　　王春阳最近遭遇了一连串的烦心事，竟都和这位彭英有关。

　　"副营长，我不是故意的……"

　　野外驻训场上，饭堂异常简陋，早上吃饭，何新民和王春阳以及营部几名干部坐在一个桌上，彭英慌慌张张地端着一盆汤进来，一不小心洒了王春阳一身。

　　王春阳连忙站起来，拽过桌子上抽纸擦了起来，边擦边对彭英说："你让我说你什么好呢，看看这几天你都干了些啥？"王春阳不是无故发脾气的，觉得似乎通讯员针对他似的。

　　那天，王春阳拎着暖瓶去打开水，彭英连忙跑过来说："营长，咋能让您打水呢！"王春阳一愣："你怎么给我提了一职？我现在还是个副营长。"

　　"副营长也是营长，我们以前都是这么叫的。"说着，就去抢王春阳手上的暖瓶。

　　"那可不行，副营长就是副营长，副字不能省。"王春阳一本正经地说。

　　彭英"嗯"了一声，王春阳觉得自己打水很正常，就相互推让了一阵，一来二去，只听水瓶"砰"的一声掉在了地上。

　　王春阳自己购买的笔记本电脑出了问题，彭英自告奋勇来帮忙，说是更换一个杀毒软件就行了，结果杀毒软件装上后，王春阳辛苦写了一周的材料，却怎么也打不开了，害得王春阳只好重新写了一遍。

　　这次，更绝、更狠、更让人生气，一盆汤都倒在了王春阳身上。王春阳忍无可忍,瞬间爆发了。彭英吓得一声不吭。

何新民从来没见王春阳发这么大的火,劝道:"副营长,消消气,消消气。"何新民使了个眼色,彭英就出去了。

王春阳也无心再吃饭,换了件衣服就出去办事了,晚上回来后发现早上被彭英浇湿的衣服,已经洗好熨平整整齐齐地放在床上,王春阳正纳闷呢,彭英进来低着头说:"副营长,衣服给您洗好了,都是我不好,我下次会当心的,还请您大人有大量。"

王春阳早上也觉得自己太失态了,一天都为这事后悔,现在彭英又洗衣服又赔礼道歉的,倒显得王春阳有点小肚鸡肠了。王春阳连忙说道:"早上是我太冲动了,你别往心里去,我在这里向你道歉。"彭英听后,眼泪止不住流了下来。

晚上躺在床上,王春阳心想:彭英平时蛮机灵的一个小伙子,现在怎么那么粗心,做事情总是毛毛糙糙,丢三落四的,这背后肯定有隐情。王春阳也在反思自己:像这样的情况,自己当连长时早该发现端倪了,现在还去怪战士,这才几年呀,难道自己离兵远了?

想到这,王春阳开始留意起彭英的一举一动,这更加印证了自己的看法,彭英家里肯定有事情。不过,王春阳没有直接问彭英,而是从一名和彭英走得近的老乡口中得知:彭英五岁时父母就离异了,他被判为由母亲抚养,母亲后来又改嫁了。彭英是由外公外婆带大的,前几年外公也去世了。彭英本来不打算当兵的,想一直陪伴着外婆,是外婆非让他来的,外婆说:"孩子呀,趁着外婆还能动,你去部队锻炼一下吧,只有当兵才能有出息。"

如今外婆生病了,彭英想请假回去看看。

按照营里规定,营部战士请假,要由王春阳这个副营长批准,彭英听说王春阳是被"发配"过来当副营长的,心里肯定不高兴,担心自己撞到枪口上,就不敢贸然请假,有意无意想和王春阳套近乎,没想到弄巧成拙,更加不敢提休假的事了。

坦克营副营长负责驾驶训练,王春阳很快带人到了外训点,正准备好好抓抓驾驶训练,却得知训练用油没有了。

王春阳赶紧打报告到机关要,却10余天没有回音,训练只好停了下来。

这天,胡代旅长来检查,看没人训练,喊来王春阳厉声喝道:"这么好的天气,怎么不训练?"

"首长,训练没有油了。"

"没有油,不知道去领呀?"

"报告打上去10多天了。"

"你就不知道催催?"胡代旅长一副盛气凌人的样子,王春阳只好低声道:"那我再去催催。"王春阳顺势递上彭英的假条,胡代旅长也没批。

王春阳去机关催要油,机关人员说,报告已经呈上去了,胡代旅长就是不批。

王春阳明白了,这是有人逼公鸡下蛋——故意刁难他,他很少出门,训练上的事也只好耽搁了,他除了看书还是看书。

海明军旅长从国外学习回来了,胡代旅长又成了胡副旅长,这个结果早在他的预料之中,只是觉得代理旅长还没过瘾。

机关各科长逐个向海旅长汇报半年来的工作,海旅长最想听到的就是王春阳的汇报,可王春阳却始终不见人影。海旅长一打听才知,王春阳到坦克营任副营长去了。海旅长当即一拍桌子:"谁的主意?这么好的人才都不留下!"

胡副旅长小声说:"这是上级的意思。"

情况还没调查清楚,海明军这个时候并不想撕破脸皮。散会后,就去了坦克营的外训点。

简陋的宿舍里,王春阳正在看《孙子兵法》,还不断地在笔记本上写着读书心得,见海旅长进来,王春阳连忙立正、敬礼、让座。海明军随手翻看了一下王春阳的笔记本,只见扉页上写着一句话:顺境多干事,逆境多积累。加之,来之前车上一名参谋介绍了王春阳拦副处长车的事,海明军一下子明白了七八分。

王春阳坐下后,海旅长让其他人都出去了,便问王春阳:"现在就我们两个人,你心里怎么想的,有什么委屈就说吧。"

"首长,我没有什么委屈,在哪里干都一样。"说着,王春阳拿着一张通讯员彭英的假条说,"首长,能否帮忙给批个假,让他回去几天,这孩子太可怜了。"

海明军接过假条,看也没看就写了"准假"二字,还特意签上了自己的大名,递给王春阳说:"我相信你,你自己有什么要求吗?"

"首长,我没有什么要求,也不觉得委屈!"海明军知道王春阳是个倔强的人,此刻也绝不会为了个人利益去争什么,问也是白问,安慰了几句便起身走了。

海旅长走后,何新民急忙跑过来问王春阳:"旅长都说了些什么?"王春阳把通讯员的假条递过来笑着说:"旅长特事特办的,让他今天就回去吧?"

"那是自然,既然旅长都批假了,我们也不会拦他。"可何新民仍然不放心,一直追问,"旅长到底说了些什么。"何新民担心的是,这段时间他对王春阳一直不冷不热的,王春阳会不会告他一状呀。

第七十七章 喜得千金

王春阳笑着说:"老连长,放心吧,旅长什么都没问,我也什么都没说,只是让我好好干工作,好好配合你。"王春阳这一声"老连长",倒是把何新民的心给叫踏实了,说明王春阳并未忘本,也就不会趁机落井下石了。

通讯员彭英拿到旅长亲自批的假条,心怀感激地回家了。一到家,外婆的病就好了一半,直夸彭英懂事:"孩子呀,你那津贴就留在部队自己花吧,还往家里寄什么,我一个老婆子,平时也用不了几个钱?"

"寄钱?"彭英一阵纳闷,"我根本就没有寄钱,这到底是咋回事呀?"

"这儿还有一封信,我找隔壁你'二舅'给念了念,都夸你懂事、孝顺呢。"外婆边说边找出了珍藏在枕边的信。

"还有信?"彭英更纳闷了,彭英知道外婆不识字,只在新兵连里写过一封信,就再也没有写过,没想到外婆还记着。

彭英接过信一看,并不是自己原先写的那封,再一看笔迹,彭英顿时明白了,信是副营长王春阳以自己的口吻写的,钱也是副营长给的。彭英心中默念道:副营长,好人哪,回去以后肯定好好干工作!

彭英返回部队后,正赶上部队演习,彭英本想好好表现一把,却被王春阳安排去学习汽车驾驶。王春阳是故意不给彭英表现的机会,还是另有他用?

接二连三的对抗演习,何新民根本无力应对,又担心把事情搞砸了,自己营长位置不保,便把最重要的一次演习交由王春阳指挥。

整个演习王春阳全力以赴,沉着应对,并有多处创新,指挥的"蓝军"大获全胜,受到演习导演部的高度评价,便临时给王春阳加了一个任务:"尽快写一份总结报告,我们呈给集团军和军区主要首长看。"

时针指向清晨6点,屋外已微微发亮,王春阳伸了伸懒腰,感觉一阵轻松。"终于在临休假前,把演习总结报告给写完了。"他长吁了口气,"这下可以放心走了。"

王春阳摁开手机,很快,一连串的短信一股脑儿涌了进来。他略显得意:"幸亏有先见之明,关闭了手机,要不然肯定会受干扰。"

王春阳看着一条条短信,心里却是越发地沉重,短信是妻子张燕燕从老家发来的,王春阳读着第一条:春阳,听说你演习昨天就结束了,你假也批了,怎么今晚还没到家?很想你早点回来!

王春阳有些惭愧,加班写总结的事,竟然忘了和妻子说了,又接着看短信:春阳,我和妈吃过晚饭,我准备睡了。你肯定又像以前那样,要处理完工作再回来吧?我就不打扰你了,发个短信道声晚安,多注意身体,别太晚了。

王春阳的眼前忽然浮现出妻子善良的面容,结婚3年多了,他们分居两地,妻子照顾父亲和奶奶,从没抱怨过什么,即便自己在部队遇到沟坎了,妻子也都理解支持他,可这些年自己又为妻子做了些什么呢?妻子怀孕这么多月了,自己也从来没有回去看过一次,这都快生了……想到这,王春阳心一阵心酸,忍不住继续往下看,发送时间是凌晨2点30分:春阳,我肚子很痛,小家伙又不老实了,像是要生了,母亲身体不好,我只好打我爸妈电话,让他们把我送到了医院。

　　王春阳缓缓闭上眼睛,泪水慢慢溢出眼角,赶紧收拾回家的东西,把早已买好的衣服、玩具塞了满满的一大箱子,正欲出门。忽然,手机又振动了一下,几行字随即跃入眼前:春阳,生了,是个女儿,长得很像你,我们有孩子了,等你把部队的事干好,再回来给她起名吧。

　　王春阳的心中顿时腾起一股暖意。他有些激动地抬起头,挂满墙壁的各种奖章、证书,沐浴在清晨第一缕阳光里,熠熠闪亮。

第七十八章　会风文风

辞旧迎新的春节钟声哟,是那样雄浑而悠扬,是那样庄严而美丽。它如同滚滚春雷,在古老而又年轻的中国大地上回荡,点燃了千家万户的鞭炮,灿烂了千家万户的庭院,甜蜜了千家万户的心扉!

在全军上下深入学习贯彻党的十八大精神中,王春阳也迎来了人生的又一个春天,营长的位置扶正了,成了坦克营新的"领头人"。

在营长位置上干了4年的何新民不得不脱下了军装。不过,何新民倒也看得开,交接时,他对王春阳说:"好好干,坦克营的希望,以后都寄托在你身上了。"

王春阳本想安慰一下何新民,何新民明白王春阳的心思,再怎么说也共事了这么多年。平时爱和稀泥的何新民,突然间境界高了起来,还没等王春阳说话,倒是主动说了起来:"我知道自己有多大能耐,能当上营长已经是烧高香了,今年的几次演习,要不是你老弟帮忙,我恐怕早出洋相了,首长让我脱军装也是明智之举。"

两人简单交接后,如今坦克营这一棒正式交到了王春阳的手上,王春阳心里暗誓:一定要干好。

王春阳赶紧把这一消息,电话报给了老家的妻子张燕燕。

苦等了一年的张燕燕,本想着王春阳该兑现转业的诺言了,接到王春阳被任命为营长的那一刻,张燕燕就明白自己的愿望又落空了,王春阳怕是没有几年回不来了,想到这,眼睛竟噙满泪水。在这个善良女人心里,没有什么比一家人团聚更重要,至于王春阳是不是营长,她一点儿都不在乎,此刻她身边需要的一个知冷知热的男人,守护着她和孩子,而这如今还只能是一个奢望。

女儿王宣的哭声,让张燕燕从回忆中惊醒,她赶紧下床,抱起襁褓中的孩子,撩开衣襟给孩子喂奶,边摇晃着孩子边走到了窗前,眼睛不停地向外张望,多么希望那个她用生命爱着的男人出现在眼前……

母亲听到孙女的哭声,也应声赶来,看着张燕燕又站在窗前,她理解这孩子的心思。其实,她和燕燕一样,也思念着王春阳。只是,两个女人都把思念埋藏在心底,平时谁也不说出来,可任谁心里都跟明镜似的。娘俩也都以王春阳为骄傲,默默祈祷着他在部队顺心,不受委屈。

远方的王春阳何尝不牵挂着这个家庭,比以前打电话勤多了,他觉得最幸福的时刻就是忙完一天的工作,给家里打个电话,哪怕是女儿的哭声,王春阳都觉得那是世界上最美妙的声音。

不管多晚,张燕燕也总等着王春阳打完电话才入睡,话题聊得最多的就是孩子,女儿把两人紧紧地拴在了一起,这些让王春阳很欣慰。

还让王春阳欣慰的是,营以下干部调整到位后,杨铭和白阿毛分别任坦克营一连连长和三连连长,新训的日子仿佛就在昨天,眼前两个昔日的稚嫩新兵如今都成长为连长了,王春阳心里有种说不出的高兴。

落实中央八项规定,红旗旅也在悄然改变着文风会风,王春阳上任后,正赶上旅里承办集团军新营长培训任务,王春阳这个新提拔的营长,自然也在集训人员之列。

招待所的自助餐厅里,队员们秩序井然地排队打饭。海明军旅长端着打好的西红柿炒鸡蛋、土豆炖牛肉和紫菜蛋花汤,高兴地说:"这次集训,我们作为承办方,就委屈大家了,集训就餐和日常生活一样吃家常饭,节俭、实惠、管饱!"

王春阳想着前年在机关时,就是一个普通的士官集训,最起码旅里也要给带队的干部接个风,现在参会的都是营长,带队的都是旅领导,却是宴会式就餐,真是大变样了。

王春阳还发现,转变的不仅仅是会议就餐这一方面。大家开会时间少了,短了,训练时间却多了起来,更没有挂什么横幅标语,也没有摆放果盘花草。

文风会风变了样,王春阳感叹道:"这次集训,不仅增长了本领,还学到了集训之外的作风。"

集训结束后回到坦克营,王春阳一直琢磨着改变文风会风的事。

"呀!营总结怎么这么短了!"入伍阶段训练总结会上,王春阳代表营里进行了总结,全文不到1000个字,这么短的总结还是第一次见到,着实让全营官兵大吃一惊。

总结会前,营部文书呈给王春阳的是一份5000多字的总结材料,说:"营长,您看看哪里还需要修改?"王春阳接过来一看,都是往年的老套路,废话太多,干货太少,读了半天不知道写了什么,就对文书说:"总结的事你就别管了,我自己修改就行了。"

文书巴不得这样呢,要知道为了写这份总结,文书已经连续加班一个星期。一听营长这话,文书一溜烟走了,心里还直乐:"看来营长对材料要求不高呀,以后就轻松多了。"

没想到,训练总结竟是营长重新写的。

大家细细品味王春阳的总结材料,水分明显被拧干了,字数虽少,但字字点到要害:摆问题开门见山,汇报成绩不拔高,批评指名道姓。王春阳说:"虽然我们营这几年发展势头不错,但我们要把每次总结都当成新的一个起点,文风连着作风,我们落实八项规定,就从改文风会风开始。"

"文风早该改了,怎么改?"杨铭问。

王春阳故意卖关子说:"我们今天的会到此为止,下午的专题教育,我们再进行专门的研究。"

上午的会半个小时就结束了,一听说专题教育,大家头又大了,要是米向前和何新民两位营长说这话,没有两三个小时下不来,还净是些正确的废话。

可大家又仿佛充满着期待,因为在官兵眼中,王春阳似乎和别的干部不一样,总能给人带来惊喜,也总是处处为大家着想。

王春阳没有让大家失望,讲到改文风的重要性,王春阳先给大家讲了一个关于美国讽刺小说作家马克·吐温的故事,王春阳娓娓道来:

有一回,马克·吐温听一个牧师说教。最初,他觉得牧师讲得很有力量,打算在捐款的时候,"把我口袋里的钱都掏出来"。

可是,10分钟过去了,牧师还没有讲完。马克·吐温改变了主意,决定留下整元的钞票,只把零碎钱捐出去。

又过了10分钟,牧师还在讲,马克·吐温决定"一毛不拔"了。可是,牧师的讲话还不结束。等到牧师终于讲完,收款的盘子递到马克·吐温面前的时候,马克·吐温气得不但没有捐款,还从捐款盘里拿走了两张钞票。

大家听后都会心地笑了,王春阳说:"我们不能只把这个故事当笑话听,我们要从中悟出些道理,不要随意浪费别人的时间。"

简单总结了几句话,王春阳又给大家讲了一个"千古奇状"的故事。

王春阳说:"古代一个少妇守寡且无儿女,家里只有正当年壮的公公和成人的小叔子,日子过得很不方便,于是就想写一状子送到县衙,请求改嫁。但在封建社会里,妇女改嫁是很不容易的事,并且当地那位县官素来讨厌烦琐冗长的状子,遇到长的干脆不看。"

"为了实现自己的愿望,聪明的少妇思来想去,用最少的文字写了包括自己家境和再嫁理由的状子,而后径直送到县衙。"王春阳看了看大家问:"有谁知道,少妇写了什么吗?"

大家都摇头不语,王春阳也不卖关子了,直言道:"县官打开一看:'公壮叔大,瓜田李下,是否当嫁'?县官立马拍案叫绝,连称乃千古奇状一篇,即兴挥笔判了三个大字:嫁、嫁、嫁!"

大家听后有的大笑起来,也有人连声称赞。王春阳趁机评价说:"短短12个字,委婉悦目,意蕴丰富,从内容上看令人油然而生恻隐之心,从形式上看给人耳目一新之感。

"再看看我们当今的一些汇报、总结、讲话稿、经验材料等,普遍冗长、烦琐、乏味,甚至让人费解。"王春阳看着大家问,"根子在哪?"

坐在台下的杨铭脱口而出:"根子在上面,我们有时也是不得已而为之。"

"说得对,故事中'奇状'的产生,表面上看是少妇聪明才智得以发挥的结果。而真正的功劳还得归于那位县官!如果不是他有遇到长状子'干脆不看'的习惯,那少妇就不可能精心揣摩这篇奇状了。"王春阳说。

"我们以后不妨带着敌情开会,写材料也要尽量短,只要达意就行了。"这是王春阳最后的总结,王春阳讲这些,也是在给全营传递一个信息:以后连队开会,上报材料,都尽量要短。否则,他就可能做那个不看长状子的县官。大家心领神会,也由衷欢喜。

第七十九章　送菜上门

王春阳当上了营长,杜长伟前来"祝贺",人还未到,声音就先传来了:"老王,恭喜呀。"

王春阳正在看书,听到喊声,放下书本出门一看:"哟!杜大参谋,你怎么有时间过来指导了,快屋里坐!"

杜长伟一进屋,眼睛贼溜溜地乱转,心想,王春阳这刚上任,什么好烟好酒好茶叶,终归是少不了的。杜长伟看了半天,连床底下都看了,房间里除了必要的衣服和生活用品外,就是满柜子的书。

王春阳明白杜长伟的这点心思,去年关舜刚当营长时,见关舜那里有两盒好茶叶,想顺点过去,被关舜给骂了回去:"滚,这是我从家里带来的,有也不给你喝。"杜长伟碰了一鼻子灰,觉得王春阳人老实,就又跑到这里来了,没想到,王春阳这水清的,连根烟都没有。

不知不觉到了午饭时间。见杜长伟还没有要走的意思,王春阳只好留他吃饭,把通讯员喊进来:"给炊事班长说,我有贵客来了,给营部桌加几个好菜!"通讯员连连点头答是。

"这样吧……"王春阳伸出手比画着说,"红烧大鲤鱼,要活蹦乱跳的。"说完,右手扳下了左手拇指。

"再炖个野生王八,一定要野生的!"说着,又扳下了食指。

接着又大声说道:"鲫鱼、鲈鱼、黑鱼……还有那个泥鳅一样都不能少!"同时扳下了中指和无名指。

"够了,够了,这吃不完了!"杜长伟又不解地问,"老王,你点这么多鱼干什么?"

"你不知道啊?现在招待贵客流行着一段话。"

"什么话？"

"四条腿的不如两条腿的，两条腿的不如一条腿的，一条腿的不如没有腿的。"王春阳猛一拍杜长伟肩膀说，"这没有腿的，不就是鱼吗？"

"还有这说法？"杜长伟期待着一场鱼的大餐，口水差点流了出来，反而不好意思起来，"我算什么贵客，咱都是自己人，不用这么讲究。"

"好吧，杜参谋也不是外人，是咱坦克营出去的，一直对我们也比较关照。"王春阳挥了挥手，"再炒个鸡蛋、豆腐、青菜什么的就行了，快去吧！"

通讯员一路小跑去了，不一会儿却一脸苦相回来了。王春阳一问，鱼都没有了，鸡蛋、豆腐和几个青菜倒是都有。

"怎么搞的，把炊事班长叫来！"王春阳的脸拉了下来，"没有，赶紧让炊事班班长出去买，买不回来，今天谁也不准开饭。"

杜长伟知道旅里最近正在抓作风建设，他厚着脸皮来蹭饭吃，都是违规的。万一被哪个旅领导发现，自己就麻烦了，尤其是听王春阳说的那句"买不回来，谁也不准开饭"，杜长伟怕事情闹大，不好收场，就说道："算了，算了，你看这大中午了，出去买也来不及了，我看这次就这样吧，下次有机会再说吧。"

"说得也对，哈哈……"王春阳又拍了杜长伟一下，"说得是，这次我先欠着，下次一定补上！"

杜长伟这次本想在王春阳这大吃一顿，没想到全是大锅菜，还没有机关饭堂的伙食好，没吃几口就走了。路过工化营，关舜远远地看见低头走路的杜长伟，知道他又被王春阳给呼悠了。

关舜来到坦克营问情况，王春阳笑着把事情的来龙去脉说了一遍，又压低了声音说："我以前就和通讯员说好了，我接待自己的客人让加菜的话，扳手指时点的菜就不加，这样既不显得咱小气，又不侵占战士利益……"

"哈哈……"关舜听后一阵大笑，"王哥，真有你的，还有暗号呀，以后我也就用这招了。"

送走关舜，王春阳开始思考着该为官兵做些什么，端午节快要到了，他已经接到了报告，一些干部和士官的家属要来队，其中就有老士官杨松的女朋友。王春阳心想，改作风，更要体现出人情味，不能寒了战士的心。除了安排好大家的住宿，还应该做些什么？

一些干部士官的家属、女朋友陆续来队。

和杨松相恋了3年多的女朋友，也第一次来到部队。青春漂亮的女孩往连队门口一站,一下子吸引住了军营男子汉们的视线。老兵们站在远处悄悄为女孩打分,新兵们则小马驹撒欢般地去为杨松报喜讯。

看到对象不远千里来看他,还捎来了许多家乡土特产,一向严谨的杨松兴奋得逢人便笑,美得简直辨不清东西南北了。

到了士官公寓,看到一应俱全的现代化生活用具,女孩很是兴奋。

"对象又不是家属,万一杨班长脑袋瓜一时发热,弄出个什么事来怎么办?"连长杨铭看在眼里,急在心里,"虽然杨松当过自己的班长,可以说,没有杨松当初的严格要求,也就没有自己的今天,平时他对杨松是敬重三分的,可敬重归敬重,也不能眼睁睁看着老班长犯错误呀。"

"你悄悄地到公寓房站岗,既为保证女孩子的安全,也是监督杨班长晚上按时回连队就寝。"杨铭眉头一皱,计上心头,喊来一个上等兵,还特意交代说,"这事要偷偷的,绝对保密,千万不能让杨松发现。"

上等兵似乎只领会到了连长说的上半层意思,下半层说的话根本没听进去,大摇大摆地出现在士官公寓前。一对恋人,手指尖还没敢"亲密接触"一下,门口突然出现了东转转、西望望的哨兵,把俩人吓了一跳。女孩子一火车知心话儿憋进了肚子里,目光呆滞地坐了半天,不知说什么好。

"你们部队咋这样?"终于,女孩子沉不住气了,噘起小嘴就要走,急得杨松连哄带劝……

王春阳从机关开会回来了,听说杨松的对象来队了,急忙前去探望。

"咦,哨兵怎么跑到公寓房来了?"王春阳知道是一连的兵,便喊杨铭到了一边,非常蹊跷地问。

"杨班长没结婚,我怕他犯错误,派个哨兵给他俩敲敲警钟,以防万一。"杨铭解释说。

"亏你想得出来!立即把哨兵撤了。"王春阳有些生气,"杨松的为人你还不知吗,平时工作忙,一年才休假回去一次。人家女孩主动来了,咱们还设岗布哨,显得我们军人一点也不懂感情似的。我们要相信战士的基本觉悟,不要人为地制造紧张气氛,否则好事就办砸了。"

王春阳还神秘地对杨铭说:"俩人已经定亲,好上这么多年了,现在这个年代,要真有事,早发生了,咱能堵得住吗?"杨铭心领神会,让哨兵赶紧撤了,没想到一向古板的王春阳还能说出这样的话。

哨兵撤了,王春阳出门后,直接到了炊事班,安排了一番。

不大一会儿,外面传来"咚咚咚"的敲门声。女孩一开门,营里炊事员手提装有粽子、西红柿、黄瓜等新鲜蔬菜,还有油、盐、酱、醋的篮子"挤"了进来。

女孩一时不知所措,急忙叫来杨松问:"这是怎么回事?不是说好了,咱们不私拿营里的!"

没等杨松开口,炊事员忙解释:"嫂子,你误会了,咱这不是私拿。现在,营长规定对临时来队家属'送菜上门',而且是免费的。"

看女孩有点不好意思,炊事员笑了笑:"噢,营长还特意交代了,包括感情深厚的女朋友。"

送走炊事员,女孩纳闷了,问杨松:"上次你不是说,营里有一个干部的家属来队,战士给他们送了2斤猪肉和一些青菜,让旅领导碰到后,批评了好几次吗?"

"是有这事呀,胡副旅长在营里蹲点时讲了好几次呢。"

"那咱这是……"

"我也正纳闷呢,可能是上级的新规定吧。"杨松又说,"送都送来了,你就放心吃吧,省得咱出去买了。"

王春阳还特批杨松领着对象到驻地游玩、拍照。杨松女朋友说:"你们部队真有人情味。"

炊事员给每名来队家属都送了粽子和菜,这事很快在全旅传开了。

胡勇智副旅长气急败坏地来到坦克营,见到王春阳劈脸就问:"你竟然顶风违纪,太不像话了!"

王春阳知道他这是黄鼠狼进宅院——肯定是来者不善,便小心应对:"首长,您请进,有什么指示,咱屋里说,这外面风挺大的。"

"屋里说什么说,我看这外面挺凉快的,我今天是公事公办,你今天在这里,就把事情给我说清楚。"胡勇智伸出手又背在后面,不依不饶。

"首长,你总得说说什么事吧?"王春阳一脸茫然地问。

胡勇智厉声问道:"那粽子和菜是怎么回事?"

王春阳一下子明白了,连忙解释道:"官兵家属来一趟不容易,我们就给送了点……"

"你少扯淡,我不管那些,现在上下都在抓作风,你这是想吃枪子,知道吗?"胡勇智故意夸大其词,想借此唬住王春阳。

"改作风,也不能不讲人情呀,没有哪一条规定,不让给家属送菜呀?何况,大部分菜都是我们菜地自己种的,正值蔬菜旺季,多得我们都吃不完了!"王春阳据理力争。

"王营长呀,王营长呀,我说你什么好呢,你这样干早晚要吃大亏呀。"胡勇智见王春阳并不买账,一时也无可奈何。

王春阳趁机附到胡勇智耳边说:"首长,放心,我怎么能私下干这事呢,是上面有人安排我这么做的,秘密。"

"哦!"胡勇智想起了因为王春阳,海旅长怒拍桌子的事,又想到集团军干部处都内定王春阳转业了,结果却被提升为营长,心想这事说不定是旅长亲自安排的,背后还可能有更大的领导支持呢,便没再追究,悻悻地走了。

第八十章　装备换代

伴随着迈向强军目标的新征程,红旗旅的武器装备进行了更新换代,步兵营全部配上了新型步战车,王春阳所在的坦克营则列装了最先进的国产坦克。

第一批新装备到位后,海明军旅长没有把它们当成娇贵的宝贝放在车场里,而是直接让开到训练场,展开现地教学和实装基本操作训练。海明军说:"这样做,就要破除一些人高不可攀的心态,解决好不敢碰、不敢练的问题;也要克服一些人自恃高傲的心理,解决好眼高手低的问题。"

"新型坦克信息化程度非常高,要想玩得转可不是一件容易的事!"

"以前辛辛苦苦掌握的专业技能,没了用武之地,真是太可惜了!"

"这装备老鼻子值钱了,万一整坏了,咱可赔不起呀!"

……

在坦克营的训练场,面对着新列装的坦克,官兵们兴奋之余不免有些担忧。

杨铭在军校时接触过这种装备,略懂点皮毛,便自告奋勇上车操作,想在大家面前展示一番。王春阳想了想说:"去吧,按规定操作来。"

面对新型的装备,杨铭是左摸摸右碰碰,顺手打开一个车载计算机开关,电台声音异常难听,屏幕也始终是黑屏。

"这要是整坏了就是一个事故,这可不是闹着玩的。"杨铭一时心慌起来。

"别着急!细心检查!"王春阳听到异样声音,也快速登上坦克,许多技术骨干也纷纷赶来。

时间一分一秒地过去,杨铭脸上渗出了汗珠,"以前出现这种情况,检查线路,故障很快就排除了,这是咋回事呢!"

"连长,应该检查电路板!"一名刚从基地学习回来的大学生上等兵提醒说,"可能是电路板上的器件出现了故障。"

杨铭头也没回,照旧查线路、测电压。上等兵再次说:"连长,肯定是电路板出了问题,听俺的!"杨铭不耐烦地说:"你懂什么?一边去!"

"连长,您再违规操作,会烧掉整个电台的。"上等兵大声喊道。

"闭上你的乌鸦嘴……"上等兵话还没说完,杨铭忙中出错,违反操作规定按下任务终端上的自毁按钮,一股青烟冒了出来,杨铭知道自己闯了大祸了,一屁股瘫坐在车里。

王春阳赶紧从修理所请来专家。专家一番查看后,十分肯定说:"坦克上价值上万的一个子系统报废了。"又略带庆幸地说,"幸亏电台还好,电台再违规操作,有可能整个就报废了。"

说着,修理专家检查了电台上的电路板,更换了一个器件,电台能正常工作了,同时也向旅里上报了报废的子系统。

旅装备科长很快来调查此事,认定杨铭是"违规操作装备,犯了经验主义的错误,还不听人劝,导致了此次事故。"

按照旅里规定,本应该给杨铭一个处分,王春阳拉装备科长到一边说:"现在新装备刚列装,还没开始训练就处理人,会挫伤大家训练积极性的,看能不能先不处分人,我回去后严肃批评教育一下。"

"那不行,出了这么大的事,就批评教育一下,以后还不把装备都当成玩具了,想怎么拆就怎么拆,装备还怎么确保完好率?"装备科长坚持要给杨铭处分。

王春阳一听也急了:"我当时也在场,杨铭是我安排上车操作的,要处分就处分我吧。"

"你是营长,那怎么能行,谁不知道你老弟是旅长的大红人,处分你,我可没这个权力!"

"处理我营里的连长,你就有权力了?"王春阳知道,处分干部是政治部门的事,装备科长是没有这个权力的。

装备科长面带愠色:"我只是上报,上报,建议给个处分。"

"建议也不行!"王春阳大声说道,顺手从兜里掏出银行卡,扔给装备科长说:"拿去,该多少钱从上面刷,就是不能处分我们的人。"

装备科长一看这架势,想着海明军旅长之前强调的"新装备训练难免会出错,能放人一马就放人一马"。立马换了种语气说:"我怎么能拿你老弟的卡呢,回去我再向上级汇报汇报,再申领一个器件给换上。"

装备科长走后,王春阳立即召集全营人员开会,没等王春阳开口,杨铭就主动做起了检查,还虚心向那名上等兵进行了道歉。

见杨铭一脸的诚恳,王春阳也没多说什么,只是号召大家向上等兵学习。

杨铭虽然没有被处分,此事在坦克营引起了不良反应。大家谁也不敢主动操作新装备了。整天不是学习理论,就是做些擦车、打扫卫生、清理器材等表面工作。王春阳心里虽然着急,却也无计可施。

"车体要擦干净,履带销要紧固一些……"这天,王春阳和大家又在车场保养车辆,海明军旅长走了过来,看着打扫整洁一新的卫生,擦得铮亮的坦克车体,连履带板都一尘不染。海旅长眉头一皱:"车不是放在这当摆设的,怎么不开出去遛遛?"

"首长,不是我们不想,是没人敢。"王春阳把上次杨铭的事一五一十地说给旅长听。

没想到,海旅长厉声道:"没人敢,你这个营长为什么不去闯,为什么不敢去尝试,是你个人私利占据了上风,还是胆怯埋没了你的才能?"

旅长的话犹如醍醐灌顶,一下子把王春阳惊醒,他自信一心为了部队建设,抛却了许多私利,却在全军上下轰轰烈烈的强军实践中,不自觉地停滞不前了。

王春阳立刻召集全营人员说:"今天我们拉动,咱们就把'宝贝疙瘩'开出来遛遛,有问题不要怕,不敢正视问题才是大问题,今天就是要解决这些问题的。"

说完,王春阳登上了一辆新型坦克,全营新列装的 10 余辆车也鱼贯出了临时车库,带头车的王春阳下达命令,尽量选择难行路段。

一路上,电台中不时报告有车辆"趴窝"。王春阳沉着指挥,积极应对,车辆训练了一上午,大家直呼过瘾。海旅长看在眼里,满意地走了。

杨铭也很快从阴影中走了出来,和王春阳、白阿毛等人一起开始恶补信息化知识,着力推进部队转型建设发展,他们时不时在一起就某个问题进行讨论交流,有时还争得面红耳赤。

越是争论,王春阳越是高兴,他斩钉截铁地说:"我们不是没有教材,没有经验吗,我们现在是摸着石头过河,摸不着石头也要过河!"

"我军提出推进军队转型已有多年,但从部队实践层面看,还存有把'军队转型'狭隘理解为仅仅只是发展信息化装备、进行信息化改造、开展信息化训练、构建信息化战场,把'军队转型'等同于'技术转型'。"训练间隙,杨铭不无感慨地说,"这种倾向,妨碍了我们对军队转型的正确理解,也影响到部队推进转型实践的力度。"

"'军队转型'概念由美军首创,但就是在美军内部,也从未单纯地将之归结为'技术问题'。"王春阳对杨铭的话表示赞同,同时也作了补充,"美国防部《军队转型计划指南》明确指出:军队转型是对军事理论、能力、人员和组织进行重新组合的过程,核心是将工业化时代的军队转型为信息化时代的军队。"

"军队转型本身就是一记'组合拳',包括军事理论、作战思想、作战方法、体制编制和军事技术等共同的转型。"王春阳总结说,"所以,我们还要着重转变思想观念,接受一场'头脑风暴'的洗礼。"杨铭和白阿毛听着不断地点头。

训练好几个月了,进入实弹射击阶段,大家信心满怀地走上训练场。海明军旅长也到了现场,王春阳第一个上车,四发四中,接着杨铭、白阿毛都打了不错的成绩。眼看要轮到杨松上场了,海旅长却提出自己也上打一发。

"首长,这是炮弹,炮弹可不长眼睛,您可要当心点。"杨松这样说,是希望旅长知难而退。谁知,海旅长听后哈哈大笑:"小伙子,你小看我了,我可是专业的坦克兵出身,世界上很多先进坦克可都见识过的哟!"

海明军并非吹牛,去年到国外学习期间,欧洲几个发达国家的主战坦克,他都开过,也打过实弹,连外国专家都夸他是"优秀射手"呢,这次海旅长就想在国产坦克上试一试身手。

上级配发的新弹药数量有限,这次战斗射击,每个车组只供4发炮弹,海旅长多打一发,就意味着杨松将少打一发,这让杨松心里很不舒服,但自己是一个兵,也不好多说什么。装填炮弹时,他表情严肃地伸出食指,冲车长王春阳示意:只此一发!

只听"轰"的一声,炮弹命中靶心。海旅长好像上瘾了似的,命令道:"再装一发。"

一听这话,杨松心里更加冒火,心想自己反正打算明年退伍了,也不顾上那么多了,气呼呼地和旅长理论起来:"首长,您只能打一发!"

海旅长很意外:"咦,我堂堂一旅之长,难道连多打两发炮弹的权力都没有?"

"首长,今天打新弹,炮弹数量是定到人头上的,我希望您不要为了自己体验而'侵占'我们士兵的训练资源!"

"你!……"旅长没想到一个大头兵竟敢如此放肆,睁大眼睛看着杨松,但他还是很快走下了坦克,十分不爽地回到了观礼台上。

旅长很生气,后果很严重。坐在待机地域,杨松心里七上八下,开始后悔起刚才的鲁莽行为:"唉,首长打新弹,也是为了战斗力提升,我今天哪根筋不对了?得罪了旅长,即便明年退伍,还有一年多的时间呀,能有好果子吃吗?"杨松暗自骂道,"真是兵越当越糊涂,有点棒子面煮鸡子——成糊涂蛋了。"

　　坐在旁边王春阳看出了杨松的忐忑,安慰道:"放心吧,旅长是个军事迷,也最喜欢你这样的军事迷,他不会计较的!"

　　果不其然,轮到杨松所在车组射击,他用3发新弹取得了全中的优秀成绩。这时,海旅长走过来,亲手给杨松戴上了大红花,杨松有种说不出的莫名感动。

第八十一章　挑选司机

营部那个开了多年大卡车的驾驶员退伍了,王春阳要重新挑选一个可靠的驾驶员,原先的营部通讯员彭英学习回来后,又顺利转上了士官,成了一名汽车驾驶员。

王春阳有意想让彭英开营部大卡,却又有点不放心,之前有人向他悄悄递话:"彭英开车不老练,还是找个老士官稳当。"

王春阳还是想挑选一个年轻点的,要不然等以后退伍了,三天两头换的,怪麻烦的,也不利于部队建设,王春阳决定找个机会考验一下彭英。

这天,营里要送一批物资器材到外训点,王春阳点名要彭英开车。

上午进行装车,大家忙个不停,不一会儿就装了满满一车,可还剩了一些。杨铭指挥着大家正想继续装车。

"停!"彭英连忙阻止说:"连长,这车载重 10 吨,现在已经装满了,不能再装了。"

杨铭指着剩下的物资说:"就剩下这么一点了,总不能再跑一趟吧?"

"连长,多跑一趟没关系,违反规定操作,出了问题可就是大事了。"彭英据理力争。

"哎,我看你怎么这么一根筋呢,到驻训点来回一趟上百公里,你不嫌累呀。"

"连长,还是别装了,安全第一。"

两人正争执不下,王春阳走过来说:"还是听驾驶员彭英的吧,中午我带车去,按规定来。"

听营长这么一说,杨铭不再坚持了,他随即点了四五名战士说:"你、你、你,中午和营长一道去驻训点。"

"连长,您让去这么多人,哪坐得下呀?"彭英指着驾驶室说,"营长带车,驾驶室最多只能再坐一个人。"

"你怎么这么笨呀,前面坐不下,不能坐后面!"

"不能人货混装。"彭英看看杨铭,一本正经地说,"连长,这是规定。"

"规定,规定,王八的屁股烂规定,你以为我不知道啊!"杨铭正想发火,王春阳接下话说:"还是按规定来吧,你们就不要去人了,那边兄弟单位的人卸车,我们这次只负责送到就行了。"

中午,关舜来坦克营找王春阳讨论一些问题,眼看到了开饭时间,王春阳就留他在坦克营吃饭。吃饭就吃饭呗,关舜却变戏法似的掏出一瓶"白酒"来,非要王春阳陪他喝几杯。

王春阳并没有推辞,竟破天荒地和关舜喝了起来。

彭英吃完饭,多次来催促王春阳该出发了,王春阳都没理会。直到彭英着急地喊道:"营长,带车干部是不能喝酒的,您这样会误事的。"

王春阳站起来对关舜笑笑说:"哦,我忘了还有这条规定,一会还要带车去外训点,就不陪你老弟多喝了。"说完,端起一大杯"白酒"一饮而尽。看得彭英直撇嘴:"营长,您喝多了,还是换一名干部去吧。"

"不行,我去驻训点,旅长还要在那里召集我们开会,怎么能换人呢?"彭英一想也是,这开会的事别人还真替代不了,又一想,自己只要开车小心点,就让营长在驾驶室里睡一觉也无妨,便扶着一摇三晃的营长上了汽车驾驶室。

彭英小心翼翼开着车,很快驶出了营区,好在今天路上的车不多。"睡"在副驾驶位置上的王春阳发话了:"快点,再开快点,这么好的路,你怎么那么磨叽呢!"

"哎!"彭英应了一声,但没有提速。因为现在的时速是70公里,已达到这个路段规定的行车速度的上限。彭英十分纳闷:"营长今天这是咋了,平时老教育我们守规矩,这今天又是喝酒,又是让开快车的,这不是明显的心口不一吗?"为了安全起见,一路上,彭英都把车速控制在合理的范围内。

眼看到了县城,即将通过一个十字路口时,王春阳又发话了:"冲过去!"彭英断定时间已不允许,便对王春阳说:"营长,来不及了,还是等下一个绿灯吧。"彭英果断停车,王春阳没吱声,又闭眼睡去。

又到了一个十字路口,眼瞅着绿灯要变成红灯了,王春阳睁开眼再次催促彭英:"快,快,冲过去!"可彭英还是规规矩矩地把车停了下来。

这天的红绿灯好像故意跟彭英作对似的,逢路口就是红灯,他快速赶到下一个路口,又是无法在绿灯熄灭前通过。这次,王春阳声调明显提高:"给我冲过去!否则你以后就不要在营里开车了!"彭英委屈的泪水差点流了下来,可他还是及时地踩住了刹车。

彭英终于把车稳稳当当开到驻训点,他正想扶营长下车。没想到,王春阳推开车门利索地跳了下来,笑着对彭英说:"恭喜你通过了考核,以后你就是营部这辆大卡车的新主人了。"

"营长,您没喝醉?"彭英一脸的纳闷。

"开什么玩笑,现在全旅上下都开始了禁酒令,我能顶风违纪吗!"

"中午,那酒……"

"哦,那是关营长用酒瓶装的矿泉水,他也觉得你小子不错,想挖你过去给他开车呢,也借机考核一下你。"王春阳又拍拍彭英说,"希望你别往心里去,我们这也是工作需要。"

"营长,我随时接受考核。"刚才备感委屈的彭英,顿时明白了一切,心里无比畅快。

按照营里规定,谁负责开营部的大卡车,谁就负责全营的汽车驾驶员训练和全营的汽车保养工作。彭英开车规规矩矩,组织训练也敢于较真。

车辆驾驶训练场上,马达轰鸣。一名老汽车驾驶员正进行"车辆通过限制路"课目训练。老司机娴熟的驾驶动作引来阵阵掌声。

眼尖的彭英好像发现了什么,快速走上前去,限制路好像比教范规定的宽了一些。他当即对训练叫了"暂停",拿出尺子一量,果不其然:多出了10厘米。

老司机因为没开上营部的大卡,就一直不高兴,见彭英又这么"死脑筋",一脸不服气地说:"你个新兵蛋子,这么较真干什么吗,谁家的路正好跟车一样宽?"

"我们这是训练,训练就要按要求来,标准就要严,要不然还要规范干什么?"

"嗨,说你喘,你还来劲了,我开车时,你还穿开裆裤呢。"老司机看着彭英又说,"我们以前都是这么训练的,也没见出现什么问题呀!"

"没出问题,那是幸运,等出了问题后悔都来不及了。"

"彭英说得对,训练就要严格按照规范。"王春阳一直在不远处看着训练,看两人争执了起来,王春阳这才走了过来,王春阳指着宽出10厘米地段的道道轮胎印痕,严肃地说:"这10厘米意味着什么?如果这10厘米下正是万丈悬崖或敌人埋下的地雷,我们不就车毁人亡了吗?"

"训练场就是战场。如果平时训练降低标准,只求过得去,不求过得硬,战时就有可能'过不去'。"王春阳又语重心长地说,"说起来,这样的道理人人都懂,可我们为什么在执行中,仍是我行我素。要知道,平时宽之以10厘米,战时不知要付出多少人生命的代价。"

老司机听后低下了头,自觉要求按规范进行训练。

王春阳和彭英一道,重新按教范规定量出标准的限制路,并一起组织驾驶员在标准路上训练,纠正动作,讲解要领。老司机忽然明白了,彭英为什么能开上营部大卡,而自己却不能了。

训练如火如荼,也步步升级。王春阳想着法子贴近实战化训练。

这天,白阿毛正集合连队人员。王春阳明知故问:"你们这是要干什么去?"

"我们正准备进行轻武器射击。"连长白阿毛答道。

"计划上,不是还有五公里武装越野吗?"

"营长,我们射击完,再进行五公里武装越野测试。"

"两者就不能结合起来,一起组织吗?"王春阳用手比画着,白阿毛却糊涂了:"结合起来,怎么结合,这是两个训练科目呀?"

"先进行武装五公里越野,越野的终点设在靶场,跑到终点后立即进行实弹射击考核。"白阿毛听清楚了,却又不明白了:"营长为什么这样要求?"

"敌人不会在你准备充分后再让你打,很多时候都是运动战和遭遇战。"王春阳进一步解释说,"武装越野和实弹射击考核分开进行,可能考核成绩不错,但在实战中你冲锋的终点就可能有敌人,在筋疲力尽时,你还能确保一枪毙敌吗?"

白阿毛这次听懂了,立即组织全连人员换上全副武装,先跑五公里武装越野,喘息未定后立即走上射击战位,据枪、上弹、瞄准、射击,一轮轮子弹打出后,命中率与以往差距较大。不过,大家却是一脸的兴奋。"这样的实战化考核,感觉就像打仗一样。"

海明军旅长听说王春阳采取了这样的训练模式,非常满意,就带着旅领导专门来"取经",这一做法很快在全旅推广,不久又在更高层面进行了推广。

第八十二章　甲午殇思

站在新世纪的第一个甲午年,我们有太多的理由去追忆历史,透过遗忘的迷雾牢记耻辱,穿越和平的年代审视战争,从过去中寻找未来,向失败中探求胜利。

王春阳翻开桌上的新年台历,看到"甲午年"3个字,心中隐隐作痛。

时间流过两个甲子,120年前,中日甲午一役,打断了中国发展进程,加深了民族苦难悲怆。王春阳反复思考着:取一瓢饮,有多少人还依然感到淡淡的血腥,又有多少人如鲠在喉?

元旦放假最后一天的收假教育,王春阳没有按照传统的方式进行总结,而是结合甲午战争进行了一场特殊的战备形势教育。

"1894年中日甲午战争爆发,以中国失败而告终,北洋舰队全军覆没,清政府被迫签订了丧权辱国的《马关条约》,赔款白银两亿两,割让辽东半岛、台湾、澎湖列岛给日本……"王春阳说,"这是中学历史课本上的一段话,想必大家并不陌生,60年一个甲子,今年又逢甲午,我们今天就谈谈中日甲午战争。"

王春阳的开场白,并未引起大家的重视,有人点头,有人看向远方,有人说着悄悄话,嬉嬉笑笑的,像是还沉浸在假日的迷梦里。

看到眼前一些人的无动于衷,王春阳原本有些麻痹的神经被再次触动,发自心底的痛感却是如此真实。王春阳一拍桌子:"不仅不应该陌生,还要记忆犹新,刻骨铭心。

"头脑里缺乏忧患意识,就无法体味责任的重大和使命的神圣。"王春阳又大声说,"我们绝不能被另一个甲午唤醒!"

大家立刻安静了下来。王春阳缓和了语气说:"在近代中国历史上,包括甲午战争在内的各类重大外敌侵华事件有315起,签订的不平等条约竟有608个,个个事件都是痛心史,件件条约皆是悲伤事。作为军人,我们都忘记这些民族苦难、国家之殇的屈辱史了吗?"

稍稍停顿后,王春阳给大家先行介绍了一下,中日甲午海战的实力对比:

甲午海战爆发前,中国海军由北洋、南洋、福建、广东4支舰队组成,共拥有大小舰船78艘,鱼雷艇24艘,总吨位83900吨。

日本海军联合舰队,共拥有舰船31艘,鱼雷艇24艘,总吨位61373吨。

论吨位和舰艇数量,那时的中国海军强于日本,位居当时世界第9位,日本位居第11位。

从装备上讲,陆军武器没有差距,海军的军舰在吨位和火炮射程上甚至略占优势,王春阳问道:"这场武器装备代差最小、外界看来最有可能打胜的一仗,为什么败得这么惨?"

"首先败在了观念上,有人形容说,'中国打了一场满以为胜券在握,却准备不足的战争',这就说明了当时清政府的心态。"杨铭站起来说。

杨铭像有准备似的讲道:"日本海军明治维新时期还是一片空白,为了填满军国主义的血盆大口,达成覆灭中国、独步世界的痴心妄想,几十年间,日本以国家财政收入的60%来发展海、陆军,明治天皇还决定每年从自己宫廷经费中拨出30万日元,再从官员薪水里取十分之一,补充造船费用。而1894年,清政府的王公贵族只想这一年早早过去,他们都在为已经垂帘34个年头慈禧太后来年的六十大寿张罗贺礼。"

杨铭不无感慨地说:"一边是笙箫袅袅的太平盛世,另一边是磨刀霍霍的精密盘算,冥冥之中胜负已定。"

大家听后一个个默不作声,思绪仿佛一下子被拉向那个年代,那场战斗。

"是呀,不能以不打仗的心态,准备打仗的事。"王春阳十分同意杨铭的观点,又说,"甲午之败,虽然败在海上,实则败在心上。眼为心灵之窗,缺乏世界眼光,是由于心的混沌。"

王春阳又给大家看了看手中甲午前的两份礼单:

一份是1793年英国特使马戛尔尼来华时送给乾隆皇帝的礼品:蒸汽机、天体运行仪、榴弹炮、连发手枪、望远镜等;第二份是23年后英国阿美士德使团送给清廷的礼品:香水、呢绒、玉石、美酒、画像、镜子、瓷器、玻璃烛台等。

第一份礼品代表欧洲工业革命最先进水平,是西方世界近代化光芒第一次照向中国。遗憾的是,这些科技含量及军事价值极高的东西,却被清王朝当作奇淫巧技不屑一顾。鸦片战争英法联军洗劫圆明园时,竟发现包括英国制造的天文仪器等被堆放在一间厕所里。由此中国失去了学习西方,尽早进入军事近代化历程的一次绝佳机遇。

王春阳语重心长地说:"甲午惨败早已从这两份礼单的变化中就埋下了伏笔。"

沉默了一会儿,王春阳突然问道:"我们这里有去过刘公岛的吗?"

杨松和几名战士举起了手。

"杨松,你去过刘公岛?"王春阳有点兴奋。杨松点了点头:"我前年休假时去过。"

"那你说说,走出甲午海战纪念馆时,你的心情是怎样的?"

"我觉得当时导游说的一句话,倒是很能代表我们的感受。他说:'是中国人都会生气,但上了返程的游艇,回到大街上,大多数人就平和了。很快,很快!'"杨松回忆说,"想想也是,事不关己,自然高高挂起。"

"为什么会出现这样的情况。"王春阳问。

"可能是,我国三十多年都没有打仗了!"杨松回答说。

"杨松给出的理由,大家赞同这一说法吗?"王春阳抬头,再次扫视了一下人群。

多数人点头,也有人不知所云。

"我看这个观点值得商榷,诚然,多年未打仗,会给人造成一定的麻痹心理,但还不能完全归咎于缺乏战事上,备战,不能仅靠战争刺激。"王春阳说,"就算当时与日本开战,国破家亡之际,清政府朝廷内部,很多人就在袖手旁观,有的甚至塞砖设障,专等着看李鸿章的笑话。战后,南洋水师甚至找日本人讨要一艘舰船,原因是这艘舰船本是他们的。他们讨要的理由也很鲜明,与日本人开战的,是北洋水师,不是他们,所以,那场战事不关他们的事。"

王春阳说完这些,这次没人再笑,而是一个个表情凝重。

王春阳又举例道:"从日俄战争到九一八事变之前,日军二十余年未经大战,而中国却一直处于军阀混战当中。照理说,抗日战争,身经百战的中国军人遇上这些没上过战场的日军,该是势如破竹,即便国力有差距,在战场指挥、战术素养上也应大大超越对手。"

大家似乎领悟到了一些弦外之音,一个个认真地听着,王春阳接着说:"事实恰恰相反,日军在开战之前,在情报、物资、训练等多方面已经筹划了几十年,在作战指挥、战术素养等方面也进行了蓄谋已久的侵略战争准备,而忙于内战的中国军人虽有实战经验,却缺乏科学的训练与充分的战争准备,以至于抗战前期大片国土沦丧,国家和人民付出了惨痛的代价。

"越王勾践'十年生聚,十年教训',积蓄二十年的力量打败了强大的宿敌吴国;汉朝以几代人的充分准备,终于消除北方匈奴铁骑的威胁,营造了边境百年的安宁;瑞士完善的军事战备和训练体系,让二战中强大的德军也望而止步,使国家免于战火蹂躏。"王春阳和大家又环顾了历史,更形象地说明了,"一个国家、一个民族、一支军队,只有时刻树立危机意识,才能不断革除积弊,打赢战争,维护和平。反之,就算置身战火之中,也难以认真地进行战争研究,只能从失败走向下一场失败。"

　　讲到这里,大家频频点头,觉得王春阳这个说法很能说明问题。

　　"在长期的和平环境中,国民'无敌国外患'的和平麻痹思想渐生渐长,军人当和平官、和平兵的现象比较普遍,军人'天生为打仗'的血性和斗志日渐消磨。"王春阳感慨地说,"战备不能有片刻松懈,必须时刻警惕。客观如此,我们更应该在主观上努力。"

　　"北洋舰队是在清朝政府深感海防危机时建立起来的。建队初期,舰队官兵深感责任重大,训练也相当刻苦,'刻不自暇自逸,尝在厕中犹命打旗传令'。可到了战争前夕,特别是随着舰队的成型,官兵自以为亚洲无敌,战备意识明显下降。"

　　王春阳沉思了一会儿,略显沉重地说:"训练保养经费被挪用、战斗实弹储备严重不足的情况比比皆是,战舰有时甚至被用作官员的观赏船;舰队官兵酗酒聚赌成风,有的甚至在舰炮上晾起衣物,舰队初期的危机感荡然无存,娇气腐风弥漫军中。以至海战后期,日方鱼雷艇竟能冲入北洋舰队港内,成功夜袭多艘军舰,而当时北洋舰队的多个管带竟不在舰上。日本舰队正是看准了这一点,屡屡挑衅,把北洋舰队从黄海赶到'老窝',最终把北洋舰队赶上了绝境。

　　"走出甲午,不是走出悲情,而是走出局限,不仅抚平心灵上的伤口,更要揭开历史的伤疤,刮骨疗毒,以求生发出走向未来的青枝绿叶。"王春阳总结道,"这惊醒我们,天下虽安、忘战必危,无论国家综合实力如何强盛,作为一名军人,必须丢掉幻想,时刻准备上战场。"

　　一个多小时的节日收心课,让大家的心彻底收回来了,转瞬间充满了训练的豪情。

第八十三章　只说兵事

"嘎"的一声,坦克营的大卡车停在了野外驻训场。王春阳跳下车,随手抹了把汗,经过一路的颠簸,加上6月天气的燥热,他显得有些疲惫,却又径直走到正在训练的坦克三连官兵中。

车场上,坦克一辆挨着一辆,正在接受战士们的严格"体检"。

随后赶来的驾驶员彭英递上条毛巾:"营长,今天天气预报上说有37度呢!"王春阳抬头看看天,毒辣的阳光刺得他直挤眼。

这么高的温度,战士们还在坦克上钻进钻出,想想以前自己高温下训练的经历,哪一次不像水洗一样,王春阳有些心疼了。可这是训练,也没法。

"来,让我试试!"王春阳登上三连的一辆坦克,车上的战士停止了操作,一个个看着营长。王春阳顺手去摘驾驶员的坦克帽,"咦,怎么是光头?"看到驾驶员光溜溜的大脑门,王春阳有些吃惊,他转身又去摘掉一炮手、二炮手的帽子,竟然全是光头。

"怎么都剃了光头?"看着一个个光秃秃的脑袋,王春阳感到十分费解,便喊来三连长问道,"白阿毛!这是怎么回事!"王春阳的声音很大,似乎要压过层层热浪。

"营长,您先别生气。"白阿毛解释道,"这是我们连的'光头月',连队今年来这里驻训,山沟里没有理发店,再加上天气干旱,水又特别缺,训练也很紧张,大家自愿理光头凑合一个月。"说完,白阿毛也顺势摘掉帽子,露出了光头。

"都是这样凑合吗?"王春阳问。

"这不是凑合,是我们心甘情愿的。"一名战士插话说,"大家已经习惯了,觉得光头挺好,又不去相亲,还省洗发水了呢。"

"哦,我们失职啊!"王春阳看着坦克上钻里钻外的战士,额头紧皱了一下,"你们用水都是从哪儿来的?"

"原先河沟里有点水,大家都凑合着用,这几天眼看着也干了,训练不紧张时,连队就安排几个人到山下用水桶提点,可一来一回要走十几里的山路。"白阿毛讲到这些,一脸的无奈。

王春阳又问:"旅里不给送吗,每年驻训部队都应该配有送水车呀?"

"别提了,刚开始旅里还给送点,现在估计把我们给忘了,这都一个星期没送水了。"白阿毛说,"上次杜长伟参谋来送水,我就觉得不对劲,说什么路不好走了,车况不好了,总之找了一大推理由,让自己想办法解决。"

"混账!"王春阳听后生气地骂道,又一阵心酸,突然站在坦克上,面向大家说,"同志们,大家辛苦了!由于前一阶段,我参加上级的集训,没有及时了解这里的情况,让大家受苦了,我这个营长失职了,我在这里向大家道歉。"说着,王春阳朝大家深深地鞠了一躬。

直起身后,王春阳又坚定地说:"从明天开始,我将向旅里申请,营里每天派车给大家送水,我们没有头发更要保持清洁,绝不让大家在这里为用水发愁。"

王春阳停顿了一会儿,又补充道:"等这次训练结束后,营里还要组织培训理发师,每个连队至少有一名,保障野外驻训的全过程,达不到这个目标,我也理光头!"

一阵热烈的掌声回荡在山间……

王春阳当晚住在了红旗连的帐篷里,和杨松他们住在一起,亲身感受到了在山里住着,对于水,有着一种超乎寻常的渴望。

这天,官兵训练回来,浑身脏兮兮的。回到帐篷后,大家都第一时间冲向水桶,但是水却早已用完了。今天连队又没安排人下去提水,没有洗漱用的水,每个人都是一脸的无奈和期待。

"营长,我们上山的时候,我顺便在山下的小溪里打了一壶水,你先凑合着洗洗吧!"彭英说着,拿出了水壶。

"是吗,太棒了!快把水倒脸盆里!"听到有水,大家都兴奋起来。

可是问题也来了,只有一壶水,该让谁用呢?

"水是彭英打来的,让他决定吧。"杨松说。

"当然是给营长先洗了,营长这一天过来也挺累的。"彭英说。

王春阳连忙推辞:"还是大家伙训练辛苦,大家应该先洗,我凑合一下,明天回旅里再说吧。"见营长不洗,谁也没去动那半盆水。

大家这么让来让去也不是办法,王春阳最后决定大家一齐用。"这半盆水,让我想起了上甘岭上的那个苹果,我很感动。下面,我命令,我们从年龄最小的开始,每个人湿湿毛巾,擦擦身上的汗,好好休息一下,养好精神,用饱满的热情迎接明天的战斗!"

大家一个个湿了湿毛巾擦汗,王春阳最后一个,却发现还剩了不少水,心里有种说不出的酸楚。天一亮,他就带着彭英回到了旅里,当天下午就拉着满满一车水而来。

杨铭仿佛知道营长今天要来似的,提前在连部桌上准备了一大盘"油炸对虾"。

开饭时,王春阳看到这盘对虾,眉头紧皱:"这哪来的?"

"营长,昨天在老乡那里买的。"杨铭说。

对于在外驻训的官兵来说,看着此类大餐,绝对是一个不小的诱惑,一个个向这边望着。

王春阳突然站起身端起那盘大虾,走到邻桌说:"来,来,来,大家吃虾。训练这么苦,年轻人又正在长身体,今天好好补补。"说着,王春阳将虾分到战士们的盘里,当分到杨松时,却绕了过去,笑笑说,"杨松,吃虾过敏是不是?"

"是,营长!"杨松激动地应了一声,转而又问,"营长,您咋知道我吃虾过敏?"杨松觉得,自己吃虾过敏,也就是这两年的事,以前王春阳在连队当连长时,他吃虾是没事的。

"上次,你女朋友来,我安排人给你送虾,吃得你身上直痒,你女朋友说以后不要送虾了!"听营长这么一说,杨松一下子明白了,也正是那个时候,杨松不敢吃虾了。

大虾很快分完,有些同志并没有分到。王春阳说:"同志们,来之前,我已经从服务中心订购了一批大虾,还有鸡腿,今天没分到的同志,咱明天吃个够。"大家听后,欢呼声一片。

大家本以为营长会立马回去,没想到王春阳和大家一起住下了。王春阳随即安排说:"旅里集训已经结束了,从今天开始,我就和大家吃住在一起了,明天上午8点,咱们全营干部骨干开个会,讨论一下如何走好群众路线。"

8时整,全营干部骨干集合完毕。值班员白阿毛说:"营长临时接到上级的一个电话,要晚一点到,让我们先进行讨论。我看还是等一等,待营长来了再开始吧。"

时间一分一秒地过去。8时15分,王春阳才从帐篷出来。

见大家一个个端着,王春阳一脸沉重地说:"首先,感谢大家等我。你们每个人都牺牲了15分钟时间,换取了我作为一名营长的所谓'尊严'。不过,我想反问大家:为什么一次例行会议,一定要等我来了才开始呢?"

王春阳似乎有些激动:"大家一起等我,还是第一次。但类似'等领导'问题,是偶然情况还是普遍现象? 我们好好研究这个问题,是不是我们太官僚了? 今天开会我们只说兵事。"

"说兵事儿?"王春阳的话让一些同志摸不着头脑。

"对,都说说战士的事,战士的开心事,烦恼事,最期盼的事,最闹心的事……这也是落实群众路线的一个举措嘛!"王春阳的语气更加坚定。

大家没想到王春阳让讲兵的"故事",事先也就没有准备。会场沉寂一会儿后,白阿毛率先发言:"随着气温升高,战士心浮气躁、情绪容易激动的现象增多,上周我发现并制止了2起战士之间因小事发生口角的事情。"

"嗯,白阿毛同志对战士观察比较细心,说明他心中随时装着战士,随时在关心战士的心理变化和所思所盼,很好!"王春阳边记录边点评,"这种现象要引起高度重视,注意抓好夏季官兵的心理疏导和心情调适,要做好一人一事工作,有针对性地对症下药,随时给战士心情'防暑降温',不要让战士情绪'中暑'!"

"我们外训条件艰苦,完成训练浑身汗淋淋地回到宿营地,最大的渴望就是能有水,洗洗身上的汗迹和污渍,还有天气比较晒,战士希望能买到物美价廉的日用品和化妆品……"杨铭说。

"是你自己想买化妆品吧,来外训点了就别那么讲究了?"白阿毛白了杨铭一眼说,"水,有的喝就不错了,还洗澡呢,咱来这又不是享福的。"

"日用品和化妆品的事好办,大家回去后统计一下,一个连派两个代表,明天我让驾驶员彭英拉着大家去买。"王春阳想了想又说,"我明天再和领导汇报一下,看能否把旅里的淋浴车开来给我们用。"

听到这里,大家纷纷踊跃发言,一轮发言下来,有的讲兵事具体翔实,有的则模棱两可。

"今天为什么突然要让你们说兵事儿,不仅是考察你们平时知兵有多少,爱兵有多深,带兵有多细。还是为了能解决问题。"王春阳话锋一转说,"什么叫创新、什么叫密切联系群众,能解决问题就是创新、就是走群众路线。"

淋浴车在海明军旅长的亲自过问下,也很快开到了坦克营的驻训点,水的问题解决了,大家训练的积极性更高了。

第八十四章　一家团聚

"春阳,我车票买好了,明天就带着女儿去你那了,我们带的东西多,别忘了去车站接我们呀。"妻子张燕燕打来电话,随军的事已经办好,安顿好家里,这就准备带着孩子去部队了。

放下电话,王春阳拉开抽屉,里面一张一家三口的合影,笑得阳光灿烂。想着一家人终于可以团聚了,刚从驻训点返回的王春阳心里是满满的期待。

老婆第一次来部队,女儿还不满2周岁,王春阳猜想,以老婆的性格,东西肯定也带得不少。想到这,王春阳一早就请了假,打算到车站去接老婆孩子,也想第一眼就看到女儿。看看表,还有2个多小时。

"彭英,你怎么了,哪里不舒服?"王春阳出宿舍门正好碰上彭英捂着肚子,十分痛苦地从厕所出来,脸色煞白煞白的。

"营长,我可能是急性肠炎又发作了!"彭英痛苦的样子,让人看着都难受。

"走,我带你到旅医院看看去!"说着,王春阳拉着他就走。

军医检查了一下说:"没什么大碍,打个点滴就行。"王春阳忙前忙后给彭英签了字,拿了药,上了针。打完点滴,两人又回到营里,彭英轻松不少,王春阳也松了口气。

这时电话响了起来,王春阳一看,咧咧嘴敲敲脑门,接了电话。

"春阳,你跑哪去了? 不是说好来接我们的吗……"

"老婆,我这边有点事,你先打个车到门口吧,我去那接你。"

"我们打车往哪走呀。"

"这县城就我们这一支部队,你就说去部队,司机就知道了,也就是20分钟的车程。"

人到底还是没接成,娘俩只好自己过来,妻子张燕燕提醒道:"这回别忘了去门口接我们。"老婆孩子要来了,嘻嘻!王春阳想想心头止不住的兴奋。

"营长,这是刚修改的训练计划,您给签个字,旅里马上就要上报。"杨铭拿着连队新修订的训练计划,想让营长给把把关。

"训练是部队的中心工作,中心就要居中,训练计划马虎不得。"王春阳接过来,不是简单地签上自己的名字,而是进行了认真的修改,20分钟很快过去了。那边娘俩到了门口等了半天没人接。按照部队规定,家属来队没人接哨兵不让进,没办法,妻子只好打电话催。

训练计划修改好了,王春阳交给杨铭,就急着往外跑,电话响起,王春阳接通后说了句:"老婆,你再等一会儿,我现在就过去了。"就挂了电话。

电话再次响起,王春阳接起来说:"老婆,别催了,我马上就到了。"

"谁是你老婆,浑小子,赶紧滚过来开会。"电话里传来旅长海明军的声音。

王春阳一听傻眼了,喊过来不远处的杨松说:"去门口帮我接一下你嫂子,我要去开会了。"

会一直开到中午,王春阳回到营里扒拉几口饭,营里还要接着开会。

"营长,听说嫂子来了,你先回去吧,明天我们将研究的结果报给你。"杨铭说。

王春阳点点头,急匆匆地走了。

谁知刚过不到半小时,门开了,王春阳站在门口。

"营长,你这是……"杨铭摸摸脑袋。

"我忘记带钥匙了,没法进屋!"王春阳不自然地笑笑。

"嫂子不是在家吗?"

"娘俩正午睡呢,透过窗户看了看,没叫醒她们。"王春阳一阵心酸。翻看着半小时前妻子发过来的一条短信:春阳,你先忙吧,杨班长给我们送饭来了,我们刚吃完,女儿这时候要睡觉了,一路上她也累了,就别打扰她了,你晚些时候再回来吧。

王春阳一直忙到晚上10点多才回到家属院,女儿兴奋得一直要爸爸,见到王春阳,一下子扑过来,差点从床上掉下来。王春阳赶紧抱起,左亲亲、右亲亲,总也亲不够,还不断地问:"宣宣乖,想爸爸没有。"不太会说话的女儿"啊啊啊"地叫着。

"八一"放假,王春阳带着老婆孩子到车库看坦克,这是妻子第一次进军营,好像走进了自己梦境中的"理想王国",看啥都激动、都新鲜。

到了车库,一见到威武的坦克车,张燕燕的眼睛都看直了,说一定要在坦克车上照几张相,再回老家时好让姐妹们开开眼界。王春阳将女儿托在肩膀上,小家伙眼睛也是东瞅瞅、西看看,小手指还指来指去的。

"这可不行,这是我们营新列装的坦克,是禁止拍照的,更不能随意到外面宣扬。"看到张燕燕那期待的眼神,王春阳还是狠心地拒绝了她。

"哦,我知道了,不照就不照呗。"张燕燕看了一会儿,就随王春阳到了营里。

正好今天休息,看着营区内有个可爱的小宝宝,战士们都来逗她玩,张燕燕感觉到了从未有过的甜蜜与幸福。

在营里玩了一会儿,一家三口就回家属院了。

听到有人敲门,张燕燕连忙开门,冲正在洗头的王春阳喊道:"春阳,快来看,有人给你送的礼物!"

"送什么礼物呀,这大晚上的,谁的礼物都不收。"王春阳小声嘀咕着,"战士休假带土特产的歪风刚刹住,今天是'八一',一些地方上的人来慰问,肯定是有人给分发慰问品来了。"

"不是慰问品,是花店送来的花,好漂亮呀。"

"花?花店送来的?"这让王春阳一头雾水了,这么多年,从来就没有人给自己送过花。

王春阳边用毛巾擦头边走了过来,仔细端详起这盆花,每个花杯都盛着满满的艳丽,花瓣上还残留着些许露珠……

"咦,上面还有张贺卡。"张燕燕拿起插在盆中的贺卡,一字一顿地念道,"祝你生日快乐,身为军人的你是那么可爱,多年不见,十分想念,一位老朋友!"

王春阳听后,更加显得莫名其妙。

"谁送来的呢?"

"我怎么知道?"

"这就奇怪了!"张燕燕扭头向厨房跑去,端出了几个菜,开了瓶红酒,给王春阳倒上一杯,自己又倒了满满一杯,拉着女儿的小手说,"宣宣,今天是爸爸的生日,咱们一起祝爸爸生日快乐好不好?"女儿点了点头。

王春阳和妻子端起酒杯,女儿拿着牛奶的小瓶也凑了过来,三人碰了一下。王春阳抿了一小口,妻子则一饮而尽。

无故飞来的那盆花,给这个美好的夜晚,给这个和谐的家庭笼罩上了一层阴影。王春阳和张燕燕相向而坐,他总是自然不自然地躲开妻子的目光,像是等待着审判一样。

"你好好想想,一点也想不起来了?"张燕燕还是忍不住发问。

半晌,王春阳支支吾吾地答道:"也许是过去的女友,心血来潮送来的生日礼物吧。"

"什么女朋友,是不是你以前带回家的那个,你是不是心里还想着她?"张燕燕的脸色,犹如万里晴空突然飘来一片乌云,王春阳预感到暴风雨就要来临。

"燕燕,你别误会,我们断了以后就没再联系。"

"联系没联系,我怎么知道?"

"我可对天发誓。"

张燕燕眼睁睁地看着王春阳,像是在说:"你发誓呀,我听着!"

王春阳却没有行动,他觉得任何发誓在现实面前都是苍白无力的,他以前那样信誓旦旦地向韩雪梅保证,结果还是食言了,只是平静地说:"想要彻底把一个人从心底抹去真的好难,但我对得起自己的良心,没有联系就是没有联系。"说着,王春阳起身说,"都是那盆花惹的祸,我马上去把它扔掉!"

被张燕燕一把拉住:"你给我坐下,你没有联系,我有联系呀。"

张燕燕又喝了一大口酒,借着酒劲,她道出了一肚子的心里话:"春阳,你知道吗,我自小就喜欢你,可见到你带韩雪梅回家时,我有多难过吗,我心都碎了,我怕我承受不了,就到亲戚家躲了几天。"

"你怎么和她有联系?"王春阳十分惊讶地问。

"你别打岔,听我把话说完。"张燕燕一摆手,又继续说了起来,"她漂亮,家庭好,工作又好,本来我都放弃了,可自从伯父出事后,我还是不顾一切地照顾他老人家。"

"你知道,村里人怎么说我的吗?说我硬往你身上贴,连我妈都骂我贱骨头,可我还是控制不住自己。"王春阳几次想插话,都被张燕燕给打断。

张燕燕继续说:"后来,我们结婚了,可我总怕失去你,以为你只是在报恩,想着有一天你会不要我了,那天韩雪梅打来电话问你和伯父的情况,我接的,我们就有联系了,她越关心你,我越怕失去你。再后来,我们有了女儿,她也结婚了,也有了自己的孩子,我这心也算了安了下来。"

"那你这是……"

"没事,我高兴的,现在我们一家人也团聚了,本来我打算给你买束花的,昨天韩雪梅说想给你买束花,一来祝你生日快乐,二来庆祝我们一家人好好团聚,她以后也安心过自己的日子,问我同意不同意,我就同意了。"说完,递给王春阳一封信,"今天刚收到的。"

王春阳拆开信一看,是韩雪梅写的。透过信,王春阳知道,韩雪梅也遵照母亲的意愿,于两年前结婚了,老公现在对她很好,儿子已经8个多月了,一家人过得很幸福。

两人最终变成了回忆。

读罢信,王春阳缓缓闭上眼,回想着以前的种种美好,竟只剩下刻骨铭心的片段,心底默默祝福着韩雪梅和他的家人,也更加珍惜起眼前人,一把将妻子和女儿揽在怀里……

第八十五章　特殊命令

　　生命的常青树,长出了一圈圈年轮,斑驳而又清晰。曾用青春擦拭钢枪,用霞霓焕发军容;曾把相思连成彩虹,用军歌涤荡心灵。军营是场永远延伸的梦,战友是条永不寂寞的河,激荡着杨松记忆深处永远留存的军旅情结……

　　临近老兵退伍,杨松拨通了老家未婚妻的电话:"亲爱的,我最近挺矛盾的!"

　　电话的另一端传来未婚妻关切的问候:"咋了杨松,是不是遇到不顺心的事了,还有几天就离开部队了,回来咱们就结婚呗!"

　　"没事,就是心里挺乱的!"

　　"那有啥乱的,你能说说具体情况吗?"

　　"我,我,我不想退伍了……"

　　"是不是你又遇到什么相好的了,咱俩的婚事不算数了!"

　　"说哪里的话,咱俩的事当然算数了,我好几次都梦见和你结婚了,我都笑醒了呢!"

　　"心里有我就行,那你为什么又不退伍了呢,咱不是早说好了吗?"

　　"我们部队刚列装了新装备,这你知道的,我是连队的骨干,我们营、我们连队的人又特别好,我犹豫了,还想在部队干几年。"杨松像过电影似的,回想着从转士官、带新兵、抗震救灾、海训、挖光缆、女朋友来队,甚至不知天高地厚地阻止海旅长打炮弹,领导对他都是那么的关爱,那么的宽容,杨松实在不想离开这个集体。

　　"那就留下来吧,别辜负领导期望。"

　　"你不生气?"

　　"我生什么气,你在部队的表现,你们王营长都打电话和我说了,你就是不给我打电话,我也准备打电话鼓励你留队的,想在部队干就好好干吧,我支持你!"

　　未婚妻的话,让杨松一下子豁然开朗。杨松还是不放心地问道:"可你咋办?

我们相恋已经5年多了，又到了法定结婚年龄，我们婚期也定好了呀，如果留下来的话，我还不知道什么时候能请假回去结婚。还有，我们结婚后，将要过两地分居的生活，我不想欠你的太多。"

"婚期定好了可以推迟呀！"对方沉默了一会儿："杨松，你知道我爱你什么吗？"

又是一阵沉默。

"杨松，还记得你第一次春节探家吗？"

"记得，那是刚选取上士官后的第二年。"

"我第一眼看到你简直不敢认了，你变了，变得成熟了，健壮了。那时，我就喜欢上你了，在与你相处的那二十天里，你沉稳、果敢的性格，你不怕吃苦、孝顺父母的品质，让我备受感动。我知道，这些都是部队大学校培养的结果，是军营生活磨炼了你，赋予了你的才干、坚强和自信。"

"杨松，你知道吗？收到你抗震救灾荣立三等功的喜报时，我是多么的高兴啊！你在部队有出息，是我最大的骄傲和自豪！"对方沉默了一会儿，又说，"上次，去你们部队，你经常和我提起的王营长，人蛮好的，你就跟他好好干吧。"

"亲爱的，其实我非常热爱部队生活，在跟你通话之前，我内心也非常矛盾，现在你这么理解支持我，我的思想顾虑完全被打消了，我一定会努力工作。"

"放心吧，家里有我呢，你父母那边我会时常过去照看的。"挂完未婚妻的电话，杨松找连长要退伍申请书，杨铭告诉他已经交给营长了。杨松连忙跑到王春阳的办公室，按照往年这个时候，他的退伍申请应该交到旅里了，便央求王春阳帮他要回退伍申请。

"你这是唱的哪一出，一会儿要退伍，一会儿要留队的，你把部队当成什么了！"王春阳厉声道。

杨松已经做好了挨训的心理准备，却没想到营长会这样严肃，丝毫不给自己留情面，一时也没了主意，连忙说："营长，我错了，您还是帮我要回退伍申请吧？"

王春阳又立马换了副语气："这回不变卦了？"

"不变卦了，坚决不变卦了！"杨松态度十分坚决地说。

王春阳从抽屉里取出一份退伍申请，杨松一看正是半个月前上交给连队的，一阵惊喜："营长，申请书，您没交上去呀！"

"我已经打了一份报告上去。"

杨松诧异地问："什么时候？那这……"

王春阳笑笑说:"报上去的是你的留队申请,做通你未婚妻工作后,报告就打上去了呀!"王春阳拍了拍杨松说,"旅里要加强信息化建设,我们坦克兵的地位越来越重要,现在正是用人之际,你走了,谁来给我开坦克。"

"谢谢营长,我在部队一定跟您好好干!"杨松感激地说。

"在部队不是给哪个人干的,我们都是为了部队的建设。"王春阳心里才舍不得杨松走呢,杨松犹如一面镜子,仿佛时刻能照见王春阳的影子。

见杨松像松树一样站在那里,王春阳转而又说:"现在交给你一个任务?"

"什么任务?保证完成!"一听到有任务,杨松立马高兴了起来。

王春阳拿出一张假条,高声宣布:"杨松同志,从即日起休假完婚!"

"什么?这是什么命令?"杨松简直不敢相信自己的耳朵,"营长,部队马上就要拉练了,听说今年拉练还要组织演习,我……"

"别我、我的了,赶紧回去结婚吧。"王春阳一本正经地对杨松说,"这是我答应你女朋友的。"

"她还跟您提条件了?"

"不是,是我主动提出来的。"王春阳说,"现在旅里新盖了一批士官公寓,也装修好了,比原先的强多了,结完婚把你老婆一起接过来住吧,营里已经给你预留了一套房。"王春阳还告诉杨松,士官制度改革后,营里也有了高级士官名额,一直没人符合晋升条件,杨松再去院校培训一下就符合条件了。

杨松听后燃起了浑身的热血,当即向王春阳请命:"营长,等演习完我再回去吧,我们结婚的事可以推迟一个月。"

"这是命令!"王春阳缓和了一下语气说,"你就放心回去吧,工作上的事我已经安排好了。"

"我服从命令,休假完婚后一定按时归队。谢谢营长……"不知不觉间,杨松的眼睛湿润了。

演习如期进行,高山、密林、冬季野营训练场上,满山遍野隐藏杀机。

战斗打响后,"红军"率先发起攻击,欲凭借先进武器一鼓作气消灭"蓝军"。

担任蓝军的杨铭满腔怒火,欲以硬碰硬,还动员官兵说:"同志们,我们都是有血性的男儿,我们就要敢打硬仗,敢于硬拼。"

王春阳及时制止他说:"有血性,并不是要大家做无谓的牺牲,血性植于科学精神之上,现在'红军'实力比我们强,我们就要靠智力取胜。"

王春阳识破"红军"企图,带领部队避其锋芒,频出伪装奇招,致使侦察技术先进的"红军"接连"中计"。

"'红军'将利用空中优势对我机动部队实施空袭。"王春阳接到报告,命令全营官兵:"立即分散车辆,隐蔽人员!"

全营官兵巧妙利用地形地物和天然植被等隐蔽人员、伪装装备,汽车坦克则采取掩盖、变形、涂迷彩等方法,对车辆装备进行伪装。不到15分钟,全营人员消失得无影无踪……

凡战者,以正合,以奇胜。王春阳依据战场态势,果断派出一支携带伪装网、废旧轮胎等伪装器材的应急小分队继续驾车前行。只见官兵们在宣传车顶部安装塑料管,在车尾绑上树枝,外置喇叭上播放着坦克机动的声音,浩浩荡荡向前开进。

从远处观察,数十人的小分队,烟尘滚滚,战车轰鸣,俨然一支大部队的开进场景。"红军"通过卫星、无人机等多方侦察发现了该分队,断定为"蓝军"的大部队,紧盯不放。

兵不厌诈。伪装小分队到达宿营地,官兵们迅速占领有利地形搭设帐篷,给稻草人穿上衣服装扮成哨兵,用伪装网和废旧轮胎支起汽车模型,用木头搭起假火炮,一座野战化"军营"很快形成。

见此情景,"红军"决定乘"蓝军"立足未稳之际实施突然打击。顿时,炮弹铺天盖地般落在"蓝军"阵地上,随后"红军"派出地面部队前往清剿。

"不好,中计了!"当"红军"官兵到达"蓝军"阵地时,看到偌大一座"军营"竟空无一人,方知情况不妙,无奈,欲紧急撤退时,一阵猛烈炮火呼啸而来……

与此同时,王春阳带着杨铭、白阿毛等人穿过一片树林,沿着山林小道下到山坡底,奔袭了5公里多山路,已经悄然来到"红军"大本营所在地,以迅雷不及掩耳之势进行了一次漂亮的"斩首行动",红军指挥员被"一网打尽"。

演练结束,当导演部宣布"蓝军"获胜时,"红军"指挥员感叹道:"这场仗我们输得心服口服,看来空城计这些传统用兵谋略,在信息化战场上也可大有作为呀!"

第八十六章　福祸相依

杜长伟自从进了旅司令部机关,越发像皮球掉在了油缸里,变得又圆又滑,海明军旅长一直看不惯他,就一直压着他没有提升,任副营职参谋 4 年了,杜长伟多方找到集团军首长,上面硬压下来提升他为步兵营的一个营长。

命令宣布当天,杜长伟一高兴,还没到营里报到,就邀请他那帮狐朋狗友喝酒。半夜散场后,杜长伟像以前查哨一样,神经病似的骑着自行车在旅大院里转悠。不料,一头摔进了路边的下水沟里。

清晨打扫卫生的战士发现后,杜长伟已经昏迷不醒,大家连忙将他送到医院,医生给出了诊断结果:可能永远也不会醒来了。

旅领导赶紧联系杜长伟的家人,听到这个晴天霹雳,杜长伟的妻子钟贞贞抢了一张站票,连夜赶到了部队,随后赶来的还有杜长伟的父母。面对毫无知觉的杜长伟,钟贞贞哭得死去活来。

这些年,杜长伟基本上没让钟贞贞来过军营,他看不起这个农村女人,又利用自己参谋的身份,整天过着花天酒地的生活,这些钟贞贞都有耳闻,但这位善良的女人宁愿被他欺骗一辈子。现在杜长伟出事了,她又不顾一切地赶来。

每天,钟贞贞细心地照顾着杜长伟,给他擦身、翻身、按摩、陪他说话,日复一日,一个月后,杜长伟竟有了知觉。为了更好地照顾杜长伟,钟贞贞背着既不能说话又无法动弹的丈夫,也背着沉重的负担回到了家。

以前,杜长伟好的时候,父亲只顾忙着做生意、忙着在外面鬼混,母亲忙着打麻将、忙着对付小三,杜长伟这样了,全家人倒是凝聚在了一起。

又过了一个多月,眼看杜长伟一天比一天好,钟贞贞对公婆说:"爸,妈,这些天你们也够累的,长伟有我照顾就行了,要不你们先回去吧。"

部队公寓房比较小,一家人挤在一起也不方便,父母商议后对钟贞贞说:"孩子呀,这些天我们也看出来了,你对长伟是真好,有你照顾他我们放心,有事打我们电话。"公婆收拾收拾就走了。

杜长伟的一日三餐,往往是主食和副食拌在一起,味道要鲜美,却不能油腻。不能太热,也不能太凉。烫了,容易伤舌头;凉了,容易闹肚子。杜长伟的嘴巴不能咬合,无法咀嚼食物,每次都是钟贞贞先嚼碎了再喂给他吃。

为了防止肌肉萎缩,钟贞贞坚持每天从头到脚为丈夫按摩,一遍下来至少要一个小时;晚上,钟贞贞不敢睡得太实,因为杜长伟大小便失禁,深更半夜换洗被褥是常有的事。

在家里,有许多水果、蔬菜和食品等各种与生活密切相关的图片,那是钟贞贞与杜长伟对话的"工具"。杜长伟不能说话,大多时候只能靠"猜",久而久之钟贞贞也就摸清了规律:摇脑袋,表示他饿了;扭来扭去,他想上厕所;嘴唇动了,那是要喝水……

每天早上,钟贞贞会拿出图片,用手指着上面的食品,看到杜长伟眼睛眨了,钟贞贞就知道他想要什么、吃什么,然后精心地满足丈夫的要求。为了让丈夫尽快康复,钟贞贞还买来《医学护理》《营养学》等书籍,有针对性地为丈夫做保健按摩、烹饪食品。

钟贞贞父母也从四川老家赶来,看这个见面不多的"女婿",见钟贞贞日夜操劳,母亲善意地劝她:"孩子呀,你做到这样已经仁至义尽了,离了算了,平时他对你也不好,不能让他一直这样拖累你……"

"妈,长伟再不好,也是我丈夫,就算全世界上的人都抛弃了他,我也不会离开他。"没等母亲把话说完,钟贞贞就坚定地表示,"我会照顾长伟一辈子,最起码我现在还能守着他!"

苍天不负有心人。杜长伟的病竟一天天好转,两个月后的一天,钟贞贞买菜回家,发现一个身影在叠被子,杜长伟一扭头,说:"老婆,我能干活了……"钟贞贞上前抱住杜长伟,泪流满面。

医生再次诊断后,杜长伟的病已无大碍,不禁感叹道:"看来,天下所有的良药,都比不上真情有效!"

杜长伟了解了自己受伤后的经过,痛彻心扉,决定洗心革面,和钟贞贞好好过日子,他问钟贞贞:"老婆,你最喜欢什么?现在最想要什么?"

"戒指。"钟贞贞不假思索地脱口而出。

"行!"杜长伟满口答应下来,其实这结婚就该买的东西,没想到这么多年了,还没给妻子戴上,杜长伟心里充满愧疚。

第二天一早,杜长伟对钟贞贞说:"老婆,我们逛街吧!"

钟贞贞很高兴,两人手挽手去了县城最大的超市。杜长伟拉着钟贞贞走到首饰柜台前,让服务员取出了一枚戒指,郑重地套在钟贞贞手上:"老婆,你看合适不?"

"合适,合适,先生你真有眼光,这是我们本店推出的最好一款。"没等钟贞贞开口,服务员就抢先答话。

"帮我包起来,我要了。"杜长伟眼瞅瞅也怪漂亮的,就自作主张买了下来。钟贞贞一看价格,心里不免有点舍不得,"长伟,太贵了,咱买个便宜点的吧。"杜长伟坚持买了下来,钟贞贞涌出幸福的感动。

回到家后,看着还沉浸在幸福之中的妻子。杜长伟良心大发现似的问:"老婆,你喜欢什么样的婚纱?"

钟贞贞只顾欣赏自己手上的戒指了,随口说了句:"什么样的都喜欢!"

"那好,咱一样买一条。"杜长伟双手搭在钟贞贞的肩上,看着她说,"我要你穿上漂亮的婚纱,给你一场漂亮的婚礼。"

"你这是咋的了?"杜长伟的突然转变,倒让钟贞贞有点不适应了。

这一次,杜长伟没有食言,他们第二天就去选婚纱了,杜长伟让多买几套,钟贞贞坚持只要了自己中意的那一条,两人又重新拍了结婚照。

经历了这样的变故,杜长伟知道自己在部队待不久了。杜长伟就带着钟贞贞回老家拜见父母,提出想举办一场婚礼,给钟贞贞在四川老家买套房,打算转业后到那里去住。

杜长伟死里逃生,多亏了钟贞贞,杜长伟的父母心里也有数,他们完全支持杜长伟的想法。父亲拿出一张银行卡说:"儿呀,爸爸以前做了一些不该做的事,也没尽到父亲的责任,没管好这个家,希望咱俩以后都好好做人,这里面有100万,拿去买房吧。"

杜长伟并未推辞,有了这100万,杜长伟很快以钟贞贞的名字,在她老家的四川县城买了一套拎包入住的精装现房。两人在里面生活了两个多月,准备回杜长伟老家办婚礼了。

这两个月,是钟贞贞感觉过得最开心、最充实、最幸福的时候,有了这两个月,钟贞贞觉得这些年的委屈没白受,自己没有白活。

杜长伟和钟贞贞的婚礼筹办也已经到位。

杜长伟随父亲出去办事了,家里只剩下钟贞贞和婆婆在家,钟贞贞孝顺地给婆婆削苹果,突然一阵呕吐,连忙跑向卫生间。婆婆一阵窃喜:"应该是怀孕了吧。"便带着钟贞贞到医院检查,向医生问道:"你看这孩子几个月了,能看清楚男孩女孩吗?"

"什么几个月了?还男孩女孩呢。"医生又摇摇头说,"恐怕这辈子都不会怀孕了。"

医生的声音很小,钟贞贞和婆婆却都听得真真切切,婆婆立马变了脸色,钟贞贞也顿感天塌地陷,晕倒在医生房间。原来,钟贞贞自从第一次流产后,就不可能再怀孕了。

钟贞贞陪婆婆跌跌撞撞进了家,感觉头晕得厉害,就回房间休息了。杜长伟和父亲不一会儿也回来了,婆婆就嚷开了:"还办什么婚礼,赶紧让她走,娶一个不能下蛋的回来干吗!"

杜长伟和父亲了解了事情的真相,父亲也开导杜长伟说:"儿呀,她对咱有恩,咱可以经济上补偿她,我就你这么一个儿子,你这不是让我断后吗?"

"爸,妈,没有贞贞,我连命都没有了,还什么后不后的。"杜长伟站起来大声说,"我这辈子,就要钟贞贞了,你不给我们办婚礼,我们自己办,也决不离婚。"

眼看刚刚和睦的家又闹不和,躺在里屋的钟贞贞起身过来说:"爸,妈,你们别吵了,我走,我现在就走。"

"别叫我妈,我不是你妈。"杜长伟母亲大声说道,父亲则把脸扭向了一边。钟贞贞拖着疲惫的身体走出了家门,杜长伟刚要起身去追,被母亲一把拽住:"你给我坐下。"

钟贞贞当晚就坐车返回了四川新买的房子里,看着眼前的一切,她伤心欲绝,换上杜长伟给她买的婚纱,将自己打扮得漂漂亮亮的,静静地躺在床上。突然,她取下手中的戒指,塞进口中,喃喃自语道:"这是我的,谁也不能抢走。"接着,一阵腹痛,一阵钻心的痛。

几天后,等杜长伟赶来,钟贞贞的身体已经僵硬……

杜长伟当年就转业了,转业后没再娶,也没再回父母那,一直住在他给钟贞贞买的新房子里,直到有一天王春阳来看他,一番苦劝后,杜长伟才去看他病重的母亲……

第八十七章　参加阅兵

抗战的冲锋号穿越 70 年悠久岁月，阅兵的集结号传遍华夏大地。

参加"9·3 阅兵"选拔任务刚开始，红旗旅又接到了赴国外维和的任务，维和人员主要是工化专业的，海明军旅长还想着如何做关舜的工作，关舜却第一个报了名，还说："组建工兵维和分队，怎能少了我这个营长？"

维和人员没有坦克兵，王春阳只好参加受阅人员的选拔，维和人员出征当天，王春阳到机场送行，关舜拉着他的手说："我在国外好好维和，你在国内接受祖国检阅，咱们回来一起庆祝。"王春阳点了点头，没想到，这竟成了两人的永别。

王春阳经过层层选拔，一路前行，很快被确定为受阅方队人员。

参加阅兵的第一课是军姿训练，标准就是两脚分开 60 度。看那队伍里挺拔的军姿，像一棵棵竹子，苍劲、有力，"千磨万击还坚劲，任尔东西南北风"。上等兵教官说："这军姿，诠释了军人的沉稳。困难也好，诱惑也罢，都不为之所动。这是军人最沉稳的角度。"

"军人正步摆臂 90 度，端坐屈膝 90 度，走直路，拐直角，都离不开 90 度。这是为什么呢？"教官自问自答，"因为 90 度不偏不倚，不弯不屈。有人说，90 度是一种纪律，要求我们刚正不阿，始终秉直，一横一竖尽显正直。不绕弯子，不走邪路，令行禁止，雷厉风行。这是军人最正直的角度。"

王春阳听着这新鲜的解释，对眼前的上等兵教官也是佩服有加，训练起来也最认真。

在集训地和阅兵村长达 7 个月的封闭式训练中，英雄的血脉与年轻的身姿融合，光荣的传统与时代的风采交织，军人的样子在传承积淀、浓缩绽放，化入一个个影子、一双双眸子，融入一个个步子、一声声号子，凝结成一滴滴汗珠子……

"人的青春只有一次，现在，你的青春是用来经历的；将来青春就是用来回忆的。"教官铿锵有力的话,时时在王春阳耳边响起,40多摄氏度的烘烤中,阳光直射枪背带,王春阳每天都要踢正步近万米,单日训练时间达到12小时,光作战靴就踢坏了6双,血泡最多的时候,一只脚上就有10多个。王春阳却乐观地说:"我觉得我就在做一些很有意义的事情,不论是在以后的工作岗位上,还是今后的生活中,只要一说起参加过阅兵,这都是一笔无价的财富。"

参加阅兵的人员,体型都有很高的要求,必须胖瘦基本相同,包括脚长,都基本一样,这样看起来更整齐。王春阳距离标准体型差一公斤,别人都很羡慕他,王春阳却还拼命减肥,他说:"阅兵是向国际展示军人形象,必须做到增一分则胖,减一分则瘦。希望自己能展现出中国军人最威武、最雄壮、最阳刚的一面。"

王春阳处处严格要求自己,动作标准,作风一流,很快被树立为基准兵,经常组织大家训练。

"向右看",随着指挥员一声口令,大家齐刷刷向右摆头45度,向党致敬、向祖国致敬、向人民致敬。王春阳对军人的角度也有了更深刻的认识:"45度,代表军人的庄严承诺,诠释军人的无限忠诚。无论何时何地,只要党一声令下,随时准备为祖国战斗,为人民牺牲。这是军人最忠诚的角度。"

正当王春阳训练进入关键的时候,突然传来噩耗,关舜在维和的异国他乡,正带领大家执行任务,一发炮弹袭来,他扑向身边的群众,壮烈牺牲。

这犹如一记惊雷,把王春阳的思绪炸得粉碎,他不敢相信这是真的,当天的新闻播出后,王春阳找了一个僻静的地方,一个人伤心地偷偷抹泪,直到教官找到他。王春阳这位坚强的军人、少校营长,竟扑到一个上等兵怀里痛哭不已。

关舜的牺牲,彰显了我维和军人的风采,生动诠释了什么叫国际主义精神,受到了联合国的高度赞扬,在维和当地第一时间为关舜举行了隆重的追悼会。中央军委首长获悉关舜牺牲后,也非常感动与震惊,当即指派专机,飞过千山万水,接关舜的遗体回国。

在礼兵的护送下,覆盖着中华人民共和国国旗的烈士关舜被缓缓抬下飞机,军乐队奏响国歌,海明军旅长代表官兵向他敬献花环,全场官兵向英雄三鞠躬。战友们手持"红旗勇士,浩气长存"八个醒目大字,表达深切哀悼和崇高敬意。

关舜5岁的儿子关禹,手捧着父亲的遗像,在中间走着,冷一欣搀扶着婆婆在其侧后,关尧老将军神色凝重地走在另一侧,看着眼前这老老少少,这个曾经令人羡慕的军人世家,因为关舜的离去,让人看得异常揪心。

整个仪式,冷一欣都没有哭,自从知道自己的身世后,她已心如磐石,发誓不再掉一滴眼泪。关舜安葬在祖籍山东的一个青松掩映的小河畔,河上有个古老的小桥,下葬的当天,桥上涌动着史上最为拥挤的人流,人们自发地用各种方式哀悼、追忆英雄关舜。

有人在桥上拉起"沉痛哀悼大英雄关舜"的横幅,有人送来了挽联上写着"送给舍己救人的国际主义英雄"的花圈。很快,数百只花圈绵延数里,数千朵菊花绽放小河两岸。

经过的人停住了脚步,来往的车辆放慢了速度,还有人专程赶来,给英雄鞠躬……

人如潮涌,花如云动,古老的小桥,变成了一个祭拜英雄的灵堂。

一位白发苍苍的老婆婆,坐着轮椅,手里举着一张白纸牌,上面写着"奶奶送你来了"。

一名身怀六甲的孕妇,一手撑着腰,一手紧紧地握着菊花,泪眼蒙眬。

一群外国友人静静地站立着,没有泪水的脸上凝结着雕塑一般的悲怆。

一群大学生手里高举着用一只只千纸鹤排列成的"英雄"两个大字,字体肃穆庄重,充满生命的激情与力量。

这一刻,改变了人们对官二代的看法,关舜用军人的脊梁,挺起一座丰碑、一座永恒的丰碑!

这一刻,改变了人们对军队、对军人的看法,和平年代,军人同样需要付出,同样需要牺牲,甚至是生命的代价,哪怕你是将军的后代。

关舜的母亲悲痛欲绝,安葬完关舜,就一病不起了,父亲也一下子苍老了许多。冷一欣坚强地支撑着这个家,她细心照顾着公婆和年幼的儿子,依然没有掉一滴泪。

可有一天儿子突然问她:"妈妈,爸爸说带我去看海,教我游泳的,我们什么时候去呀?"

冷一欣再也抑制不住自己的情感,任凭眼泪滴落:"是呀,你爸爸答应教我们游泳的,可是他永远做不到了,以后妈妈带你去游泳好不好?"

看到母亲伤心的泪水,小关禹似乎明白了什么,小手拉着冷一欣说:"妈妈,别哭了,关禹以后不看海,也不游泳了。"冷一欣一把搂住儿子,紧紧地抱着这个她和关舜爱的结晶。

生命是一张没有回程的单行票,分分秒秒对自己都是唯一的。

关舜的牺牲,给王春阳很大的打击,也有了无穷的动力,"回去一起庆祝"的誓言,在他耳畔时刻响起,关舜不能赴约了,可自己也不能爽约,他要用双倍的努力去弥补关舜那一份。王春阳每天发疯似的训练,不知道什么叫劳累。

按照阅兵"六线"对齐标准,帽檐、鼻尖、下颌、胸、枪、脚尖都必须一条线。别人钢盔顶碗,王春阳还在碗上放一颗珠子;站军姿、摆头、眼神,每一个细节他都严格要求,甚至连喊口令时的口形,都力求完美。

其实,王春阳是咬着牙带伤训练。参加阅兵选拔前,在一次400米通用障碍训练中,王春阳的左膝盖不小心扭了一下,左膝关节前交叉韧带断裂,至今还没有好利索。训练越刻苦,左腿也痛得更厉害。

"哪怕是腿废了,我也要走过天安门!"

"大家都知道你腿有伤,干吗还这么拼?"一军医看过他腿伤后,多次劝他放弃,王春阳淡然一笑:"男人嘛,就要对自己狠点。"

当一个个方队行进在天安门前,所有的身影融入山岳,所有的眼眸化作闪电,所有的步履踏平坎坷,所有的呼号吼出激昂,所有的汗水汇成洪流……浓缩了军人的样子,放飞了军人的梦想,接受祖国和人民的检阅,这激动人心的时刻,王春阳倍感自豪与荣耀,这荣耀饱含了对这支军队的深挚情感,寄托着对关舜的思念与告慰,也传递着对强军的呼唤与期盼。

走下阅兵场,王春阳去了一趟关舜家,他要"赴约"了,和关舜两个人之间的约定。已经退休在家的关老将军对王春阳的到来颇感意外,待王春阳说明来意后,又颇感钦佩,两人谈论了很多、很久。王春阳从老将军坚定豁达中领略了老一辈革命家的风范,老将军从王春阳非凡的谈吐中感到了后生的可畏。

温馨的画面,两人情同父子。

第八十八章　铭记初心

时光如流,岁月不居。逝去的终将是美丽的。那些难忘的日子,宛若一曲婉转悠扬的老歌,时时冲击着王春阳久远而弥足珍贵的记忆,牵绊着心灵深处最柔软的部分。那些珍存的记忆,恰似一坛酝酿千年的烈酒,其中的甘甜与香醇,只有经历过的人才能体味。

阅兵归来,大家谈论最多的可能就是裁军30万了,王春阳意识到自己可能成为那"三十万分之一",这种感觉随着转业工作的临近越发强烈。

军委总部脱胎换骨的变革、撤销七大军区、组建成立陆军部……改革的力度和速度超乎了人们想象,一些人还没有搞明白怎么回事,就加入了转岗、交流的大军,而且这个队伍越来越大。

海明军旅长进行了改革动员教育,当很多人为自己的"小算盘"考虑时,王春阳也在给自己一个定位。按理说,他这个年底正营满3年的营长,应该是被列为转业对象了。

"王营长,你有什么打算?"散会后,海明军旅长找王春阳谈话。

王春阳看着眼前略显憔悴的海明军,知道前一阶段做个别人的工作并不顺利,猜想着首长也是来动员自己转业的,与其让首长为难,不如自己主动替领导分担:"首长,我想转业了。"

海明军没料到王春阳会这样说,有点惊讶地问:"什么,这是你真实的想法?"

"是的,我已经做好了成为'三十万分之一'的准备。"

"少扯淡,谁走也不会让你走,只要我还在这当一天旅长,就不会让你走。"海旅长大声说。

王春阳沉默了一会儿,十分感激地看着海明军:"谢谢首长的抬爱,改革总得有人脱军装,总得有人做出牺牲。"

冷静下来的海明军也缓了缓语气说:"你就舍得脱下这身军装?"

"对军队这份感情,我虽然无法割舍,但个人利益要永远服从改革大局的需要,都知道你平时对我关照,如果我转业了,您的工作就好做了。"

王春阳还说:"我从一个农村孩子,能考上军校,成长为一名营级干部,已经很知足了。"

到了这个节骨眼上,王春阳想的还是部队建设大局,为了自己工作好做,主动提出了转业。海明军语重心长地说:"说实话,来之前,我还犹豫着如何做你的工作,没想到你境界这么高,比我的境界高,老旅长和我都没有看错你。"

王春阳主动提出转业的消息,很快在红旗旅传开了。有人觉得王春阳傻,凭他的工作能力和业绩,凭他和海旅长的关系,早该提拔使用了。也有人觉得王春阳党性觉悟高,是为了部队改革强军做最后的贡献。经这么一宣扬,海旅长本想在全旅上下树立一个标杆,这样接下来的工作确实好做多了。可出乎海明军预料的是,党委会上其他常委一致同意了王春阳转业。海明军再说什么也是苍白无力,并且海明军自己也做好了转业的准备。

王春阳转业成了既成的事实,当初所有的冲动,到如今都变成一种积淀,仿佛岁月在书卷里刻下的芬芳。

海明军旅长感觉有点愧对王春阳,再次找王春阳谈话时,深表歉意道:"我们都是党的干部,首先要服从组织的决定,有什么困难就说吧,我们能帮你的一定帮你解决。"

"首长,我没有什么困难,就不给组织添麻烦了。"王春阳心里一阵轻松。

海明军摇摇头走了,王春阳转业的事就这样坐实了。王春阳本想留宿在营里,一阵冷风吹来,王春阳感觉有点冷,就回家属院添件衣服。一敲门,听见女儿从卧室里跑出来,边跑边喊:"爸爸回来喽!爸爸回来喽!"开门后,女儿天真地冲他一笑,扭头往回跑。妻子张燕燕有些吃惊,问道:"回来这么早?"

"回来添件衣服。"王春阳有些歉意。妻子随军1年多,王春阳去阅兵训练就是大半年。回来的这段日子,为了确保官兵思想稳定,王春阳日夜值守在军营,他没在家吃过一顿安生饭、睡上一个囫囵觉,陪女儿的时间更是有限,即便回到了家属院,也往往是晚上深夜回到家,女儿已进入梦乡;早晨上班时,女儿还没醒。

妻子没说什么,转身进了卧室,找出一套保暖衣裤递来:"春阳,快换上吧,别冻着了。"要是在以前,王春阳肯定是飞速换上衣服,趁女儿没注意就走了,这次,王春阳却迟迟没有动静。妻子感觉不对劲:"春阳,怎么了?不想穿这身,我给你换件去。"说着,欲往里屋走。

王春阳一把拉住她,将衣裤扔到一边说:"老婆,我可能要转业了。"

"怎么,又遇到不顺心的事了?"

"没有,这次是真的了,旅领导已经找我谈过话了。"

"转业就转业呗。"

"可,你这刚随军……"

"你在哪里,哪里就是我们的家。"

王春阳一阵感动,正想抱抱这位一直陪伴、支持他的妻子,女儿突然像小精灵似的闪了出来,拽住他的裤子说:"爸爸,我不让你走……"声音略带些哭腔。

王春阳抱起女儿,在女儿的小脸上亲了亲,"爸爸今天不走了,就陪着宣宣。"

"爸爸说话算话,可不许骗我呀!"女儿伸出稚嫩的小手和王春阳一起拉钩。

那一晚,王春阳陪着女儿玩得很晚,女儿还给他唱起了刚学会的儿歌,一家人难得温馨。

转业后如何安家?王春阳和妻子商量后,决定先在河阳老家县城买套房子,妻子拿出全部的存款,两人算了算只能够个首付。王春阳说:"首付够了就行,以后咱省着点花,慢慢还贷款。"王春阳又说,"最好买一套精装房,咱回去就能住,实在不行就买个二手房吧。"

妻子听后,委屈地说:"跟了你这么多年,别人都说军人工资高,这一买房,我怎么觉得我嫁了个假军人呢。"王春阳听后苦涩地笑了笑。

妻子又从娘家借了点钱,托人在一个还算不错的地段,买了一套精装房,因为她要考虑到女儿上学问题。

突然停下了忙碌的脚步,王春阳倒是有时间学习了,他每天在宿舍看书,还时不时写些思考。热爱思考的人就像一台永不生锈的机器,即便在空转的岁月里,也总能擦出星花火光。王春阳有几篇研究性文章竟在军内报刊陆续发表,捧着自己变成了铅字的文章,心里多少有点成就感。

这时,妹妹王春雨打来电话说,自己从英国留学回来后,已经和部队签约,进入了部队一家科研机构。王春阳听后很是欣慰,鼓励妹妹在部队好好干。

听说转业命令已经到了集团军,王春阳带着妻女到营里收拾东西,路上一群女兵走来,女儿大喊:"爸爸,快看,女解放军叔叔。"王春阳露出一丝微笑。

王春阳收拾好行李,将宿舍的钥匙放在桌上,环视了一下四周,突然低头大声对女儿说:"你知道,为什么给你取名宣宣吗?"

"看你吓着孩子了!"张燕燕把孩子拉到身边,女儿两只大眼睛惊恐地望着爸爸。

王春阳依旧大嗓门说:"宣宣,就是让你时刻铭记不服输、不低头、不退让,向一切不合理的制度宣布、宣誓、宣战。"

张燕燕也是第一次听说女儿名字的含义,她明白王春阳这是舍不得离开部队,但已经无力改变这一切,想把希望寄托在女儿身上,可对这么小的孩子来说,似乎有点残忍。"孩子才多大呀,就宣誓宣战的。"张燕燕瞪了王春阳一眼说。

王春阳呆呆地坐在椅子上,像是无限的留恋。妻子知道这个时候说什么都没有用,不如让他一个人先静会儿,带着女儿先行到家属院去了,家属院还有一些东西要收拾。

多年来,王春阳一直想通过自己努力改变着部队,却总是四处碰壁,有时碰得头破血流,如今他也被淘汰出局了,内心的苦闷实在是无处宣泄,第一次对女儿这么大声说话。

走出营门,杨铭、白阿毛和杨松等人为他送行,这样的场景王春阳以前经历过多次,没想到这么快就轮到了自己。王春阳放下行李,和杨铭、白阿毛、杨松挨个拥抱,说着祝福珍重的话,眼中时不时有泪水打转。

突然,一个熟悉的身影出现在面前。海明军旅长陪同一位将军走了过来,王春阳仔细一看:这不是老旅长江耀武吗?

王春阳没有认错人,江耀武自从离开红旗旅后,可谓是火箭式提拔,短短7年时间,就由离开时的正师级干部,提升为副大军区级领导干部,如今已是陆军部的一位分管训练的副司令员。

江耀武和蔼地问王春阳:"王营长,你这拎着大包小包去干吗呀?"

"首长,我转业了,正准备回老家。"

"转业了?谁说的,谁批准了,放下,赶紧把东西放下。"

王春阳看了看海明军,依然提着包,海明军咳嗽了几声,没有说话,他想让江耀武将军亲自说出来。

江耀武明白海明军的那点心思,又问王春阳:"你还记得,我临走时对你说的话吗?"

"记得,让我有事找你。"

"那你这么多年,为什么不找我?"

"我个人的事,怎么能麻烦首长?"

"什么个人的事？你以为你转业回家了,就是为部队做贡献?"江耀武沉思了一会儿,"现在部队正是用人之际,正需要你这样的人才,要不是海旅长向我报告,差点让你小子给溜走了。"

"首长,可我转业……"没等王春阳说完,江耀武说,"我今天就是来宣布命令的,你被正式调入了陆军部工作。"说着,江耀武拿出王春阳发表的几篇文章,"看看,这些专家都写不来的东西,竟出自你小子之手,我要是把你放走了,岂不是部队一大损失?"

王春阳做梦都没想到会有这么戏剧的一幕,眼泪禁不住流了下来。王春阳哽咽着举手向江耀武敬礼:"感谢首长厚爱。"又向海明军敬礼:"感谢旅长栽培。"

"也别叫旅长了。"江耀武笑呵呵地说,"海明军同志的命令也已经到了,已经升任陆军部的一个局长了。"海明军也是一脸的兴奋。

不一会儿,一辆小车开来,因为要赶飞机,江耀武看看表,对着王春阳突然改口说:"王参谋,我们一起走吧,边走边聊。"王春阳深情地望着眼前熟悉的军营、熟悉的人,向同志们挥手告别,钻进车里依依不舍地走了……